TALIESIN

EXTRAITS DU CATALOGUE

Jean Charles Aschero
Scoops
Cavale
Fée d'hiver
Soupçons
Grande et Belle

Edmond Buchet
Vies secrètes

Tony Cartano
Le Conquistador
Le Singe hurleur
La Purification
Blackbird
Opéra

Lawrence Clark Powell
Le Train bleu
De l'autre côté du fleuve

Colette
Trois… Six… Neuf…

Gérard Durell
Pique-nique et autres Charivaris
Pigeons roses & Chauves-souris dorés
L'Oiseau moquerie
Ne tirez pas sur le naturaliste !

Lawrence Durell
Le Quatuor d'Alexandrie
Citrons acides
La Papesse Jeanne
Cefalu
L'Île de Prospero
Vénus et la Mer

Shusaku Endo
La Mer et le Poison
Un Admirable Idiot
Volcano
En sifflotant
L'Extraordinaire Voyage du samouraï Hasekura

Claire Gallois
À mon seul désir
Une Fille cousue de fil blanc
Jérémie la nuit

Colette Geslin
Vanaa ou la Loi des ancêtres
Les Feux de Beltaine
Taaroa ou les Plaisirs de la cour

Anne Guglielmetti
« La Belle Italie »
L'Anniversaire
La Corne de corail

Tilise Leprince-Ringuet
Il faut que je rentre
La Femme du vent
Honorine ou les Imprévus de Versailles
Chère Carte orange

Claude Luezior
Monastères
Impatiences
À pleines mains
Dites-moi la vérité

Henry Miller
Le Monde de D. H. Lawrence
Big Sur
Le Sourire au pied de l'échelle
Aller-retour New York
J'suis pas plus con qu'un autre

Marcel Moreau
Moreaumachie
Mille Voix rauques

Chaïm Potok
Je m'appelle Asher Lev
Au commencement
La Promesse
Le Livre des Lumières
La Harpe de Davita
Le Don d'Ascher Lev

Ali Saad
Les Chemins d'Ilje

Élie-Pierre Sabbag
L'Ombre d'une ville

Jean-Claude Snyders
Père et Fils
Peines d'enfance
Drames enfouis

Muriel Spark
La Porte Mandelbaum
L'Image publique

Roland Topor
Le Locataire chimérique
Joko fête son anniversaire
La Princesse Angine

STEPHEN LAWHEAD

TALIESIN

Tome I du cycle de Pendragon

roman
traduit de l'anglais par Luc Carissimo

ÉDITIONS BUCHET/CHASTEL
18, rue de Condé - 75006 Paris

Si vous souhaitez recevoir gratuitement nos catalogues : Musique, Sciences humaines et Littérature générale, il vous suffit d'adresser vos coordonnées aux éditions Buchet/Chastel – 18, rue de Condé – Paris.

ISBN : 2-283-01715-7

Première édition : mars 1997
Deuxième impression : août 1997
Troisième impression : novembre 1997

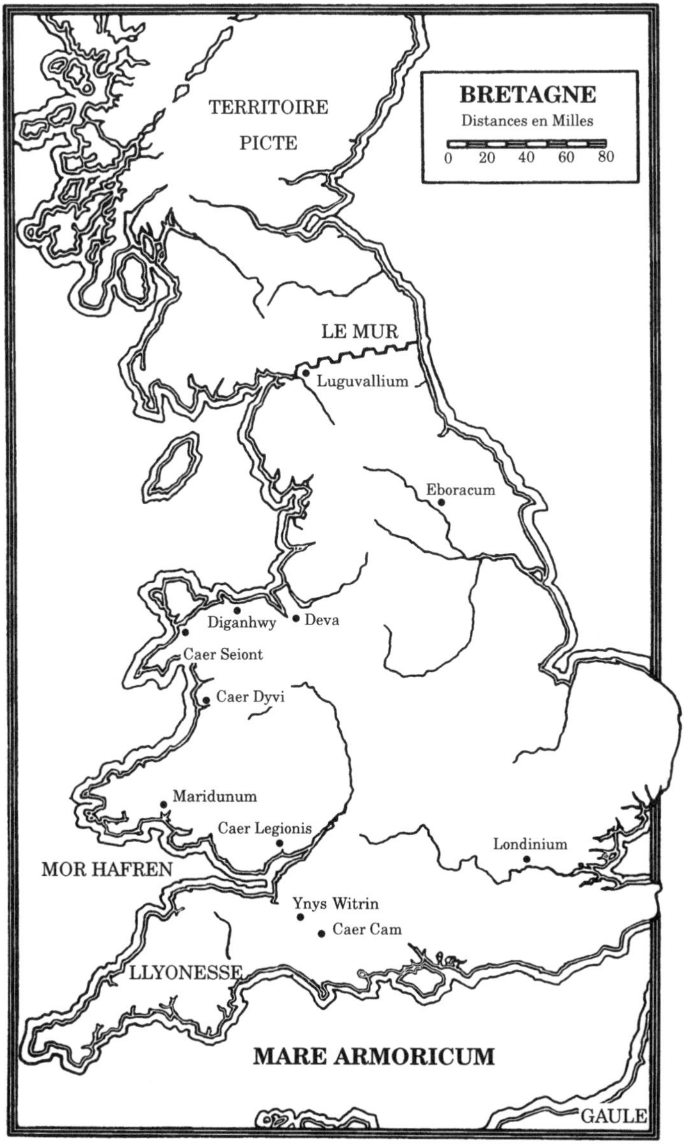
BRETAGNE
Distances en Milles
0 20 40 60 80
TERRITOIRE
PICTE
LE MUR
Luguvallium
Eboracum
Diganhwy
Deva
Caer Seiont
Caer Dyvi
Maridunum
Caer Legionis
Londinium
MOR HAFREN
Ynys Witrin
Caer Cam
LLYONESSE
MARE ARMORICUM
GAULE

À Brad et Nancy

Dix sont les anneaux, et neuf torques d'or
ornent le cou des seigneurs d'antan ;
Il existe huit vertus cardinales, et sept péchés
pour lesquels mettre son âme à l'encan ;
Six est la somme de la terre et du ciel,
de tous objets futiles ou importants ;
Cinq est le nombre des nefs qui fuirent
la froide Atlantide perdue dans l'océan ;
Quatre rois se trouvèrent épargnés,
et trois royaumes demeurent en occident ;
Ils furent deux, dans le fort de Llyonesse,
qui s'aimèrent désespérément ;
Il est un monde, un Dieu, et un roi dont les étoiles
prédirent au Druide l'avènement.

SRL

LIVRE PREMIER

UNE OFFRANDE DE JADE

I

Je ne pleurerai plus les disparus, endormis dans leur tombe marine. Je n'ai plus de larmes à verser sur mes jeunes années dans le temple du bœuf tacheté. En moi la vie est tenace, et je ne me lamenterai pas sur le passé ou sur ce qui aurait pu être. Mon chemin est différent et je dois le suivre jusqu'au bout.

Mais, de ma fenêtre, mes yeux se posent sur les champs de blé mûr qui attendent la faux. Je contemple la houle qui parcourt cette mer dorée et, dans le bruissement des feuilles, j'entends de nouveau les miens m'appeler par delà les ans. Je ferme les yeux et je les vois tels que dans mes plus lointains souvenirs. Ils se tiennent devant moi et je revis les jours heureux de notre jeunesse, quand le cataclysme n'avait pas encore frappé — avant que Throm ne surgisse, de sinistres prophéties sur ses lèvres enfiévrées.

La paix régnait sur toute l'Atlantide. Les dieux étaient sereins et la nation prospère. Enfants, nous jouions sous le disque doré de Bel et nos membres brunis prenaient chaque jour de la vigueur ; nous chantions nos hymnes à la blonde Cybèle toujours changeante pour qu'elle nous accorde des rêves agréables ; et nos jours s'écoulaient dans un pays comblé de tous les bienfaits, nous imaginant qu'il en irait toujours ainsi.

Les voix des disparus s'élèvent : « Conte notre histoire, disent-elles. Elle mérite de rester dans les mémoires. »

Je prends donc la plume. Cela adoucira peut-être les longs mois de ma réclusion. Mes écrits m'apporteront peut-être un peu de la paix qui, toute ma vie, m'a été refusée.

D'ailleurs, je n'ai pas grand-chose d'autre à faire ; je suis captive, prisonnière en cette demeure. Je vais donc écrire. Pour moi, pour ceux qui me suivront et pour les voix qui implorent qu'on ne les oublie pas.

Le palais royal était surnommé l'Île des Pommes, en raison des vergers qui couvraient les pentes descendant vers la ville. Et de fait, à la saison des fleurs, la résidence du roi Avallach semblait une île flottant dans les cieux sur des nuages roses et blancs. Des pommes dorées, plus douces que le miel des ruchers de montagne, poussaient en abondance dans les vergers royaux. D'autres pommiers bordaient la large avenue menant du centre de Kellios au rivage.

Sur une terrasse élevée, face à la mer, Charis, adossée à une colonne, contemplait les reflets cuivrés du soleil sur les feuilles d'orichalque martelé en écoutant le doux murmure de la harpe éolienne qu'une brise caressait de ses doigts indolents. Somnolente et grisée par le parfum entêtant des pommiers en fleurs, elle bâilla et tourna son regard languide vers le chaud croissant bleuté de la rade.

Trois nefs aux voiles vertes gonflées par le vent entraient lentement dans le port de Kellios, laissant derrière elles un sillage de diamants. Charis les regarda virer de bord tandis que s'affaissaient leurs voiles et courir sur leur erre vers le quai. Les robustes chaloupes du maître lamaneur se dirigeaient déjà vers elles pour saisir leurs amarres et les guider vers leur appontement.

Kellios était une cité florissante ; pas trop grande — pas autant qu'Ys aux mille temples et aux vastes chantiers navals, en Coranie, ni même que la ville commerçante de Gaeron, en Hespéra — mais dotée d'une baie aux eaux profondes, si bien que les navires marchands de tous les royaumes y faisaient fréquemment escale pour s'approvisionner avant de s'élancer pour de longs voyages vers le sud et l'est, sur les vastes étendues d'eau que les marins appelaient Oceanus.

Des chars et des charrettes chargées de produits de la campagne environnante, ou de marchandises importées d'autres royaumes, sillonnaient rues et avenues de l'aube au crépuscule. Du marché montait la rumeur des discussions et des marchandages autour des éventaires.

Au cœur de la ville, sur un tertre, se dressait le temple — réplique miniature du mont Atlas, séjour des dieux. Une fumée odorante s'élevait de ses nombreux autels sur lesquels les Mages procédaient jour et nuit à de coûteux sacrifices. Et des étables construites à son pied parvenait le meuglement des taureaux sacrés offrant leur voix au dieu, comme un jour ils feraient offrande de leur chair et de leur sang.

Près du temple se trouvaient les arènes, vaste cirque ovale d'où un souterrain rejoignait les étables. Dans quelques heures, le premier taureau serait introduit par ce tunnel dans la lice ; la danse sacrée pourrait alors commencer. Pour le moment, l'endroit était vide et silencieux.

Charis soupira et regagna le frais corridor ombragé où le claquement de ses sandales se répercuta sur les murs de pierre polie. Au bout du couloir, elle gravit l'escalier monumental et sortit dans les jardins suspendus.

Une douce brise agitait les larges feuilles dentelées des minces palmiers alignés sur le toit dans leurs pots d'orichalque étincelant. Des perroquets bleus jacassaient parmi les régimes de dattes, tandis que des quetzals lissaient leur plumage irisé dans les vignes vierges drapant les colonnes ornementales. Non loin, deux guépards sommeillaient à l'ombre, leur tête ocellée posée sur leurs pattes. L'un d'eux ouvrit paresseusement un œil doré sur son passage, puis le referma et roula sur le dos. Une fontaine jaillissait au centre du jardin, entourée d'obélisques de pierre gravés de charmes et de symboles solaires.

Des fleurs fraîches et des fruits flottaient sur l'eau limpide, et les élégantes silhouettes des cygnes noirs au cou gracieusement incurvé glissaient sereinement autour du bassin. Charis s'approcha et prit une poignée de nourriture dans une amphore voisine. Elle s'assit sur la large margelle et jeta un peu de nourriture aux cygnes qui convergèrent pour l'engloutir en se bousculant, dardant leurs longs cous comme des serpents.

Charis les réprimanda de leur conduite tandis qu'ils battaient des ailes et s'entremenaçaient en sifflant. Après leur avoir jeté les dernières miettes, elle se rinça les mains dans la fontaine. L'eau était tentante et elle faillit ôter sa jupe plissée pour se baigner, mais elle se contenta de se tremper les pieds dans l'eau et de s'humecter les joues avec les mains.

Elle attrapa une mandarine flottant à la surface et entreprit de la peler avant de porter à sa bouche le premier quartier jaune d'or, fermant les yeux quand la douceur acidulée de son jus lui picota la langue. Les journées étaient longues et si semblables, sans presque rien pour les différencier. Aujourd'hui, au moins, il y aurait la danse taurine et, au crépuscule, le sacrifice.

Semblables occasions ponctuaient son existence de distractions bienvenues. Charis sentait que, sans cela, la monotonie insoutenable de la vie au palais l'aurait rendue folle. De temps en temps, elle rêvait qu'elle s'enfuyait, qu'elle se déguisait pour courir les collines escarpées et vivre parmi les simples bergers, ou bien qu'elle s'embarquait sur un bateau et cabotait le long des côtes pour visiter de petits villages de pêcheurs ensoleillés et se laisser bercer par le rythme de la mer.

Malheureusement, mener à bien l'un ou l'autre de ces projets aurait signifié agir, et plus palpable encore que l'ennui dont elle souffrait était l'inertie qui l'enserrait de son poing massif. Son incapacité à modifier son existence autrement que dans les plus insignifiants détails garantissait qu'elle ne tenterait rien.

Elle soupira de nouveau et revint vers le couloir, s'arrêtant au passage pour cueillir à un buisson voisin une ombelle dont elle se mit à effeuiller distraitement les délicats pétales jaunes qu'elle lâchait un à un, comme les jours, et regardait tournoyer dans leur chute.

En s'engageant dans la longue galerie qui reliait la grande salle aux appartements royaux, elle aperçut devant elle une haute silhouette guindée. « Annubi ! s'écria-t-elle en jetant ce qui restait de la fleur. Annubi, attends-moi ! »

L'homme se retourna, raide, et la regarda, un froncement de sourcils ombrageant ses traits solennels. Annubi était le devin et conseiller du roi — comme il l'avait été du père d'Avallach, et du père de son père. C'était aussi l'ami de Charis, du plus longtemps qu'elle s'en souvînt ; seul de tous les habitants du palais, Annubi avait toujours trouvé un moment pour la petite fille à la curiosité dévorante qu'elle était.

Par bien de chauds et somnolents après-midi, quand le disque de Bel surchauffait la terre et que chacun cherchait un endroit frais où se réfugier pour la sieste, la petite Charis avait tiré Annubi de sa cellule étouffante pour se promener sous les ombres bleutées de la colonnade où le devin lui contait des histoires des rois d'antan et lui enseignait les complexités de l'art divinatoire. « C'est un art fort utile pour une princesse, disait-il, pratiqué avec discrétion, bien entendu. »

Mais la petite fille avait grandi, sa curiosité s'était tarie. Ou du moins gisait-elle endormie dans quelque recoin secret de son esprit.

« Ah, Charis, dit-il d'un air sévère. C'est toi.

— Tu n'as pas besoin d'être si revêche, Annubi. Je ne vais pas te détourner de tes si importantes tâches. Je voulais simplement te demander qui vient d'arriver. » Elle lui prit la main d'un geste familier et ils poursuivirent leur chemin le long de la galerie.

« Quelque chose t'a-t-il tiré de ta léthargie ?

— Le sarcasme n'est pas un attribut royal. » Elle imita sa mine renfrognée. D'habitude, cela le faisait rire. Mais ce jour-là, Annubi la regarda en fronçant ses épais sourcils broussailleux. « Te serais-tu à nouveau servie de la pierre sans ma permission ? »

Elle rit. « Je n'ai pas besoin d'une idiote de pierre pour voir ce que j'ai sous les yeux. J'ai vu les navires entrer au port. Et le palais est comme un tombeau, si silencieux. »

Le coin des lèvres d'Annubi se releva. « Ainsi, tu as enfin maîtrisé le premier principe : la seconde vue n'est pas un substitut à un œil acéré.

— Veux-tu dire, demanda Charis, que la seconde vue ne m'en aurait pas montré davantage ?

— Non, mon enfant. » Le devin secoua lentement la tête. « Mais pourquoi prendre la peine d'apprendre la seconde vue, si l'on ne se sert pas de la première ?

— Je croyais que le Lia Fail voyait tout ! »

Annubi s'arrêta et se tourna vers elle. « Pas tout, Charis. Juste une petite partie. » Il leva un doigt en signe d'avertissement. « Si tu espères devenir un bon devin, il ne faut jamais se fier à la pierre pour te révéler ce qu'auraient dû voir tes propres yeux. » Il se tut et secoua la tête. « Pourquoi te dis-je de telles choses ? Tu ne t'y intéresses pas vraiment.

— Quoi qu'il en soit, tu n'as pas répondu à ma question.

— Ces navires sont ceux de ton oncle. Quant à ton autre question — ce qu'ils viennent faire — ne peux-tu le deviner ?

— Belyn est ici ?

— Je n'ai pas dit cela.

— Tu m'en as dit assez peu, me semble-t-il.

— Réfléchis ! Quelle année sommes-nous ?

— Quelle année ? » Charis avait l'air perplexe. « C'est l'année du Bœuf.

— Quelle année ?

— Eh bien, l'an 8556 de la création du monde.

— Bah ! » Le devin fit la grimace. « Laisse-moi tranquille.

— Oh, Annubi ! » Charis le tira par la manche. « Dis-le moi ! Je ne sais pas quelle réponse tu attends.

— C'est la septième année...

— Une année du conseil !

— Une année du conseil, oui, mais plus précisément, un septième conseil. »

La signification de la chose échappait à Charis. Elle regarda Annubi d'un œil vide.

« Oh, va te jeter à la mer et fiche-moi la paix !

— Le septième… » Cela lui revint alors. « Le Grand Conseil ! s'exclama-t-elle.

— Oui, le Grand Conseil. Très perspicace, princesse, railla-t-il.

— Mais pourquoi mon oncle viendrait-il ici à cause du Grand Conseil ? » s'étonna Charis.

Annubi haussa ses maigres épaules. « Il vaut mieux étudier certaines choses en privé avant de les annoncer en public, je suppose. Belyn et Avallach sont proches — aussi proches que peuvent l'être deux frères. Mais ils sont rois, et qui peut sonder le cœur d'un roi ?

— Y a-t-il des différends entre notre peuple et celui de Belyn ?

— Je t'ai dit tout ce que je sais.

— Oh, quand donc as-tu jamais révélé davantage qu'une infime parcelle de ton savoir ? »

Le devin sourit malicieusement. « Une dose d'incertitude incite à rester vigilant. »

Ils étaient parvenus à l'entrée de la grande salle. Deux huissiers du palais se tenaient devant les immenses portes de cèdre poli. À l'approche d'Annubi, l'un d'eux se mit au garde-à-vous et tira un cordon tressé ; la porte s'ouvrit sans un bruit. Le devin se tourna et dit : « Assez d'affaires d'État pour aujourd'hui. Retourne à tes rêves, Charis. » Il entra dans la grande salle ; les battants se refermèrent, laissant Charis se demander ce qui pouvait se passer derrière.

Elle contempla quelques instants les portes, puis s'éloigna. Annubi me traite comme une enfant, se dit-elle ; tout le monde me traite comme une enfant. Personne ne me prend au sérieux. Personne ne me dit jamais rien. Ah, mais j'ai un moyen de savoir. Elle se retourna pour regarder les portes closes et y vit un défi à son ingéniosité. Oserais-je ? Le temps d'arriver au bout du couloir, elle avait pris sa décision.

Se glissant comme une ombre dans le labyrinthe de salles et de couloirs, Charis parvint enfin devant une étroite porte rouge. Sans hésiter, elle la poussa. Derrière, la pièce était éclairée par une simple lampe suspendue à une chaîne près de la porte. D'un geste expérimenté, elle prit une chandelle en cire d'abeille dans un panier d'osier, l'alluma à la flamme vacillante et se dirigea vers une table circulaire au centre de la chambre.

Sur la table, reposant sur un socle d'or martelé, trônait le Lia Fail, cristal ténébreux de la taille d'un œuf d'autruche. Charis plaça la chandelle dans un bougeoir, posa les mains sur l'œuf et scruta ses profondeurs. Les veines de la pierre étaient sombres, comme une fumée bleutée, et gonflées, comme les eaux limoneuses de la rivière Coran ; c'étaient, aimait dire Annubi, la fumée du possible et l'épaisseur fertile des circonstances.

Elle se concentra comme elle l'avait appris, ferma les yeux et récita l'incantation divinatoire — une fois, puis deux de plus. Graduellement, elle sentit la pierre se réchauffer sous ses mains. Elle ouvrit les yeux et vit que les veines fuligineuses s'étaient enroulées en volutes transparentes qui semblaient se tordre et danser comme une brume marine en train de se dissiper aux premiers rayons du soleil.

« Pierre divinatoire, entonna-t-elle, je cherche à savoir ce qui va être. Mon esprit est inquiet. Montre-moi quelque chose... » Elle s'interrompit pour réfléchir à la meilleure façon de formuler sa requête. « Oui, montre-moi quelque chose à propos de voyages. »

Elle n'avait pas oublié l'injonction d'Annubi de toujours être d'une totale imprécision en s'adressant à la pierre. « Le devin vient à la pierre pour être instruit, non pour ordonner, lui avait-il souvent dit. En conséquence, par respect pour les servantes du destin, on reste dans le vague afin de ne pas sembler présomptueux. Réfléchis ! Qu'est-ce qu'une circonstance, sinon une possibilité qui a pris corps ? Refuserais-tu un bouquet parce tu ne cherchais qu'une simple fleur ? Mieux vaut laisser la pierre se montrer généreuse. »

À l'intérieur de l'œuf de cristal, les brumes tourbillonnaient et s'agrégeaient en motifs indistincts. Charis étudiait les ombres, les sourcils froncés de concentration, et finit par discerner des formes : une procession d'hommes et de chevaux le long d'une avenue bordée d'arbres ; un cortège royal, semblait-il, car il était mené par trois chars tirés chacun par une paire de chevaux noirs portant un plumet noir sur la tête.

Hum ! se dit Charis, une parade ennuyeuse. Pas du tout ce que j'avais en tête. J'aurais dû poser une question à propos du conseil.

Les formes ténébreuses se dissipèrent alors et Charis crut que la pierre allait s'obscurcir. Mais les formes se réarrangèrent et elle vit une route et, sur celle-ci, ses robustes jambes se mouvant rythmiquement, un homme tel qu'elle n'en avait jamais vu : un homme effrayant au corps couvert de peaux de bêtes. Son visage anguleux et barbu était brûlé par le soleil et sa chevelure crasseuse était hirsute. Cet homme d'aspect terrible balançait à la main un long bâton au sommet duquel brûlait une flamme jaune.

Le vision s'estompa à son tour et la pierre redevint froide. Charis récupéra sa chandelle, la souffla et la replaça dans le panier. Puis elle ouvrit la porte, sortit dans le couloir et s'éloigna rapidement.

Le roi Avallach salua son frère sans cérémonie pendant que ses sénéchaux lui présentaient des cuvettes d'eau parfumée et des linges propres pour se rafraîchir des fatigues du voyage. Du vin leur fut servi et ils prirent leurs coupes pour se diriger vers l'un des petits jardins adjacents à la grande salle, laissant leurs ambassadeurs échanger des potins de cour.

« Nous t'attendions deux jours plus tôt, dit Avallach en buvant une gorgée.

— Je serais venu plus tôt, mais je voulais être sûr.

— L'es-tu ?

— Oui. »

Avallach fronça les sourcils et contempla son jeune frère. Ils étaient presque le reflet l'un de l'autre : tous deux bruns, ils portaient longues leur barbe et leur chevelure noires, huilées et bouclées. Leurs dents blanches brillaient quand ils souriaient et leur œil sombre étincelait d'une vive intelligence et, à l'occasion, d'une encore plus vive colère. « Ainsi, il n'y a plus de doute.

— Mais nous pouvons encore l'arrêter, répondit Belyn. Si nous présentons des preuves contre lui au conseil, devant tout le monde, le Grand Roi devra prendre des mesures. »

Avallach réfléchit et dit : « Forcer le Grand Roi à prendre des mesures contre l'un de ses monarques pourrait faire s'écrouler le monde sur nos têtes.

— Ou bien le sauver.

— Très bien. » Avallach lui tourna soudain le dos et repartit vers la grande salle. « Allons écouter ce que tes hommes ont à nous dire. »

Ils retrouvèrent les autres à l'intérieur. Avallach vit qu'Annubi était arrivé et lui fit signe d'approcher. Tandis que le devin les rejoignait, le roi s'adressa à un membre de la délégation de Belyn. « Mon frère m'apprend que tu as apporté des preuves avec toi. Voyons-les donc. »

L'homme jeta un coup d'œil au devin et hésita.

« Fais confiance à Annubi comme à moi-même, lui dit Avallach. Si mon conseiller ne doit pas entendre, alors je suis sourd moi aussi. » Annubi s'inclina, joignant les mains en signe solaire. « En outre, ajouta Avallach, je n'ai jamais découvert un moyen de cacher un secret à cet homme.

— Le nom d'Annubi est également révéré au palais de Belyn, dit l'homme en inclinant la tête vers le devin. Je n'avais nulle intention de t'offenser.

— Il n'y a pas d'offense, répondit Annubi d'une voix égale. Poursuis, veux-tu.

— Je suis le maître des arsenaux du roi Belyn. Il y a cinq jours, j'ai surpris deux Ogygiens dans les chantiers navals de Taphros, dit l'homme. Pour entrer, ils s'étaient fait passer pour des représentants d'une ligue de marchands aziliens. Les chantiers navals ne sont pas gardés, comme vous le savez, mais le roi m'avait ordonné d'ouvrir l'œil. J'ai eu des soupçons en voyant ces soi-disant acheteurs traîner près de la hutte des charpentiers. Ils semblaient guetter l'occasion de s'y introduire.

— Sans aucun doute », fit remarquer Avallach.

Le maître des arsenaux acquiesça. « Interrogés, ils ont prétendu ne rien savoir.

— Bien entendu.

— J'ai demandé qu'on les fouille et ils se sont mis à m'injurier. J'ai fait venir six de mes charpentiers pour les empêcher de s'échapper avant d'appeler la garde du palais. » Son récit terminé, l'homme fit un pas en arrière et un autre prit sa place.

« Voici le capitaine de ma garde, dit Belyn en guise de présentation.

— Je suis aussitôt descendu aux chantiers navals avec huit de mes meilleurs hommes, enchaîna celui-ci. Nous avons trouvé les deux espions comme l'avait dit le maître des arsenaux. Malgré leurs protestations, nous les avons amenés au palais pour les fouiller. Nous avons trouvé sur eux des documents révélant qu'ils s'étaient livrés à de minutieuses activités d'espionnage. À mon avis, ils tentaient d'évaluer la puissance de la flotte de Belyn et les ressources de ses chantiers. »

Le regard d'Avallach se durcit.

« Ce n'est pas tout. » Belyn fit signe à un autre homme, qui ouvrit une bourse accrochée à sa ceinture et en sortit un rouleau de parchemin qu'il tendit à Avallach. « Je crois, dit l'homme, que tu voudras voir ceci par toi-même. »

Avallach déroula le parchemin, l'examina rapidement et le passa à Annubi. Le devin jeta un coup d'œil au document et le lui rendit. « Il semblerait que Nestor n'ait pas laissé une pierre sans la retourner, dit Annubi.

— Effectivement ! Compter les navires et les réserves… est-il fou ?

— Estimer la force de l'ennemi avant de frapper est la sagesse même, répondit sèchement le capitaine de Belyn.

— Il a perdu l'esprit ! lança Avallach. Briser une paix plus de deux fois millénaire… »

Annubi leva les mains et dit : « De nouvelles forces sont lâchées sur le monde : le vent apporte la guerre, les hommes-bêtes s'enhardissent, l'ordre cède la place au chaos. L'univers entier est en effervescence. » Il se tut brusquement et haussa les épaules, avant d'ajouter : « Nestor est une créature de son époque.

— C'est une créature qu'il convient d'arrêter. » Avallach fit la moue. « Pour cela, nous avons besoin du soutien des autres.

— Nous pensons de même, mon frère, déclara Belyn. Je vogue vers la Coranie dès que j'en aurai terminé ici.

— Non, dit Avallach. Je m'en charge. S'il est exact que Nestor a des espions partout, on ne doit pas te voir voyager de Kellios à Ys. C'est moi qui irai parler à Seithenin.

— C'est encore mieux, répondit Belyn.

— Et maintenant, dit Avallach en élevant la voix à l'intention des autres, écartons de nos esprits ces affaires navrantes. Il y a danse taurine, aujourd'hui… vous êtes mes invités. »

Les hommes s'inclinèrent et firent le signe solaire. Avallach appela un intendant qui apparut aussitôt. « Ces personnes sont nos invités, lui dit Avallach. Prépare-leur des chambres et veille à ce qu'ils aient des vêtements propres et tout ce qu'ils désirent. »

Les hommes sortirent à la suite du domestique. « Elaine est avec toi ? demanda Avallach tandis que les autres quittaient la grande salle.

— Quand elle a appris que je venais chez toi, elle n'a rien voulu savoir pour rester. Elle était endormie lors de notre arrivée. J'ai promis de revenir la chercher plus tard.

— Vas-y et ramène-la. Ne la fais pas attendre, ne serait-ce qu'un instant, ou bien je devrai répondre de ton manque d'égards.

— Ce ne serait pas la première fois, » fit en riant Belyn. Son rire mourut sur ses lèvres et il écouta l'écho en résonner dans la vaste salle. « Quel son caverneux !…

— Va chercher Elaine, lui dit Avallach. Ce soir, nous allons remplir la salle et elle retentira de rires. »

Une fois Belyn parti, Avallach se tourna vers Annubi. « Ce que nous avons longtemps redouté est arrivé : nous allons devoir affronter Nestor devant le conseil, et nous devons gagner. Si nous échouons, cela ne peut finir que dans la mort.

— Effectivement ! La mort est la seule certitude lorsque tombent les rois », rétorqua Annubi.

La curiosité de Charis était loin d'être satisfaite par ce qu'elle avait entrevu dans le Lia Fail. Mais, comme elle avait agi en cachette, elle ne pouvait pas aller trouver Annubi pour lui demander ce que signifiaient ces images. En tout cas, elle ne s'était pas vue dans la procession de voyageurs, et cela confirma ses pires soupçons : le moment venu de se rendre au Grand Conseil, on la laisserait en arrière.

Ce n'était pas juste. En tant que benjamine des cinq enfants d'Avallach, Charis avait souvent été forcée de recourir aux subtilités de la diplomatie là où ses frères auraient pu se reposer sur leur force. Il fallait qu'elle se trouve un allié, quelqu'un d'influent qui prendrait son parti. Elle choisit sa mère.

Elle la trouva dans la bibliothèque royale, un objet rectangulaire entre les mains. La reine se retourna à l'entrée de sa fille, sourit et lui tendit la main. « Viens, je voudrais te montrer quelque chose.

— Qu'est-ce que c'est ? Une brique ? »

Briseis rit et tendit l'objet à Charis. « Ce n'est pas une brique, expliqua-t-elle. C'est un livre. »

Charis s'approcha et regarda la chose… drôle de forme pour un livre. Il était plat et épais, et non enroulé en un rouleau de vélin bien serré. Il avait l'air disgracieux et malcommode.

« Tu es sûre ? » demanda Charis en regardant la bibliothèque autour d'elle, avec ses innombrables rouleaux rangés dans leurs niches en nids d'abeille. L'immense pièce était construite en pierre et en bois vernis ; la lumière étincelait sur ses nombreuses surfaces lisses. Il y avait de grandes tables en bois de myrrhe et des fauteuils à haut dossier garnis de coussins bleus étaient répartis autour de la salle. À une extrémité était suspendue une grande tapisserie représentant le mont Atlas dont le sommet se perdait dans les nuages. Elle reporta son regard sur l'objet bizarre que sa mère tendait devant elle. « Pour moi, ça ressemble à une brique.

— C'est un nouveau genre de livre. Tiens. » Sa mère lui mit le volume entre les mains. « Ouvre-le.

— L'ouvrir ?

— Je vais te montrer. » Sa mère se pencha et souleva la couverture de cuir pour dévoiler une saisissante représentation de l'Atlantide verte et dorée flottant sur une mer de lapis-lazuli. Le soleil vint effleurer la page et en enflamma les couleurs.

« C'est magnifique ! s'exclama Charis en passant les doigts sur la page. Où l'as-tu eu ?

— Des marchands l'ont rapporté de l'autre côté d'Oceanus. Il paraît que les grandes bibliothèques d'Orient ont commencé à fabriquer de tels livres. J'ai demandé aux artisans royaux de reproduire le dessin, mais le texte est écrit dans une langue que j'ignore. Il n'y a qu'un seul autre livre semblable dans les neuf royaumes, et il appartient au Grand Roi. »

Briseis referma le livre et regarda tendrement sa fille, levant la main pour lui caresser les cheveux.

« Quelque chose ne va pas, Mère ? demanda Charis.

— Rien qui te concerne, ma chérie, » répondit-elle, mais une ombre s'attarda dans son regard.

Charis examina attentivement sa mère. Elle était mince et élancée, avec la peau très blanche et des cheveux de miel. Ses yeux clairs de la couleur des lacs de montagne évoquaient des profondeurs glaciales. Bien qu'elle portât rarement le diadème, il n'y avait pas à se tromper à son port de reine ; la noblesse, belle et pure comme la lumière même, irradiait de sa personne. Charis considérait sa mère comme la plus belle femme du monde, et elle n'était pas la seule de cet avis.

« Tu es venue me trouver, dit Briseis. Que voulais-tu ?

— Quelqu'un est arrivé, répondit Charis. J'ai vu les navires entrer au port. Ce sont ceux d'oncle Belyn.

— Belyn est ici ? C'est une nouvelle. » Elle se retourna pour regarder vers le port et Charis remarqua que l'ombre était revenue.

« Humph, grogna Charis. C'est tout ce que tu pourras tirer de moi. Il y a eu une réunion secrète et Annubi a fait allusion au Grand Conseil. Mais je sais qu'on ne me permettra pas d'y aller. » Elle se laissa tomber sur un fauteuil. « Oh, Mère, par moments je voudrais partir d'ici… partir pour toujours ! »

La reine tourna un regard triste vers sa fille. « Ah, Charis, toujours si impatiente… cesse d'appeler les départs de tes vœux. Tu connaîtras bien assez de séparations dans ta vie, je le crains.

— Je ne me suis jamais rendue à un Grand Conseil. Pouvons-nous y aller ? S'il te plaît ? »

Le visage de Briseis s'éclaira soudain. « Elaine est peut-être venue, elle aussi. »

Charis vit une brèche où s'engouffrer et se fit insistante. « Nous le pouvons ? Je ne vais jamais nulle part. Tous les autres… Kian, Maildun, Eoinn et…

— Chut, je n'ai pas dit non. Si Elaine et Belyn sont venus, je dois m'occuper de leur installation. »

Charis haussa les sourcils, pleine d'espoir. « Alors, c'est oui ?

— C'est à ton père de décider. » Charis plissa le front de déception. « Mais, poursuivit sa mère, je pense pouvoir le persuader. »

Charis se leva d'un bond. « Persuade-le, Mère. Tu le feras, je sais que tu y arriveras.

— Je ferai de mon mieux. À présent, allons voir si ton oncle et ta tante veulent nous accompagner aux arènes. »

« Ouf, je n'en peux plus. Et je n'ai jamais eu un tel mal de mer. Bonjour, Briseis. Bonjour, Charis. Quel plaisir de vous revoir. Je ne sais pas pourquoi j'ai insisté pour venir, je n'ai eu que des misères depuis que j'ai mis le pied sur ce maudit navire. Mais il fait horriblement chaud, ici… ou bien est-ce moi ?

— Bonjour, tante Elaine. Tu n'as pas encore eu ton bébé ? » Charis rit et tendit la main pour aider sa tante à descendre du chariot.

« Vilaine fille. Serais-je là à souffler comme un phoque si j'avais eu mon bébé ? Il ne doit pas naître avant des semaines ! » Elaine posa ses mains gracieuses sur son ventre. Malgré ses protestations, elle paraissait en excellente santé et parfaitement satisfaite de son sort.

« Elaine, tu es plus resplendissante que jamais, dit Briseis en l'embrassant. Et il fait vraiment chaud au soleil. Viens à l'intérieur. J'ai fait préparer des boissons fraîches.

— Viendras-tu à la danse taurine avec nous ? » demanda Charis. Elles passèrent à l'ombre du portique et se dirigèrent vers le palais, les frondes des palmiers bruissant sur leur passage.

« Manquerais-je pareille occasion ? Il n'y a rien que j'aime davantage. Qui doit danser ?

— Une troupe de Poséidonis, du Grand Temple lui-même… les Lunules, je crois. Guistan dit que l'un d'entre eux réussit le double saut périlleux.

— Ça suffit, Charis, la réprimanda sa mère. Elaine a fait un long voyage et elle est fatiguée. Laisse-lui un moment pour se reposer avant de nous traîner aux arènes. » Elle se tourna vers Elaine. « Le bébé ne doit pas naître avant plusieurs semaines, as-tu dit ?

— Les étoiles, Briseis, les étoiles ! Les mages m'ont dit que les étoiles doivent être correctement alignées. "Altesse", poursuivit-elle en adoptant un ton pontifiant, "un jour il sera roi et, par conséquent, il doit naître sous un signe propice." Les imbéciles.

— Tu es sûre que ce sera un garçon ?

— Tout à fait sûre. Dans ma famille, tout au moins, les mages ne se sont pas trompés depuis cinq générations. Il n'y a pas de doute, ce sera un garçon.

— Belyn doit être enchanté.

— Extatique, et à juste titre… vu que c'est moi qui fais tout le travail et qu'il en retirera toute la gloire.

— Tu as choisi un nom ? demanda Charis.

— J'ai consulté les mages, qui ont compulsé le Registre royal et m'ont dit qu'il y avait eu dans ma famille un homme du nom de Peredur ; c'était un souverain juste et sage qui jouissait d'un grand renom à je ne sais quelle époque. Je crois que je vais appeler le bébé Peredur.

— C'est un drôle de nom, fit remarquer Charis, mais je l'aime bien... »

Briseis jeta à sa fille un regard désapprobateur que Charis ignora. « Charis, va chercher tes frères. Dis-leur de se tenir prêts. Nous partons bientôt pour les arènes et je veux arriver avant la foule. » Charis fronça les sourcils et ouvrit la bouche pour protester. « Va. Je veux parler seule à seule avec Elaine.

— J'y vais.

— Je te réserverai une place près de moi aux arènes », lui cria Elaine.

Les deux femmes la regardèrent partir en courant. Briseis poussa un soupir. « Parfois, je me dis que je ne ferais jamais d'elle une dame. Elle est si entêtée.

— Quand même pas plus que son père ? »

Briseis sourit et secoua la tête. « Non, pas plus qu'Avallach. »

II

Debout à la porte de son caer, au sommet de la colline, Gwyddno Garanhir regardait de l'autre côté de l'Aberdyvi les oiseaux de mer qui tournaient en piaillant dans le ciel bleu balayé par le vent, plongeant pour attraper les poissons piégés dans les flaques laissées par la marée descendante. Ses yeux scrutaient l'horizon, guettant le danger : les voiles carrées, rouge sang, des pillards irlandais.

Il y avait eu un temps, pas si lointain, où la vue de voiles à l'horizon plongeait le clan dans une véritable frénésie. L'alarme retentissait et Gwyddno empoignait sa lance, son bouclier de bronze, et descendait à la tête de ses hommes sur la plage pour attendre l'attaque. Parfois elle avait lieu ; et parfois, voyant la bande hurlante et tournoyante qui les attendait dans les basses eaux, les navires poursuivaient leur chemin en quête de proies plus faciles.

Mais l'horizon était clair et dégagé ; le village était en sécurité. Bien que cela fît des années qu'aucun pirate n'avait osé attaquer, Gwyddno n'avait pas oublié les sanglantes batailles de sa jeunesse et sa vigilance ne se relâchait pas.

En bas, sur la bande de sable découverte par la marée, quelques membres de son clan pataugeaient à mi-mollets pour chercher des moules et des huîtres — des huîtres renfermant les rares petites perles que l'on entassait et que l'on vendait par cornes entières aux tout aussi rares marchands qui s'aventuraient dans les sauvages repaires de montagne des Cymry. Il les voyait, le dos courbé, traînant dans leur sillage des sacs de toile grossière, s'activer avec leurs fourches de bois à long manche… et une idée lui vint.

Un peu plus haut sur la rivière, Gwyddno entretenait un combre à saumons qui, la saison venue, approvisionnait sa table en poisson et dont le surplus lui assurait un bon profit. Peut-être, se dit-il, pourrait-on faire en sorte que le combre fournisse plus que du saumon, cette année.

Dernièrement, Gwyddno avait senti les atteintes de l'âge et il avait commencé à songer à se trouver un héritier comme seigneur et roi de six cantrefs de Gwynedd. Il avait eu deux épouses qui, à elles deux, n'avaient réussi à lui donner qu'un fils, Elphin. « Puissent mes épouses avoir été aussi fertiles que mon combre », se lamentait-il souvent.

Elphin était considéré par le clan comme le jeune homme le plus malchanceux qui eût jamais vécu. Rien de ce à quoi il touchait ne prospérait, et rien de ce qu'il entreprenait ne réussissait. Les récits de son incroyable malchance couraient tout le Gwynedd… comme la fois où il était parti un matin avec cinq compagnons à la chasse au sanglier dans les vaux de Pencarreth.

La troupe était rentrée une heure après le coucher du soleil avec trois chevaux en moins, deux hommes gravement blessés, un petit sanglier entre eux, et tous les cinq blâmant Elphin… même si personne n'était disposé à dire exactement en quoi il était responsable de leur infortune. Mais tous s'accordaient à dire que c'était de sa faute. « C'est tout ce que nous méritons pour être allés avec lui. La prochaine fois, ou bien il reste, ou bien nous restons. »

Une fois, il s'était rendu en compagnie de son père et de quelques parents dans un village voisin pour les funérailles d'un chef de clan respecté. En tant que fils du Seigneur Gwyddno, Elphin se vit accorder l'honneur de mener l'attelage funèbre jusqu'au cromlech où le corps devait être inhumé. Le chemin du site funéraire traversait un bois de bouleaux au flanc d'une colline escarpée.

Alors que le convoi arrivait au sommet de la colline, des cris perçants retentirent et une volée de cailles terrifiée prit son essor dans de furieux battements d'ailes. Bien qu'Elphin tînt fermement les rênes, les chevaux se cabrèrent, le chariot bascula et le corps roula au bas de la colline de la plus choquante et indigne façon. Elphin réussit de justesse à ne pas rejoindre son hôte sous le cromlech.

Une autre fois, Elphin était parti pêcher dans l'estuaire, quand son ancre céda et sa barque fut entraînée vers la mer. Les membres de son clan pensèrent qu'ils ne le reverraient plus jamais, mais il revint le lendemain, épuisé et mourant de faim, mais sauf, ayant perdu le bateau — filets, poissons et le reste — sur un récif, plus loin sur la côte.

Les catastrophes, grandes ou petites, s'abattaient sur Elphin avec une immuable régularité. C'était comme si le jour de sa naissance avait été maudit, bien que personne ne pût se souvenir d'une telle malédiction. Et, comme Gwyddno était un seigneur juste et respecté, il n'y avait guère de raison pour quiconque de maudire sa progéniture.

Quoi qu'il en soit, les chances qu'il avait de succéder à son père étaient excessivement minces. Personne ne suivrait un homme connu pour sa malchance, et qu'un tel homme devînt roi aurait attiré la calamité sur le clan. En fait, ses cousins avaient commencé à discuter du problème entre eux et certains des plus anciens faisaient maintenant le signe contre le mauvais sort dans leur dos. Il était évident pour Gwyddno qu'il faudrait bientôt trouver une solution.

Gwyddno, qui aimait tendrement son fils, était déterminé à l'aider. Il lui fallait une preuve indiscutable que la chance d'Elphin avait tourné. C'était là qu'intervenait le combre à saumons.

Dans quelques jours, ce serait Beltane, une des époques les plus propices de l'année. Un jour où l'on bénissait champs et troupeaux, et où l'on sacrifiait à la déesse Terre pour l'apaiser et s'assurer d'abondantes récoltes. Un jour de puissante magie. Si ce jour-là le combre sur la Dyvi livrait une pêche abondante, ce serait un présage de bonne fortune pour l'année à venir. Et si Elphin était celui qui ramenait le saumon, personne ne pourrait l'accuser de malchance.

Comme Gwyddno avait coutume de donner les prises de ce jour-là à un membre du clan, il décida que ce serait cette année le tour d'Elphin. Ainsi, le monde verrait si la chance de son fils tournerait un jour, ou s'il descendrait dans la tombe aussi infortuné qu'il était sorti du ventre de sa mère.

Gwyddno caressa son torque et sourit en tournant le dos aux pêcheurs de l'estuaire. C'était une bonne solution. Si Elphin ramenait une bonne prise, son infortune était terminée, sinon, il ne se porterait pas plus mal qu'avant et les membres de sa tribu pourraient commencer à chercher un héritier parmi les neveux et cousins de Gwyddno.

Le roi rentra dans son caer et s'engagea entre les demeures qui s'y regroupaient : solides maisons de bois et de chaume pour la plupart, mais par endroits une des antiques huttes circulaires était toujours debout. Près de trois cents habitants — membres de deux *fhains* apparentés dont la lignée remontait à un ancêtre commun — considéraient Caer Dyvi comme leur foyer et cherchaient refuge derrière sa robuste palissade de bois entourée d'un fossé.

Gwyddno traversa le village, saluant ses sujets, s'arrêtant de temps en temps pour échanger un mot avec l'un ou l'autre. Il les connaissait tous bien, il savait leurs espoirs et leurs craintes, les rêves qu'ils nourrissaient pour eux et pour leurs enfants. C'était un bon roi, aimé de ses sujets, y compris des seigneurs des cantrefs environnants qui lui payaient tribut en tant que suzerain.

Des cochons roses fouissant le sol à la recherche de glands se dispersèrent en couinant quand il parvint au chêne du conseil, au centre du caer. Une barre de fer pendue à une courroie de cuir était accrochée à une des basses branches et, prenant un marteau de fer, Gwyddno la frappa à plusieurs reprises. Un instant plus tard, les membres du clan commencèrent à se rassembler pour répondre à son appel.

Quand presque tous les anciens furent présents, il dit d'une voix forte : « J'ai convoqué le conseil pour annoncer à qui j'ai choisi de laisser la prise de mon combre à saumons, dans deux jours. » La nouvelle fut accueillie par des murmures d'approbation. « C'est Elphin. »

Les murmures cessèrent. C'était inattendu. Les hommes s'entreregardèrent et plusieurs firent le signe contre le mauvais sort derrière leur dos. « Je sais ce que vous pensez, poursuivit Gwyddno. Vous croyez qu'Elphin joue de malchance…

— Il est envoûté ! marmonna quelqu'un dans la foule, et l'assentiment fut général.

— Silence ! cria quelqu'un d'autre. Laissez parler notre chef.

— Le combre à saumons sera l'épreuve d'Elphin. S'il rapporte une bonne prise, la malédiction est terminée.

— Et sinon ? demanda un homme.

— Sinon, vous pourrez commencer à me chercher un héritier. Je ne resterai pas roi au-delà de Samhain. Il est temps de vous choisir un nouveau chef. »

Cette dernière et importante nouvelle fut accueillie dans un silence respectueux. La malchance d'Elphin était une chose, choisir un roi en était une autre. « Retournez au travail. C'est tout ce que j'avais à dire », conclut Gwyddno, et il se dit : voilà, c'est fait. Qu'ils ruminent un peu cela.

Tandis qu'ils se dispersaient, Hafgan, le barde du clan, s'approcha, emmitouflé dans son grand manteau bleu bien que ce fût une belle journée de printemps.

« Tu as froid, Hafgan ? » demanda Gwyddno.

Le druide fit la grimace et jeta un coup d'œil vers le brillant soleil de midi. « Je sens la froidure de la neige à venir.

— De la neige ? En cette saison ? » Gwyddno regarda les nuages d'altitude dérivant dans le ciel ensoleillé. « Mais c'est presque Beltane… les neiges d'hiver sont passées. »

Hafgan grogna et ramena son manteau autour de lui. « Je ne vais pas discuter du temps. Tu ne m'as pas consulté au sujet de cette histoire de saumons. Pourquoi ? »

Gwyddno détourna les yeux. Il n'aimait pas trop se confier à un druide… quelqu'un qui ne guerroyait pas, n'avait pas d'épouse et ne s'adonnait à aucune des activités d'un homme normal.

« Ta réponse est lente à venir, fit remarquer Hafgan. Un mensonge se coince souvent dans la gorge.

— Je ne te mentirai pas, Hafgan. Je ne t'ai pas consulté, parce que j'ai pensé que ce n'était pas avisé.

— Comment ça ?

— Elphin est mon fils unique. Un homme doit tout faire pour favoriser la chance de son fils. J'ai décidé qu'Elphin devait recevoir la première prise du combre à saumons, cette année. Je ne voulais pas que tu t'opposes à mes projets.

— Tu penses que je t'en aurais empêché ? »

Gwyddno regarda ses pieds.

« C'est là où tu te trompes, Gwyddno. Ton projet est plein de sagesse, mais le temps est contre toi. J'aurais pu te le dire. »

Gwyddno redressa la tête. « La neige ? »

Le barde acquiesça. « Une tempête se prépare. Du vent et de la neige venus de la mer. Les saumons seront en retard et le combre sera vide. »

Gwyddno secoua tristement la tête. « Il ne faut pas le dire à Elphin. Il pourrait quand même prendre quelque chose. »

Le druide grogna et se prépara à partir. « La Grande Mère est toujours généreuse.

— Je vais lui faire une offrande sur le champ. Cela pourrait aider.

— Ne pense pas que tu vas détourner la tempête », lança Hafgan par-dessus son épaule.

Gwyddno regagna en hâte sa demeure. « Si elle ne met pas fin à sa malchance, la déesse l'atténuera peut-être un peu. »

Le matin de la veille de Beltane, le ciel était chargé de nuages noirs et des rafales glacées soufflaient de la mer, apportant neige et grésil. Néanmoins, Elphin se leva tôt, revêtit des fourrures et sortit rejoindre les gardiens des filets, deux cousins de son père chargés du combre à saumons.

Les hommes marmonnaient et faisaient le signe contre le mauvais sort en jetant des fourrures supplémentaires sur les chevaux avant de monter et de se mettre en route vers l'amont. Elphin ignora la grossièreté de ses compagnons et mangea un morceau de pain noir tout en chevauchant, drapé dans son manteau de chasse et perdu dans ses pensées.

Elphin était un solide jeune homme au large visage jovial et aux yeux bruns pleins de douceur ; sa chevelure était brun souris, tout comme sa moustache tombante. Il aimait bien manger et, plus encore, bien boire, et il ne lui déplaisait pas de chanter. Si ses mains n'étaient jamais trop occupées, elles n'étaient jamais non plus trop pleines pour aider les autres. Dans l'ensemble, ses manières étaient aussi franches et ouvertes que son visage.

Contrairement à son entourage, Elphin ne semblait pas se soucier de sa malchance, ni même s'en rendre compte. Il ne comprenait pas pourquoi les gens en faisaient une telle histoire. De toute façon, il n'y avait rien à gagner à se tourmenter à ce sujet, car toutes les questions de chance étaient entre les mains des dieux qui donnaient et retiraient selon leur bon plaisir. L'expérience lui avait enseigné que les choses avaient tendance à tourner comme elles le voulaient et que rien de ce qu'il ferait n'y changerait quoi que ce soit.

À dire vrai, le temps aurait pu être meilleur. La neige et le vent ne constituaient pas les conditions idéales pour la pêche au saumon. Mais qu'y faire ? Pouvait-il arrêter la neige dans le ciel ou empêcher le vent de souffler ?

Du caer, le sentier longeait les eaux limpides de la Dyvi, aujourd'hui grises et froides, qui reflétaient les cieux plombés. La neige s'accrochait aux arbres, faisant ployer leurs jeunes pousses. Le vent glacial brûlait la peau et les hommes courbaient les épaules contre le froid ; les chevaux, leur pelage d'hiver partiellement tombé, baissaient la tête et avançaient lentement.

Ils atteignirent le combre en milieu de matinée et, si les nuages demeuraient aussi denses et sombres que jamais, et si la neige tombait toujours obstinément, le vent avait faibli. Les gardiens du combre mirent pied à terre et allèrent jeter un coup d'œil aux filets tendus sur des pieux en travers du courant. Les poteaux étaient couronnés de neige et les filets eux-mêmes dessinaient une ligne blanche au-dessus des eaux noires. De l'autre côté de la rivière, une rangée de mélèzes se dressait comme un groupe de druides en manteaux blancs rassemblé pour assister à la pêche.

« Nous y sommes, dit un des gardiens, un homme au cou de taureau du nom de Cuall. Tu peux y aller. »

Elphin acquiesça. Avec un hochement de tête conciliant, il commença à se dévêtir. Une fois nu, il descendit vers la rivière, progressant prudemment sur les rochers glissants. Il entra dans l'eau, les bras serrés autour de sa poitrine pour contenir ses frissons, et se dirigea vers le premier filet.

Le filet s'éleva pesamment au-dessus des eaux sombres quand Elphin le tira avec entrain. Mais il était vide.

Il jeta un coup d'œil vers la berge, où ses compagnons attendaient immobiles, les sourcils froncés. Il haussa les épaules et partit lentement vers le poteau suivant, la chair hérissée de froid. Le deuxième filet était vide, le troisième aussi, de même que le quatrième, à part une branche entraînée par le courant.

« Un jour néfaste », grommela Cuall. La voix de l'homme portait sur l'eau. Elphin fit mine de ne pas avoir entendu et poursuivit sa tâche. « Aucune raison de geler sur pied, répondit Ermid, le deuxième gardien. Faisons du feu. »

Tous deux se mirent à ramasser du bois sec et, quand Elphin regarda de nouveau en arrière, il vit une joyeuse flambée dans la clairière, près de la berge. Il sortit de l'eau et rejoignit les autres, accroupis près du feu.

Le jeune homme s'agenouilla et poussa un soupir de soulagement en sentant les flammes réchauffer ses membres gelés. « Tu as déjà assez de saumon ? » demanda Cuall. Ermid rit nerveusement.

Elphin tendit les mains vers la chaleur et dit en claquant des dents : « Je dirais plutôt que le saumon en a assez de moi. »

Sa réponse mit Cuall en colère. Il se leva d'un bond et agita le poing devant le nez d'Elphin. « Toute ta malchance passée n'était rien comparée à cela ! Tu as détruit les vertus du combre ! »

Elphin se hérissa sous l'accusation, mais il répondit calmement : « Je n'ai pas encore fini ce que je suis venu faire.

— À quoi bon ? brailla Cuall. Tout le monde peut voir que tu n'en tireras rien ! »

Une fois de plus, le jeune homme brava les eaux glacées pour s'avancer lentement vers les filets. Cuall le regarda et dit à Ermid : « Viens, nous en avons assez vu. Rentrons. »

Ils ramassèrent de la neige qu'ils jetèrent sur le feu jusqu'à ce qu'il s'éteigne en sifflant, puis ils remontèrent en selle. Ils venaient de tourner bride, quand ils entendirent crier Elphin. Cuall poursuivit son chemin, mais Ermid s'arrêta et regarda en arrière. Il vit Elphin se diriger vers la rive, de l'eau à mi-cuisses, traînant derrière lui une masse sombre.

« Cuall, attends ! cria Ermid. Elphin a trouvé quelque chose ! »

Cuall arrêta sa monture et jeta un coup d'œil par-dessus son épaule. « Ce n'est rien, lança-t-il. Une carcasse d'animal noyé. »

Elphin appela à nouveau et Ermid mit pied à terre. Cuall les observa avec impatience, jurant entre ses dents, puis il revint en arrière. Il arriva juste à temps pour voir Elphin et Ermid hisser hors de l'eau un gros sac de cuir.

« Regarde ce qu' Elphin a trouvé », dit Ermid.

Cuall resta impassible. « Une peau de bête gorgée d'eau qui ne vaut pas un crachat. »

Ermid prit son couteau et se mit à taillader le sac. « Attention ! s'écria Elphin. Tu vas abîmer ma bonne fortune.

— Ta bonne fortune ! s'exclama Cuall en descendant de cheval. Oui, parlons-en. Tous les ans à cette époque, ce combre rapporte la valeur d'un cent d'argent, et tout ce que tu en sors, c'est un vieux sac.

— Qui sait ? Il pourrait y avoir à l'intérieur la valeur d'un cent d'argent », dit Elphin en prenant le couteau pour fendre délicatement le cuir. Puis, avec Ermid, il ouvrit le sac et en sortit un ballot enveloppé d'épaisse fourrure de phoque gris maintenue par des lacets de cuir. Les liens et la fourrure étaient secs.

« Voyez ! s'écria Ermid. L'eau n'a pas pénétré à l'intérieur. »

Elphin posa le ballot à terre et, d'une main tremblante — autant d'excitation que de froid — entreprit de dénouer soigneusement les lacets. Quand le dernier nœud fut défait, il leva la main pour ouvrir le ballot, mais il hésita.

« Qu'attends-tu ? grogna Cuall. Montre-nous donc ta bonne fortune, que nous puissions l'annoncer au clan.

— Vas-y », dit Ermid, et il tendit le bras pour écarter les fourrures.

Elphin lui saisit la main. « Pourquoi être si impatient de partager mon infortune, cousin ? demanda-t-il. Laisse-moi faire. »

Sur ce, Elphin attrapa le coin de la peau de phoque qu'il déplia. Devant eux, sur le sol, gisait le corps d'un bébé.

« La misérable créature est morte », dit Cuall en se levant.

L'enfant reposait immobile, la peau d'une lividité spectrale, ses lèvres et ses petits doigts bleus de froid. Elphin regarda le bébé, un garçon, parfaitement formé. Des cheveux dorés fins comme une toile d'araignée retombaient avec légèreté sur son front. Ses yeux fermés étaient de parfaites demi-lunes et ses oreilles de délicats coquillages. Nulle part sur ce petit corps ne s'apercevait la moindre imperfection.

« Un très bel enfant, murmura Elphin.

— Qui voudrait jeter un bébé comme celui-là à la rivière ? s'étonna Ermid. Il me semble parfaitement normal. »

Cuall, qui tenait les chevaux, ricana. « Cet enfant est ensorcelé, à coup sûr. Maudit, il est. Rejetez-le à l'eau et oubliez-le.

— Jeter ma fortune ? s'indigna Elphin. Jamais.

— Le bébé est mort, dit Ermid, sans méchanceté. Rejette-le, sinon la malédiction s'attachera à toi pour l'avoir trouvé.

— Et alors ? Comme je suis déjà ensorcelé, cela ne changera rien. » Elphin remmaillota l'enfant dans ses fourrures et le serra contre son corps nu.

« À ta guise, grogna Cuall, et il se remit en selle. Tu viens, Ermid ? »

Ermid se leva et alla prendre une fourrure qu'il posa sur les épaules d'Elphin avant de remonter à cheval.

Elphin garda un long moment le bébé serré contre lui et sentit le petit corps se réchauffer contre sa peau. La neige qui tombait en tourbillons à travers les branches enveloppait d'un manteau de silence la forêt environnante... silence qui fut brisé par un petit cri étouffé.

Baissant les yeux, Elphin regarda, stupéfait, le bébé qui inspira profondément et poussa un nouveau cri, tendant ses petites mains. Les pleurs de l'enfant semblaient emplir l'univers entier.

« Par la Déesse Mère ! s'exclama Ermid. Le bébé est vivant ! »

Cuall regardait sans rien dire, faisant instinctivement le signe contre le mauvais sort.

« Tiens, dit Elphin en se relevant et en tendant l'enfant. Prends-le pendant que je m'habille. Il faut vite le ramener au caer. »

Ermid restait pétrifié sur sa selle. « Pressons ! ordonna Elphin. Je veux le ramener là-bas en vie, que tous puissent voir ma bonne fortune. » À ces mots, Ermid sauta de son cheval et prit maladroitement le bébé dans ses bras.

Elphin enfila rapidement son pantalon, ceignit par dessus sa tunique, glissa les pieds dans ses bottes et attacha son manteau. Il attrapa ses rênes et sauta en selle, puis il tendit les bras pour se faire donner l'enfant, qui avait cessé de pleurer et dormait maintenant tranquillement, blotti dans son nid de fourrure. Ermid le lui passa et enfourcha rapidement sa monture. Puis tous trois redescendirent vers le caer. Elphin retenait son cheval pour ne pas troubler le sommeil de l'enfant.

Quand Elphin et ses compagnons atteignirent le caer, la neige avait cessé de tomber et la couverture de nuages n'était plus qu'une mince couche à travers laquelle apparaissait le soleil tel un fantomatique disque blanc. Quelques membres du clan les virent arriver et appelèrent les autres qui accoururent voir comment Elphin s'en était sorti au combre. Comme il n'y avait pas de sacs de saumons accrochés à l'arçon de leurs selles, la plupart de ceux qui suivaient les chevaux jusqu'à la demeure de Gwyddno supposaient que sa chance était restée fidèle à elle-même, autrement dit qu'il avait échoué.

Pourtant, la peau de phoque qu'Elphin tenait dans ses bras les intriguait. « Qu'as-tu là, Elphin ? criaient-ils tandis qu'il chevauchait entre les maisons basses du caer.

— Tu le verras toujours assez tôt, répondait-il sans ralentir.

— Je ne vois pas de saumon, se chuchotaient-ils les uns aux autres. Sa malchance ne l'a pas abandonné. »

Elphin entendait les murmures, mais il n'y prêtait pas attention. Il franchit la palissade de bois et se dirigea vers la maison de son père. Gwyddno et Medhir, la mère d'Elphin, sortirent pour accueillir leur fils. Les deux gardiens des filets avaient mis pied à terre et se tenaient un peu à l'écart. Hafgan, le druide, s'appuyait sur son bâton, la tête penchée sur le côté, un œil à demi fermé — comme pour discerner une quelconque altération dans l'apparence d'Elphin.

« Alors, Elphin, comment t'en es-tu sorti ? » demanda Gwyddno. Il contempla avec tristesse les chevaux et les sacs vides sur leur croupe. « L'esprit du combre t'a-t-il été défavorable, mon fils ?

— Approchez et voyez ce que je rapporte », cria Elphin à haute voix pour que tous puissent entendre.

Il tendit les bras et montra ce qu'il portait. Gwyddno voulut le prendre, mais Elphin ne le lui donna pas. Il souleva au contraire le bord de la peau de phoque et l'écarta afin que tous puissent voir. Au même instant, le soleil perça la mince couche de nuages. Une vive lumière blanche le baigna, illuminant l'enfant qu'il tenait entre ses mains.

« Voyez ! Taliesin au front clair ! » s'écria Hafgan, car le visage du bébé resplendissait dans les rayons du soleil.

Medhir se précipita pour prendre le bébé ; Elphin le lui donna doucement et descendit de cheval. « Oui, j'ai trouvé un enfant dans la rivière, dit-il. Appelons-le donc Taliesin. »

L'assemblée garda le silence. Au début, les membres du clan contemplèrent, stupéfaits, l'enfant blond au visage illuminé. Puis quelqu'un murmura dans la foule : « Malheur, malheur ! Qui a jamais entendu pareille chose ? Ce ne peut qu'être un mauvais présage pour le clan. »

Tout le monde l'entendit, et bientôt tous décriaient la trouvaille d'Elphin et faisaient le signe contre le mauvais sort derrière leur dos. Elphin entendit leurs murmures et s'écria avec colère : « Peu importe ce que je fais ! J'aurais aussi bien pu rapporter trois saumons que trois cents, vous auriez encore trouvé le moyen de dire que je suis maudit ! » Il prit l'enfant à sa mère et l'éleva à bout de bras. « À l'heure du besoin, cet enfant me sera de plus de secours que trois cents saumons ! »

L'enfant se réveilla et se mit à pleurer. Elphin le regarda sans savoir que faire. Medhir s'approcha et le prit pour le poser contre son sein. « Tout le monde peut voir que cet enfant n'est pas un esprit des eaux, dit-elle. Il pleure avec autant de vigueur qu'un autre pour réclamer le lait de sa mère. »

Elphin se détourna tristement. Il n'avait pas d'épouse et il ne faisait pas de doute qu'aucune femme du clan n'accepterait d'élever l'enfant. Sans mère, Taliesin mourrait. Ce qu'ils disent est vrai, pensa-t-il, je suis infortuné. Il se rappela toutes les fois où il avait ignoré les propos malveillants de ses cousins, affectant de n'y attacher aucune importance, et il baissa la tête.

« Elphin, cesse de te lamenter », dit une voix derrière lui. Il se tourna pour voir Hafgan qui l'observait. « Jamais les filets de Gwyddno n'ont tiré de l'eau si bonne fortune qu'aujourd'hui. » Le druide vint se placer devant le bébé et éleva haut dans les airs son bâton de chêne. « Si petit que tu sois, Taliesin, et si faible dans ton berceau de cuir, ta langue possède une vertu merveilleuse. Tu seras barde, créateur en paroles, renommé plus que nul autre depuis le début des temps. »

Les habitants du village échangèrent des regards stupéfaits. Hafgan se retourna. Il abaissa son bâton et en frappa trois fois le sol. Il étendit la main et désigna les membres du clan rassemblés. « Vous avez entendu mes paroles, maintenant gardez-les dans vos cœurs et souvenez-vous. Que plus personne ne dise désormais qu'Elphin est malchanceux, car ce sera le plus fortuné des hommes. »

Medhir emmena le bébé dans la demeure de Gwyddno et lui prépara du lait de chèvre qu'elle fit chauffer près du feu dans un bol de terre cuite, puis elle nourrit l'enfant en y trempant le coin d'un linge propre qu'elle lui donnait à sucer. Gwyddno et Elphin la regardèrent faire et, quand le petit Taliesin fut rassasié, il se rendormit. Medhir l'enveloppa dans sa peau de phoque et le déposa sur une litière de paille fraîche.

« À présent, il va dormir, dit Medhir, mais le lait de chèvre ne le nourrira pas longtemps. C'est le lait de sa mère dont il va avoir besoin, et sans tarder. »

Elphin écarta les mains d'un air impuissant. « Si je connaissais cette femme, je l'amènerais ici sans perdre un instant. »

Gwyddno se frotta le menton. « Mère ou nourrice, je crois que cela importe peu pour le bébé. »

Medhir s'épanouit à cette idée. « J'ai une cousine à Diganhwy : Eithne — ce bébé m'a obscurci l'esprit, sinon je m'en serais souvenue plus tôt. C'est à sa fille que je pense, son propre bébé est arrivé mort-né il y a une quinzaine. Nous pourrions la faire venir pour servir de nourrice à l'enfant.

— Et son mari ? demanda Elphin.

— Elle n'en a pas. C'est-à-dire qu'elle était engagée par un certain Nuin pour lui donner un héritier. Ils n'étaient pas encore mariés et, comme l'enfant est mort-né, cela a mis fin au contrat. Nuin a payé sa mère comme il l'avait promis afin qu'il n'y ait pas de problème entre eux.

— Je vais faire chercher la jeune fille, déclara Gwyddno. Elle acceptera peut-être.

— Permets que j'y aille en personne, répondit Elphin en regardant l'enfant endormi. Je pars sur le champ.

— Son nom en Rhonwyn, lui dit Medhir. Salue-la de ma part et rappelle-moi au bon souvenir de sa mère.

— Et, ajouta son père, dis-lui que Gwyddno Garanhir lui donnera deux vaches et quatre cochons si elle accepte d'être la nourrice de l'enfant. »

Elphin sortit de la demeure de son père, sella une jument rousse pour Rhonwyn et, gardant les rênes de celle-ci à la main, remonta en selle et se mit en route vers le nord, précédant la jument.

III

Kellios miroitait sous le disque de Bel qui resplendissait dans un ciel d'azur, drapé d'arachnéens lambeaux de nuages. Les rues, nettoyées la veille, étaient envahies par les foules venues de tout le Sarras.

Le cortège royal émergea de la Porte du Roi, dans la muraille nord du palais, et s'engagea sur la Voie Triomphale — le char étincelant d'Avallach en tête, attelé de quatre étalons. Charis, dans la voiture de la reine, regardait les foules massées dans les rues ou penchées aux fenêtres qui poussaient de bruyantes acclamations à leur passage. La princesse saluait de temps en temps de la main et acceptait les offrandes de fleurs jetées dans la voiture ; ses deux jeunes frères attrapaient par jeu les bouquets au vol et les renvoyaient.

Le cortège arriva enfin aux arènes. « Le meilleur siège est pour moi ! annonça Guistan en sautant à terre dès que le chariot se fut arrêté devant l'entrée principale.

« Attendez ! cria Briseis. Cela ne sert à rien de se faire bousculer. Nos sièges sont réservés dans la loge royale. Les placiers nous y conduiront.

— Je veux être au premier rang, geignit Eoinn.

— Nous y serons peut-être, répondit Briseis. Essayez de vous conduire en êtres civilisés... Guistan ! Tu m'écoutes ?... et il n'y aura pas de chamaillerie pour les places. Compris ? » Ils marmonnèrent une promesse et descendirent de voiture.

Charis ne se souciait pas de savoir où ils seraient assis, du moment que c'était à l'intérieur de l'arène. Beaucoup resteraient dehors aujourd'hui. Les danses taurines, bien trop rares à Kellios, attiraient toujours des foules enthousiastes.

Des placiers vêtus de bleu leur frayèrent un passage à travers la foule massée aux portes de l'arène, où Briseis fit halte. « Je pense que nous devrions attendre Belyn et Elaine.

— Nous allons perdre nos places, se plaignit Eoinn.

— Tiens-toi tranquille, dit Charis. Dis-toi que tu as bien de la chance de pouvoir entrer. Ce n'était pas le cas autrefois — seul le roi assistait aux cérémonies.

— Qui t'a dit ça ?

— Annubi, répondit-elle. Demande à Mère, si tu ne me crois pas.

— C'est vrai ? s'étonna Eoinn.

— Seulement le roi ? demanda Guistan.

— Seulement le roi et peut-être quelques mages, confirma Briseis.

— Et pour les courses ? voulut savoir Eoinn.

— Il n'y avait pas de courses, lui apprit Briseis. Pas de tableaux vivants non plus.

— Que faisaient-ils ? demanda Guistan.

— Ils accomplissaient les rites de purification, sacrifiaient à Bel et mangeaient des nourritures préparées pour l'occasion.

— Ils mangeaient de la viande de cheval, ajouta Charis d'un air important.

— Ce n'est pas vrai ! protesta Eoinn, qui trouvait la chose difficile à accepter.

— Si ! insista Charis. Annubi me l'a dit.

— C'était il y a longtemps, dit Briseis. Les gens avaient alors d'autres croyances. »

Charis se demanda quelles pouvaient être ces croyances. « Pourquoi en ont-ils changé ? demanda-t-elle.

— Ce sont des choses qui arrivent, dit sa mère. De petits changements, comme de petits pas le long d'un chemin, te guident en un lieu différent. Un jour, tu te réveilles, et rien n'est plus comme avant. »

Le chariot de Belyn et Elaine arriva alors et, quand ils eurent rejoint leurs hôtes, tout le monde pénétra dans la fraîche pénombre de l'entrée où retentissaient les voix lointaines des spectateurs déjà entrés dans l'arène. Un instant plus tard, ils ressortirent en clignant des yeux dans l'éclat du soleil. Ils pénétrèrent dans la loge royale, une grande galerie de bois garnie de fauteuils et de rangées de bancs capitonnés, recouverte d'un dais bleu ondulant au vent, tendu entre des poteaux de bronze poli.

Les placiers les conduisirent vers un fauteuil à haut dossier disposé auprès d'un long banc, lequel, à la grande joie des princes, ne se trouvait qu'au deuxième rang. Quelques-uns des hommes de Belyn et des invités d'Avallach étaient déjà assis. Belyn s'excusa et alla prendre place près d'un de ses courriers.

Après les avoir sévèrement admonestés de faire honneur à leur rang, Briseis autorisa les princes à se choisir leurs places pendant qu'elle et Charis s'asseyaient auprès d'Elaine. Les deux femmes se mirent à bavarder tandis que Charis, gagnée par l'excitation de la foule, s'intéressait à tout ce qui l'entourait.

Le cirque était un immense ovale de pierre blanche en gradins recouverts de tribunes et de bancs en bois, pour la plupart découverts mais, pour se protéger des ardeurs du soleil, de nombreux spectateurs prévoyants s'étaient installés des abris de toutes sortes, qui conféraient aux pentes abruptes du stade une apparence bigarrée, sous lesquels ils s'entassaient parmi les rires et les cris.

Des musiciens allaient et venaient dans les larges escaliers, faisant retentir tambours et trompettes. De l'autre côté de l'arène au sable soigneusement ratissé, la foule éclata en applaudissements devant le numéro d'un trio d'acrobates. Des jongleurs distrayaient les spectateurs qui leur jetaient des pièces. Des vendeurs criaient à toute voix pour couvrir le vacarme, brandissant leurs marchandises : rubans de couleur et taureaux sculptés dans du bois d'olivier.

Et les odeurs… l'âcre et épais parfum de la nourriture en train de frire dans l'huile d'olive… la puissante odeur de terre des étables, sous le stade… la senteur légère et salée de l'air marin chauffé par le soleil.

Pour le moment, Charis exultait, toute à la splendeur de la journée.

Dans les tribunes surplombant la loge royale sonna une vibrante fanfare qui jaillit comme une volée de flèches, se répercutant dans tout le stade. À ce signal, un énorme escalier décoré de guirlandes émergea sous la loge royale ; de l'autre côté de l'arène, une porte s'ouvrit et un char tiré par quatre étalons blancs s'avança sur le sable blanc tandis que les trompettes lançaient une dernière sonnerie éclatante.

« Regardez ! s'écria Charis. C'est Père ! »

Le char fit le tour de l'arène et vint s'arrêter au pied de l'escalier. Le roi Avallach passa les rênes à son cocher, Kian, sauta à terre et gravit l'escalier pour prendre place dans la loge royale.

Les hérauts firent entendre une nouvelle sonnerie et Avallach se dressa pour prendre la parole, levant les mains pour réclamer le silence. « Mes amis ! cria-t-il d'une voix qui acheva de faire taire la foule. Nous sommes rassemblés pour renouveler le lien entre le roi et son royaume. Aujourd'hui, vous prenez part à ce rite antique et sacré. » Il s'interrompit pour regarder ses sujets impatients. « Que la cérémonie commence ! »

Les trompettes retentirent et les porte de l'arène s'ouvrirent. D'énormes plates-formes tirées par des bœufs harnachés d'or sortirent lentement sous le soleil éclatant, portant chacune un tableau animé. Bien que les ayant déjà vus maintes fois, Charis se pencha passionnément en avant. Au passage de chaque tableau, elle se sentait transportée dans le passé : Astrea s'échinant sur le métier à tisser des Cyclopes... le roi Corineus luttant avec le géant Gogmagog... Dryope cueillant le lotus de l'étang d'Éternité... Melampus parmi les serpents intelligents ... Tisiphone punissant, avec son fouet de scorpions, les fils d'Incubus pour avoir volé l'âme de ses enfants...

L'un après l'autre, les chars faisaient lentement le tour du cirque parmi les exclamations et les soupirs d'un public averti. Les musiciens rassemblés au centre de l'arène emplissaient le stade de sons mélodieux. Charis, fascinée, ne perdait pas une miette du spectacle et elle applaudit avec le reste du public quand le dernier char fut passé.

« J'ai faim », geignit une voix, désagréablement proche. Charis se tourna pour voir Guistan penché sur le fauteuil de sa mère. « J'ai *faim.* » Le charme était rompu.

« Nous allons bientôt manger, le calma Briseis. Retourne t'asseoir.

— Mais j'ai faim *maintenant* ! insista-t-il.

— On nous apportera de la nourriture quand elle sera prête. Maintenant retourne t'asseoir. »

Guistan regagna son siège en traînant les pieds et Charis le regarda en fronçant les sourcils. Pourquoi faut-il que j'aie des frères ? se demanda-t-elle. Ils gâchent tout. Je serais parfaitement heureuse sans eux.

Charis n'eut pas le temps d'approfondir ces pensées. Les trompettes lancèrent une nouvelle sonnerie, les portes de l'arène s'ouvrirent en grand et une troupe de jeunes gens et de jeunes filles au corps souple et luisant entra en bondissant et virevoltant, pirouettant et cabriolant dans les airs.

« Les danseurs taurins ! » s'écria Charis, ravie.

Les danseurs étaient nus, à l'exception d'un pagne de cuir blanc et, pour les femmes, d'une étroite bande de toile blanche autour de la poitrine. Leurs cheveux étaient noués en une longue tresse entrelacée d'un ruban de lin blanc ; certains portaient des fleurs dans les cheveux, d'autres des colliers autour du cou.

Ils gagnèrent le centre de l'arène où ils furent rejoints par le Grand Prêtre du temple de Poséidonis qui portait une amphore d'eau et une cruche de vin. Le vin fut servi aux danseurs, debout en cercle autour du mage, qui prit ensuite l'amphore et leur versa de l'eau sur la tête et les mains.

Leurs ablutions terminées, les danseurs exécutèrent une série de figures acrobatiques, tourbillonnant et volant les uns par-dessus les autres en grands arcs gracieux.

Ce fut alors que le premier taureau apparut, un jeune animal vigoureux, à la poitrine et aux épaules puissantes, mais à l'arrière-train svelte. Ses cornes étaient épointées et leur extrémité enveloppée de cuir. Le fauve trottina vers les danseurs, prenant de la vitesse au fur et à mesure. À la dernière seconde, il chargea. Les danseurs s'écartèrent en virevoltant, laissant l'animal décontenancé, seul au centre de l'arène.

Deux danseuses profitèrent de l'hésitation de l'animal pour sauter par-dessus son dos, tandis qu'un de leurs compagnons lui tirait la queue. Le taureau meugla, fit volte-face, mais deux autres danseurs avaient déjà sauté par-dessus son dos. Pendant quelques temps, les danseurs taquinèrent le jeune taureau pour s'échauffer.

Finalement, la bête se lassa de pourchasser des ombres, tourna le dos et s'enfuit hors de l'arène sitôt que s'ouvrirent les portes de bois. Le stade éclata de rire et Charis se dit que l'animal paraissait soulagé de s'échapper.

Les danseurs, les membres déliés par ce premier exercice, resserrèrent les courroies qui leur protégeaient les mains et, bras dessus bras dessous, entonnèrent une chanson dont Charis ne distinguait pas les paroles. Mais, à voir leurs têtes renversées et leur air extatique, elle comprit pourquoi on les considérait comme touchés par les dieux. Leur art était difficile et dangereux, presque incompréhensible pour ceux qui les applaudissaient et leur jetaient pièces et bijoux.

Les danseurs acceptaient ces offrandes, mais ne dansaient que pour les dieux et pour eux-mêmes. Cela les mettait à part.

Tandis qu'ils chantaient, les portes se rouvrirent. Un autre taureau chargea : une monstrueuse créature, une montagne ambulante, noire comme la poix, aux flancs massifs luisants d'huile. Ses cornes étaient peintes en rouge, avec des pointes d'or qui scintillaient au soleil quand il secouait la tête. Le taureau gagna le centre de l'arène et y attendit, faisant voler le sable avec son sabot.

Les danseurs reculèrent lentement, laissant un des leurs, le chef, seul face à l'animal. Il se dirigea lentement vers la bête, bras écartés.

L'animal grogna et gratta le sol, baissa la tête et chargea. Charis n'aurait jamais imaginé qu'une créature de cette taille puisse être si rapide. Elle hoqueta et se mit les mains sur les yeux.

Mais le danseur demeura impassible et, à l'instant où le taureau arrivait sur lui, il leva simplement un pied et, prenant appui sur le front de l'animal au galop, il se servit de sa vitesse et du mouvement de sa tête pour se propulser par-dessus son large dos.

La foule poussa un soupir et Charis, entre ses doigts, vit le taureau s'arrêter net et le danseur retomber avec grâce derrière lui. Avant que le fauve n'ait pu charger à nouveau, deux autres danseurs arrivèrent en courant de chaque côté pour cabrioler en prenant appui sur ses flancs. Le taureau lança sa tête de droite à gauche, mais les danseurs étaient déjà repartis.

L'animal beugla de colère et se prépara pour une nouvelle attaque. Tête baissée, il chargea, galopant à travers l'arène à la vitesse d'un char en pleine course. Trois danseurs vinrent rapidement se placer derrière leur chef. La bête, frôlant le sol de la tête, se rapprocha des danseurs qui, sans le moindre effort, parurent s'envoler, de plus en plus haut, par-dessus les cornes étincelantes, tourbillonnant dans les airs aux cris de leurs compagnons. Le taureau fit volte-face, soulevant une averse de sable.

Une des danseuses, arrivée en courant, lui empoigna les cornes. Le taureau releva la tête et la jeune fille, d'un coup de reins, se hissa en équilibre sur les bras jusqu'à ce que la bête se mette à secouer furieusement la tête pour la déloger. Alors, elle se laissa simplement rouler en boule sur son épaule.

Le danseur suivant se plaça au centre de l'arène. Il siffla et claqua dans ses mains pour attirer l'attention de l'animal. Quand le taureau fonça sur lui, il tourna le dos et attendit, immobile, la montagne écumante et furieuse.

La foule grogna. Des femmes hurlèrent. Charis, fascinée, ne parvenait pas à détourner les yeux, une boule dans la gorge.

À la toute dernière seconde, un de ses camarades poussa un cri et le danseur plia les genoux et sauta, lançant les bras au-dessus de sa tête. Le dos arqué, il s'éleva dans les airs tandis que ses mains saisissaient les cornes de la bête qui fendaient l'espace où il se trouvait un instant plus tôt. Le taureau rejeta la tête en arrière et projeta le danseur tournoyant dans les airs où celui-ci se roula en boule avant d'effectuer un rétablissement pour atterrir en douceur.

Le taureau, maintenant épuisé et les naseaux écumants, rugit de frustration tandis que l'audacieux danseur retombait derrière lui.

D'autres danseurs vinrent sauter par-dessus sa croupe et son garrot. Quand il pivota, ils avaient disparu. Il fit à nouveau volte-face, inutilement, en les sentant bondir à trois sur son dos où ils se tinrent debout tandis que le fauve haletant faisait tout ce qu'il pouvait pour les déloger.

Charis rit et poussa des acclamations aussi sauvages que toute la foule. Les danseurs étaient si agiles, leurs gestes si sûrs et précis, on aurait cru qu'ils n'avaient qu'à sauter en l'air et voler. Elle se demanda quel effet cela pouvait faire d'être capable de se mouvoir ainsi, avec une telle arrogance et une telle grâce, de danser avec les taureaux sous le disque doré de Bel.

Elle était encore en train de rire, quand une des jeunes danseuses, courant à toute vitesse vers le taureau, planta les pieds dans le sable, sauta et vola par-dessus son dos, le corps bien droit, tournant sur elle-même, les bras étendus. Elle retomba les pieds en avant, jambes légèrement pliées. La vitesse acquise la porta en avant et elle tomba sur les mains.

C'était une petite faute, une infime erreur d'appréciation.

Le taureau balança la tête en un mouvement circulaire à l'instant même où elle plongeait de côté. Une de ses cornes lui cueillit le bras et la projeta sur le dos. En un clin d'œil, ses compagnons se précipitèrent à son secours, mais il était trop tard.

Le taureau chargea et, la jeune fille eut beau rouler sur elle-même, l'animal lui planta la corne droite dans le flanc et elle y resta empalée, bras et jambes battant gauchement, son sang ruisselant en rubans écarlates sur le sable blanc.

Tête baissée, le taureau furieux la poussa devant lui, cherchant à l'éventrer. Charis ouvrit la bouche sur un cri silencieux. Le chef de la troupe attaqua l'animal, lui passa un bras autour d'une corne et enfonça les doigts dans ses naseaux. Le fauve meugla et se cabra, secouant furieusement la tête, mais le jeune homme s'accrochait à son encolure. Deux autres danseurs accoururent pour arracher le corps désarticulé à la corne ensanglantée.

La foule gémit en voyant la vilaine blessure au flanc de la jeune fille ; son torse était maculé de rouge sombre et brillant et sa peau était d'une pâleur cadavérique.

Charis se détourna et sa mère la prit dans ses bras. Elle se cacha le visage contre l'épaule de celle-ci et sanglota : « Il l'a tuée… elle est morte ! »

Émue, Briseis essaya de consoler sa fille. « Là, Charis, chut… ne pleure pas. Regarde… regarde, ils l'emportent. Elle n'est pas morte… Vois, elle fait signe de la main ! »

C'était vrai. Au moment de l'accident, les portes s'étaient ouvertes. Des rétiaires avaient couru vers l'animal avec leurs filets et étaient maintenant en train de l'attirer à grand peine hors de l'arène. Pendant ce temps, trois de ses compagnons transportaient la jeune fille vers la porte la plus proche. Elle avait la tête rejetée en arrière et les yeux grand ouverts. Elle pressait une main contre sa blessure, mais de l'autre elle faisait le salut triomphal des danseurs taurins.

Les spectateurs virent son salut et se levèrent d'un bond avec un grand cri — essentiellement de stupéfaction et de soulagement, mais aussi d'admiration pour le courage de la jeune femme. Ce cri se mua en rugissement, puis en chant de victoire, tandis que l'on emportait la danseuse.

Toujours tremblante, Charis releva la tête pour voir la jeune fille quitter l'arène. « Va-t-elle s'en sortir ?

— Je le pense, dit Briseis. Je l'espère. »

Le taureau évacué de l'arène par les rétiaires, un autre fut introduit. Les danseurs accomplirent leur tâche, mais toute grâce en avait disparu. Après quelques exercices de routine, le taureau perdit lui aussi tout intérêt pour la chose et sortit dès qu'on lui ouvrit les portes.

« Eh bien, je suis contente que ce soit terminé, soupira Elaine. J'adore regarder les danseurs, mais c'est regrettable quand l'un d'eux se fait blesser. »

Charis regarda sa tante. Une belle jeune fille venait pratiquement de se faire tuer et Elaine trouvait cela « regrettable ». Elle parcourut des yeux les arènes, regardant tous ces gens qui semblaient avoir totalement oublié ce qui s'était passé quelques instants plus tôt. Elle avait envie de se lever et de crier, de pointer le doigt sur la traînée sombre dans le sable et de réclamer un peu de respect pour la souffrance de celle qui avait versé son sang pour leur plaisir.

Mais la foule ne pensait qu'au numéro suivant : une troupe d'éléphants savants, peints de couleurs vives, qui entraient dans l'arène en se tenant par la queue. Charis adorait les éléphants ; en temps ordinaire, elle aurait hurlé de joie. Mais pas aujourd'hui. Son cœur était auprès de la danseuse blessée et elle ne pouvait penser à rien d'autre.

Le reste des festivités n'éveilla pas davantage son intérêt. Elle voyait sans voir, entendait sans entendre. Elle mangea ce qu'on lui donnait sans en sentir le goût. L'après-midi s'écoula et elle entendit sa mère dire : « Il est temps de rentrer. Tu veux rester ici toute la nuit ? »

Les ombres s'étaient allongées et le soleil était près de plonger dans la mer. « Tu dors, Charis ?

— Non. » Elle secoua légèrement la tête. « Je ne dors pas. »
Sa mère se leva. « Il va falloir faire vite.
— Où allons-nous ?
— Au sacrifice. L'as-tu oublié ? » Briseis regarda attentivement sa fille. « Charis, tu vas bien ? »
Charis se leva brusquement. « Je veux la voir.
— Qui ?
— La jeune fille.
— Quelle jeune fille ? Charis, de quoi parles-tu ?
— Nous allons monter sur la colline et regarder les mages accomplir le sacrifice à Bel, expliqua sa tante.
— Il faut que je la voie.
— Qui ? » La reine s'agenouilla auprès de sa fille. « Charis, réponds-moi. De quoi parles-tu ?
— La danseuse... Je dois aller la voir.
— Mais il est tard. Nous ne pouvons pas...
— Non ! Je dois la voir. Il le faut ! » s'écria Charis.
Briseis se releva, les traits marqués par l'inquiétude. « Très bien, il y a une salle pour les danseurs sous les tribunes. Elle y est peut-être encore... mais je pense que les médecins doivent l'avoir emportée au temple. »
Toutes se rendirent sous la loge royale, dans la salle où les danseurs se préparaient avant chaque cérémonie. Il y faisait sombre et frais, la lumière filtrant par d'étroites fenêtres et d'une grille dans le plafond. Elles furent accueillies par un mage en robe blanche qui, ayant ôté son chapeau cylindrique, paraissait trapu, ses longs cheveux bouclés tombant mollement sur ses épaules.
« Nous venons voir la danseuse blessée, expliqua Briseis.
— Vous désirez faire une offrande ? s'enquit le mage.
— Non, nous...
— Vous ne pouvez pas la voir, dit-il, s'apprêtant à leur fermer la porte au nez.
— Ne reconnais-tu donc pas ta reine ? » demanda Elaine d'un ton cassant. Elle retint la porte. « Voici la reine Briseis et sa fille. Je suis la reine Elaine de Tairn. Nous désirons voir la danseuse sur le champ. »
La porte s'entrouvrit un peu plus. « Elle se repose au calme.
— Nous ne resterons qu'un instant, dit Elaine. Cela pourrait la réconforter de nous voir. »
Briseis avança la main. Le mage tendit la sienne et quatre pièces d'argent y tombèrent. La porte s'ouvrit en grand. « Par là », dit-il en montrant une petite porte, dans le fond.

Elles traversèrent la pièce, toute en longueur, simplement meublée d'une table, de rares sièges et de quelques accessoires destinés à l'entraînement des danseurs. Elles passèrent devant l'énorme portail ouvrant sur l'arène et se dirigèrent vers la porte de la pièce du fond. Briseis frappa un coup léger et entra. La chambre était obscure, mais il y avait assez de lumière pour voir la forme immobile étendue sur le lit. Charis s'approcha.

La jeune fille reposait sans une couverture, nue à l'exception de son pagne et de l'épais bandage autour de son ventre. Son pansement était taché de sang et sa peau luisait d'une sueur poisseuse ; elle respirait faiblement.

« Elle est endormie », murmura Charis.

Elles regardèrent un moment la jeune fille, puis elles se retournèrent pour partir. La danseuse blessée sentit alors leur présence et ouvrit les yeux. « Nieri ? » Sa voix était douce et sans force.

Charis se tourna et croisa son regard. « Qui es-tu ? demanda la danseuse.

— Je suis Charis… je t'ai vue danser.

— Qu'est-ce que tu veux ? murmura la fille.

— Je voulais… nous sommes venues… » Charis trembla et regarda en direction de sa mère pour trouver de l'aide.

« Nous sommes venues voir comment tu allais, expliqua Briseis.

— Maintenant vous avez vu, fit la danseuse d'une voix sifflante. Laissez-moi.

— Viens, Charis, il faut y aller », dit sa mère.

Charis hésita. « Ça va aller ? demanda-t-elle.

— Laissez-moi ! souffla la jeune femme.

— Viens, maintenant, Charis, dit Elaine.

— Tu n'as pas trop de mal ? demanda à nouveau Charis d'une voix douce mais insistante.

— Qu'est-ce que ça peut te faire ? ricana la jeune femme. Vous venez me regarder expirer sur mon lit de mort… n'en avez-vous pas assez vu dans l'arène ? » Une larme roula sur sa joue livide.

« Charis ? » appela la reine.

Mais la princesse ne bougea pas. « Tu vas mourir ? »

La danseuse, les lèvres tremblantes, ferma les yeux. « Laisse-moi tranquille », dit-elle, et elle détourna le visage.

« Nous allons envoyer quelqu'un… commença Charis.

— Va-t'en ! » Ce n'était qu'un murmure, mais il avait en lui toute l'irrévocabilité du tombeau.

Charis suivit sa mère et la reine Elaine hors de la pièce. « La sale petite ingrate, dit Elaine quand elle furent dans le couloir. Nous lui proposons notre aide et elle nous met à la porte.

— Pourquoi, Mère ? demanda Charis, au bord des larmes. Pourquoi nous déteste-t-elle ?

— Elle a dû se méprendre sur nos intentions.

— Pfft ! fit Elaine. Elle a moins de manières que ses chers taureaux. Je dirais qu'elle n'a eu que ce qu'elle méritait. Ils font toutes sortes de choses contre nature avec ces animaux, à ce que j'ai entendu dire.

— Elaine, s'il te plaît », dit à voix basse Briseis en montrant Charis du menton.

Arrivée à la porte, avant de ressortir au soleil, Charis fit halte. Elle regarda le mage, maintenant assis sur une chaise à côté de la sortie. « Pourquoi n'y avait-il pas de médecin ?

— Il est sans doute reparti », répondit Briseis.

Se tournant vers sa mère, Charis dit d'un ton pressant : « Il faut faire appeler le médecin du palais sans tarder.

— Pour elle ? fit Elaine d'un air méprisant.

— Il sera difficile de le joindre à cette heure, dit Briseis.

— Il faut le faire venir ! Je lui ai dit que nous enverrions quelqu'un. »

Briseis regarda sa fille, puis le trou noir de la porte derrière elles. « Très bien, nous allons essayer. »

IV

Après deux jours et près d'une nuit entière en selle, Elphin atteignit Diganhwy, un gros village dans les collines surplombant l'Aberconwy. La marée était basse et, le long du chemin qui suivait le rivage, il vit une vingtaine de personnes qui pêchaient dans les flaques laissées par la mer. Certains le saluèrent, d'autres le regardèrent passer en silence.

Une vieille femme était assise devant une hutte de pierre, en train de nettoyer des poissons. À ses pieds, deux chats s'emparaient des vidures à mesure qu'elles tombaient. Elphin fit halte et la salua. « Je cherche une dénommée Rhonwyn, qui est une cousine de ma mère, dit-il. Peux-tu me dire où la trouver ? »

La vieille leva la tête de son travail pour examiner le cavalier et la selle vide près de lui. « Je le pourrais, répondit-elle, si je savais qui la demande.

— Je suis Elphin ap Gwyddno Garanhir, seigneur et roi de Gwynedd… ton chef me connaît, si tu ne sais pas qui je suis. Je suis venu réclamer l'aide d'une parente et ne veux de mal à personne. »

La vieille posa son poisson et se leva péniblement. Elle tendit une main noueuse et montra le haut de la colline, sur les pentes de laquelle paissaient des moutons à tête noire. « Celle que tu cherches vit là-bas avec sa mère. Demande la maison d'Eithne ; tu la trouveras dans le ravin. »

Elphin poursuivit son chemin, fatigué de son voyage, mais satisfait que sa tâche soit bientôt accomplie. Il franchit la crête de la colline à l'instant précis où le soleil plongeait dans la mer. Seule une lueur orangée marquait encore l'endroit où il avait sombré sous les flots. Il y avait une douzaine d'habitations au sommet de la colline couronnée d'une forteresse — une tour de pierres sèches érigée sur un monticule ceint d'une palissade de bois et entouré d'un fossé. On apercevait déjà des lumières par les étroites fenêtres de quelques-unes des maisons de pierre.

Deux chiens efflanqués, devant les premières huttes, aboyèrent à son passage. Un jeune garçon surgit de derrière le muret d'un enclos à moutons, un bâton à la main, et courut battre les chiens. Elphin l'appela et lui demanda où se trouvait la maison qu'il cherchait.

Sans un mot, le garçon pointa son bâton vers un édifice de pierre blanche, au bout de l'étroite ruelle pavée de coquilles d'huîtres écrasées et bordée d'une double rangée de bâtiments circulaires. Elphin mit pied à terre et étira ses muscles endoloris. Une femme qui ressemblait vaguement à Medhir sortit de la maison.

« Sais-tu qui je suis ? demanda-t-il.

— Comment le saurais-je, Seigneur ? Je ne t'ai jamais vu.

— Peut-être ne me connais-tu pas, mais tu connais ma mère. »

Eithne s'avança pour le regarder de plus près. « Bien sûr, finit-elle par dire en souriant, et elle lui posa les mains sur les épaules. Le fils de Medhir, Elphin ! Le petit Elphin ! Voyez-moi ça. Tu es maintenant un homme ! Comment va ma cousine ?

— Elle va bien et elle t'envoie ses amitiés. »

Eithne jeta un coup d'œil au ciel qui s'assombrissait. « Peu importe ce qui t'amène, cela peut attendre à demain. Tu vas passer la nuit chez nous. Il n'y a que ma fille et moi, depuis que mon mari s'est noyé voilà deux ans. Nous avons de la place près du feu.

— Dans ce cas, j'accepte l'invitation… mais pour une seule nuit, car demain je dois retourner chez moi. » Elphin attacha les chevaux à un piquet afin qu'ils se nourrissent de la tendre herbe printanière et suivit Eithne à l'intérieur.

Une femme était agenouillée devant l'âtre, tisonnant les braises pour cuire le repas du soir. Elle jeta une poignée d'herbes sèches et une flamme s'éleva, dissipant les ombres de son visage.

Puis elle se retourna et Elphin vit une jeune femme d'une rare beauté, avec de longs cheveux auburn et de grands yeux sombres dans le plus beau visage qu'il eût jamais vu. Elle se releva avec grâce et se tourna vers lui. Eithne lui présenta sa fille et dit : « Le fils de ma cousine, Elphin ap Gwyddno, va passer la nuit sous notre toit. Il faut préparer un repas digne d'un fils de roi, car c'est ce qu'il est. »

Rhonwyn inclina la tête et se mit au travail, sortant viande, pain et fromage qu'elle posa sur une étroite planche à un bout de la pièce. Eithne alla chercher une outre d'hydromel et en servit deux coupes.

Elphin accepta un des récipients de terre cuite, renversa une goutte d'hydromel sur le sol par respect pour le dieu de la demeure et but une gorgée. « Ah, il n'y a rien de meilleur dans la maison de mon père, déclara-t-il, ce qui fit immensément plaisir à son hôtesse.

— As-tu entendu, Rhonwyn ? Ne laisse pas sa coupe se vider. » Elle le regarda en souriant. « Il est bon d'avoir un homme dans la maison. Nous allons fêter ta venue, car elle ne peut être que de bon augure.

— Je l'espère. Mais nous en parlerons plus tard.

— Oui, plus tard. Donne-moi d'abord des nouvelles de ma cousine. Cela fait des mois que je n'en ai pas eu. »

Elphin lui raconta les faits et gestes de Medhir, et tout ce qui s'était passé à Caer Dyvi durant les longs mois d'hiver... qui avait été malade, qui était mort ou avait mis un enfant au monde, comment se portait le cheptel et comment se présentaient les moissons de l'année. Elle écoutait attentivement, et aurait continué à écouter si Rhonwyn ne s'était approchée pour annoncer que le repas était prêt.

Eithne et Rhonwyn soulevèrent la table chargée de victuailles et la portèrent au centre de la pièce, offrant à Elphin la place la plus proche du feu. Il s'assit sur le seul fauteuil de la maison, tandis que les femmes prenaient place sur des tabourets à trois pieds. Rhonwyn le servit, emplissant son écuelle de bois de viande rôtie, de tranches de fromage jaune et de pain bis. Eithne lui remplit sa coupe et ils se mirent à manger.

« Cette viande est tendre et rôtie à la perfection », déclara Elphin en se léchant les doigts. Puis il goûta un morceau de fromage et dit : « Ce fromage est succulent et fondant comme la crème. »

Eithne sourit. « C'est Rhonwyn qui l'a fait... elle possède le secret de Brighid en ces choses, comme chacun sait par ici. Tu devrais entendre ce que l'on dit d'elle. »

Rhonwyn baissa la tête. « Mère, chuchota-t-elle. Il n'est pas venu entendre des commérages. »

Elphin, qui avait observé son moindre geste depuis qu'il était entré dans la maison, s'exclama : « Des commérages ? J'en doute fort. Je le dis moi-même : la déesse en personne ne pourrait cuire un pain aussi moelleux, ni faire un fromage aussi savoureux !

— Tu me flattes, Elphin ap Gwyddno, répondit Rhonwyn en le regardant en face pour le première fois. Le fils d'un roi doit être accoutumé à meilleure chère. » À la lueur du feu, ses traits délicats étaient encore plus adorables et le cœur d'Elphin se gonfla dans sa poitrine. Comment se faisait-il qu'une si belle fille ne soit pas mariée ?

« Ce n'est pas flatterie que de dire la vérité. »

Eithne sourit largement et passa à Elphin le plat de viande rôtie : « Sers-toi ! Tu as voyagé loin pour accomplir ta mission et tu dois avoir faim. Nous avons tout ce qu'il nous faut. Mange ton content. »

Elphin se resservit, mais il repoussa son assiette après quelques bouchées. Tout ce qu'il voulait, c'était rester assis et regarder Rhonwyn.

Le souper terminé, on repoussa la table avant de disposer les sièges devant l'âtre. « Peut-être notre hôte dormira-t-il mieux après avoir entendu une chanson », suggéra Eithne.

Rhonwyn lança un regard torve à sa mère, mais Elphin l'encouragea. « Je t'en prie, j'aimerais t'écouter. Joues-tu d'un instrument ?

— Si elle joue ? répondit sa mère. Sa musique est plus douce que le chant des oiseaux de Rhiannon, à ce qu'on dit. Va chercher ta harpe, mon enfant, et joue pour le jeune Elphin. »

Rhonwyn fit ce qui lui avait été demandé. D'un réduit à l'arrière de la maison, elle sortit une petite harpe dans un étui de cuir. Après avoir repris place près du feu, elle accorda l'instrument et commença à jouer. Elphin se carra dans son fauteuil.

La voix de Rhonwyn était pure et mélodieuse comme une source d'eau limpide dans une clairière ensoleillée, ses doigts agiles sur les cordes de l'instrument. Elphin ferma les yeux et laissa la musique emplir de joie son cœur. Une telle femme, se dit-il, est un rare trésor…

Il se réveilla quelques heures plus tard toujours assis sur son fauteuil, mais enroulé dans une couverture de laine. Dans l'âtre, le feu n'était plus que braises rougeoyantes. Rhonwyn et sa mère étaient étendues, endormies, sur une épaisse jonchée dans un coin de la maison. En l'entendant bouger, Rhonwyn s'éveilla et vint près de lui.

« Je suis navré, dit-il à voix basse pour ne pas déranger Eithne, car il voulait parler avec Rhonwyn seul à seule. J'ai dû tomber endormi pendant que tu jouais.

— Tu étais fatigué de ton voyage, dit-elle. Mais il ne faut pas passer la nuit dans ce fauteuil, sinon tu seras raide comme une souche au matin. Je vais te préparer un endroit où dormir près du feu.

— Je t'en prie, ne te donne pas cette peine.

— Cela ne me dérange pas et je le fais avec joie, car il y a bien longtemps que ma mère n'avait pas souri. Je ne sais rien de ce qui t'amène à Dighanwy, mais tu auras au moins rendu ma mère heureuse.

— Et toi, qu'est-ce qui te rendrait heureuse, Rhonwyn ? » demanda-t-il.

Elle le regarda, un peu tristement. « Je ne suis pas faite pour le bonheur, dirait-on.

— Je refuse de le croire. Il y a sûrement quelque chose qui te rendrait heureuse. »

Rhonwyn ne répondit pas, mais elle lui prépara une jonchée devant l'âtre. Elle apporta une peau mégissée qu'elle étendit dessus. « Bonne nuit », dit-elle, et elle retourna se coucher.

« Dors bien », chuchota Elphin, et il s'étendit devant le feu pour dormir.

En se réveillant, le lendemain matin, Elphin entendit Rhonwyn qui chantait et il resta allongé sans faire de bruit pour entendre encore sa voix. Quand il se leva enfin, il vit qu'elle lui avait préparé à déjeuner. Eithne n'était pas là.

« Ma mère est sortie s'occuper des moutons », dit Rhonwyn, en réponse à sa question informulée. Elle portait une simple tunique blanche et une large ceinture de laine ornée de motifs en forme de coquillages. Elphin constata que son corps portait encore témoignage d'une récente grossesse. « Je ne sais rien de tes affaires, mais cela n'en ira que mieux avec un repas sous ta ceinture.

— D'abord une chanson, ensuite un repas, déclara joyeusement Elphin. Je suis déjà deux fois béni en cette journée, et le soleil n'est pas encore levé. »

Rhonwyn rougit. « Je n'avais pas l'intention de te réveiller.

— Je suis heureux que tu l'aies fait, car nous allons pouvoir parler. J'ai quelque chose à te demander.

— Pouvons-nous nous asseoir ? » demanda-t-elle en montrant la table. Elphin l'aida à la transporter au centre de la pièce. Rhonwyn le servit, puis elle s'assit. Il prit une bouchée de fromage et contempla d'un air songeur la jeune femme assise à son côté. Une fraîche brise de mer murmurait dans le chaume du toit et les moutons bêlaient sur la colline.

Rhonwyn porta un morceau de pain à sa bouche, le reposa sur la table et regarda Elphin droit dans les yeux. « Pourquoi m'observes-tu ainsi, seigneur ?

— Pourquoi me donnes-tu ce nom ? demanda-t-il.

— Pourquoi pas ? Ton père est seigneur et tu es son fils. Tu seras toi-même seigneur un jour.

— Il n'en est pas toujours ainsi.

— Non, pas toujours, acquiesça Rhonwyn. Mais bien souvent de nos jours. Ma mère dit que ton père est un grand guerrier qui a rapporté beaucoup de vaches à ton peuple. Tes cousins doivent voir favorablement ta succession. »

Elphin posa les mains sur la table. « Me considérerais-tu d'un autre œil si je devais ne jamais être seigneur ?

— Les ambitions des hommes me sont de peu d'intérêt », répondit Rhonwyn.

La franchise de ses réponses surprit Elphin. C'était là une femme qui disait ce qu'elle pensait ; cela l'intriguait. Rhonwyn le contempla un moment, puis elle dit : « Tu désirais me demander quelque chose ? »

Elphin hocha la tête. « Tu es une femme qui apprécie que l'on parle sans détours, je vais donc te parler franchement. Il y a trois jours, j'ai trouvé un bébé dans le combre à saumons de mon père. Je suis venu dans l'idée de te demander de servir de nourrice à l'enfant. C'était là mon intention.

— C'était ? Tu as donc changé d'avis ?

— Oui. »

Rhonwyn baissa la tête et se prit le visage dans les mains. « Ce que les gens disent de moi... je ne le nie pas ; en fait, cela me serait impossible... c'est vrai. »

Cette réponse déconcerta Elphin. « Je ne sais rien de ce que les gens disent de toi, et cela m'importe peu. Mais je sais ce que j'ai vu de mes propres yeux. »

Rhonwyn garda les yeux baissés, mais elle posa les mains sur ses genoux. « Tu n'as pas besoin de l'expliquer.

— Et pourtant je vais le faire. Celui qui te parle a longtemps souffert de ce que ses cousins le croyaient victime d'un sort. La malchance m'a inlassablement poursuivi jusqu'à ce jour. »

Rhonwyn releva la tête. « Je ne peux y croire. Tes cousins doivent être les plus obtus des hommes. »

Elphin sourit. Il aimait sa façon d'exprimer franchement les choses.

« Ma propre infortune ne peut être niée, poursuivit-elle. Ma matrice est flétrie et pas un homme ne veut de moi.

— Rhonwyn, dit doucement Elphin, se délectant du son de son nom, cela n'a pas d'importance. Je suis un homme sans épouse et j'ai un enfant sans mère. Je suis venu chercher une nourrice et, à la place, j'ai la joie de trouver une épouse. »

Les yeux de la jeune femme s'arrondirent. « Que dis-tu ?

— Laisse-moi te le demander clairement... » Il tendit la main vers elle. « Rhonwyn, veux-tu être ma femme ? »

Ses mots mirent un moment à produire leur effet. Elle sourit à travers des larmes de bonheur. « Je le veux, dit-elle en lui prenant la main. Et je te servirai avec joie tant qu'il me restera un souffle. »

Elphin sourit largement et son cœur bondit dans sa poitrine. Il se mit debout, la fit lever et l'embrassa. Elle posa la tête contre sa poitrine et il la serra contre lui. « Je serai une épouse telle que tous les autres hommes envieront mon mari, murmura-t-elle.

— Alors, je serai vraiment un seigneur », répondit Elphin.

Laissant Rhonwyn rassembler ses affaires, Elphin sortit à la recherche d'Eithne. Il la trouva assise sur un rocher, en train de contempler la mer au pied de la colline. Un petit troupeau de moutons broutait l'herbe tendre autour d'elle. Elle se retourna à son approche et sourit d'un air désenchanté.

« Il fait froid, ici, quand le vent souffle de la mer. » Elle rajusta son plaid autour de ses épaules. « Et c'est bien solitaire. Plus encore pour une femme sans époux. »

Elphin perçut la tristesse dans sa voix et dit : « J'ai demandé à Rhonwyn d'être ma femme et elle a accepté. »

Eithne hocha lentement la tête et tourna les yeux vers la mer. « Elle fera une bonne épouse, mais je n'ai rien d'autre à t'offrir que ma bénédiction.

— Donne-la moi donc, et ne te soucie pas de dot.

— Je ne voudrais pas que les gens médisent de moi parce que je n'ai rien à donner.

— Ta fille est une dot suffisante et je ne voudrais accepter rien de plus. »

Cette réponse fit plaisir à Eithne, bien qu'elle fût triste de perdre Rhonwyn. « Je t'aime bien, Elphin. Mais si tu ne veux accepter ni biens ni propriété, peut-être accepteras-tu les services d'une vieille femme dans ta maison.

— Tu as une maison.

— Une maison, oui, mais plus de vie quand Rhonwyn m'aura quittée.

— Alors, viens avec nous. Ma mère se réjouira d'avoir une parente près de chez elle. Et je construirai une vaste demeure où tu seras la bienvenue. »

Ils passèrent le reste de la matinée à emballer les possessions des deux femmes. Les habitants de Diganhwy vinrent voir ce qui se passait et Eithne se vanta devant tout un chacun qu'Elphin était roi de Gwynedd, qu'il était venu pour épouser sa fille et qu'elle-même allait vivre dans la maison du roi pour le servir.

Les gens trouvèrent difficile de croire une telle histoire, et pourtant elle paraissait vraie. Pour sa part, Elphin avait adopté les manières d'un futur roi, ordonnant aux bras oisifs d'aider à charger les affaires des deux femmes. Il alla parler au chef de Diganhwy et lui offrit la maison d'Eithne en gage d'amitié entre les habitants de Dyvi et ceux de Diganhwy.

Puis, alors que le soleil s'élevait vers le zénith, tous trois se mirent en route. Elphin partageait sa monture avec Rhonwyn et Eithne montait la jument rousse chargée des biens de la maisonnée. Une corde accrochée au pommeau de sa selle était passée au cou d'un bélier et le reste du troupeau d'Eithne suivait en bêlant. En cet équipage, ils partirent pour Caer Dyvi, tous trois heureux de l'avenir qui les attendait et impatients de commencer une nouvelle vie.

V

Sur la Voie Triomphale, les mages gravissaient lentement la pente escarpée de la colline sacrée aux flancs vert tendre balafrés d'affleurement de roche blanche. Leurs ombres, étirées par le soleil déclinant, les suivait dans leur ascension tandis que, drapés dans leurs manteaux pourpres, ils foulaient la Voie pavée de rouge pour s'assembler en cercle autour du grand autel de pierre. Dans un lointain passé, le sommet de la colline avait été aplani et une terrasse circulaire avait été aménagée. Plus récemment, des colonnes élancées avaient été dressées aux points astraux correspondant aux différentes maisons astrologiques dont les symboles étaient gravés dans la pierre de la terrasse. Il n'y avait pas de toit pour couvrir ce lieu sacré, afin que la lumière de Bel et de Cybèle puisse baigner à toute heure l'autel de son éclat.

Derrière les mages, Avallach avançait seul. Il portait lui aussi le manteau de pourpre constellée d'étoiles. En queue de la procession, Charis marchait entre Elaine et sa mère. Seules les personnes de sang royal, et celles qui avaient la chance d'avoir été personnellement invitées par le roi, étaient autorisées à assister au sacrifice. La population assistait à la cérémonie du pied de la colline.

Comme à l'ordinaire, Avallach avait été plus que généreux dans ses invitations et, quand tous furent arrivés, la terrasse était bondée. Charis se fraya un passage jusqu'au pied d'une colonne. Elle s'adossa à la pierre fraîche et vit sept mages en cercle autour d'un trépied supportant un grand chaudron d'orichalque à la surface ornée de symboles divins et au pourtour gravé de caractères hiératiques.

Les mages se tenaient les mains levées, paumes vers l'extérieur, les yeux fermés, émettant un bourdonnement. L'un d'eux — dont la robe avait des reflets argentés et dont la coiffe cylindrique était plus haute que les autres — abaissa les mains et effleura du bout des doigts le bord du chaudron étincelant. Aussitôt, des volutes de fumée blanche s'en élevèrent.

Le Grand Prêtre se dirigea alors vers l'autel et y prit un vase d'orichalque. Il s'approcha du roi, qui avait pris place devant l'autel. L'officiant versa de l'eau sur les mains tendues d'Avallach, puis sur les mains des sept mages. Les ablutions terminées, le Grand Prêtre reposa le vase sur l'autel et prit une scintillante coupe d'orichalque qu'il plaça entre les mains du roi.

« Père est si beau, murmura Charis à sa mère.

— Oui », répondit Briseis, puis elle ajouta : « Chut ! »

Le Grand Prêtre reprit place près du chaudron et étendit les mains dans la fumée qui s'élevait vers les cieux, tout en psalmodiant une brève incantation. Puis il se tourna vers un autre mage qui lui remit une trompette en forme de défense d'éléphant et gravée d'un grand serpent qui s'enroulait sur toute sa longueur. Le Grand Prêtre porta la trompette à ses lèvres et en tira une longue et vibrante note grave qu'il répéta à chacun des quatre points cardinaux.

Tandis que le vent emportait la dernière note, trois mages montèrent sur la terrasse, un de chaque côté d'un énorme bœuf, le troisième menant la bête à l'aide d'une corde dorée passée autour de son cou. L'animal était blanc comme la neige couronnant le mont Atlas et ses cornes et ses sabots étaient dorés. Le panache blanc de sa queue se balançait docilement.

Le bœuf fut amené au centre de la terrasse, devant l'autel, et la corde dorée passée dans un anneau scellé dans la pierre. Le Grand Prêtre se tourna vers l'autel et prit un couteau au long manche incrusté d'une demi-lune d'orichalque miroitant gravée de signes solaires. Élevant le couteau vers le couchant, le Grand Prêtre récita d'une voix forte la prière rituelle, qu'il répéta deux fois avant de se tourner pour offrir son incantation à la pâle lune montante.

La prière terminée, les mages qui conduisaient le bœuf touchèrent légèrement les pattes avant de l'animal et celui-ci s'agenouilla ; ils tendirent la corde et la nouèrent. Les mages qui se tenaient autour du chaudron reprirent leur litanie tandis que le Grand Prêtre s'approchait de la tête de l'animal et levait son couteau.

Charis détourna la tête et ferma les yeux. Elle retint son souffle et attendit le meuglement d'agonie du bœuf. Comme il ne venait pas, elle ouvrit un œil pour regarder autour d'elle. Une agitation naissait de l'autre côté de la terrasse ; les gens se retournaient, échangeaient des murmures. Que se passait-il ?

Un chemin s'ouvrit dans la foule et Charis vit approcher quelqu'un… ou quelque chose — sombre et poilu, marchant d'un pas pesant comme un ours blessé. Avec un hoquet de surprise, elle le reconnut.

C'était l'homme étrange couvert de peaux de bêtes, à la barbe et à la chevelure noires emmêlées en une masse répugnante, qui cheminait tête nue sous le soleil, à la main un curieux bâton au sommet duquel brillait un grand cristal jaune, et qui contemplait le monde avec des yeux d'animal éperdu. L'homme qu'elle avait entrevu dans le Lia Fail.

À présent il était là et sa présence avait interrompu le sacrifice. Le Grand Prêtre s'approcha comme pour l'arrêter. L'homme agita son bâton et le mage s'immobilisa. Les autres officiants restaient cloués sur place, muets.

L'étranger vint se placer au centre de la terrasse. Il leva son bâton et en frappa le sol. Il lança autour de lui un regard farouche et ouvrit la bouche pour parler.

« Throm je *fus*, dit-il d'une voix grinçante. Throm je suis et Throm je *serai.* » Il éleva son bâton dans les airs. « Princes *d'Atlantide*, écoutez-moi ! »

Les gens se regardaient et Charis entendit son nom sur leurs lèvres. Throm ! Throm est venu !

Qui est Throm ? se demanda-t-elle. Qui est-il et pourquoi est-il venu ?

L'étranger brandit son bâton. La pierre jaune étincela d'une flamme mystérieuse dans les dernières lueurs du couchant. « Écoute-*moi*, Ô Atlantide ! Je suis la voix de la trompette, je suis la tablette de *cire*, je suis la *langue* divine ! Écoute… » Sa voix se perdit dans un silence inquiétant. Les gens restaient figés, la stupéfaction peinte sur le visage.

« Vous… vous tous ! » Il regarda autour de lui d'un air hagard. « *Vous* avez vu les signes dans le ciel, vous avez *entendu* les sons dans le vent et senti la terre trembler de *son* secret, et vous vous tournez vers votre voisin pour demander ce que cela *signifie…* » La voix grinçante, éraillée, résonnait dans le silence.

Il fit un cercle de la main dans les airs et se pencha en avant sur son bâton comme pour confier un secret. « La *terre* tremble, Enfants de Poussière. Les cieux vacillent et les *étoiles* dévient de leur course. Les eaux… ah, les *eaux* ont faim. Oceanus est affamé, mes enfants, *il* s'impatiente, il se retourne dans son lit… il se *tord*. Le ver *dévore* ses entrailles et il hurle. Entendez-vous ? » Sa main agrippa le bâton comme pour étrangler un serpent et il balança sa tête hirsute d'un côté à l'autre. « *Entends*-tu, Atlantide ? »

Son public involontaire le fixait d'un air hébété. Les paroles de Throm s'insinuaient dans les oreilles de Charis qui se sentait vaciller… comme si le roc, sous ses pieds, avait perdu toute solidité. Ses doigts trouvèrent le bord de la colonne de pierre et elle s'y agrippa.

« Throm je *suis* et Throm je serai… Écoute, Ô Atlantide, les paroles de ton fils, la Voix de la Trompette. La lueur de Bel *s'éteint* à l'occident » — il brandit son bâton vers le rougeoiement du soleil couchant — « et nous nous éteignons avec elle, mes enfants. Nous *mourons*. Vous, princes » — il pointa le doigt vers Avallach et Belyn — « *apprêtez* vos demeures. Apprêtez vos *tombeaux* ! »

Avallach fit un pas en avant, fronçant les sourcils. Il se dirigea vers le dément, mais Throm se tourna dans sa direction et leva son bâton au-dessus de sa tête avant de l'abattre sur la terrasse de pierre où il produisit un bruit de tonnerre. Le roi s'immobilisa.

« Écoutez ! » siffla Throm. Une fois de plus, ses mains décrivirent un large cercle. « La langue du *dieu* parle : sept *années* vous errerez comme des aveugles, *sept* années vous vous affronterez en des luttes *futiles*, sept années votre *sang* détrempera l'antique terre, sept années *vous* sèmerez et moissonnerez en vain, Enfants de Poussière, sept années le *vent* soufflera à travers vos palais désertés.

» Écoutez, Ô rois ! Moi, Throm, j'ai *vu* le visage de l'avenir, j'ai été témoin des événements dont je *parle*. Moi, Throm, j'ai entendu les cris des *enfants*… perdus. Tout est perdu. Tout est… *perdu*… »

Sa grande tête échevelée retomba, ses bras noueux s'affaissèrent mollement. Les yeux clos, il vacilla sur ses jambes et ses mains se mirent à trembler, puis un long frisson lui parcourut le corps. Sa tête se redressa soudain et ses yeux se rouvrirent. Il regardait sans voir dans le vide, le visage tordu sur un rictus extatique, les lèvres frangées d'écume.

Charis regarda, horrifiée, le prophète s'effondrer, les yeux roulant dans leurs orbites, les membres tressautant tandis que des convulsions incontrôlables lui secouaient le corps. Un son épais, inintelligible, monta de sa gorge… comme si les mots en étaient arrachés avant de pouvoir être formés. Ses dents grinçaient. Des filets de sang coulaient des coins de sa bouche.

Throm se redressa d'un bond, les yeux exorbités, comme d'effroi. Il poussa un hurlement à s'en arracher la gorge qui glaça tous ceux qui l'entendirent, puis il s'écroula, inconscient. Ses muscles se relâchèrent et il demeura immobile, tel un mort.

Le Grand Prêtre s'arracha à sa stupeur et jeta un regard inquiet à ses assistants. Avallach s'avança et se tint au-dessus du corps immobile qu'il contempla fixement, comme incapable de croire ce qu'il venait de voir.

« Emportez-le », ordonna-t-il enfin. Plusieurs mages se précipitèrent pour saisir le prophète inconscient qu'ils traînèrent sans ménagements.

« Mes amis, dit le roi Avallach en se tournant vers l'assistance stupéfaite, ne laissons pas les paroles creuses et les divagations d'un dément nous distraire de notre but sacré. Nous sommes rassemblés pour renouveler le lien qui unit le roi à son royaume. » Il leva une main vers le couchant, l'autre vers la lune montante. « Bel entame son voyage souterrain et la blonde Cybèle se hisse vers son trône. C'est... c'est ainsi qu'il en a toujours été et qu'il en sera toujours. Accomplissons le rite antique et sacré. »

Il regagna sa place à la tête de l'assemblée. Le Grand Prêtre reprit son couteau et, s'approchant du bœuf, lui posa la main sur le cou. Puis, d'un seul mouvement, le couteau décrivit un cercle et s'enfonça dans la chair. Le sang rouge gicla sur la toison neigeuse et le stupide animal n'eut pas même un battement de cils.

Un des assistants vint placer un cratère sous la blessure pour recueillir le fluide vital qui jaillissait en un torrent cramoisi. Quelques instants plus tard, la bête pencha la tête, puis s'effondra sur la pierre et roula sur le flanc. Trois mages ôtèrent robes et manteaux pour se jeter sur la carcasse avec des haches et des couteaux. Le Grand Prêtre éleva le cratère empli de sang et s'approcha du roi qui tendit sa coupe.

L'officiant versa le liquide et, une fois la coupe emplie, reposa le cratère sur l'autel et se tourna vers Avallach. « Qui es-tu ? demanda-t-il.

— Je suis la terre.

— D'où vient ta vie ?

— Du peuple.

— Devant Bel qui voit tout et Cybèle qui sait tout, renouvelle ta vie, intima le mage. Bois. »

Le roi porta à ses lèvres le bol d'orichalque étincelant et but le sang encore chaud. Après avoir découpé l'animal, les trois mages empilèrent les quartiers sur l'autel, disposant le foie à part dans un bassin pour l'augure. La tête du bœuf fut enfin placée tout en haut de la pile, les cornes dressées, ses énormes yeux aveugles tournés vers le ciel.

Deux mages s'approchèrent du trépied et soulevèrent le chaudron bouillonnant à l'aide de longues perches ouvragées placées de chaque côté. Ils le portèrent jusqu'à l'autel et le renversèrent sur le bœuf démembré. Le feu se déversa en une nappe de flammes liquides, embrasant les chairs. Une vague de chaleur vint lécher le visage et les mains de Charis.

Le feu ronflait et la viande brûlait, soulevant d'épaisses volutes de fumée noire. Au bout d'un moment, le Grand Prêtre prit une pince et, la plongeant dans le feu, en ressortit de petits morceaux de viande rôtie qu'il déposa, grésillants, sur un plateau. Puis il porta le plateau au roi et le lui présenta.

« Quelle est ta nourriture ? demanda le mage.

— Servir le peuple.

— Devant Bel qui voit tout et Cybèle qui sait tout, entonna le mage, mange et sois rassasié. »

Avallach prit un morceau de viande, le mangea et en prit un autre. On apporta le foie de l'animal au Grand Prêtre qui le prit pour l'examiner. Il le renifla et le palpa à pleines mains. Un autre mage s'avança pour tenir le foie, tandis que le Grand Prêtre dégainait une dague d'or et tranchait avec dextérité l'organe en deux. La foule poussa une exclamation en voyant les tissus révéler une masse de longs vers blancs qui coulaient entre les doigts du mage pour se répandre sur le sol en un affreux grouillement.

Le Grand Prêtre, blanc comme la mort, tourna des yeux terrifiés vers Avallach. « Brûle-le ! dit le roi d'un ton sec. Brûle cette chose répugnante ! »

Le mage grimaça, empoigna l'organe malade avec ses parasites obscènes et le lança dans les flammes.

Une fumée noire et grasse s'éleva et les flammes bondirent vers les cieux crépusculaires. Une odeur de chair brûlée se répandit dans les airs. Charis toussa et leva les yeux vers un groupe de trois étoiles scintillant à travers les volutes de fumée. C'était un rituel auquel elle avait assisté bien des fois, pourtant il lui semblait maintenant étrange et archaïque, comme si tout — la colline, le bœuf, le mage, le chaudron, le roi, l'assemblée — appartenait à une époque si reculée, si obscurément antique qu'elle n'était plus compréhensible, uniquement ressentie dans la pulsation du sang qui coulait dans ses veines.

La lune se leva, large et livide au-dessus de l'horizon, reliée à la terre par un fil de soie, son disque aveugle contemplant le monde nocturne sur lequel elle veillait.

Et Charis sentit un tremblement sous ses pieds, une vibration dans la pierre qui s'insinuait dans ses os, son cœur et son cerveau, jusqu'à en frissonner tout entière, de la plante de ses pieds au bout de ses doigts délicats. Elle sentait une énergie couler en elle, jaillissant à travers elle de la terre vers le disque de Cybèle. Elle avait l'impression de briller… comme si les extrémités de ses cheveux projetaient des étincelles ou des rayons de lune dans la nuit.

Charis observait les gens autour d'elle, voyait les visages qu'elle connaissait si bien. Elle regardait du haut de la colline la ville étalée à ses pieds, Kellios, cité royale, les lumières scintillantes de ses milliers de fenêtres comme des étoiles dans un firmament de pierre, et, plus loin, le croissant bleu sombre de la mer qui miroitait derrière le bras incurvé du port. Tout semblait douloureusement vieux et familier… comme si elle se tenait au sommet de cette colline et contemplait cette scène inaltérée depuis dix mille ans, au point que celle-ci avait pris possession du plus intime de son être et faisait partie d'elle-même davantage que son propre nom.

Et pourtant… quelque chose avait changé. Une subtile et néanmoins profonde transformation était perceptible. Comme une altération dans le vent qui indique que la longue période de sécheresse est terminée et que les pluies vont arriver. Comme un voyageur qui franchit une frontière invisible pour entrer en un autre pays, Charis avait le pressentiment d'un événement imminent.

Après la cérémonie, quand les ossements du bœuf ne furent plus que des cendres éparpillées et son sang une rivière coagulée sur les pierres de l'antique autel, les officiants redescendirent de la colline à la lueur des torches. Charis avançait sans toucher terre, comme dans un rêve où chaque geste est languide et ralenti. Elle avait l'impression d'avoir vécu jusqu'ici dans un profond sommeil et d'être maintenant sur le point de s'éveiller. À chacun de ses pas aériens, elle sentait le passé reculer, s'éloigner de plus en plus, tomber de son corps comme un linceul mangé aux vers.

Son cœur battait dans sa poitrine et son sang tambourinait à ses oreilles. Le moindre objet que croisait son regard apparaissait d'une netteté absolue, entouré d'un halo de fraîche lumière miroitante. Son esprit s'ouvrait à des visions inimaginables, comme si une sagesse millénaire avait été insufflée à son âme. Elle savait des choses qu'elle n'avait jamais apprises, et cette connaissance tourbillonnait vertigineusement en elle.

Charis redescendait vers la ville avec une conscience aiguë de tout ce qui l'entourait, et pourtant sans prêter attention à rien.

Des mots se formaient dans son esprit, écrits en lettres de feu : je suis la Mère des Nations, je suis la Matrice de la Connaissance… je suis l'Atlantide.

Il était très tard. Les lampes étaient baissées et la pleine lune brillait par la porte ouverte du balcon. Avallach et Briseis partageaient la quiétude de l'instant. Ils parlaient à voix basse, Briseis serrant dans ses bras Avallach qui lui caressait la nuque et les épaules.

On frappa doucement à la porte et Avallach se leva à regret.

Il ouvrit la porte et le visage d'Annubi apparut dans la lumière. Le devin s'excusa aussitôt. « Pardonne-moi, Seigneur. Je ne voudrais pas te déranger, mais…

— Qu'y a-t-il ?

— C'est à propos de la danseuse… cet après-midi. »

Avallach secoua la tête. « Je ne comprends pas.

— Je lui ai demandé de me tenir au courant, expliqua Briseis en venant le rejoindre. Alors, la jeune fille ?

— Je suis désolé, ô ma reine.

— Morte ? »

Le devin acquiesça. « Sa blessure était profonde et elle était affaiblie d'avoir perdu tant de sang. Il n'y avait rien à faire.

— A-t-elle souffert ?

— Elle a résisté jusqu'au bout. La souffrance était là, oui, mais je pense qu'elle préférait qu'il en soit ainsi. »

La reine hocha la tête d'un air absent. « Merci, Annubi. »

Avec une inclinaison de tête à l'intention d'Avallach, le devin tourna les talons et disparut. Briseis referma la porte et se tourna vers le roi. « Quel dommage, quand on y songe. » Elle posa la main sur la poitrine de son époux. Ils restèrent enlacés un long moment.

« La journée a été longue et bien remplie, dit enfin Avallach. Je suis fatigué.

—Va te coucher. Je soufflerai les lampes. » Le roi l'embrassa et se dirigea vers la chambre. Briseis fit le tour de la pièce pour éteindre. En passant devant le balcon, elle fit halte : une douce mélodie montait des jardins. Quelqu'un chantait. La reine s'avança jusqu'à la balustrade.

Sur la pelouse illuminée par la lune se tenait Charis, simplement vêtue d'une fine chemise de nuit, tournant lentement sur elle-même, les bras dressés vers le ciel et le regard levé vers la lune, une étrange chanson aux lèvres et un air de pure extase sur son visage renversé en arrière.

Briseis ouvrit la bouche pour l'appeler, mais elle se reprit et écouta. Il lui fallut un long moment avant de pouvoir discerner les paroles. Ce qu'elle entendit lui coupa le souffle.

« Mère des Nations, Matrice de la Connaissance, je suis l'Atlantide… l'Atlantide… l'Atlantide… je suis l'Atlantide. »

VI

Hafgan, drapé dans son manteau bleu nuit, serrait son bâton de chêne dans sa main droite. Un long moment, il étudia le ciel nocturne. Puis il se remit à tourner comme le soleil autour de la pierre dressée au centre du cercle de pierres, ne s'arrêtant que pour manger quelques noisettes de sagesse qu'il transportait dans une bourse à sa ceinture.

Il tournait lentement en rond, écoutant la vent qui caressait les herbes sèches de l'hiver et le ululement lointain d'un hibou dans son arbre. La pleine lune brillait de tout son éclat, poursuivant lentement sa course dans les cieux. Écoutant, pesant, jugeant, le druide laissa passer les heures de la nuit.

Quand la lune se trouva juste au-dessus de la pierre dressée, le druide entonna son chant de prophétie, psalmodiant pour lui-même les syllabes secrètes, lentement, délibérément, et il sentit leur pouvoir s'animer peu à peu en lui. Le lourd rideau qui d'habitude voilait ses sens commença à s'effilocher pour le laisser accéder à l'Autre Monde, où ses yeux pouvaient voir, ses oreilles entendre et son esprit percevoir les choses d'ordinaire refusées aux mortels.

Sa psalmodie devint un chant et il éleva la voix pour qu'elle puisse parcourir les invisibles sentiers des airs.

« Terre Mère, contemple ton fils !
Mère Céleste, reconnais-moi,
ton dévoué serviteur.
Père de Sagesse, parle-moi,
que je puisse entendre ta voix.
Portes de la Connaissance, ouvrez-vous en grand,
que je puisse pénétrer dans votre royaume.

Grande Déesse, Reine de la Vie, dispensatrice de lumière
au front orné de cornes, cheminant
dans l'ombre de la Nuit sacrée,
resplendit de tes rayons argentés ;
Tantôt orbe parfait, tantôt déclinante,
montre par ton passage
le signe secret ;
Révèle la vision de ton œil pénétrant. »

Sur ce, il s'immobilisa et étendit largement les bras. Son manteau glissa de ses épaules tandis qu'il élevait son bâton, le brandissant à deux mains au-dessus de sa tête.

La traînée scintillante d'une étoile filante zébra les cieux. Un instant plus tard, une autre tombait vers la terre, puis une autre, jusqu'à ce que le ciel s'illumine d'étincelles embrasées au sillage flamboyant qui plongeaient dans la nuit.

Quand ce fut fini, Hafgan reposa son bâton. Il prit dans sa bourse une poignée de noisettes. Assis sur une pierre, il les mangea, songeur, tout en réfléchissant à ce qu'il venait de voir. Il demeura assis là jusqu'à ce que la lune sombre vers le matin. Puis, drapant autour de lui son manteau, il quitta le cercle de pierres et regagna lentement sa hutte à l'écart du caer.

Tôt dans la matinée, les habitants de Caer Dyvi se rassemblèrent devant la demeure du druide. Beaucoup avaient vu l'étrange pluie d'étoiles dans la nuit et redoutaient qu'elle ne présage quelque affreux désastre.

Ils l'appelèrent. « Druide, réveille-toi ! Dis-nous quelle calamité est annoncée, Hafgan ! Pourquoi es-tu encore au lit alors que rôde le danger ? Réveille-toi ! »

Ne recevant aucune réponse, ils menèrent grand tapage jusqu'à ce qu'enfin Gwyddno Garanhir en personne vienne demander : « Cousins, que veulent dire ces cris si tôt dans la matinée ? Que se passe-t-il ici ?

— Es-tu le seul à ne rien savoir ? demanda une femme. Personne ne t'as rien dit ?

— La pluie d'étoiles de la nuit dernière, dit une autre. Sûrement, un désastre va bientôt nous frapper.

— S'il en est comme vous dites, répondit Gwyddno en tirant sur sa moustache, alors Hafgan nous dira que faire.

— Mais c'est bien là l'ennui, répondit un des hommes assemblés là. Notre derwydd refuse de nous parler. »

Gwyddno fit un signe à Cuall, qui écarta le pan de cuir accroché dans l'encadrement de la porte pour couper le vent et entra dans la hutte du druide. Il en ressortit un instant plus tard. « Il est parti, annonça-t-il. Mais les cendres de son foyer sont encore chaudes.

— Alors, il est parti ce matin, dit Gwyddno. Il ne fait pas de doute qu'il est allé s'entretenir avec ses frères druides et qu'il reviendra quand il aura une réponse à nous donner. Nous allons donc vaquer à nos affaires.

— Comment le pouvons-nous ? demanda une des femmes. À tout moment la destruction risque de nous frapper ! »

Gwyddno frappa du pied le sol. « Le seul désastre sera le travail d'une journée perdu si nous n'accomplissons pas nos tâches. Allez-y, tous ! Retournez à vos maisons et à vos occupations. Vous voyez ? Le soleil se lève, la journée est commencée. »

Il y eut quelques marmonnements, et plusieurs femmes se plaignirent à haute voix, mais ils regagnèrent leurs demeures et se mirent au travail. Le soleil monta dans le ciel et brilla sur la terre. Nulle nef pirate n'apparut à l'horizon et le ciel ne tomba pas sur leurs têtes. À midi leur inquiétude s'était calmée. Les habitants de Caer Dyvi avaient mis de côté leurs craintes, bien qu'ils se demandassent toujours ce qu'augurait ce puissant présage.

Un bosquet sacré poussait au sommet de la colline de Garth Greggyn, qui surplombait un torrent alimenté par une source. À l'endroit où l'eau jaillissait du flanc de la colline se dressait une pierre gravée de caractères ogamiques, consacrée à Tywi, dieu de la source. Sur le chemin du bois de chênes, Hafgan fit halte pour rendre hommage au dieu, puis il embrassa la pierre et poursuivit sa route.

Il gravit la colline et passa entre deux images sculptées — la première de Lleu, dieu des bardes et des guerriers, la seconde de Don, mère des dieux — puis il pénétra dans le sanctuaire sylvestre où il fut accueilli par d'autres druides des régions voisines qui, comme lui, s'étaient rassemblés pour discuter du signe que tous avaient vu.

Cormach, grand vieillard aux cheveux blancs, était assis sur un trône de pierre, entouré d'ovates et d'assistants. À l'arrivée d'Hafgan, il leva les mains en signe de bienvenue. « Voyez ! En voici venir un qui mieux que moi connaît les signes des cieux. »

Hafgan inclina la tête en souriant et dit : « Seul Cormach de Dolgellau peut parler ainsi et être cru de quiconque. » Le vieux druide se leva et tous deux s'embrassèrent. Nombre de jeunes ovates et filidh s'assemblèrent autour d'eux pour les écouter, car Hafgan était fort renommé dans la fraternité des initiés.

Finalement, Cormach leva son bâton de sorbier et en frappa trois fois le trône de pierre. Tout le monde fit silence et prit place en cercle au centre du bosquet. Des filidh passèrent parmi eux avec des coupes d'infusion de glands et des bols de noisettes. Quand tous furent servis, Cormach prit la parole. « Si personne n'y voit d'objection, commença-t-il, je parlerai le premier, ainsi qu'il sied à un ancien.

— Tu es notre chef, déclara Hafgan. Continue, je t'en prie. »

Les autres, près de vingt en tout, marquèrent leur assentiment. Cormach se toucha le front du dos de la main et émit un long ululement, que l'assemblée reprit pour produire une mélopée qui se répercuta à travers le bosquet.

Au bout de quelques instants, le chef druide abaissa la main et dit : « Il est juste que nous nous soyons rassemblés en ce jour. Puisse s'accroître notre sagesse ! La nuit dernière, j'ai vu un puissant signe dans le ciel : des étoiles tombant comme une pluie de feu. Et aujourd'hui la terre se réchauffe sous un soleil d'été, alors que Beltane est tout juste passé. Dites-moi, mes frères, que cela présage-t-il pour vous ?

— La mort, répondit un jeune druide. Une pluie d'étoiles présage toujours la mort.

— Une si grande pluie d'étoiles doit annoncer une très grande mort, dit un autre. La mort d'un roi, peut-être ? »

Ils se mirent à discuter pour savoir quel roi était si grand que cela lui vaille un tel augure. Cormach écouta patiemment, puis il frappa de son bâton sur le rocher. « Hafgan, tu es resté silencieux. As-tu l'intention de nous laisser dans l'ignorance ? »

Hafgan se leva. « Il est vrai qu'une étoile filante présage souvent une mort, mais elle peut aussi annoncer une naissance. Car mort et naissance sont une, comme nous le savons tous. Rien ne naît qui ne meure, comme rien ne meurt qui ne renaisse. Chacune est absorbée et accomplie dans l'autre.

— Bien parlé, répondit Cormach. Que peux-tu nous dire d'autre ?

— Comme l'ont suggéré nos jeunes frères, une si grande pluie d'étoiles ne peut annoncer qu'une grande mort… la mort d'un roi, oui. Peut-être de plusieurs rois. »

Cela causa une grande sensation parmi les druides, qui murmurèrent leur surprise. « Explique-toi, veux-tu, dit Cormach quand le silence fut revenu.

— Très bien, répondit Hafgan. Les étoiles sont tombées dans la mer du Couchant, où se trouvent les îles des Immortels. Dans notre peuple, il est dit que le roi et sa terre ne font qu'un. Par conséquent, dans ce grand signe, je vois une grande destruction pour les terres du Couchant, d'où une grande mort… la mort de nombreux rois.

— Et en ce qui concerne la naissance ?

— Les étoiles sont tombées de la Maison royale du Soleil, de sorte qu'il ne peut s'agir que d'une naissance royale.

— Une naissance royale, engendrée par la mort de rois, dit Cormach. Écoutez et souvenez-vous, mes frères : Hafgan a vu la vérité.

— Quand cela aura-t-il lieu ? demanda un druide d'Yr Widdfa.

— Attends et observe, frère. Le temps s'accomplira. Il suffit pour le moment de savoir que cela sera. Quand l'heure viendra, des signes et des prodiges l'annonceront. Instruisez-en le peuple. » Sur ce, Cormach leva son bâton et dit : « Je déclare cette assemblée terminée. »

La compagnie se sépara alors, mais les druides s'attardaient, discutant entre eux avant de repartir chacun chez soi. Cormach prit Hafgan à part. Ils se tenaient sous les basses branches d'un grand et vieux chêne. « Qu'ai-je entendu dire sur la bonne fortune qui a échu à Caer Dyvi ?

— C'est vrai, reconnut Hafgan. Comment l'as-tu appris ? »

Le vieux druide sourit. « Le vent révèle bien des choses à qui sait écouter.

— Et la langue des hommes en révèle encore davantage », rétorqua Hafgan.

Cormach leva un doigt en signe d'avertissement. « Un tel accroissement doit être compensé ailleurs par une diminution. L'équilibre doit être préservé. Mais dis-moi, cet enfant ?

— Un enfant exceptionnel, assurément. Je l'ai nommé Taliesin. Ce sera un barde d'une science et d'un talent peu communs… peut-être le plus grand d'entre nous. S'il n'était pas déjà né, j'aurais pensé que c'était pour lui que les étoiles sont tombées.

— Alors, je dois venir voir cet enfant sans tarder.

— Oui, viens. Cela fait trop longtemps que nous n'avons pas levé nos coupes ensemble. Nous parlerons… » Hafgan se tut soudain, l'air songeur.

« Qu'y a-t-il ? Tu as vu quelque chose ?

— Non, c'est une chose que tu as dite tout à l'heure… au sujet de la terre qui se réchauffe sous un soleil d'été. Je n'y avais pas encore réfléchi.

— Dans ce cas, songes-y, l'encouragea Cormach, et dis-moi ce que cela te suggère.

— Beltane est le temps entre les temps, comme nous le savons, quand les puissances de la terre et du ciel, de l'air et de l'eau sont en équilibre. L'hiver est la mort, qui elle-même meurt au printemps. Pour l'hiver, s'imposer à la veille du printemps signifie que la mort lutte avec la vie pour la suprématie. Nous nous tenons aujourd'hui sous un soleil d'été, ce qui suggère que la vie a survécu au combat.

— Et la pluie d'étoiles ?

— Sa victoire a eu lieu au prix de grandes pertes, peut-être. »

Cormach hocha la tête, songeur. « Tes pensées sont justes et profondes, Hafgan. » Le chef druide posa une main sur celle d'Hafgan. « Un jour, tu porteras le bâton de sorbier. En attendant, je pense qu'il est temps que tu commences à enseigner. Je t'enverrai deux de mes meilleurs filidh.

— J'en suis honoré. »

Cormach serra plus fort la main d'Hafgan. « Tu auras besoin d'aide avec l'enfant.

— Dis-moi, Cormach, y a-t-il jamais eu un signe semblable à celui qui nous a réunis ? »

Le vieux druide ferma les yeux et s'appuya sur son bâton. « Une seule fois, répondit-il enfin. Il y a bien longtemps... avant que quiconque en vie ne soit né, avant l'arrivée des Romains dans l'Île Sacrée, quand ce bosquet était encore jeune... il y a eu un signe semblable. Les étoiles ne sont pas tombées, malgré tout, mais se sont mises à converger dans le ciel. Une étrange vision, m'a-t-on dit, pour qui savait l'interpréter.

— Que présageait-elle ? »

Cormach ouvrit les yeux. « Voyons, la venue de Jesu, Fils du Dieu Bon. Celui que les Romains nomment Christus.

— Je vois, répondit Hafgan. Peut-être ce nouveau signe sera-t-il aussi propice.

— Nous pouvons l'espérer. Comme tous les hommes, nous pouvons l'espérer. Bien, je viendrai voir l'enfant avant l'été. Veille bien sur lui.

— Il sera bien gardé, ne crains rien, répondit Hafgan. Je m'en charge personnellement. »

Cormach leva les yeux pour regarder les branches déployées au-dessus de lui. « Ce chêne était déjà vieux lors de ma naissance. À présent, je suis vieux et je vais bientôt mourir, et cet arbre continuera à croître, fort et vigoureux. Nous sommes de petites créatures, Hafgan. Nos vies ne sont pas longues.

— Suffisamment longues pour apprendre ce qui nous est demandé.

— Oh oui, assez longues pour apprendre ce que nous avons besoin de savoir, mais pas assez pour changer quoi que ce soit, acquiesça tristement Cormach. C'est notre faiblesse. Chaque âge doit tout apprendre à nouveau. Quel gâchis ! Quel gâchis... faire à nouveau toutes les erreurs, chaque génération tâtonnant dans l'ignorance et les ténèbres… » Il leva la main vers l'arbre. « Salut, robuste frère ! Vois notre faiblesse et ne nous regarde pas avec sévérité.

— Viens, Cormach, le soleil est chaud, la journée est belle. Je vais marcher un peu en ta compagnie et tu me diras pourquoi tu es si abattu. » Hafgan entraîna le vieux druide. Ils sortirent du bosquet et descendirent la colline sous le soleil, faisant halte à la source pour y boire avant de se mettre en route.

VII

Quand l'orbe flamboyant du soleil surgit au-dessus du vaste rebord azuré de la mer, Charis se leva. Elle versa de l'eau parfumée dans une vasque, s'en aspergea, se sécha et revêtit une tunique de lin bleu ciel. Elle enfila des sandales de cuir blanc, les laça en hâte, attrapa sur une table près de la porte deux figues fraîches dans une coupe et courut vers la cour du palais. Là, elle retrouva les plus jeunes de ses frères, Eoinn et Guistan, qui supervisaient déjà le chargement des chariots et le harnachement des chevaux.

Aucun des deux garçons n'eut un mot pour elle, entièrement pris par leurs tâches supposées. Elle se glissa parmi les porteurs et s'assura que son propre coffre de voyage avait été soigneusement arrimé, puis elle se retira à bonne distance pour regarder.

Des valets d'écurie arrivèrent, menant des montures sellées, et les deux garçons commencèrent à se battre pour savoir qui prendrait la meilleure. Kian, le plus âgé des enfants d'Avallach, vint s'interposer pour régler la dispute entre ses jeunes frères avec un détachement tout autocratique. Maildun arriva pendant que les autres se chamaillaient et, souriant, s'adjugea calmement le meilleur cheval.

Kian ressemblait tellement à son père qu'il paraissait parfois simplement un jumeau plus jeune. Maildun, en revanche, de quelques années moins âgé que son frère, ne ressemblait en rien au roi. Grand et mince comme un jeune cyprès, il avait des manières affables et restait la plupart du temps sur son quant-à-soi, mais il pouvait être froidement calculateur et était enclin à de violentes colères quand on le contrariait.

Après Charis venait Eoinn, de quelques années son cadet. Comme elle, il avait hérité des cheveux dorés de sa mère, ainsi que de son goût pour l'étude et les lettres. Son amour des chevaux n'appartenait cependant qu'à lui, et s'il avait pu découvrir un moyen de lire en montant à cru un cheval lancé au grand galop, Eoinn se serait considéré comme le plus heureux au monde.

Guistan, le plus jeune, était brun comme Avallach, mais il avait les yeux bleu clair de Briseis et un peu de sa grâce. Il ne partageait en rien l'amour de son frère pour les livres et il avait tôt découvert l'art de disparaître dès qu'il était question d'études. Il possédait un véritable don artistique ; il pouvait tout reproduire avec une habileté diabolique, mais il détruisait le dessin si quelqu'un s'avisait de faire allusion à son talent, sans parler de le vanter. Il prenait un plaisir extrême à taquiner ses frères aînés et à leur jouer des tours élaborés, même si souvent il payait chèrement ce plaisir.

Pour Charis, tous quatre étaient des maux nécessaires. Ils étaient mâles et vivaient donc dans un monde différent du sien. Ils ne la maltraitaient pas ; en règle générale, ils ne la remarquaient même pas. Ou, s'il lui arrivait de réussir à leur imposer sa présence, ils exprimaient soit leur surprise, soit leur ressentiment devant cette intrusion. Dans le meilleur des cas, elle était pour eux une curiosité, un petit animal exotique, dans le pire, une pénible nuisance.

Charis, malgré tout, s'était vite lassée de leur condescendance innée. Elle avait appris à se débrouiller seule, supportant ses frères lorsque les circonstances l'exigeaient, les ignorant le reste du temps, tout comme ils l'ignoraient.

Ce jour-là, Charis se sentait particulièrement magnanime. C'était un jour important, car il allait enfin se passer quelque chose qui sortait de l'ordinaire, de passionnant, même. Et rien — pas même le comportement grossièrement égocentrique de ses frères — ne pouvait tempérer son enthousiasme.

Tandis que Charis surveillait les préparatifs avec une excitation croissante, Annubi apparut, portant un petit coffret de bois pour tout bagage. Charis le salua et demanda : « C'est tout ce que tu emportes avec toi ? »

Le devin avait l'air préoccupé ; il sourit d'un air absent et marmonna : « Ah, Charis, oui. Tout ce que j'emporte avec moi ?

— Le coffret. C'est tout ? »

Il regarda l'agitation autour de lui, comme étourdi. « Trop de gens, trop de bruit. Tout va trop vite.

— Trop vite ? Je meurs d'impatience de quitter cet endroit sinistre. »

Annubi secoua la tête et regarda la jeune fille. « Tsst, la soif d'excitation nous tuera tous. »

Il s'éloigna et Charis remarqua qu'il avait choisi de solides chaussures de marche à semelle épaisse, plutôt que des bottes de cheval en cuir souple, néanmoins ses longues jambes disparaissaient dans des braies d'équitation ; il portait aussi un manteau rouge ordinaire et non une cape. Sa tenue était un curieux assemblage — comme s'il n'avait pu décider où il se rendait ni comment il allait voyager.

Le cocher du roi entra dans la cour avec le char d'apparat royal attelé de trois chevaux blancs. Avallach ne l'utiliserait que pour entrer dans Poséidonis et pour défiler sur l'avenue des Étoiles lors des cérémonies de clôture du conseil.

Avallach arriva ensuite, posa les mains sur ses hanches et examina l'activité autour de lui. Charis le rejoignit et lui glissa les mains autour du bras. Il la regarda du coin de l'œil et lui tapota les mains. « Contente, Charis ?

— Oui, Père. Très.

— Bien. »

Il sourit brièvement et reporta son attention sur le chargement. Kian s'approcha, échangea quelques mots avec son père et ils s'éloignèrent tous les deux, laissant une nouvelle fois Charis seule.

Rassembler tous les bagages et les provisions sembla durer une éternité. Charis se lassa d'attendre et rentra dans le palais. Elle passa dans le vestibule à colonnades et vit Annubi qui parlait à sa mère. Briseis tendait les mains devant elle comme pour repousser quelque chose ; tête penchée, elle écoutait le devin. La reine hocha la tête quand Annubi eut terminé puis, lui posant une main sur le bras, sourit d'un air triste et le quitta. Annubi la regarda un moment s'éloigner, puis il la suivit.

Charis se posa des questions sur cette conversation tout en continuant son chemin. Ilean, la servante de sa mère, la trouva un peu plus tard dans une petite cuisine, assise devant une table en compagnie d'une jeune aide-cuisinière, en train de manger des dattes et des gâteaux au miel. « Princesse Charis, il est l'heure de partir. Je t'ai cherchée partout.

— J'en ai eu assez d'attendre et j'avais faim.

— Rien d'étonnant à ce que tu aies faim, dit Ilean. Tu ne manges quasiment rien quand tu en as l'occasion. Viens avec moi, maintenant. Tout le monde est prêt. »

Charis se leva lentement. « N'oublie pas ta promesse », dit l'aide-cuisinière tandis que Charis se choisissait un gâteau à emporter. « Si tu devais recevoir deux présents semblables...

— Tu pourras avoir celui dont je ne veux pas… je m'en souviendrai. » Charis cassa le gâteau en deux et s'en enfourna la moitié dans la bouche. « Au revoir. »

Lorsque Charis et Ilean arrivèrent dans la cour, les passagers grimpaient dans les chariots. Les jeunes princes étaient déjà en selle et tournaient en rond, exprimant bruyamment leur impatience de partir. La voiture était munie de quatre grandes roues ajourées ; il y avait de la place pour quatre passagers sur ses larges banquettes. Un dais cramoisi était tendu sur des cerceaux au-dessus de la banquette arrière et deux étendards de même couleur flottaient au vent de chaque côté du siège surélevé du conducteur.

« Nous avons failli partir sans toi », dit Briseis tandis que Charis se hissait sur le siège à côté d'elle. Un petit détachement de cavaliers, la garde royale, entra dans la cour, la pointe effilée de leurs longues lances étincelant au soleil. Leur capitaine échangea quelques mots avec Avallach. Le roi monta en selle tandis que les soldats se plaçaient en tête du cortège et, un instant plus tard, les voitures s'ébranlèrent. Elles franchirent lentement la grande arche des portes du palais et s'engagèrent sur la chaussée menant à Kellios.

« Enfin, soupira Charis en se tortillant sur son siège pour regarder les murailles du palais s'éloigner derrière elle. Je m'en vais enfin. »

Le procession de chars et de chariots du roi Avallach traversa la cité royale et s'enfonça dans les collines boisées du sud, laissant la côte derrière elle. Il y avait beaucoup de villes sur leur chemin et, dans chacune, la population était massée le long de la route pour voir passer le convoi royal, agitant la main, offrant des présents. Chaque soir, les voyageurs dressaient le camp près d'une ville ou d'un village — Iraklion, Parnitha, Kardis, Œnope, Xanthini, etc. — dont les habitants venaient les divertir. Puis ils parvinrent à la vallée de la Coran, qui marquait la frontière sud du royaume d'Avallach. La large vallée fertile du fleuve s'étendait du cœur du continent jusqu'à la mer, séparant le Sarras de la Coranie. Après avoir traversé, le cortège voyagea encore deux jours à travers des plateaux boisés avant d'arriver au palais de Seithenin, au sommet de la colline surplombant le grand port d'Ys.

Des cavaliers étaient postés aux abords du palais et, voyant approcher la procession, partirent au galop annoncer l'arrivée d'Avallach, de sorte que lorsque le train royal se présenta, il fut accueilli par un détachement de soldats vêtus de manteaux gris fumée portant des lances d'argent à la hampe desquelles avaient été fixés des étendards gris. Les soldats s'écartèrent pour former une haie de chaque côté de la route, où ils se tinrent au garde-à-vous, lances inclinées, étendards flottant au vent.

Le cortège d'Avallach parvint finalement devant une grande muraille. La route la franchissait par un immense portail d'airain décorée de bas-reliefs représentant deux gigantesques pieuvres, une sur chaque panneau de porte, tendant l'une vers l'autre leurs tentacules. Seithenin en personne les attendait sur son char d'apparat. « Bonjour à vous, mes amis, et bienvenue ! » s'écria-t-il tandis qu'Avallach éperonnait son cheval pour le rejoindre.

Seithenin descendit de son char et Avallach mit pied à terre. Ils s'embrassèrent, puis Seithenin invita Avallach à monter sur son char, afin qu'ils puissent franchir ensemble la porte et remonter la large avenue pavée vers le palais.

De sa voiture, la reine Briseis les regarda s'embrasser et déclara : « L'accueil de Seithenin est fort chaleureux. »

Annubi, assis face à la reine, cligna des yeux dans le soleil et dit : « Assorti d'un peu trop de pompe pour mon goût. Un spectacle monté pour quels yeux, je me le demande ?

— Voyons, pour les nôtres, je suppose. Sa bienvenue avait l'air sincère.

— Peut-être. Mais il y a une autre intention derrière cela, tu peux en être sûre. » Puis il se tut et refusa d'en dire davantage.

Charis avait entendu ce qui se disait et s'arracha à son examen du palais de Seithenin pour regarder Annubi. Le devin semblait nerveux et de mauvaise humeur, ses longues mains étreignant impatiemment ses genoux. Alors que la voiture passait dans l'ombre du palais, il sursauta et leva les yeux vers les hautes murailles.

Briseis lui posa une main sur le bras et dit : « Annubi, qu'est-ce qui ne va pas ? »

Il porta une main tremblante à son visage et se couvrit les yeux. « R... rien. Rien, ma reine. Un frisson passager, c'est tout. » Il esquissa un faible sourire.

Charis s'interrogea sur sa réponse, car elle avait également senti comme un courant d'air glacé, quoique pas aussi fort qu'Annubi. Elle l'aurait bien questionné, mais quelque chose lui dit que ce n'était pas le moment. Je le lui demanderai plus tard, se dit-elle, et elle reporta son attention sur le palais.

C'était un vaste édifice attestant des ambitions de ses différents propriétaires successifs, chaque monarque ayant procédé à des agrandissements — une muraille ici, un rempart là, une tour, une aile ou un entrepôt ailleurs. Le tout était entouré de parcs, de jardins, de vignobles, de pigeonniers, d'étangs et d'écuries. Des siècles de construction ininterrompue avaient produit un monument labyrinthique à la prospérité des rois de Coranie.

Alors que le convoi franchissait portes et ponts pour gagner le cœur de l'immense palais de Seithenin, Charis ne put contenir plus longtemps son étonnement. « Regardez cela, dit-elle. Y a-t-il un palais plus grand dans toute l'Atlantide ?

— Uniquement le palais du Grand Roi, à Poséidonis, répondit sa mère. Mais celui de Seithenin doit être presque aussi vaste.

— Et voyez tout ces gens ! » Charis regardait les foules massées le long des parapets des murailles intérieures, agitant la main et lançant des fleurs sur la route. « Vivent-ils tous au palais ?

— Pour un grand nombre, oui, dit Briseis. Mais je suppose que certains doivent vivre en ville.

— Combien d'épouses a Seithenin ? »

Sa mère rit. « Pourquoi cette question ?

— Un roi qui possède un tel palais doit avoir un grand nombre d'épouses pour l'aider à le peupler. Et s'il a beaucoup d'épouses, il doit avoir beaucoup d'enfants… dont peut-être un ou deux de mon âge.

— Oh, je pense qu'il y en aura au moins un de ton âge. Seithenin a sept femmes et beaucoup d'enfants. Tu es assurée de te trouver un ami. »

Charis resta un moment songeuse, puis elle demanda : « Pourquoi Seithenin a-t-il sept femmes, alors qu'Avallach n'en a qu'une ? »

La reine sourit. « Les voies de l'amour sont mystérieuses… comme tu l'apprendras bien assez tôt.

— Les voies de la politique, veux-tu dire, corrigea Annubi.

— Je n'aimerais pas partager avec six autres, déclara Charis. Si je dois jamais me marier, je veux être la seule épouse.

— Tu n'as guère lieu de t'inquiéter, répondit la reine d'un ton léger. La polygamie est une coutume qui a tendance à disparaître en Atlantide.

— Tant mieux, commenta Charis. Mais pourquoi disparaît-elle ?

— Les temps changent, petite fille. Regarde autour de toi ! » dit Annubi, criant presque. Il eut l'air embarrassé et murmura : « Pardonnez mon intrusion…

— Non, continue, je t'en prie, l'encouragea Briseis. J'aimerais entendre ce que tu as à dire.

— J'en ai déjà trop dit », grommela le devin. Il détourna la tête et marmonna entre ses dents : « Les mots m'ont échappé.

— S'il te plaît, Annubi, dit Charis. Explique-nous. »

Il contempla un moment le ciel. « Les temps changent, répéta-t-il. Les hommes s'égarent loin de chez eux… des nations entières errent au hasard, le monde devient chaque jour plus petit. Les gens ne respectent plus l'autorité et l'instruction se perd. Des rois préparent la guerre dans leur cœur, ou se consacrent à l'oisiveté et à la folie. Les dieux ne sont plus honorés comme autrefois, les prêtres de Bel sont devenus gras et stupides, mais personne ne s'en soucie, personne…

— N'as-tu rien de plus rassurant à nous dire ? demanda Briseis pour essayer de le dérider, car les choses ne peuvent certainement pas être aussi sombres que tu le suggères.

— De plus rassurant ? » Il fit la moue et posa un long doigt sur ses lèvres en regardant d'un œil noir le palais de Seithenin. « Voilà qui devrait te rassurer : ce qui est fait ne peut être défait, mais ce qui est perdu peut parfois être trouvé.

— Et parfois, Annubi, dit Briseis, je me dis que tu prends un malin plaisir à confondre les gens. »

Charis, qui avait suivi cet échange, s'interrogea. Qu'est-ce qui n'allait pas chez Annubi ? Il avait l'air lointain et inquiet — ce qui ne ressemblait pas du tout à son comportement habituel, simplement revêche — depuis la visite des hommes de Belyn. Qu'avaient-ils pu dire pour l'émouvoir à ce point ? Mais cela n'avait peut-être aucun rapport.

Ils roulèrent en silence et entrèrent enfin dans la cour intérieure du palais où attendaient les serviteurs de Seithenin, vêtus de leur plus belle tenue. C'était un spectacle impressionnant, car il y avait là plus de quatre cents personnes rassemblées pour les accueillir : cuisiniers et servantes, courriers, portiers et intendants, valets, femmes de chambre, chambellans, sénéchaux et conseillers de tous rangs, chacun occupant une charge bien précise dans la maisonnée de Seithenin.

La voiture s'arrêta et Charis parcourut cette foule du regard. « Où sont-ils ? demanda-t-elle.

— Qui ? interrogea sa mère.

— Les enfants du roi Seithenin.

— Tu les rencontreras bientôt. »

On aida les visiteurs à descendre de voiture et on escorta la suite d'Avallach à l'intérieur du palais. Charis s'émerveilla des grandes portes et des linteaux plaqués à la feuille d'or, des colonnes massives supportant le poids des énormes poutres de cèdre qui à leur tour soutenaient le plafond brillamment coloré. À l'entrée de la salle de réception, ils furent accueillis par les épouses de Seithenin et une petite armée d'enfants, tenant chacun à la main un présent enveloppé dans de la soie de couleur.

Avec une formule de bienvenue, ils s'avancèrent tour à tour pour présenter une offrande à chaque invité. Charis fut consternée de voir que, à part quelques bébés dans les bras de leur nourrice, tous les rejetons de Seithenin semblaient beaucoup plus vieux qu'elle, et que la plupart étaient des garçons. Elle fronça les sourcils et regarda sa mère. « Il n'y a personne pour moi ! » chuchota-t-elle d'un ton de reproche.

Sa mère sourit en acceptant le présent d'une femme vêtue d'une éblouissante tunique orange, avec une longue chasuble rouge vif et un collier de corail. « Sois patiente », dit-elle, et elle reporta son attention sur celle qui lui offrait le cadeau.

Charis baissa les yeux et traîna des pieds. Elle était en train de donner des coups de pied au dallage, quand elle remarqua une paire de petits pieds bruns dans des sandales de cuir bleu. Une petite fille de la moitié de son âge se tenait devant elle, lui tendant un petit présent maladroitement enveloppé dans un bout de soie jaune toute froissée.

Charis accepta poliment, mais sans enthousiasme. La fillette sourit, révélant une brèche là où elle avait perdu une dent. « Je m'appelle Liban, dit-elle en zézayant. Et toi ?

— Charis.

— Ouvre ton cadeau, Charis », dit la fillette.

Charis déplia la soie et il en tomba un bracelet fait de morceaux anguleux de jade poli gauchement enfilés sur un fil de couleur. « Merci », dit Charis d'un air renfrogné en tournant la chose dans sa main. Elle regarda autour d'elle les présents extravagants que recevaient les autres, des bottes et des sandales de cuir fin, des bagues et des bracelets d'argent, une dague d'or à la poignée sertie d'un saphir pour Avallach, des arcs et des carquois remplis de flèches pour les princes, une amphore d'olives dans leur huile pour Annubi, un coffret de laque incrusté de perles contenant trois flacons de cristal d'un coûteux parfum pour Briseis.

Elle regarda de nouveau son propre cadeau, un bracelet de jade bon marché, du genre que l'on pouvait trouver chez n'importe quel colporteur. Celle qui le lui avait offert ne remarqua cependant pas son évidente déception. « Je l'ai fait moi-même, dit fièrement Liban. Exprès pour toi.

— Je suis heureuse de l'accepter, répondit Charis. Comment savais-tu que j'allais venir ?

— Maman me l'as dit. Vas-y, mets-le. » Liban s'approcha et prit le bracelet. Charis tendit le bras et la fillette le glissa à son poignet. « Il est un peu grand, remarqua Liban, mais tu grandiras. Quel numéro as-tu ?

— Quel numéro ?

— Comme princesse. Je suis le numéro cinq. J'ai quatre sœurs, mais elles sont plus vieilles, et dix frères, mais trois ne sont que des bébés. »

Charis sourit ; malgré leur différence d'âge, elle s'aperçut qu'elle aimait bien Liban. « Je suppose que je suis le numéro un, alors, parce que je suis la seule princesse.

— La seule ? » Liban secoua la tête de surprise. « Tu dois te sentir très seule.

— Oui, parfois, avoua Charis.

— Tu veux voir ma chambre ?

— Eh bien... », commença Charis en regardant autour d'elle. La salle était bondée, mais personne n'avait l'air de s'intéresser à elle, à part Liban. « D'accord, j'aimerais la voir.

— Tu peux dormir avec moi, si tu veux, dit Liban en se mettant en route. Nous pouvons faire apporter un lit. Il y a toute la place. »

Elles quittèrent la salle pour s'engager dans un vaste couloir de marbre vert. Liban jacassait joyeusement, traînant Charis derrière elle comme si elle avait peur de la perdre. Charis caressa son bracelet et il lui vint à l'esprit que personne ne lui avait encore jamais fait de cadeau... enfin, un cadeau fabriqué spécialement pour elle et pour personne d'autre.

Quand ses hôtes se furent reposés et rafraîchis, Seithenin envoya des sénéchaux inviter Avallach et sa suite à le rejoindre dans le pré. Avallach accepta et on les conduisit dans une plaine où avaient été dressés des pavillons, à l'intérieur de la première enceinte, une prairie décorée d'oriflammes et de lanternes suspendues entre des poteaux. D'énormes braseros de fer remplis de braises avaient été installés au centre de la prairie et, au-dessus de ceux-ci, des cochons et des bœufs entiers tournaient lentement sur des broches, tandis que des cuisiniers badigeonnaient la viande avec des linges qu'ils trempaient dans une bassine de bois pleine de beurre aromatisé.

Au centre du cercle de tentes se dressait une tribune garnie de plusieurs dizaines de sièges surplombant un terrain délimité par des cordes. Quand les voitures firent halte en bordure de la prairie, un groupe de jeunes gens ornés de guirlandes et de rubans de couleur vinrent les accueillir en courant. Ils étaient menés par Liban et portaient des brassées de fleurs qu'ils offrirent aux passagers des voitures royales. Charis accepta un gros bouquet de la petite fille souriante, puis les jeunes gens coururent former des rondes sur le pré.

Liban tira Charis par le bras, mais Charis se dégagea.

« Oh, va avec eux, dit la reine en la poussant du coude et en prenant son bouquet. Tu n'as rien fait d'autre que voyager dans un chariot depuis des jours. »

Charis prit la main de Liban et elles rejoignirent les danseurs. Un garçon ôta sa couronne de rubans pour la poser sur la tête de la princesse. Des tambourins marquèrent la mesure, des flûtes et une lyre entonnèrent une joyeuse mélodie et tous se mirent à danser.

Avallach sauta à terre pour aider Briseis à descendre de voiture et ils furent cérémonieusement accueillis par une délégation officielle de nobles coraniens. Annubi et les autres personnes de qualité du cortège sarassien se joignirent à eux et tous se dirigèrent vers le plus proche pavillon où on leur remplit des cratères d'or avec du vin doux conservé dans une amphore immergée toute la journée dans une source fraîche.

Les quatre princes, toujours en selle, ne voyaient rien qui piquât leur intérêt, quand les fils aînés de Seithenin apparurent avec des arcs et des cibles. Les princes sautèrent alors de leurs montures pour rejoindre leurs nouveaux amis, tout impatients de faire la démonstration de leurs talents d'archers.

Alors que le disque d'or rouge de Bel s'enfonçait derrière l'horizon, les voyageurs et leurs hôtes prirent place dans la tribune. Des musiciens se mirent à jouer de la flûte et du tambourin, de la lyre et de la conque, tandis que des Coraniens vêtus de costumes colorés présentaient des tableaux de l'histoire antique : Atlas luttant avec le démiurge Calyps pour s'emparer de la terre nouvellement créée… Poséidon gravant le trident sur les flancs de la montagne sacrée, tandis que Gaïa, son épouse, tuait Set, le dragon qui s'était introduit pour dévorer son enfant, le jeune Antée… Deucalion et Pyrrha descendant de l'arche après le déluge pour édifier un autel à Bel.

Charis trouvait chaque tableau plus beau que le précédent et elle aurait pu regarder toute la nuit, s'il n'avait fait trop noir pour qu'on continue à y voir. Les lanternes furent alors allumées, transformant le pré en un océan de velours vert baigné de la lueur de trois cents petites lunes dorées. Les invités furent conduits à leurs sièges et on apporta à manger. Les longues tables ployaient sous le poids des plateaux débordants de nourriture : assortiments de viandes rôties coupées en tranches minces, filets de poissons enveloppés dans des feuilles de vigne et cuits à la vapeur avec des tranches de citron, montagnes de pain croustillant, paniers de fruits du lointain sud-ouest, légumes braisés dans des chaudrons bouillonnants, vin vert résiné.

Avallach et sa famille se virent offrir les places d'honneur, entourés de nobles et de notables coraniens, puis, après une fort longue série de libations rituelles, le repas commença. Charis était assise entre Guistan et un grand garçon dégingandé, fils d'un patriarche coranien. Le garçon se penchait sans cesse devant elle pour discuter avec Guistan de courses de lévriers, apparemment la seule distraction possible pour la jeunesse de Coranie.

« Je possède moi-même quatre chiens, disait le garçon, dont Charis s'était empressée d'oublier le nom. Un jour, je les ferai courir et ils gagneront. Ils sont très rapides.

— S'ils sont vraiment si rapides, tu devrais les faire courir à l'Ovale du Roi de Poséidonis. Seuls les plus rapides peuvent s'y présenter.

— Ils sont rapides, insista le garçon, plus rapides que n'importe lequel dans les Neuf Royaumes. Un jour, je les ferai courir à Poséidonis.

— Je préfère les courses de chevaux », nasilla Guistan d'un air hautain.

Pour ne pas être en reste, son interlocuteur dit : « Mon oncle possède des chevaux de course. Il a gagné plusieurs chaînes et lauriers dans toutes les grandes courses.

— Comment s'appelle-t-il ? s'enquit Guistan, la bouche pleine.

— Caister. Il est très célèbre.

— Jamais entendu parler de lui », répondit Guistan.

Le garçon se froissa et lui tourna le dos. Charis se sentit désolée pour lui, appâté ainsi et humilié par Guistan. Elle donna à son frère un coup de coude dans les côtes. « Aïe ! s'écria-t-il. Qu'est-ce qu'il y a ?

— Il essayait simplement d'être aimable. Tu pourrais être poli, chuchota-t-elle.

— J'ai *été* poli ! siffla coléreusement Guistan. Lui ai-je ri au nez ? »

Le festin se poursuivit, malgré les mauvaises manières de Guistan, et la nuit s'avança parmi les rires et les danses. Charis mangea jusqu'à ne plus pouvoir avaler un morceau, puis elle se joignit à la danse avec quelques jeunes gens. Ils s'assemblèrent sous les lanternes et formèrent une farandole entre les poteaux et les pavillons.

Les danseurs chantaient en serpentant de plus en plus vite à travers le site du banquet, jusqu'à ce qu'ils ne puissent plus suivre le rythme et trébuchent les uns sur les autres pour s'étaler dans l'herbe. Étendue de tout son long, Charis riait, étoiles et lanternes tourbillonnant au-dessus de sa tête.

Elle ferma les yeux et lutta pour reprendre son souffle. Les rires se turent. Elle s'assit. D'autres se tenaient debout autour d'elle, immobiles, scrutant les ténèbres du regard. Charis se releva.

Une grande forme sombre attendait juste à la limite de la lumière. Tandis que Charis la regardait, la forme se mit à avancer lentement dans leur direction. Les danseurs battirent en retraite, silencieux. La forme mystérieuse se rapprocha de la lumière et sa masse ténébreuse se résolut en bras et jambes, torse et tête d'un homme.

Il n'avança pas plus loin, mais resta à l'orée de la lumière, les regardant. Juste un peu au-dessus de son épaule, Charis vit un froid miroitement de lumière jaune, comme un œil de chat dans l'obscurité.

Elle éprouva une glaçante sensation de déjà vu. Elle savait qui se tenait là à les regarder. L'étranger ne fit pas un autre mouvement en leur direction, mais Charis sentait son regard invisible. Puis il tourna le dos et partit aussi silencieusement qu'il était venu.

Certains des garçons plus âgés ricanèrent et crièrent à son adresse — insultes et sarcasmes grossiers — mais l'homme s'était évanoui dans les ténèbres. Les autres formèrent vite une nouvelle farandole, mais Charis n'avait plus aucune envie de danser. Elle regagna sa place à table où elle resta assise le restant de la soirée malgré les sollicitations réitérées de Liban qui la pressait de venir se joindre aux réjouissances.

La lune était depuis longtemps levée et voguait à présent sur une brise nocturne embaumée, baignant le paysage de sa lumière argentée. Quand les invités en eurent assez de manger et de danser, les voitures furent appelées et tout le monde retourna au palais. Charis, à demi endormie, fut hissée à bord du chariot royal où elle se blottit dans un coin et ferma les yeux.

« Regardez ! »

La voix tira Charis de sa somnolence.

« Là… une autre ! » s'écria quelqu'un.

Charis ouvrit les yeux et leva la tête. Tout autour d'elle, les gens regardaient le ciel nocturne, alors Charis leva aussi les yeux. Les cieux scintillaient de tant d'étoiles qu'on aurait cru qu'un feu brûlait dans le firmament des dieux, brillant à travers des myriades de petits trous dans la voûte céleste.

Alors qu'elle scrutait les ténèbres, une étoile zébra les cieux pour plonger dans la mer derrière le palais. Aussitôt une autre tomba, puis une autre. Elle se tourna vers Briseis et était sur le point de lui parler, quand un éclair illumina le visage de sa mère et tout le monde cria en même temps.

Charis releva les yeux et vit le ciel embrasé de centaines d'étoiles qui tombaient vers la terre, jaillissant dans la nuit comme une éblouissante pluie de feu. Sans répit, elles tombaient, fusant dans les cieux comme des tisons ardents projetés dans le sombre Oceanus.

« Cela ne s'arrêtera-t-il jamais ? s'étonna Charis, les yeux brillant de la lumière des étoiles filantes. Oh, regarde-les, Mère ! Toutes les étoiles du ciel doivent être en train de tomber ! C'est un signe.

— Un signe, murmura Briseis. Oui, un très grand signe. »

Aussi soudainement qu'elle avait commencé, la pluie d'étoiles cessa. Un calme surnaturel s'abattit sur la terre… comme si le monde entier attendait de voir ce qui allait survenir ensuite. Mais il ne se passa rien. Les spectateurs, frappés de mutisme, se tournaient les uns vers les autres comme pour dire : Vous avez vu, vous aussi ? Cela est-il vraiment arrivé, ou bien l'ai-je imaginé ?

Lentement, les bruits nocturnes emplirent à nouveau l'atmosphère et les gens se remirent en route vers le palais. Mais la reine continua à contempler le ciel un long moment avant de prendre sa place dans le chariot. Charis frissonna et se frotta les bras des deux mains, sentant un souffle glacé la pénétrer jusqu'à l'os.

Les voitures s'ébranlèrent sur la prairie baignée de la lueur des étoiles, vers le palais de Seithenin. Quand elles y furent arrivées, leurs passagers descendirent et franchirent les portes les uns après les autres, discutant pour la plupart à voix basse, mais animée, du phénomène auquel ils venaient d'assister. Briseis se tourna et vit Annubi debout, seul, en train de contempler le ciel. « Je vous rejoins dans un instant », dit-elle aux autres, et elle se rendit près de lui. « Qu'as-tu vu, Annubi ? » demanda-t-elle quand ils se retrouvèrent seuls.

Le devin baissa les yeux pour la regarder et elle vit la tristesse voiler son regard comme une brume. « J'ai vu des étoiles tomber du ciel par une nuit sans nuage. J'ai vu le feu labourer les sillons d'Oceanus.

— Ne parle pas par énigmes comme un mage, dit doucement Briseis. Dis-moi sans détours, qu'as-tu vu ?

— Ma reine, répondit Annubi, je ne suis pas mage, sinon j'y verrais plus clairement. Tel que je suis, je ne vois que ce qu'il m'est permis, rien de plus.

— Annubi, lui reprocha gentiment Briseis, je te connais. Dis-moi ce que tu as vu. »

Il se tourna pour regarder de nouveau le ciel. « J'ai vu la lumière d'une vie s'éteindre dans les profondeurs. »

La reine réfléchit un moment, puis elle demanda : « Quelle vie ?

— Laquelle, en vérité ? » Il contempla la nuit étoilée. « Je ne saurais le dire.

— Mais tu as sûrement...

— Tu m'as demandé ce que j'avais vu, répliqua Annubi, et je te l'ai dit. » Il tourna brusquement le dos et partit à grands pas. « Je ne puis en dire davantage. »

Briseis le regarda s'éloigner, puis elle rejoignit les autres à l'intérieur.

Annubi arpentait seul les jardins suspendus, perdu pour le monde sensible, tandis que ses pieds foulaient les sentiers obscurs de l'avenir si fugacement révélé dans la scintillante pluie d'étoiles.

VIII

Elphin et les deux femmes franchirent le gué et suivirent la rivière à travers bois jusqu'au promontoire surplombant l'Aberdyvi où était édifiée la citadelle de son père. Ils dépassèrent des enclos où étaient enfermés des cochons noirs et des vaches brunes qui levèrent la tête pour les regarder gravir le chemin empierré montant vers le caer entouré de son fossé.

À Caer Dyvi, les voyageurs furent accueillis par les regards torves des membres du clan, dont pas un n'avait l'air particulièrement heureux de voir Elphin. Pas plus qu'ils ne semblaient spécialement réjouis à la vue des deux étrangères qui l'accompagnaient avec leur maigre troupeau de moutons bêlants.

Néanmoins, quand les cavaliers atteignirent la grande demeure au centre du caer, ils étaient suivis d'un cortège respectable de curieux. Gwyddno sortit de la maison avec Medhir, qui portait le petit Taliesin dans ses bras. « Bonjour à toi, Elphin ! dit Gwyddno. Je vois que ta mission a été couronnée de succès.

— Mieux que cela, père, répondit Elphin. J'étais parti chercher une nourrice et je reviens avec une épouse. » Il se laissa glisser de la selle et aida Rhonwyn à descendre parmi les murmures étonnés des spectateurs.

« Une épouse ! s'écria Medhir. C'est vrai ?

— C'est vrai », répondit Eithne. Medhir vit sa parente qui descendait de la jument rousse.

« Eithne ! » Medhir, serrant le bébé dans ses bras, courut vers sa cousine. « Ta vue me réchauffe le cœur. Bienvenue ! »

Les deux femmes s'embrassèrent et Eithne baissa le regard sur l'enfant endormi. « Ce doit être l'enfant qu'Elphin a trouvé.

— Lui-même. » Medhir écarta les langes du bébé pour qu'Eithne puisse voir. « Oh, quel bel enfant, il est magnifique ! Elphin a dit que le petit était avenant, mais il n'a pas dit qu'il était si beau. S'il a son égal, je ne l'ai jamais vu.

— On pourrait en dire de même de ta fille, répondit Medhir en regardant d'un air approbateur la jeune femme qui se tenait auprès de son fils. Petite Rhonwyn, cela fait si longtemps que je ne t'avais pas vue. Ah, mais la petite fille est devenue une femme… voyez-moi ça, si grande, et si belle. » Elle embrassa une Rhonwyn rougissante auprès d'un Elphin rayonnant. « Sois la bienvenue. »

Taliesin se réveilla et se mit à pleurer. Medhir tendit le bébé à Rhonwyn, disant : « J'ai beau faire, je n'arrive pas à le rassasier. Il est tout le temps affamé. »

Rhonwyn écarta la couverture et regarda l'enfant. Surpris par la lumière du soleil, celui-ci cessa de pleurer et, voyant le visage au-dessus de lui, il gazouilla doucement et sourit. « Voyez-moi ça ! dit Gwyddno. Elle n'a qu'à prendre le bébé dans ses bras et il se calme. On reconnaît bien là la main d'une mère.

— Il est superbe, dit Rhonwyn qui n'avait pas détaché son regard de l'enfant.

— Mais ce mariage ? demanda Gwyddno en tournant les yeux vers son fils. C'est inattendu. »

Jetant un coup d'œil à ses cousins rassemblés, Elphin répondit : « Rentrons nous rafraîchir et je te raconterai tout ce qui s'est passé depuis mon départ. »

Gwyddno ordonna à deux hommes de décharger les chevaux et ils rentrèrent dans la maison, laissant la tribu bouche bée, mais avec matière neuve à commérages. Une fois à l'intérieur, Taliesin se remit à pleurer, si bien que Rhonwyn l'emmena dans un coin et, baissant un côté de sa tunique, commença à l'allaiter tandis que les deux autres femmes s'activaient à préparer le repas. Elphin regarda la scène d'un œil approbateur et se mit à relater sa visite à Diganhwy.

Ils mangèrent pendant qu'Elphin parlait et, quand il eut terminé, Gwyddno demanda : « Dans quelles dispositions était le seigneur Killydd ?

— Il était fort bien disposé envers ce mariage. En fait, il a accepté de grand cœur quand je lui ai offert la maison d'Eithne. Il se fait vieux et ne désire pas de discorde entre nos clans. Il dit que nous avons déjà assez de problèmes avec les Cruithni au nord. »

Gwyddno réfléchit à la chose. « Bien parlé. Moi aussi, je suis inquiet. Les Cruithni se font plus hardis à chaque saison qui passe. Ils n'attendent qu'une occasion pour attaquer en force.

— Ils ne l'oseront pas, tant qu'il y aura une garnison à Caer Seiont.

— Ah, c'est une paix bien fragile. Mieux vaut les avoir là-bas qu'ici, je te dis. Il vaudrait encore mieux ne pas les avoir du tout. » Il réfléchit un moment et reprit : « Quand même, ce sont de valeureux guerriers qui ne refusent jamais le combat. Y a-t-il d'autres nouvelles ?

— Très peu. L'hiver a été aussi calme pour eux que pour nous. Le tribun est venu une fois leur demander d'envoyer des hommes aider à défendre le Mur. Killydd a refusé. Il a dit qu'il avait besoin de ses hommes pour les semailles de printemps. Il lui a donné des chevaux à la place. »

Gwyddno hocha la tête. En dehors de ses impôts annuels, qu'il allait toujours porter en personne afin que les magistrats n'oublient pas qui avait payé, Gwyddno limitait ses contacts directs avec les Romains au minimum et se considérait heureux ainsi. Si de nombreux seigneurs, comme Killydd, commerçaient avec eux — et si plus d'un chef de guerre combattait à leurs côtés pour de l'argent — Gwyddno préférait les tenir à l'écart. De toute façon, on ressortait toujours plus pauvre d'avoir affaire aux retors et basanés Romains.

« Et à présent, parlons de ce mariage, dit le roi. Cela me fait plaisir. » Il se retourna pour regarder Rhonwyn, assise près de la fenêtre, sa chevelure embrasée par le soleil d'après-midi qui filtrait à travers l'étroite ouverture. Inconsciente de son regard, elle continua de nourrir le bébé. « Ah, tu as bien agi, en vérité.

— Quand le mariage aura-t-il lieu ? demanda Medhir.

— Dès que possible. Demain, si on peut l'organiser, ou après-demain, répondit Elphin.

— Nous allons donner un festin ! s'exclama Gwyddno. Le plus grand banquet de noces jamais vu.

— Demain ? demanda Medhir en regardant Eithne. Brighid nous aide, ce ne peut être demain… ni même après-demain.

— Et pourquoi donc ? demanda Gwyddno. C'est le vœu d'Elphin, qu'il en soit donc ainsi.

— Seigneur, tu oublies que Rhonwyn vient d'accoucher. Le mariage ne pourra être consommé avant la fin du mois au plus tôt.

— C'est inévitable », acquiesça Eithne. Elle jeta un coup d'œil craintif en direction d'Elphin et Gwyddno.

— Un mariage non consommé n'est pas un mariage, ajouta timidement Medhir.

— Eh bien, plus d'un mariage a été consommé bien avant les noces, déclara Elphin. Nous ferons simplement l'inverse.

— Tu vois ? Tu te fais du souci pour rien. Nous allons célébrer ce mariage, dit Gwyddno. Rhonwyn et Elphin demeureront ici en attendant de pouvoir dormir ensemble dans la maison que je leur construirai. »

Elphin remercia son père, mais il dit : « Je construirai moi-même cette maison. » Il regarda Rhonwyn avec fierté. « Ce sera mon présent à mon épouse. »

Des plans furent dressés à la hâte et le mariage annoncé au clan, qui se mit aussitôt à préparer le festin. On creusa des fosses où l'on entassa du petit bois ; on nettoya des chaudrons que l'on remplit d'eau claire, de choux et de navets ; on envoya des chasseurs tuer des cerfs et des sangliers ; on abattit des vaches et on para la viande ; on sortit de la mer des filets pleins de poissons ; on disposa des tonneaux de bière et d'hydromel sur une longue table faite de demi troncs ; on fit cuire du pain et on fixa des torches sur de longues perches.

Pris par l'esprit de la fête, le clan oublia bientôt ses différends avec Elphin pour le considérer avec plus d'indulgence. Après tout, ce n'était pas tous les jours qu'on mariait un fils de roi. Et jamais il n'y avait eu dans tout le Gwynedd seigneur plus généreux que Gwyddno Garanhir. Chacun était assuré d'une part de roi et d'une fête à nulle autre pareille.

Le lendemain, en milieu de matinée, la fumée s'élevait en épaisses volutes au-dessus des foyers en plein air et l'arôme de la viande rôtie se répandait dans le village. Les membres du clan, libérés de leurs obligations pour l'occasion, se rassemblaient en petits groupes pour rire et bavarder pendant que se poursuivaient les préparatifs. À midi, les cavaliers envoyés aux premières lueurs dans chacun des six cantrefs avertir les nobles maisonnées commençaient à revenir avec les invités.

Chaque tribu apportait une substantielle contribution au festin : viandes et poissons fumés, grandes meules de fromage portées sur des perches, monceaux de galettes d'orge, outres d'hydromel et de bonne bière brune, poulets et gibier, agneaux et chevreaux, œufs, beurre et jarres de fromage blanc. Un des parents d'Elphin, un oncle d'un cantref de l'est qui portait une épaisse chaîne en or sur la poitrine, était venu avec un chariot chargé d'outres pleines de vin qu'il s'était procuré auprès de la garnison de Caer Legionis.

Quand le soleil commença à décliner vers l'ouest, Gwyddno, voyant que tous les invités étaient arrivés, monta sur la pyramide de tonneaux et sonna longuement de sa corne de chasse. Les gens se rassemblèrent autour de lui et il cria : « Que le banquet de noces de mon fils commence ! »

Ainsi fut-il. Elphin sortit de la maison de son père, portant un grand torque d'argent autour du cou, une tunique jaune vif et un pantalon vert attaché aux genoux par des rubans de soie bleue, au-dessus de bottes de cuir souple. Une dague incrustée d'émeraudes était passée dans sa large ceinture de cuir et un manteau neuf à carreaux rouges et orange était fixé à son épaule par une grande broche d'or incrustée d'escarboucles. Alors qu'il s'avançait vers le lieu du festin, maintenant comble, un petit espace fut dégagé et il vint s'arrêter au centre de celui-ci.

Medhir et Eithne parurent ensuite et se placèrent de part et d'autre de la porte pour tenir écartées les peaux en fermant l'accès. Rhonwyn sortit, se redressa et se dirigea lentement vers le cercle. Elle était vêtue d'une longue robe de lin vert tendre, brodée d'or au col et à l'ourlet. Un collier d'or tressé reposait sur sa poitrine, des bracelets d'or en forme de serpents encerclaient ses bras nus et des chaînettes en or tintaient à ses poignets. Son manteau était d'éclatante soie pourpre cousue de clochettes le long du liseré. Elle portait autour de la taille une ceinture ornée de perles, et aux pieds des sandales de cuir doré. Ses cheveux d'or rouge cascadaient en vagues cuivrées sur son dos, entre deux longues tresses parsemées de fleurs d'œillet blanc sauvage fixées par des épingles ornées de pierreries.

Elphin la regarda approcher et il sut qu'il n'avait jamais vu aussi belle femme. En vérité, la plupart des gens rassemblés là étaient envoûtés par sa beauté.

Quand Rhonwyn eut rejoint Elphin au centre du cercle, Hafgan, son bâton de chêne à la main, vint se placer auprès d'eux. Il était suivi de ses deux nouveaux filidh, l'un portant une coupe de terre cuite, l'autre un pichet de vin. Il sourit chaleureusement au couple et dit : « C'est une heure fort propice à un mariage. Regardez ! » Il pointa son bâton vers la première étoile du soir qui scintillait déjà dans un ciel sans nuage. « La propre étoile de la déesse baisse les yeux sur vous et vous bénit de son éclat. »

Puis il prit la coupe, l'emplit au pichet et l'éleva pour la présenter tour à tour au soleil couchant et à la lune montante, répétant une invocation nuptiale en direction de chacun. Il passa la coupe à Elphin et dit : « Ceci représente la vie, bois-y longuement. »

Elphin prit la coupe et but, la vidant en trois grandes lampées. Hafgan la remplit à nouveau et la tendit à Rhonwyn, répétant son injonction. Elle vida la coupe et la rendit au druide. La coupe fut remplie une troisième fois et placés entre les mains réunies du jeune couple. « Cette coupe représente votre nouvelle vie commune. Buvez-y longuement. »

Elphin et Rhonwyn portèrent la coupe à leurs lèvres et y burent jusqu'à ce qu'elle soit vide. Pendant qu'ils buvaient, Hafgan se pencha et, prenant les coins de leurs manteaux, les attacha ensemble.

« Brisez la coupe ! » ordonna le druide quand ils eurent fini, et ils jetèrent le récipient à terre où il se brisa en trois gros fragments. Le druide étudia un moment ces derniers, puis il leva son bâton et déclara : « Je vois un long et fructueux mariage ! Une union bénie de tous les bienfaits !

— Longue vie à Elphin et Rhonwyn ! répondirent les invités. Puisse leur maison prospérer ! »

Un large passage s'ouvrit dans le cercle et Elphin fut conduit avec sa jeune épouse à la longue table de bois où ils prirent place sur une couche de joncs recouverte de peaux de daim et le festin commença. La nourriture fut servie sur des tailloirs de bois, les meilleurs morceaux revenant aux jeunes mariés. Un immense calice d'argent fut empli de vin et placé devant eux. Tout le monde se trouva une place. Les invités de marque étaient assis à des tables basses, à droite et à gauche des jeunes époux selon leur rang, et le reste s'installa sur des peaux et des tapis dispersés sur le sol.

Pendant qu'ils mangeaient, les discussions et les rires allaient bon train. Et quand ils eurent suffisamment goûté aux délices de la table, les convives commencèrent à réclamer des divertissements.

« Hafgan ! appela joyeusement Gwyddno. Une chanson ! Barde, chante-nous une chanson !

— Je chanterai, répondit le druide. Mais je sollicite l'honneur de chanter en dernier. Permets à mes filidh de commencer à ma place.

— Très bien, réserve ta voix, répondit Gwyddno. Mais nous exigerons le meilleur de toi avant que ce festin ne soit terminé. »

Les apprentis bardes sortirent leurs harpes et se mirent à chanter. Ils chantèrent les vieux récits de victoires et de défaites, des héros et de leurs exploits, de l'amour de leurs épouses, de leur éblouissante beauté et de leur mort tragique. Alors qu'ils chantaient, la lune montait dans le ciel avec son cortège d'étoiles et le ciel s'obscurcissait.

Elphin contempla sa femme d'un regard plein d'amour. Rhonwyn lui rendit son regard et se rapprocha de lui, posant la tête sur sa poitrine. Et tous ceux qui les voyaient remarquaient le changement survenu chez Elphin, car il semblait effectivement transformé.

Quand les filidh eurent terminé leurs chansons, un cri s'éleva pour réclamer Hafgan. « Chante-nous une chanson ! » criaient les uns. « Une histoire ! » réclamaient les autres.

Prenant sa harpe, il vint se tenir devant la haute table. « Que désires-tu entendre, Seigneur ? »

Il s'adressait à Elphin, et la signification n'en échappa à personne, même si Elphin déclina l'honneur, disant : « C'est à mon père de choisir. Je suis certain que son choix agréera à tous.

— Une histoire, alors, dit Gwyddno. Un récit de bravoure et de prodiges. »

Hafgan réfléchit un instant, égrenant quelques notes sur sa harpe, puis il annonça : « Écoutez donc, s'il vous sied, l'histoire de Pwyll, prince d'Annwfn.

— Excellent ! » crièrent ses auditeurs. Coupes et bols furent remplis tandis que les invités se rapprochaient pour écouter l'histoire.

« Aux jours où la rosée de la création était encore fraîche sur le terre, Pwyll était seigneur des sept cantrefs de Dyved, sept cantrefs de Gwynedd et autant de Lloegr. À Caer Narberth, sa forteresse principale, il s'éveilla un matin et, contemplant les collines sauvages où abondait le gibier, il lui prit l'envie de rassembler ses hommes pour aller chasser. Et voici ce qu'il en fut… »

La voix d'Hafgan sonnait haute et claire, et l'histoire dévidait son canevas familier, pour la plus grande joie de ses auditeurs. En certains endroits du récit, le druide prenait sa harpe et chantait le passage, comme le prescrivait la tradition. C'était une histoire bien connue, appréciée de tous ceux qui l'entendaient, car Hafgan la racontait bien, mimant les parties importantes, transformant sa voix pour incarner les différents personnages. Voici le récit qu'il narra :

« Or, la partie de son royaume où Pwyll désirait chasser était Glyn Cuch et il se mit aussitôt en chemin avec une grande compagnie d'hommes. Ils chevauchèrent jusqu'au crépuscule, arrivant juste au moment où le soleil glissait dans la mer du Couchant pour commencer son voyage dans l'Autre Monde.

» Ils dressèrent un camp et dormirent, puis, le lendemain, ils se levèrent à l'aube et s'enfoncèrent dans les bois de Glyn Cuch, où ils détachèrent les chiens. Pwyll sonna du cor pour donner le signal de la chasse et, étant le plus rapide cavalier, s'élança derrière les chiens.

» Tout à l'excitation de la chasse, il ne tarda pas à distancer ses compagnons dans les bois touffus. Tandis qu'il écoutait les aboiements de ses chiens, il entendit une autre meute qui venait à sa rencontre, poussant des aboiements fort différents de sa propre meute, portés par le vent tels des frissons glacés. Il chevaucha jusqu'à une clairière pour se retrouver dans un vaste terrain plat et vit ses chiens tapis, tout tremblants, à l'orée de la clairière tandis que l'autre meute pourchassait un magnifique cerf. Et voilà que, alors qu'il regardait, les chiens étrangers rattrapèrent le cerf et le firent tomber à terre.

» Il s'avança et vit la couleur des chiens, et de tous les chiens du monde, il n'en avait jamais vu de pareils : le pelage de leur robe était d'un blanc brillant et lustré et celui de leurs oreilles était rouge. Et le rouge de leurs oreilles brillait avec autant d'éclat que le blanc de leurs corps. Pwyll s'avança alors vers les chiens au pelage flamboyant et les dispersa, avant de lancer sa propre meute sur le cerf qu'ils avaient tué.

» Alors qu'il nourrissait ses chiens, un cavalier apparut devant lui sur un grand cheval gris pommelé, un cor pendu autour du cou et vêtu d'un habit de chasse gris pâle. Le cavalier s'approcha de lui et dit : "Seigneur, je sais qui tu es, mais je ne te salue pas.

» — Oui, dit Pwyll, tu es peut-être d'un rang qui t'en dispense.

» — Lleu sait ! s'exclama le cavalier. Ce ne sont pas ma dignité ou les obligations de mon rang qui m'en préviennent.

» — Quoi d'autre, seigneur ? Dis-le moi si tu le peux.

» — Je le peux et je le veux, répliqua sévèrement le cavalier. Par les dieux du ciel et de la terre, ce sont ton manque d'éducation et ton impolitesse !

» — Quelle impolitesse me reproches-tu, seigneur ? s'enquit Pwyll, car en vérité il ne le voyait pas.

» — Je n'ai jamais vu de plus grande impolitesse, répondit le cavalier, que de chasser la meute qui a tué un cerf pour donner la curée à sa propre meute. Honte sur toi ! Cela dénote le plus déplorable manque de courtoisie. Même ainsi, je ne chercherai pas à tirer vengeance de toi — bien que je sois en droit de le faire — mais je demanderai à un barde de te ridiculiser pour la valeur de cent cerfs.

» — Seigneur, plaida Pwyll, si je t'ai fait du tort, je paierai céans ce qu'il faudra pour faire la paix avec toi.

» — De quelle manière ?

» — Ce sera selon ce qu'exige ton rang, quel qu'il soit.

» — Sache alors qui je suis. Je suis roi couronné du pays d'où je viens.

» — Puisse le jour t'être propice ! De quel pays s'agit-il donc, seigneur ? demanda Pwyll. Car je suis moi-même roi de toutes les terres qui nous entourent.

» — Il s'agit de l'Annwfn, répondit le cavalier. Je suis Arawn, roi d'Annwfn."

» Pwyll réfléchit, car cela portait malheur de converser avec un être de l'Autre Monde, roi ou autre. Mais puisqu'il s'était déjà engagé à payer le prix de l'amitié avec le cavalier, il n'avait d'autre solution que de tenir parole, s'il ne voulait pas attirer sur son nom malheur et encore plus grand déshonneur. "Dis-moi donc, Ô roi, si tu le veux bien, comment je puis racheter notre amitié. Et je le ferai avec joie.

» — Écoute donc, seigneur, voici comment tu vas la racheter, commença le cavalier. Un homme dont le royaume jouxte le mien me livre une guerre continuelle. C'est Grudlwyn Gorr, un seigneur d'Annwfn, et en me débarrassant de ses attaques — ce que tu peux faire très facilement — tu obtiendras la paix avec moi, ainsi que tes descendants après toi."

» Alors, le roi prononça d'antiques et mystérieuses paroles, et l'aspect de Pwyll devint celui du roi, de sorte que personne n'aurait pu les distinguer l'un de l'autre.

» "Tu vois ? dit le roi. Tu as maintenant ma forme et mon apparence. À présent, rends-toi dans mon royaume et prends ma place pour gouverner à ta guise jusqu'à ce qu'une année soit écoulée. Alors nous nous retrouverons en ce même endroit.

» — Comme il te plaira, seigneur, mais si je règne à ta place pendant un an, comment trouverai-je l'homme dont tu as parlé ?

» — Grudlwyn Gorr et moi sommes liés par un serment de nous rencontrer dans un an à compter de ce soir au gué qui sépare nos royaumes. Tu iras à ma place et, si tu ne lui portes qu'un seul coup, il n'y survivra pas. Mais, même s'il te supplie de frapper à nouveau, n'en fais rien… quels que puissent être ses arguments. Car je l'ai souvent combattu et lui ai porté nombre de coups mortels ; et pourtant il est toujours là, frais et dispos, le lendemain matin.

» — D'accord, dit Pwyll. Je ferai comme tu dis. Mais qu'adviendra-t-il de mon royaume pendant mon absence ?"

» Alors le roi de l'Autre Monde prononça d'autres paroles antiques et mystérieuses et sa forme se changea en celle de Pwyll.

» "Tu vois ? Personne, homme ou femme, ne saura que je ne suis pas toi, dit Arawn. Je prendrai ta place comme tu prendras la mienne."

» Et donc ils se mirent tous deux en chemin. Pwyll chevaucha jusqu'au cœur du royaume et finit par arriver à la cour d'Arawn. Tous les bâtiments en étaient les plus beaux qu'il eût jamais vus. Des serviteurs le saluèrent et l'aidèrent à ôter sa tenue de chasse, puis ils le vêtirent des soieries les plus fines et le conduisirent dans une grande salle où il vit entrer une grande compagnie de guerriers… la plus splendide et la mieux équipée qu'il eût jamais vue. Et la reine était avec eux, la plus belle femme sur laquelle on eût jamais levé les yeux, vêtue d'une robe d'or scintillant, sa chevelure miroitant comme le soleil d'été sur un champ de froment.

» La reine prit place à sa droite et ils se mirent à converser. Pwyll la trouva la plus noble, la plus attentive et la plus aimable des compagnies. Son cœur fondit pour elle et il souhaita de toute son âme avoir une reine moitié aussi noble. La soirée se passa en plaisantes conversations, accompagnées de boissons et nourritures délicieuses, de chansons et de divertissements de toutes sortes.

» Quand fut venue l'heure de dormir, ils allèrent se coucher, la reine et lui. Mais dès qu'ils furent tous deux au lit, Pwyll lui tourna le dos et s'endormit face au mur. Il en fut ainsi chaque nuit, à compter de ce jour jusqu'à la fin de l'année. Le lendemain, ils se montraient pleins de tendresse et d'affection l'un pour l'autre. Mais, peu importe combien pouvaient être affectueuses et amoureuses leurs paroles durant la journée, il n'y avait pas une seule nuit qui différât de la première.

» Pwyll passa l'année à festoyer, chasser et gouverner équitablement le royaume d'Arawn, jusqu'au soir de la rencontre prévue avec Grudlwyn Gorr… un soir qu'attendaient jusqu'aux habitants de la province la plus reculée du royaume. Il se rendit sur le lieu de la rencontre, accompagné des nobles du royaume.

» À l'instant même où ils arrivaient au gué, un cavalier se leva et cria d'une voix forte : "Guerriers, écoutez bien ! Cette rencontre oppose les deux rois, et eux seulement. Chacun d'entre eux revendique les terres de l'autre. En conséquence, laissons-les combattre sans intervenir."

» Les deux rois s'élancèrent vers le milieu du gué pour s'affronter. Pwyll frappa de sa lance son adversaire au milieu de la bosse de son bouclier, qui se fendit en deux, et Grudlwyn Gorr tomba derrière la croupe de son cheval à une distance égale à la longueur de son bras et de sa lance, une profonde blessure à la poitrine.

» "Seigneur, s'écria Grudlwyn Gorr, je ne vois pas la raison pour laquelle tu voudrais m'occire. Mais puisque tu as commencé, pour l'amour de Lleu, achève-moi !

» — Seigneur, répondit Pwyll, je regrette soudain ce que je viens de te faire. Trouve un autre pour t'achever, moi je ne le ferai pas.

» — Mes fidèles compagnons, s'écria Grudlwyn Gorr, emportez-moi d'ici. Ma dernière heure est arrivée et je ne suis plus en état de vous défendre."

» L'homme qui avait prit la place d'Arawn se tourna vers la noble assemblée et dit : "Mes fidèles guerriers, consultez-vous et voyez qui doit me prêter allégeance.

» — Noble roi, répondirent les seigneurs, tous le doivent, car il n'y a nul autre roi que toi sur tout l'Annwfn."

» Puis il reçut l'hommage de tous les guerriers présents et prit possession des terres contestées. Le lendemain midi, les deux royaumes étaient en son pouvoir et il se mit en route pour retrouver Arawn à l'endroit convenu. En arrivant à Glyn Cuch, il trouva Arawn roi d'Annwfn qui l'attendait. Et ils se réjouirent l'un et l'autre de se voir.

» "Puissent les dieux récompenser ton amitié envers moi, dit Arawn. J'ai appris ta victoire.

» — Oui, répondit Pwyll, quand tu retrouveras tes domaines, tu verras ce que j'ai fait pour toi.

» — Écoute-moi donc, dit Arawn. En gage de gratitude, tout ce que tu auras pu désirer dans mon royaume sera tien."

» Arawn prononça alors encore une fois les antiques et mystérieuses paroles, et chacun reprit sa propre apparence et chacun retourna dans son propre royaume. Quand Arawn arriva à sa cour, il conçut un grand plaisir de revoir sa suite, son armée et sa reine, car il ne les avait pas vus depuis un an. Mais pour leur part, ils ne s'étaient pas aperçus de son absence, si bien qu'ils ne virent rien d'extraordinaire à sa présence.

» Il passa cette journée dans la joie et la gaieté, conversant avec son épouse et ses seigneurs. Puis, après le dîner et les divertissements de la soirée, quand fut venue l'heure de dormir, ils allèrent se coucher. Arawn se mit au lit, et sa femme avec lui. D'abord il lui parla, puis il la caressa affectueusement et lui fit l'amour. Elle n'était plus habituée à cela depuis un an et elle se dit : "Sur ma foi ! Quelle humeur bien différente de celle dont il a fait montre toute l'année écoulée !"

» Elle y songea longuement, et elle y songeait encore quand Arawn s'éveilla et lui adressa la parole. Comme elle ne répondait pas, il lui parla encore, et une troisième fois, disant : "Femme, pourquoi ne me parles-tu pas ?

» — Pour dire la vérité, répondit-elle, je n'ai pas parlé autant depuis un an en ces circonstances !

» — Ma dame, dit-il, je crois que nous n'avons cessé de parler.

» — Honte sur moi, répondit la reine, si dès le moment où nous entrions dans les draps, il y a eu entre nous plaisir ou conversation, ou même si tu t'es tourné vers moi — encore moins davantage que cela ! — de toute l'année passée !"

» "Dieux du ciel et de la terre, songea Arawn, quel homme unique je me suis trouvé pour ami. Une si forte et indéfectible amitié doit être récompensée." Et il expliqua à sa femme ce qui s'était passé, lui narrant toute l'aventure.

» "Je le confesse, dit-elle quand il eut terminé, pour ce qui est de combattre la tentation et de te rester fidèle, tu t'es trouvé là un solide allié."

» Pendant ce temps-là, Pwyll était arrivé dans son royaume. Il commença par demander à ses nobles comment s'étaient passées les choses durant l'année écoulée.

» "Seigneur et roi, dirent-ils, ton discernement n'a jamais été meilleur et tu n'as jamais été aussi aimable, ni aussi prêt à dépenser ton revenu pour le bien de ton peuple. En vérité, ta façon de gouverner n'a jamais été meilleure que l'année qui vient de passer. Par conséquent, nous t'en remercions de tout cœur.

» — Oh, ne me remerciez pas, répliqua Pwyll. Remerciez plutôt l'homme qui a accompli ces choses à ma place." Il vit leurs mines stupéfaites et il leur raconta toute l'histoire, concluant : "Et voici toute l'histoire telle qu'elle s'est passée."

» Et ainsi, parce qu'il avait vécu toute une année dans l'Autre Monde, qu'il y avait régné avec autant de succès et avait réuni les deux royaumes par la vertu de son courage et de sa valeur, il fut désormais appelé Pwyll Pen Annwfn, ce qui signifie Pwyll Tête de l'Autre Monde.

» Or, bien que ce fût un roi jeune et avenant, il n'avait pas d'épouse. Il se rappelait la belle dame qui avait été sa reine dans l'Autre Monde et, languissant, faisait de longues promenades dans les collines solitaires des environs de sa cour.

» Un soir, au crépuscule, il se tenait au sommet d'un tertre, promenant le regard sur ses domaines, quand un homme lui apparut et dit : "La vertu particulière de ce lieu est que quiconque s'y assoit ne s'en ira pas sans recevoir une grave blessure dont il mourra, ou bien sans assister à un prodige.

» — Seigneur, dans l'état qui est le mien, je me soucie peu de vivre ou de mourir, mais cela pourrait me réjouir l'âme d'assister à un prodige. Je vais donc m'asseoir sur ce tertre, et advienne que pourra."

» Pwyll s'assit et l'homme disparut. Alors il vit une femme qui montait un magnifique cheval blanc, aussi pâle que la lune quand elle se lève sur les moissons. La femme était vêtue de lin blanc et de soieries d'or scintillant, et son cheval avançait d'un pas lent et régulier.

» Il descendit du tertre pour aller à sa rencontre, mais quand il parvint à la route qui passait au pied de la colline, elle était déjà loin. Il la poursuivit à pied le plus vite qu'il put, mais plus il avançait, plus elle s'éloignait. Il finit par renoncer, le cœur lourd, et regagna son caer.

» Mais il pensa à cette femme toute la nuit et il se dit : "Demain soir, je retournerai m'asseoir sur le tertre et j'aurai avec moi le cheval le plus rapide de mon royaume." Il fit comme il avait décidé et, alors qu'il était assis sur le tertre, il vit la femme qui approchait. Pwyll sauta en selle et éperonna son cheval. Mais, bien que la femme menât sa puissante monture à un pas lent et majestueux, lorsque Pwyll parvint au pied de la colline, elle était déjà loin. Le cheval du roi s'élança à sa suite et, bien qu'il filât comme le vent, cela ne lui fut d'aucun secours. Car, plus vite Pwyll chevauchait, plus la distance qui la séparait d'elle s'accroissait.

» Pwyll s'étonna de la chose et dit : "Par Lleu, il ne sert à rien de suivre cette dame. Je ne connais pas de cheval plus rapide dans tout le royaume, et pourtant je ne suis pas plus près qu'au début de la poursuite. Il doit y avoir là quelque mystère." Et son cœur s'emplit d'une telle détresse qu'il s'écria d'un ton douloureux : "Jeune fille, pour l'amour de celui que tu aimes le plus au monde, attends-moi !"

» Aussitôt la cavalière fit halte et se tourna vers lui, écartant le voile de soie qui lui couvrait le visage. Et c'était la plus belle mortelle qu'il eût jamais contemplée, plus belle qu'un printemps fleuri, que la première neige d'hiver, que le ciel d'été, que l'or de l'automne.

» "Je t'attendrai avec joie, dit-elle, et il aurait été préférable pour ton cheval que tu me l'aies demandé il y a longtemps.

» — Gente dame, dit respectueusement Pwyll, d'où viens-tu ? Et dis-moi, si tu le peux, la nature de ton voyage.

» — Seigneur, répondit-elle de la manière la plus noble, je voyage pour mes affaires et je suis heureuse de te voir.

» — Sois donc la bienvenue, dit Pwyll, songeant que le beauté de toutes les dames et de toutes les jeunes filles qu'il avait jamais vues n'était que laideur en comparaison de sa beauté. Puis-je, je te prie, te demander quelles sont ces affaires ?

» — Tu peux me le demander. Ma principale affaire était de chercher à te voir."

» Le cœur de Pwyll bondit dans sa poitrine. “C’est là une affaire qui me réjouit. Mais peux-tu me dire qui tu es ?

» — Je le peux et je le veux, dit-elle. Je suis Rhiannon, fille de Hyfiadd Hen, et on veut me donner à un homme contre ma volonté. Car je n’avais jamais désiré aucun homme avant de te rencontrer. Et à moins que tu ne veuilles pas de moi, je n’en aimerai jamais aucun autre.”

» Pwyll n’en pouvait croire ses oreilles. “Belle créature, dit-il, si je pouvais choisir entre toutes les femmes de ce monde ou d’un autre, c’est toujours toi que je choisirais.”

» La jeune fille sourit et ses yeux brillèrent d’un tel bonheur que Pwyll crut que son cœur allait éclater. “Eh bien, si c’est là ta réponse, convenons d’un rendez-vous avant que l’on me donne à cet autre homme.

» — Je te promettrai tout ce que tu voudras, dit Pwyll, et le plus tôt sera le mieux.

» — Très bien, seigneur. Viens à la cour de mon père où doit se tenir un festin, et tu pourras y demander ma main.

» — J’y serai », promit-il, puis il regagna sa cour où il rassembla ses guerriers, et ensemble ils se mirent en route pour la cour d’Hyfiadd Hen où ils arrivèrent à la tombée de la nuit. Pwyll salua Rhiannon et son père, disant : “Seigneur, que ceci soit un festin de noces, car en tant que roi de ce royaume, je demande ta fille pour épouse si elle veut de moi.”

» Hyfiadd Hen fronça les sourcils, mais il dit : “Très bien, qu’il en soit ainsi. Je mets cette cour à ta disposition.

» — Que le festin commence”, dit Pwyll, et il s’installa auprès de Rhiannon.

» Mais ils n’étaient pas plus tôt assis que s’éleva un tumulte au dehors et un homme de haute stature, d’allure noble et richement vêtu, entra dans la salle. Il vint droit à Pwyll et le salua. “Sois le bienvenu, ami, trouve une place où t’asseoir, dit Pwyll.

» — Je ne puis, répondit l’homme. Je viens présenter une requête et je dois d’abord m’en acquitter.

» — Mieux vaut donc le faire sans tarder.

» — Seigneur, c’est avec toi que j’ai affaire. C’est pour te voir que je suis venu.

» — Présente donc ta requête et, si la chose est en mon pouvoir, je t’accorderai volontiers ce que tu demanderas, car c’est pour moi jour de fête.

» — Non ! s’écria Rhiannon. Oh, pourquoi as-tu prononcé ces mots ?

» — Il les a prononcés, et en présence de toute la cour, dit l'étranger. Il est tenu par l'honneur de m'accorder ce que je demande.

» — Ami, si ami tu es, présente-moi ta requête, dit Pwyll, le cœur lourd.

» — Seigneur, tu devais dormir cette nuit avec la femme que j'aime le plus au monde. Je la demande pour épouse, et que ce festin soit mon festin de noces !"

» Pwyll demeura silencieux. Il n'y avait aucune réponse qu'il puisse faire qui ne lui brisât le cœur.

» "Garde le silence autant que tu le voudras, seigneur, s'emporta Rhiannon, il n'y a qu'une réponse à donner.

» — Gente dame, dit piteusement Pwyll, je ne savais pas qui il était.

» — C'est l'homme auquel on voulait me donner contre ma volonté. Son nom est Gwawl fils de Clud, et maintenant tu dois honorer ta parole, si tu ne veux pas qu'il t'advienne les pires malheurs.

» — Comment puis-je honorer ma parole, si j'en meurs ?

» — Il y a peut-être un moyen, dit-elle, et elle se pencha pour lui chuchoter à l'oreille.

» — Vais-je devoir attendre encore longtemps ?" s'impatienta Gwawl.

» Pwyll reprit contenance et dit : "Tu n'attendras pas davantage. Quoique cela me chagrine profondément, tu auras ce que tu demandes." Il se leva alors et quitta la salle du festin.

» Gwawl s'esclaffa bruyamment et se vanta : "Assurément, on n'a jamais vu homme plus lent d'esprit que celui-ci." Et il prit la place de Pwyll auprès de la belle Rhiannon, disant : "Que l'on serve mon festin de noces. Ce soir je dors avec mon épouse."

» Mais avant que le festin n'ait pu être servi, un tumulte s'éleva au fond de la salle. "Qui est cause d'un tel tapage ? demanda Gwawl. Amenez-le moi, que je me charge de lui." Et un homme vêtu de haillons misérables fut traîné devant lui. "Que viens-tu faire ici, gueux ?

» — Seigneur, j'ai affaire avec toi, répondit le malheureux.

» — Quelle affaire peux-tu avoir avec moi dont ne puisse se charger la pointe de ma botte ?

» — C'est une prière raisonnable, répondit le loqueteux. Tu peux facilement l'exaucer, si tu le veux : un petit sac de nourriture. Si je quémande, c'est uniquement par besoin.

» — Tu l'auras", répondit Gwawl, hautain. Avisant un petit sac de cuir à la ceinture de Rhiannon, il s'en empara. "Voici ton sac, fit-il en riant. Emplis-le à ta guise."

» Le miséreux prit le sac et commença à le remplir. Mais peu importait ce qu'il pouvait y enfouir, le sac ne se remplissait pas pour autant. Gwawl fit un signe impatient à ses serviteurs qui se levèrent et commencèrent à enfourner de la nourriture dans le petit sac, mais celui-ci restait toujours aussi vide.

» "Gueux, ton sac ne sera-t-il donc jamais plein ? s'emporta Gwawl.

» — Jamais, à moins qu'un seigneur ne se lève pour en tasser le contenu avec ses pieds et ne s'écrie : 'C'est assez !'

» — Fais-le, Gwawl, et tu en auras fini avec cette affaire, dit Rhiannon.

» — Avec joie, si cela peut me débarrasser de lui." Gwawl se leva et mit les pieds dans le sac. Mais le mendiant tira celui-ci de façon que Gwawl tomba cul par-dessus tête à l'intérieur, puis il ferma le sac et en serra les cordons. Ensuite il sortit de sous ses guenilles un cor dont il sonna. Aussitôt, une troupe de farouches guerriers entra dans la salle. Le mendiant rejeta ses haillons, et à sa place se dressa Pwyll Pen Annwfn.

» "À l'aide ! criait l'homme dans le sac. À quel jeu joues-tu donc ?

» — Au jeu du blaireau dans le sac", répondit Pwyll, sur quoi ses hommes se mirent à frapper le sac du pied et des poings.

» "Seigneur, dit Gwawl, si tu veux bien m'écouter, me tuer à l'intérieur de ce sac n'est pas une mort qui me convienne."

» Hyfiadd Hen s'avança alors, fort chagriné, et déclara : "Il dit vrai, seigneur. Le tuer à l'intérieur d'un sac n'est pas une mort digne d'un homme. Écoute-le.

» — Je l'écoute, dit Pwyll.

» — Alors, je t'implore de faire la paix, dit Gwawl. Dicte tes conditions, je les accepterai.

» — Très bien, promets-moi de ne jamais chercher réparation ni vengeance pour ce qui t'est arrivé et ta punition prendra fin.

» — Je le promets, dit l'homme dans le sac.

» — J'accepte ta promesse", répondit Pwyll, et il appela ses hommes : "Faites-le sortir."

» Là-dessus, Gwawl fut libéré du sac et il repartit pour son royaume. La salle fut alors apprêtée pour Pwyll comme précédemment et tous prirent place pour un magnifique festin de noces. Ils mangèrent et se divertirent puis, quand fut venue l'heure de dormir, Pwyll et Rhiannon gagnèrent le lit nuptial et passèrent la nuit dans le plaisir et la joie.

» Le lendemain, ils retournèrent à Caer Narberth où le festin se poursuivit pendant sept jours en compagnie des meilleurs hommes et femmes de tout le royaume. Et personne ne repartit sans recevoir un présent particulier, qui une broche, qui un anneau, qui une pierre précieuse.

» Ainsi débuta le règne de Pwyll Pen Annwfn et de Rhiannon, belle entre les belles, et ainsi se termine cette branche du Mabinogi. »

Les dernières notes de la harpe moururent dans l'air nocturne et le barde courba la tête. Les feux avaient baissé et les torches brûlaient bas. Beaucoup s'étaient enroulés dans des fourrures ou bien s'étaient étendus près du feu et dormaient sur place.

« Bien parlé, Hafgan, dit Gwyddno en regardant d'un œil ensommeillé les formes pelotonnées autour de lui. Tu es le meilleur des bardes. Mais c'est assez pour ce soir. Reposons-nous, car le festin continue et nous entendrons un autre récit demain soir. »

Sur ces paroles, Gwyddno s'enroula dans une peau de bête, se blottit près du feu et s'endormit. Elphin et Rhonwyn se levèrent de table puis, ramassant leurs peaux de daim, se glissèrent tranquillement dans la maison de Gwyddno où ils s'étendirent sur une jonchée fraîchement préparée et tombèrent endormis dans les bras l'un de l'autre.

IX

« Il est tard et nous devons nous mettre en route de bonne heure » dit Seithenin d'une voix qui éveilla des échos assourdis dans la salle presque vide. De lourdes poutres de cyprès montaient se perdre dans les ténèbres du plafond. Les murs richement émaillés scintillaient à la lumière des suspensions de cuivre, projetant dans la pièce des ombres changeantes. « Dites-nous ce que vos recherches vous ont appris. »

Les trois mages se tenaient devant le roi, drapés dans l'ample vêtement de leur charge : une chasuble vert d'eau ourlée d'une broderie de fils d'argent, par-dessus une longue aube blanche ceinte d'une tresse en argent. De grands chapeaux cylindriques blancs coiffaient leurs crânes rasés. Ils levèrent les mains en signe solaire, de minces sourires sur leurs longues figures. Avallach prit place sur un fauteuil auprès de Seithenin ; Annubi se tenait derrière son maître, les mains posées sur le dossier du fauteuil, les yeux plissés.

« Sire, dit le premier mage, après avoir lu les textes requis dans le temple, nous nous sommes consultés et avons découvert qu'il s'agit d'un signe des plus favorables — un augure d'une grande vertu, présageant descendance et prospérité pour tous ceux qui en ont été témoins.

— Explique-toi, dit Seithenin. Je veux en comprendre plus pleinement la signification.

— Volontiers, Altesse, répondit le mage avec un sourire aigre. Il est de notre avis que la pluie d'étoiles représente la semence des cieux par laquelle Cronus a imprégné Oceanus. Le résultat en sera la naissance d'une nouvelle ère au cours de laquelle les Neuf Rois s'élèveront pour guider le monde dans la grâce, la sagesse et la puissance.

— Ainsi soit-il, répondirent les autres mages en hochant la tête, leurs grands chapeaux oscillant en cadence.

— Quand cela adviendra-t-il ? demanda Seithenin.

— Bientôt, Altesse. Comme pour une naissance humaine, il y aura des signes précurseurs grâce auxquels nous saurons dire plus précisément le moment de son avènement. Nous pourrons alors annoncer cette naissance au peuple. »

Seithenin jeta un coup d'œil à Avallach et dit : « Parle si tu en éprouves le désir, je te prie. Je vois que tu n'es pas satisfait.

— Tu es perspicace, Seithenin. Je ne suis pas satisfait, c'est juste. Et en voilà la raison : je suis persuadé que ce signe ne présage rien de moitié aussi plaisant que nous le disent ces savants hommes. C'est plutôt un signe du plus mauvais augure. » Il défia directement les mages. « Qu'en dites-vous ? »

Les prêtres se hérissèrent sous cet affront à leur art, gonflant les joues. « Et quelle est la source de ton information ? » demanda le premier des mages en regardant Annubi. Le mépris dans sa voix était subtil.

Avallach lui lança un regard furibond, mais il ne releva pas l'insulte. « J'attends votre réponse. »

Les mages se penchèrent les uns vers les autres et marmonnèrent entre eux. Finalement, ils se retournèrent et leur chef répondit : « C'est une chose difficile à expliquer, Sire, à qui n'est pas versé dans les arts prophétiques.

— Essaie toujours. Je pense que tu me trouveras suffisamment avisé, dit Avallach. Tu verras au moins qu'on ne me fait pas si facilement changer d'opinion. »

Le mage proféra un juron silencieux, mais il se lança dans son explication. « Il est reconnu par les sages que, de tous les signes de la terre et du ciel, les présages qui mettent en jeu les étoiles sont les plus puissants. Nous savons que les maisons célestes à travers lesquelles les étoiles se déplacent dans leur course...

— Oui, oui, dit impatiemment Avallach. Passons. Je ne suis pas complètement ignare.

— Pour exprimer les choses simplement, on peut dire que les cieux représentent l'ordre parfait vers lequel tendent toutes choses sur la terre. Donc, puisque les étoiles sont tombées de la Maison de la Fortune, en traversant la Maison des Rois, il faut s'attendre à un surcroît de fortune... en particulier pour les personnes de sang royal. Quand les rois prospèrent, leurs royaumes font de même. Les pluies d'étoiles ont toujours été extrêmement propices. Il y a des précédents dans les textes sacrés — trop nombreux pour qu'on les mentionne, malheureusement — pour appuyer notre opinion. » Le mage écarta les mains pour montrer que n'importe quel être sensé trouverait son explication satisfaisante, sinon parfaitement évidente.

Avallach ne fut pas si aisément convaincu. « N'est-il pas vrai que le signe de la fortune a aussi un jumeau ? »

Le mage eut l'air surpris. « Euh, oui, bien sûr. Beaucoup de signes ont des interprétations paires.

— Et n'est-il pas vrai que le jumeau de la fortune est le danger ?

— C'est vrai.

— En fait, n'est-il pas vrai que les signes de danger et de fortune sont exactement les mêmes ?

— Ils sont jumeaux, Sire. Oui.

— Pas jumeaux, insista Avallach. C'est le *même* signe.

— C'est exact, admit prudemment le mage. Mais les textes sacrés sont clairs : ceci doit être considéré comme un signe favorable.

— Pourquoi donc ?

— Parce qu'il en a toujours été ainsi.

— Tu veux dire parce que rien de néfaste n'est jamais issu d'un tel présage ?

— Précisément », répondit le mage. Ses collègues hochèrent la tête d'un air suffisant.

« J'ai toujours trouvé déraisonnable de croire qu'une chose n'arrivera pas simplement parce qu'elle ne s'est encore jamais produite. Rien n'arrive-t-il jamais pour la première fois ? »

Le mage bredouilla et appela Seithenin à l'aide. « Sire, si tu es mécontent de nos services, renvoie-nous. Mais je t'assure que nous avons étudié la question avec le plus grand soin. »

Seithenin leva la main d'un air conciliant. « Pour ma part, je ne suis pas mécontent. Mais peut-être voudras-tu examiner la question qu'a soulevée Avallach, hein ? Un complément d'enquête ne peut faire de mal.

— Comme tu voudras », dit le mage. Tous trois firent demi-tour comme un seul homme et sortirent de la pièce, l'atmosphère crépitant de leur indignation.

Quand ils furent partis, Seithenin se tourna vers Avallach. « Ce que tu dis a ses mérites, assurément. Mais, pour ma part, je ne vois aucune raison de contester la sagesse des mages en la matière.

— Je suis d'un avis différent et je resterai vigilant.

— Si tu es inquiet, c'est ce qu'il y a de mieux à faire. Mais, dit Seithenin en claquant les bras de son fauteuil et en se levant, demain nous partons en voyage et nos femmes nous attendent. Retirons-nous pour de plus agréables débats. » Il se dirigea vers la porte.

« Je te suis, dit Avallach. Bonne nuit. » Seithenin ferma la porte et le bruit de ses pas s'éloigna dans le couloir.

« Alors ? » Avallach se leva et se tourna vers son devin. « Qu'as-tu vu ? »

Annubi jeta un coup d'œil en direction de la porte. « Ils étaient terrifiés. La plus grande partie de ce qu'ils ont dit était des mensonges. Des mensonges et des âneries. Tu as eu raison de les défier, mais je pense que cela ne fera que les buter davantage. Les initiés ne reconnaissent pas facilement leur ignorance.

— Terrifiés ? Pourquoi seraient-ils terrifiés ? À moins qu'ils n'en sachent plus qu'ils ne le disent.

— C'est exactement l'inverse : ils en savent moins qu'ils ne veulent le faire croire. Ils ignorent simplement comment interpréter la pluie d'étoiles, alors ils dissimulent leur incompétence en inventant de jolis mensonges. » Annubi renifla dédaigneusement. « Ils parlent de précédents et de textes sacrés, sachant bien que des signes de cette ampleur sont excessivement rares.

— C'est bizarre. Pourquoi agissent-ils ainsi ? Pourquoi ne pas se ranger du côté de la prudence ? »

Annubi répondit d'un ton plein de mépris : « Et laisser éclater leur ignorance devant tout le monde ? Non, plutôt que de dessiller les yeux de leur puissant protecteur, ils préfèrent proférer des absurdités... bien enrobées pour les faire avaler plus facilement. »

Avallach secoua la tête avec stupéfaction. « Cela n'a pas de sens.

— Ils ont perdu la maîtrise de leur art, expliqua Annubi dont l'exaspération faisait monter la voix dans les aigus. Ils ne peuvent l'avouer à personne, encore moins à eux-mêmes. Ils ont oublié, s'ils l'ont jamais su, que leur but est de servir et non de diriger.

— Et ainsi, incapables de trouver une interprétation, ils haussent le ton pour faire taire toute contradiction. » Avallach s'interrompit et ajouta : « Oublions cela pour le moment... parlons plutôt de ce présage. Penses-tu toujours qu'il est néfaste ?

— Très néfaste, assurément. Je n'ai aucun doute... absolument aucun.

— Et le Lia Fail ? Peut-il t'aider ?

— Oui, le moment venu. Mais ses usages sont limités, comme tu le sais. Néanmoins, il rendra service pour des événements plus immédiats quand ceux-ci pourront être discernés.

— Alors je lui ferai confiance, ainsi qu'à toi, Annubi. À présent, puisqu'il n'y a rien de plus à faire à ce propos pour le moment, je suggère que nous allions nous reposer. »

À cet instant, deux jeunes pages firent irruption dans la salle avec des éteignoirs d'acier à la main. Ils virent les deux hommes, s'inclinèrent précipitamment et ressortirent de la pièce. « Non, entrez, cria Avallach. Nous en avons terminé. Économisez les lampes pour un autre soir. »

Les deux rois et leurs suites voyageaient vers l'est pour se rendre du palais de Seithenin à Poséidonis. Le temps était doux et le voyage agréable, car les routes étaient larges et bien pavées et la compagnie plaisante. Le long du chemin, les villes étaient prévenues longtemps à l'avance de l'arrivée des rois et leurs habitants accouraient en foule pour saluer les nobles voyageurs et leur souhaiter la bienvenue.

Le premier soir, ils dressèrent le camp un peu à l'écart de la route, dans un champ de trèfle. Le lendemain, ils campèrent près d'une bourgade dont les habitants les régalèrent de spécialités pour lesquelles ils étaient réputés en Coranie. Ils passèrent les deux nuits suivantes dans une odorante forêt de cèdres. Le cinquième soir, ils campèrent sur le domaine d'un vassal de Seithenin qui organisa une course de chevaux en leur honneur.

Ils poursuivirent leur voyage, à travers champs et forêts, collines basses et vastes plaines fertiles dans lesquelles couraient des troupeaux de bœufs et de chevaux sauvages. Puis, l'après-midi du douzième jour, ils atteignirent la chaussée royale menant à la capitale. Les chars et les chariots roulèrent à travers des collines boisées et franchirent des torrents tourbillonnants sur des ponts qui résonnaient du bruit des sabots de leurs chevaux. Et, alors que le soleil embrasait d'or l'horizon, la longue procession franchit la crête de la vallée et fit halte pour regarder la vaste cuvette au fond de laquelle s'élevait la cité du Grand Roi.

Poséidonis était une grande ville — une ville dans une ville, car le palais du Grand Roi était en lui-même une ville — dont le plan était un cercle parfait de mille stades de diamètre, à l'image du disque sacré du soleil. Ce cercle était traversé d'un canal aux quais de pierre rectilignes comme la hampe d'une lance, assez large pour que s'y croisent deux trirèmes, qui conduisait du Temple du Soleil à la mer.

Trois autres canaux circulaires, concentriques, coupaient le premier. Au milieu se dressait le palais du Grand Roi. Les appartements royaux se trouvaient dans le vaste temple qui recouvrait la totalité du secteur central. Les anneaux concentriques délimités par les canaux étaient reliés par d'énormes ponts dont les arches s'élevaient haut au-dessus de l'eau pour permettre aux vaisseaux chargés de marchandises de passer dessous.

Une immense muraille de pierre blanche ponctuée à intervalles réguliers de tourelles aux toits effilés enserrait toute la ville. Sous chaque tourelle s'ouvrait une porte — chacune d'un métal différent : bronze, fer, cuivre, argent, or, orichalque. Par ces portes transitait le commerce de la ville... marchands venus des Neufs Royaumes et du monde extérieur. En dehors de ces portes et du long canal qui rejoignait le port, le rideau de pierre blanche était absolument lisse et ininterrompu.

Et, s'élevant dans le lointain telle une pyramide couronnée de neige, se dressait le mont Atlas, froid et distant, drapé dans sa robe de brumes et de nuages, dominant tout, transperçant de son pic le dôme céleste ensoleillé. La montagne sacrée, demeure des dieux, se dressait au-dessus de la ville, rappelant à tous ceux qui vivaient dans son ombre que, comme la montagne elle-même, les dieux étaient au-dessus de tout, suprêmes, lointains, indifférents... silencieux et pourtant toujours présents.

Charis embrassa tout cela du regard tandis que les chars et les chariots faisaient halte avant de commencer leur descente dans la cuvette. Bien qu'elle eût souvent entendu vanter les merveilles de la capitale, elle ne l'avait jamais imaginée si grande, si imposante. Elle regardait le paysage miroitant devant elle ; puis le chariot s'ébranla et ils descendirent vers la ville.

Du sommet des tourelles de la muraille extérieure, des hérauts aperçurent le cortège royal et annoncèrent l'arrivée des rois par une éclatante fanfare qui se réverbéra à travers toute la cité. Des cavaliers vêtus de la livrée du Grand Roi se répandirent dans les rues animées pour dégager le chemin. Les chariots approchèrent des portes, les franchirent et s'engagèrent dans l'avenue des Portiques, ainsi nommée en raison des demeures de riches marchands du quartier alignées le long de cette artère, chacune précédée d'un vaste porche à colonnade.

Les voitures remontèrent l'avenue, passant sous des portes, entre de hautes murailles et le long de marchés bruyants et colorés. Charis apercevait des bœufs noirs et des chameaux couleur sable chargés de produits exotiques, et une fois elle vit un éléphant enchaîné à une colonne près d'un éventaire. L'air était chargé de senteurs d'épices et d'encens, il résonnait des cris des hommes et des animaux — blatèrements de chameaux, aboiements de chiens, braillements d'enfants, et interpellations de marchands vantant leurs produits. Partout où elle regardait, Charis voyait l'éclat cuivré du coûteux orichalque miroitant au soleil. C'était comme si la cité était tout entière façonnée dans le métal divin, de sorte qu'elle flamboyait de la gloire de Bel comme un joyau étincelle de toutes ses facettes. Le cortège royal se fraya un passage à travers la cohue du quartier marchand et parvint enfin à l'intersection de la Voie Triomphale, une large avenue bien pavée menant droit au temple-palais du Grand Roi.

Une fois sur la Voie Triomphale, ils atteignirent rapidement le pont franchissant le premier canal. Le pont était décoré des étendards des Neuf Royaumes et au pied de chacun se tenait un soldat portant un bouclier oblong et une lance d'argent.

Le cortège s'engagea sur le pont et pénétra dans la première des zones intérieures. Là, les artisans royaux vivaient dans de hautes maisons étroites de brique blanche émaillée au pied desquelles s'ouvraient leurs boutiques. Il y avait des forgerons et des tisserands, des menuisiers, des maçons, des tanneurs, des cordonniers et des selliers, des luthiers, des foulons, des filateurs, des tapissiers, des charrons, des charpentiers, des fondeurs, des chaudronniers, des forgerons, des briquetiers, des verriers, des tailleurs de pierre, des teinturiers et des émailleurs.

Le pavé vibrait littéralement de leur activité et l'atmosphère était chargée de poussière et de fumée, de la clameur des voix et du fracas des marteaux : sur la pierre, sur le métal, sur le bois. Comme les soldats sur le pont, tous portaient la livrée du Grand Roi — longues tuniques vertes à large col argent sur des pantalons bleus.

Le cortège traversa le premier secteur et arriva au deuxième canal circulaire dont le pont, comme le premier, était flanqué de deux tours reliées par une passerelle couverte d'où pouvait être abaissée une porte. Les bannières des Neuf Royaumes flottaient à des mâts, un soldat en étincelante armure d'apparat — plastron, bouclier et casque en forme de coquillages — au pied de chacun.

Après avoir traversé le pont, ils entrèrent dans le deuxième anneau concentrique qui, comparé au premier, était silencieux comme une tombe, car c'était le quartier des mages qui officiaient dans le temple du Grand Roi ou enseignaient leur art antique dans les écoles qui y étaient attachées. Les bâtiments de ce secteur étaient aussi de brique émaillée, mais de couleur bleu ciel. Leurs fenêtres étaient étroites, leurs portes voûtées et ils étaient surmontés de dômes bulbeux entourés d'un parapet circulaire. Éparpillées parmi les habitations se dressaient de nombreuses tours rondes munies d'escaliers extérieurs en spirale. Contrairement aux demeures, leur toit était plat, fournissant ainsi aux mages des terrasses d'où étudier le ciel nocturne à l'aide de leurs instruments d'observation.

Ce secteur baignait dans une dense brume bleutée qui, comme Charis ne tarda pas à le comprendre, provenait des monceaux d'encens brûlés aux fins de divination. Partout, des mages debout au coin des rues devant des braseros rougeoyants ou penchés sur des pierres mantiques au fond d'antres obscurs, officiaient pour les pèlerins des Neuf Royaumes venus chercher conseil ou bien se faire dévoiler l'avenir par les hommes les plus sages du pays.

Les voitures traversèrent le deuxième secteur et parvinrent au troisième et dernier pont, qui était fait de pierre et bordé de chaque côté de socles supportant chacun la statue d'un Grand Roi du passé. De l'autre côté du pont se dressait le palais, énorme construction scintillante constituée d'un empilement d'étages de tailles décroissantes couronnés d'un obélisque sculpté dans une énorme topaze, de sorte que lorsque les rayons du soleil le frappaient le matin, il paraissait s'embraser d'une flamme dorée.

Des dômes d'orichalque coiffaient de massives fondations carrées, des tours scintillantes et des rotondes surmontées de coupoles dorées s'élançaient vers les cieux, de gigantesques rangées de colonnes soutenaient toits et remparts, de hautes flèches à pointe dorée se dressaient majestueusement par-dessus le reste. Il y avait des salles et des galeries par vingtaines, des jardins suspendus agrémentaient chaque niveau, des fontaines et des cascades miroitaient au soleil.

Le cortège franchit une arche immense et pénétra dans la première cour, une véritable plaine où les voyageurs trouvèrent des rangées entières de porteurs attendant leur arrivée. Ils n'étaient pas plus tôt descendus de voiture que ceux-ci entrèrent en action pour décharger les chariots et transporter sur leurs têtes les bagages des rois dans le palais. D'un seul coup, ils furent entourés de musique… Charis leva les yeux et vit des musiciens qui surgissaient de la colonnade pour les accueillir.

Un peu en avant des musiciens marchait un homme de haute taille vêtu tout de vert et portant une canne d'ivoire à bout d'or. « Est-ce le Grand Roi ? demanda Charis à voix basse.

— Non, répondit sa mère, c'est l'intendant du roi. Il va nous conduire dans le palais et nous présenter au Grand Roi. »

L'intendant s'inclina profondément devant les rois, murmura quelques mots, puis tout le monde gravit une brève volée de marches pour entrer dans le palais. Charis, qui pensait que pas même Bel en personne n'aurait pu avoir un palais si vaste, marchait d'un pas léger, comme si ses pieds avaient du mal à rester en contact avec le sol.

Ils entrèrent dans un immense vestibule et l'intendant les laissa aux soins de chambellans, expliquant : « Vos appartements ont été préparés. Vous avez certainement envie de vous rafraîchir après votre voyage. Le Grand Roi est impatient de vous saluer et vous recevra ce soir dans le Salon de la Pieuvre. Des huissiers viendront vous chercher en temps voulu. » Il s'inclina avec un royal hochement de tête. « En attendant, les chambellans sont à votre disposition pour vous procurer tout ce dont vous pourrez avoir besoin. »

Avallach, sa famille et ses serviteurs furent conduits le long d'une enfilade apparemment sans fin de couloirs qui débouchèrent enfin sur un atrium à ciel ouvert autour duquel s'ouvraient des appartements sur deux étages. « Vos chambres sont au premier, Sire, expliqua le chambellan. Les pièces du bas sont pour votre suite. Mes quartiers se trouvent ici. Si vous manquez de quoi que ce soit, je suis là pour satisfaire tous vos désirs. » Sur ce, il les mena à leurs chambres et se retira silencieusement.

Charis était habituée au luxe et au mobilier précieux. Pourtant, l'aménagement de sa chambre lui coupa le souffle : partout où elle portait les yeux, son regard rencontrait le chatoiement de la soie et le riche lustre du teck et du bois de santal. Elle se mit à tourbillonner dans la pièce, bras étendus, touchant tout, et arriva à la balustrade de marbre blanc d'un petit balcon. « Oh, regarde ! Mère, as-tu déjà vu un jardin aussi magnifique ? »

Briseis la rejoignit sur le balcon qui donnait sur un immense jardin. Des sentiers ombragés serpentaient le long de ruisseaux alimentés par des fontaines murmurantes entourées de parterres de fleurs. « Absolument magnifique, acquiesça sa mère. Il est encore plus beau que dans mes souvenirs.

— Et regarde, dit Charis, un escalier pour moi toute seule, de sorte que je peux descendre dans le jardin quand je le veux. » Elle regarda de l'autre côté du jardin la masse étincelante d'un immense dôme qui s'élevait au-dessus d'un bosquet d'acacias, en face de son balcon. « Qu'est-ce que c'est, le Grand Temple ?

— Non, c'est la salle du conseil, où se réunit le Grand Conseil.

— Je veux aller la voir ! Je veux tout voir !

— Nous verrons tout bientôt, répondit en riant Briseis. Je ne doute pas que tu trouveras de quoi t'occuper toute la durée de notre séjour. Viens, maintenant » — la reine fit signe à sa fille de rentrer dans la chambre — « il va falloir laisser les explorations pour plus tard. Il est temps de se baigner et de se changer. Nous devons être prêtes quand les huissiers viendront nous chercher. »

Charis rentra lentement dans la pièce, se déridant à nouveau en découvrant que sa chambre possédait un petit bassin qui avait été rempli d'eau parfumée à son intention. Elle se dévêtit rapidement et y entra. « Oh, c'est… c'est magnifique ! dit-elle en se laissant couler dans l'eau chaude.

— Bon bain, dit sa mère. Je vais envoyer Ilean pour t'habiller.

— Je peux m'habiller toute seule, dit Charis en allant attraper une fleur qui flottait sur l'eau.

— Tu vas te mouiller les cheveux ! la prévint sa mère. Nous allons dîner avec le Grand Roi en présence des autres monarques et de leurs familles. Tu dois faire honneur à notre famille. Ilean va t'habiller. »

Charis était encore en train de barboter quand la servante de sa mère entra. « S'il te plaît, Princesse, lève-toi et laisse-moi te laver, dit celle-ci en s'asseyant sur le rebord de marbre.

— Je me suis déjà lavée, répondit Charis en se levant. Tu peux me sécher, je suis prête. »

Charis sortit du bain et Ilean l'enveloppa d'une grande serviette. « La reine a choisi ta robe bleue pour ce soir.

— Je préfère la verte.

— La reine m'a donné ses instructions. »

Charis haussa les épaules, l'air hautain, et se laissa vêtir de sa robe bleue. Ilean la coiffa et attacha ses tresses par des rubans blancs et bleus. Elle lui passa une guirlande de petites fleurs blanches autour du cou et lui mit des sandales blanches neuves aux pieds. Charis regarda son reflet dans un grand miroir d'argent poli. Elle vit une jeune fille mince aux cheveux d'or pâle, avec un vaste front lisse et de grands yeux verts. Elle s'exerça à sourire et se frotta les joues pour leur donner des couleurs.

L'huissier arriva quelques instants plus tard et les conduisit dans la salle du banquet. À l'entrée d'Avallach, les buccins sonnèrent une fanfare et le héraut annonça d'une voix forte : « Le roi Avallach de Sarras, son épouse la reine Briseis, les princes et la princesse ! »

La salle était illuminée par l'éclat de mille lampes et pleine de gens qui parlaient si fort que Charis se demanda si qui que ce soit avait entendu l'annonce. Mais quelqu'un l'avait bien entendue, car ils n'avaient pas plus tôt franchi le seuil qu'ils furent interceptés par un monarque qui prit Avallach dans ses bras.

« Belyn ! s'écria Avallach. Quel plaisir de te voir. Quand es-tu arrivé ?

— Hier. Ton voyage a-t-il été agréable ?

— Supportable… il fait si sec. Nous avons voyagé en compagnie de Seithenin. »

Belyn baissa la voix. « Il est avec nous ? »

Avallach acquiesça. « Sans réserve.

— Bien. » Belyn donna une claque sur l'épaule d'Avallach et se tourna vers la reine. « Briseis, je n'avais nulle intention de te faire affront. » Il se pencha vers elle et l'embrassa. « Je suis ravi de te voir, toi aussi.

— Inutile de t'excuser, Belyn. Il est trop tard pour te changer. » Elle jeta un coup d'œil vers Avallach. « Tu es bien comme ton frère. »

Belyn rit. « Nous sommes percés à jour, Avallach. Ta femme nous connaît trop bien..

— Tu n'es pas seul, Belyn ? demanda Briseis en parcourant la foule du regard. Je ne vois pas Elaine. Elle est ici, je suppose.

— Ah, malheureusement, ce soir elle a dû garder la chambre.

— Je suis navrée pour elle. Va-t-elle bien ?

— Assez. En vérité, j'ai essayé de la dissuader de venir, mais elle a insisté, bien que la naissance soit imminente, prétendant qu'un changement d'air et une compagnie agréable lui serait plus bénéfique que de rester seule à attendre mon retour dans un palais étouffant. Si le bébé naissait dans un champ en bordure de la route, tant mieux, m'a-t-elle dit. » Il eut un haussement d'épaules impuissant.

« Dis-lui que je passerai la voir demain. Elle appréciera peut-être une promenade dans les jardins… si cela ne la fatigue pas trop.

— Elle en sera ravie. » Belyn se tourna vers le reste du groupe. « Et qui voilà ? Kian, Maildun, bonjour. Eoinn, Guistan, quels beaux jeunes gens vous êtes devenus. Je suis heureux de vous voir. Il va falloir que nous allions chevaucher ensemble, hein ? Peut-être demain après-midi. » Les princes acceptèrent avec enthousiasme.

Les yeux de Belyn se posèrent sur Charis. « Et Charis, ma petite colombe. » Il la serra dans ses bras et tira sur un de ses rubans. « Plus si petite, à ce que je vois. Surveille-la, Avallach : elle va ravir bien des cœurs avant la fin de la soirée. »

Charis trouva étrange ce jovial badinage, étant donné que Belyn et Elaine leur avaient rendu visite à peine quelques jours avant leur départ pour Poséidonis. Mais avant qu'elle puisse faire la moindre remarque, l'huissier revint pour les conduire vers leur table, disant : « Le Grand Roi va bientôt faire son entrée. Voulez-vous vous asseoir ?

— Allez-y, dit Belyn, je vais regagner ma table. Nous pourrons discuter demain. »

Avallach et sa famille se frayèrent un chemin à travers la foule des invités vers une grande table — une des neuf réservées pour les rois et leur proche famille. Charis, prenant place près de sa mère, assise à la droite du roi, écouta son père nommer les personnes présentes dans la salle.

« Là, c'est Hugaderan d'Hespera, il regarde dans notre direction, mais fait semblant de ne pas me voir. Je n'en attendais pas davantage de lui. Et assis là-bas, l'air impassible, c'est Musæus avec ses conseillers. Je ne l'ai jamais vu sourire. Oh, et voilà Itazais d'Azilia, l'air de s'ennuyer et de mauvaise humeur… comme s'il était indigne de lui d'apparaître en telle compagnie. Là-bas, près de lui, c'est Meirchion de Skatha. Lui, c'est un homme qui sait entendre raison. »

Avallach s'interrompit et regarda à la ronde. « Je n'aperçois nulle part Nestor. Il n'a quand même pas l'intention d'arriver après l'entrée du Grand Roi.

— Il ne viendra peut-être pas ce soir, dit Briseis.

— Ah, Seithenin vient d'entrer. J'apprécie de plus en plus cet homme. Avec le temps, il pourrait devenir un deuxième frère pour moi. »

Quelques instants plus tard, les buccins sonnèrent une éclatante fanfare et le héraut annonça : « Le roi Ceremon, Grand Roi des Neuf Royaumes, et son épouse la reine Danea. »

Le silence se fit. Les rois et leurs suites se levèrent à l'entrée du Grand Roi, la reine à son côté. Ils étaient l'un et l'autre vêtus de fine soie garance brodée d'or aux poignets et à l'ourlet. Ceremon portait des bottes et un court manteau dorés, et il avait sur la tête un diadème d'or ornée d'un disque solaire au-dessus du front. Danea portait des sandales dorées et un simple diadème d'or ; ses cheveux auburn étaient tirés en arrière et sa tresse attachée par des anneaux d'or. Sa longue cape traînait derrière elle, les broderies d'or de son liseré balayant le sol.

Ils traversèrent lentement la salle pour gagner leurs places à la grande table, saluant leurs invités au passage. Ils s'approchèrent de la table d'Avallach qui s'inclina courtoisement. « Bienvenue, roi Avallach, dit Ceremon en inclinant la tête. Reine Briseis, je suis heureux que tu aies décidé d'accompagner ton époux. Cela faisait longtemps que nous n'avions pas eu le plaisir de ta présence. Bienvenue à vous tous. »

Le Grand Roi s'apprêtait à repartir, quand son regard tomba sur Charis. Il s'arrêta et se tourna vers elle. « Et qui voilà ? Avallach, je ne savais pas que tu avais une fille. » Il tendit sa fine main et lui prit le menton. « Comment t'appelles-tu, belle enfant ?

— Charis, Sire », répondit-elle.

Ceremon sourit, les yeux durs et brillants. « Charis… un bien joli nom pour une bien jolie fille. Bienvenue, Charis. J'espère que tu trouveras le temps de visiter notre capitale. »

Charis s'inclina et, quand elle releva les yeux, le Grand Roi était parti. Elle le vit qui s'éloignait lentement, mince, droit, son manteau miroitant dans la lumière, et elle se dit qu'elle n'avait jamais vu personne de si royal, si majestueux. « C'est un vrai dieu », murmura-t-elle à sa mère.

Briseis regarda sa fille mais ne répondit rien. Charis se sentit embarrassée et rougit. Le banquet commença — servi par des centaines de serviteurs portant des plateaux de nourritures et de boissons qui circulaient sans interruption à travers la pièce — mais Charis n'avait d'yeux que pour le Grand Roi et son épouse. Elle s'imaginait à la place de la reine, l'air serein et majestueux.

Après le repas vinrent les distractions : une armée de musiciens joua des chansons traditionnelles tandis que chantait un chœur. Charis était persuadée de vivre un rêve. La salle splendide, les nobles invités, la musique grisante et la présence impériale du Grand Roi… tout se combinait pour conférer au banquet une atmosphère onirique. Au point que Charis fut surprise et franchement déçue quand vint le moment de se retirer.

On aurait dit que la soirée s'était enfuie à tire d'ailes. Éblouie et transportée par son expérience, Charis regagna sa chambre sur un nuage. Dans un état second, elle se prépara pour la nuit, se glissa entre les draps crissants et sombra dans le sommeil, la voix du Grand Roi résonnant toujours à ses oreilles… « Charis… un bien joli nom pour une bien jolie fille… »

X

Le festin de noces d'Elphin se poursuivit le lendemain et le surlendemain. Le quatrième jour, les tonneaux et les outres commencèrent à s'assécher et, le soir, la nourriture s'épuisa à son tour. De nombreux invités prirent alors congé. Ceux qui demeuraient plus loin restèrent encore une nuit, mais ils partirent tôt le lendemain matin, si bien que vers midi il ne restait plus un invité et le festin était terminé.

Le matin suivant, Elphin se leva, s'habilla rapidement et sortit de la maison. Il appela les hommes que son père avait désignés pour l'aider et les conduisit à l'endroit qu'il avait choisi pour sa maison. Il arpenta le terrain pour délimiter le bâtiment, donna des ordres et les hommes commencèrent à creuser — de mauvais gré, car ils désapprouvaient le choix d'Elphin pour l'emplacement de sa maison et ils rechignaient à ce projet, le trouvant inutile et, selon toute vraisemblance, voué à la malchance.

Vers le soir, quand ils eurent terminé, ils appelèrent Elphin pour qu'il vienne inspecter les travaux. Il jeta un coup d'œil à ce qu'ils avaient fait et dit : « Ce n'est pas ce que je vous avais demandé. Ce doit être plus profond ! »

Le lendemain matin, ils se remirent au travail et l'appelèrent à nouveau vers midi. Quand il vit la dimension du trou, il fronça les sourcils et secoua la tête. « Ce n'est toujours pas assez grand. Puisque vous ne voulez pas m'écouter, je vais vous montrer. Regardez… » Il prit un piquet de bois et le planta dans le sol, puis un autre, élargissant le carré pour en faire un vaste rectangle. « Voilà ce que je veux. »

Les hommes marmonnèrent entre eux, mais ils se remirent au travail. « Qu'est-ce qu'il a besoin d'une maison aussi grande ? murmurèrent-ils quand il fut reparti. Il n'y a qu'un seul seigneur dans ce caer, et ce n'est pas Elphin.

— Il espère peut-être qu'une grande maison fera de lui un seigneur, grommela un autre.

— Ha ha ! Il faudrait plus qu'une grande maison pour faire de *lui* un seigneur », répondit son compagnon.

Dans la soirée, ils avaient presque terminé l'excavation. Elphin inspecta le résultat de leurs efforts et manifesta son approbation. « Et maintenant, la cheminée sera là, dit-il, montrant un point au centre du trou.

— Creuse-le toi-même, grogna un des ouvriers. Tu veux une si grande maison. » L'homme jeta sa pelle aux pieds d'Elphin.

« Très bien », dit Elphin en sautant dans le trou. Il attrapa la pelle et s'avança jusqu'à l'endroit qu'il avait indiqué. Là, il traça les dimensions de l'âtre et creusa la première pelletée, enfonçant la lame de bois dans la terre avec son pied.

Mais la pelle buta sur quelque chose de dur. « Une vieille racine, ricana quelqu'un. Il ferait mieux de creuser sa cheminée ailleurs.

— Il n'y a pas de racine, dit Elphin en déblayant la terre. C'est une pierre. » La pierre avait un bord anguleux et Elphin gratta autour pour dégager une grande dalle d'ardoise carrée. Quand il eut déblayé la terre, il souleva le bord de la pierre noire et vit un morceau de grosse toile.

« Qu'est-ce que c'est ? » demanda-t-il en se penchant. Le bout de chiffon se désagrégea dans sa main, mais sous les lambeaux décomposés, il vit un éclat jaune. Curieux, les autres regardèrent Elphin s'agenouiller et se mettre à gratter la terre avec les mains.

« Regardez-le, riaient-ils. Il se prend pour un chien. »

Elphin les ignora et reprit la pelle, la planta dans le sol et la ressortit. Et là, se balançant à l'extrémité de l'étroite lame de bois, se trouvait un torque d'or.

Les hommes cessèrent de rire. Elphin prit le torque et le nettoya de la terre qui s'y collait. Il était aussi épais que trois chaînes tressées et ses extrémités étaient ornées de têtes d'animaux sculptées : un taureau à droite et un ours à gauche. « Voyez ce que j'ai trouvé ! s'exclama-t-il. Un torque d'or, un torque de roi ! »

Elphin avait crié et bientôt presque tous les habitants du village — y compris Hafgan et Gwyddno — s'étaient rassemblés autour de l'excavation. « Voyez ce que j'ai trouvé, répéta Elphin d'une voix forte en brandissant en l'air le torque pour que chacun puisse voir.

Un torque d'or… enfoui juste à l'endroit où j'ai décidé de faire ma cheminée. »

Il y eut des murmures d'étonnement dans la foule. « Montre-le moi, veux-tu », dit Hafgan en se frayant un passage.

Elphin plaça le torque dans la main du druide et se croisa les bras sur la poitrine. Hafgan l'examina soigneusement, le retournant dans tous les sens. Il prit le bord de son manteau et frotta le torque jusqu'à ce qu'il brille d'un vif éclat. « Avez-vous tous été témoins de ce qui s'est passé ? demanda-t-il.

— Oui, reconnurent à contrecœur les ouvriers.

— Quelqu'un a-t-il un doute ? »

Ils secouèrent la tête. « Elphin l'a trouvé comme il l'a dit », répondit un des hommes, puis il expliqua comment ils avaient refusé de creuser l'âtre et défié Elphin de le faire lui-même. « Il a pris la pelle et a heurté la pierre. Le torque était dessous. »

Gwyddno frappa dans ses mains. « C'est un signe propice !

— Effectivement, répondit Hafgan. Très propice. Il ne fait pas de doute que ce torque a autrefois orné le cou d'un roi. Il a été trouvé dans la maison d'Elphin, sous une ancienne dalle de foyer.

— Qu'est-ce que cela veut dire ? » demanda un des hommes.

Hafgan soupesa le torque. « La signification est claire : où se trouve le foyer du roi ?

— Eh bien, dans la maison du roi, répondit l'homme.

— Et qui vit dans la maison du roi ?

— Le roi lui-même, répondit Gwyddno avec un large sourire.

— Exactement », dit Hafgan. Il tendit l'ornement à Elphin et dit : « Revendiques-tu ce torque, Elphin ap Gwyddno ?

— Je le revendique, répondit Elphin.

— Alors porte-le », dit Hafgan. À ces paroles, les gens murmurèrent de surprise, car par cela le druide proclamait Elphin digne de succéder à son père.

Elphin prit le torque, en écarta précautionneusement les extrémités, le glissa autour de son cou et rapprocha les deux bords. Le poids et la fraîcheur du torque étaient agréables sur ses épaules.

« Voici le troisième trésor qu'a trouvé Elphin, dit Hafgan en s'adressant à tous ceux qui s'étaient rassemblés là. Il a trouvé un fils de qualité, une noble épouse et maintenant le torque d'un roi. Qui parmi vous le prétend malchanceux ? »

Personne ne fit un geste. Qui aurait pu s'élever contre une telle évidence ?

« À dater de ce jour, nul ne dénigrera le nom d'Elphin, car ce serait attirer le déshonneur… non sur Elphin, mais sur celui qui l'aurait dénigré. Vous avez tous vu que la chance d'Elphin a tourné et que son actuelle fortune est aussi grande que sa précédente infortune. » Il leva son bâton au-dessus de sa tête. « Voici la preuve que tout ce que j'ai prédit va arriver. Écoutez et souvenez-vous. »

Ils se dispersèrent et Elphin sortit du trou pour aller montrer à Rhonwyn son incroyable découverte. Rhonwyn, à la différence des autres, ne manifesta aucune surprise, se contentant de lever la main pour toucher le torque et de dire : « Quand je t'ai vu pour la première fois, j'ai vu un torque d'or autour de ton cou. À présent le voici. Mais ce n'est que le premier des glorieux exploits de mon époux. »

Cette nuit-là, Elphin était étendu au lit, Rhonwyn à son côté avec le bébé au sein. Il était tard et le feu brûlait bas dans l'âtre. Bien que sa journée eût été bien remplie, il n'arrêtait pas de se retourner, incapable de dormir. Au bout de quelques minutes, Rhonwyn dit : « Qu'y a-t-il, Elphin ? Tu es soucieux ?

— Non, répondit-il, mais je n'arrive pas à trouver le sommeil.

— Cela te ferait peut-être du bien d'aller te promener.

— Tu as sans doute raison. » Il se leva, jeta une peau mégissée sur ses épaules et sortit dans la nuit constellée d'étoiles. Il resta quelques instants à contempler la voûte céleste. À la lueur des étoiles, sa respiration produisait une brume argentée dans la fraîcheur nocturne.

C'est une nuit propice aux enchantements, se dit-il. Par une telle nuit s'accomplissent de grands exploits, en mal ou en bien.

Cette pensée tournait encore dans son esprit, quand il entendit un bruit… un ululement aigu dans la nuit, comme un cri d'oiseau. Mais il eut beau attendre qu'il se répète, il n'entendit rien d'autre que les sons nocturnes habituels du caer. Intrigué, il traversa le village, dépassant le grand chêne et les habitations de ses cousins, pour se diriger vers la palissade. Arrivé à la porte, il grimpa sur le rempart intérieur pour observer les enclos à bétail. Tout était sombre et silencieux autour de l'énorme cercle de bois de la forteresse. Alors qu'il allait pour redescendre du rempart, il entrevit un scintillement du coin de l'œil… comme l'éclat des étoiles sur une lame nue.

Il regarda de nouveau, mais ne vit rien. Mais tous ses sens étaient maintenant en éveil. Scrutant les ténèbres, il distingua des formes sombres qui se déplaçaient dans l'enclos principal. Il sentit un picotement dans sa chair et, sans réfléchir, il rejeta sa peau de daim et courut vers la maison de son père. Il se rua à l'intérieur et cria : « Gwyddno ! Debout ! On est en train de voler notre bétail ! »

Saisissant dans l'âtre un brandon enflammé, il repartit vers la porte du village, ôta l'entretoise de ses supports et ouvrit la porte massive. Puis il dévala le sentier menant aux enclos, le tison embrasé à la main. Il entendit derrière lui le cor de Gwyddno qui sonnait l'alerte, puis le tintement de la barre de fer accrochée au chêne.

En arrivant à l'enclos, Elphin fut accueilli par les épées de quatre pillards. Un cri à glacer le sang jaillit de sa gorge et il se jeta sur eux, faisant des moulinets avec son tison. Les voleurs reculèrent dans la plus grande confusion. Voyant la peur sur leurs visages à la lueur blafarde de sa torche, il pressa son attaque, les repoussant de sa branche enflammée.

D'autres pillards accoururent à la rescousse. Il fit volte-face pour les affronter, poussant un cri farouche et agitant son brandon. Il frappa un homme qui s'effondra avec un grognement et les autres s'enfuirent. Elphin les poursuivit, hurlant et frappant. Le brandon dansait et flamboyait dans la nuit, le faisant ressembler à un démon incendiaire.

Les habitants du caer, en arrivant à l'enclos, virent un étrange spectacle : Elphin, sans autre arme que son tison, en train de poursuivre dix hommes armés de lances et d'épées qui fuyaient devant lui comme devant un seigneur de la guerre sur son char lancé au galop.

Ses parents accoururent à son aide, hurlant de perçants cris de guerre dans l'air glacé de la nuit. Un des pillards se glissa derrière Elphin et le visa de sa lance. « Attention ! » cria Gwyddno.

Elphin l'entendit et se retourna à l'instant où la lance fendait les airs vers lui. Il tendit la main et son poing se referma en plein vol sur la hampe de celle-ci. Il fit volte-face en direction des pillards qui, le dos au muret de pierre, revenaient à l'attaque contre lui. Ils poussèrent un cri et se ruèrent en avant, massés les uns contre les autres. Elphin brandit la lance et la propulsa avec force.

Celle-ci vola droit au but, transperçant le mince bouclier de cuir et le corps du premier pillard, ainsi que celui qui venait derrière lui. Tous deux, transpercés par la même lance, tombèrent du même mouvement.

Frappés de stupeur, les autres voleurs tournèrent les talons et s'enfuirent, grimpant par-dessus les murs et disparaissant dans la nuit. Les habitants du caer leur donnèrent la chasse, mais ils ne purent les rattraper et ne tardèrent pas à revenir sur la scène du combat.

Ils y trouvèrent Elphin, nu et tremblant, debout au-dessus des corps de ceux qu'il avait tués, le brandon fumant toujours à la main.

Gwyddno s'approcha de lui et dit : « Je n'ai jamais vu un homme se comporter au combat comme tu l'as fait.

— Qui étaient-ce ? » demanda Elphin.

Cuall, un des premiers à arriver sur les lieux, se pencha au-dessus des cadavres et approcha une torche de leurs visages. Il se redressa et dit : « Je n'ai jamais vu d'hommes qui leur ressemblent. Leur costume est aussi étranger que leurs visages.

— Des Irlandais ? » demanda Gwyddno.

Cuall secoua la tête. « Je ne pense pas.

— Peu importe qui ils sont, dit un des hommes. Notre bétail est sauf.

— Il aurait dû y avoir une alerte, déclara Gwyddno. Où sont nos gardiens de troupeaux ?

— Morts. » Tous se tournèrent vers celui qui avait parlé et montrait le mur. « Sans Elphin, nous n'aurions découvert le vol qu'au matin, et à ce moment-là les voleurs auraient été loin. »

Les hommes regardèrent Elphin d'un air intrigué. « Comment as-tu été au courant du raid ?

— Je ne sais pas, répondit-il en secouant la tête, comme si c'était un aussi grand mystère pour lui que pour les autres. Je n'arrivais pas à dormir, alors je suis sorti. J'ai entendu quelque chose et j'ai aperçu l'éclat d'une épée dans l'enclos à bétail. En regardant, j'ai vu des hommes. J'ai couru à la maison du seigneur pour le prévenir et j'ai attrapé un tison dans sa cheminée. Je suis redescendu ici… »

Cuall ramassa l'arme d'un des pillards. « Ces épées sont enduites de poix et de boue… tout comme les visages de ces scélérats, dit-il en brandissant la lame pour que tous puissent voir. Comment as-tu pu la voir briller ? »

Elphin se contenta de secouer la tête. « Je n'en sais rien. Je sais seulement que je l'ai vue et que je suis arrivé en courant.

— Mais pourquoi ne nous as-tu pas attendus, mon fils ? demanda Gwyddno. C'était de la témérité de les attaquer tout seul.

— De la témérité, peut-être, répondit un des hommes. Mais j'ai vu le visage d'Elphin à la lueur du feu. Il brillait autant que la torche dans sa main !

— Davantage, dit un autre. Il avait sur lui la frénésie du combat et l'auréole du guerrier… comme les héros d'autrefois.

— Vous avez vu ? dit un autre. Il a attrapé la lance en plein vol et l'a renvoyée !

— Deux d'un seul coup ! » cria un autre.

Les hommes se mirent à pousser des cris de victoire. Cuall bondit sur les pillards morts et leur détacha la tête des épaules avec leur épée. Il tendit les trophées sanglants à Elphin en disant : « Sans rien de plus qu'une torche, tu as mis l'ennemi en déroute. Gloire à toi, Elphin, fils de Gwyddno Garanhir, champion des guerriers !

— Gloire à Elphin ! » reprirent les autres. Et Elphin regagna le caer sur les épaules des hommes, qui chantèrent des péans de victoire en son honneur jusque tard dans la nuit.

XI

« Avez-vous jamais rien vu de si… » Charis chercha le mot juste, « … si splendide ? »

Guistan la regarda de travers et ricana : « Bien sûr, le Grand Roi vit bien. Et alors ? C'est son droit. » Le garçon se mit un autre grain de raisin dans la bouche. « C'est un dieu, après tout.

— Pas un vrai dieu.

— Si », insista Guistan. Il plaça un grain de raisin sous son pouce et l'écrasa. « Demande à Annubi. Quand un roi devient Grand Roi, il devient aussi dieu. Voudrais-tu qu'un dieu vive dans une porcherie ?

— J'ai dit que le palais était splendide, insista-t-elle. Je pense que le Grand Roi est splendide, lui aussi. Je me fiche que ce soit ou non un dieu.

— Peuh ! » fit Guistan en se levant. Il écrasa un autre grain de raisin, puis il ramassa la pulpe qu'il lança sur Charis.

Elle l'évita et prit une orange dans la coupe de fruits, la lui jeta et battit prestement en retraite. « Je te hais ! » lui cria-t-elle. L'orange éclata sur le sol de marbre et roula en répandant son jus. Charis tourna le dos, l'air dégoûté.

« Cet accueil m'était-il destiné ?

Charis fit volte-face pour voir dans l'encadrement de la porte une femme aux cheveux noirs vêtue d'une tunique et d'un ample manteau, l'orange éclatée à ses pieds. « Tante Elaine ! » s'écria-t-elle, et elle courut l'embrasser.

« Là, dit Elaine en prenant la main de Charis. Pose ta main ici. » Elle plaça la main de la jeune fille à plat sur son ventre proéminent. « Tu sens quelque chose ?

— Mmm, non », répondit Charis. Elaine posa sa main à un autre endroit et, presque aussitôt, Charis sentit un frémissement, puis un coup. Elle retira brusquement sa main.

« C'était le bébé ? »

Sa tante acquiesça. « C'était son pied ou son coude. Il bouge beaucoup, ces temps-ci, pauvre petite chose. Il se sent à l'étroit et veut sortir.

— As-tu vu le jardin ? demanda soudain Charis, prenant Elaine par la main pour l'entraîner sur le balcon.

— Uniquement de ma fenêtre.

— Je l'ai exploré presque entièrement. Je vais te montrer.

— D'accord, mais allons d'abord trouver ta mère. Je ne l'ai pas encore saluée.

— Elle viendra avec nous et vous pourrez bavarder pendant que je vous montrerai le jardin. » Charis se précipita vers la porte. « Je vais la chercher. »

Charis trouva sa mère en train de converser avec Ilean qui la coiffait. « Mère ! Tante Elaine est ici… nous allons nous promener dans le jardin et elle veut que tu viennes aussi.

— Merci, Ilean. » Briseis renvoya la servante et suivit sa fille dans la pièce voisine. Elles trouvèrent Elaine où l'avait laissée Charis, debout au soleil sur le balcon. Elaine se retourna et ouvrit les bras. « Briseis ! »

Briseis trébucha. Une ombre passa sur son visage et elle s'immobilisa.

« Briseis ? Qu'y a-t-il ?

— Mère ? » demanda Charis.

La reine reprit ses esprits. « Oh, c'était juste… ce n'est rien. » Briseis s'approcha pour embrasser Elaine sur la joue. « Elaine, comment vas-tu ? Du nouveau ?

— Rien de spécial. Le bébé est attendu d'un jour à l'autre, me dit-on… et j'ai l'impression qu'on me le dit depuis des mois. Je commence à en douter.

— Allons nous promener, proposa Charis. Je veux vous montrer le jardin.

— Oui, j'ai désespérément besoin d'air frais. »

Charis les précéda dans l'escalier de pierre qui descendait au jardin. Elle s'engagea dans la première allée qu'elle rencontra et les deux femmes la suivirent. Charis courait d'avant en arrière, les exhortant de se presser, mais elle les distançait de plus en plus. Quand elle les vit s'arrêter pour s'asseoir sur un banc de pierre en bordure du chemin, elle désespéra. Nous ne verrons jamais *rien* du jardin, de cette façon, se dit-elle.

Elle revint vers elles. Sa mère lui fit signe de continuer. « Pars en avant, Charis ! cria-t-elle. Nous arrivons. »

Heureuse de la liberté qui lui était accordée, elle pressa le pas et ne tarda pas à se perdre dans les sentiers tortueux du luxuriant jardin du Grand Roi. Elle longea une haie bien taillée, franchit un drôle de petit pont de bois et s'enfonça dans un bosquet de citronniers. Les arbres étaient encore en fleurs et leur senteur la fit ralentir. Elle poursuivit son chemin, chantonnant pour elle-même, dans le parfum entêtant.

Plus loin, elle parvint à un étang ombragé avec en son centre une fontaine de pierre : un grand poisson de marbre vert à la bouche béante d'où jaillissait l'eau. Charis s'agenouilla, plongea les mains dans l'eau et se les passa sur le front et le cou. La fraîcheur en était agréable sur sa peau.

Elle s'étendit sur le talus herbeux et regarda passer les nuages dans le ciel, puis elle ferma les yeux. L'écho d'une chanson lui parvint aux oreilles… une mélodie fluide et cristalline, comme des gouttes d'eau tombant dans l'étang. Elle écouta un moment… Les paroles en étaient étranges et bizarrement accentuées, comme si elles étaient dans une langue inconnue.

Charis se leva et se dirigea vers la source du chant, contournant l'étang, passant sous les branches tombantes d'un katsura qui poussait au bord de l'eau. Elle arriva devant une haie d'osmondes cannelle, se fraya un chemin entre les frondes odorantes et déboucha prudemment dans une clairière ensoleillée.

Une femme aux cheveux d'or flamboyant y était assise sur un grand tabouret à trois pieds, vêtue d'une tunique chatoyante d'un profond vert émeraude. Elle tenait à la main un tambour à broder en argent, mais il n'était pas tendu de tissu, et Charis ne voyait ni fil ni aiguilles à proximité. Dès que Charis émergea de l'ombre, le chant s'interrompit. La femme tourna la tête et regarda Charis, un sourire accueillant sur les lèvres.

« Je me demandais qui m'écoutait, dit la femme. Approche, petite. »

Charis fit un pas prudent.

La femme eut un rire léger. C'était comme le son de la rosée s'égouttant sur les feuilles. « J'ai l'impression que tu as peur de moi. »

Charis s'avança plus franchement et s'arrêta auprès de la femme. « Comment savais-tu que j'écoutais ? demanda-t-elle.

— Tu es une jolie fille, Charis.

— Tu me connais ?

— Si je ne te connaissais pas, comment saurais-je ton nom ?

— Qui es-tu ? demanda Charis, puis elle pâlit en se rendant compte de l'impertinence de sa question.

— Pourquoi avoir peur ? demanda la femme. Je considère une question sans détours comme une politesse. Il est possible de tant cacher derrière une fausse courtoisie. »

Charis la regarda sans rien dire. Il y avait quelque chose de très familier chez cette femme, et pourtant…

« Oh, tu ne me reconnais pas, n'est-ce pas ? dit la femme. Peut-être que si je portais mon diadème et mes soieries, tu te souviendrais de moi. »

La femme fit un mouvement circulaire des mains. Son image se troubla, comme un reflet dans l'eau. Et Charis vit devant elle la silhouette de la Grande Reine, vêtue de soie rouge vif, avec une longue traîne et une étroite bande d'or autour de la tête, sa chevelure tressée attachée par des anneaux d'or.

Charis s'inclina et leva les mains en signe solaire.

La reine rit. « Ainsi, tu me reconnais enfin ! J'en suis heureuse. Comme il serait fastidieux de continuer à parler sans qu'aucune de nous ne sache à qui elle s'adresse. »

Quand Charis regarda à nouveau, l'image s'effaça et la Grande Reine reprit sa première apparence. Charis cligna des yeux de surprise.

« Pourquoi cette surprise, Charis ? C'est une illusion assez simple.

— Noble reine, répondit Charis, le souffle un peu court, je n'avais jamais rien vu de tel.

— Oh, il y a beaucoup de choses de ce genre que l'on peut faire — et aussi de plus grandes — si l'on sait comment s'y prendre. Mais tu peux m'appeler Danea, car je pense que nous allons être amies. » La reine montra son cerceau d'argent. « Sais-tu de quoi il s'agit, Charis ?

— Un tambour à broder ?

— Cela y ressemble beaucoup, mais non. C'est un anneau d'enchanteur. Je vais le tenir comme ceci » — elle le brandit entre ses paumes — « et tu vas me dire ce que tu vois. »

La jeune fille regarda et ne vit tout d'abord rien d'autre que l'épaule de la reine et, derrière, la clairière. Elle ouvrit la bouche pour parler, mais la reine dit : « Attends ! Concentre-toi. Regarde attentivement. »

Charis plissa le front sous l'effort. Elle regarda fixement l'anneau et, à l'intérieur de celui-ci, les objets devinrent flous. Il y eut un mouvement, comme la spirale d'un tourbillon. Charis avait la tête qui tournait, comme si elle allait s'évanouir. Mais elle se força à regarder et, quand le mouvement cessa, elle vit un palais sur une île entourée de vergers. « Mais c'est chez moi ! s'exclama-t-elle, surprise. Notre palais de Kellios.

— Que vois-tu d'autre ? »

Charis regarda dans l'anneau enchanté comme dans un miroir et vit une mince fillette courant dans une vaste cour, suivie d'un chien marron qui aboyait. La petite fille s'arrêta pour jeter en l'air un bâton et le chien dansa sur ses pattes arrière pour l'attraper. « C'est Velpa, la fille du chef cuisinier.

— Et maintenant ? »

À l'intérieur de l'anneau, l'image tourbillonna à nouveau, puis redevint nette. Cette fois, elle vit le jardin où elle se trouvait. Deux femmes marchaient côte à côte, plongée dans leur conversation.

« C'est Mère et Elaine, dit Charis et sa mère leva les yeux. Peuvent-elles m'entendre ?

— Non, mais ta mère a senti ta présence quand tu as parlé. » La Grande Reine abaissa l'anneau et le posa sur ses genoux. « C'était très bien, Charis. Tout le monde ne réussit pas aussi bien. Certains ne voient rien du tout. Tu dois avoir un don pour les enchantements.

— Était-ce vraiment Velpa ?

— Tu l'as vue telle qu'elle est en ce moment, oui.

— Est-ce qu'il montre toujours ce que l'on veut voir ? Ou est-ce comme le Lia Fail ?

— Sais-tu te servir du Lia Fail ? »

Charis acquiesça. « Annubi m'apprend à m'en servir.

— Mais tu t'en es servie toute seule à l'occasion, sans rien en dire à personne. Je me trompe ?

— Oui, avoua à contrecœur Charis. Mais je ne voulais pas faire de mal.

— Bien sûr que non. Tu es curieuse et c'est une merveilleuse qualité pour quelqu'un qui veut devenir une enchanteresse.

— Es-tu une enchanteresse ? »

La Grande Reine inclina royalement la tête. « Certains pourraient le dire.

— Peux-tu m'apprendre ? Je donnerais n'importe quoi pour apprendre. »

Danea sourit et se pencha en avant. « Vraiment ? C'est beaucoup plus difficile que tu n'imagines. Il te faudrait bien des années pour apprendre ce que je sais, et ce n'est qu'un début. Tu devrais quitter ta famille et travailler très dur. Une telle connaissance vient à un prix élevé que peu sont prêts à payer. »

Charis garda le silence.

« Ne désespère pas, mon enfant. Ton amour pour ta famille est louable… il y a d'autres choses que les enchantements », la consola Danea, et Charis se rendit compte que la Grande Reine paraissait lire dans ses pensées presque avant qu'elles ne se soient formées dans son esprit. « Mais la vie n'est jamais aussi certaine qu'elle le paraît, Charis. Il n'est pas nécessaire d'être un enchanteur pour voir qu'il se produit tout le temps des choses impossibles. »

De l'autre côté de l'étang parvint un appel : « Charis, où es-tu ? Charis…

— Ta mère et ta tante te cherchent. Va les retrouver. »

Charis se tourna pour partir. « Te reverrai-je ?

— Oh oui. Nous nous reverrons.

— Comment te trouverai-je ?

— Comme tu m'as trouvée aujourd'hui. »

Charis revint sur ses pas vers le rideau de fougères, écarta les frondes et, au moment d'y entrer, se retourna pour dire au revoir. Mais la Grande Reine avait disparu, sans même laisser un brin d'herbe écrasé pour montrer qu'elle avait jamais été là.

Près de l'étang, dans le bosquet de citronniers, Charis trouva Briseis et Elaine qui venaient dans sa direction. « Charis, dit sa mère, où étais-tu passée ? Nous t'avons cherchée.

— Je m'étais étendue près de l'étang… commença-t-elle. Je… je dois m'être endormie », répondit-elle, puis elle se demanda pourquoi elle avait menti. « Pardon.

— Il n'y a pas de mal, dit Elaine. Mais j'ai suffisamment marché pour aujourd'hui. Rentrons. »

Elles repartirent. Les deux femmes bavardaient en marchant et Charis les suivait en musardant, la tête pleine des étranges et merveilleuses choses qu'elle accomplirait quand elle serait devenue enchanteresse.

« Non, dit Avallach en secouant gravement la tête. Seithenin a raison. Nous ne pouvons pas encore aller trouver le Grand Roi. Nous n'avons aucune preuve de ce que prépare Nestor.

— Nous savons très bien ce qu'il mijote ! s'écria avec colère Belyn. Et les espions ? J'ai leurs documents avec moi. Si je les présentais à Ceremon, il ne pourrait qu'être d'accord. Je dis que nous devons aller le voir tout de suite, avant que Nestor n'ait eu le temps de le retourner contre nous.

— Mais si nous allons voir Ceremon et qu'il demande des preuves — des preuves de menées belliqueuses, ce que nous n'avons pas — cela aussi se retournera contre nous.

— Et si nous attendons encore un peu, ajouta Seithenin, Nestor lui-même pourrait fournir la preuve dont nous avons besoin. Le fait qu'il n'ait pas assisté au banquet hier soir était un affront qui ne sera pas passé inaperçu. Son prochain geste sera peut-être encore plus compromettant.

— Attendre ne peut faire de mal, dit Avallach.

— Et cela nous donnera du temps pour en gagner d'autres à notre cause. »

Fronçant les sourcils, Belyn se laissa convaincre. « D'accord, mais il me répugne d'attendre pendant que ce... ce serpent continue à ourdir ses plans en toute impunité.

— Belyn, dit doucement Seithenin, c'est une très grave accusation. Les Neuf Royaumes vivent en paix depuis plus de deux mille ans. Nous devons tout faire pour préserver cette paix.

— Y compris se battre pour elle, intervint Belyn.

— S'il le faut. Mais seulement quand tout le reste aura échoué, dit Seithenin. Si nous lâchons les chiens de guerre, nous devons être prêts à les suivre, quel que puisse en être le prix. Nous devons donc être certains — plus que certains — de savoir ce que nous faisons.

— Je ne me laisserai pas prendre au dépourvu, dit Belyn. Nous savons tous quel genre d'homme est Nestor.

— Oui, dit Avallach, c'est le genre d'homme qui signe sa propre perte. Nous n'avons qu'à attendre.

— Tant que nous ne nous laissons pas surprendre par la poussière de mort soulevée par les roues de ses chars dans nos propres cours », dit Belyn. Il repoussa son siège et se leva. « Je dois maintenant vous quitter. » Il fit le signe solaire, puis il tourna le dos et sortit de la pièce.

« Ah, soupira Seithenin après son départ. Quelle fougue.

— Il prend les choses très à cœur. Un legs de notre père qui était un homme au tempérament très vif.

— Oui, le roi Pellès, je me souviens de lui. En fait, je me souviens de notre première rencontre. Tu étais un jeune garçon — pas plus vieux que ton Guistan — quand ton père est venu nous voir avec toi.

— Je suis surpris que tu t'en souviennes. Tu n'étais toi-même pas beaucoup plus vieux. Nos maisons sont alliées depuis très longtemps.

— Oui. Et amies », acquiesça Seithenin. Son regard se détourna légèrement.

Avallach se carra dans son fauteuil et sourit. « J'avais songé à reconnaître officiellement notre alliance.

— Un traité ?

— Non, un mariage.

— Je vois.

— Que dirais-tu d'un mariage entre ma fille et ton fils aîné… Terant, c'est ça ?

— J'accueille cette idée avec plaisir. Terant est un jeune homme de valeur et ta Charis, à la voir, deviendra une très jolie femme. Il serait difficile de trouver couple mieux assorti.

— Marché conclu, alors. »

Seithenin prit son rhyton sur la table et le leva. « À une amitié éternelle entre nos maisons.

— À une paix éternelle. » Avallach leva sa coupe et but. Il la reposa et la regarda intensément pendant un long moment. « Le monde change. Nous ne pourrons y garder beaucoup plus longtemps notre place.

— Peut-être, dit doucement Seithenin. Mais nous la garderons encore un peu. Notre époque n'est pas finie. »

Avallach leva les yeux et sourit. « Non, sans doute pas. Et qui peut dire si la nouvelle ère ne sera pas meilleure ? »

À ce moment-là, la voix profonde d'une énorme cloche résonna par la fenêtre ouverte. Avallach et Seithenin se levèrent de table et se dirigèrent vers la porte. « L'assemblée est convoquée. J'avais espéré avoir un jour ou deux pour discuter avec les autres avant de nous retrouver au conseil, déclara Avallach.

— Les affaires qui nous attendent ne sont pas pressantes. Nous aurons sans doute le temps plus tard. Le plus important est de découvrir ce qu'a comploté Nestor. »

Avallach fit halte. « Malgré ce que j'ai dit à Belyn, au fond de mon cœur, je crains qu'il n'ait raison.

— Allons, dit Seithenin, écarte de toi ces pensées. Nous aurons besoin de toutes nos ressources pour le déjouer. »

Ils suivirent un large couloir et débouchèrent dans un grand vestibule. Au centre de celui-ci se trouvait un arbre d'or martelé aux branches duquel étaient accrochés des manteaux de pourpre royale. Quelques rois étaient déjà rassemblés autour tandis qu'un mage décrochait avec précaution les manteaux à l'aide d'un crochet d'or au bout d'un manche d'ébène.

Un autre mage plaçait un manteau de pourpre sur les épaules d'un des rois, qui en laça les attaches autour de son cou et s'éloigna. Avallach et Seithenin prirent place au pied de l'arbre et reçurent leurs manteaux. Ceux-ci étaient faits de soie ornée de riches broderies — du côté droit, de scintillants emblèmes solaires dorés, du côté gauche, des disques lunaires argentés. L'ourlet en était brodé de fil d'orichalque, de même que le col et les rubans qui permettaient de les attacher.

Après avoir revêtu son manteau, chaque roi se dirigeait vers la rotonde faisant suite au vestibule : une vaste salle circulaire garnie de niches du sol au plafond. Dans chacune se trouvait le buste d'un roi sculpté dans le marbre par un grand maître. La présence de ces images donnait l'impression que la pièce était remplie d'un public silencieux, mais attentif.

Les rois entrèrent par une porte voûtée et gagnèrent leurs sièges disposés en un vaste cercle autour de la salle. Chaque fauteuil était taillé d'une seule pièce dans un tronc de séquoia et émaillé aux couleurs du royaume qu'il représentait. Au-dessus de chacun se dressait un disque solaire dont les rayons formaient son dossier. Derrière l'anneau de fauteuils se trouvaient des gradins où le public pouvait prendre place pour assister aux débats.

Avallach s'assit et regarda s'installer les autres. Il vit que le siège situé juste en face de lui restait vide : celui de Nestor. Il jeta un coup d'œil à Seithenin et lui indiqua la place libre. Seithenin acquiesça d'un air songeur.

Quand les rois eurent pris place, les portes latérales de la rotonde furent ouvertes et le public entra. Un gong résonna dans le vestibule et tout le monde se leva pour l'entrée du Grand Roi, une canne dans la main droite et une orbe dans la gauche. La canne était faite de myrte avec un disque solaire à son extrémité ; l'orbe était une sphère de pierre de lune blanche.

L'assemblée s'inclina, les mains levées en signe solaire. Des domestiques apportèrent un trépied et un présentoir. L'orbe fut placée sur le trépied et la canne posée sur le présentoir. Le Grand Roi s'assit et un tabouret fut disposé sous ses pieds. « Que commence la première assemblée du Grand Conseil. »

Une fois le public et les rois assis, Ceremon dit : « Nous sommes réunis pour rendre justice à notre peuple. Que Bel, dans sa sagesse, inspire nos pensées. Que le Gardien des Archives appelle la première affaire. »

Un homme à l'air grave vêtu de blanc s'approcha avec un rouleau à la main. « Que Jalmac d'Azilia s'avance et présente sa doléance », annonça-t-il d'une voix qui résonna sous la voûte de la coupole.

D'une des tribunes situées derrière les rois descendit un homme revêtu de la tenue d'un simple travailleur. Il vint se placer devant le Gardien des Archives qui demanda : « Connais-tu le châtiment réservé à ceux qui font un faux témoignage devant cette assemblée ? »

Jalmac se tordit les mains et hocha vigoureusement la tête.

« Très bien, dit le Gardien qui se retira, laissant l'homme seul au centre du cercle. Relate la vérité de ton affaire en aussi peu de mots que possible.

— Je m'appelle Jalmac, dit timidement l'homme. Je viens de Lassipos où mon frère et moi sommes tanneurs et teinturiers. » Il leva les mains pour montrer ses paumes tachées de traînées brunes en attestation de ses activités. « Il y a dix mois, j'ai acheté l'échoppe voisine de la mienne sur la place du marché. Elle était la propriété d'un homme qui venait de mourir et je l'ai achetée à sa veuve. J'y ai aussitôt déménagé mes affaires.

» Le lendemain même, un homme s'est présenté et a confisqué mes biens, prétendant être propriétaire de la boutique. Il m'a montré un papier revêtu du sceau de l'homme qui venait de mourir. Il m'a dit qu'il lui avait acheté l'échoppe avant sa mort. »

La voix de Jalmac s'animait à mesure qu'il racontait son histoire. « Mais je connaissais mon voisin et je savais qu'il n'avait jamais vendu sa boutique. Quand je suis allé voir sa veuve, elle a refusé de me recevoir. J'ai donc envoyé mon frère la voir, mais quand il est arrivé, elle avait disparu. Nous pensons qu'elle a quitté la ville. »

Le tanneur écarta les mains en un geste d'impuissance. « L'homme qui prétend avoir acheté la boutique a pris tout ce que je possédais, disant que c'était son bien, étant donné qu'il est propriétaire de l'échoppe et de tout ce qu'elle contient. J'ai perdu mes biens et l'argent que j'ai versé pour la boutique. Je suis venu solliciter votre jugement et demander que justice soit faite. »

Le roi Itazais d'Azilia fut le premier à interroger l'homme. « Où est l'homme que tu accuses de ce méfait ?

— Je ne l'ai plus revu.

— Qu'est devenue cette échoppe ?

— Il l'a laissée à un marchand d'épices. »

Musæus de Mykenea prit ensuite la parole. « L'homme que tu accuses se trouve-t-il ici aujourd'hui ? »

Jalmac parcourut la salle du regard. « Je ne le vois pas.

— N'as-tu reçu aucun papier de la veuve de l'homme qui possédait la boutique ?

— Elle devait me les donner, sire, expliqua Jalmac, mais je ne les ai jamais reçus. Et après je n'ai pas pu trouver la veuve pour les lui demander.

— Combien as-tu payé pour cette échoppe et son éventaire ? demanda Itazais.

— Six mille kronari en argent.

— C'est beaucoup d'argent pour un éventaire sur le marché, non ?

— C'est un bon éventaire, sire, et une excellente boutique. Ils sont situés au coin de la place, près de l'entrée par où tout le monde doit passer.

— Je vois, répondit son roi. Quel jugement réclames-tu ?

— Je demande seulement la restitution de mes biens et des papiers attestant de ma propriété de la boutique.

— Y a-t-il d'autres questions ? » demanda le Grand Roi. Personne n'ayant d'autres questions, Ceremon dit : « Quel verdict allons-nous donc rendre ? »

Un à un, les rois rendirent leur jugement, disant : « Nous tranchons en faveur du tanneur. »

Quand ce jugement eut été rendu, Ceremon demanda : « Itazais, veilleras-tu à ce que la volonté de ce conseil soit appliquée et à ce que justice soit faite ?

— J'y veillerai, sire », répondit le roi. Il se tourna vers le tanneur. « Jalmac, une ordonnance te sera remise t'autorisant à reprendre possession de ta propriété. L'homme qui t'a porté tort et la veuve de l'ancien propriétaire — car je les soupçonne d'avoir conspirés pour te léser — seront condamnés à te verser trois mille kronari en argent quand on les retrouvera.

— Qu'il en soit ainsi », dirent les rois d'une seule voix. Jalmac, fou de joie, s'inclina profondément et quitta la salle.

Le Gardien des Archives appela l'affaire suivante, et la journée se poursuivit, les rois réunis en conseil reçevant les doléances et dispensant la justice à leur peuple jusqu'au coucher du soleil. Alors, la grande cloche résonna de nouveau. Le Grand Roi déclara la réunion ajournée jusqu'à ce que la cloche les invite à revenir prendre place.

Les rois sortirent à la file de la rotonde et leurs manteaux pourpres furent raccrochés dans l'arbre d'or. Belyn rejoignit Avallach et Seithenin à la sortie du vestibule et tous trois repartirent ensemble vers leurs chambres. « Vous avez vu… qu'est-ce que vous en pensez ?

— Je pense, répondit Seithenin, que Nestor a perdu l'esprit. Je ne peux imaginer ce qu'il va trouver comme excuse. Mais il est sûr que le Grand Roi va lui manifester sa défaveur.

— Manquer une séance du conseil confine à la trahison, dit Belyn.

— Si c'est délibéré, lui rappela Seithenin. Non ne savons pas si ce l'est.

— J'aime de moins en moins ça, dit Avallach. S'il n'est pas là demain, je pense que nous devrons parler au Grand Roi.

— Oui, acquiesça Seithenin. Attendons demain. Et si Nestor ne donne pas d'explication, j'en exigerai une au conseil. »

Belyn sourit. « D'accord. Je sais que l'absence de Nestor en a intrigué d'autres.

— Tu n'as parlé de cela à personne ? s'alarma Avallach.

— Non. Mais j'ai entendu discuter. Nous ne sommes pas les seuls à nous inquiéter à propos de Nestor.

— Alors nous avons raison de faire tout éclater au grand jour... mais demain. Ne faisons rien avant demain, dit Seithenin. À présent, je vais vous laisser, mes amis. » Il s'éloigna le long du couloir.

« Eh bien, Belyn, dit Avallach. J'ai faim. Rejoins-moi à ma table.

— Ah, j'aimerais bien, mon frère, mais j'ai promis à mon épouse de dîner ce soir avec elle.

— Dans ce cas, vas-y, et présente mes hommages à cette belle dame. J'espère que nous pourrons la voir avant la fin de notre visite.

— Tu la verras, mais nous devrions peut-être faire plus attention de ne pas être vus ensemble. »

Avallach passa un bras sur l'épaule de son frère. « Nous sommes frères, il est normal que l'on nous voit ensemble maintenant que nous sommes ici. Si les espions de Nestor nous épient, ils n'y verront rien d'inhabituel. »

Les deux hommes s'embrassèrent. « À demain, alors, dit Belyn.

— À demain, répondit Avallach. Bonne nuit. »

XII

Quand la cloche de la rotonde retentit le lendemain, les rois revêtirent leurs manteaux de pourpre et s'assemblèrent dans la chambre du conseil. Avallach vit que le siège de Nestor restait vide et il remarqua aussi que plusieurs autres rois regardaient le fauteuil vacant en fronçant les sourcils. Manifestement, l'absence de Nestor commençait à susciter la désapprobation des autres membres du conseil.

Le Grand Roi fit son entrée et, comme la veille, le conseil débuta : le Gardien des Archives s'avança pour appeler la première affaire de la journée. Mais avant qu'il n'ait pu lire le premier nom sur sa liste, un tumulte s'éleva dans le vestibule. Toutes les têtes se tournèrent vers Nestor qui franchissait à grandes enjambées la porte voûtée, son manteau pourpre flottant derrière lui, une colère terrible sur le visage : le front tel un nuage d'orage menaçant, des éclairs dans le regard. Sa longue chevelure cirée était trempée de sueur et pendait sur ses épaules en tresses humides : ses bottes et ses vêtements étaient couverts de poussière. C'était un homme mince, de frêle constitution, aux traits fins, presque délicats.

Il s'inclina devant le Grand Roi, faisant le signe solaire de ses mains jointes, puis il pivota pour prendre place sur son siège.

Un murmure de conversations emplit la pièce et les tribunes, derrière les fauteuils, frémirent d'excitation contenue. Ceremon regarda fixement le roi indiscipliné et, quand l'ordre eut été rétabli, dit : « Bienvenue, Nestor. Je suis heureux de voir que tu as daigné te joindre à nous. »

Nestor blêmit sous le sarcasme et son attitude se modifia. « Sire, répondit-il, je suis vivement conscient de la difficulté que mon absence a causée et j'en regrette profondément l'inconvénient. »

Ceremon le fixa d'un regard dur. « Tu en regrettes l'inconvénient ? C'est tout ce que tu as à dire ?
— J'implore ton indulgence.
— Je ne comprends pas.
— Sire, je ne suis pas prêt à parler de cela pour le moment. J'implore ton indulgence.
— Tu ne l'auras pas tant que je n'aurais pas obtenu une explication ! » s'exclama Ceremon.
Nestor parcourut la salle d'un regard préoccupé. « Je préfère m'en abstenir, sire.
— Misérable ! cria le Grand Roi en jaillissant de son fauteuil. Tes préférences m'indiffèrent complètement. J'exige une explication et je l'obtiendrai, ou bien je te retirerai ta couronne ! »
Nestor grimaça, comme si une blessure le faisait souffrir. Il se leva lentement et se rendit au centre du cercle. « Sire, dit-il à voix basse, j'avais espéré ne pas avoir à en arriver là. J'aurais préféré éviter une confrontation ouverte.
— Nous attendons, dit impatiemment Ceremon.
— Je parlerai donc sans détours. Il y a huit jours, je me suis embarqué pour Poséidonis. Le quatrième jour de notre voyage, nous avons été hélés par un navire en détresse près d'une obscure petite île, au large des côtes de Mykenea. » Il prit une longue inspiration et ferma les yeux, comme si le souvenir était trop douloureux pour qu'il poursuive.
« J'ai ordonné au capitaine de mon vaisseau de se dérouter pour venir en aide au navire en perdition, craignant pour la vie de ses passagers. Mais nous ne l'avions pas plus tôt accosté que nous étions immobilisés par des grappins et attaqués.
» Comme nous n'avions pas d'armes, mon équipage a été massacré sans pitié et j'ai été fait prisonnier. »
Le public poussa une exclamation.
« Continue, dit le Grand Roi. Nous écoutons.
— Je crois que leur projet était de me tuer sur le champ, mais j'ai négocié ma vie contre de l'or. Cela a entraîné une dissension entre ceux qui avaient conduit l'attaque. J'ai profité de l'occasion pour les presser de me relâcher. Mon or les a convaincus et ils m'ont abandonné à la dérive sur une barque que la marée du soir a poussée vers le rivage.
» J'ai marché pendant deux jours et je suis parvenu à un petit village où j'ai pu emprunter un cheval. J'ai chevauché pendant cinq jours et me voici. » Nestor écarta les mains pour souligner son état déplorable.

Ceremon fronça les sourcils. « Un récit fort troublant, roi Nestor. Comment interprètes-tu cet étrange événement ?

— C'était manifestement un acte de guerre, sire.

— Le mot vient bien vite à tes lèvres, fit remarquer le Grand Roi.

— Je ne connais pas d'autre mot pour qualifier un tel acte.

— Il s'agit là néanmoins d'une grave accusation, Nestor. » La voix de Ceremon était froide et unie. « Tu dois être préparé à nommer l'auteur de cet outrage. »

Nestor se tourna lentement et, d'un air profondément déchiré, leva la main et pointa son doigt. Avallach ne savait pas ce qui le choquait le plus : le doigt de Nestor qui le désignait ou la cynique impudence de cet homme.

« C'était... », murmura Nestor d'une voix rauque, comme si être forcé de nommer son agresseur lui causait une amère souffrance, « ...Avallach de Sarras.

— Menteur ! »

Le cri ne venait pas d'Avallach, mais de son voisin. Belyn était debout, les poings serrés, le visage livide. « C'est un menteur ! »

Des exclamations de surprise fusèrent de toutes parts dans les tribunes. « Silence ! » cria sévèrement Ceremon. Il prit sa canne et en frappa le sol à coups redoublés qui résonnèrent dans la salle. « Silence ! »

Quand le calme fut revenu, le Grand Roi dit : « Une très grave offense nous a été rapportée... pour laquelle le châtiment est la mort. Je ne tolérerai pas d'autre interruption. »

Son regard parcourut la salle pour venir se poser sur le roi qui se tenait devant lui. « Nestor, tu dois être conscient que le conseil ne peut accepter sans preuve une telle accusation.

— Je le comprends, sire. » Il avait l'air presque repentant.

« Bien, en as-tu une ?

— Avec ta permission. » Il claqua dans ses mains et un porteur entra dans la salle, un petit coffre dans les mains. « Après l'attaque, j'ai été emmené à bord de l'autre navire et enfermé dans la cale pendant que les meurtriers discutaient de mon sort. J'ai cherché quelque chose qui puisse prouver mes dires si je parvenais à m'échapper. J'avais presque perdu tout espoir, quand j'ai trouvé ceci... »

Il ouvrit le coffre et en sortit un morceau d'étoffe qu'il déplia pour révéler un fragment d'étendard. Même sans le blason royal, les couleurs jaune et verte en étaient immédiatement reconnaissables : celles de Sarras.

« À ceci, j'ai su que j'avais été attaqué sur l'ordre d'Avallach », dit Nestor d'une voix sonore où perçait une note de triomphe. Il prit le tissu et le tendit au Grand Roi, qui y jeta un coup d'œil et le passa au roi voisin pour qu'il l'examine.

« C'est là une grave accusation, Nestor », déclara le Grand Roi. Son regard vint se poser sur Avallach. « Qu'as-tu à répondre à cela, Avallach ?

— Rien du tout, rétorqua Avallach d'un ton égal. Je n'ai jamais trouvé poli de commenter les délires d'un insensé ni profitable d'engager la polémique avec les fous. »

Il y eut des gloussements dans la salle. Certains, dans les tribunes, éclatèrent de rire et la tension retomba dans la rotonde. Il était évident pour tout le monde qu'Avallach n'allait pas se laisser entraîner à accorder l'honneur d'un démenti à l'accusation absurde de Nestor.

« Toutes mes sympathies, Avallach, répondit le Grand Roi qui eut lui aussi l'air soulagé. Pourtant Nestor a porté une très grave accusation. N'as-tu rien à répondre ?

— Oh, c'était un récit fort amusant, sire… en particulier le passage où il a été question de faire le chemin de la côte mykénienne à Poséidonis en cinq jours. Un véritable exploit équestre, ma foi. Il faut que je m'en souvienne pour le raconter à mes enfants. »

Nestor le regarda d'un air furibond et ouvrit la bouche pour lui répondre, mais le Grand Roi leva la main.

« Et cet étendard ? demanda Ceremon. Il a produit un morceau de ton étendard royal.

— Vraiment ? demanda Avallach d'un ton détaché. Je ne vois qu'un bout de tissu jaune et vert dépourvu de tout blason.

— C'était son étendard ! s'exclama rageusement Nestor. Je le jure devant les dieux.

— Demandons son avis au conseil, dit le Grand Roi.

— Sire, commença Musæus de Mykenea, en dehors de l'étendard, qui paraît authentique, j'incline moi aussi à douter de certains détails du récit de Nestor. » Tous marquèrent leur accord.

« Parle librement, ordonna Ceremon.

— Comme Avallach l'a déjà fait remarquer, il serait fort difficile de rejoindre Poséidonis depuis la côte en à peine cinq jours… même en chevauchant jour et nuit. Et puis il y a la question de l'attaque elle-même… devons-nous supposer qu'un des nôtres lancerait une attaque aussi injustifiée contre un autre roi sans provocation ?

— C'est exactement le point que je voulais souligner, dit un autre roi.

— Oui, Hugaderan ?

— Sire, il me semble qu'une telle attaque, en raison de la surprise, serait couronnée de succès. Et si elle devait échouer — comme cela a manifestement été le cas, à cause de la couardise de ceux qui l'ont menée — on n'y croirait guère. N'est-ce pas exactement la situation devant laquelle nous sommes placés ?

— Comme tu dis, répondit le Grand Roi, je suis enclin à me demander ce que nous avons exactement devant nous. » Il écarta d'un geste les commentaires. « Personne n'a-t-il plus rien à ajouter ? Non ? Dans ce cas, j'invoque le privilège du Grand Roi et propose de régler en personne la question… si les intéressés sont d'accord.

— Comme tu voudras, sire, dit Avallach.

— D'accord, dit Nestor entre ses dents.

— Reprends donc ta place, Nestor », ordonna Ceremon. Le roi fit une brève courbette, regarda Avallach d'un air furibond et se rassit. « À présent, reprenons la séance. Que le Gardien des Archives appelle la première affaire. »

Le conseil rendit la justice jusqu'à ce que sonne la cloche, mettant fin à la séance du jour. Tandis que les rois allaient sortir de la chambre du conseil, Ceremon appela Nestor et Avallach. « Je vous attends tous les deux à dîner ce soir dans mes appartements. Un huissier viendra vous chercher. »

Avallach rejoignit son frère et Seithenin, qui l'attendaient dans le couloir. Quand ils furent seuls, Seithenin dit : « Bien joué, Avallach. J'admire ton aplomb. Je doute d'avoir pu me comporter moi-même de cette façon.

— C'était une inspiration du moment, je t'assure. Si nous n'avions pas déjà soupçonné une chose de ce genre, j'aurais réagi tout à fait autrement », répondit Avallach. Se tournant vers Belyn, il dit : « As-tu les documents que tu as pris aux espions de Nestor ?

— Bien sûr. Ils sont enfermés en sûreté.

— Apporte-les moi. Je pourrais en avoir besoin au cours de mon dîner avec le Grand Roi. »

Le repas dans la chambre du Grand Roi fut un exercice de haute diplomatie au cours duquel Ceremon parvint tout juste à maintenir un semblant de paix entre les deux rois. Avallach paraissait enclin à la civilité, alors que Nestor gardait un silence renfrogné que venaient uniquement rompre d'âpres ricanements répondant aux remarques occasionnelles d'Avallach.

Quand le dîner fut enfin terminé et que tous trois s'étendirent devant des coupes de liqueur d'amande douce, le Grand Roi dit : « J'espérais que nous pourrions trouver un compromis au sujet de ce malheureux incident qui nous a été rapporté ce matin au conseil.

— Un compromis, sire ? demanda Nestor d'un air outré. J'aurais attendu des excuses... non que je sois prêt à les accepter.

— Ne parlons pas d'excuses, Nestor, rétorqua Avallach, à moins que ce ne soit pour tes calomnies contre mon nom et mon honneur.

— Tu m'accuses de calomnie !

— Plus que ça, je t'accuse de mensonge, répondit Avallach en buvant sa liqueur.

— S'il vous plaît ! les interrompit Ceremon. Le compromis auquel j'avais espéré parvenir est celui-ci : que Nestor retire sa plainte et qu'Avallach oublie la blessure infligée à son honneur. »

Les deux hommes se hérissèrent, mais Nestor parla le premier. « Sa blessure ! Et la mienne ? J'ai perdu un navire, son équipage et j'ai grandement souffert de l'épuisement.

— Vraiment, Nestor ? » Ceremon le regarda sans ciller. « En la circonstance, il n'y a pas de preuve convaincante de tes affirmations. »

Nestor brandit un doigt devant le visage d'Avallach. « Pas de preuve ! Il...

— Pas de preuve, insista Ceremon en s'empourprant. Par les dieux du ciel et de la terre ! Tu n'as pas de preuve. Tu ne peux pas arriver au conseil avec un conte aussi transparent et t'attendre à ce que nous tombions sous le charme de tes paroles. En vérité, il n'y a aucune raison de te croire, Nestor. »

Les rois se dévisagèrent. « J'implore l'indulgence d'Avallach, dit le Grand Roi, car je sens que sa blessure est la plus forte. »

Nestor blêmit. Ses mains agrippèrent le bord de la table basse comme s'il voulait la renverser.

Ceremon se tourna vers Avallach. « Qu'en dis-tu, Avallach ? Il se fait tard et nous devons trouver un compromis.

— Très bien, dit lentement Avallach. Pour l'amour de l'harmonie entre nos royaumes, j'accepterai ce compromis et je ne chercherai pas réparation pour cette insulte.

— Alors ? » Le Grand Roi se tourna vers Nestor.

« Puisque vous conspirez tous les deux contre moi, je n'ai d'autre ressource que de me soumettre. Soit. »

Nestor se leva lentement et lança un regard meurtrier à Avallach, puis il tourna les talons et sortit.

Quand il fut parti, Ceremon resservit de la liqueur dans les petites coupes de cristal. « C'est un esprit retors, Avallach. Mais maintenant que c'est réglé, n'y pensons plus.

— J'espère seulement que c'est vraiment réglé, sire.

— As-tu une idée de la raison pour laquelle il a choisi de t'accuser ?

— Pas la moindre. Cette histoire est pour moi un mystère… aussi obscur, dirais-je, que les raisons qui se cachent derrière ceci. » Il fouilla dans la bourse qu'il portait à la ceinture et en sortit les documents confisqués par Belyn aux espions de Nestor.

« Qu'est-ce que c'est ?

— Ceci a été trouvé sur deux Ogygiens surpris dans les chantiers navals de Belyn. Ils se faisaient passer pour des marchands aziliens. Mais, comme le montrent ces papiers, ils s'intéressaient à bien autre chose qu'à affréter un navire. »

Ceremon feuilleta les papiers en fronçant les sourcils. « Oui, je vois ce que tu veux dire : entrepôts de grains… nombre de portes de la ville… profondeur du port… réserves d'eau douce…

« Cela fait penser… » — il leva les yeux, l'air soucieux — « …à un projet d'invasion.

— Exactement ce que nous nous sommes dit.

— Qui d'autre est au courant ?

— Juste Belyn et moi. » Avallach hésita avant d'ajouter : « Et Seithenin.

— Il ne faut en parler à personne d'autre. En fait, vous allez oublier complètement l'incident.

— Oublier, sire ? Mais ceci » — il montra la liasse de papiers — « à la lumière du comportement déplorable de Nestor au conseil…

— Je m'en occuperai à ma façon, Avallach. Laisse-moi faire. »

Avallach dévisagea un moment le Grand Roi. « Comme tu voudras. » Il vida sa coupe et se leva. « Si tu veux bien m'excuser, la journée a été longue et je désire me retirer.

— Oui, bien sûr », répondit aimablement Ceremon. Il se leva de sa couchette et accompagna Avallach jusqu'à la porte. « Nous avons tous eu une journée éprouvante. Dormir nous fera du bien.

— Bonne nuit », dit Avallach. Il se tourna et passa la porte.

Le Grand Roi tendit la main pour l'arrêter. « Je t'en prie, aussi difficile cela puisse-t-il être, oublie cet incident. Et ne provoque pas Nestor. En fait, tiens-toi bien à l'écart de lui.

— Ce ne sera pas difficile. Je ne veux plus rien avoir à faire avec lui, maintenant ou à l'avenir.

— Je découvrirai ce qui se cache derrière tout cela, Avallach. Fais-moi confiance.

— Comme tu voudras. Je remets l'affaire entre tes mains. »

XIII

La nouvelle de l'époustouflante prouesse d'Elphin contre les voleurs de bétail se répandit rapidement dans les six cantrefs. Ses cousins le saluaient respectueusement quand ils le rencontraient et discutaient inlassablement entre eux du mystérieux changement survenu chez le fils du roi.

Il était hardi, disaient-ils, et courageux. L'âme d'un héros antique — peut-être celui-là même dont il portait maintenant le torque — l'habitait. Le lourd Cuall, jusque-là un des pires détracteurs d'Elphin, devint du jour au lendemain son meilleur avocat.

Elphin appréciait les éloges et le tout nouveau respect que lui témoignait le clan, mais il n'en faisait pas trop grand cas, préférant minimiser son rôle dans la remarquable série d'événements qui paraissaient s'attacher à ses pas depuis sa découverte du bébé dans le combre. Et Hafgan, qui avait prophétisé ce changement, semblait considérer le jeune homme sous un jour différent. Les membres du clan les voyaient souvent discuter ensemble et s'interrogeaient sur les intentions du druide.

Ce n'était cependant pas sur Elphin que se portait principalement l'intérêt de ce dernier, mais sur l'enfant, Taliesin.

« Il est temps de commencer à songer à l'avenir », dit Hafgan quelques jours après l'échec du raid des pillards. Ils étaient tous deux assis au soleil devant la maison d'Elphin. Les volontaires ne manquaient pas et le travail progressait rapidement : des poteaux avaient été coupés, équarris et plantés autour du périmètre de l'excavation, puis reliés par des poutres et des chevrons. Des murs de rondins avaient été mis en place et les interstices remplis d'argile. Bientôt le toit serait recouvert de chaume. « Ce qui s'est passé l'autre nuit a levé les derniers doutes que les gens avaient pu nourrir jusqu'ici à ton égard. Ils parleront et ton ombre s'étendra de plus en plus grande sur le pays. En fait, j'y veillerai : j'ai l'intention de composer une chanson à ce sujet. Ton exploit restera dans les mémoires, Elphin, et ce n'est que le premier parmi bien d'autres.

— Tu me flattes, Hafgan, répondit Elphin. Je ne sais moi-même qu'en penser. Je me sens toujours le même qu'avant, et pourtant je ne puis nier que la chose ait eu lieu. Penses-tu qu'il y ait quelque chose de vrai dans ce que disent les gens ? »

Hafgan le dévisagea longuement. « Il serait sage de ne pas laisser ta tête enfler d'un faux orgueil. Accepte ce qui t'arrive, oui, accepte même les éloges. Mais ne t'en glorifie pas trop, car c'est là la mort des rois.

— Mais tu viens de dire que tu allais composer une chanson en mon honneur...

— Et je le ferai. Mais je veux que tu saches que c'est plus une question de nécessité, dirais-je, que de désir d'accroître ta renommée parmi les hommes. »

Elphin regarda le druide sans comprendre. « Je ne te suis pas, Hafgan.

— Le temps arrive où la tribu aura besoin d'un chef respecté. Tu seras ce chef. Tu seras roi après ton père.

— C'est loin d'être sûr », protesta Elphin.

Hafgan tendit la main pour tapoter du doigt le torque d'or d'Elphin. « Lleu en personne l'a proclamé. Mais nous devons voir plus loin que cela.

— Plus loin ? De quoi parles-tu ?

— De l'enfant. Taliesin.

— Comment cela ?

— Il sera barde.

— C'est ce que tu as déjà dit.

— Un barde doit être éduqué. »

Elphin dévisagea le druide comme s'il avait perdu l'esprit. « Ce n'est qu'un bébé ! »

Hafgan ferma les yeux. « J'en suis conscient. Il doit commencer son éducation quand le moment sera venu, et celui-ci viendra bientôt.

— Je ne vois toujours pas ce que tu attends de moi.

— Ta parole que tu me donneras l'enfant... le moment venu. »

Elphin hésita. « Où l'emmèneras-tu ?

— Il ne sera pas besoin de l'emmener où que ce soit. Il restera à Caer Dyvi la plupart du temps. En fait, il peut rester chez toi si tu le désires. Mais il faut me confier son éducation.

— C'est important ? »

Le druide le regarda dans les yeux. « D'une importance vitale.

— Très bien, je suis d'accord. J'en parlerai aussi à Rhonwyn. Elle ne peut y voir d'objection… sinon qu'elle pourrait en venir un jour à envisager qu'il devienne roi et que cela lui plaise davantage. »

Hafgan se leva lentement. « Dis-lui ceci : Taliesin pourrait bien être roi un jour, mais il sera barde d'abord et avant tout. Et c'est ainsi que l'on se souviendra de lui… comme du plus grand barde qui ait jamais vécu. »

Elphin réfléchit un moment, avant de dire : « Tu peux avoir mon fils, Hafgan. Tu as ma parole, car je vois que tu ne fais pas cela pour toi-même, mais pour les autres.

— Bien parlé, seigneur Elphin », répondit le druide.

À cet instant leur parvint le bruit de coups de marteau. Elphin regarda vers sa maison où Cuall, après avoir préparé les têtes des deux pillards morts en les trempant dans de la poix, les clouait maintenant aux montants de la porte de sa maison en voie d'achèvement. « C'est la maison d'un guerrier, dit-il en reculant pour admirer son œuvre. Maintenant tout le monde le saura.

— La maison d'un guerrier, murmura Elphin en secouant la tête. C'est la chance et non ma valeur au combat qui m'a permis d'abattre ces deux-là.

— Ne raille pas la foi des âmes simples, répondit Hafgan. La chance au combat est une force, car les hommes suivent ce en quoi ils croient. » Il s'interrompit et désigna Cuall. « Je parlais de l'avenir. Voici le tien.

— Cuall ?

— Et les hommes dans son genre. Un chef de guerre doit avoir une troupe armée.

— Une troupe armée ! Hafgan, nous n'entretenons plus d'armée depuis que mon grand-père était enfant. Avec la garnison de Caer Seiont, il n'en est plus besoin.

— Les temps changent, Elphin. Les besoins changent.

— Comment lèverais-je une armée ? »

Son manque de perspicacité fit froncer les sourcils à Hafgan. « Tu as six cantrefs, mon garçon ! À quoi bon être roi, si tu ne peux lever une armée respectable en disposant de six cantrefs ?

— Mais je ne suis pas le roi. C'est mon père.

— Plus pour longtemps. Et quand j'aurai terminé ta chanson, les hommes viendront à toi offrir leurs armes et leurs vies. Tu auras ton armée.

— Et toi, Hafgan, qu'auras-tu ?

— Un nom.
— Un nom… rien d'autre ?
— Il n'y a rien d'autre. »
Le druide tourna le dos et s'éloigna. Elphin le regarda partir, puis il alla inspecter sa maison. Cuall traînait aux alentours et Elphin se rendit compte, non sans surprise, que l'homme attendait un signe de sa part. Il s'arrêta et examina les têtes clouées aux montants de sa porte, puis il tourna les yeux vers Cuall.
« Je suis honoré de ta prévenance, dit-il, et il vit un sourire immense illuminer, tel un soleil levant, le visage buriné de Cuall.
— Un homme doit jouir d'une renommée parmi les siens.
— Tu t'es toi-même assez souvent taillé la part du héros, Cuall. Et j'ai entendu louer ton nom autour de la table du festin plus de fois que je n'en puis compter. »
Elphin fut stupéfait de l'impact de ses paroles. Le massif Cuall sourit niaisement et ses joues s'empourprèrent comme celles d'une jeune fille dont les maladroites amourettes ont été découvertes.
« Je combattrai à tes côtés quand tu le voudras, déclara Cuall.
— Je vais lever une troupe armée, Cuall. J'aurai besoin de ton aide.
— Ma vie t'appartient, seigneur. » Cuall toucha son front du dos de la main.
« J'accepte tes services », répondit Elphin avec le plus grand sérieux. Les deux hommes se regardèrent et Cuall s'avança pour embrasser Elphin d'une vigoureuse étreinte. Puis, soudain embarrassé, il tourna les talons et s'éloigna rapidement.
« Tu feras un bon roi. »
Elphin se tourna pour voir Rhonwyn qui l'observait dans l'encadrement de la porte. « Tu as vu ? »
Elle hocha la tête. « J'ai vu un futur seigneur se gagner un soutien. Plus que ça, j'ai vu un homme oublier les offenses du passé et se réconcilier avec un ancien ennemi pour l'élever au rang d'ami, sans rancœur ni arrière-pensée.
— Il n'est pas dans mon caractère de le blesser. De plus, c'est le meilleur guerrier du clan. J'aurai besoin de son aide.
— Et c'est pour cela que tu seras un bon roi. Les gens mesquins n'hésitent pas à rendre offense pour offense.
— Toute cette histoire de rois et d'armées… » Il secoua la tête, déconcerté. « Je n'aurais jamais rêvé… »
Rhonwyn s'approcha et lui caressa la joue. « Des rêves, Elphin, qui parle de rêves ? Réveille-toi et regarde autour de toi. Ceci est-il un rêve ? » Elle toucha le torque d'or. « En suis-je un ?

— Tu l'es, répondit Elphin et, riant, il la prit par la taille. Aucun homme n'a jamais eu aussi belle femme. »

Des pleurs de bébé s'élevèrent dans la maison. Rhonwyn se dégagea de son étreinte et disparut à l'intérieur pour revenir un instant plus tard, Taliesin dans les bras. « Tu vois ton père, petit ? » Elle leva l'enfant à hauteur du visage de son mari. Elphin avança un doigt et chatouilla le bébé sous le menton pour le faire sourire.

Les yeux de Taliesin se fixèrent sur l'or cerclant le cou de son père. Il tendit une petite main et empoigna la tête d'ours à l'extrémité du torque étincelant d'Elphin. « Il est trop grand pour toi pour le moment, dit Elphin. Mais ne crains rien, un jour tu pourras le porter.

— Comme il est beau, murmura Rhonwyn, les yeux illuminés d'amour pour l'enfant. Et la façon qu'il a de me regarder, parfois... si réfléchie, comme s'il savait à quoi je pense. Ou comme s'il voulait me parler. Je crois qu'il essaie de me dire quelque chose.

— Hafgan croit aussi qu'il est sous un charme. » Elphin prit la petite main dans la sienne. « J'ai accepté de lui confier l'éducation du garçon. Taliesin restera chez nous, mais Hafgan sera chargé de l'instruire. Rends-toi compte, un roi et un barde sous le même toit ! »

Le tribun de la garnison romaine de Caer Seiont se présenta quelques jours plus tard à Caer Dyvi pour parler à Gwyddno Garanhir. Il portait un plastron de cuir bien usagé et un glaive, la courte épée des légionnaires, pendait à son baudrier. Sinon, il chevauchait sans autre protection. Ce n'était pas un individu de grande taille, mais son autorité naturelle lui conférait de la stature. Son regard était vif et ses manières décidées ; il n'était pas homme à donner deux fois un ordre. Pourtant, des années de commandement dans les avant-postes les plus éloignés, presque oubliés, de l'Empire avaient émoussé la rigueur militaire acquise dans l'armée de César. Il était accompagné d'un jeune homme à la chevelure noire bouclée et aux yeux avides sous d'épais sourcils noirs.

Ils arrivèrent du nord par l'étroit sentier longeant la mer, firent le tour du caer et se dirigèrent vers la porte du village, où ils attendirent que quelqu'un remarque leur présence. « Le tribun Avitus de la Legio Viginti Valeria désire rencontrer le seigneur Gwyddno », cria l'officier au premier visage qui se montra.

La porte s'ouvrit et les soldats se dirigèrent droit vers la demeure de Gwyddno, puis ils attendirent que celui-ci paraisse. « Salut, seigneur Gwyddno ! » cria Avitus en descendant de cheval. Il fit signe à son compagnon, qui mit aussi pied à terre.

Gwyddno fit un geste et deux hommes vinrent s'occuper des chevaux. « Vous avez fait un long voyage, dit Gwyddno, beaucoup plus aimablement qu'il n'en aurait eu envie. Entrez vous rafraîchir.

— Sois remercié pour ton hospitalité », répondit le tribun.

Tous trois entrèrent dans la maison et Medhir s'activa, posant des coupes devant chacun, ainsi que des corbeilles de pain et de fruits. Après s'être souhaité bonne santé et avoir versé une libation aux dieux, ils burent et les coupes furent à nouveau remplies. Le jeune homme eut un geste pour reprendre la sienne, mais son supérieur fronça les sourcils et il retira sa main.

« Ta présence nous honore, dit Gwyddno.

— Cela fait longtemps que nous ne nous sommes vus, seigneur Gwyddno… commença Avitus.

— J'ai payé mes impôts ! » protesta vivement Gwyddno.

Le tribun leva les mains en signe d'apaisement. « Je t'en prie, je ne pensais pas aux impôts, expliqua Avitus. À vrai dire, j'aimerais que davantage de seigneurs paient aussi rapidement. Ce serait une bénédiction. Non, je voulais simplement dire que cela fait un certain temps que je n'ai pas goûté au plaisir de ta compagnie.

— Est-ce là ce qui t'amène aujourd'hui ? Ma compagnie ?

— Père ! » La voix qui venait de la porte était à la fois joviale et légèrement chargée de reproche. Les hommes se tournèrent vers Elphin qui s'approcha de la table. « On m'a annoncé que nous avions d'importants visiteurs.

— Oui, confirma Gwyddno, moins promptement qu'il l'aurait pu.

— Prince Elphin. » Le tribun le salua d'une inclinaison de la tête. « Je suis heureux de te saluer. Permets-moi de te présenter le centurion Maximus, qui vient d'être affecté à la Vingtième.

— Bienvenue, centurion Maximus », dit Elphin en prenant place à la table.

Les soldats échangèrent des regards perplexes. Gwyddno s'en aperçut et dit : « Mon fils va se joindre à nous. Il s'intéresse activement à mes affaires depuis quelque temps.

— Je vois, dit Avitus. On ne peut que t'approuver, prince Elphin. Ton père est un homme fort respecté.

— Ils sont venus chercher ma compagnie, proposa Gwyddno en guise d'explication.

— Et ton aide, ajouta le tribun. Je ne te dissimulerai pas les véritables raisons de ma visite. Nous avons besoin de ton aide.

— Mon aide ! grogna Gwyddno. Mes impôts ne leur suffisent plus, ils veulent aussi mon aide.

— Tu sais, dit doucement Avitus, je suis né en Gwynedd, ainsi que mon père. Ma mère et ma grand-mère sont Bretonnes, de même que ma femme. Je suis presque aussi Breton que toi, seigneur Gwyddno. Et nous sommes tous deux citoyens du même empire. »

Gwyddno grogna à nouveau, mais il ne dit rien. Le tribun poursuivit : « Les hommes de ma famille sont soldats, nous servons loyalement l'Empire depuis des générations. Nous possédons une petite ferme en Arfon. Et quand mon temps dans la légion sera terminé, j'y vivrai en voisin.

— Je comprends ce que tu veux dire, dit Elphin. T'aider est comme aider un parent.

— C'est vous aider vous-mêmes, intervint Maximus.

— Ah ? Je suppose que c'est ma propre main dans ma bourse, et non celle de l'Empereur, à l'époque des impôts ?

— Sans l'armée de l'Empereur sur les routes, ce sont les mains des Cruithne que tu trouverais dans ta bourse, et leurs couteaux sur ta gorge, vieux…

— Il suffit, Maximus ! » Avitus lança un regard noir à son subordonné. « Veuillez excuser le centurion, il est nouveau dans cette province et il a du mal à s'adapter aux façons du pays. »

Gwyddno se renfrogna et détourna la tête. Elphin ignora les mauvaises manières de son père. « En quoi pouvons-nous t'aider, tribun ? »

Avitus se pencha en avant. « Je n'ai pas besoin de te dire que les Cruithne deviennent de plus en plus audacieux et s'aventurent un peu plus au sud et à l'intérieur des terres chaque année. Cet été, nous nous attendons à les voir venir jusqu'en Gwynedd, peut-être jusqu'à la Dyvi.

— Et il n'y a pas que les Cruithne… mais aussi les Picti, les Attacotti, les Scotti et les Saecsens. Tous ces sauvages ne tiennent pas en place, ces temps-ci. On dirait qu'il en sort de la moindre fissure des rochers.

— Qu'ils y viennent, dit Gwyddno. Nous sommes prêts.

— Je n'en doute pas, répondit patiemment Avitus. Mais ce n'est pas le cas des villages de la côtes et des vallées. Ils ne sont pas fortifiés.

— Que pouvons-nous faire ? demanda Elphin.

— Le gouverneur Flavien a proposé d'envoyer une cohorte patrouiller au nord du Mur cette année. Segontium a reçu l'ordre de fournir un appoint à Deva et Eboracum. Le gouverneur pense que si nous faisons sentir notre présence, nous pouvons les dissuader de descendre… peut-être même faire cesser complètement leurs incursions. Je vous demande de fournir des provisions pour les forces d'appoint. »

Avant que Gwyddno n'ait pu répondre, Elphin dit : « Tu as notre accord. »

Avitus et Maximus échangèrent un coup d'œil. Avitus était incapable de dissimuler son sourire.

« Et tout ce dont vous pourrez avoir besoin. Je crois que vous avez demandé des hommes à Killydd.

— Oui. Il nous a donné des chevaux… qui sont les bienvenus, assurément, mais nous avons aussi besoin d'hommes.

— L'Empereur n'a-t-il pas assez d'hommes ? demanda insidieusement Gwyddno.

— Des guerres en d'autres contrées nous privent de nos forces. Aucune des légions n'est au complet.

— Vous aurez aussi des hommes », dit Elphin d'un ton décidé. Son père le regarda, mais il ne le contredit pas.

« Prince Elphin, ta générosité fait plaisir. » Avitus se rassit et s'accorda une gorgée de sa coupe.

« Ma générosité a un prix, tribun Avitus.

— Oui ? » Avitus se redressa, sur ses gardes.

« Je te donne les hommes et les provisions dont ils auront besoin, mais je veux qu'on les entraîne et qu'on me les rende quand vous en aurez fini.

— Nous le ferons avec joie, répondit Avitus. Mais puis-je te demander les raisons de cette requête ?

— J'ai l'intention de constituer une troupe de guerriers.

— Je vois. » Les implications apparurent aussitôt d'elles-mêmes au tribun. « Une troupe entraînée à la romaine serait très efficace.

— Tu n'approuves pas ?

— Officiellement ? Non. Mais je comprends et je ne t'en empêcherai pas. Il faut reconnaître que Rome éprouve certaines difficultés à protéger tous ses sujets. Vous êtes à une demi-journée de cheval de la plus proche garnison… une troupe bien entraînée vous offrirait ce que nous ne pouvons fournir.

— Une troupe de guerriers ? » s'étonna Gwyddno. Il hocha lentement la tête, les yeux plissés, comme s'il voyait son fils sous un jour inattendu.

« De combien d'hommes avez-vous besoin ?

— D'autant que tu pourras te le permettre.

— Une centurie, dit Maximus.

— Cent ? » Elphin fit un rapide calcul. « D'accord, cent. Et je serai du nombre.

— Prince Elphin, il n'est pas nécessaire…

— Non, il le faut. Vois-tu, je veux apprendre à commander. J'irai avec mes hommes.

— Soit ! » Le tribun Avitus frappa du poing sur la table et sourit. Il leva sa coupe. « Mort aux ennemis de Rome ! »

Ils burent et se levèrent pour partir. « Viens nous rejoindre dès que tu auras levé tes hommes. Le plus tôt sera le mieux. Cela nous donnera plus de temps pour les entraîner.

— Nous vous rejoindrons avant la prochaine lune, promit Elphin.

— À bientôt, donc, prince. » Avitus salua, Maximus fit de même et ils sortirent de la maison.

Elphin et son père les suivirent pour les voir s'éloigner. Quand ils furent partis, Gwyddno se tourna vers son fils. « Tu ne m'as jamais parlé de lever une troupe armée.

— Je n'en ai pas eu le temps. Mais si tu es inquiet pour…

— Non. C'est un bon plan. Je me charge des provisions. » Il sourit soudain. « Mais tu *seras* roi, mon fils, et chef de guerre. Tout comme les seigneurs d'antan. » Les yeux de Gwyddno brillèrent à cette perspective. « Samhain venu, il n'y aura personne pour contester ton droit à la royauté. »

XIV

Charis se leva tôt et s'habilla rapidement. Elle choisit une poire mûre dans une coupe et sortit sur le balcon pour profiter du jardin. Alors qu'elle croquait la chair tendre et sucrée, elle vit quelqu'un se promener le long d'une allée bordée de vignes vierges. C'était Annubi, tête baissée, le pas traînant, les bras curieusement ballants.

Posant sa poire à peine entamée en équilibre sur la balustrade, elle descendit les marches d'un pas léger et s'élança sur ses pas, le suivant pendant un moment. Mais le devin était si totalement absorbé dans ses pensées qu'il ne la remarqua pas. Charis se lassa bientôt d'être ignorée et elle vint à sa hauteur. « Où étais-tu, Annubi ? Je ne t'ai pas vu depuis notre arrivée. »

Il tourna la tête et dit d'un ton caustique : « Tu es donc réveillée. Il est déjà midi ?

— Qui pourrait dormir ? Aujourd'hui, c'est le Festival des Rois. Je ne veux rien en manquer.

— Même si tu le voulais, tu n'y échapperais pas. » Il reporta son attention sur le sentier, devant lui.

« Tu devrais cesser de boire ton horrible vin grec, lui dit-elle. Tu deviens aussi aigre que lui. »

S'il l'avait entendue, il n'en montra aucun signe. « J'ai discuté avec les mages… ah !… c'est pire que de se chamailler avec des lézards venimeux à l'esprit borné. »

Charis rit. « C'est là que tu as passé tout ton temps ? Avec les mages ? Qu'ont-ils dit pour te contrarier ainsi ?

— Ils jacassent et ils bavent en se reniflant mutuellement les aisselles, puis ils prétendent savoir ce qu'ils font. Ils crèvent les pustules qui couvrent leur cuir infâme et ils arborent leur insupportable sourire ignorant… et ces mensonges, Charis, ces mensonges ! Le mensonge suinte de leurs bouches comme le pus d'une blessure infectée.

— Autrement dit, ils refusent de dire ce que tu veux entendre…

— Ils déshonorent leur fonction sacrée de leur seule présence. Ils piaillent et ils gémissent en roulant des yeux au moindre soupçon de véritable pensée. Bah ! J'en ai terminé avec eux.

— Si ce sont des lézards, comme tu dis, pourquoi te soucies-tu de ce qu'ils disent ou pensent ? Pourquoi s'occuper d'eux ? »

Annubi pinça les lèvres. Il s'apprêtait à parler, mais il se ravisa.

« Là, tu vois ? Tu es simplement fatigué et en colère. Rentre au palais manger quelque chose. Tu te sentiras mieux. »

Annubi la regarda — sa chevelure scintillant comme de l'or blanc au soleil matinal, ses yeux brillants pleins de vie, ses membres déliés brunis par les heures passées au soleil — et il hocha la tête. « Puisses-tu ne jamais manquer de lumière, ma belle », lui dit-il.

Ils se promenèrent encore quelques instants en silence, puis ils regagnèrent les appartements royaux où la table avait été dressée. Charis prit place et se servit de figues et de galettes de pain frais. Annubi s'attarda sur le seuil, regardant la table et ceux qui étaient assis autour. Briseis le vit et se leva. Une question muette passa entre eux, à laquelle le devin répondit d'un léger signe de dénégation. Briseis hocha simplement la tête. « Viens, Annubi. Mange quelque chose, dit-elle doucement. Le roi est déjà sorti avec Kian. Mais nous avons le temps. Prends place avec nous. »

Annubi s'avança d'un pas hésitant et se laissa tomber sur une chaise. Un plat de dattes, de fruits et de fromage blanc lui fut présenté par un domestique. Il regarda le plat et secoua la tête. Le domestique s'éloigna.

« Annubi est allé voir les mages, annonça Charis. Il dit qu'ils se comportent comme des lézards venimeux.

— Des lézards ! s'esclaffa Maildun.

— Raconte-nous, qu'ont-ils dit ? demanda Eoinn.

— Oui, raconte ! dit Guistan.

— Laissez Annubi tranquille, les tança Briseis. Il a travaillé très dur et il est fatigué.

— T'ont-ils montré de leurs secrets ? demanda Maildun.

— T'ont-ils prédit l'avenir ? ajouta Eoinn.

— Dis-nous ! » réclama Guistan.

Annubi dévisagea d'un air maussade son public impatient et marmonna : « Les mages m'ont dit que la curiosité débridée mènerait à leur perte trois jeunes princes de Sarras.

— Ils n'auraient jamais dit ça ! protesta Maildun.

— Menteur ! s'exclama Guistan.

— Les garçons ! s'écria Briseis. Ça suffit. Vous pouvez quitter la table. »

Les princes sautèrent de leurs chaises et sortirent bruyamment de la pièce. Briseis soupira doucement. « Je suis désolée, Annubi. On dirait qu'ils sont chaque jour plus impolis. »

Annubi avait l'air contrarié, mais il haussa les épaules et dit : « Ils sont jeunes et la vie n'a pas de limites. Rien n'est impossible. Le monde et tout ce qu'il renferme leur appartient. Laisse-les... laisse-les.

— J'ai du mal à imaginer que j'ai jamais pu être comme eux, répondit Briseis. Et pourtant, je suppose que je l'étais.

— Oui, tu l'étais... Nous l'étions tous... jadis. Cela passe », déclara Annubi, et il ajouta : « Rien ne dure à jamais. »

Charis vit les soucis qui creusaient le visage du devin et elle se rendit compte que cela faisait longtemps qu'elle ne l'avait pas vu sourire. Elle tourna les yeux vers sa mère et une image lui traversa l'esprit : la reine et le devin, debout côte à côte sous la colonnade, la main de sa mère sur la manche de celui-ci et l'expression étrange, tendue, qu'elle avait eue en s'éloignant. C'était la même expression qu'elle arborait maintenant.

« Non, rien ne dure à jamais » acquiesça Briseis en redressant les épaules. Elle leva la tête avec un pâle sourire, les yeux brillants.

Annubi se remit lentement debout. « Je suis imprégné de l'odeur du sang et de l'encens. Il faut que j'aille prendre un bain et me changer, dit-il.

— Repose-toi, Annubi. Viens nous rejoindre plus tard si tu le désires. »

Il s'immobilisa, puis accepta. « D'accord, je vous rejoindrai au temple. »

Le conseiller du roi marcha jusqu'à la porte, s'arrêta et se retourna. « Ce n'est pas sûr. » Il éclata d'un rire amer. « Rien n'est jamais sûr. J'aurai au moins appris cela.

— Va, repose-toi. Nous reparlerons plus tard. Oh, Annubi ? » Il la regarda de ses yeux las. « Merci », dit-elle simplement.

Le devin inclina la tête et fit le signe solaire. « Les prodiges sont souvent de faux messagers, répondit-il. Puisse-t-il en être de même aujourd'hui. »

Charis trouva cet échange de paroles extrêmement bizarre. Quand Annubi fut parti, elle demanda : « Mère, qu'est-ce qu'il y a ? Que se passe-t-il ? »

La reine ne répondit pas, se contentant d'écarter les bras. Charis s'y blottit. « Charis, chuchota Briseis, la bouche contre les cheveux de sa fille, tu as encore tant à apprendre… en si peu de temps.

— Mais qu'est-ce qu'il y a ? »

Briseis se tut — si longtemps que Charis crut que sa mère n'avait pas entendu — puis elle la tint à bout de bras. « Écoute, dit-elle d'une voix basse et voilée. Charis, ma chérie, je t'aime. Tu comprends ? »

Déroutée, Charis déglutit avec difficulté. « Moi, aussi, je t'aime. Mais…

— Ne pose pas de questions, ma chérie. » La reine secoua lentement la tête. « L'amour est tout, Charis. N'oublie jamais ça. »

Charis hocha la tête et s'enfouit le visage contre l'épaule de sa mère. Elle sentit celle-ci qui lui caressait doucement les cheveux. « Et maintenant, dit Briseis au bout d'un moment, il est temps d'y aller. Elaine doit nous retrouver à l'entrée du temple. Es-tu prête ? »

Charis acquiesça, écrasant une larme qui avait perlé de ses paupières. « Je suis prête. » Elles sortirent rejoindre les autres et se rendirent au temple où devaient avoir lieu les Rites Royaux.

Le Temple du Soleil comportait quatre péristyles superposés, les colonnes de chacun faites d'un métal différent : de bronze pour le plus bas, de cuivre pour le deuxième, d'or pour le suivant et d'orichalque pour le dernier. C'est dans le plus haut que les rois étaient réunis pour faire allégeance à Bel et renouveler leurs vœux en prenant part aux antiques rituels.

Huit rois et le Grand Roi, tous vêtus de simples capes de lin écru, entrèrent dans la salle et se rassemblèrent autour d'un gigantesque brasero empli de braises rougeoyantes. Le Grand Prêtre était debout devant le brasero et d'autres mages vinrent se placer deux par deux derrière chaque roi.

Quand tout le monde fut prêt, le Grand Prêtre fit le signe solaire et psalmodia une invocation à Bel d'une voix criarde. Puis ses mains papillonnèrent et il fit signe aux mages, qui posèrent les mains sur les épaules des rois. « Le pouvoir est une parure terrestre, entonna le Grand Prêtre. Ce qui a été revêtu peut être dépouillé. »

À ces mots, les mages saisirent les capes des rois qu'ils déchirèrent de haut en bas avant d'en jeter les morceaux à terre. Les rois se dégagèrent, nus, des lambeaux de leur vêtement et vinrent se placer devant le brasero, les mains tendues. Le Grand Prêtre souleva une grande jarre d'albâtre et en versa le contenu sur les charbons ardents. Les braises sifflèrent et une vapeur aromatique s'éleva vers le plafond voûté.

« Que le souffle du dieu vous purifie », dit le prêtre. Il brandit un rameau d'hysope et le tint un moment dans la vapeur, puis il passa parmi les rois, les frappant de son rameau, d'abord sur les mains et les bras, ensuite sur la poitrine et les épaules, le dos, les fesses et les cuisses. Les rois inspiraient profondément la vapeur et supportaient la flagellation en silence.

Quand le Grand Prêtre eut achevé son circuit, il regagna sa place et fit signe que l'on approche le calice. Deux mages s'avancèrent, portant entre eux l'énorme récipient. Un autre mage apporta une cuiller à long manche que le Grand Prêtre, après l'avoir plongée dans le calice, éleva au-dessus de la tête du Grand Roi. Le roi baissa la tête tandis que le Grand Prêtre déversait sur lui le contenu de la cuiller, recommençant jusqu'à ce que sa peau brille d'une huile dorée.

L'opération fut répétée pour chacun des autres rois : Itazais, Meirchion, Hugaderan, Musæus, Belyn, Avallach, Seithenin et Nestor. Cela fait, le Grand Prêtre éleva la voix pour dire : « Vous avez été purifiés et oints. Allez, maintenant, entrez en présence du dieu et implorez sa faveur. »

Une porte s'ouvrit à une extrémité de la salle et les rois entrèrent dans une chambre circulaire où un énorme cratère de fer plein de charbons ardents attendait au centre d'un cercle de trépieds. Chacun prit place sur l'un de ceux-ci, le dos tourné au chaudron et aux autres rois. Des mages, nus jusqu'à la taille, entrèrent avec des jarres et les portes se refermèrent, plongeant la chambre dans l'obscurité, à l'exception de la lueur brasillante du métal chauffé à blanc.

Il y eut un sifflement terrifiant et une vapeur à l'odeur douceâtre monta en épaisses volutes autour des rois accroupis sur leurs tabourets. Ils respirèrent profondément cette vapeur et laissèrent s'insinuer en eux sa torpeur narcotique.

Les mages tournaient autour du cercle avec des branches d'hysope, fouettant leurs corps nus et moites. En dehors du claquement des branches et du sifflement des braises quand on y déversait une nouvelle jarre, la pièce obscure était plongée dans un profond silence.

Une heure s'écoula, puis une autre et, à la fin de la troisième, la porte de la chambre fut ouverte et les rois se levèrent pour ressortir en titubant. À sa sortie, chacun des rois fut accueilli par un mage portant une brassée d'odorantes feuilles d'eucalyptus. Les rois prirent des poignées de feuilles pour essuyer leurs corps de l'huile et de la sueur, puis le Grand Prêtre présenta à chacun une cape de lin immaculé qu'il leur attacha sur les épaules à l'aide d'un cordon doré.

Avallach sortit de la chambre, s'essuya avec les feuilles d'eucalyptus, puis se présenta devant le Grand Prêtre qui lui donna sa cape. C'est lorsque le prêtre se pencha pour nouer le cordon qu'Avallach sentit que quelque chose n'allait pas… il le vit d'abord dans les yeux du mage qui regardait la porte de la chambre dans son dos. Avallach suivit son regard, mais il ne vit rien d'anormal.

Il tourna la tête et vit Belyn qui fonçait les sourcils, des poignées de feuilles au bout de ses bras ballants. Oui, se dit-il, il le sent aussi. Quelque chose ne va pas… mais quoi ?

Le Grand Prêtre finit de nouer le cordon et laissa Avallach pour se diriger vers la porte de la chambre. C'est alors qu'Avallach devina ce qui s'était passé. Un rapide coup d'œil autour de la salle lui confirma ce qu'il savait déjà : neuf rois étaient entrés dans la chambre, huit seulement étaient ressortis.

Avallach suivit le Grand Prêtre dans la chambre. Des volutes de vapeur aromatique se tordaient sur le sol tels des serpents et le grand cratère de fer rougeoyait toujours. Et là, tout juste visible sur le sol à l'endroit où il était tombé, gisait Ceremon, les genoux remontés contre la poitrine, étendu sur le flanc.

En deux enjambées, Avallach fut auprès du Grand Roi. Il s'agenouilla et lui posa une main sur le cœur. Belyn entra en trombe dans la pièce. « Il est mort ?

— Oui », répondit doucement Avallach.

Les autres rois se précipitaient à présent dans la chambre. Itazais s'agenouilla près d'Avallach et posa une oreille sur la poitrine du Grand Roi. Il se redressa lentement, secouant la tête, incrédule.

Un silence glacé s'abattit sur leur groupe. Avallach regarda les visages qui l'entouraient. Même à la pâle lueur du cratère rougeoyant, il pouvait les voir calculer, estimant les bénéfices qu'ils pourraient en retirer.

« Comment ? » demanda Musæus d'une voix croassante dans le silence.

Itazais regarda le cadavre. « Je ne vois aucune blessure.

— Il faut le sortir à la lumière », dit Avallach en prenant Ceremon par les jambes. Itazais l'attrapa sous les bras et ils le portèrent dans la grande salle pendant que les autres s'attroupaient derrière.

« Regardez ! s'écria Hugaderan en montrant Itazais. Regardez sa main ! »

Itazais baissa des yeux horrifiés : sa main gauche ruisselait de sang.

Avallach fit rouler le corps sur le côté. Il avait une petite mare de sang entre les épaules. « Soulevez-lui le bras », dit-il. Personne ne bougea, si bien qu'Avallach dut s'en charger. Le cadavre s'affaissa et la blessure se rouvrit. Une giclée rouge sombre jaillit et coula sur le sol.

« Au meurtre ! » hurla le Grand Prêtre, se précipitant au milieu d'eux. Il sortit de la salle en courant, criant : « Au meurtre ! Le Grand Roi est mort ! »

Il était très tard quand Avallach regagna ses appartements. Briseis l'y accueillit quand il franchit la porte en titubant. Elle le tira vers une couche et l'y étendit doucement. « Repose-toi, dit-elle. Je t'ai fait préparer à manger. » Elle poussa vers lui une table basse et approcha le candélabre.

« Je n'ai pas faim », dit-il en se frottant les yeux.

Elle avança un plateau de pain et de viande froide et posa devant lui une corbeille de fruits. « Y a-t-il du vin ? demanda-t-il.

— Oui, dit-elle, mais ce n'est pas bon sur un estomac vide. Tu n'as rien mangé de la journée.

— Apporte-moi du vin. »

Elle en versa une coupe qu'elle lui apporta et elle lui présenta le plateau de pain et de viande. Il prit un peu de pain et elle lui donna la coupe. « Comment cela s'est-il passé ? demanda la reine.

— Plus mal que dans mes pires cauchemars. » Avallach vida la coupe et la tendit à sa femme pour qu'elle la lui remplisse. Il rompit un morceau de pain, le porta à sa bouche et mâcha lentement. Elle lui redonna la coupe, puis elle passa derrière lui, posa les mains sur ses épaules et commença à masser les muscles noués de sa nuque. Il ferma les yeux et laissa sa tête tomber en avant.

Au bout d'un moment, il posa la main sur celles de sa femme et l'attira près de lui. Il l'embrassa, puis but une gorgée de vin. « Annubi est-il rentré ?

— Pas encore, répondit Briseis. Je lui ai demandé de revenir ici pour t'y attendre. Je ne savais pas pour combien de temps tu en avais. »

Avallach hocha la tête et rompit encore un peu de pain. Il avait retrouvé des couleurs et commençait à se détendre. Briseis prit un couteau à fruits, découpa une poire et lui en tendit un morceau. Il s'étendit et posa les pieds sur la table, la coupe posée sur sa poitrine. « On n'a pas trouvé d'arme.

— Personne n'a rien vu ni entendu, dans la chambre ? demanda Briseis.

— Un seul.

— Nestor ?

— J'en gagerais mon royaume.
— Mais pourquoi ?
— Je pense que Ceremon avait décidé de retirer sa couronne à Nestor. Nestor ne pouvait l'accepter. Il a peut-être vu dans la mort de Ceremon une chance d'écarter la menace et de faire avancer ses projets belliqueux du même coup.
— Personne ne l'a accusé ouvertement ?
— Belyn l'a mis au défi, répondit Avallach d'un ton las, mais on n'a pu trouver d'arme — je l'ai cherchée moi-même — et comme le meurtre a manifestement eu lieu alors que nous étions tous ensemble et que personne n'a rien vu ni entendu, qui peut dire si ce n'est pas la main du dieu lui-même qui a frappé Ceremon.
— Tu ne crois quand même pas une telle chose.
— Non, mais il y en a qui le pourraient… si cela les arrangeait. Itazais l'a suggéré et Musæus s'est accroché à cette idée comme un chien à son os. Cela leur convenait mieux que de considérer sérieusement l'accusation de Belyn.
— Et Nestor ?
— Nestor est froid et retors. Il a bien pris garde de détourner la tempête d'accusations en ne disant rien qui puisse renforcer les soupçons qui pèsent sur lui. Même ainsi, je suis certain que c'est lui, ou sinon qu'il sait qui a agi. D'une façon comme de l'autre, il a le sang du Grand Roi sur les mains.
— Que va-t-il se passer, maintenant ?
— Nous le saurons dès qu'Annubi sera revenu.
— Non, je veux dire qui va succéder à Ceremon ?
— Son épouse est de sang royal. »
Briseis haussa les sourcils. « Danea ?
— Danea. Qui d'autre ? » Les lèvres d'Avallach se tordirent en un sourire amer. « La reine peut succéder à son époux s'il n'y a pas d'héritier et qu'elle est issue de sang royal.
— Mais je croyais…
— Nestor aussi, apparemment. C'est Meirchion qui nous l'a rappelé. Pour régner, elle n'a besoin que d'être acceptée par le conseil royal.
— Mais est-ce probable ?
— Inévitable, dirais-je. C'est moi qui l'ai proposé.
— Toi ? » Briseis ouvrit de grands yeux. « Mais, Avallach, tu aurais pu être Grand Roi.
— Peut-être. » Il haussa les épaules. « Belyn et Seithenin m'auraient soutenu. Mais Musæus le désirait aussi fortement. Nestor

et Hugaderan auraient fait pression sur Itazais pour qu'il s'allie avec eux.

— Et Meirchion t'aurait soutenu.

— Oui, et nous nous serions retrouvés dans une impasse. » Il regarda sa femme et lui prit la main. « Je suis désolé.

— Je me soucie peu de la couronne de Grande Reine, mon époux, dit-elle. Ou de Poséidonis.

— Je n'ai d'autre ambition que de voir Nestor démasqué et ses complots déjoués. » Il but une autre gorgée de vin. « Cela semblait la meilleure façon de sortir de l'impasse. En tout état de cause, il faudrait prouver que Danea est indigne ou incapable de gouverner, et elle n'est ni l'un ni l'autre. En outre, je veillerai à ce que le conseil n'oublie pas que nous avons un meurtrier parmi nous... ce que certains pourraient être tenté de faire s'ils voyaient un avantage à en retirer. »

Briseis posa la tête sur son épaule. « C'est une chose horrible, terrifiante. Je plains Danea, son chagrin doit être accablant. »

Ils restèrent assis un long moment en silence, puis on frappa à la porte. « Voici Annubi », dit Briseis. Elle alla ouvrir au devin.

Avallach se leva et se tourna vers son conseiller. « Quelles nouvelles ?

— Nestor a quitté la ville », dit Annubi.

Briseis, surprise, regarda son mari. « Tu le savais ? »

Avallach hocha la tête. « Comment ?

— Par mer. Une trirème se tenait prête dans le port du secteur interne.

— Quand est-il parti ?

— Le maître lamanier n'a pas voulu le dire exactement... je suppose que quelqu'un a acheté son silence. » Le devin grimaça de dégoût. « Mais ce n'est pas avec quelques pièces que l'on peut dissimuler un navire en partance. J'ai parlé à des gens qui avaient vu partir le vaisseau : il n'a pas pu gagner la mer il y a plus de trois heures.

— Merci, Annubi. Va te reposer, maintenant, j'aurai besoin de toi demain.

— Bonne nuit, sire. » Il se tourna vers la reine pour lui dire bonsoir, puis il disparut dans le couloir obscur.

« Qu'est-ce que cela signifie... pour Nestor ? demanda Briseis tandis qu'il refermait la porte.

— C'est sa confession, dit Avallach, l'air farouche. Mais il ne lui servira à rien de fuir son forfait. Il devra rendre des comptes. »

Briseis réfléchit, puis elle demanda : « Mais ne trouves-tu pas étrange que Nestor se soit préparé à prendre la mer *avant* la réunion du conseil ? Cela veut dire qu'il savait que le conseil serait contre lui.

— Quelqu'un l'a averti. » Avallach fronça les sourcils. « Hum, mon épouse a l'esprit bien retors.

— Il pourrait y avoir quelqu'un d'autre qui conspire avec lui. »

Avallach écarta cette éventualité d'un geste. « Seuls Belyn et Seithenin savaient que j'avais l'intention de soutenir Danea. Non, fit-il en secouant légèrement la tête, Nestor a fait tenir prêt son navire parce qu'il savait pouvoir en avoir besoin. »

Briseis s'approcha et prit son mari dans ses bras. « Je sais que c'est égoïste, mais je ne peux m'empêcher d'être heureuse de n'être pas celle qui dormira seule cette nuit. Je pense que je ne pourrais pas le supporter.

— Moi non plus, chuchota Avallach en la serrant contre lui. Je n'aurais pas cette force. »

XV

Deux jours après la visite du tribun Avitus, Elphin se mit en route pour lever son armée. Cuall chevauchait à son côté, premier guerrier de l'armée du futur seigneur. À Machynlleth, un hameau aux maisons de torchis près d'un gué au cœur de la vallée de la Dyvi, ils furent accueillis avec enthousiasme. Le chef du clan, Gweir Paladyr, un géant à la barbe rousse, salua chaleureusement Elphin en lui donnant de grandes claques dans le dos.

« Oh ! Prince Elphin ! Voyez-vous ça ! Le mariage te réussit bien, mon garçon, dirait-on. Oui, c'est sûr. Viens vider une coupe avec moi. » Il se tourna vers les membres de son clan. « Par ici, les garçons ! Allez chercher de l'eau et du fourrage pour les chevaux. »

Tous trois entrèrent dans la maison circulaire de Gweir où une femme bien en chair les accueillit et se lança dans un tourbillon d'activité pour venir déposer devant ses invités imprévus des coupes et des plats de terre cuite. « Doucement, Osla, apporte-nous simplement de la bière », lui dit Gweir.

Elle posa un cruche de belle taille devant Gweir, qui remplit les coupes à ras bord et leva haut la sienne, disant : « Longue vie à notre seigneur, puisse sa lance ne jamais rater sa cible ! »

Ils burent et Gweir remplit à nouveau leurs coupes. « Eh bien, mon garçon, quelles nouvelles ? J'ai entendu parler du raid.

— Les pillards, oui... commença-t-il.

— Le seigneur Elphin en a abattu deux d'un seul coup, intervint Cuall. Je l'ai vu de mes propres yeux. Deux avec la même lance... la frénésie du combat était sur lui.

— C'est ce qu'on m'a rapporté, répondit Gweir en hochant la tête, approbateur.

— C'était une petite bande, expliqua Elphin, et piètrement organisée. Ils cherchaient le bétail, pas le combat.

— Il les a mis en fuite d'une seule main, annonça fièrement Cuall. Je l'ai vu de mes propres yeux.

— Ils étaient apeurés et affamés. J'ai frappé sur mon bouclier et ils ont laissé tomber leurs armes pour s'enfuir.

— Il n'avait pas de bouclier ! protesta Cuall. Et la lance... la lance, il l'a attrapée en plein vol alors qu'elle filait droit vers son cœur ! »

Gweir rit dans sa barbe. « Cela devrait donner à réfléchir à cette racaille. Les as-tu reconnus ? »

Elphin haussa les épaules. « Ils étaient un peu petits pour des Cruithne, et certains s'étaient peint le corps.

— Les Picti ! s'écria Gweir en plaquant les mains sur la table. Les mêmes sales voleurs qui créent des ennuis le long du Mur depuis deux étés.

— Ils sont descendus très au sud, dans ce cas, fit remarquer Elphin.

— Oh, oui. Et maintenant qu'ils ont vu nos terres, ils reviendront... tu peux y compter.

— C'est pour cela que je suis venu, dit Elphin. Je lève une troupe armée. »

De surprise, Gweir haussa ses broussailleux sourcils roux. « Une troupe armée, hein ? » Son regard passa de l'un à l'autre de ses invités tandis qu'un sourire s'étirait lentement sur ses lèvres. « Une troupe armée, allons donc ! Depuis combien de temps t'y es-tu mis ?

— J'aurais besoin de cent hommes.

— Cent hommes !

— Et autant de chevaux. »

Gweir s'accouda sur la table, voûtant ses larges épaules. « Ça fait quelques hommes, Elphin. Un bon nombre, en vérité.

— Nous ne nous contenterons pas d'effrayer les voleurs de bétail, Gweir. Nous protégerons notre pays et notre peuple. Mon armée sera une cavalerie entraînée à la romaine.

— Entraînée à la romaine ? » Le sourire s'effaça sur le visage du chef de clan : l'ampleur du projet commençait à l'impressionner.

« J'ai passé un marché avec le tribun de Caer Seiont. Nous lui fournissons des hommes et des chevaux en renfort pour l'été, et il nous les rend entraînés et prêts au combat. »

Gweir hésita. « Une centaine d'hommes et de chevaux, murmura-t-il.

— Nous les trouverons, dit Elphin d'un air assuré, si nous faisons tous notre part du travail. J'ai l'intention de les accompagner pour apprendre à commander. Le tribun Avitus a dit qu'en plus des Cruithne, il y a des Attacotti et des Scotti venus d'Irlande qui cherchent à passer au sud du Mur… et aussi d'autres appelés Saecsens. Nous pouvons nous attendre à des incursions pour les moissons, sinon avant.

— La garnison ne peut donc pas les contenir ?

— Non. » Elphin secoua vigoureusement la tête. « Plus maintenant. Aucune des garnisons n'est au complet.

— Lleu sait que je paie assez d'impôts, grogna Gweir Paladyr.

— Sans parler d'impôts, il n'y a pas assez d'hommes. Et, même s'il y en avait assez, les sauvages deviennent de plus en plus audacieux. Si nous ne faisons rien, nous pouvons nous attendre à voir les têtes de nos enfants accrochées à leurs ceintures.

— C'est si grave que ça ? demanda Gweir.

— Tu peux le croire, dit Cuall.

— Et cela deviendra de pire en pire. » Elphin posa les mains à plat sur la table. « Une armée puissante est notre meilleur espoir.

— Et le seigneur Gwyddno ? Que dit-il ?

— Il est d'accord. C'est entretenir une armée, ou bien rester dans notre coin en attendant de voir incendier nos villages et enlever nos vaches et nos femmes. »

Gweir se passa une main dans sa chevelure grisonnante. « Je ne savais pas.

— Alors, tu nous aideras ?

— Oh, oui ! Tu peux compter sur Gweir Paladyr pour faire sa part du travail. Machynlleth te fournira hommes et chevaux. »

Elphin arbora un large sourire. « Bien ! » Il leva sa coupe. « Longue vie à toi, Gweir.

— Oui, longue vie et santé aux ennemis de nos ennemis ! »

Ils burent, essuyant leurs moustaches du dos de la main, et l'industrieuse Osla apporta une marmite fumante sur la table. Pendant qu'elle servait le ragoût dans des bols, Elphin demanda : « Et maintenant, sur combien d'hommes pouvons-nous compter ? »

Osla jeta un coup d'œil d'avertissement à son mari. Gweir fit la moue et, ignorant l'avertissement de sa femme, dit : « Quinze… non, disons *vingt* ! »

Osla posa violemment la marmite sur la table et s'éloigna à grands pas.

« Disons dix, répondit Elphin. Cela suffira, nous ne voulons pas saigner les forces de ce village. Tu auras besoin d'hommes pour le travail des champs et la moisson.

— Dix, donc, dit Gweir avec un large sourire. Par l'éclair de Lleu !... ce sera une belle armée, n'est-ce pas ? »

Et ainsi de suite. À Nethbo, Ysgubor-y-Coed, Talybont, Nevenhyr, Dinodog, Arllechwedd, Plas Gogerddan, Brevi, Vawr, Aberystwyth et dans les autres villages du seigneur Gwyddno, Elphin fut reçu avec courtoisie et présenta sa demande d'hommes et de chevaux. Où la confiance et la logique échouaient, Elphin enjôlait, amadouait, défiait, flattait et provoquait. Un à un, il les rallia à sa cause.

Il revint à Caer Dyvi cinq jours plus tard avec la promesse de cent vingt-cinq hommes. Gwyddno Garanhir était ravi du succès de son fils. « Quand doivent-ils arriver ? demanda-t-il.

— Trois nuits avant la pleine lune. Ils doivent apporter assez de nourriture pour le voyage. Après cela, nous sommes tenus de fournir la viande, la boisson et le fourrage.

— Comme convenu. J'espère que le tribun Avitus apprécie notre générosité », ajouta Gwyddno d'un air maussade.

Elphin lui lança un regard farouche. « Écoute, Père. Ce n'est pas pour Avitus ou qui que ce soit que nous le faisons. C'est pour nous. Tu as entendu le centurion Maximus : nous protégeons les nôtres. Il est important que nous le comprenions bien tous.

— Oui, oui, je comprends, répondit impatiemment son père. C'est simplement que... pourquoi payer mes impôts si ce n'est pour que les soldats protègent mon peuple ?

— Gweir, Tegyr, Ebrei et les autres... ils ont tous dit la même chose, répliqua Elphin. Mais cela ne change rien au fait que la puissance de Rome est limitée. Et même si elle ne l'était pas, une légion ne peut être partout à la fois.

» Écoute, nous en avons besoin pour nous et cela ne nous coûte pas grand chose... une portion du tribut de la saison. Ce serait un seigneur bien inconséquent, celui qui risquerait tout pour si peu. »

Gwyddno acquiesça à contrecœur. « Il fut un temps où avoir une garnison à proximité signifiait quelque chose. »

Elphin sourit largement. « Là, tu vois ? À la fin de l'été, nous aurons notre propre garnison ! »

Les semaines suivantes furent consacrées à préparer les provisions pour le voyage à Segontium et les longs mois d'été. Cela semblait à Elphin un moment bien mal choisi pour partir, car il ne s'était écoulé que peu de temps depuis le mariage et il était inquiet pour le bien-être de sa nouvelle famille. Il passait donc le plus de temps possible avec elle.

Il se promenait avec Rhonwyn pendant des heures au bord de la rivière et le long des falaises, regardant le printemps chasser l'hiver.

« Tu vas être parti si longtemps, soupira Rhonwyn en posant le dîner sur la table de leur nouvelle maison. Tu vas me manquer.

— Tu me manques déjà, dit doucement Elphin en lui prenant la main et en la tirant à lui. Pourras-tu être forte ? Pourras-tu supporter l'attente ?

— Je ne dis pas que cela sera facile, mais je le ferai avec joie. Je sais combien c'est important. Si nous devons avoir un avenir, tu dois partir. »

Elphin porta la main de sa femme à sa bouche et la tint un moment pressée contre ses lèvres pour en savourer la douceur. « Ah, Rhonwyn...

— La lune est venue et repartie depuis que nous sommes mariés, mon époux.

— Oui.

— Le temps de vivre à part l'un de l'autre est passé. Il est temps pour nous d'être ensemble. »

Elphin rit et la prit par la taille. « Tu es une femme directe, Rhonwyn. Tu es aussi très belle, très forte, très douce... tout à fait la femme qu'il me faut. »

Elle repoussa la mèche de cheveux auburn qui lui était tombée dans les yeux et le fit lever, puis elle l'entraîna au lit.

Hafgan était assis au soleil sur une souche, tournant son bâton dans ses mains, son manteau bleu jeté sur une épaule. Ses yeux gris-vert scrutaient les cieux et il semblait plongé dans une rêverie, mais les deux garçons assis à ses pieds savaient bien que non. « Observez la façon dont ils volent, dit Hafgan. Comment tiennent-ils leurs ailes ? »

Les deux filidh suivirent le regard du druide pour voir une petite volée de pigeons ramiers qui se dirigeait vers les collines boisées, à l'est du caer. « Ils volent bas, Hafgan, avec les ailes près du corps, répondit l'un des jeunes garçons.

— Cela te suggère-t-il quelque chose ? »

Le garçon étudia quelques instants les pigeons, haussa les épaules et dit : « Ce sont des oiseaux malhabiles et difficiles à interpréter.

— Rien n'est malhabile dans la nature, Blaise, le reprit Hafgan. Chaque corps est créé pour un mode d'existence particulier. Par conséquent, quand il se trouve contraint à une tâche inhabituelle, il peut se comporter avec maladresse. Nous observons, nous voyons, et quand les raisons de ce que nous voyons sont connues, nous savons. » Hafgan montra les pigeons. « À présent, regarde à nouveau et dis-moi ce que tu vois.

— Ils hésitent en l'air, tantôt haut, tantôt bas. Un vol à ce point erratique semble inexplicable.

— Réfléchis, Blaise ! Poussent-ils des cris en passant au-dessus de nos têtes ? Fuient-ils un oiseau de proie ? Volent-ils contre le vent ? Sont-ils à la recherche d'un perchoir ? »

Le garçon aux cheveux sombres s'abrita les yeux de la main. « Ils volent contre le vent. Il n'y a pas d'oiseau de proie. Ils ne poussent pas de cris au passage.

— En vois-tu maintenant la raison ?

— Je n'y vois pas de raison, maître, répondit Blaise, au désespoir.

— Tu restes silencieux, Indeg. J'espère que cela dénote la sagacité. » Hafgan se tourna vers son autre élève. « Quelle est ta réponse ?

— Je ne vois pas non plus la raison pour laquelle les pigeons ramiers volent de cette façon, reconnut le jeune homme. Cela m'échappe.

— Regardez encore, mes peu sagaces amis, soupira Hafgan. Regardez au-delà des pigeons. » Les garçons levèrent les yeux. « Plus haut, plus haut. Regardez dans le ciel. Encore plus haut. Que voyez-vous ? Qu'y a-t-il là-haut ? Qu'est-ce qui s'élève sans un battement d'ailes ?

— Un faucon ! Je le vois ! s'écria Blaise en se levant d'un bond. Un faucon !

— Ah, un faucon, oui. De quelle espèce ? »

L'enthousiasme du garçon céda la place au désarroi. « Je ne peux pas le voir d'aussi loin !

— Moi non plus, fit en riant Hafgan. Mais cela devrait être une indication en soi. »

Le front de Blaise se plissa sous l'effort de réflexion. « Un milan… ou un autour. Les pigeons volent bas et en groupe pour lui échapper.

— Bien vu, mon garçon ! Mais, par les cornes de Cernunnos, c'est aussi dur que d'arracher une dent ! »

Blaise suivit du regard la volée de pigeons qui disparaissait dans les bois. Il se tourna vers son maître, rayonnant. « Je vois, maintenant. La présence de l'oiseau de proie trouble leur vol. S'ils volent ainsi, c'est qu'ils ont peur !

— La peur ! Qu'est-ce que la peur ?

— C'est un puissant stimulant pour l'action.

— C'est le plus puissant de tous les stimulants, ajouta Indeg.

— La peur inspire le timide et rend hardi le brave, c'est juste, répondit Hafgan. Mais il y a un stimulant encore plus puissant. »

Blaise et Indeg échangèrent des regards perplexes. « Qu'est-ce donc ? demanda le premier.

— L'espoir, dit doucement Hafgan. L'espoir est le plus puissant de tous les stimulants. »

Pendant qu'ils réfléchissaient à ses paroles, le druide se tourna et leva la main, disant : « Voyez ! En voici venir un qui, il n'y a pas si longtemps, était privé d'espoir, mais qui est aujourd'hui roi parmi les hommes. »

Les filidh se tournèrent pour regarder Elphin et Rhonwyn qui se promenaient main dans la main. « Le futur seigneur de notre royaume, annonça Hafgan. Salut à toi, Elphin ! » Ses deux apprentis observaient le couple de leurs yeux alertes. « Et salut à toi, dame Rhonwyn !

— Des serviteurs, Hafgan ? » demanda Elphin en montrant les deux jeunes garçons vêtus d'une tunique et d'un pantalon gris, un manteau marron foncé relevé sur les épaules.

« Le prix de la gloire.

— Un prix qui n'est pas trop cher à payer, sûrement ?

— Il l'est toujours assez. Le fardeau des espérances d'autrui n'est jamais léger. » Il regarda d'un œil critique le jeune seigneur et ajouta : « Mais la bonne fortune exige d'autres prix.

— Je les paierai, répondit allègrement Elphin. Cent vingt-cinq hommes, Hafgan. Tu as entendu ? C'est une armée avec laquelle il faut compter.

— Oui, et la fortune exigera de toi plus que ne l'a jamais fait l'échec. »

Elphin sourit, emplissant ses poumons. « Ah, tu es bien lugubre, Hafgan. Vois cette journée ! » Il fit de son bras libre un geste pour embrasser toute la création. « Qui peut songer à l'échec par une telle journée ? »

Hafgan vit son autre main dans celle de Rhonwyn, leurs doigts entrelacés, vit la lueur de l'amour dans les yeux de celle-ci, sa chevelure ébouriffée. « Buvez la vie à fond, Elphin et Rhonwyn. Vos âmes sont désormais unies à jamais. »

Rhonwyn rougit aux propos du druide. Mais Elphin rit, la voix pleine et libre. « Rien ne t'échappe-t-il jamais, Hafgan ? Vois-tu *tout* ?

— J'en vois assez. » Il pencha la tête sur le côté. « Je vois un jeune homme suffisant qui pourrait trouver trop petite la couronne de son père. »

Le rire mourut sur les lèvres d'Elphin. Une brusque bouffée de colère monta en lui. « Jaloux ?

— Bah ! » Hafgan écarta l'idée d'un geste de la main. « Tu me connais mieux que cela, ou tu le devrais. Je dis simplement ce qui est, ou pourrait être. Mais je vois que je parle dans le vide. Va ton chemin, Elphin. Ne fais pas attention à moi.

— Bonne journée, druide », dit Elphin d'un ton sec. Rhonwyn et lui remontèrent le sentier vers le caer, laissant Hafgan et ses deux filidh. « Vieille fouine, marmonna Elphin entre ses dents.

— Ne dis jamais cela, Elphin, dit Rhonwyn. Cela porte malheur de dire du mal d'un barde. Ne t'a-t-il jamais rien fait d'autre que du bien ? »

Elphin fulmina un moment en silence. « Que me veut-il ? finit-il par exploser. Je fais ce qu'il dit, et quand je réussis, il me dit que je suis trop fier. Qu'est-ce qu'il veut ?

— Je crois, répondit Rhonwyn en choisissant soigneusement ses mots, qu'il veut que tu sois le meilleur roi qu'ait jamais eu ton peuple. Peut-être le meilleur de tout le pays. S'il te fait des reproches, c'est uniquement pour que tu n'oublies pas ce que tu as tant souffert pour apprendre. »

Elphin réfléchit un moment, puis un sourire naquit lentement sur ses lèvres. « Avec une femme si sage et un barde si déterminé, je ne vois pas comment j'aurais d'autre choix en la matière. Humble je suis et humble je resterai jusqu'à la fin de mes jours et au-delà. » Il lui étreignit la main. « Mais, ô ma dame, je ne me suis pas senti humble dans tes bras aujourd'hui.

— Et tu n'auras jamais à le faire, mon seigneur, répondit-elle, les yeux brillants. Il n'y aura jamais qu'une épouse pour toi, Elphin ap Gwyddno. J'ai l'intention de tenir ma place. »

Ils franchirent les portes du village et trouvèrent les premiers des hommes d'Elphin debout au centre du caer avec leurs chevaux, près du chêne du conseil… six solides jeunes gens de Talybont accompagnés de rapides et robustes chevaux de la région. En voyant Elphin, les jeunes hommes mirent rapidement un genou en terre.

« Ce ne sont que des enfants, fit remarquer Rhonwyn.

— Oui, mais ce seront des hommes avant Samhain. » Sur ce, Elphin se dirigea vers eux, écartant les mains. « Relevez-vous, *combrogi* ! dit-il en tendant le bras pour remettre debout le plus proche. Nous ne sommes pas encore des soldats et je ne suis pas votre roi. Nous sommes des compatriotes et nous ne nous agenouillons pas les uns devant les autres comme les Romains. »

Les jeunes gens eurent l'air confus, mais ils sourirent à leur seigneur et marmonnèrent des salutations, à lui et à son épouse, qu'ils regardaient avec une admiration non dissimulée. « Vous êtes les premiers de mon armée, leur dit Elphin, et votre ardeur vous honore. Ce soir, vous mangerez à ma table et demain nous nous préparerons à l'arrivée des autres. Venez, les amis, allons boire et joindre nos voix dans des chansons. Nous aurons assez peu l'occasion de chanter dans les semaines à venir. »

Les deux jours suivants, Caer Dyvi commença à ressembler à un campement militaire, avec les hommes et les chevaux qui arrivaient en nombre de tout le Gwynedd. Quand tous ceux dont les services lui avaient été promis furent arrivés, Elphin ordonna un festin et un foyer fut creusé au centre du caer pour y rôtir deux cerfs. Ce soir-là, ils festoyèrent et entonnèrent de leurs voix juvéniles les chants exaltants des Cymry.

Elphin et Rhonwyn quittèrent le festin et se retirèrent pour dormir ensemble pour la première fois dans leur nouvelle maison... la dernière avant leur longue séparation. Après avoir fait l'amour, ils restèrent étendus dans les bras l'un de l'autre, écoutant les chansons que la brise nocturne continuait de leur apporter. « Je sacrifierai chaque jour à Lleu et Epona pour ta sécurité, mon mari.

— Hum, soupira Elphin d'une voix somnolente. Dors bien, Dame mon épouse. »

Rhonwyn se blottit contre lui. « Dors bien, mon seigneur. » Elle resta écouter un long moment le rythme calme de sa respiration tandis que le sommeil l'emportait. Le doux silence de la nuit se referma comme une aile sombre autour d'eux et Rhonwyn sombra dans un sommeil paisible.

Cent vingt-cinq hommes se mirent en route le lendemain de bonne heure, Elphin à leur tête. Debout près de la porte, Gwyddno et Rhonwyn, le petit Taliesin dans les bras, assistaient au départ de l'armée, entourés des habitants du caer. La longue colonne de cavaliers disparut à leur vue et les spectateurs retournèrent à leurs tâches quotidiennes.

Rhonwyn resta un peu plus longtemps, seule. « Tu vois comme ils chevauchent, Taliesin ? » murmura-t-elle à l'enfant qu'elle serrait contre sa joue. Le bébé babilla et tendit sa petite main. « Ils vont être longtemps absents et seront bien changés à leur retour. »

Finalement, elle se retourna et vit Medhir et Eithne qui la regardaient en compagnie de plusieurs autres femmes. « Maintenant commence le travail des femmes, dit Medhir. Le plus difficile de tous : attendre. » Il y eut des hochements de têtes et des murmures d'approbations.

« Je supporterai l'attente d'un cœur léger, dit Rhonwyn, sachant que ces braves en supporteront encore davantage pour nous.

— Tu dis cela aujourd'hui, répondit Medhir, légèrement froissée par les paroles de Rhonwyn, parce que tu ne sais pas ce que c'est. Mais d'ici quelques temps, tu connaîtras l'angoisse de l'épouse délaissée. » Nouveaux hochements de têtes et murmures approbateurs.

« Écoute-la, Rhonwyn, déclara Eithne. Elle sait. »

Rhonwyn se tourna vers elles, une flamme dans les yeux. « Et écoutez-moi, vous toutes ! Quand il reviendra, Elphin trouvera sa maison en ordre, ses affaires bien gérées et son épouse avec sur les lèvres de joyeuses paroles de bienvenue. Jamais mon seigneur n'entendra de moi un mot de reproche. »

Elle tourna brusquement les talons et traversa le caer à grandes enjambées, la tête haute. Certaines des jeunes femmes dont les maris étaient partis avec Elphin entendirent les paroles de Rhonwyn et la suivirent. Ensemble, elles commencèrent à s'occuper en attendant le retour de leurs époux.

XVI

Le corps du Grand Roi fut emporté dans une salle intérieure du Temple du Soleil où il fut préparé par les mages pour l'inhumation selon un rituel antique et compliqué qui durait six jours et six nuits. Les funérailles du Grand Roi eurent lieu trois jours plus tard : une cérémonie splendide en présence des sept rois qui, arborant des mines de circonstance, prononcèrent les panégyriques requis en termes précis et soigneusement mesurés. Si quiconque en dehors de la Grande Reine était véritablement chagriné par la mort de Ceremon, le secret en fut bien gardé.

Seithenin, que des affaires pressantes appelaient, quitta Poséidonis le lendemain des funérailles. Avallach et les autres rois restèrent quelques jours de plus pour sauvegarder les apparences. La question de la succession avait été réglée et il y avait peu à faire, que ce soit pour consoler la veuve endeuillée ou pour veiller aux détails officiels.

Mais pour Charis, ces journées supplémentaires furent merveilleuses. Comme elle n'avait rien d'autre à faire, elle fut autorisée à parcourir la ville à son gré avec ses frères, visitant un site célèbre après l'autre : le Temple du Soleil avec ses étables souterraines et ses tours astronomiques, le port magnifique avec la gigantesque statue de bronze de Poséidon surgissant des vagues, un trident doré à la main, entouré d'une troupe de dauphins turbulents, la bibliothèque royale, riche de centaines de milliers de volumes dans toutes les langues connues, l'énorme et fourmillante place du marché avec ses fontaines ornées de sphinx, les cavernes-sanctuaires où jaillissaient des sources chaudes, dans les collines… et bien d'autres choses.

Quand le jour du départ fut arrivé, Charis monta à regret dans le chariot avec sa mère. Elle regardait autour d'elle d'un air maussade tandis que le convoi descendait la Voie Triomphale et franchissait les ponts successifs, traversant les trois secteurs concentriques de la ville. Alors qu'ils atteignaient l'avenue des Portiques, la reine Briseis se tourna vers sa fille et dit : « Ne sois pas triste, Charis, tu reviendras un jour. »

Oui, je reviendrai, se dit-elle. Je ferai de cette cité la mienne. Ensuite, Charis cessa de regarder par-dessus son épaule pour contempler devant elle la route qui un jour la ramènerait.

Les jours suivants se ressemblèrent, comme s'ils avaient été tirés par la même main du même puits : le disque de Bel se levait et se couchait, ils dormaient sous des cieux sans nuages constellés d'étoiles et la route blanche défilait lentement sous leurs roues.

Un matin, au début de leur deuxième semaine de voyage, le long convoi de chariots pénétra dans la sombre forteresse d'une forêt, en lisière des terres du roi Seithenin. Accueillant avec joie cet instant de fraîcheur arraché au brûlant soleil de midi, Avallach les laissa s'attarder à l'ombre après le déjeuner. La reine et lui, ainsi que toute sa suite, s'étendirent sous le feuillage verdoyant pour faire la sieste, en attendant que passe la lourde torpeur méridienne.

Mais Charis ne pouvait supporter l'idée de dormir et elle partit se promener sur les sentes forestières, cueillant des fleurs sauvages tout en fredonnant la chanson qu'elle avait commencé à chanter le soir du sacrifice taurin, sa voix s'égrenant telle une douce pluie argentée dans le silence arboré de la forêt.

Elle ne s'aperçut pas à quel point elle s'était égarée loin du campement avant d'entendre un cri distant. Elle comprit qu'on avait envoyé quelqu'un à sa recherche. Elle fit aussitôt demi-tour et se mit à courir le long du sentier tortueux dans l'espoir de revenir avant qu'on ne la trouve.

Arrivée plus près, elle entendit d'autres cris. Des voix d'hommes, tendues et effrayées. Elle laissa tomber son bouquet et courut plus vite. Des chevaux hennissaient. Elle entendit un grand fracas d'armes qui déchirait le silence. Que se passe-t-il ? se demanda-t-elle, soudain terrifiée. Qu'est-ce que cela peut être ? Quelques instants plus tard, hors d'haleine, le cœur cognant follement dans sa poitrine, elle atteignit l'endroit où les voyageurs avaient fait halte.

Une horreur indescriptible apparut à ses yeux : des hommes titubaient, perdant leur sang, la tête fracassée, ou bien assis, frappés de mutisme, contemplaient leurs membres amputés. D'autres gisaient sur le sol imbibé de sang, fixant le ciel d'un regard vitreux, la gorge ou la poitrine transpercées de flèches.

Elle ne voyait nulle part Avallach, ni Briseis ou ses frères. Charis poussa un cri et se précipita au milieu de ce cauchemar, un poing glacé fiché dans son estomac noué par la panique. Elle courut parmi les morts et les mourants, appelant sa famille d'un voix étranglée de terreur.

Elle trébucha sur quelque chose et tomba tête la première pour se retrouver dans les bras du cadavre à demi décapité de la servante de la reine, Ilean. Elle rassembla ses pieds sous elle et roula au loin. « Mère ! hurla-t-elle. Mère ! Où es-tu ? »

La voiture de la reine attendait toujours où elle s'était arrêtée au bord de la route. Un cheval avait rompu son harnais, l'autre gisait étendu, le flanc palpitant, quatre flèches saillant de son ventre. Charis s'approcha du chariot. La reine Briseis était étendue à terre près de la roue arrière, une longue blessure déchiquetée à la base de la gorge et une autre sur le poignet qu'elle avait levé pour se protéger.

Sa peau brillait de la pâleur cireuse de la mort imminente et ses yeux fixaient d'un regard vague le vaste néant bleu du ciel, aussi vide que les yeux qui le contemplaient. Il y avait du sang, trop de sang partout ; le sang maculait le sol sous sa tête, couvrait sa peau meurtrie et ses vêtements déchirés, et il coulait toujours des profondes et cruelles blessures.

« Mère… chuchota Charis. Oh, Mère… »

Les yeux de Briseis bougèrent, mais ils restaient vides et légèrement voilés.

« Charis », dit sa mère d'une voix rauque. Des bulles écarlates se formaient aux coins de sa bouche. « Je… je ne te vois pas, Charis…

— Je suis là, Mère.

— Charis… m'entends-tu ?

— Oui… je t'entends, dit-elle, et elle se pencha sur sa mère, lui prenant le visage entre les mains. Je suis là. Nous sommes en sécurité, maintenant.

— Et… les autres ?

— Sains et saufs, eux aussi, je pense. Je n'ai pas pu trouver Père.

— J'ai froid… Couvre-moi, Charis.

— Oui… » Charis attrapa une robe de voyage qu'elle étala sur sa mère. « Ça va mieux ?

— Je suis fatiguée… » Les yeux de Briseis se fermèrent lentement. « …si fatiguée… Serre-moi dans tes bras…

— Non. S'il te plaît, non ! » Charis prit sa mère dans ses bras, pressant sa joue contre le front de Briseis.

« Prends bien soin d'eux, Charis... » La voix de la reine n'était plus qu'un souffle. « Il n'y a... personne d'autre... »

Briseis toussa une fois tandis qu'un frisson parcourait son corps, puis elle cessa de bouger.

Quand Charis releva la tête, un peu plus tard, elle vit la longue silhouette d'Annubi s'avançant sur la scène du carnage. Elle se leva et alla à lui, lui prenant la main alors qu'il continuait à avancer d'un pas vacillant. « Elle est morte... ma mère est morte.

— Cela n'aurait pas dû arriver, dit-il sans tourner la tête à droite ni à gauche. Ce n'était pas prédit.

— Où sont mes frères, Annubi ? demanda Charis d'une voix stridente. Où sont mes frères ?

— Ils sont sains et saufs. Je les ai emmenés en sécurité, répondit-il.

— Et mon père, Annubi... où est-il ? » Elle s'était mise à sangloter.

« Il s'est lancé à leur poursuite... les hommes de Nestor. Ils nous ont attaqué pendant que nous dormions... nous ont massacrés dans notre sommeil. » Il s'arrêta et se tourna vers Charis, ses traits reprenant un peu de vie. « Tu as dit quelque chose à propos de ta mère ?

— Elle n'est plus là ! s'écria Charis. Oh, Annubi, elle est... morte... morte.

— Où ?

— Là-bas », répondit Charis en montrant le chariot.

Le devin se rendit près du corps, s'agenouilla et posa la main sur la joue de la reine. « Je suis désolé, Briseis, murmura-t-il. Nous avons vu sans voir... si aveugles... j'aurais dû voir cela ; je l'aurais empêché. Une mort royale... j'ai pensé... celle du Grand Roi... » Il secoua la tête avec lassitude. « Je n'ai pas pensé qu'il y en aurait d'autres. J'ai dormi... trop longtemps, trop longtemps. »

Charis, debout près de lui, se mit à sangloter.

Il se raidit et se tourna brusquement, prenant Charis par les épaules. « Non, Charis, ce n'est pas le moment de pleurer.

— Je ne comprends pas, cria-t-elle. J'étais en train de cueillir des fleurs... j'ai entendu... je l'ai trouvée... » Son menton se mit à trembler.

« Je sais. Mais tu ne dois pas penser à toi pour le moment. Il y en a d'autres qui ont besoin qu'on s'occupe d'eux. Nous pleurerons plus tard ; pour l'instant, nous avons du travail. J'aurai besoin de toi pour m'aider à soigner les blessés. »

Elle renifla et s'essuya les yeux, puis ils se mirent ensemble à parcourir l'horrible scène, fouillant parmi les corps pour séparer les vivants des morts et administrer le peu d'aide dont ils étaient capables.

Charis travaillait sans réfléchir, les sens engourdis, bougeant les mains et les pieds selon les indications d'Annubi. Elle aidait à bander les blessures et réduire les fractures — tirant ici, soutenant là, poussant, soulevant, enveloppant et nouant comme le lui disait Annubi. Ils étaient encore occupés à cette tâche quand ils entendirent les sabots de chevaux sur la route.

« Cache-toi ! » murmura Annubi.

Charis demeura immobile. Le devin la prit par le bras et la fit pivoter. « Sous le chariot. Vite ! »

À cet instant, un char apparut. Avallach, saignant de plusieurs blessures à l'épaule et à la poitrine, sauta à terre et vint vers eux. Charis courut à lui et jeta les bras autour de sa taille. « Père, tu vas bien ? »

Avallach se dégagea et s'avança lentement vers le chariot de la reine, resta un moment immobile, les yeux baissés, puis il s'agenouilla et souleva le corps de sa femme. Il porta sa reine à l'ombre de l'arbre où ils avaient dormi avant l'attaque, la déposa doucement à terre et lui croisa les bras sur la poitrine.

Charis vint près de lui et lui prit la main. « Elle est revenue pour toi, dit Avallach sans la regarder. Elle était indemne, mais elle est revenue te chercher. » Il dégagea brutalement sa main.

Kian arriva à cet instant avec le reste de la suite d'Avallach — moins de la moitié des soldats qui avaient quitté Sarras. Le roi se tourna vers eux et se mit à crier des ordres, disant : « Nous allons chez Seithenin. Je veux atteindre son palais avant la nuit. » Il se tourna vers son devin. « Annubi, va chercher les princes. Je veux les voir. »

On creusa des tombes peu profondes et on enterra les morts sur place. Le corps de la reine fut recouvert et installé dans sa voiture. Charis fut obligée de voyager seule en compagnie du cadavre. Annubi, qui trouvait la punition inutilement cruelle, tenta d'intervenir. « Sire, proposa-t-il, laisse-moi prendre l'enfant avec moi. Ainsi, tu n'auras pas à t'en occuper.

— Elle voyage avec la reine », déclara Avallach d'un ton sans appel.

En fin d'après-midi, le convoi se remit en route. Tandis que les voitures s'ébranlaient, Charis regarda en arrière : un calme lugubre s'était abattu sur la scène, seuls les monticules de terre éparpillés le long de la route ou sous les arbres et les cadavres de chevaux, déjà grouillants de mouches, témoignaient encore de l'horrible carnage.

Ils atteignirent le palais de Seithenin en pleine nuit. Les portes étaient depuis longtemps fermées, mais on les rouvrit à la hâte quand on sut qui attendait sur la route. Seithenin, pieds nus et vêtu d'une robe de chambre, les accueillit dans la première cour de son vaste palais. Il salua Avallach et, après une brève consultation, renvoya ses sénéchaux dans le palais. Quelques minutes plus tard, des mages apparurent et le corps de la reine fut confié à leurs soins. « Va avec eux, Annubi », ordonna Avallach, et il suivit Seithenin à l'intérieur du palais.

« Je te rejoindrai plus tard, dit Annubi à Charis. Mange un morceau si tu le peux. »

Charis hocha tristement la tête. Des valets vinrent chercher les autres et les conduisirent dans leurs appartements pour la nuit. Charis et ses frères se firent donner des chambres dans les appartements royaux… chacun dans une pièce.

Nu jusqu'à la taille, Avallach était assis sur un tabouret tandis qu'un mage s'occupait de nettoyer ses blessures avec un baume aromatique avant de les bander. Seithenin était assis en face de lui, l'air farouche, mais le regard froid et distant alors qu'il écoutait Avallach raconter les tragiques événements de l'après-midi.

« Ils ont fondu sur nous de tous les côtés à la fois, dit Avallach. Il n'y a pas eu d'avertissement. Nous étions endormis au bord de la route. Ils étaient quatre fois plus nombreux que nous. Ils nous ont criblés de flèches, puis ils ont chargé à cheval, frappant de leurs épées tout ce qui bougeait. Ce fut terminé en un instant et ils se sont dispersés. Aah ! » Avallach grimaça de douleur.

« Fais un peu attention, espèce d'idiot maladroit ! » cria Seithenin au mage qui s'excusa humblement et poursuivit son travail.

Avallach déglutit et reprit son récit. « J'ai rassemblé une poignée d'hommes et nous les avons poursuivis. Ils ont quitté la route et nous les avons perdus peu après dans la forêt. »

Son travail terminé, le mage se retira silencieusement. Seithenin prit un cape qu'il posa sur les épaules d'Avallach, puis il lui tendit une coupe de vin pur. « Bois, cela te calmera. »

Avallach porta la coupe à ses lèvres, disant : « Traîner Nestor à travers les rues derrière mon char et clouer sa carcasse décapitée à ma porte me calmerait davantage.

— C'était Nestor ? Tu en es sûr ? »

Avallach lui lança un coup d'œil acéré. « Qui d'autre ?

— L'as-tu vu ?

— Non ! » Avallach se leva de son tabouret. « Mais, par les dieux, je sais qui c'était.

— Allons, rassieds-toi. Bois ton vin. Je me demandais simplement s'il avait osé se montrer.

— Tu l'aurais fait ? »

Seithenin secoua la tête. « Non, bien sûr. » Il s'interrompit, regarda Avallach d'un air triste et ajouta : « Que cet acte méprisable se soit passé sur mes terres m'emplit de colère et de remords. Mes hommes sont à tes ordres, Avallach, si tu désires les envoyer... »

Avallach secoua la tête avec lassitude. « Je le ferais si je pensais avoir le moindre espoir de le rattraper. Non, il est trop loin, maintenant.

— Que vas-tu faire ?

— Je vais rentrer chez moi enterrer mon épouse », répondit sombrement Avallach. Il but une gorgée de vin et ses traits se détendirent légèrement.

« Et ensuite ?

— Je ne sais pas. »

Seithenin se leva brusquement. « Bien sûr. Inutile de songer à cela ce soir. Je vais te laisser te reposer. Nous en reparlerons demain. » Arrivé à la porte, il se retourna. « Je suis navré de la mort de la reine, Avallach. Je m'associe à ton chagrin. Briseis était une femme remarquable. Tu as toute ma sympathie. » Il souhaita bonne nuit à Avallach et sortit, refermant doucement la porte derrière lui.

Assise au bord du lit, Charis regardait une fresque représentant un jeune garçon souriant et bronzé à cheval sur un dauphin dans une mer grouillant de créatures de toutes sortes. Elle entendit la porte s'ouvrir avec un grincement, puis quelqu'un entrer d'un pas hésitant.

« Charis ? fit une voix douce. Oh, Charis, je suis désolée. »

La princesse tourna lentement la tête. C'était Liban, vêtue d'une légère chemise de nuit, l'air profondément chagrinée. « J'ai appris la... » Elle ne put se résoudre à prononcer les mots, mais elle vint près de son amie et la prit dans ses bras. « Oh, Charis...

— C'était horrible, dit Charis. Horrible, Liban. Elle était toute déchiquetée... je l'ai vue mourir...

— N'en parle pas. » Elle prit les mains de Charis et se laissa tomber à côté d'elle sur le lit. Elles restèrent assises un long moment en silence. Il n'y avait pas de mots pour exprimer ce qu'elles ressentaient.

La lune se leva, illuminant la chambre d'une lueur blême. Liban serra la main de Charis. « Là, couche-toi et essaie de dormir. Je reviendrai demain matin. » Charis s'allongea et Liban tira sur elle une couverture, puis elle sortit sur la pointe des pieds.

« C'était ma faute, murmura Charis, les yeux secs dans le noir. Je suis responsable. »

Le lendemain matin, Charis se réveilla tôt, seule dans sa chambre. Quand Liban vint la chercher, elle trouva Charis assise sur le lit, les cheveux tirés en arrière, ses vêtements froissés par la nuit. Elles se rendirent ensemble à la cuisine pour déjeuner avec les plus jeunes enfants de Seithenin. Eoinn et Guistan étaient avec eux, l'air éteint, mais sans autre séquelle apparente de l'attaque. Ils lui adressèrent un signe vague et poursuivirent leur conversation avec trois des fils de Seithenin.

« ...mille, disait Eoinn.

— Non, dix mille ! renchérit Guistan.

— Et tous avec des épées gigantesques, dit Eoinn.

— Et des flèches longues d'un empan ! ajouta Guistan.

— Leurs chevaux étaient *rapides*, dit Eoinn.

— Kian dit qu'ils couraient si vite qu'ils ont disparu ! répondit Guistan.

— Vautours ! s'écria Liban en tapant du pied.

— Oh, Liban, couina le plus âgé de ses petits frères, nous voulons juste savoir ce qui s'est passé.

— Je vais vous dire ce qui s'est passé ! Des gens se sont fait tuer... là, voilà ce qui s'est passé. » Elle foudroya du regard Eoinn et Guistan. « Votre propre mère a été tuée. Vous vous en fichez ? »

Elle fit volte-face et entraîna Charis au fond de la pièce où se trouvait une petite table près de la cheminée. Un cuisinier leur apporta un plat de galettes de froment et de fruits. Elles mangèrent tranquillement et, quelques minutes plus tard, les garçons sortirent.

« Ce ne sont pas vraiment mes frères », déclara Liban.

Cela tira un bref sourire de Charis, mais ses yeux restèrent tristes. « Mes propres frères sont tout aussi ignobles.

— Parfois je me dis que la sage-femme a volé les enfants du roi pour mettre à la place les siens dans le berceau.

— C'est peu probable, non ? » Charis se rasséréna un peu.

« Peut-être, mais ça expliquerait bien des choses. »

Charis rit. « J'aime parfois me dire que mes frères sont des enfants trouvés et que je suis le seul véritable enfant d'Avallach et Briseis... » Sa voix se cassa.

« Viens, proposa Liban, allons dans ma chambre et tu pourras tout me dire sur la cité royale. Je ne suis jamais allée à Poséidonis.

— Il faudrait des *jours* pour tout raconter, avertit Charis en suivant Liban hors de la cuisine.

— Eh bien, tu as eu tout le plaisir, maintenant il est temps de partager. »

Les deux fillettes s'engagèrent dans un immense vestibule voûté pour gagner la chambre de Liban.

« Charis ! »

La dureté du ton les figea sur place et elles se retournèrent. Le roi Avallach, mains sur les hanches, les regardait en fronçant les sourcils du haut d'un escalier. « Père ? » La voix de Charis éveilla des échos dans la vaste salle.

« Nous partons tout de suite. Va dans la cour et attends-y les voitures. »

Charis ouvrit la bouche pour répondre, mais Avallach avait tourné le dos et disparu.

« J'attendrai avec toi », dit Liban.

Elles attendirent ensemble, sans beaucoup parler, que soit venu le moment de partir. « Adieu, Charis », cria Liban tandis que Charis montait dans la voiture de la reine. Cette fois, le corps de sa mère était proprement enveloppé dans un suaire de lin parfumé, prêt pour les funérailles. De nouveau, Annubi tenta d'intercéder en sa faveur, mais Avallach insista pour qu'elle voyage seule avec le cadavre de sa mère.

Une escorte fournie par Seithenin les accompagna jusqu'en Sarras, mais le voyage se déroula sans incident et ils eurent beau interroger fermiers et marchands le long de la route, personne n'avait vu une troupe d'hommes telle que la leur décrivait Avallach. Cependant la nouvelle de la mort de Briseis les avait précédés, de sorte que lorsqu'ils parvinrent sur la Voie Royale menant au palais d'Avallach, la route était bordée de gens en deuil, agitant chacun une simple branche d'olivier.

Deux jours plus tard, le corps de Briseis, tout revêtu d'or et de vert avec une tiare en or sur la tête, fut transporté dans une voiture ouverte sous un dais de soie verte du palais à la sépulture royale.

Le tombeau de marbre blanc se dressait au sommet d'une colline auquel on parvenait du fond de la vallée par une longue volée de marches. Le char funèbre était tiré par deux chevaux noirs et précédé de trois chars attelés eux aussi de chevaux noirs portant des plumets noirs sur la tête. Avallach, Kian et Maildun conduisait chacun un char et Eoinn, Guistan et Charis voyageaient auprès d'eux.

Du palais, la route descendait parmi les vergers et traversait un bois avant de parvenir au pied de l'escalier à flanc de colline. Charis était debout auprès de Maildun, sombre et silencieuse, tandis que le char traversait les rues de Kellios. Quand la procession funèbre atteignit la vallée, elle se retourna pour voir la foule massée tout le long de la route jusqu'à Kellios.

Quelque chose lui fit écarquiller les yeux. Qu'y avait-il de si familier dans cette scène ? se demanda-t-elle. Un instant plus tard, elle avait la quasi-certitude d'y avoir déjà assisté : les chars, les chevaux à plumets noirs, les gens qui suivaient le cortège... tout lui avait été révélé dans les ténébreuses profondeurs du Lia Fail.

Charis sentit sa tête qui tournait et ses jambes qui se dérobaient. Elle se cramponna au char et se mit à vaciller. Maildun lui jeta un coup d'œil et vit ses traits livides. « Retourne-toi, dit-il. Tu vas te rendre malade à regarder en arrière. »

Elle se retourna et regarda le tombeau blanc qui miroitait au sommet de la colline dans le brillant soleil de midi. « Charis, qu'est-ce que tu fais ? » lui parvint la voix de Maildun. Elle le regarda et vit son image trembler devant elle comme celle de la tombe dans les ondes de chaleur. « Charis ? »

J'ai déjà vu ceci, se dit-elle, et elle souvint qu'elle avait aussi vu autre chose ce même jour... un homme hirsute à l'œil sauvage vêtu de peaux de bêtes, déversant des prophéties de ses lèvres desséchées par le soleil. Je l'ai vu... j'ai vu Throm. J'ai vu l'enterrement de ma mère... j'ai vu tout cela, et je n'ai rien fait pour l'empêcher. J'ai vu sans voir.

Le corps de Briseis fut hissé lentement le long de l'escalier menant au tombeau où il fut placé sur un catafalque de marbre couvert de soie verte et de guirlandes de fleurs. La famille royale se tenait d'un côté tandis que la population de Sarras défilait, pleurant avec profusion dans une grande démonstration de chagrin et implorant Bel d'emporter sur son char étincelant l'âme de leur défunte souveraine vers le royaume des Ombres.

Finalement, le corps fut placé dans un grand sarcophage de pierre et descendu au fond du tombeau. Des mages supervisaient l'inhumation de Briseis à la lueur des torches, psalmodiant leurs mélopées funèbres pour faciliter le passage de son âme dans l'autre monde tout en procédant aux ultimes préparatifs du corps de la reine pour son dernier voyage. Charis supporta, impassible, la cérémonie jusqu'au bout, les mâchoires serrées.

Enfin le massif couvercle de pierre fut lentement descendu sur le corps de la reine et glissa en place le long de ses sillons avec un bruit sourd. Tandis que les autres se tournaient pour repartir, Charis quitta sa place et s'approcha du sarcophage. Elle fit glisser le bracelet de jade de son poignet et le déposa sur l'image gravée sur le couvercle, puis elle suivit les autres hors de la sépulture dans la nuit tombante.

Le disque de Cybèle était suspendu à l'est au-dessus de l'horizon, livide et boursouflé. La vallée était plongée dans une pénombre bleutée et la fraîcheur nocturne fit frissonner Charis. Sans regarder en arrière, elle commença à redescendre les marches. « Repose en paix, Mère, murmura-t-elle. Je t'aimais. »

LIVRE DEUXIÈME

LE TAUREAU DU SOLEIL

I

Écoutez ! Dans le silence de ces après-midi ensoleillés, j'entends les cris de la foule ivre de sang s'élever vers les cieux comme une prière. J'entends mon nom sur leurs lèvres. « Charis ! Charis ! crient-ils, faisant trembler le stade du tonnerre de leurs voix... Le triple ! Charis ! Le triple saut ! »

Debout, seule sur le sable blanc de l'arène, mon corps huilé luisant sous les rayons du soleil, les bras levés, je suscite l'adulation des foules dont je me nourris. L'air est vif. Il me brûle au passage narines et poumons.

La douleur me stimule. Elle palpite en moi, ainsi que l'excitation. Je tremble. Écoutez-les ! C'est pour moi qu'ils crient. Pour moi !

Charis ! Charis ! Charis !

Nous sommes les Mouettes et j'en suis capitaine. Nous avons bien dansé, aujourd'hui, personne n'a été blessé. Que la foule rugisse de plaisir. Nous sommes les Mouettes, nous sommes les meilleurs. Et nous venons de donner le meilleur de nous-mêmes. Qu'ils crient pour en réclamer davantage... il n'y aura rien de plus aujourd'hui. Que d'autres dansent pour les distraire, nous avons tout donné et nous en avons terminé.

Je fais signe aux autres, qui viennent en courant se placer près de moi. Main dans la main, nous levons les bras. Les Mouettes ! Nous faisons lentement le tour de l'arène. La foule est debout. Le bruit est assourdissant.

Et voici maintenant la pluie d'or et d'argent. J'envoie mes danseurs courir la ramasser, mais je ne bouge pas. Je reste la tête haute, la sueur ruisselant sur mes flancs, le soleil brûlant sur ma peau hâlée. Debout, par la force de ma présence, j'attire la pluie précieuse : bagues et bracelets, chaînes d'or et d'argent tressé, coupes d'orichalque et gobelets incrustés de perles. Tout cela tombe des tribunes et nous le ramassons. Pourquoi pas ? C'est notre droit.

Nous sommes les Mouettes ! Savez-vous ce que cela signifie ? Nous sommes les meilleurs. Et moi, Charis… je suis leur capitaine.

Le Temple royal du Soleil, à Poséidonis, était constitué de deux triangles superposés, entourés de terrasses et bordés de colonnades de pierre blanche scintillant au soleil, ses flèches d'orichalque dressées telles d'éblouissantes aiguilles de feu vers les cieux ultramarins. Les mages glissaient, tels des spectres en robes blanches, le long de ses frais corridors ombragés, ou se rassemblaient sur les terrasses pour enseigner à leurs dociles troupeaux de néophytes.

Charis, vêtue d'une chemise jaune bouffante, un collier et des bracelets en or tintant à son cou et à ses poignets, avançait sous les grandes colonnes de la terrasse, ses pieds bronzés chaussés de sandales de cuir blanc claquant sur la pierre fraîche. Elle savait que la confrontation allait être tendue et elle y était préparée.

En deux mois, elle avait déjà été convoquée deux fois devant le Belrène, le mage responsable des arènes. Elle n'avait jusque-là reçu que de vagues avertissements qu'elle avait décidé d'ignorer. Cette fois, les choses seraient plus sérieuses.

Elle atteignit une porte en plein cintre entre deux colonnes laquées de rouge et pénétra dans les appartements du Belrène, passant entre ses deux néophytes avant qu'ils n'aient pu l'arrêter.

Le Belrène, un homme à l'air grave qui portait les marques de l'arène sous la forme de cicatrices livides aux bras et aux poignets, leva la tête à son entrée. « Ah, Charis, dit-il en quittant la table devant laquelle il était assis, penché sur une pile de documents. Je ne t'attendais pas si tôt.

— Je suis venue tout de suite, Belrène. Comme toujours, je suis ta fille obéissante. » Charis eut un sourire glacial et inclina la tête.

Le Belrène lui rendit son sourire, sans la moindre chaleur, et renvoya d'un geste ses serviteurs. « Bien sûr. Assieds-toi, veux-tu. » Il indiqua un siège capitonné de soie près de la fenêtre.

« Je resterai debout, Belrène. C'est mon droit.

— Ton droit ? Tu me surprends, Charis. Penses-tu que je sois un ennemi ?

— Un ennemi ? demanda-t-elle, ironique. Et pourquoi donc, Belrène. Le serais-tu ?

— Tu sais bien que non. Ou tu le devrais. Je suis ton ami, Charis. Je sais que tu ne me crois pas, mais je ne veux que ton bien.

— Vraiment ! s'exclama-t-elle. Alors, pourquoi refuses-tu de me laisser choisir les taureaux ? Et pourquoi persistes-tu à nous imposer ces règles stupides ? »

Le Belrène secoua lentement la tête, comme s'il ne pouvait en croire ses oreilles. « Tu vois ? Tu ne sais même plus rester à ta place.

— Je sais où est ma place, Belrène. Elle est dans l'arène avec mes danseurs.

— *Tes* danseurs, Charis ?

— Oui, *mes* danseurs. » Elle fit un pas vers lui, l'œil noir. « Qui les entraîne ? Moi. Qui étale le baume apaisant sur leur chair fourbue et masse leurs muscles endoloris ? Moi. Qui panse leurs blessures ? Qui entend leurs cris quand la terreur vient les visiter dans leur sommeil ? Moi.

— Je ne doute pas que tu sois une capitaine talentueuse, Charis...

— Une capitaine talentueuse ? Je suis plus que cela, Belrène, beaucoup plus. Je *suis* les Mouettes. Elles et moi ne faisons qu'un. »

Le Belrène blêmit et fit le tour de la table pour se tenir devant elle. Charis ne recula pas. « Tu tiens trop de choses pour acquises, Charis.

— Je ne tiens rien pour acquis... jamais, cracha-t-elle. Serais-je allée aussi loin, aurais-je tenu aussi longtemps ? » Elle fit une pause. Quand elle reprit la parole, sa voix était plus calme. « Sais-tu combien de temps cela fait ?

— Oui. Tu as joui d'une longue et illustre carrière... ce qui est des plus admirables.

— Cela fait sept ans que je suis entrée dans l'arène. Songes-y ! Sept ans que je danse ! Dis-moi, Belrène, quelqu'un a-t-il jamais dansé aussi longtemps ? »

Le Belrène eut l'air de réfléchir un moment. « Non, répondit-il doucement. Personne de ma connaissance.

— Personne. » Elle se rapprocha. « Je suis capitaine depuis quatre ans. Combien de Mouettes ai-je perdu durant tout ce temps ?

— À peine une ou deux, je pense. Tu as eu beaucoup de chance, je sais.

— Aucune ! cria Charis. Je n'ai perdu aucun danseur depuis que je suis devenue capitaine. Quel autre de tes capitaines a fait mieux ?

— Tu parles de la danse taurine comme s'il s'agissait d'un jeu.

— C'est un jeu. Et tu le sais… malgré ce que tu professes devant les gens. Oui, et ils savent eux aussi que c'est un jeu. L'or, l'argent… penses-tu que c'est au dieu qu'ils jettent leurs bijoux ?

— C'est un sacrifice. Il appartient au temple.

— Oh, oui. Il appartient au temple… mais tu nous permets généreusement d'en garder une petite part pour nous. Pourquoi ? Parce que tu sais qui les attire dans l'arène.

— Ils viennent assister à la danse sacrée, dit le Belrène, hautain.

— Ils viennent me voir, moi ! rétorqua Charis. Pourquoi penses-tu que les danses taurines sont devenues soudain si populaires ? Les autres arènes sont-elles aussi fréquentées ?

— Oui, avança précautionneusement le Belrène.

— Oh, oui… quand les Mouettes se produisent.

— Tu as une haute opinion de toi, Charis. Trop haute. Et si je te disais que tu ne pourras plus jamais danser ? »

Elle renversa la tête en arrière et éclata de rire. « Ne plus jamais danser ? Qui annoncera la chose ? Toi ? J'aimerais voir ça ! Toi, debout au milieu de l'arène, en train d'expliquer que les Mouettes ne danseront plus jamais. Ils te mettraient en pièces, membre après membre. Il y aurait des émeutes dans les rues !

— Tu penses être puissante à ce point ?

— Pas moi, Belrène. Je ne suis que la servante du dieu, tout comme toi. » Elle s'avança vers lui, mains sur les hanches. « Mais quand je danse, je suis une déesse !

— Tu blasphèmes.

— Vraiment ? » Elle pencha la tête sur le côté, les yeux mi-clos. « Je peux te dire que je suis plus proche du cœur du dieu quand je danse que toi quand quand tu comptes ton or.

— Tu penses que je m'intéresse à l'or ?

— À quoi t'intéresses-tu donc ? »

Le Belrène la foudroya du regard. « Je m'intéresse au fait que tu profanes la danse sacrée. Je m'intéresse au fait que tu penses être au-dessus des lois du temple, que tu avilis ton art par ton insatiable vanité.

— La jalousie t'a délié la langue, Belrène. Continue.

— Personne ne peut rien te dire, Charis. Tu penses que tout le monde est contre toi. Tu ne vois que ce que tu veux voir.

— Je vois ce qui est, siffla-t-elle, tendue.

— Je me le demande. » Il lui tourna le dos, regagna son siège derrière la table et s'assit lentement en secouant la tête. « Que vais-je faire de toi, Charis ?

— Je me fiche de ce que tu fais avec les autres équipes. Mais pour les Mouettes, laisse-moi choisir les taureaux. Suspends tes règles et laisse-moi diriger mes danseurs comme je l'entends.

— Cela ferait-il ton bonheur ?

— Mon bonheur ? Je ne savais pas que nous discutions de mon bonheur.

— Je t'ai dit que j'étais ton ami.

— Alors donne-nous la moitié du tribut.

— La moitié !

— Pourquoi pas ? Sans moi, tu n'aurais pas le dixième de ce que tu as amassé. »

Le Belrène la regarda fixement, puis il haussa les épaules. « D'accord, la moitié. Quoi d'autre ?

— Promets-moi de ne plus jamais me menacer.

— Quand t'ai-je jamais menacée ?

— Quand tu as suggéré que je pourrais ne plus jamais danser… qu'est-ce que c'était ? Une prémonition ?

— Si tu veux.

— Donne-moi ta parole, insista Charis.

— Je ne te menacerai plus jamais. C'est tout ? »

Charis sourit largement. « Quand ai-je jamais réclamé quoi que ce soit pour moi-même ?

— Très bien, je t'ai donné tout ce que tu voulais. Mais je te demande quelque chose en échange.

— Quoi ?

— Pas grand chose. » Le Belrène eut un geste négligent de la main. « Je veux que tu prennes du repos.

— Du repos ? demanda Charis, défiante.

— Un long repos.

— Combien de temps ?

— Au moins six mois.

— Six mois ! hurla Charis. Tu essaie de me tuer !

— J'essaie de te sauver !

— De quoi ?

— De toi-même ! Ne le vois-tu pas ?

— Si je me repose, comme tu dis, pendant six mois, que penses-tu qu'il m'arrivera à l'instant où je remettrai les pieds dans l'arène ? Tu as autrefois été danseur. Tu sais ce que cela signifie.

— Alors, il est peut-être temps pour toi d'arrêter. »

Charis le dévisagea, comme pétrifiée. « Je n'arrêterai jamais, murmura-t-elle. Je mourrai peut-être un jour dans l'arène, mais je n'arrêterai jamais. »

Le Belrène la regarda avec tristesse. « Je me rappelle la première fois que tu as effectué un triple saut périlleux. Cela n'avait jamais été tenté. Personne ne croyait que c'était possible… mais toi, Charis, tu as réussi la première fois que tu as essayé. »

Charis sourit à ce souvenir. « Je n'ai pas pu avaler un morceau pendant les deux jours qui ont précédé… et ce n'était pas si simple.

— Oui, et maintenant ? Tu le fais lors de presque toutes les danses. C'est devenu une habitude.

— Les gens l'attendent, répondit Charis. C'est ce qu'ils sont venus voir.

— Bientôt, ils attendront de toi encore et encore davantage. Que se passera-t-il alors, Charis ?

— Je leur en donnerai encore davantage, dit-elle d'un air de défi.

— Et ensuite ? Combien de temps pourras-tu continuer ?

— Aussi longtemps que je le déciderai.

— Non, Charis. Ce n'est pas possible. Tu n'es pas une déesse… même si tu as l'air de le penser. Non, un jour tu iras trop loin et tu échoueras.

— Eh bien soit !

— Prends du repos, Charis. Encore mieux, quitte l'arène. Arrête. »

Elle regarda fixement l'homme devant elle. Elle percevait dans sa voix une compassion qu'elle n'y avait jamais entendue, mais elle résista néanmoins. « Comme tu l'as quittée ? »

Le Belrène ne mordit pas à l'appât. « Tu es presque mage. Encore un an ou deux d'études et tu le deviens. Tu pourrais rentrer chez toi, retrouver les tiens.

— Est-ce ainsi que tu projettes de te débarrasser de moi ? »

Le Belrène se leva et vint à elle. « Charis, dit-il avec douceur, je t'ai observée depuis ton arrivée au temple. Ta danse est un don très rare qui restera à jamais dans les mémoires. Mais tu n'es plus une petite fille aux grands yeux, tu es maintenant une femme. Tu dois avoir d'autres rêves, d'autres désirs.

— Chez moi, as-tu dit ? Je n'ai plus de chez moi, Belrène.

— Plus de chez toi ? Tout le monde sait que ton père est le roi Avallach de Sarras. Il doit être fier de toi, fier de ton talent.

— Mon père ne m'a jamais vue danser. »

Le Belrène hocha la tête en silence, puis il dit : « La guerre, sans doute, l'empêche de…

— Sa guerre idiote ! Tout le monde ne parle que de cette guerre ridicule ! » Elle tourna brusquement le dos. « Ce n'est pas à cause de la guerre.

— Tu es célèbre dans les Neuf Royaumes. Tu seras la bienvenue n'importe où… tu pourras choisir où t'installer.

— J'ai déjà choisi, Belrène, dit-elle avec un pâle sourire. Le temple est ma demeure. L'arène est mon foyer.

— Ce sera aussi ta tombe.

— Et alors ? J'ai voué ma vie au dieu il y a des années.

— Ta vie, oui. Pas ta mort.

— La vie ? La mort ? Quelle importance ? D'une façon comme de l'autre, c'est un sacrifice. »

Le Belrène soupira et détourna la tête. « C'est tout, Charis. Tu peux disposer. »

Elle se dirigea vers la porte, l'ouvrit, hésita, puis se retourna. « Merci, Belrène… pardon pour… »

Il écarta les mains. « Tu ne me dois pas d'excuses. Promets-moi simplement que tu réfléchiras à ce que j'ai dit. »

Charis inclina la tête et sortit de la pièce, refermant la porte derrière elle. Puis elle redescendit le couloir, lentement d'abord, puis de plus en plus vite, pour finir par se mettre à courir, bousculant un groupe de mages qui tentèrent de la ralentir au passage. Mais elle se dégagea et poursuivit sa course aveugle.

Charis reprit ses esprits dans un environnement familier : le bassin à l'eau limpide et sa fontaine indolente. Les ombres fraîches de l'après-midi s'allongeaient sur la pelouse récemment tondue. Il régnait une lumière couleur de miel et Charis songea à la première fois où elle était venue dans ce jardin.

Elle marchait lentement, perdue dans le lointain souvenir de ce jour où elle s'y était promenée avec sa mère. Progressivement, elle prit conscience d'une autre présence, se retourna et vit la Grande Reine qui l'observait. Bizarrement, Charis n'éprouva nul choc ni surprise, car une partie d'elle-même s'était attendue à cette rencontre. Elle s'approcha de la reine assise sur son tabouret et la regarda en silence, l'air profondément malheureux.

« Eh bien, Charis, cela fait longtemps, dit la reine Danea avec un sourire plein d'amertume. Je savais que nous nous reverrions, mais je pensais que ce serait plus tôt.

— Est-ce toi qui m'a fait venir ? demanda Charis, car il lui était venu à l'esprit qu'elle n'avait pas erré si au hasard qu'elle l'avait d'abord pensé.

— Ce sont tes propres pas qui t'ont amenée. » La reine leva les yeux vers le ciel ensoleillé. « C'est l'heure de la journée que je préfère... le faux crépuscule.

— Que veux-tu de moi ? demanda brusquement Charis.

— Pourquoi être si soupçonneuse, ma fille ? Est-ce là ce que tu as appris dans l'arène ?

— Il semblerait.

— Alors, il faut parfaire ton éducation. » La Grande Reine regarda à nouveau le ciel. « Je me souviens... dit-elle enfin, je me souviens d'une fillette à l'insatiable curiosité, pleine d'une vie intense qui brûlait comme une flamme. Je croyais que rien ne pourrait l'éteindre. » La reine haussa un sourcil et regarda de nouveau Charis. « Était-ce toi ? »

Charis fut émue par ces paroles. Elle porta une main à sa gorge. « Peut-être... autrefois... » Elle avait du mal à trouver ses mots.

« Oui... autrefois. » La reine garda un long moment le silence. Le bruit de la fontaine qui coulait dans le bassin s'entendait dans tout le jardin. Quelque part un oiseau chantait son hymne au jour finissant. « Je suis venue retrouver une amie, finit-elle par dire. Je n'en vois aucune ici. »

Charis hocha simplement la tête, les mains le long du corps.

« Arrête-toi, Charis, lui dit la reine.

— J'ai peur. Cela fait si longtemps... et il s'est passé tant de choses. Peut-être trop. »

La reine se leva de son tabouret et indiqua le sentier. « Viens te promener un moment avec moi. »

Elles marchèrent le long du sentier ombragé et Charis sentit se relâcher le nœud qui l'étreignait. Elle aurait souhaité, comme jamais auparavant, que quelqu'un lui dise que faire. « Je ne sais plus où j'en suis, dit-elle dans un soupir.

— Tu es liée à un passé que tu n'as jamais désiré et à un futur qui ne peut être. De là vient ta confusion.

— Sais-tu ce que j'ai fait ?

— Je sais que tu as fait de ton mieux pour te détruire, ma fille. Tu as choisi l'arène... tu as choisi la mort. Mais l'esprit qui est en toi ne l'a pas permis. À la place, tu es devenue la plus grande danseuse de l'histoire de ta race. Cela devrait t'ouvrir les yeux.

— Je ne peux pas les abandonner, dit Charis. Ils sont tout ce que j'ai. Je suis leur chef, leur vie. Si je m'en vais, ils se feront tous tuer. »

La reine fit halte et se tourna vers Charis. « Libère-les, Charis. Libère-toi toi-même.

— Que pourrais-je faire d'autre ?

— Mais voyons, ma fille, tu feras ce pour quoi tu es née. » La Grande Reine sourit et il sembla soudain à Charis que le passé n'avait jamais existé : elle était toujours une petite fille brûlant de connaître les antiques secrets.

« Viens me trouver quand tu seras prête », dit la reine. Elle tourna brusquement le dos et s'éloigna. « Il est temps de prendre ta décision, Charis. »

La reine disparut dans les ombres qui s'épaississaient. Charis resta un moment à regarder dans le vide avant de se rendre compte qu'elle était partie. Une légère brise nocturne s'était mise à souffler sur le jardin et la fraîcheur la fit frissonner. Elle tourna les talons et s'éloigna rapidement.

II

Taliesin, debout au milieu du bosquet, les mains croisées dans le dos, les yeux clos, récitait sa leçon avec la gravité d'un vieil érudit, tandis qu'un roitelet chantait sur une branche. Hafgan, assis sur une souche, son bâton de sorbier sur les genoux, écoutait d'un air distrait son élève tout en contemplant le ciel bleu à travers les branches.

« ... il y a trois sortes de poissons à coquille, disait Taliesin : ceux avec des pattes pour se déplacer, ceux sans pattes qui ne se déplacent pas mais reposent passivement sur le sable, et ceux qui s'accrochent aux rochers et... et... » Il entrouvrit un œil. « J'ai oublié la suite. »

Hafgan quitta le ciel des yeux pour regarder le garçon d'un air sévère. « Tu as oublié la suite parce que ton esprit n'est pas à ta récitation. Tu es complètement ailleurs, Taliesin, et non au fond de la mer avec les poissons. »

Taliesin se départit de sa gravité. La joie de l'attente avait monté en lui au point qu'il ne pouvait plus la contenir et il sourit largement. « Oh, Hafgan, dit-il en courant vers le druide, mon père rentre aujourd'hui ! Il a été absent tout l'été. Je n'arrive pas à penser à ces stupides poissons.

— Je donnerais mon œuf de dragon pour avoir un ovate moitié aussi intelligent qu'un stupide poisson.

— Tu sais de quoi je veux parler.

— Comment le saurais-je si tu ne dis rien, mon garçon ? » Hafgan tendit le bras pour ébouriffer les cheveux dorés du garçon. « Mais je vois que je ne pourrais rien tirer de toi. Rentrons et tu pourras attendre ton père avec les autres. »

Taliesin battit des mains. « Mais, le prévint Hafgan, sur le chemin du retour, tu vas me parler des usages de la racine de saxifrage.

— La racine de saxifrage ? Je n'en ai jamais entendu parler.

— Pour cela, tu va pouvoir me le réciter en vers, répondit Hafgan.

— Attrape-moi d'abord ! cria Taliesin par-dessus son épaule en se mettant à courir.

— Tu me crois trop lent ? » Hafgan s'élança à la poursuite du garçon, le rattrapa et le souleva de terre.

« Arrête ! cria Taliesin en se débattant vainement. Je me rends ! Je me rends ! »

Mais avant que les mots ne soient sortis de sa bouche, Hafgan l'avait reposé par terre. « Chut !

— Qu'est-ce que...

— Chut ! souffla le druide. Écoute ! »

Taliesin fit aussitôt le silence, tournant la tête d'un côté et de l'autre pour capter les sons portés par le vent. Il n'entendit rien d'autre que les bruits ordinaires de la forêt.

Finalement, Hafgan se détendit. Il regarda le garçon. « Qu'as-tu entendu ? »

Taliesin secoua la tête. « J'ai entendu le roitelet, un pigeon, des abeilles, le bruissement des feuilles dans le vent... c'est tout. »

Hafgan se pencha pour récupérer son bâton, puis il se redressa, époussetant brins d'herbe et brindilles de son manteau gris.

« Alors, demanda Taliesin d'un ton léger, qu'as-tu entendu ?

— Ce devaient être les abeilles.

— Dis-moi.

— J'ai entendu la même chose que toi », répondit le druide. Il tourna le dos et se remit en route vers le caer.

« Oh, Hafgan, dis-moi ce que tu as entendu qui m'a échappé.

— J'ai entendu trois criquets, un coq de bruyère, le ruisseau qui coule là-bas, et autre chose.

— Quoi d'autre ? » Le garçon rayonna soudain. « Mon père ? » demanda-t-il, plein d'espoir.

Hafgan s'arrêta et se tourna vers son élève. « Non, ce n'était pas ton père. C'était autre chose... cela ne devait pas venir du monde des humains, maintenant que j'y pense. C'était un grognement sourd... un long grognement de souffrance. »

Taliesin fit halte et ferma à nouveau les yeux pour essayer d'écouter ce qu'avait entendu Hafgan. Le druide fit quelques pas, puis se retourna. « Tu n'entendras plus rien. Le bruit a cessé. Je l'ai peut-être même imaginé. Viens, rentrons. »

Taliesin rejoignit son maître et ils se dirigèrent en silence vers Caer Dyvi. À leur arrivée au village, ils furent accueillis par Blaise, qui les attendait avec impatience à la porte. Quand il vit son maître, le jeune homme courut vers lui.

« As-tu entendu, Hafgan ? » Il vit la réponse à sa question sur le visage de son maître et demanda : « Qu'en penses-tu ? »

Hafgan se tourna vers Taliesin et dit : « Rentre chez toi, à présent. Dis à ta mère que nous sommes revenus. »

Taliesin ne bougea pas.

« J'en ai fini avec toi, insista Hafgan.

— Si tu me renvoies, je vous espionnerai pour écouter ce que vous dites.

— Comme tu voudras, Taliesin », concéda le druide à contrecœur. Il se tourna vers Blaise et dit : « Cela mériterait plus ample examen, mais je pense que ce pourrait être le commencement. »

Blaise le regarda un moment fixement, puis il bafouilla : « Mais… mais comment ? Le moment est venu ? Je pensais… je pensais que ce serait…

— Que ce serait à un autre moment ? Pourquoi ? Toutes les choses arrivent en leur temps.

— Oui, mais… maintenant ?

— Pourquoi pas maintenant ?

— Qu'est-ce qui est commencé ? demanda Taliesin. De quoi s'agit-il ? C'est l'Âge des Ténèbres ? » Il avait déjà entendu le druide en parler, mais il en savait assez peu.

Hafgan lui jeta un coup d'œil. « Oui, dit-il. Si j'ai bien lu les signes, le temps approche rapidement où le monde va subir de profonds changements. Il y aura des tempêtes et de grands déchirements, et les antiques fondations seront ébranlées. Des empires tomberont, Taliesin, et d'autres surgiront.

— Dans quel but ? »

Hafgan dissimula un sourire de satisfaction. Aussi jeune fût-il, le garçon avait le don d'aller au cœur du sujet d'une seule question. « Ah, dit-il, c'est ce que nous désirons tous savoir. Rentre, maintenant, ta mère va se demander ce que tu deviens. »

Taliesin se tourna à regret pour partir. « Il faut me le dire quand tu sauras.

— Je te le dirai, Taliesin. » Le garçon s'éloigna en traînant les pieds, puis, dans un soudain accès d'exubérance, il sauta par-dessus une souche et partit en courant.

« Regarde-le, Blaise, dit Hafgan. On ne verra pas de sitôt son égal. Et pourtant, si grand soit-il…

— Il en viendra un plus grand. Je sais. Tu me l'as dit assez souvent. »

Le druide se pencha brusquement vers son filidh. « Je t'ennuie avec mes bavardages incessants ? »

Blaise sourit largement. « Jamais plus que je ne peux le supporter.

— Tu devrais peut-être aller à Baddon Cors rejoindre Indeg, qui enseigne aux fils indolents de riches marchands... il s'en sort admirablement bien, me suis-je laissé dire. Tu pourrais faire aussi bien.

— J'ai suffisamment à faire avec un seul fils indolent et son druide capricieux. »

Hafgan posa une main sur l'épaule du jeune homme et ils traversèrent le caer. « Tu as fait le bon choix, Blaise. Pourtant, je sais que tu dois parfois avoir le sentiment d'être coincé seul au bout du monde pendant qu'au loin la vie s'écoule.

— Cela m'est égal.

— Tu pourrais voyager, comme je te l'ai dit. Tu pourrais aller en Gaule, en Galice, en Armorique. N'importe où. Tu as encore le temps. Je pourrais me passer de toi un moment.

— Je n'en ai vraiment pas envie, Hafgan. Je suis satisfait. Je sais que ce que nous faisons est important. Je le crois.

— Et ta foi sera récompensée au décuple, au centuple ! » Le druide s'arrêta et se tourna lentement. « Regarde autour de toi, Blaise ! dit-il, ses yeux gris regardant au-delà de ce qui l'entourait comme à travers une fenêtre sur un autre monde. Nous sommes au centre. Ceci... » — il décrivit devant lui un arc avec son bâton — « ...ceci est le centre. Le monde ne le sait pas encore, il ne le saura peut-être jamais. Mais il est ici. C'est ici que se décidera l'avenir. Tout ce qu'il adviendra dans les temps à venir nous sera redevable de son commencement. Et nous, Blaise, nous sommes les accoucheurs de l'histoire. Songes-y ! »

Il pivota soudain vers Blaise, le visage rayonnant de la puissance de sa vision. « Important ? Oui ! Beaucoup plus important que quiconque en vie ne peut le deviner, plus même que nous ne pouvons l'imaginer, toi ou moi. Même quand nous serons oubliés, nos ombres silencieuses s'étendront sur tous les âges futurs.

— Tu parles d'ombres, Hafgan.

— À l'Âge des Lumières, tout ce qui aura précédé semblera une ombre. »

Perché sur un rocher, Taliesin surveillait à la fois le chemin longeant les falaises et le sentier forestier menant au caer... par où son père serait obligé de passer. Quatre autres garçons montaient bruyamment la garde avec lui, courant au milieu des rochers, jouant à jeter des pierres le plus loin possible. La journée avait été calme et ensoleillée, mais des nuages s'amassaient à l'ouest, bas et sombres, chargés de pluie pour le lendemain.

Regardant les nuages, et songeant à ce qu'avait dit Hafgan, Taliesin laissait vagabonder son esprit, tel un oiseau libéré de sa cage. Il s'abandonnait et avait l'impression de voler. Il se dressa sur la pointe des pieds. L'air miroitait comme dans la chaleur de midi. Il voyait toujours les autres garçons en train de jouer, mais leurs silhouettes étaient floues et leurs voix lointaines. Un grondement assourdi lui emplissait les oreilles, tel celui de l'océan venant se briser sur la grève après l'orage.

Il tourna les yeux vers l'ouest et les nuages qui s'amoncelaient. La mer miroitait au soleil et, plus loin, sur l'horizon, il vit une île. Elle étincelait comme une pierre taillée, ou du verre poli, et était presque aussi transparente : une île de verre.

Les rayons de lumière renvoyés par le pic qui s'élevait en son centre venaient lui frapper les yeux, telles des lances, et lui transperçaient le corps, lui brûlant les os. Il se sentait cassant, prêt à s'émietter.

Le grondement se fit plus fort. Il l'entendait mieux à présent. C'était un chœur de voix criant à l'unisson :

« Perdu ! Tout est perdu ! Les dieux sont tombés des cieux et nous mourons. Nous mourons ! Tout est perdu… perdu… perdu… »

Les voix s'éloignèrent, de plus en plus faibles. Taliesin vit l'Île de Verre se dissiper comme une brume dans le vent. Puis elle disparut et il se retrouva debout au bord de la falaise, tremblant. La voix de ses amis résonnait à ses oreilles et le sang battait à ses tempes.

« Taliesin ! cria un des plus âgés. Qu'est-ce qui ne va pas ? Taliesin ? Vite, que quelqu'un coure chercher sa mère ! »

Taliesin secoua la tête et regarda les autres, attroupés autour de lui. « Non… non… ce n'est rien.

— On aurait dit que tu avais une attaque, dit un des garçons. Tu as dit que tu l'avais vu. Qu'est-ce que tu as vu ? »

Taliesin jeta à nouveau un coup d'œil vers la mer. L'horizon était vide. « J'ai cru voir quelque chose qui n'y était pas. » Les autres garçons tendirent le cou pour examiner la mer et il se dit qu'ils ne comprendraient pas, qu'ils ne comprendraient peut-être jamais. « C'est fini, maintenant. Ce n'était rien.

— Peut-être un bateau, proposa un des plus grands en regardant avec crainte les vastes étendues de l'océan.

— Un bateau, répondit Taliesin. Oui, ce n'était peut-être qu'un bateau. »

Les garçons se tortillèrent nerveusement. « J'ai faim, dit l'un. Je crois que je vais rentrer.

— Moi aussi, lui fit écho un autre.

— Je dois aller nourrir les cochons, se souvint un troisième.

— Je reste, déclara Turl, le plus âgé. Allez-y, moi je vais attendre mon père. D'accord, Taliesin ? Nous attendrons toute la nuit s'il le faut, Taliesin et moi. »

Les autres partirent, sautant de pierre en pierre, vers le fond de la petite vallée les séparant du caer. Les deux garçons s'assirent sur un rocher et regardèrent le soleil descendre vers la mer.

« Je vais bientôt partir pour Talybont, dit Turl au bout d'un moment. Mon oncle vit là-bas, il va m'enseigner le maniement des armes. J'habiterai chez lui en attendant d'être en âge d'aller garder le Mur avec mon père. » Il regarda Taliesin, assis près de lui en silence. « Et toi ? »

Taliesin haussa les épaules. « Je vais rester ici, je pense. » Il n'avait jamais entendu suggérer autre chose, du moins pas en sa présence. « De toute façon, je dois rester avec Hafgan.

— C'est un eunuque ! se moqua Turl. Tous les druides le sont, dit mon cousin, et il est assez âgé pour aller garder le Mur l'année prochaine.

— Ton cousin est un imbécile, murmura Taliesin, l'air sombre.

— Que fais-tu avec lui toute la journée ? demanda Turl, sans relever l'affront à son cousin.

— Nous parlons. Il m'apprend des choses.

— Quel genre de choses ?

— Toutes sortes de choses.

— Des trucs de druide ? »

Taliesin se demanda ce que voulait dire son ami. « Peut-être, accorda-t-il. Les oiseaux, les plantes, les arbres, la médecine, comment lire dans les étoiles, des choses comme ça. Des choses utiles.

— Apprends-moi quelque chose, demanda Turl.

— Eh bien, répondit lentement Taliesin en regardant autour de lui, tu vois cet oiseau, là-bas ? » Il lui montra une mouette qui rasait la crête des vagues. « Il s'appelle tête-noire.

— Tout le monde sait ça ! se moqua Turl.

— Il ne mange que des insectes, poursuivit Taliesin. Il les attrape dans l'eau. » L'oiseau baissa la tête et son bec laissa derrière lui un sillage en V. « Comme ça… tu as vu ? »

Turl sourit largement. « Oh ! Je ne savais pas.

— Hafgan en sait bien davantage… il sait tout.

— Pourrais-je venir apprendre avec toi ?

— Et ton oncle ? »

Turl ne répondit pas. Ils restèrent assis côte à côte, détachant du rocher des plaques de lichen jaune, quand soudain Taliesin se leva d'un bond. « Qu'est-ce qu'il y a ? demanda Turl.

— Viens ! cria Taliesin, qui courait déjà sur les rochers vers la sente forestière, de l'autre côté du vallon. Ils arrivent !

— Je ne vois personne !

— Ils arrivent ! »

Il s'élança à la suite de Taliesin et le rattrapa bientôt. « Tu es sûr ?

— Oui.

— Comment le sais-tu ?

— Je le sais », répondit Taliesin sans cesser de courir.

Ils traversèrent le fond de la vallée et gravirent le versant opposé. Taliesin arriva le premier au sommet de la butte et regarda vers l'endroit où la piste de terre franchissait la crête de la colline suivante. « Je ne les vois pas, dit Turl.

— Attends. » Taliesin s'abrita les yeux de la main et fixa la route en plissant les yeux, comme pour les faire apparaître par la force de sa volonté. Puis ils les entendirent… un léger tintement métallique, suivi du martèlement des sabots.

Un instant plus tard, ils virent une forêt de lances étincelantes surgir de la crête. La forêt grandit, puis des hommes, et enfin leurs chevaux, apparurent sous l'arc miroitant de leurs armes. Les garçons coururent à leur rencontre en poussant des cris, les bras étendus comme s'ils voulaient voler droit dans les bras de leurs pères. « Père ! Père ! » criaient-ils.

Le chef de la troupe se tourna vers eux et donna un coup de coude à l'homme qui chevauchait près de lui. Il leva la main et la colonne fit halte. Taliesin ouvrit de grands yeux. Son père portait le court manteau rouge et le plastron de cuir rigide d'un centurion. À son côté était accroché le glaive à large lame. Il avait l'air romain jusqu'au bout des ongles… à part son pantalon bleu vif et la grande broche d'argent ornée d'une tête de loup aux yeux de rubis qui attachait son manteau sur l'épaule. « Nous vous avons guettés toute la journée ! Je savais que vous arriveriez avant la nuit ! » dit Taliesin.

Elphin jeta un coup d'œil à Taliesin et déclara : « A-t-on jamais reçu meilleur accueil ?

— Non, seigneur, répondit Cuall, jamais. » Il sourit à son propre fils et lui adressa un bref salut.

« Grimpe, Taliesin, nous allons faire la route ensemble. » Elphin tendit la main et hissa son fils en selle. « En avant ! » cria-t-il et la troupe se remit en marche.

Le temps qu'ils atteignent les portes, tout le village s'était rassemblé pour les accueillir. Épouses, mères, pères, enfants… tous agitaient la main et criaient de joyeuses salutations. Elphin conduisit ses hommes au centre du caer et leur fit mettre pied à terre. Ils restèrent un moment au garde-à-vous près de leurs chevaux, puis Elphin cria : « Rompez ! »

Les hommes poussèrent une clameur et le caer retentit de cris de bienvenue. Elphin regardait la scène avec un large sourire, heureux d'être enfin de retour, heureux d'avoir ramené sa cohorte saine et sauve une fois de plus.

« Es-tu né sur cette selle ? »

Rhonwyn, sa soyeuse chevelure d'or rouge luisant dans la lumière déclinante, avait posé une main sur la bride du cheval. Elle portait une robe orange toute neuve avec une ceinture de laine à bandes vertes et bleues. Ses bras étaient nus, entourés de bracelets d'or incrustés de serpentins d'émeraude, et elle portait autour du cou un mince torque d'or torsadé.

« Écoute, Taliesin, une déesse vient de s'adresser à nous, dit Elphin en la buvant du regard.

— Descendez de là et je vais vous montrer si je suis une déesse. »

Elphin tendit les rênes à son fils et se laissa glisser de la selle. « Occupe-toi de Brechan, Taliesin. Donne-lui une mesure supplémentaire, ce soir. » Il flatta la croupe du cheval et celui-ci s'éloigna au petit trot, le garçon rayonnant sur son large dos. Puis Elphin se retrouva dans les bras de son épouse et leurs lèvres se joignirent.

« Tu m'as manqué, mon époux, murmura-t-elle entre deux baisers.

— Pas plus que tu ne m'as manquée, répondit Elphin. Oh, comme tu m'as manquée.

— Viens à la maison. Le souper t'attend. »

Elphin se pencha pour lui mordiller le cou. « Je n'en ferai qu'une bouchée.

— Arrête. Que vont penser tes hommes ?

— Voyons, mon épouse, ils vont penser que je suis le plus heureux des hommes ! »

Rhonwyn l'étreignit à nouveau, puis elle le prit par la main et l'entraîna. « Tu dois être fatigué. Avez-vous fait une longue route, aujourd'hui ?

— Assez. Je suis plus assoiffé que fatigué.

— Il y a un pichet sur la table. J'ai fait rafraîchir la cruche dans le puits toute la journée.

— Tu savais que nous rentrerions aujourd'hui ?

— Taliesin le savait. Il en était certain. J'ai essayé de lui dire de ne pas trop compter dessus, que tu pourrais être en retard. Mais il n'a rien voulu entendre. Il savait que tu serais à la maison avant la nuit. Il l'a dit à tout le monde. »

Arrivés à la porte de leur demeure, ils s'embrassèrent à nouveau brièvement, puis se baissèrent pour passer sous la portière de cuir. Le feu crépitait dans l'âtre où un rôti cuisait sur une broche. Une jeune fille, une des cousines de Rhonwyn qui s'était jointe à la maisonnée au printemps, après la mort d'Eithne, surveillait la broche qu'elle tournait lentement, arrosant de temps en temps le rôti. Elle sourit en voyant entrer Elphin, puis elle baissa timidement la tête.

Gwyddno Garanhir, grisonnant et les épaules voûtés, se tenait devant le feu, un pied sur un chenet. « Te voilà donc de retour ! Voyez-moi ça… aussi solide que l'acier accroché à ta ceinture.

— Père ! » Elphin et Gwyddno s'embrassèrent. « Quel plaisir de te revoir.

— Tu sens le cheval, mon garçon.

— Et toi, tu as bu toute ma bière !

— Pas la moindre goutte, mon fils. » Gwyddno cligna de l'œil. « J'ai apporté la mienne !

— Assieds-toi, Père, assieds-toi. Nous allons souper ensemble.

— Non, non, je vais m'en aller. Ta mère a dû me préparer à manger.

— Il n'en est pas question. » Elphin se tourna et appela la jeune fille. « Shelag, cours chercher Medhir. Ce soir, nous allons tous manger à ma table. Je veux que ma famille soit réunie. Cours, ma fille, va la chercher. Quoi qu'elle ait préparé, rapporte-le aussi.

— J'aurais ordonné un festin, si j'avais pensé que tu en aurais envie, dit Gwyddno. Il devrait y avoir un festin chaque fois que rentre la cohorte.

— Nous célébrerons plus tard son retour. Ce soir, j'ai envie d'être parmi les miens. » Elphin attira à lui Rhonwyn et lui pinça la joue. Elle lui tendit une corne cerclée d'argent remplie de bière et le poussa vers la table. Il but pendant qu'elle détachait le manteau rouge de ses épaules et délaçait son épaisse cuirasse.

À cet instant, Taliesin fit irruption et courut droit à son père. « Raconte-moi tout ce que tu as fait ! s'écria-t-il. Tout ! Je veux tout savoir ! »

Elphin éclata de rire et attrapa le garçon. « Alors je vais parler jusqu'à ce que les oreilles t'en tombent, c'est ça ?

— Pas avant que tout le monde ait mangé, intervint Rhonwyn.

— Ta mère a raison, dit Elphin. Les histoires peuvent attendre… il faut d'abord manger. » Shelag revint avec Medhir, toutes deux portant des plateaux de nourriture : légumes braisés, ragoût de porc et galettes d'orge toutes fraîches. Medhir posa son plateau sur la table, se tourna vers son fils qui tenait contre lui Taliesin et l'embrassa. « Tu es de retour et en bonne santé, Elphin, j'en suis heureuse. J'ai l'impression de ne pas t'avoir vu depuis au moins un an.

— Je suis heureux d'être revenu indemne, Mère. Est-ce du ragoût de porc que je sens ?

— Tu le sais bien. Assieds-toi et laisse-moi remplir ton bol. »

Elphin, Taliesin et Gwyddno s'assirent ensemble, Elphin au bout de la table, Taliesin à côté de lui. Les femmes s'activèrent autour d'eux et, quand les hommes furent bien servis, elles remplirent leurs propres bols et prirent place à leur tour.

« Ah, c'est si bon ! Sur ma vie, une femme pour mettre la main à la cuisine est ce qu'il manque le plus au nord du Mur. » Elphin leva son bol et but le reste de son bouillon, puis il se resservit. Il claqua des lèvres et se remit à dévorer.

Ils burent et mangèrent en discutant de ce qui s'était passé au village durant l'été. Quand ils eurent terminé, les femmes débarrassèrent et remplirent à nouveau les cornes. Taliesin, qui avait supporté le plus longtemps possible leurs bavardages, se tortilla d'impatience et dit : « Maintenant, tu vas nous raconter ce que tu as fait ? T'es-tu battu contre les Picti ? En as-tu tué ? Est-ce que les Romains patrouillent avec vous ?

— Oui, oui, dit gaiement Elphin. J'ai promis de tout raconter et je vais le faire. Laisse-moi m'installer là. » Il but une gorgée à sa corne, essuya sa moustache pleine de mousse. « Ça va mieux, dit-il, et il commença.

» Eh bien, voilà. Nous avons rejoint la légion à Caer Seiont, comme toujours. Mais cette fois j'ai été surpris d'apprendre que la garnison était réduite à trois cents hommes… et pour la plupart des fantassins qui ne savaient même pas de quel côté il faut donner l'avoine au cheval. Avitus est parti, rappelé en Gaule, et Maximus a été nommé tribun.

» Maximus… voilà un chef ! Il peut en faire davantage avec ses trois cents hommes que cet incapable d'Ulpius avec deux mille !

— La légion d'Eboracum s'est jointe à vous, alors ? demanda Gwyddno.

— Ils ont envoyé cinquante hommes. C'était tout ce dont ils pouvaient se passer, ont-ils dit.

— Trois cents. » Gwyddno secoua la tête d'un air incrédule. « C'est la garde d'un gouverneur, pas une légion !

— J'en ai parlé à Maximus. Il a dit qu'il n'y avait rien à faire. Il a même écrit à l'empereur Constantius, mais il ne s'attend pas à des renforts. C'est partout la même chose : Caer Legionis, Verulamium, Londinium... même sur le Mur, Luguvallium est réduit à quatre cents hommes, dont à peine soixante-dix cavaliers.

— Mais pourquoi ? demanda Rhonwyn. Cela n'a pas de sens. Les Picti sont plus nombreux chaque année et les Romains vident nos garnisons.

— Les Saecsens sont encore pires que les Picti, d'après ce que j'ai entendu dire, répondit Elphin. Et ce sont les Saecsens qui créent tous ces troubles en Gaule. Maximus dit que si nous ne les combattons pas là-bas, nous devrons les affronter ici.

— Mieux vaut là-bas qu'ici, déclara Gwyddno.

— Et les combats ? demanda Taliesin. Parle-nous des combats.

— Oui, mon jeune assoiffé de sang, j'y arrive. Eh bien, après nous être rassemblés à Luguvallium, nous sommes partis vers le nord. Comme l'année dernière, je n'ai pris qu'un centurion avec moi... Longinus, le Thrace. Il a appartenu à l'*ala* d'Augustus et on croirait qu'il ne fait qu'un avec son cheval. Bref, le troisième jour, nous sommes tombés sur une bande de Picti... une bonne centaine. Nous les avons pris par surprise dans un vallon de genêts à l'ouest de la forêt de Celyddon. Ils n'avaient pas eu le temps de se préparer et la plupart ont pris la fuite. Nous avons cerné le reste avant même qu'ils n'aient pu encocher leurs maudites flèches et nous avons capturé leurs chefs presque sans coup férir.

— Et ensuite, que s'est-il passé ?

— Nous les avons laissés partir.

— Laissés partir ! » Taliesin pivota sur les genoux de son père. « Pourquoi ?

— Parce que nous voulions qu'ils rentrent dire aux leurs qu'il est inutile de lutter contre nous, que leur place est au nord du Mur et qu'on ne leur fera pas de mal tant qu'ils y resteront.

— Tu crois qu'ils ont compris ? demanda Rhonwyn.

— Ils ont compris que nous ne les avons pas tués alors que nous l'aurions facilement pu. Selon toute probabilité, ils regagneront leur camp déshonorés et se feront tuer par leur propre peuple. »

Medhir reprit son souffle. « Ce sont des bêtes.

— Pour les Picti, la mort n'est rien. Ils l'accueillent avec joie. Quand ils meurent, leur esprit s'envole comme les oiseaux, et c'est tout ce qu'ils désirent, cette liberté. Mieux vaut mourir que vivre ne serait-ce qu'un moment de honte. Quand un de leurs chefs tombe au combat, ses hommes retournent contre eux leurs couteaux plutôt que de rentrer sans lui.

— Ma femme a raison… ce sont des animaux, marmonna Gwyddno. Rien que des animaux et des voleurs.

— Oh, oui, ils ont le vol dans le sang… ils font ça comme ils respirent, acquiesça Elphin. Mais ils n'y voient pas de malhonnêteté. Ils ne possèdent aucun bien personnel et n'ont pas la moindre notion de propriété. Tout ce que l'un possède appartient aux autres… femmes, enfants, chiens, chevaux, tout. Ils rient de nous voir cultiver les champs et faire pousser le blé.

— Ils sont assez prompts à le voler, malgré tout, remarqua Medhir.

— Uniquement parce qu'ils ne peuvent en obtenir autrement.

— Ils n'ont qu'à cultiver leur propre blé et élever leur propre bétail ! s'écria Medhir. Ils peuvent planter et moissonner comme nous le faisons.

— Ils ne possèdent pas de terre, Mère. En outre, cultiver signifierait s'installer quelque part et ils ne pourraient jamais le supporter. Ils vagabondent au gré du vent. Il n'y a rien de plus important pour eux dans la vie.

— Ce sont là des hommes bien étranges, murmura Medhir.

— Et leurs femmes ? » demanda Rhonwyn. Sont-elles aussi abominables qu'eux ?

— Elles le sont tout autant, sinon pire. Une femme peut prendre autant d'époux qu'il lui plaît. Chez eux, la paternité n'existe pas, les enfants appartiennent au clan. Et si une femme n'a pas d'enfants, elle se peint le corps en bleu et part au combat avec les hommes. On peut entendre leurs cris sauvages d'un bout à l'autre de leurs collines pelées. »

Elphin reprit une longue gorgée de bière et reposa la corne. « Malgré tout, poursuivit-il, nous n'avons rencontré que cette seule bande de tout l'été. Il y a quelques villages novantæ, là-haut sur la côte, et leurs habitants disent qu'ils ont vu les Picti se diriger au nord, toujours plus au nord, à travers les montagnes.

— Ils ont peut-être enfin déclaré forfait, dit Rhonwyn.

— C'est peu probable, fit remarquer Gwyddno.

— Je n'en sais rien. » Elphin secoua tristement la tête. « Au fond de mes tripes, je sens que c'est non. » Il se dérida et annonça : « Quoi qu'il en soit, nous n'allons pas sur le Mur l'année prochaine. J'ai dit à Maximus, et il a été d'accord, que les Picti avaient l'air de s'être retirés, de sorte qu'il n'est guère utile d'user les sabots de nos chevaux tout l'été. Nous resterons chez nous pour nous occuper de nos affaires.

— Magnifique ! s'exclama Rhonwyn en se levant d'un bond pour se jeter au cou d'Elphin. T'avoir ici… oh, mais que vais-je faire avec toi dans les jambes une année entière ?

— Nous trouverons bien quelque chose, mon épouse. » Il l'attira à lui et l'embrassa.

« Cela fait plaisir de te voir de retour, mon fils, dit Gwyddno en se relevant lentement. Mais je vais me mettre au lit. Viens, femme, dit-il à Medhir, je suis fatigué. » Ils sortirent tous les deux.

Elphin contempla le garçon blotti dans ses bras. « En voilà un autre qui est bon pour aller au lit. »

Shelag, qui avait écouté de sa place au coin de l'âtre, s'approcha. Elphin se leva et lui tendit Taliesin endormi. Il se pencha pour déposer un baiser sur sa chevelure dorée. « Dors bien, mon fils. »

Rhonwyn glissa les bras autour de la taille d'Elphin. « Viens, mon époux, murmura-t-elle, allons nous coucher, nous aussi. »

III

L'aube était riche des promesses d'une chaude journée, bien que le soleil ne fût pas encore levé. Un vent sec soufflait du nord, apportant la senteur boisée d'une terre aride. Charis se réveilla et sut aussitôt ce qui les attendait. À l'heure où s'ouvriraient les portes du stade et où les spectateurs commencerait à se bousculer pour gagner leurs places, le soleil serait une flamme ardente dans le ciel. Le sable de l'arène serait brûlant sous leurs pieds, les taureaux seraient nerveux et imprévisibles, la foule acariâtre et difficile à satisfaire.

C'était une journée propice au désastre.

Par conséquent, Charis s'assurerait que les Mouettes étaient prêtes. Elle les ferait déjeuner copieusement de figues et de miel, de galettes de froment, de poisson fumé, de viande séchée, de lait, de noix, de dattes et personne ne serait autorisé à quitter la table avant d'avoir mangé son content. Ils revêtiraient leur tenue d'entraînement et se rendraient dans le stade encore désert pour s'échauffer.

Quand tous se seraient assouplis, Charis les appellerait et ils mettraient au point la danse de la journée. Elle avait déjà réparti les groupes dans sa tête : Joet et Galai prendraient le premier taureau, leur tranquille assurance apaiserait les plus jeunes danseurs. Kalili, Juoni et Peronn danseraient ensuite... Junoi bénéficierait de l'expérience de ses partenaires et courrait moins de danger. On pouvait se fier à Belissa et Marophon pour donner le meilleur d'eux-mêmes en toute circonstance, mais elle leur choisirait un taureau qui ne leur causerait pas de difficulté, un vieil habitué de l'arène... Cornes Jaunes, par exemple, ou Large Croupe.

Quant à elle-même ? Galai viendrait la rejoindre, suivie de Belissa. Tous trois, ils pourraient exécuter la chorégraphie qu'ils avaient préparée pour le Festival du temple, la saison passée… une danse inspirée qu'ils n'avaient pas reprise depuis. Elle avait fait hurler la foule de plaisir.

Et ensuite ?

Charis prendrait seule le dernier taureau. La chorégraphie ? Il n'y en aurait pas de prédéfinie. Aujourd'hui, elle danserait pour le dieu, pour Bel tout seul, les figures lui viendraient à mesure, elle suivrait son instinct, elle danserait de tout son cœur et de toute son âme. Ce serait sa dernière danse. La dernière pour eux tous.

Les autres ne le savaient pas encore, ils ne le sauraient pas avant que ce ne soit terminé. Alors, elle le leur dirait. Pas avant. Ils ne comprendraient pas et la nouvelle les déstabiliserait. Leur rythme en souffrirait et peut-être eux aussi. La vie dans l'arène tenait au plus ténu des fils. Un clignement d'œil, une main mal placée, un défaut de concentration passager et le fil était coupé. Ces pensées occupaient son esprit tandis qu'elle se levait et enfilait une légère chemise, se lavait et gagnait les quartiers des danseurs.

Le matin n'était qu'une vague lueur à l'est lorsque Charis traversa la pelouse séparant ses quartiers de ceux des autres. Ses danseurs étaient encore endormis. Charis alla à la pompe en forme d'un dauphin qui se trouvait au bord de l'allée ; elle prit dans sa main la queue de la créature et l'actionna jusqu'à ce que l'eau jaillisse en gargouillant, douce et fraîche, dans la cuvette de cuivre posée sur un trépied sous son museau.

Cela fait, elle retourna à la première porte, frappa un coup discret et ouvrit. « Galai, chuchota-t-elle en secouant doucement l'épaule de la jeune fille, réveille-toi.

— Mmmm, marmonna la danseuse.

— Allons, debout, le déjeuner va être servi et je veux vous parler. »

Galai se roula en boule. « Ça ne peut pas être déjà l'heure, protesta-t-elle.

— Aujourd'hui, ce n'est pas un jour comme les autres, dit Charis en sortant de la chambre. Habille-toi et viens. »

Un à un, elle les réveilla. Les premiers sortirent de leur chambre d'un pas mal assuré et se dirigèrent, encore à demi endormis, vers la cuvette de cuivre pour se passer de l'eau froide sur le visage. « Ohhh, grogna Peronn en prenant son tour, tu es une cruelle capitaine.

— Cruelle, oui, et sans cœur. Ma seule raison d'exister, c'est de te rendre la vie impossible, espèce de paresseux. » Charis actionna la queue du dauphin pour faire couler une nouvelle giclée d'eau froide. « Et tu n'y réussis que trop bien !

— Où est Marophon ?

— Encore au lit, répondit Belissa. C'est lui, le paresseux. Tu veux que j'aille le secouer ?

— Allez à table, leur dit Charis. Je vais le réveiller. »

Les Mouettes s'éloignèrent en bavardant joyeusement, tandis que Charis entrait dans la chambre de Marophon, tout au bout des quartiers des danseurs. « Mar... », commença-t-elle, puis elle s'arrêta net. Deux corps reposaient, enlacés, sur l'étroite couchette.

Marophon se réveilla brusquement et la vit. Il se redressa d'un bond, secouant la fille couchée près de lui. « Charis ! S'il te plaît ! Attends, je... »

Charis s'avança au pied du lit. « Habille-toi sur le champ.

— Je peux t'expliquer. S'il te plaît...

— Je ne veux pas le savoir ! Fais-la sortir d'ici. »

La fille, à présent éveillée et terrifiée, regardait fixement Charis, serrant les draps contre sa poitrine. « Attends que les autres soient partis, et puis débarrasse-toi de ta putain. Que personne ne l'aperçoive. Compris ? » Marophon hocha la tête. Sur ce, Charis tourna les talons et sortit.

Tous les danseurs taurins prenaient leurs repas ensemble dans la cour inférieure du temple, près des étables. Les Mouettes avaient cependant leur propre table, un peu à l'écart, et une nourriture spécialement préparée pour eux que Charis achetait elle-même au marché.

Cela avait toujours causé une certaine jalousie parmi les autres équipes de danseurs, qui accusaient les Mouettes d'élitisme, tout en les enviant. Mais Charis savait qu'il était important pour ses danseurs de se sentir supérieurs, classés à part par la vertu de leur talent sans rival. Même si, au début, ce n'était peut-être pas rigoureusement exact, le croire, avec le temps, en avait fait une vérité. Ils étaient les Mouettes, et ils étaient les meilleurs.

Les autres mangeaient avec appétit quand Marophon les rejoignit. Il fut la cible de quelques plaisanteries, mais personne ne remarqua son air coupable quand il se glissa à sa place.

Ils mangèrent et, quand ils eurent presque terminé, Charis se leva et dit : « Cessez un instant de jacasser, Mouettes bavardes, et écoutez-moi. Aujourd'hui n'est pas un jour comme les autres.

— La reine n'a qu'un anniversaire, fit remarquer Joet.

— Chut ! Écoute, dit Belissa.

— Certains d'entre vous, poursuivit Charis, savent peut-être que je suis allée voir le Belrène hier. Il en est sorti ceci... » Elle fit une pause.

Ils arrêtèrent de manger et levèrent les yeux. « Alors, on va devoir se tenir sur la tête ? demanda Peronn.

— Il a accepté de nous laisser, à partir d'aujourd'hui, la moitié de l'or jeté en sacrifice…

— La moitié ! » s'écria Joet en se levant d'un bond. Les danseurs échangèrent des regards incrédules. Joet prit Charis dans ses bras et lui donna un baiser sur la joue. « La moitié, par les divins testicules en or ! Vous avez entendu ? Gloire à notre capitaine !

— Assis, Joet, crièrent les autres. Laisse-la finir.

— Le Belrène a aussi accepté de me laisser choisir les taureaux. Oui, et il a compris qu'il avait tort d'essayer de nous imposer ses règles ridicules.

— Nous sommes libres ! s'écrièrent d'une même voix Peronn et Galai.

— Et riches ! ajouta Joet.

— Qu'est-ce qu'il y a, Maro ? se moqua Belissa en lui enfonçant un coude dans les côtes. Tu as oublié ta tête sous les couvertures, ce matin ? »

Marophon esquissa un faible sourire. « Non, j'ai entendu. Je suis content… »

D'autres équipes de danseurs avaient commencé à arriver dans la cour. « Et maintenant, dit Charis, vous allez vous mettre tout de suite à l'entraînement. Nous devons avoir terminé avant que le soleil ne soit trop haut. Pas de précipitation. Échauffez-vous lentement. Il va faire chaud comme dans un four, aujourd'hui, il serait sage d'économiser nos forces. » Elle frappa dans ses mains. « Allez-y. Je vous rejoins tout de suite. »

Les danseurs repoussèrent leurs chaises et sortirent de la cour. « Maro, appela Charis. Je voudrais te dire un mot. »

Le danseur revint sur ses pas, l'air honteux. Il ouvrit la bouche pour dire quelque chose, mais il se ravisa et se contenta de regarder ses pieds.

« Je ne te rappellerai pas ton vœu d'abstinence », commença Charis. Bien qu'elle parlât doucement, une colère teintée de mépris n'attendait que l'occasion de se manifester. « Nous avons juré de rester vierges tant que nous danserons. Dis-moi, pourquoi as-tu jugé bon de rompre ce vœu sacré ? Et depuis combien de temps couches-tu avec cette putain ?

— Ce n'est pas une putain, commença-t-il. Elle est danseuse. Elle…

— C'est encore pire ! Tu l'as incitée à rompre elle aussi son vœu sacré. Maro, à quoi pensais-tu ? Et aujourd'hui, par-dessus tout !

— Je… je te demande pardon…

— Si j'étais le Belrène, je te ferais fouetter et jeter au bas des marches du temple.

— Mais tu as dit que le Belrène t'avait donné la permission de t'occuper de tout ce qui nous concerne.

— Tais-toi, Maro ! Tes pleurnicheries ne font que rendre les choses plus difficiles. Oui, J'ai reçu du Belrène toute liberté d'agir à ma guise avec vous. Penses-tu que c'est une raison pour me montrer plus indulgente avec toi ? Pourquoi ? Réponds ! »

Le jeune homme baissa la tête d'un air malheureux et ne dit rien.

« Tu fais preuve de sagesse, Maro, mais trop tard. »

Le danseur releva brusquement la tête. « Tu vas me laisser danser ? S'il te plaît, ça ne se reproduira plus. Je le jure ! Plus jamais ! Il faut me croire.

— Tu as violé le vœu le plus sacré d'un danseur ! Comment as-tu pu ? »

Le danseur grimaça de souffrance.

« Tu sais que cela nous met tous en danger. Les autres vont courir un risque à cause de toi.

— Je danserai seul, murmura-t-il humblement.

— Je ne devrais pas te laisser danser du tout ! » Charis le dévisagea un long moment. « Mais on dirait que je n'ai pas le choix. Si je te renvoie du groupe maintenant, il me faudra des semaines pour former un remplaçant, et un seul danseur inexpérimenté est toujours un de trop. Junoi commence tout juste à prendre un peu confiance en lui. Si j'ajoutais maintenant un nouveau danseur… » Elle soupira. « Que dois-je faire ?

— Je pourrais danser seul, répéta Maro. Je ne mettrais personne en danger.

— À part toi-même. » Charis secoua la tête. « Non, il vaut mieux que les autres se sachent rien. Tu danseras avec Belissa et moi… nous exécuterons la chorégraphie que j'ai créée pour le Festival. »

Marophon hocha la tête, les yeux toujours baissés. « Merci.

— Tu me remercieras plus tard. Va, maintenant, avant que je ne décide de te faire jeter au bas des marches du temple. »

Le danseur s'éloigna en hâte sans regarder en arrière. Il va quand même falloir punir Marophon, se dit Charis ; il n'était pas question que les danseurs s'imaginent pouvoir violer leur vœu le plus sacré sans graves conséquences…

Mais non, cela n'avait pas d'importance. Dès demain, plus rien n'aurait d'importance.

Charis mit plus de temps que prévu à choisir les taureaux pour la danse du jour. Trouver un garde se révéla difficile, et amener le Maître belluaire à prendre ses ordres au sérieux le fut encore davantage. Mais Charis était déterminée. Elle exigea, cajola et invoqua l'autorité du Belrène plus de fois qu'elle n'aurait voulu, mais elle finit par obtenir ce qu'elle désirait.

Elle parcourut les chambres souterraines, s'arrêtant devant chaque stalle pour scruter l'obscurité à travers les grilles tandis que le garde levait sa torche fuligineuse. Chaque bête la regardait avec une indifférence docile qui aurait pu abuser un observateur moins expérimenté, mais qui n'égara pas Charis un seul instant. Elle n'avait qu'à jeter un coup d'œil à l'usure de ses cornes et de ses sabots, à l'état de son pelage, à la taille de sa croupe et de son garrot, l'implantation de ses yeux, pour se former une opinion sur le comportement probable d'une bête dans l'arène.

Après en avoir examiné plus d'une douzaine et en avoir choisi quatre dont elle était sûre qu'ils mettraient en valeur le talent de ses danseurs, Charis se retrouva incapable de trouver le bon taureau pour son propre final. L'un après l'autre, elle les examina avant de les rejeter, jusqu'à ce que, pressée par le temps, elle soit contrainte de faire un choix, consciente qu'il n'existait pas un taureau qu'elle ne fût capable de maîtriser.

Le dernier taureau qu'elle examina était une énorme bête rousse qu'elle n'avait jamais vue. « Et celui-ci ? demanda-t-elle au garde qui s'approcha de la grille.

— Oh, ah ! Hum », dit l'homme d'un air énigmatique, se tordant le visage en une étrange grimace que Charis supposa une approximation de clin d'œil entendu. « C'est un nouveau. Il vient de l'ouest, de Mykenea.

— Il est habitué à l'arène ?

— Oh, euh, oui. De petites arènes, principalement — mais ne le sont-elles pas toutes ? — quoiqu'il paraîtrait qu'il a, euh, fait une saison dans l'arène du Roi Musæus, à Argos. »

Charis examina attentivement l'animal. Un taureau peu habitué au bruit d'une grande arène pouvait être source de problèmes. Mais un animal inconnu… son apparition communiquerait à la foule un frisson parfaitement approprié à sa dernière danse.

« Nous en avons reçu un autre de Mykenea. Tu veux le voir ?

— Non, répondit fermement Charis. Celui-ci fera l'affaire. Je le veux en dernier. »

Ils retournèrent voir le Maître belluaire, qui était en train de donner ses instructions à ses subordonnés pour la préparation des animaux participant au spectacle du jour. « Voici mon choix pour les Mouettes, dit Charis en lui détaillant dans l'ordre les taureaux qu'elle avait choisis. Et le nouveau... ce sera le dernier. Je le veux pour moi.

— Comme tu voudras, répondit le Maître belluaire en notant ce qu'elle lui avait dit. Ce sera fait. »

Charis quitta les étables et se hâta de gagner l'arène. Ses Mouettes devaient avoir pratiquement terminé leurs exercices et elle n'avait pas encore commencé les siens. Elle passa dans le vestiaire des danseurs et retira sa chemise pour la remplacer par une courte tunique ceinte à la taille. Plusieurs autres équipes étaient en train de s'échauffer. Les Mouettes avaient fini leurs exercices et s'entraînaient au saut avec des perches de bois. Charis commença lentement ses exercices d'assouplissement tout en observant ses danseurs de l'œil critique d'un entraîneur.

« Les jambes jointes, Peronn ! cria-t-elle en allant le rejoindre. Et garde le menton bien rentré. Sens la courbe de ton dos. Recommence, maintenant. » Elle se tourna vers les autres. « Belissa, Galai, Kalili, Junoi... tout le monde. Je veux voir sept doubles sauts périlleux impeccables. »

Ils continuèrent à s'entraîner avec les perches tandis que le soleil montait dans le ciel et se réfléchissait, chaud et éblouissant, sur le sable. La sueur dégoulinait sur les bras et les jambes des danseurs, trempant leurs tuniques. Charis sentait le besoin de continuer l'entraînement, mais elle ne voulait pas fatiguer ses danseurs. Le soleil allait les vider de leurs forces, les drainer de leur énergie. Déjà ils sautaient plus près de leur perche, en arcs plus serrés, moins ouverts et moins élégants.

Charis claqua dans ses mains. « Ça suffit ! Terminé. Maintenant nous allons nous détendre. Tout le monde à l'intérieur. Il est temps de se reposer. »

Ils regagnèrent le vestiaire au petit trot, laissant l'arène aux autres équipes. Dedans, il faisait sombre et frais. Ils raclèrent la sueur de leurs membres à l'aide de strigiles de bronze avant de s'essuyer avec des bandes de tissu propre, burent de l'eau tout en bavardant et en marchant de long en large pour se rafraîchir progressivement.

« Venez ici, Mouettes bavardes », dit Charis, et elle les fit asseoir en cercle sur le plancher. Une fois qu'ils furent installés, elle commença à leur expliquer l'ordre des danses de la journée, donnant ses instructions à chaque danseur et revoyant un à un les enchaînements.

Elle conclut en disant : « Dansons aujourd'hui comme nous n'avons jamais dansé. Ce sera une dure journée. La chaleur, le soleil sont contre nous et le public sera difficile, mais je veux qu'il nous acclame comme jamais auparavant. Que personne qui nous aura vu danser n'oublie jamais ce jour. »

Joet, le plus expansif de la troupe, demanda : « Cette journée a-t-elle quelque chose de différent, capitaine ? »

Charis hésita et son hésitation piqua leur intérêt. Marophon détournait les yeux. « Oui, répondit-elle enfin. L'as-tu oublié ? »

Regards vides. « L'or ! dit-elle. Aujourd'hui nous recevons la moitié de ce qui nous sera lancé. Par conséquent, je veux que ce soit une averse sans fin, un fleuve d'or qui coule sur nous. »

Les danseurs rirent et se mirent à plaisanter à qui rapporterait le plus d'or par ses exploits. Charis se dirigea vers la porte, disant : « À présent, reposez-vous. Je vous retrouve avant d'entrer dans l'arène. »

Charis regagna sa chambre et s'étendit sur son lit, mais elle s'aperçut qu'elle ne pouvait pas se reposer. Elle ne cessait de songer à ce qui allait se passer après la représentation, à ce terrible et inévitable moment où elle devrait annoncer à ses danseurs qu'ils avaient exécuté leur dernière danse.

Était-elle juste avec eux ? se demanda-t-elle. Y avait-il une autre solution, n'importe laquelle ?

Bien sûr, ils étaient libres de leur choix. S'ils désiraient rester au temple, ils pourraient se joindre à n'importe quelle équipe. Ils y seraient certainement les bienvenus, à moins qu'une mesquine jalousie ne s'y oppose. Mais ils ne seraient plus les Mouettes. Non, c'était terminé. Sans Charis, il n'y aurait plus de Mouettes.

Malgré tout, elle espérait qu'ils choisiraient la liberté, qu'ils décideraient de quitter l'arène tant qu'ils étaient encore indemnes.

Le Belrène avait raison : elle avait eu une longue et illustre carrière, mais celle-ci devait finir. Mieux valait y mettre un terme de sa propre volonté au faîte de sa gloire.

La tête pleine des conséquences de sa décision, elle se leva, enfila sa robe et ses sandales et partit se promener au hasard dans les jardins du temple, éprouvant au creux de l'estomac une crispation nerveuse bien connue. Ce n'était pas la danse qui la rendait nerveuse, cette fois, mais cette sensation lui rappela son premier jour, la première fois où elle avait dansé.

C'était au début du printemps. Cela faisait deux ans qu'elle était au temple pour suivre le rigoureux entraînement des danseurs taurins, progressant dans les rangs des néophytes avec une facilité déconcertante. Elle s'était mise à la danse comme si elle n'avait fait que cela depuis sa naissance, comme s'il était, en quelque sorte, tout naturel de cabrioler avec des fauves écumants, enragés. Et même si sa performance, ce premier jour, n'avait rien eu d'extraordinaire, ceux qui l'avaient vue gardaient le souvenir de cette jeune fille à l'air solennel qui dansait avec un tel brio, totalement abandonnée au destin de l'arène.

Ce désinvolte dédain de son corps était devenu un emblème. Il n'avait pas fallu longtemps pour que les gens se pressent sur les gradins dans le seul but de voir la jeune fille qui dansait avec la mort. Même si aucun de ceux qui voyaient sa mince silhouette seule au milieu de l'arène ne doutait que la mort n'était toujours qu'à un battement de cœur, elle échappait à cette sinistre réalité avec une facilité déconcertante… tout en exécutant des figures considérées comme trop dangereuses par les autres danseurs. Ses performances inspirées lui avaient rapidement gagné le respect des danseurs plus âgés et elle était devenue capitaine de son équipe, les Gris.

Elle s'était révélée un capitaine exigeant, cependant, et un à un les membres de son équipe avaient été écartés pour être remplacés par des danseurs plus talentueux, soigneusement choisis. Bientôt les Gris étaient devenus les Mouettes.

À présent, cela devait se terminer. Elle ne s'était jamais fait d'illusions à ce sujet. Malgré ce qu'elle avait dit au Belrène, elle savait que cela s'arrêterait un jour. Elle commettrait une erreur, aussi infime soit-elle, et ce serait la fin. La douleur et le sang, oui, mais aussi la délivrance. Sa vie parviendrait à son terme.

L'acceptation de cette certitude lui avait permis de garder tout ce temps à distance la souffrance et le sang. Elle acceptait l'inévitable ; plus que cela, elle s'y abandonnait totalement. Les dieux avaient répondu à son courage et à son abandon en lui accordant une longévité refusée aux autres danseurs, un présent que Charis n'avait jamais recherché et dont elle faisait peu de cas.

Jusqu'à aujourd'hui. « Il est temps pour toi de prendre une décision », lui avait dit la reine. Très bien, elle avait fait son choix. Les autres devraient faire le leur. Elle ne pouvait être responsable d'eux à jamais. Elle leur accorderait une dernière danse, puis elle leur rendrait leur liberté. Ils danseraient encore une fois pour l'or, et l'or leur procurerait un avenir.

Les pas de Charis l'avaient entraînée loin du temple. Elle se trouvait dans une petite rue presque déserte d'un quartier commerçant où les marchands repliaient leurs stores et rangeaient leurs boutiques. Elle prit conscience qu'ils fermaient parce qu'il était l'heure que s'ouvrent les portes de l'arène.

Elle fit demi-tour et revint en hâte sur ses pas.

La première équipe de la journée était déjà dans l'arène quand Charis arriva dans les vestiaires. Elle fit une entrée discrète et s'habilla rapidement, enfilant le pagne de cuir raide dont elle serra les lacets sur ses hanches. Elle enroula la bande de lin autour de sa poitrine et sortit d'un coffret en bois de camphrier un collier à feuilles de laurier en or. Avec dextérité, elle noua sa longue chevelure en une épaisse tresse qu'elle attacha à l'aide d'un lacet de cuir blanc, puis elle alla rejoindre les autres.

Les Mouettes étaient prêtes. Elles étaient assises en cercle, les jambes croisées, les bras reposant légèrement sur les genoux, les yeux fermés, plongées dans la méditation. Charis s'installa avec son équipe, prit les trois inspirations de purification rituelle et entonna :

« Glorieux Bel, dieu de feu et de lumière,
Roi des cieux, seigneur des enfers,
Maître de l'Éternité,
Écoute la prière de tes serviteurs !
Roi des cieux, baisse sur nous les yeux,
Accorde-nous la faveur de ta présence,
Donne-nous la force et le courage,
Nous qui dansons aujourd'hui devant toi.
Suprême Puissance, Flambeau vital,
Exalte notre sacrifice,
Anime nos esprits,
Inspire la beauté de la danse. »

Quand elle eut récité la prière à trois reprises, les danseurs se levèrent en silence et commencèrent à s'assouplir bras et jambes, chacun plongeant au plus profond de son âme pour y puiser le courage exigé par le premier pas dans l'arène. Une fois franchi le seuil, les interminables heures de pratique et de répétitions prendraient le dessus et leurs gestes deviendraient instinctifs. Mais le premier pas demandait un effort de volonté qu'aucun entraînement ne pouvait rendre automatique. Et chaque danseur devait trouver seul cette force.

Aux applaudissements, ils surent que la première équipe de danseurs avait fini et que la deuxième était entrée dans l'arène. Les Mouettes poursuivaient leurs préparatifs. Un à un, les danseurs se rendaient à la grande amphore d'albâtre posée au milieu de la pièce sur un trépied, plongeaient les mains dans l'huile parfumée et s'en enduisaient le corps.

Une petite jarre de pierre à la main, Charis circulait parmi eux. À son approche, chacun s'agenouillait, les yeux fermés, les mains jointes en signe solaire. Charis plongeait un doigt dans la jarre, puis elle traçait un cercle doré à la base de la gorge de chaque danseur.

Au-dessus d'eux, dans les gradins, les cris de la foule allèrent crescendo, puis se turent brusquement. Les danseurs échangèrent des regards en silence. Ils savaient ce que cela signifiait : un danseur gisait au milieu de l'arène, perdant son sang écarlate sur le sable blanc.

« Bel a fait son choix, murmura Charis. Loué soit Bel.

— Loué soit Bel », répétèrent les autres.

Elle étendit les bras et, de chaque côté, ses danseurs lui prirent la main pour former un cercle au centre de la pièce. « Qui sommes-nous ? demanda doucement Charis.

— Nous sommes les Mouettes, répondirent les danseurs.

— Qui sommes-nous ?

— Nous sommes les Mouettes ! crièrent-ils, de plus en plus fort. Les Mouettes ! Nous sommes les Mouettes !

— Nous sommes les meilleurs, cria Charis. Les meilleurs !

— Nous sommes les Mouettes et nous sommes les meilleurs ! » crièrent-ils en chœur.

À cet instant, les battants de la grande porte s'ouvrirent. Deux belluaires les regardaient, couverts de sueurs. Se tenant toujours par les mains, les danseurs sortirent rapidement sous les rayons ardents du soleil. Un rugissement de plaisir jaillit d'un millier de gorges. Charis sentit le frisson familier parcourir son corps. Elle regarda les gradins où s'entassaient les spectateurs et leva lentement les mains. Ce simple geste les fit se dresser parmi un tonnerre d'acclamations dans l'atmosphère surchauffée.

Cha-ris ! Cha-ris ! Cha-r-risss !

Sans avertissement, une porte s'ouvrit de l'autre côté de l'arène et un taureau surgit sur le sable brûlant. Il secoua sa tête monstrueuse, projetant des filets de bave. Ses cornes aux pointes luisantes et acérées étaient peintes en rouge. Au signe de Charis, Joet et Galai s'avancèrent tranquillement vers le centre de l'ovale. Les autres Mouettes laissèrent le terrain à leurs camarades.

Le taureau chargea d'emblée. Tête baissée, il fonça vers les deux danseurs. Mais le temps de les atteindre, ils avaient disparu. À la surprise de l'animal obtus, ils n'étaient jamais où ils semblaient être, de sorte que, la danse terminée, lorsque les portes s'ouvrirent et que les rétiaires accoururent en agitant leurs filets, l'animal désorienté sortit de bon gré. Les spectateurs rirent et le couvrirent de quolibets. Joet et Galai sortirent de l'arène en cabriolant.

« Bien joué », dit Charis en les prenant dans ses bras quand ils arrivèrent en courant, hors d'haleine, rayonnant de joie. Elle adressa un signe de tête aux autres. Se tenant par la main, Kalili, Junoi et Peronn gagnèrent en courant le milieu de l'arène. Peronn souleva Junoi au-dessus de sa tête et Kalili tourna autour d'eux en faisant la roue.

Les belluaires lâchèrent le deuxième taureau. L'animal se dirigea tranquillement vers les danseurs, poussa un meuglement et chargea. La foule retint son souffle. Les danseurs l'avaient-ils vu ? Si c'était le cas, ils paraissaient n'en tenir aucun compte. Kalili virevoltait derrière Peronn et celui-ci portait toujours Junoi en équilibre sur sa tête.

Le taureau se ruait sur eux. À la toute dernière seconde, Peronn lâcha Junoi qui fit un rétablissement et atterrit en douceur sur le dos du taureau, se laissa glisser le long de son échine et sauta à terre tandis que Peronn plongeait de côté. Kalili arriva de l'autre côté et bondit sur le dos de la bête. Elle s'y tint debout, bien droite, les jambes jointes, bras écartés, tandis que le fauve meuglait en tournant sur lui-même pour essayer de la déloger.

Le reste de leur danse se déroula sans incident et, quand ils eurent fini, ils rejoignirent les autres et reçurent leurs félicitations, disant : « Vous sentez ça ? C'est une vraie fournaise, là-dedans !

— Comment sont les taureaux ? » demanda Charis. Elle avait vu la façon dont les deux premiers animaux se comportaient, leurs mouvements lents et désabusés.

« Mous », répondit Peronn.

Joet acquiesça. « Ils souffrent de la chaleur et cela les rend hargneux. »

Marophon et Belissa gagnèrent leurs places dans l'arène. Charis les laissa exécuter seuls les premières figures avant d'aller les rejoindre. La foule poussa des hurlements en la voyant, mais elle dansa juste en complément des deux autres, sans se mettre en avant.

La chorégraphie comportait de nombreux sauts et plongeons spectaculaires, en succession rapide, frôlant à chaque fois le désastre d'un cheveu. Le taureau chargeait sans relâche, lançant de tous côtés ses cornes en un vain effort d'atteindre les fantômes bondissants qui virevoltaient autour de lui. La créature semblait assurément léthargique, ses mouvements étaient lents et maladroits. Et pourtant elle chargeait avec une fureur désespérée… comme si elle essayait de secouer par la force brute cette chose qui l'entravait, l'empêchant d'empaler les danseurs sur ses cornes. Charis avait rarement vu un vétéran de l'arène aussi affolé.

Tous trois exécutaient avec aisance leur enchaînement, arrachant à la foule des hurlements de plaisir tandis qu'ils tournoyaient sans effort dans l'air miroitant.

Le taureau commençait à se fatiguer. Il s'écarta des trois danseurs et baissa la tête pour une ultime charge. Les danseurs se préparèrent à la dernière passe, une figure complexe au cours de laquelle Charis et Marophon exécutaient des doubles sauts périlleux, l'un par-dessus l'autre, pendant que Belissa se tenait en équilibre à bout de bras sur les cornes de l'animal.

Alors que celui-ci commençait à charger, Charis jeta un coup d'œil pour voir si Belissa et Maro étaient en position. Belissa se tenait prête, surveillant le taureau qui fonçait vers eux, mais Maro lui souriait niaisement, comme pour dire : Tu vois ? Rompre mon vœu n'a pas affecté mes performances.

« Maro ! » cria Charis. Il n'y avait le temps de rien faire d'autre. Le taureau était déjà sur eux.

La tête de Maro pivota et il se ramassa pour son saut. Charis sut aussitôt qu'il allait s'élancer trop tard. Elle essaya de synchroniser son propre départ pour éviter d'entrer en collision avec lui. Belissa passa derrière eux. Marophon sauta, roulé en boule. Charis bondit. Elle sentit sous elle le déplacement d'air au passage du taureau.

Elle décrivit un arc tendu pour laisser la place à Marophon de passer au-dessus d'elle. Tournant sur elle-même, Charis entendit l'avertissement de Belissa au moment où celle-ci empoignait les cornes.

Le pied de Maro frappa Charis juste entre les omoplates alors qu'elle terminait sa deuxième boucle et regardait le sol en dessous d'elle. Le choc lui coupa le souffle et elle fit un rétablissement, raccourcissant son saut pour éviter de retomber sur le dos. Le sol se rapprocha de ses pieds et elle atterrit lourdement. Maro retomba sur les mains et les genoux. Charis pivota pour le voir corriger son erreur en faisant une roulade. Il se remit debout, secoué. Toute couleur avait déserté son visage. Belissa lâcha les cornes du taureau et sauta de son dos.

Les trois danseurs coururent alors rejoindre les autres, tandis que les rétiaires faisaient rentrer le taureau.

« Maro, espèce d'idiot ! À quoi pensais-tu ? » La voix accusatrice était celle de Joet. « Tu aurais pu faire tuer quelqu'un !

— Charis, tu vas bien ? » Belissa la scrutait d'un air inquiet. Les autres regardaient dans un silence horrifié.

« Je suis désolé... Je... » La voix de Maro se brisa. Il écarquillait les yeux de terreur rétrospective.

« Je ne suis pas blessée, réussit à articuler Charis entre ses dents serrées. Ôtez vos pattes. » Bouillonnant de colère, elle aurait voulu gifler Maro, mais elle n'avait pas le temps. Sa danse venait ensuite et elle ne pouvait perdre de sa précieuse concentration. La représentation est presque terminée, se dit-elle, je le punirai plus tard. Sur ce, elle écarta l'incident de son esprit.

Une clameur s'élevait des gradins. Cha-ris ! Cha-ris !

« Je n'ai rien », dit-elle à ses danseurs. Elle resserra les lanières de ses poignets et s'avança au milieu de l'arène.

La foule hurla de plaisir.

Charis leva les bras pour s'offrir à leur bruyante adulation.

De l'autre côté du cirque, les belluaires ouvrirent les portes. Charis se tourna pour affronter le taureau, mais celui-ci tardait à apparaître. Elle attendit.

Puis il se matérialisa soudain, son pelage lustré chatoyant dans la lumière crue : un animal gigantesque, superbe et élancé, aux muscles puissants jouant sous sa peau tandis qu'il trottinait sur le sable, grande montagne blanche de force brute.

Ce n'est pas le bon ! La surprise la cloua sur place. Ce n'est pas le taureau que j'ai choisi !

Le fauve fit quelques pas et s'arrêta pour la regarder calmement, grattant le sol d'un étincelant sabot doré. Ses cornes aussi étaient dorées, incurvées en longs arcs mortels de chaque côté de son énorme tête. Son encolure était une colline neigeuse s'élevant de son large dos, ses pattes étaient quatre troncs de bouleau massifs, sa queue un fouet blanc qui battait l'air. Une écume baveuse coulait de son mufle puissant. Les yeux largement écartés de la bête étaient rouges.

La foule se tut. Personne n'avait jamais vu une créature aussi impressionnante.

Dans un effort presque physique, Charis se vida de toute émotion. Elle avait déjà affronté des taureaux inconnus, et chacun avait succombé à sa maîtrise. Elle s'avança lentement et la foule se remit à scander son nom. Elle ne l'entendait pas. Elle n'entendait que le sang battant à ses oreilles.

Le taureau blanc secoua la tête et se mit à trotter vers elle, les cornes baissées. Charis se tenait droit sur son chemin, sans un geste pour bondir ou faire un écart.

Les cornes redoutables fendaient l'air. Des gouttelettes de bave étincelaient au soleil. Le taureau se rapprochait à une vitesse terrifiante. Charis se laissa tomber devant le fauve lancé au galop.

La surprise arracha une exclamation d'horreur à la foule lorsqu'elle disparut entre ses sabots qui martelaient le sol.

Mais Charis était là, indemne, les bras levés pour saluer. Un soupir de soulagement échappa à la foule. Le taureau fit volte-face, balançant la tête d'un côté à l'autre. Charis bondit avec légèreté sur son dos, lui enserrant le garrot de ses genoux. L'animal meugla de colère et Charis perçut la haine aveugle du fauve. Il avait l'intention de la tuer, dût-il lui-même en mourir.

Elle se pencha en avant et empoigna les cornes dorées, donna un léger coup de reins et s'éleva à la verticale, le dos arqué, les pieds vers le ciel. Le taureau tournoya sur lui-même, tentant de la déloger, mais Charis tint la pose jusqu'à ce que la créature se calme et traverse en courant l'arène. Alors elle ramena les pieds entre ses mains, puis, passant un bras autour de chaque corne, elle se laissa glisser sur le large front de la bête, balayant le sable de ses jambes nues.

Le taureau fit halte et se mit à secouer la tête. Une fois, deux fois, trois fois. Charis ne relâcha sa prise que lorsque la grosse tête blanche la souleva de nouveau. Elle prit son essor, se roula en boule et retomba sur le sable.

Faisant volte-face, le fauve était sur elle. Mais Charis était prête. Elle bondit… pirouettant de plus en plus haut au-dessus de l'échine de l'animal pour rouler rapidement hors de portée des cornes effilées.

Il frappe de gauche à droite, se dit-elle en réprimant un frisson devant la force et la vitesse incroyables du monstre.

La série de sauts suivante fut exécutée à la perfection, pourtant Charis pouvait sentir la chaleur brutale du soleil incandescent miner ses forces. Elle bondissait, cabriolait, pirouettait, virevoltait. Mais ces manœuvres précises prélevaient leur dîme. Elle avait de plus en plus de mal à récupérer, alors que le taureau, au lieu de se fatiguer, semblait devenir plus fort et plus rapide à chaque passe.

Pourtant Charis dansait avec son habituelle virtuosité, à la fois gracieuse et vulnérable, minuscule à côté de la montagne de chair blanche qui tournait autour d'elle. L'angoisse de la foule était pour elle une force physique. Il n'y avait plus d'applaudissements, à présent, plus de cris, plus d'acclamations enthousiastes. Un profond silence s'était abattu sur l'arène. La foule regardait, frappée de stupeur, la danse de mort s'acheminer vers son paroxysme.

Encore une passe, se dit Charis, et je place le taureau pour le triple. Le dernier triple. Elle n'avait jamais envisagé d'y renoncer. C'était sa signature, cela faisait autant partie d'elle-même que son nom. Il lui aurait été plus facile de renoncer à celui-ci que d'omettre le saut qui lui avait valu sa réputation de plus grande danseuse taurine de tous les temps.

Le taureau chargea. Charis bondit. Ses mains trouvèrent leurs marques sur l'échine de la bête, mais alors qu'elle poussait sur ses bras pour se propulser par-dessus celle-ci, quelque chose claqua dans son dos… entre ses épaules, où le pied de Maro l'avait frappée. La douleur s'épanouit, hideuse et écarlate derrière ses paupières. Elle se força à achever la figure et réussit à atterrir sans mal.

Le taureau avait fait halte un peu plus loin. À demi tourné vers elle, il respirait pesamment, ses flancs se soulevant comme des soufflets de forge, son pelage livide trempé de sueur. Le front hâlé de Charis luisait aussi de sueur, mais elle se sentait soudain glacée. C'était comme si on lui avait enfoncé un tison embrasé entre les omoplates. Elle sentait ses membres se raidir de douleur.

Je dois sauter maintenant, se dit-elle. Si j'attends davantage, ce sera impossible.

Se déplaçant lentement de côté, elle contourna le taureau de façon à avoir le soleil dans le dos. La créature, son énorme et pesante tête baissée, la fixa de ses yeux rouges et meugla comme si elle souffrait mille tourments. Charis remarqua que l'écume coulant de sa gueule était teintée de sang.

Ainsi, nous sommes tous deux blessés, se dit-elle. Bien, viens par ici. Une dernière fois. Qu'on en finisse.

L'arène aurait pu être un tombeau, vide et silencieux, les spectateurs de simples ombres immobiles.

Le soleil brillait impitoyablement. L'air lui brûlait les poumons. Elle calcula la distance qui la séparait du taureau et fit rapidement un pas en arrière. Le taureau demeurait immobile, immense colline blanche.

Viens ! hurla mentalement Charis. Charge !

La douleur lancinante de son dos agissait comme un narcotique. Si elle ne sautait pas maintenant, elle serait incapable de faire un mouvement. Pourquoi le taureau restait-il planté là ?

« Bel ! » Sa voix claqua comme un fouet dans l'arène silencieuse.

La foule regardait, pétrifiée. Appelait-elle le dieu ? Ou bien parlait-elle au taureau ?

La bête se dressait comme taillée dans un énorme bloc de marbre blanc.

« Bel ! » hurla de nouveau Charis. Son cri s'éleva vers le halo flamboyant du ciel.

Bel, songea-t-elle, je t'ai tout donné. Et tu voudrais prendre en plus ma fierté. Prends donc aussi ma vie. Je ne ressortirai pas vaincue de l'arène.

Sur ce, elle se hissa sur la pointe des pieds et bondit en avant, courant droit sur le fauve immobile, ses longues jambes la propulsant vers son destin. Au même instant, le taureau rassembla sous lui ses sabots et chargea.

Elle le vit s'élancer au petit trot. Elle prit conscience que quelqu'un hurlait, et elle reconnut sa propre voix.

Elle vit le cou massif se courber vers le bas, les sabots dorés marteler le sol, les cornes effilées fendre l'air. Elle tendit la main droite pour saisir la corne quand elle serait à sa portée. Mais la tête fit un écart et Charis vit sa perte… la créature frappait *de droite à gauche.*

Elle n'avait pas le temps de changer de main. Il lui faudrait aussi prendre son appel du pied droit, et encaisser toute la force de son saut sur le seul bras gauche. Ce n'était pas faisable, elle le savait, mais c'était ça ou s'empaler sur la corne acérée.

La froide clarté de ces pensées surprit Charis et, bizarrement, lui plut. Elle n'éprouvait nulle crainte, juste un vague regret de ne pas pouvoir aller jusqu'au bout, de devoir rater son dernier saut.

Puis sa main fut sur la corne, sa paume bandée de cuir se referma sur la surface lisse. Ses jambes quittèrent terre, ses pieds trouvant leurs marques sur le large front. Le taureau bloqua sa course, plantant ses sabots dans le sable, et releva haut la tête pour tenter d'embrocher sa tortionnaire fantôme tout en meuglant sa terrible colère au brûlant soleil blanc.

Mais Charis s'élevait librement dans les airs. La force du coup de tête du taureau l'avait projetée vers le ciel. Ramenant les genoux contre la poitrine, elle rentra le menton et referma les bras autour de ses chevilles. Elle fit un tour… loin au-dessus du sol… deux tours… vit le ciel et la terre inversés, qui tournaient lentement… et un autre. Puis le sol remonta à sa rencontre à une vitesse inquiétante.

Elle cambra le dos et écarta les bras comme pour embrasser l'arène entière. Mais elle basculait lentement sur le côté… son élan en appui sur une seule main l'avait déséquilibrée et la force d'inertie lui faisait dépasser la verticale. L'instinct avait pris le dessus, déjà ses bras corrigeaient sa trajectoire, le gauche vers le haut, le droit ramené contre sa poitrine pour accroître sa vitesse de rotation.

Le blanc éblouissant de l'arène vint emplir tout son champ de vision. Elle tendit les jambes au dernier instant pour planter fermement les pieds dans le sable.

Crac !

Charis se redressa lentement. Elle avait atterri brutalement… trop brutalement. Son dos blessé avait absorbé le choc et en elle quelque chose avait cédé. Sa vue s'obscurcit et un voile noir passa devant ses yeux. Elle savait qu'elle ne pouvait plus bouger.

Le taureau fit volte-face et demeura immobile. Il lui faisait face de l'autre côté de l'arène, pattes écartées, tête basse. Il la regardait de ses yeux rouges voilés, les flancs tachetés de bave ensanglantée. Puis il leva un sabot et gratta le sol, faisant voler haut derrière lui le sable.

Charis se tenait la tête bien droite. L'animal allait de nouveau charger et elle n'avait aucun moyen d'échapper à l'inévitable.

Tu ne m'auras pas, se dit-elle. C'est moi qui m'offre.

Lentement, avec toute la dignité que permettait sa blessure, elle s'agenouilla, croisa les bras sur la poitrine et inclina la tête.

Avec un dernier meuglement de défi, le taureau blanc s'élança lourdement, prenant petit à petit de la vitesse.

Les Mouettes regardaient la scène, stupéfaits. « Non ! » hurla Belissa, brisant le silence horrifié de l'arène.

Charis leva la tête et ouvrit les yeux.

« Noooon ! » lui parvint le cri de Belissa qui se répercutait dans l'arène.

Charis tourna les yeux vers ses danseurs. Elle sourit et leva le visage vers le soleil.

Le taureau fonçait vers elle, cornes et sabots étincelants.

« Bel, sois maudit ! » s'écria-t-elle, et elle leva la main en un ultime salut, une ultime provocation.

La distance qui les séparait diminuait rapidement, quand le taureau parut trébucher. Ses pattes avant plièrent et sa tête redoutable s'écrasa sur le sol, une de ses cornes dorées se planta dans le sable où elle creusa un sillon tandis qu'il continuait à galoper de ses pattes arrière. Puis la corne se bloqua et l'énorme cou se rompit, étouffant le meuglement de surprise du fauve qui s'abattit maladroitement sur le flanc.

Charis regardait, incrédule, le sang qui jaillissait de la gueule et des naseaux de l'animal. Ses pattes s'agitaient spasmodiquement tandis qu'une série de frissons parcourait la grande carcasse. Puis, après une dernière convulsion, la bête s'immobilisa.

Il n'y eut d'abord qu'une seule voix, emplissant l'arène d'un cri de triomphe. Charis leva les yeux et vit Joet qui courait vers elle. Puis la foule fut debout, poussant des acclamations, dans une jubilation sauvage qui la submergeait d'un rugissement assourdissant. L'or se mit à pleuvoir en une averse étincelante, d'abord éparse, puis de plus en plus drue, jusqu'à devenir un véritable déluge.

« Attention ! Doucement, je suis blessée », s'entendit dire Charis à Joet et Peronn qui la hissaient sur leurs épaules pour lui faire faire un tour d'honneur. Belissa, Galai, Kalili et Junoi gambadaient autour d'eux, riant, s'embrassant, le visage ruisselant de larmes. Marophon avait oublié sa honte et il se joignit à eux, courant de ci de là, ramassant des objets en or qu'il jetait en l'air, comme devenu fou.

Le tumulte s'élevait jusqu'aux cieux, se répercutant dans l'azur sans nuages, résonnant à travers les rues désertes de la cité royale.

« Cha-ris ! Cha-ris ! Cha-ris ! » criait la foule. Les spectateurs envahirent le sable de l'arène pour accourir vers elle, de plus en plus nombreux, ils arrivaient les mains tendues pour la toucher, l'entourant de leur adulation. « Cha-ris ! Cha-ris ! »

Charis, malade de douleur, voyait leurs mains tendues, l'exultation sur leurs visages, entendait son nom sur leurs lèvres. Les Mouettes firent cercle autour d'elle pour lui éviter d'être écrasée par leur masse. Ils se tenaient au centre de l'arène, entourés de la foule hurlante.

À cause du bruit, personne n'entendit le premier grondement sourd. La première secousse passa inaperçue. Mais le grondement s'amplifia et les secousses se firent plus fortes. De son poste d'observation sur les épaules des danseurs, Charis leva les yeux et vit un étrange spectacle : le Temple du Soleil vacillait dans les airs, ses étages supérieurs se balançant de façon précaire comme s'ils étaient faits de quelque matière souple. Le grand obélisque de cristal, tout en haut du temple, oscilla d'arrière en avant et finit par basculer de son socle.

Et, sous les cris de la foule, un son s'élevait des profondeurs de la terre. Un son qui évoquait des ossements minéraux arrachés à leurs alvéoles rocheuses, le frottement de gigantesque meules de pierres, le grincement de dents prodigieuses, le craquement d'antiques racines sur le point de céder.

Charis vit la joie s'évaporer de la mer de visages qui l'entourait, remplacée par une expression de pure terreur en sentant le sable blanc onduler sous leurs pieds comme les vagues de l'océan. Joet et Peronn soulevèrent leur capitaine à bout de bras, le plus loin possible du sol qui tremblait sous leurs pieds.

Ensuite vint un silence inquiétant, au milieu duquel s'élevèrent les cris des chiens qui hurlaient à la mort. Un bruit étrange, surnaturel. Bizarre, se dit Charis, tous les chiens de la ville doivent être en train de hurler.

Une fine poussière blanche s'éleva dans les airs, voilant le soleil. Les gens s'entreregardaient dans la lumière blafarde, fantasmagorique, incapables de comprendre ce qui s'était passé.

Mais le séisme était terminé. Il ne restait plus rien pour témoigner de ce qui venait d'arriver... à part le linceul de poussière qui s'élevait en silence et le hurlement terrifié des chiens.

IV

La blessure de Charis fit accepter plus facilement aux Mouettes l'irrévocabilité de sa décision. Quand elle leur dit qu'elle n'entrerait plus jamais dans l'arène et qu'ils étaient libres, personne ne contesta sa résolution, ni son autorité. Ils s'étaient réunis dans sa chambre pour écouter ce qu'elle avait à annoncer et, en l'entendant, ils accueillirent la nouvelle avec une solennelle résignation. Il n'y eut ni colère ni protestations. Il était clair qu'aucun d'entre eux ne pouvait concevoir de danser pour quelqu'un d'autre que Charis.

« Si tu quittes l'arène, nous partons avec toi, dit Joet.

— Nous avons l'or, ajouta Belissa. Nous pouvons acheter une maison en ville. Nous pouvons rester tous ensemble.

— Et ensuite ? Que ferons-nous ? demanda Charis. Non, mes chers Joet et Belissa, il est temps d'envisager une autre existence. Nous ne pouvons pas rester ensemble. Nous avons été les Mouettes, et cela demeurera à jamais une partie de nos vies, mais celle-ci est désormais terminée.

— Mais nous n'avons pas envie de te quitter », pleurnicha Galai.

La tristesse qui se dessina sur le visage des danseurs parut horrible et perverse à Charis. Elle en eut la chair de poule.

« La *vie*, Galai, s'écria Charis. Es-tu restée morte si longtemps que tu ne saches plus de quoi il s'agit ?

» Quand un danseur entre au temple, c'est un sacrifice. Il est mort. Il ne vit qu'à travers la danse. S'il danse bien, le dieu lui permet de continuer un moment. Mais un jour… un jour Bel réclame son sacrifice et le danseur doit obéir.

» J'ai vécu ce jour, dit Charis. Et je ne le revivrai jamais.

— Nous t'aimons, dit Kalili.
— Et je vous aime, moi aussi. C'est l'essence même de la vie… l'amour. Voudriez-vous continuer à danser et nous voir mourir tour à tour ? C'est ce qui arriverait. Tôt ou tard, nous nous ferions déchirer l'un après l'autre par les sabots et les cornes des taureaux.
» Cette tristesse n'a pas lieu d'être. Vous devriez fêter l'avenir, pas pleurer le passé. Le Belrène nous a rendu à la vie. Nous avons survécu ! Nous allons vivre ! »
Les Mouettes s'entreregardèrent sombrement, l'air désespéré, jusqu'à ce que Joet prenne la parole. « Un triple d'une seule main ! dit-il d'une voix pleine d'admiration. Si je ne l'avais pas vu de mes propres yeux, je n'y croirais pas. En fait, on me traitera de menteur si je raconte ce que j'ai vu.
— Comment pourra-t-on te traiter de menteur ? protesta Peronn. La ville entière l'a vu. Les gens ne parlent de rien d'autre. En ce moment-même, le bruit doit s'en répandre à travers les Neuf Royaumes. Bientôt le monde entier sera au courant !
— Quand je t'ai vue t'agenouiller devant le taureau, dit doucement Belissa, j'ai compris que tu voulais mourir. Mais quand je t'ai vue saluer… je n'oublierai jamais cela.
— Alors, puisses-tu vivre longtemps pour t'en souvenir, Belissa. » Charis regarda les autres. « Vous tous, puissiez-vous vivre longtemps pour vous souvenir.
— Te reverrons-nous ? demanda Junoi.
— Oh, oui, vous me reverrez. Je ne vais pas disparaître.
— Que vas-tu faire ? demanda Kalili.
— Je vais rentrer chez moi, le temps de guérir. Mais une fois rétablie, je reviendrai. » Elle fit une pause et s'enfonça dans les coussins. « Allez, maintenant, il y a des rêves à rêver et des projets à faire. »
Joet et Peronn soulevèrent son fauteuil sans effort et le portèrent près du lit. Marophon se leva du coin où il était resté assis et s'approcha. Il s'agenouilla et posa la tête sur les genoux de Charis. Elle tendit la main et caressa les cheveux sombres du jeune homme. « Je suis désolé… commença-t-il, la gorge sèche. J'aurais voulu courir au milieu de l'arène pour prendre ta place. J'étais prêt à mourir pour toi. Je me disais…
— Chut, fit Charis. C'est passé.
— Non, j'ai mal agi.
— Es-tu responsable du fait que le Maître belluaire a envoyé le mauvais taureau ?
— Tu sais de quoi je veux parler.

— Oui, je sais, et cela n'a pas d'importance.
— Mais je…
— Cela n'a pas d'importance, Maro. »
Il se pencha sur elle, les larmes aux yeux, et l'embrassa doucement sur la joue. « Merci… merci pour ma vie.
— Va retrouver ta danseuse, murmura-t-elle. Emmène-la avec toi. Commencez ensemble une nouvelle vie. »
Joet et Peronn la soulevèrent pour la déposer avec douceur sur le lit. Puis, un à un, les danseurs s'approchèrent pour lui faire leurs adieux.

Malgré les soins constants du Belrène, l'attention personnelle de deux médecins de la maison de la Grande Reine et un véritable déluge de présents, de nourriture et de fleurs qui arrivaient quotidiennement dans la chambre de Charis, menaçant de la submerger, il lui fallut plusieurs semaines avant de se sentir en état de voyager.

Puis un jour, tôt dans la matinée, elle quitta sa chambre et monta dans le chariot qui l'attendait dans la cour du temple. Ses quelques possessions étaient déjà empaquetées, ainsi que les présents qu'elle avait choisis pour sa famille. La reine Danea avait fourni la voiture — de même qu'un train de serviteurs placés sous l'étroite surveillance d'un mage et chargés de veiller à satisfaire son moindre désir.

Le chariot parcourut les rues désertes et s'engagea sur la Voie Triomphale, puis il traversa les trois secteurs de la cité royale. Mais ce ne fut pas avant d'avoir atteint les murailles extérieures et franchi les énormes portes d'airain pour s'enfoncer dans les verdoyantes collines du nord, au pied de l'imposant mont Atlas drapé de nuages, que Charis comprit qu'elle partait véritablement. Elle se rendit compte qu'elle n'avait jamais vraiment imaginé quitter Poséidonis en vie, encore moins revoir son foyer. Son foyer… ce mot faisait naître dans son cœur un sensation de chaleur qu'elle n'avait pas éprouvée depuis très longtemps.

Même ainsi, elle se demandait quelle réception l'attendait. Elle se rappelait le jour de son départ. Ce n'était que quelques jours après les funérailles de sa mère, et l'hostilité démesurée du roi Avallach envers elle lui avait fait comprendre qu'elle ne pouvait plus rester. Il la rendait responsable de la mort de Briseis. Ce n'était que bien plus tard que Charis avait appris que Seithenin, agissant de concert avec Nestor, était l'auteur de l'attaque. C'était la duplicité de Seithenin qui avait précipité la guerre qui ravageait maintenant la moitié de l'Atlantide.

Charis s'adressait des reproches, elle aussi, mais pas de la même nature que son père. Son sentiment de culpabilité était plus fondamental : elle avait survécu, alors que sa mère était morte. Elle avait toujours senti qu'elle aurait dû se faire tuer ce jour-là. Avallach avait perdu une épouse, oui, mais Charis avait perdu sa mère.

« Tu as choisi l'arène... tu as choisi la mort », lui avait dit la Grande Reine, et c'était vrai.

Mais la vie est un présent tenace. Quel que soit l'acharnement avec lequel Charis avait essayé de la rejeter, celle-ci s'était accrochée. Et si la vie dans l'arène lui avait appris une chose, c'était bien que rien ne vient jamais sans peine. Par conséquent, avant tout, elle rouvrirait les blessures mal cicatrisées pour leur permettre de guérir enfin vraiment.

Jour après jour, la route s'élevait davantage à travers les collines verdoyantes tandis que le majestueux mont Atlas grandissait jusqu'à emplir tout l'horizon. Charis regardait l'ombre des nuages jouer inlassablement sur ses premiers contreforts. Elle dormait beaucoup et sentait ses forces revenir.

Puis, un jour, il lui fut impossible de dormir. Le moindre gravier sous les roues était un cahot insupportable, un soleil accablant brillait avec une rancœur obstinée, le vent suffocant soulevait une poussière abrasive, la montagne l'écrasait de sa masse hostile, ses hauteurs dérobées à la vue par de sinistres nuages gris. Alors qu'elle contemplait le chaos de collines désolées s'étirant vers les escarpements rocheux de la grande montagne, il lui sembla voir au loin une silhouette debout au sommet d'une butte.

Elle ferma délibérément les yeux et, quand elle les rouvrit, la silhouette avait disparu. Elle se rallongea, mais elle ne parvint pas à trouver le repos. Son esprit revenait sans cesse au sommet de la colline. Elle regarda de nouveau. Et, de nouveau, sombre contre la pâle découpe de la montagne, elle vit la silhouette sur la colline.

« Arrêtez la voiture ! » cria-t-elle. Le chariot fit halte en grinçant et deux domestiques accoururent de la voiture suivante pour la regarder d'un air inquiet.

« Que désires-tu, princesse ? demanda l'un.

— Je veux descendre. »

Les deux domestiques échangèrent un bref regard et le premier disparut. « Nous allons chercher le mage, répondit le deuxième.

— Bien, dit-elle en descendant précautionneusement de voiture. Dis-lui de m'attendre ici. »

Elle se mit à gravir la colline. Il était agréable d'exercer à nouveau ses muscles et elle montait sans effort, ne sentant qu'un léger tiraillement occasionnel — lointain souvenir de sa blessure.

À mi-chemin du sommet, elle s'arrêta pour regarder la route à ses pieds. Les deux domestiques discutaient avec le mage qui ne la quittait pas des yeux. Elle se retourna et poursuivit son ascension. La silhouette, un homme, lui tournait le dos, immobile, les bras largement étendus, comme en supplication devant la montagne. Le vent agitait les poils noirs de la fourrure crasseuse dont il était vêtu. Elle se figea sur place.

Throm !

Quelque chose brillait à ses pieds : le soleil se reflétant sur la pierre jaune fixée à l'extrémité de son bâton gainé de cuir. Il ne faisait aucun doute que c'était le prophète dément.

« Throm », dit-elle, et elle fut surprise que ce nom lui vienne aussi naturellement aux lèvres. Elle ne l'avait entendu qu'une fois, et il y avait longtemps de cela. Elle se rapprocha.

« Throm, c'est Charis », dit-elle, et elle se rendit compte au moment où elle parlait que son propre nom ne pouvait avoir aucun sens pour lui.

Il ne bougea pas, ni ne donna aucun signe d'avoir senti sa présence. Il vint à l'esprit de Charis qu'il était peut-être mort, ses muscles noueux figés en un rictus qui, même dans la mort, ne lui laissait pas de repos. Elle tendit la main pour le toucher, puis elle hésita et rabaissa le bras.

« Sœur du Soleil, dit-il d'une voix sépulcrale qui sortait en crissant de sa gorge. Danseuse avec la *Mort*, princesse des Mouettes, Throm te *salue.* »

Comme il ne faisait aucun geste pour se tourner vers elle ou pour la regarder, Charis fit le tour de l'homme. Le prophète poursuivit, de son étrange ton saccadé, comme si les mots lui étaient arrachés de force : « Ne trouves-tu *pas* cela étrange ? Cela ne te *surprend-il* pas que, de tous les enfants de *Bel*, toi seule ait été *choisie* ?

— Choisie ? Je n'ai pas été choisie.

— Pourquoi es-tu là ?

— Je t'ai vu… j'ai vu quelqu'un sur la colline », dit Charis, qui sentait ses certitudes lui échapper. Que faisait-elle là ? Elle avait tout de suite su que c'était Throm ; en elle, quelque chose l'avait compris à l'instant même où elle avait aperçu au loin sa silhouette.

« *Beaucoup* sont passés par ici. Tu es la *seule* à être venue.

— Je ne savais pas que c'était toi.

— Tu ne savais *pas* ?

— Non, insista Charis. J'ai simplement vu quelqu'un.

— Alors, *je* te demande à nouveau, *pourquoi* es-tu venue ?

— Je ne sais pas. J'ai sans doute pensé que tu pouvais avoir besoin d'aide.

— Tu as peut-être *pensé* que j'étais un *taureau* avec qui danser.

— Non. Je… je voulais simplement descendre un moment de ce chariot. Rien de plus. Je ne savais pas que tu étais là. J'ai juste aperçu quelqu'un et je suis montée voir. C'est tout.

— *Cela* suffit.

— Que veux-tu de moi ? » Était-ce la peur, ou bien le vent glacé soufflant sur la colline qui faisait trembler sa voix ?

« Ce que je veux ? Ce que veut tout *être* ; je veux *tout* et rien.

— Tu parles par énigmes. Je m'en vais.

— Reste, danseuse avec les *taureaux*. Reste encore un peu. » Il se tourna vers elle et Charis resta interloquée. Il avait le visage brûlé et couvert d'ampoules par le soleil et le vent, la chair apparaissait à vif sous sa peau craquelée, son crâne hérissé de touffes de cheveux hirsutes était sombre et tanné comme du cuir, sa barbe toute collée de crasse était couverte de bave. Ses yeux étaient deux charbons noirs profondément enfoncés, desséchés, racornis. À la façon dont il regardait — sans ciller, les larmes arrachées par le vent ruisselant sur ses joues burinées, creusées de rides — Charis sut qu'il était aveugle. « Throm va *parler* avec toi. »

Charis ne répondit pas.

« Il y a *beaucoup* de sagesse dans le silence, oui, mais *quelqu'un* doit parler. Avant le *silence* définitif, une voix doit *crier*. Quelqu'un *doit* leur dire. Oui, leur *dire*.

— Leur dire quoi ? »

Le prophète dément tourna la tête pour scruter le vent d'un regard aveugle. « Leur dire ce que je leur ai dit. Leur dire que Throm a *parlé*. Leur dire que les *pierres* parleront, que la *poussière* sous leurs pieds hurlera, oui, d'un *puissant* hurlement ! Leur dire ce que tu sais déjà. »

Charis frissonna de nouveau, mais pas de froid. Elle se revit sur la colline sacrée, face au palais. Il y avait là sa mère et Elaine, son père et Belyn, ses frères, les mages. Le soleil se couchait, et soudain Throm apparut parmi eux. Elle entendit de nouveau sa voix dans sa tête. La voix de Throm qui disait : « Écoute-*moi*, Ô Atlantide !… la terre tremble, les cieux vacillent… les *étoiles* dévient de leur course. Les *eaux* ont faim… »

« Apprêtez vos tombeaux, murmura Charis. Je me souviens. Sept années, as-tu dit… ces sept années sont-elles révolues ?

— Ah, tu te *souviens*. Sept années sont venues et reparties tandis que tu *dansais* dans l'arène avec les serviteurs de Bel, et une fois avec *Bel* en personne, oui. Sept années, Fille de la Destinée, et le temps approche. Les temps sont révolus, oui, et pourtant *il y a* toujours le *temps*.

— Le temps de quoi ? demanda Charis. Dis-moi. Le temps de quoi ? La catastrophe peut-elle être évitée ?

— Le *soleil* peut-il se lever hier ?

— Quoi, donc ?

— Le temps pour l'arbre d'être *déraciné* et pour la semence *d'être* plantée. »

Le désespoir se refermait sur elle comme des eaux tumultueuses. « Parle normalement, vieux fou ! Quel arbre ? Quelle semence ? Dis-moi !

— L'arbre de notre nation, la semence de notre peuple, dit Throm, tournant vers elle ses traits érodés par le vent. La semence doit *être* plantée, oui, dans la *matrice* de l'avenir. »

Elle le regardait fixement, essayant de toutes ses forces de comprendre. « Partir d'ici, veux-tu dire ? Est-ce là ce dont tu veux parler ?

— Il n'y a pas d'avenir *ici*.

— Oh, pourquoi persistes-tu à t'exprimer d'une façon que je ne peux comprendre ? Comment puis-je t'aider si je ne sais pas ce que je suis censée faire ?

— Tu *sais*, danseuse de Bel. Fais ce que tu dois. »

Charis le regarda d'un air désespéré. « Viens avec moi. Répète à mon père ce que tu m'as dit. »

Throm sourit, exhibant des dents noires et ébréchées. « Je le *lui* ai dit. *Throm* l'a dit à tous. Ils se sont bouché les oreilles avec des excréments, oui, *ils* ont ri. De même qu'ils *riront* de toi. Mais riront-ils quand s'ouvriront en grand les mâchoires de la terre pour les *avaler* vivants ? »

Elle le dévisagea un moment. Il n'y avait rien d'autre à apprendre de lui. « Adieu, Throm, dit-elle enfin, et elle se tourna pour partir.

— Adieu, danseuse de Bel », dit le prophète. Il s'était déjà replongé dans sa contemplation aveugle de la montagne solitaire.

Charis revint vers la voiture. Le mage la regarda attentivement ; elle pouvait voir qu'il était préoccupé. Il tendit le bras pour l'examiner, mais elle le repoussa. « Cesse de me tripoter ! Je vais bien. »

Le mage baissa les mains. « Qui as-tu rencontré, là-haut, princesse ? demanda-t-il.

— Un vieil ami, rétorqua Charis. Et si tu voulais savoir ce qu'il avait à dire, tu aurais aussi bien pu monter toi-même. » Elle jeta un dernier coup d'œil vers le sommet de la colline où Throm se tenait les bras largement écartés, le vent cruel rongeant ses chairs. « Nous avons assez perdu de temps. Lâchez les rênes à ces bêtes, j'ai hâte d'arriver chez moi. »

V

Il plut dans la matinée, après que les foyers eurent été remplis de charbon de bois. Mais le temps que la viande commence à grésiller, le ciel s'était dégagé, et au crépuscule la fête battait son plein. La bière, sombre et mousseuse, et le doux hydromel doré coulaient à flots des tonneaux et des barriques dans les cornes et les pichets. Des carcasses entières de bœufs, de porcs et de moutons rôtissaient sur de grandes broches de fer, répandant d'odorants nuages de fumée argentée sur le joyeux tohu-bohu. Tout le caer résonnait de chansons, les puissantes voix celtiques prenaient leur essor, telle une sauvage et joyeuse volée d'oiseaux.

Elphin riait et chantait avec la joviale assurance d'un roi confiant en sa position et en son pouvoir. Aux convives de la grande table dressée devant sa demeure, il racontait des histoires pour illustrer la bravoure de ses hommes ; il levait sa corne à tout un chacun, rapportant des exemples de leur courage, couvrant son armée d'éloges dithyrambiques. Rhonwyn était assise près de son époux et Taliesin demeurait à proximité pour se chauffer à la présence de son père comme une loutre aux yeux brillants sur un rocher au soleil.

Lorsque les premières étoiles scintillèrent dans le ciel, Cuall, assis à la droite de son seigneur, se pencha pour lui chuchoter quelques mots à l'oreille. Elphin hocha la tête et repoussa sa corne à boire. « Il est temps, dit-il en parcourant du regard la scène du festin.

— Temps de quoi ? » demanda Rhonwyn.

Elphin cligna de l'œil et monta sur sa chaise. Cuall frappa sur la table du manche de son couteau. Le bruit fut noyé dans le joyeux tumulte, mais toute la tablée se joignit bientôt à lui et le martèlement rythmé se répandit dans tout le caer. « Le seigneur Elphin désire parler ! cria quelqu'un. Le roi va parler !

— Laissez-le parler ! reprit un autre. Silence ! Laissez parler le roi ! »

Le brouhaha des conversations se chargea d'excitation et les gens se rassemblèrent autour de la haute table. Plats et bols furent mis de côté et Elphin monta sur la table. Il écarta les mains comme pour prendre le clan tout entier dans ses bras. « Mes amis ! cria-t-il. Écoutez votre seigneur. »

Le silence se fit aussitôt et il poursuivit : « Chaque année depuis sept ans, nous avons patrouillé le long du Mur...

— Oui, c'est vrai, répondit la foule.

« ...et chacune des six premières de ces années nous sommes revenus à la fin de l'été pour festoyer.

— Lleu sait que c'est vrai ! répondit la foule.

— Ces festins célébraient le retour de l'armée saine et sauve et, quelques jours plus tard, les hommes se dispersaient pour regagner leurs demeures dans les collines et les vallées de notre pays, où leurs mains reprenaient la houlette et la charrue. Mais pas cette année, cria Elphin. Plus jamais tant que je serai roi.

Les gens murmurèrent : « Que dit-il ? Qu'est-ce que cela signifie ?

— Dorénavant, l'armée restera ici ! s'écria Elphin en regardant les visages étonnés de son peuple. Quand nous sommes partis pour la première fois, nous étions encore des enfants. Nous étions des fermiers, nous étions des bergers, fils de fermiers et de bergers.

» Mais en sept ans nous sommes devenus des guerriers ! »

Les gens acquiescèrent à ces paroles.

« Dans les temps anciens, nos rois vivaient avec leurs armées dans leurs palais de bois. Ces temps anciens sont revenus sur nos terres, semblerait-il ; il convient donc que les guerriers demeurent avec leur chef.

— Tout à fait, seigneur Elphin, répondirent les habitants du caer.

— Pour cette raison, je vais faire édifier, à cet emplacement même, un grand palais ! Un vaste palais capable de rivaliser avec ceux que possédaient les seigneurs d'antan.

— Un grand palais ! s'exclama la foule, ravie.

— Désormais, nous vivrons comme nos ancêtres, sans regarder à l'est ni à l'ouest, pas plus qu'au sud, pour notre protection. Nous ne compterons plus pour cela sur la *Pax Romana*, mais sur nous-mêmes et sur le fer qui est dans nos mains. À compter de ce jour, nous protégeons les nôtres ! » Sur ce, il dégaina son épée et brandit à deux mains la lame dénudée au-dessus de sa tête.

La foule poussa de bruyantes acclamations, s'écriant comme un seul homme : « Longue vie au roi ! Longue vie au seigneur Elphin ! »

De l'autre côté du chemin, Hafgan et Blaise, drapés dans leurs manteaux bleus, contemplaient la scène. « Qu'en penses-tu ? demanda Blaise.

— C'est une bonne chose, répondit Hafgan.

— C'est aussi mon sentiment. Mais en quoi ?

— Eh bien, répondit le druide tandis que reprenaient les festivités, cela les tiendra occupés pour l'année à venir. Je me demandais ce qui se passerait si l'armée restait à la maison l'année prochaine. Elphin a raison, ce sont maintenant des guerriers… il vaut mieux les tenir occupés à des tâches de guerriers.

— Et ce sera une bonne chose de les garder sous la main.

— Ne leur envie pas leurs maisons, Blaise. Il faut louer Elphin. Il apprend bien son travail… il devient un roi avisé.

— Est-ce suffisant ? s'interrogea Blaise.

— Pour le moment, oui, répondit Hafgan. Il nous sera accordé davantage quand le besoin s'en fera sentir. » Il regarda Elphin avec fierté. « C'est un bon roi et un bon père pour Taliesin. Vois-tu comme les yeux du garçon suivent chacun de ses gestes ? Oui, Blaise, c'est suffisant. »

La présence d'Hafgan ne passa pas longtemps inaperçue et des cris s'élevèrent bientôt pour réclamer une histoire au barde. « Va chercher ma harpe, Blaise », dit-il, et il s'approcha de la haute table.

« Ah, te voilà, Hafgan, dit joyeusement Elphin. Viens t'asseoir avec moi. »

Le druide inclina la tête, mais il demeura debout au pied de la table. « En quoi puis-je te servir, seigneur ?

— Un conte semble s'imposer. Cela fait assez longtemps que je n'ai rien entendu d'autre que des ronflements autour du feu.

— Quel conte désire entendre mon seigneur ?

— Un récit de hauts faits et de courage, répondit Elphin. Quelque chose d'approprié à semblable occasion. Choisis. »

Taliesin, qui rôdait près de son père, accourut. « Raconte-nous l'histoire des cochons ! s'écria-t-il en grimpant sur les genoux d'Elphin. Les Cochons de Pryderi !

— Chut, Taliesin, dit Rhonwyn. Hafgan va décider. »

Blaise revint avec la harpe et Hafgan en gratta distraitement les cordes, comme s'il réfléchissait au conte qu'il allait choisir. On alluma les torches et les gens firent cercle autour de lui.

Quand tout fut silencieux, Hafgan porta la harpe à son épaule et, avec un clin d'œil pour Taliesin, se mit à jouer. « Écoutez donc, s'il vous agrée, l'histoire de Math ap Mathonwy », dit-il, et il attendit que le silence soit revenu.

« Aux jours où la rosée de la création était encore fraîche sur la terre, Math fils de Mathonwy, était roi de Gwynedd, de Dyfed et de Lloegr, ainsi que des terres du couchant. Or, Math ne pouvait vivre que tant que ses pieds reposaient dans le giron d'une jeune fille… sauf quand les troubles de la guerre l'en empêchaient. Le nom de cette jeune fille était Goewin fille de Pebin, de Dol Pebin, et c'était la plus belle jeune fille de son temps.

» Or, la nouvelle parvint un jour à Math de l'existence d'une créature nouvelle dans l'Île des Forts, dont la viande était plus onctueuse, plus savoureuse que celle du bœuf. Voici ce qu'il en advint… »

Hafgan raconta comment Math envoya son neveu Gwydyon trouver Pryderi, fils de Pwyll, afin qu'il lui ramène quelques-uns des porcs que lui avait offerts Arawn, seigneur d'Annwfn, afin qu'ils puissent élever leurs propres troupeaux de cochons. Taliesin, pelotonné sur les genoux de son père, se laissait bercer par la cadence de la voix d'Hafgan et y entendait les échos d'antiques exploits depuis si longtemps passés dans la légende que personne ne pouvait s'en souvenir, ni même deviner ce qu'ils avaient pu être, mais qui vivaient aujourd'hui, ne serait-ce qu'un instant fugace, dans le pâle reflet des paroles d'Hafgan.

Être barde, se dit Taliesin, connaître les secrets de toutes choses sur la terre et dans le ciel, posséder le pouvoir de commander aux éléments par le simple son de sa voix… c'était là une vie digne d'être vécue ! Un jour, se promit-il, je serai barde *et* roi. Oui, roi druide !

Il leva les yeux vers les cieux nocturnes et l'armée d'étoiles qui scintillaient par-delà la lueur des torches. Et il eut l'impression d'être éternel, qu'une partie de son être avait toujours été en vie et le serait à jamais, qu'il avait été appelé à l'existence dans un but déterminé. Plus il y pensait, plus il en était sûr.

Tandis que les paroles d'Hafgan résonnaient à ses oreilles, il observait les visages extatiques de sa parentèle à la lueur des torches et il sut que, bien qu'il fût à jamais lié à eux, ses cousins, il était en même temps destiné à autre chose, à une vie que personne de ceux qui étaient assis dans le cercle magique des paroles d'Hafgan n'aurait pu concevoir.

Ces pensées emplirent soudain le jeune garçon d'une douleur térébrante, d'une foudroyante sensation de vide, qui lui fit fermer les yeux et s'enfouir le visage contre la poitrine de son père. Un moment plus tard, il sentit les doigts puissants d'Elphin dans sa chevelure.

Il ouvrit les yeux et vit sa mère qui le regardait, les yeux brillants dans la lumière tremblotante… même sans les torches, ils auraient étincelé d'amour pour lui et pour son père. Taliesin lui sourit et elle reporta son attention sur l'histoire d'Hafgan.

Taliesin savait que l'amour était juste et bon, et Hafgan lui avait dit assez souvent que sur lui reposait la pierre fondatrice du monde. Mais il sentait aussi l'absence de quelque chose. Une chose pour laquelle il n'avait pas de nom, que l'amour ne pouvait à lui seul procurer… qui devait provenir d'une source autre que le cœur humain.

Ces pensées n'étaient que vaguement conscientes ; c'était ce qu'Hafgan appelait des *intuitions*. Taliesin en avait souvent, et souvent, comme aujourd'hui, quelle que fût l'atmosphère environnante. En ce moment même, il aurait été parfaitement heureux de goûter l'histoire de Math le voleur de cochons dans ses moindres détails. Et il l'était… avec la partie de lui-même qui était un petit garçon. Mais l'autre partie, plus ancienne, contemplait la joyeuse assemblée et pleurait l'absence d'une chose dont Taliesin n'était même pas sûr qu'elle eût un nom.

Les intuitions, lui avait dit Hafgan, ont des raisons qui leur sont propres. On ne peut lutter contre elles, on ne peut que les accepter et écouter ce qu'elles ont à dire. Jusque-là, Taliesin n'avait jamais rien appris d'elles — sinon à n'en parler à personne. Il les gardait donc pour lui, supportant en silence l'exquise douleur de leur présence. Bien sûr, Hafgan se rendait parfois compte qu'elles le visitaient, mais même lui ne pouvait l'aider.

Il leva à nouveau les yeux vers les étoiles et vit leur froide splendeur. Je suis une partie de cela, se dit-il. Je suis une partie de ce qu'elles sont, une partie de tout ce qui est ou a jamais été. Je suis Taliesin, je suis un mot écrit en lettres, un son sur le souffle du vent. Je suis une vague sur la mer et le grand Mannawyddan est mon père. Je suis une lance projetée du haut des cieux…

Ces mots tournaient dans la tête du garçon. Son esprit frissonnait à leur contact, avant qu'ils ne repartent à tire d'aile dans l'obscurité palpitante d'où ils étaient sortis, laissant sur lui leur marque, comme gravés au fer rouge dans sa jeune âme.

Je suis Taliesin, pensait-il, chanteur à l'aube des âges.

Le lendemain, tandis que l'on nettoyait les reliefs du festin, Cormach, chef des druides de Gwynedd, arriva à Caer Dyvi, seul, monté sur un petit cheval gris. Il n'adressa la parole à aucun de ceux qui le regardaient passer en silence, mais se dirigea droit vers la hutte d'Hafgan et y fit halte.

« Hafgan ! » appela-t-il.

Un instant plus tard, Blaise apparut, passant la tête sous la peau de veau qui fermait l'entrée de la hutte. « Cormach ! » Le jeune homme sortit. « Que… je veux dire : bienvenue, Maître. En quoi puis-je te servir ?

— Où est Hafgan ? Emmène-moi près de lui.

— Avec plaisir. Veux-tu aller à pied ? Ce n'est pas loin.

— J'irai à cheval », répondit le vieillard.

Blaise prit la monture par la bride et lui fit retraverser le caer. Une fois franchies les portes de bois, ils s'écartèrent de la piste pour s'enfoncer dans la forêt jusqu'à la clairière qu'utilisait souvent Hafgan pour l'instruction de Taliesin.

En entrant dans la clairière, tous deux virent le garçon et son maître dans leur posture habituelle : Taliesin accroupi aux pieds d'Hafgan, tandis que le druide, assis sur la souche d'un chêne, son bâton sur les genoux, écoutait, les yeux fermés, la récitation de son élève. En entendant le chef des druides descendre de son cheval, ils se levèrent, Hafgan calmement, Taliesin d'un bond. « Cormach est ici !

— Maître, ta présence est une joie et une agréable surprise, dit Hafgan. J'espère qu'il n'est rien arrivé de grave à Dolgellau ?

— Je suis venu voir le garçon, répondit Cormach. Je vais mourir. Je désirais le voir une dernière fois avant de rejoindre les Anciens.

— Mourir ? » s'exclama Blaise.

Cormach se tourna vers lui. « Tes oreilles ont bien entendu, Blaise. Mais ta langue pourrait se contenir. »

Hafgan regardait fixement son maître. « Dans combien de temps ? demanda-t-il doucement.

— J'observerai mon dernier Lugnasadh, dit-il en penchant la tête vers le ciel comme s'il pouvait y trouver inscrit le moment précis, mais je ne verrai pas Samhain. »

Hafgan accepta calmement la chose. Blaise s'avança et demanda : « Peut-on faire quelque chose ?

— Oh, oui, on peut toujours faire quelque chose. Renverse le cours des années, Blaise. Arrête la course du temps. Agite ton bâton de coudrier et donne-moi le corps d'un jeune homme, pendant que tu y es… non que celui-ci m'ait mal servi. Alors, qu'as-tu à me regarder ? Je t'ai dit ce qu'il faut faire. Vas-y ! »

Blaise s'empourpra. Taliesin se demanda ce que signifiait cet échange. Pourquoi le vieux Cormach était-il si contrarié ? La remarque de Blaise avait été manifestement dictée par la sollicitude pour son ancien maître.

« Si je t'ai offensé... », commença Blaise.

Cormach fit la grimace et écarta ses excuses d'un geste avant qu'il n'ait eu le temps de finir. « Va me faire bouillir un chou pour le souper, mon garçon, dit-il au filidh. Et mets-y aussi du poisson, si tu en as. »

Le visage de Blaise s'éclaira. « Je vais aller en pêcher ! dit-il, quittant en hâte la clairière.

— Taliesin, viens ici, dit Hafgan en se tournant vers le garçon. Cormach désire te parler. »

Le jeune garçon s'approcha prudemment. Il avait toujours ressenti une certaine crainte devant Cormach, que ses manières brusques et son ton parfois caustique faisaient souvent paraître brutal. Taliesin n'était pas vraiment effrayé, simplement sur ses gardes, et il craignait de dire ce qu'il ne fallait pas devant le chef des druides.

Taliesin vint se placer devant le vieil homme. « Je suis honoré, Maître », répondit-il, touchant son front du dos de la main en signe du plus profond respect.

Cormach l'examina un moment et sourit, son visage se creusant de rides. Le sourire disparut aussi brusquement qu'il était apparu. « As-tu eu une vision, mon garçon ? »

La question prit Taliesin au dépourvu. « Ou...oui, répondit-il, avant de se rendre compte qu'il n'en avait pas encore parlé à Hafgan.

— Raconte-moi ça. »

Taliesin hésita, jetant un coup d'œil à Hafgan.

« Ne le regarde pas, regarde-moi, moi ! » ordonna Cormach. Il tourna la tête et dit : « Laisse-nous, maintenant. Je désire parler seul à seul avec le garçon. »

Hafgan hocha la tête. Il prit le bâton de sorbier de Cormach derrière la selle de celui-ci, le tendit à son maître et partit sans un mot.

Cormach claudiqua jusqu'à la souche et s'y laissa pesamment tomber. « Viens ici, mon garçon. Assieds-toi. Là, comme ça. » Il regarda encore une fois le jeune garçon à la chevelure dorée et ses manières s'adoucirent. « Pardonne à un vieil homme, mon garçon. Si j'ai l'air brusque avec eux, c'est parce que je n'ai plus de temps à perdre en formalités et en vains cérémoniaux. J'en ai bien gagné le droit. »

Taliesin rendit son regard au chef druide, mais il ne dit rien. Il éprouvait toujours un curieux mélange d'excitation et de crainte en présence du vieillard, à la fois attiré et repoussé. Cormach n'avait rien de physiquement inquiétant... il était racorni comme une vieille branche et son visage était couvert de rides, la peau tannée par toute une vie penché au-dessus de feux aromatiques. Car c'était ainsi que prophétisait Cormach… il entrait dans son *awen* en contemplant les flammes.

C'était peut-être cela : il y avait chez lui quelque chose de l'Autre Monde, comme s'il se tenait un pied dans le monde des vivants, l'autre dans l'au-delà, et Taliesin sentait qu'il voyait davantage que les autres hommes. Avoir ces yeux braqués sur lui, petit garçon, l'excitait et l'effrayait un peu.

« Parle-moi de cette vision », répéta Cormach.

Taliesin acquiesça. « J'ai vu l'Île de Verre, Maître. Elle se trouvait au loin dans la mer du Couchant, scintillant comme une pierre polie, un bijou splendide…

— Oui ? Quoi d'autre ?

— C'était beau, mais triste. Ils criaient… des voix criaient… Perdu, disaient-elles, tout est perdu. C'était si triste, Maître. Il n'y avait plus d'espoir pour eux.

— Et ensuite ?

— Ensuite l'île a disparu et je n'ai plus rien vu.

— Comment a-t-elle disparu ? Réfléchis bien. »

Taliesin ferma les yeux pour l'aider à se souvenir. « Elle s'est effacée. Oui, elle s'est effacée, mais elle avait aussi l'air de s'enfoncer dans les flots.

— Tu en es sûr ?

— Oui. » Taliesin hocha solennellement la tête.

Cormach poussa un soupir. Il leva les yeux vers la bande de ciel bleu visible entre les branches. Le temps était chaud et les chants d'oiseaux paresseux… sur les branches, les feuilles chuchotaient entre elles dans le doux langage des arbres.

« Qu'est-ce que cela veut dire ? demanda Taliesin. L'Île de Verre est-elle vraiment enchantée, comme on le dit ?

— Enchantée ? Non. » Cormach secoua lentement la tête. « Du moins pas dans le sens où tu l'entends. C'est un endroit bien réel. Elle se trouve dans les terres du Couchant, les Îles de l'Été, ou ce qu'il en reste. Qu'est-ce que cela signifie ? Oui, en vérité, qu'est-ce que cela signifie ? »

Le chef druide croisa les mains sur son bâton et s'y appuya, le front posé sur les avant-bras. « Cela signifie que les ténèbres vont revenir, Taliesin, et que nous devons être prêts.

— L'Âge des Ténèbres ?

— Hafgan t'en a parlé, à ce que je vois.

— Mais d'où viennent ces ténèbres ?

— Eh bien, voilà. Quand l'Esprit Suprême a créé le monde, il a fait le soleil pour l'éclairer et il a banni l'obscurité dans le monde de l'au-delà où elle demeure, regardant du fond de sa caverne glaciale le monde de la lumière, son cœur noir rongé de jalousie. Mais de temps en temps la lumière s'affaiblit et les ténèbres se libèrent pour attaquer le monde et s'en emparer. Mais elles ne peuvent jamais y parvenir, et ce qu'elles ne peuvent posséder, elles essaient de le détruire.

» Depuis des milliers d'années, les habitants des terres du Couchant sont les gardiens de la lumière et, tant qu'ils restaient forts, les ténèbres demeuraient enfermées dans leur caverne. Mais aujourd'hui... ils sont plus faibles. Je ne sais pas pourquoi il en est ainsi.

— Est-ce déjà arrivé ?

— Oh, oui, bien des fois. Mais c'est pire à chaque fois. Les ténèbres se font plus fortes et il est plus difficile de les repousser au fond de leur caverne.

» La dernière fois, elles ont submergé le monde entier pendant des centaines d'années. Une fois de plus, les habitants des terres du Couchant étaient affaiblis et la mer a englouti la majeure partie des Îles de l'Été. »

Taliesin ouvrait de grands yeux devant ce terrible mystère. « Que s'est-il passé ensuite ?

— Certains habitants des terres du Couchant sont venus ici, d'autres sont allés en d'autres contrées, mais un petit nombre a survécu sur la dernière des terres du Couchant, l'île dont nous apercevons de temps en temps le reflet et que nous appelons l'Île de Verre.

— Alors, je l'ai vraiment vue ?

— Oh, tu l'as vue, mon garçon. Ce n'est pas donné à tout le monde.

— L'as-tu déjà vue ?

— Deux fois. »

Plissant le front, Taliesin réfléchit à ce que venait de lui révéler Cormach. « Si les terres du Couchant sont perdues, finit-il par dire, il nous revient de contenir les ténèbres. »

Cormach plissa les paupières. « Pourquoi dis-tu cela ?

— Ce doit être nous. Nous sommes les seuls à savoir. Nous sommes les seuls qui puissions faire quelque chose. »

Le chef druide y réfléchit et demeura un long moment assis à regarder le jeune garçon devant lui : ses cheveux blonds, avec ce grand front blanc, ses yeux comme des étangs dans la forêt, tantôt bleus, tantôt vert foncé, ses longs membres élancés et son torse mince. Il serait grand, plus grand que la plupart des hommes. Cormach lui demanda : « Qui es-tu, Taliesin ? »

La question avait été posée sans brusquerie, mais le garçon sursauta, l'air angoissé. Cormach perçut sa détresse et se dit : Hafgan a raison. Ce Taliesin est différent et on oublie que ce n'est après tout qu'un petit garçon. Pourtant, que peut-il savoir ? Quels pouvoirs possède-t-il ?

« Je suis Taliesin ap Elphin », répondit-il, puis il avoua : « Mais il me semble parfois me souvenir d'autre chose... j'ai l'impression que je n'aurais qu'à réfléchir très fort et que je me rappellerais tout. Mais je n'y arrive pas.

— Non, mon garçon. Pas encore, en tout cas.

— Hier soir, je me souvenu de quelque chose... mais cela ne veut plus rien dire ce matin.

— Un jour, cela prendra un sens, Taliesin, si tu continues à observer et à écouter.

— Mais dis-moi, Maître, que peut-on faire pour les ténèbres ? Il faut faire quelque chose.

— Chacun doit faire ce qu'il peut, Taliesin. C'est tout ce que peuvent jamais faire les hommes. Pourtant, si tous les hommes ne faisaient que cela, ce serait suffisant. Oui, et même plus que suffisant. »

Taliesin fronça les sourcils. « Si ? Veux-tu dire que certains ne résisteront pas ?

— Non, mon garçon, ils ne résisteront pas. Certains hommes, il est vrai, n'ont pas de lumière dans le cœur et s'abandonnent aux ténèbres quand elles arrivent. Cela rend notre tâche d'autant plus difficile.

— Alors, nous devons être d'autant plus forts », répondit bravement Taliesin.

Le chef druide prit le menton du garçon dans sa main. « Regarde-moi et n'oublie pas, Taliesin. Transmets mon souvenir à celui qui doit venir. » Cormach laissa retomber sa main et s'affaissa, épuisé.

« Je n'oublierai pas, Maître, promit Taliesin. Je ne t'oublierai jamais. »

Le vieil homme sourit brièvement, puis il s'appuya sur son bâton et se releva péniblement. « Bien. Maintenant, allons voir comment Blaise s'en sort avec ce poisson. »

Ils quittèrent ensemble la clairière, Taliesin guidant le cheval gris. Hafgan était assis sur sa souche, devant les portes du caer. Il se leva et vint les rejoindre quand ils émergèrent de la forêt.

Cormach envoya Taliesin en avant pour pouvoir discuter en tête à tête avec Hafgan. « J'avais une autre raison pour venir. Je voulais te le dire avant que le bruit ne te parvienne d'une autre source. »

Hafgan hocha la tête.

« Le choix a été facile, poursuivit Cormach. Il n'a pas été besoin de recourir aux noisettes ou à l'eau de chêne. Tu seras chef druide. »

Hafgan s'arrêta et se tourna vers son maître. « Tu me fais trop d'honneur.

— Je ne te fais aucun honneur, dit Cormach. Cela te revient de droit. Personne d'autre ne pourrait prendre ma place. »

Hafgan ouvrit la bouche, mais les mots restèrent coincés dans sa gorge. Il se tourna vers la falaise et le ruban argenté de la mer miroitant à l'horizon.

« Ne sois pas triste, lui dit Cormach. Je suis vieux et fatigué. Il est temps qu'un plus jeune soit Chef de la Fraternité. J'ai eu la chance de pouvoir choisir moi-même mon successeur et je peux mourir en paix.

— Je vais te raccompagner… commença Hafgan.

— Ce n'est pas nécessaire.

— Je t'en prie, laisse-moi te servir. »

Le vieux druide secoua doucement la tête. « Ta place est ici avec le garçon. Reste. Tu me reverras avant Samhain. » Il prit une profonde inspiration. « Ah, l'air marin me donne faim. »

Hafgan lui prit le bras et ils partirent en direction du caer. « Nous allons manger et tu pourras te reposer.

— Me reposer… dit Cormach. Bientôt je trouverai le repos. Je préfère te parler, Hafgan, si tu veux bien faire à un vieil homme la grâce de l'écouter. »

VI

Charis ne savait pas si Avallach était à Kellios, ou s'il était reparti en campagne dans son interminable guerre contre Nestor et Seithenin. Elle était prête à faire face à l'une ou l'autre des deux situations : affronter tout de suite son père, ou attendre patiemment son retour. Elle n'était toutefois pas préparée au spectacle du roi en train de clopiner, pâle comme un spectre, dans une vaste salle déserte, pleurnichant pour se faire apporter son médicament.

Depuis sa rencontre avec Throm, elle était nerveuse et mal à l'aise. Non parce qu'il avait prophétisé la fin du monde — la chose défiait l'imagination — mais parce qu'elle craignait qu'il ne lui soit pas permis de revoir sa patrie. À mesure que défilait la route, c'était devenu pour elle une obsession et elle espérait à chaque instant ne pas arriver trop tard.

Mais, alors que la voiture franchissait les collines descendant vers le port, Charis aperçut l'Île des Pommes flottant sereinement au-dessus de ses vergers, de l'autre côté de la baie. Elle poussa un soupir, à la fois soulagée et légèrement déçue à la vue de ce paysage familier. Rien n'a changé, se dit-elle, tout est exactement comme le jour où je suis partie.

Cette pensée, réconfortante à sa façon, lui causait aussi un serrement de cœur. Quelque chose aurait *dû* changer ; je suis restée partie sept ans ! se dit-elle, et elle prit conscience de s'être vaguement attendue à ce que sa ville ait changé autant qu'elle en ce laps de temps.

Tout le long de l'avenue du port au palais, Charis se disait que ses sept années d'exil avaient été en vain. Elle entrerait dans la grande salle et Avallach se tiendrait toujours là : les bras croisés sur la poitrine, l'œil sévère, le menton projeté en avant comme un escarpement de granit, l'air sombre et farouche, contenant l'orage sur le point d'éclater. Et elle entendrait sa voix qui se répercuterait sur le dallage. Ce serait comme si elle n'était sortie de la pièce qu'un instant plus tôt. Rien n'aurait changé.

Même cela aurait été préférable à la scène qui lui apparut lorsqu'elle s'avança dans le vestibule obscur et malpropre vers les grandes portes de cèdre dont on avait laissé ternir l'éclat sous une couche de poussière grise. Le palais était pratiquement désert. À son arrivée, elle fut accueillie par un jeune sénéchal qui ne savait pas qui elle était et la conduisit sans cérémonie vers la grande salle. « Va chercher Annubi », ordonna-t-elle, et il resta planté devant elle, confus et indécis. « Dis-lui que Charis est de retour. »

Le jeune homme partit, trébuchant dans sa précipitation. Charis sortit le présent qu'elle avait rapporté pour son père et se tourna vers la porte, la main tremblante sur le cordon. Elle tira ; l'énorme panneau s'ouvrit sans un bruit et elle entra. Bien qu'il fît un soleil éclatant à l'extérieur, la pièce était plongée dans la pénombre.

Tout d'abord, elle pensa que le sénéchal l'avait menée au mauvais endroit et qu'Avallach n'y était pas. Elle s'apprêtait à repartir, quand elle entendit une voix. « Qui est là ? » Ce n'était qu'un murmure rauque.

Elle se retourna et s'avança vers le centre de l'énorme salle. « Père ? »

De l'estrade située au fond de la pièce lui parvint une toux sèche. Charis fit halte et regarda en direction de l'estrade. Avallach y était assis au pied du trône, adossé au repose-pied, les jambes étendues devant lui. Ses yeux brillaient dans l'ombre.

« Hein ? » dit-il. L'effort déclencha un quinte de toux qui le fit plier en deux.

« Père, c'est moi, Charis », dit-elle en se rapprochant.

Le roi leva la tête et la regarda en plissant les yeux, puis il se mit lentement debout et vint vers elle d'une démarche étrangement hésitante. Elle vit qu'il s'appuyait sur une béquille. « As-tu apporté mon médicament ? demanda-t-il en s'avançant, d'une voix éraillée.

— C'est Charis, répéta-t-elle. Ta fille... je suis rentrée. » Elle contemplait d'un regard horrifié la ruine qu'était devenu son père.

« Ch... Charis ? » Avallach se rapprocha en clopinant. Sa chevelure pendait en mèches filandreuses, sa peau était pâle comme du parchemin, ses yeux vitreux et larmoyants.

Charis aurait voulu courir le prendre dans ses bras, mais le choc de le voir si changé la clouait sur place.

« Ainsi, tu es revenue. » Avallach s'approcha encore, la respiration sifflante, le front couvert d'une sueur glacée.

« Père, qu'est-il arrivé ? Où sont les autres ? Tu es malade, tu devrais être au lit.

— Tu n'aurais pas dû venir. » L'effort de marcher le faisait haleter.

« Il fallait que je rentre, dit-elle. Il fallait que je vienne te voir. J'ai été si longtemps absente. Je voulais...

— ...n'aurais pas dû venir », répéta Avallach. Il leva la tête et cria : « Lile ! Mon médicament ! » Les mots résonnèrent dans la pièce vide.

« Je t'ai rapporté quelque chose », dit Charis, se souvenant de son présent. Elle lui mit dans les mains le long paquet enveloppé de papier huilé tandis qu'il se balançait sur sa béquille.

Avallach le regarda sans la moindre trace d'intérêt. « Qu'est-ce que c'est ?

— Je vais te l'ouvrir », dit-elle, et elle se mit à dénouer les rubans. Un éclat argenté apparut entre ses mains et, un instant plus tard, l'emballage tomba pour révéler une superbe épée à l'élégante pointe effilée. La garde en était d'orichalque flamboyant serti d'émeraudes et de rubis — les yeux de deux serpents crêtés dont les corps entrelacés constituaient la poignée. Elle reposait sur les paumes d'Avallach, scintillant d'une flamme glacée.

La lame était décorée d'un filigrane compliqué et il y était gravé *Brandis-moi* d'un côté, *Dépose-moi* de l'autre.

« Tu te moques de moi avec ton présent, ma fille », dit Avallach. Il rendit brusquement l'épée et tourna le dos.

« Non, je t'en prie, je ne voulais pas...

— Lile ! rugit à nouveau le roi. Mon médicament ! »

À cet instant, la porte s'ouvrit et une jeune femme arriva en courant. Elle portait un gobelet d'argent sur un plateau et un long tissu blanc sur le bras. « Ton médicament, mon ép... », commença-t-elle, puis elle s'arrêta si brusquement en voyant Charis qu'elle faillit en faire tomber le gobelet du plateau. « Que viens-tu faire ici ?

— Je suis Charis. Je suis revenue. » Elle examina la jeune femme. Mince et pâle, avec de grands yeux sombres et brillants et de longs cheveux qui dévalaient en une noire cascade jusqu'au creux de ses reins. Lile n'était guère plus âgée que Charis.

« Je sais qui tu es », répondit Lile. Elle passa précautionneusement entre Charis et Avallach et présenta le plateau à ce dernier. Il prit le gobelet qu'il porta à ses lèvres et but bruyamment. « Là, oui, lui dit-elle, bois bien tout. » Quand il eut fini, Avallach laissa retomber le gobelet sur le plateau et Lile lui essuya comme à un enfant le menton avec son tissu.

« Charis, dit Avallach avec un sourire idiot, savais-tu que je m'étais remarié ?

— Comment le saurais-je ? répondit-elle en dévisageant toujours la femme aux cheveux noirs. Personne ne m'en a rien dit.

— Je pensais que tu aurais pu l'apprendre, dit Avallach.

— Nous sommes mariés depuis trois ans, ajouta rapidement Lile. Nous avons une fille.

— Ah », répondit Charis. Elle refoula ses émotions bouillonnantes et demanda : « Où sont mes frères ? Où sont Guistan, Eoinn, Kian et Maildun ?

— Où je serai, une fois guéri, grogna Avallach. À la guerre ! » Il se remit à tousser et Lile vint lui éponger le menton.

« Je vois, dit Charis. Et Annubi ?

— Oh, par là… quelque part. » Avallach agita la main d'un air absent. Il regardait sa jeune épouse d'un œil vague et embrumé. Son médicament était-il un narcotique ?

« Annubi ne se montre pas beaucoup, ces temps-ci, l'informa Lile. Tu le trouveras sans doute dans sa cellule puante. Si tu veux nous excuser, c'est l'heure de changer le bandage du roi. »

Lile prit Avallach par le bras et lui fit faire demi-tour. Charis vit alors la blessure, car une trace humide rougeâtre avait suinté à travers les vêtements du roi juste en dessous de la cage thoracique, du côté gauche. Charis les regarda partir. Puis elle s'enfuit de la pièce, se mordant la lèvre pour ne pas hurler.

Charis trouva Annubi où Lile avait dit qu'il serait… dans sa cellule des appartements du bas. Elle frappa à la porte rouge et se glissa à l'intérieur sans attendre de réponse. Il était assis à la lueur d'une simple chandelle, regardant fixement le Lia Fail posé devant lui sur la table. Ses mains ne touchaient pas la pierre mais étaient croisées sur ses genoux. Il avait le visage ridé et fatigué, mais l'ancienne étincelle s'alluma dans ses yeux en la voyant.

« Je savais que tu allais venir, dit-il en esquissant un sourire. Jusqu'à maintenant, j'espérais que tu resterais au loin.

— Oh, Annubi… » Charis se précipita vers lui. Elle tomba à genoux près de lui et posa la tête contre sa poitrine.

Le devin la prit dans ses bras et lui caressa doucement les cheveux. « Il y a bien longtemps, dit-il.

— Je sais. Mais maintenant je suis rentrée. » Elle leva la tête pour scruter son visage aux traits las. « Oh, Annubi, que se passe-t-il ici ? Où sont-ils tous partis et qu'est-il arrivé à mon père ? Qui est cette femme ?

— Lile ? » Annubi haussa les épaules. « Le jouet du roi. Elle n'est rien. »

Charis se releva. Elle tira Annubi par la main. « Viens avec moi. Nous devons parler. Je veux savoir tout ce qui est arrivé depuis mon départ, mais je ne peux pas supporter cette pièce étouffante. »

Ils sortirent donc de la cellule pour marcher comme autrefois dans l'ombre bleutée du portique et Annubi, d'une voix lente et triste, lui expliqua ce qui s'était passé.

« C'est à cause de la guerre, dit-il. C'est à cause de bien des choses : la mort de ta mère, ton départ, la perfide trahison de Seithenin... ces choses ont terriblement affecté ton père. Il a cependant trouvé une consolation dans le combat ; il croyait que la vengeance guérirait sa blessure.

» Et effectivement, au début la guerre a bien tourné pour lui. Sa haine et sa soif de sang ont gagné à elles seules bien des batailles. Mais Seithenin et Nestor sont fourbes et rusés. Quand ils ont vu qu'ils ne pouvaient pas gagner par la force — pas avec Belyn et Meirchion à nos côtés — ils ont décidé de harceler Avallach. Ils refusaient de l'affronter à découvert, mais montaient embuscade sur embuscade ; ils l'attiraient loin de ses positions, le forçant à leur donner la chasse. Et pendant qu'il les pourchassait, ils dévastaient les villages de la côte et des frontières.

» Oh, ils n'osaient pas l'affronter loyalement sur le champ de bataille, mais ils rasaient une ville et massacraient ses malheureux habitants qui fuyaient leurs maisons, puis ils disparaissaient. Cela me rend malade de songer aux malheurs qu'ils ont causés. Bref, ils l'ont obligé à recourir pour se battre à l'intrigue et à la perfidie… deux armes qu'il n'a jamais beaucoup aimées, et dont il use fort mal.

— Comment a-t-il été blessé ? Quand ? demanda Charis.

— Il y a trois ans. Je ne sais pas exactement comment c'est arrivé. Après les premières batailles victorieuses, quand le cours de la guerre a tourné, j'ai cessé de l'accompagner. » Le devin poussa un profond soupir. « Mais il accourait à la défense d'une ville de la frontière coranienne, Œnope, je crois. Il est arrivé juste à temps pour couper la retraite à Seithenin. Celui-ci était prêt : il avait gardé secrètement une force en réserve. Pour une fois, il y a eu bataille et Seithenin a gagné. Les hommes d'Avallach, épuisés de leur marche, n'étaient pas en état de livrer combat à des troupes fraîches. Ils se sont néanmoins battus et il y a eu de lourdes pertes des deux côtés… la majeure partie des deux armées est tombée ce jour-là.

» À la fin, Seithenin s'est retiré et a laissé Avallach sur le champ de bataille — l'a laissé pour mort. Ne te leurre pas, Seithenin ignorait qu'Avallach n'était que blessé, sinon il ne l'aurait jamais laissé en réchapper. »

Charis écoutait avec un mélange d'horreur et de fascination. Elle n'avait jamais imaginé que tout ceci ait pu avoir lieu. Son univers de l'arène était si loin de ce qu'Annubi venait de décrire, pas une fois elle n'avait eu davantage qu'une très vague impression que l'on se battait au loin. Il y avait une guerre, oui, et elle s'éternisait. C'était tout ce qu'elle savait.

« Le roi a été transporté en ville, ou dans ce qu'il en restait. Il y avait une maison qui avait échappé à la torche et Avallach y a été installé. C'était la maison d'un marchand ; sa fille était disponible pour veiller sur le roi. On pensait que la blessure n'était pas grave. Un jour ou deux pour se remettre, et il remonterait en selle pour rentrer au palais.

» Mais la blessure n'a pas guéri. Le temps que Belyn en soit avisé et qu'il vienne chercher Avallach, ce dernier, dans sa faiblesse, s'était entiché de sa jeune infirmière. » Annubi fit une pause et haussa ses étroites épaules en guise d'explication. « Elle n'a toujours pas quitté son chevet.

— Elle m'a dit qu'ils étaient mariés.

— Ils le sont. Juste après le retour d'Avallach au palais. Elle est venue avec lui, bien sûr.

— Ils ont une fille. C'est ce qu'elle a dit.

— Morgian, oui. » Annubi hocha la tête. « Je ne cesse d'oublier cette enfant.

— Et Belyn et mes frères ?

— Toujours à la guerre… ils vont et ils viennent. Ils patrouillent le long des côtes et des frontières pour défendre les villes… Belyn veille sur Tairn, tandis que Kian, Maildun et Guistan tiennent Seithenin à distance. De temps en temps, l'un d'eux surprend un détachement ennemi et il y a combat. Mais la plupart du temps ils ne font que patrouiller.

— Cela semble si désespéré, Annubi.

— C'est désespéré, mon enfant. Cette guerre est le désespoir même. Elle ne peut être gagnée, mais aucun camp n'ose renoncer. Et les autres royaumes se contentent de regarder, dans l'intention, je suppose, de tirer avantage du vaincu, tout comme ils tirent avantage de la situation actuelle — en vendant des provisions, des chevaux, des armes, et parfois même des hommes, au plus offrant. Seul Meirchion demeure notre allié, et il est fatigué. Oh, il y a des pourparlers, des alliances et des traités, et encore des pourparlers et des traités, mais ils gardent tous leurs distances, espérant ramasser les morceaux.

— Et Eoinn ? demanda Charis. Tu n'as pas parlé de lui. »

Annubi cessa de marcher. « Je croyais que tu étais au courant. »

Elle secoua la tête. « Non…

— Il est mort, Charis. L'année dernière.

— Comment ?

— Un attaque de nuit le long de la Coran. Personne n'a vu ce qui s'est passé. Il a simplement disparu. » Annubi parlait d'un ton las. « Deux jours plus tard, on a retrouvé son corps en aval. Il n'y avait pas de marques sur lui. Apparemment, son cheval l'a désarçonné et il s'est noyé. »

Charis baissa la tête. Pauvre Eoinn, si gentil, il aimait tant ses chevaux… quelle ironie que l'un de ses animaux préférés ait été la cause de son décès. Comment était-il possible qu'il soit mort sans qu'elle n'en sache rien ?

« Le roi était en train de se rétablir quand c'est arrivé, mais il a insisté pour aller rechercher lui-même le corps d'Eoinn. À son retour, son état avait empiré, et il n'a cessé de se dégrader depuis.

— Ne peut-on rien faire ? »

Annubi secoua brièvement la tête. « Aussi longtemps qu'*elle* reste près de lui… rien. Bel seul sait ce qu'elle met dans cette infâme décoction qu'elle lui sert. Elle la prépare elle-même et ne laisse personne s'approcher. » Il marqua un temps et déclara sombrement : « Je pense qu'elle est en train de l'empoisonner.

— Pourquoi ? » Charis releva la tête. « En as-tu parlé à Avallach ?

— Cette potion le garde sous son influence… Oui, je lui en ai parlé. Il s'est moqué de moi. J'ai aussi parlé à cette harpie. Elle me croit jaloux de l'affection que lui porte le roi. C'est elle qui est jalouse, follement jalouse.

» J'ai essayé de soigner moi-même le roi. Elle entre dans une colère noire… elle me menace. » Il secoua tristement la tête. « Comme si j'étais un voleur décidé à dérober les chemises du roi. Moi, Annubi, qui sers le trône de Sarras depuis trois générations. C'est insensé. »

Ils se remirent en marche. Charis resta un long moment silencieuse, écoutant l'écho de leurs pas parmi les immenses colonnes de pierre.

« Cela n'a pas d'importance, Annubi, dit-elle enfin. Rien n'a d'importance… plus maintenant. C'est terminé.

— Qu'est-ce qui est terminé, Charis ?

— J'ai revu Throm sur une colline près de l'Atlas, expliqua-t-elle. Il était debout au sommet, à attendre… attendre la fin. Il m'a dit que les sept années étaient écoulées et je me suis rappelé sa prophétie. Tout ce qu'il a dit va arriver.

— Ainsi, tu sais.

— Toi aussi, tu l'as toujours su. Pourquoi n'as-tu jamais rien dit ?

— Qu'y avait-il à dire ?

— Il y a eu un tremblement de terre à Poséidonis. C'est arrivé pendant que j'étais dans l'arène. Un petit… peu de dégâts, personne n'a eu de mal, mais le cristal du temple s'est brisé. Le prochain sera plus important, et le suivant…

— Qu'ont fait les habitants de Poséidonis ?

— Ce qu'ils ont fait ? Rien. Il n'y avait pas vraiment de dégâts. Ils ont continué leurs activités.

— Les signes sont là pour qui veut les lire, dit Annubi, mais personne n'en tient compte. Les hommes vaquent à leurs affaires comme si le monde devait durer à jamais. Mais il n'en est rien. Il n'en est jamais rien.

— Tu pourrais le leur dire. Les avertir.

— Crois-tu vraiment que quelqu'un écouterait ? Ils s'y refusent. Throm le leur dit depuis des années.

— Mais… le tremblement de terre. Ils devraient croire…

— Ah, oui, le tremblement de terre. Ils y croiront quand leurs demeures s'abattront sur leurs têtes, quand les portiques du temple se fissureront et quand l'édifice sacré s'écroulera… ils croiront. Mais alors il sera trop tard.

— Mais il y a sûrement… », commença-t-elle.

Annubi fit encore quelques pas, s'arrêta brusquement et fit volte-face. « Penses-tu que c'est le premier désastre à s'abattre sur l'Atlantide ? Il y en a eu d'autres.

— Je ne savais pas.

— Oh, si. Le dernier est survenu il y a très longtemps. Une boule de feu tombée du ciel a plongé dans la mer et a dévié la course de la Terre. Des cités ont été détruites. Au sud, des royaumes entiers ont disparu sous les flots. Maladies, pestilences et guerres s'en sont ensuivies. Les survivants ont fui la destruction pour gagner d'autres contrées. Mais ce n'était pas mieux ailleurs.

— Je n'en avais aucune idée.

— Les mages n'en parlent pas, mais ils savent. Tout est consigné quelque part si l'on sait où chercher. Les gens oublient ce dont ils ne veulent pas se souvenir. Ils refusent de croire que le désastre peut frapper leur petite vie tranquille. C'est pourquoi ils n'écouteront ni toi, ni Throm, ni quiconque essaiera de les prévenir.

— Mais nous devons essayer, insista Charis. Il faut tenter de leur faire comprendre.

— Pourquoi ?

— Parce qu'il faut sauver le plus de vies possible, parce que nous pouvons survivre. »

Annubi secoua lentement la tête. « Non, Charis, dit-il doucement. Notre temps est terminé. C'est l'ordre des choses. Le monde entre dans un nouvel âge et nous n'y avons pas notre place. Le centre va se déplacer une fois de plus, comme toujours, et l'Atlantide disparaîtra sous les vagues.

— Nous pouvons affréter un navire. Nous pouvons partir… tout abandonner. Nous pouvons aller ailleurs.

— Il n'y a pas d'ailleurs pour nous, Charis.

— Je vais aller trouver mes frères. Je vais aller voir Belyn.

— Ils ne t'écouteront pas davantage que les habitants de Poséidonis n'ont tenu compte du tremblement de terre… pas davantage qu'ils n'ont écouté Throm.

— Arrête ! s'écria rageusement Charis. Je les obligerai à m'écouter ! Je les obligerai à me croire ! »

Pour cela, Charis devait d'abord trouver son oncle et ses frères. Elle persuada Annubi de les localiser avec le Lia Fail et de déterminer, s'il le pouvait, où ils allaient. Elle s'y rendrait dans l'espoir de les retrouver.

« Je te dis que tu perds ton temps, dit-il après avoir consulté la pierre divinatoire.

— Tu me l'as déjà dit. Épargne ta salive et dis-moi simplement où je peux les trouver.

— Comme tu voudras, répondit à contrecœur le devin. Kian est le plus proche. Il se dirige vers l'estuaire du Nerus. S'il continue à son allure actuelle, il y sera dans deux jours. Avallach a fait construire une tour de guet sur un promontoire à l'embouchure du fleuve. Tu peux facilement t'y rendre en une journée. Attends-le là-bas.

— Merci, Annubi. Je te laisse. Je serai de retour dès que je lui aurais parlé. Cela ne prendra pas longtemps. Veille bien sur Père. »

Annubi grogna. « Lile s'en chargera.

— Assure-toi simplement qu'elle ne le tue pas. »

Sur ce, elle sortit. Elle avait revêtu une tenue de voyage : des braies et une courte tunique avec une large ceinture. Elle portait de longues bottes de veau blanc et elle avait attaché ses cheveux au moyen du lacet de cuir blanc dont elle se servait dans l'arène. Elle jeta une légère cape rouge sur son épaule et se rendit aux écuries. Elle choisit un des chevaux d'Eoinn, ordonna au maître écuyer de le faire seller et quitta le palais dès qu'il fut prêt.

La matinée était claire, les nuages hauts et peu nombreux, la campagne paisible. Elle suivit la route côtière bordée de collines basses vers le nord. Le soleil lui chauffait le dos, les oiseaux emplissaient le ciel et les champs de leur hymne au soleil, au jour, à la vie. Et elle arrivait presque à se persuader que rien de ce qu'elle avait appris ces derniers jours n'était vrai. Il n'y avait pas de guerre, pas de destruction à venir ; son père n'était pas malade, son frère toujours en vie... elle n'avait fait qu'un affreux cauchemar qui perdait toute substance à la pure lumière du jour.

Les oiseaux connaissaient la vérité et la chantaient.

Mais elle connaissait aussi la vérité, une vérité sombre et dérangeante qui n'allait pas disparaître parce que le soleil brillait et que les oiseaux chantaient. Et il lui incombait de convaincre le plus de gens possible, à commencer par Kian, l'héritier du roi.

Elle n'avait jamais été proche de Kian. Des cinq enfants d'Avallach, il était le premier et déjà bien âgé quand Charis était née. Leurs deux univers avaient toujours été différents, ce pour quoi elle sentait pouvoir lui parler aujourd'hui avec quelque espoir de le convaincre. Ils n'avaient partagé aucune des petites rivalités entre frère et sœur, ils avaient toujours observé leurs distances.

Kian ressemblait à Avallach sous bien des aspects, mais il était très différent de lui sur certains points. Il avait son épaisse chevelure noire, ses yeux vifs et ses mains fortes, et il possédait la même indéfectible loyauté qui pouvait s'appliquer aussi bien à un idéal qu'à une personne... une ténacité que beaucoup pouvaient prendre pour une obstination butée. Il était néanmoins possible de l'influencer en faisant appel à sa raison. À la différence d'Avallach, sa tête était plus susceptible que son cœur de guider ses actes.

En tant que premier-né d'Avallach, Kian avait toujours possédé une inébranlable assurance qui faisait défaut aux autres fils du roi. Il porterait un jour le diadème et la robe étoilée, et c'était tout. Il n'avait nul besoin de prouver sa force ou sa valeur. Tout ce qui évoquait le doute ou l'ambition était étranger à sa personnalité.

Charis refaisait mentalement connaissance avec son frère tandis que la route défilait sous les sabots de son cheval. Elle longea la côte jusqu'à Œra Linda, une petite ville du bord de mer où s'élevait une bibliothèque immensément ancienne. Enfant, elle y avait souvent accompagné sa mère et elle aurait bien aimé s'y attarder pour revoir les lieux, mais elle ne voulait pas risquer de rater Kian. Elle parcourut donc au galop l'étroite rue centrale et s'étonna de ne pas croiser âme qui vive. De l'autre côté de la ville déserte, elle s'enfonça dans les collines pour traverser la langue de terre séparant la côte de l'estuaire du Nerus.

La route était bien balisée et elle n'eut pas de difficulté à trouver son chemin. Même si l'arrière-pays semblait aussi paisible que dans ses souvenirs, elle rencontra peu de monde, que ce soit sur la route ou dans les champs. La plupart des maisons au bord du chemin étaient également désertes.

En milieu d'après-midi, elle atteignit la ligne de partage des eaux et s'arrêta pour inspecter le terrain. Sur sa droite, l'étroite péninsule s'étirait pour finir dans un chaos de roches rouges et d'écume ; devant elle, la route descendait vers le Nerus, large ruban argenté qui scintillait au loin dans la brume ; derrière elle s'incurvait la ligne frangée d'or de la côte et, au-delà, le vaste arc turquoise d'Oceanus s'étendait jusqu'à l'horizon.

Elle abreuva son cheval à un torrent et remonta en selle pour la dernière étape de son voyage. Elle arriva à la tour de guet alors que le soleil disparaissait dans une orgie de nuages orangés. La tour, dressée son promontoire rocheux, était visible de loin et la route passait tout près.

Charis y parvint affamée et épuisée, mais d'une fatigue agréable qui baignait ses muscles d'une douce chaleur. Elle ne sentit qu'un léger élancement dans son dos blessé en se laissant glisser à terre pour étirer ses épaules et ses cuisses ankylosées. Elle laissa pendre les rênes, pour que son cheval puisse brouter l'herbe tendre qui poussait sur le sol spongieux du promontoire et elle fit le tour de l'édifice.

C'était un inélégant quadrilatère de pierres brutes, large à la base et s'effilant rapidement jusqu'à son sommet tronqué. Une bâtisse froide et grossière, édifiée pour les nécessités de la guerre et, avant de la voir de près, Charis n'avait pas songé qu'elle pourrait avoir à y passer la nuit seule.

Pas plus qu'elle ne s'était inquiétée de ce qu'elle pourrait manger. Elle n'avait pas emporté de provisions et n'avait aucun moyen de faire un feu. Mais la tour était un abri solide, quoique rustique, et elle se dit que cela ne lui ferait guère de mal de jeûner une nuit.

Elle baissa la tête pour s'introduire par la petite porte voûtée et gravit l'étroit escalier de pierre menant à une plate-forme de bois brut. Elle s'approcha du parapet pour regarder la large embouchure du fleuve et la mer, à présent couleur de bronze patiné. La rive opposée était couverte de profondes forêts verdoyantes. La cime des arbres accrochait encore la lueur orangée du couchant.

Bien qu'il fît encore chaud, elle avait froid en cet endroit et se demanda si elle ne serait pas plus confortablement installée ailleurs. Elle se retourna pour inspecter la plate-forme. Une partie en était abritée par un toit fait de perches reposant sur le parapet et recouvertes de chaume. Sous celui-ci, elle trouva une couverture de laine soigneusement pliée et une outre remplie d'eau. Il y avait un petit brasero sur un trépied avec un cristal au bout d'un lien pour allumer un feu, mais pas de bois. Elle décida de s'accommoder de cet abri rudimentaire pour la nuit.

Elle redescendit et mena le cheval à un petit ruisseau qui coulait non loin de là. Quand ils eurent tous deux bu leur content, Charis ramena l'animal au sommet de la colline, le dessella et le fit entrer dans la tour où elle l'entrava pour la nuit. Elle remonta l'escalier de pierre et sortit la couverture qu'elle étala du côté découvert de la plate-forme. Puis elle s'étendit pour regarder le ciel où tournoyaient des martinets pourchassant d'invisibles insectes. Mais le crépuscule était étrangement silencieux et Charis se dit que, si près de la mer, elle aurait dû entendre les cris des mouettes.

Elle resta ainsi allongée jusqu'à ce que s'allument les étoiles et tomba endormie en songeant à ce qu'elle allait dire à Kian pour le convaincre que la fin du monde était proche.

VII

Charis s'éveilla avant l'aube. Les étoiles étaient de pâles luminaires dans les cieux et, à l'est, une traînée rouge sang balafrait l'horizon. Un vent chaud soufflait du sud. La journée s'annonçait torride, et humide dans la vallée. En regardant vers l'estuaire, elle vit une brume bleutée s'attarder sur l'eau et, plus loin, sur les forêts. Le vent apportait une forte odeur de marée.

Elle décida d'aller se baigner à la rivière avant que la chaleur ne la rende moite et irritable. Elle devait essayer de convaincre Kian et elle voulait être calme pour éviter que la rencontre ne tourne à la confrontation. Quittant la tour, elle laissa son cheval brouter l'herbe humide de rosée et se dirigea vers la berge broussailleuse d'un des innombrables torrents qui alimentaient la rivière.

Elle venait de retirer ses bottes, quand elle entendit le martèlement rythmé de sabots. Kian ! se dit-elle et, se rechaussant à la hâte, elle remonta vers la tour juste à temps pour voir quatre cavaliers qui gravissaient la colline, capes et plumets flottant au vent.

Un des cavaliers se retourna et la vit ; il tourna bride dans sa direction. Au même instant, Charis comprit que c'était un ennemi.

Les trois autres dépassèrent la tour et continuèrent vers le rivage. Elle se retourna pour regarder la mer. Une nef, noire de coque et de voiles, entrait dans l'estuaire avec la marée montante. Le navire était encore trop loin pour qu'elle en vît aucun détail, mais elle devina qu'il était plein d'hommes de Seithenin venus tendre une embuscade à son frère.

Il n'y avait pas le temps de réfléchir à ce qu'il fallait faire. Le cavalier arrivait sur elle. Elle lui fit front et vit qu'il avait son épée à la main. Elle recula en terrain dégagé. Voyant son mouvement, le cavalier crut qu'elle cherchait à fuir et éperonna sa monture pour la piétiner sous ses sabots.

Mais Charis ne s'enfuit pas. Elle attendit que le cheval ne soit plus qu'à quelques pas et se laissa simplement tomber devant lui, roulant sur le côté tandis que les sabots passaient dans un grondement de tonnerre. Le temps que le cavalier fasse demi-tour et revienne contempler son œuvre, Charis avait atteint la tour. Elle s'y glissa sans être vue avec une seule pensée en tête : avertir Kian. Mais comment ?

Elle monta sur la plate-forme et courut au parapet. Le navire avait accosté, une planche avait été lancée et des dizaines d'hommes descendaient à terre pour gravir les rochers escarpés du rivage. Charis tourna brusquement le dos au parapet et son regard tomba sur le brasero. Elle y courut et en arracha le cristal. Le soleil illuminait l'horizon, mais les premiers rayons n'étaient pas encore apparus. Vite ! murmura-t-elle entre ses dents… puis elle se figea sur place. Des pas dans la tour.

La plate-forme n'offrait aucun endroit où se cacher mais, prise d'une soudaine inspiration, elle se retourna, attrapa la couverture et monta sur le toit de chaume. Elle s'y allongea et étala sur elle la couverture à l'instant où le cavalier débouchait sur la plate-forme. Elle retint son souffle.

Elle l'entendit se diriger à l'autre bout de la tour et elle jeta un coup d'œil sous le bord de la couverture pour le voir, le dos tourné, regarder en bas le navire et ses camarades. Il les appela et agita le bras, puis il se tourna vers l'intérieur des terres. Il ne me cherche pas, se dit-elle. Il a l'intention de rester ici. Bien sûr, c'était son intention depuis le début ; il est là pour guetter Kian et donner le signal aux autres.

Eh bien, je peux l'y aider, se dit-elle en serrant le cristal dans sa main. Avec d'infinies précautions, elle étendit le bras jusqu'au bord de la couverture, le tournant de côté et d'autre, mais le soleil n'était pas encore assez haut pour en capter les rayons. Allez, allez ! Elle pressa l'aube de se lever. Vite !

Il faisait une chaleur étouffante sous la couverture et Charis pensa qu'elle allait suffoquer d'un instant à l'autre. Elle dégagea son visage pour jeter un coup d'œil. Le cavalier ennemi surveillait toujours les collines, le dos à demi tourné. Maudit sois-tu, Bel ! Vite !

Elle sentit le cristal se réchauffer dans sa main, le regarda et vit qu'il luisait d'un éclat rose doré alors que le premier rayon du jour, encore faible, en frappait la surface. Le cristal concentra la lumière en un rayon brûlant. Tenant la pierre d'une main ferme, elle enflamma le toit.

Un mince filet de fumée commença à s'élever du chaume, rejoint par un deuxième, puis un troisième. Les fumerolles se mélangèrent et dérivèrent vers le cavalier ennemi. Il y avait maintenant une flamme, une pâle petite chose jaune et tremblante, encore faible, mais qui grandissait.

Charis maintenait fermement le cristal pour donner au feu toutes les chances de s'étendre. Vas-y, prends ! Vite !

Elle entendit un reniflement, puis un autre. Elle jeta un coup d'œil sous le bord de la couverture à l'instant où le cavalier ennemi, sentant la fumée, se tournait vers elle. Elle rejeta la couverture et bondit sur lui du même mouvement. Avec un cri de surprise, le cavalier tomba à la renverse. Charis fut sur lui en une fraction de seconde et plongea vers le couteau qu'il portait à la ceinture.

Le cavalier se remit de sa surprise et lui saisit les mains, mais pas avant qu'elle ne lui ait pris son arme. L'homme se remit debout, lui emprisonnant toujours les poignets de ses doigts. Les yeux exorbités, il rit sans conviction. « Tu es réelle, après tout, dit-il. Je croyais avoir vu un fantôme, là-bas. » Puis il regarda derrière elle la flamme qui s'élevait du chaume. « Hé là ! Qu'as-tu fait ? »

Tordant le poignet, elle réussit à lui enfoncer la lame dans le bras. « Aïe ! » Il lui lâcha les mains. Au même instant, Charis leva le genou et lui planta le pied sur la poitrine. Elle poussa de toutes ses forces, bondissant en arrière pour atterrir sur les mains. Le cavalier recula en titubant et heurta le parapet de pierre ; le choc lui coupa le souffle et son casque tomba à terre.

Charis se retourna pour voir le feu qui prenait de la vigueur, gagnant peu à peu le toit. Un panache de fumée blanche montait en une colonne qui s'épaississait. Elle attrapa la couverture et se mit à attiser les flammes.

Quelques instants plus tard, un bras lui saisissait la gorge par derrière et elle fut violemment projetée à terre. Son dos heurta le plancher de bois. Une douleur fulgurante lui vrilla la colonne vertébrale et remonta jusqu'à son cerveau.

Le cavalier lui arracha la couverture des mains et se mit à en frapper les flammes pour les étouffer.

Avec un grognement, Charis se remit debout. Elle resta appuyée contre le parapet, secouant la tête pour dissiper la brume grise qui lui voilait les yeux. Elle entendait la couverture qui s'abattait régulièrement. Quand les flammes furent éteintes, le cavalier ennemi se tourna vers elle. « À présent, je vais m'occuper de toi », dit-il d'une voix lourde de colère. Ses vêtements étaient tachés du sang coulant de sa blessure.

Le coup atteignit Charis à la mâchoire, juste en-dessous de l'oreille, et faillit lui arracher la tête. Elle roula contre le parapet mais ne tomba pas. L'homme s'avança vers elle. Elle ferma les yeux.

Son poing jaillit et s'écrasa sur sa joue. Charis sentit le goût du sang dans sa bouche. Ses doigts trouvèrent une prise sur la pierre. L'homme ramena le bras en arrière et la gifla à toute volée du revers de la main. La douleur dissipa la brume qui voilait son regard et elle vit s'approcher le cavalier, les mains tendues vers sa gorge, et aussi, derrière lui, le feu qui était reparti. Elle s'adossa au parapet, s'y agrippant d'une main.

Son agresseur s'approcha, les mains toujours tendues, et elle pivota, ramenant en même temps le couteau. La lame s'enfonça sans difficulté entre ses côtes et le sang jaillit en gargouillant de son poumon transpercé. Le cavalier la regarda, l'air interdit, et porta les mains à son côté.

« N'avance pas ! cracha Charis entre ses lèvres tuméfiées. Approche encore et je te tue. »

Le feu avait repris en crépitant dans le chaume, envoyant vers le ciel de tourbillonnantes volutes noires. « Ça ne t'avancera à rien, dit l'homme d'une voix rauque, la main pressée sur son flanc.

— Nous verrons bien.

— Les autres vont s'en apercevoir et ils enverront quelqu'un.

— Qu'ils y viennent.

— Donne-moi ce couteau et je veillerai à ce qu'il ne te soit pas fait de mal.

— Kian est mon frère ! » cracha-t-elle. Son visage se crispa de douleur en prononçant ces paroles.

Le cavalier grimaça et pressa la main contre son flanc. Le sang coulait à flots de sa blessure et, dans la lumière du petit matin, Charis vit que son visage avait pris la couleur de l'ivoire. Il vacillait sur ses jambes. « Donne-moi le couteau. » Il tendit la main et fit un pas incertain en avant.

« Reste où tu es ! » siffla Charis.

Le cavalier tomba à genoux. Ses yeux se révulsèrent, il roula sur le côté et demeura immobile. Charis le contempla un long moment, puis elle s'approcha prudemment de lui. Elle posa les doigts sur le côté de son cou et sentit son pouls qui battait faiblement. Elle écarta sa tunique et examina la blessure. Celle-ci était nette et le sang déjà en train de coaguler. Son expérience de l'arène lui dit qu'il vivrait.

Elle entendit appeler d'en bas et, les mains sur les genoux, elle se redressa, sentant des lames incandescentes s'enfoncer le long de sa colonne vertébrale. La douleur l'étourdissait, mais elle respira à fond pour garder la tête claire et s'approcha du parapet. Six guerriers ennemis avaient quitté le rivage et gravissaient la colline au pas de course.

Charis poussa un soupir. Elle n'avait plus la force de se battre contre un seul ennemi, encore moins contre six. Elle se retourna, prit la couverture et la jeta dans le feu qui faisait maintenant rage, ses flammes rouges dansant devant le disque jaune du soleil levant.

Les poutres de bois qui soutenaient le toit rudimentaire s'effondrèrent au même instant, répandant les flammes sur la plate-forme. Elle s'écarta en reculant, espérant que Kian apercevrait le brasier et comprendrait que c'était une alerte. Elle s'affaissa, le dos contre la pierre du parapet, tandis que les pas des ennemis retentissaient dans l'escalier.

Une seconde plus tard, le premier surgit de la trappe. Il traversa la plate-forme en trois enjambées. Charis brandit son couteau. L'homme lui décocha un coup de pied et l'arme vola loin d'elle.

L'instant d'après, il la jetait sur son épaule. Elle entrevit deux autres soldats en train de traîner le corps du cavalier qu'elle avait poignardé. Il y eut un tourbillon de ténèbres et de fumée, puis elle se retrouva allongée sur l'herbe près de la tour. Du haut de celle-ci, une épaisse colonne de fumée montait en spirale dans le ciel et elle sentit une pointe d'orgueil s'insinuer dans sa conscience embrumée. Si Kian est près d'ici, se dit-elle, il la verra. Il doit la voir.

Les soldats s'étaient rassemblés pour un bref entretien qui se termina brusquement. L'un d'eux vint à elle, la releva brutalement et la jeta sur son dos. Deux autres aidèrent leur camarade blessé à se remettre debout et ils redescendirent vers le rivage.

Charis se laissa faire en attendant d'avoir repris des forces. Quand le groupe arriva en terrain plat, l'homme qui la portait la posa à terre pour la changer d'épaule. C'était tout ce dont elle avait besoin.

Elle sauta de côté et lança un coup de pied au genou de son assaillant. La jambe de l'homme céda et il s'écroula en poussant un cri pour avertir ses camarades, mais elle avait déjà bondi et elle avait quatre enjambées d'avance avant qu'ils n'aient compris ce qui s'était passé. Ignorant la douleur, elle courut vers le haut de la colline.

Au moment où elle atteignait le sommet, un de ses poursuivants la rattrapa, lui empoignant le bras pour la faire pivoter. Elle le tira vers elle tout en levant brusquement le genou. L'homme poussa un cri et s'effondra sur le sol, se tenant l'entrejambe et se tordant de douleur. Le deuxième à la rattraper fut plus prudent, sinon plus chanceux. Il plongea vers ses pieds, espérant la plaquer à terre. Elle calcula parfaitement son saut et retomba à pieds joints sur ses bras étendus. Les os cédèrent avec un craquement sinistre et son agresseur gémit.

Les deux autres arrivèrent ensemble, la prenant en tenailles ; l'un d'eux avait son couteau à la main. Ils tentèrent de l'attraper. À chaque fois, Charis parvenait facilement à leur échapper, esquivant, feintant, toujours juste hors de portée. Les soldats jurèrent et sautèrent sur elle tous les deux à la fois. Elle évita leurs mains, mais le couteau accrocha sa manche et elle ne put se dégager. Instantanément, l'ennemi se saisit d'elle. « Je l'ai ! s'écria-t-il. Sors ton couteau ! »

Le deuxième attaquant tira son couteau et courut vers elle. Charis attendit qu'il soit trop prêt pour esquiver, puis elle leva simplement les jambes, plantant les pieds sur sa poitrine. L'inertie de sa course le fit continuer sur sa lancée et souleva Charis dans les airs. Elle passa par-dessus l'homme qui la tenait, aussi légèrement que si elle avait été soulevée par un de ses taureaux. Les deux assaillants entrèrent en collision et l'un d'eux tomba à terre, le flanc entaillé par le couteau.

Elle était à nouveau libre, mais les deux autres soldats l'avaient rattrapée et, en compagnie de celui qui tenait le couteau, s'avançaient lentement vers elle, l'épée à la main. La douleur de son dos était violente, ses muscles se raidissaient. Sa mâchoire l'élançait et sa vision se troublait.

Tous trois l'encerclèrent. Charis leur fit face, leur laissant le temps de préparer leur assaut. Elle savait déjà ce qu'elle allait faire. Quand ils se ruèrent sur elle, elle bondit en avant, vers le bas de la colline, et se laissa rouler sur la pente, fauchant au passage la jambe d'un de ses agresseurs.

Un battement de cœur plus tard, elle s'était remise debout et dévalait la pente à toutes jambes. Elle atteignit le fond de la vallée et s'affala de tout son long sur le gazon. Elle essaya de se relever, mais le mouvement déclencha en elle une vague de nausée. Elle entendit le bruit de pas qui s'approchaient et, grinçant des dents, roula sur le dos pour affronter une dernière fois ses assaillants.

Ils étaient debout un peu plus haut, mais ils regardaient au loin, pas dans sa direction. Elle tourna la tête et vit une rangée de cavaliers en train de se déployer sur la prairie. Il n'y a pas moyen de leur échapper, se dit-elle. Pas à des hommes à cheval.

Les trois hommes sur la colline se mirent à crier, et tout ce dont elle eut ensuite conscience, ce fut que des chevaux passaient près d'elle au galop et que des voix hurlaient. Mais cela se passait très, très loin et ne la concernait plus. Elle reposa la tête sur l'herbe et laissa la souffrance s'emparer d'elle. Un sombre voile de fumée que dispersait le vent était suspendu entre ciel et terre. Charis sentit sa conscience embrumée se disperser avec lui et ferma les yeux.

Le soleil éblouissant lui chauffait la figure et Charis se réveilla. Des bras l'entouraient et un visage était penché sur elle. « J'ai soif », dit-elle, et un instant plus tard une coupe se posa sur ses lèvres. Elle but l'eau fraîche, regarda à nouveau le visage et le reconnut. « Kian !

— Les soldats étaient inquiets, dit-il d'un ton léger. Ils pensaient ne pas avoir la chance de remercier celle qui les a sauvés. » Il sourit et eut un rire de soulagement. « Je leur ai dit qu'ils ne connaissaient pas ma sœur s'ils s'imaginaient que l'armée de Seithenin pouvait avoir raison d'elle. Encore heureux pour ces bouchers que nous soyons arrivés à temps.

— Kian, je...

— Reste allongée. Où es-tu touchée ?

— C'est mon dos... une vieille blessure, dit-elle, et elle essaya de sourire.

— Peux-tu monter à cheval ? »

Elle secoua la tête, ce qui lui déclencha un nouvel étourdissement. « J'en doute. »

Kian appela un de ses hommes, qui hocha la tête et partit en courant. « Un chariot va arriver, dit-il, et il la reposa délicatement à terre. Repose-toi, maintenant.

— Il faut que je te parle.

— Plus tard.

— Non, maintenant. »

Kian dégagea sa mentonnière de cuir et retira son casque à plumet tout en s'asseyant auprès d'elle. Elle vit ses longues boucles cascadant sur ses épaules et la courbe de sa mâchoire volontaire ; elle aurait aussi bien pu regarder Avallach. « Que faisais-tu par ici... à part nous sauver la vie ?

— Je t'attendais.

— Tu savais que j'allais venir ici ?

— Le Lia Fail... j'ai demandé à Annubi de l'interroger. »

Il accepta l'explication et demanda : « Pourquoi ?

— Il fallait que je te voie, pour te parler. Je n'étais au courant de rien pour l'embuscade... Annubi n'avait rien vu.

— Nous n'aurions rien vu non plus si tu ne nous avais pas alertés. » Il sourit à nouveau, de plaisir, cette fois. « Petite Charis, je pensais ne jamais te revoir. Sept ans sans un mot, rien, et te revoilà… Qu'y avait-il de si important que tu doives mettre en déroute l'armée de Seithenin pour me parler ? »

Il lui avait posé la question, et maintenant elle ne savait comment lui expliquer ce qu'elle était venue lui dire. Les mots étaient des supports maladroits, incapables de faire partager sa certitude.

« J'ai besoin de ton aide, Kian. Tu es le seul en qui je puisse avoir confiance pour m'écouter.

— Je t'écoute.

— Kian, il ne reste plus beaucoup de temps, dit-elle, puis tout vint d'un coup. Nous devons nous préparer… c'est la fin… tout cela, cette guerre n'a pas de sens. Nous devons nous préparer… c'est terminé, Kian. Il faut… »

Il l'arrêta. « Attends, attends un moment. Nous préparer à quoi ? C'est la fin de quoi ? »

Elle hésita, puis elle étendit les mains pour englober tout ce qui les entourait. « De notre monde, Kian. L'Atlantide ; elle va être détruite. Très, très bientôt. Nous devons nous préparer. »

Il la dévisagea un moment. « Si tout doit être détruit, dit-il lentement, cela aura-t-il beaucoup d'importance que nous soyons prêts ou non ?

— Nous préparer à partir, je veux dire. Nous devons nous préparer à partir. »

Il haussa les épaules et sourit d'un air placide. « Où irions-nous ?

— Tu ne me crois pas.

— J'ai déjà entendu ces rumeurs, Charis. Je suis surpris que tu y accordes crédit.

— Ce ne sont pas des rumeurs, Kian. Aurais-je risqué ma vie pour venir te voir à cause d'une rumeur entendue sur le marché au poisson ?

— Pourquoi être venue me voir, moi ? Je ne suis pas le roi.

— Tu sais très bien pourquoi. Père n'est pas en état de discuter de quoi que ce soit. Cette femme le tient drogué au point d'avoir à moitié perdu la tête.

— Tu le penses ?

— Es-tu aveugle, toi aussi ? Il est évident qu'elle le drogue… mais ce n'est pas pour cela que je suis venue. » Elle eut un geste pour se lever et la douleur lui coupa le souffle.

« Doucement, la calma Kian. Reste allongée en attendant le chariot.

— Pourquoi ? Qu'en as-tu à faire ? Je perds mon temps, ici.
— Si j'acceptais de te donner des navires…
— Me *donner* ? Penses-tu me faire taire avec de belles paroles ? Donnons à cette folle deux ou trois vieux rafiots et renvoyons-la…
— Du calme, Charis. Ce n'était pas du tout mon idée. » Il haussa les épaules. « De plus, nous n'avons pas de bateaux — du moins pas autant que tu en aurais besoin.
— Penses-tu que c'est pour moi que je le demande, Kian ? »
Il leva les mains en un geste conciliant. « Et si j'acceptais ? Pourrais-tu prouver que ce que tu dis est vrai ?
— Tu me croirais si je t'en donnais la preuve ?
— Seul un idiot doute devant des preuves, répondit-il, affable.
— Alors, tu es déjà un idiot ! rétorqua-t-elle.
— Moi, un idiot ?
— Oui ! Seul un idiot réclame des preuves de ce qu'il sait déjà.
— Écoute-toi parler, Charis. Tu parles par énigmes comme un mage.
— Et toi, ouvre les yeux et regarde autour de toi, Kian. La terre elle-même le proclame : un vent brûlant souffle du sud en pleine nuit… les nuages vont et viennent, mais la pluie ne tombe pas… le long de la côte, les villages sont vides, désertés… la terre tremble tous les jours sous tes pieds et le grand cristal du temple de Poséidonis s'est brisé. Regarde autour de toi, Kian. Quand as-tu vu pour la dernière fois un oiseau de mer ? Réfléchis ! Nous sommes près de la mer… il devrait y avoir des nuées de mouettes. Où sont-elles ? »
Il dévisagea un long moment sa sœur et détourna le visage, la mâchoire serrée.
« Tu ne me crois pas, dit-elle. Rien de ce que je pourrais faire, aucune preuve que je pourrais apporter ne te convaincrait, Kian, parce que tu as déjà décidé de ne *pas* croire.
— Charis, sois raisonnable ! s'écria-t-il, exaspéré. Écoute, il y a sept ans que je ne t'ai pas vue ! Que suis-je censé penser ? »
Charis le regarda fixement, bouillant en silence.
« Il y a déjà eu des séismes, et des sécheresses, et des villages désertés à cause de la guerre. Que sommes-nous censés faire, au nom de Cybèle… courir je ne sais où chaque fois que la terre tremble un peu, ou que quelques sales mouettes vont se faire voir ailleurs ?
— Annubi m'avait dit que tu ne me croirais pas, répondit-elle, morose. Il a dit que personne ne le ferait.
— Bon sang ! » s'exclama-t-il, au comble de l'énervement. Il se releva brusquement et s'éloigna à grands pas.

Charis se rallongea. Pourquoi est-ce que je me tracasse ? Je savais que cela se passerait ainsi. Annubi m'avait prévenu. Pourquoi a-t-il fallu que cela tombe sur moi ? Pourquoi est-ce que je crois Throm, *moi* ? Je suis peut-être aussi folle que lui, après tout.

L'un des mages de Kian s'occupait d'elle quand le chariot arriva et on la souleva avec précaution pour l'y installer pendant que Kian donnait des ordres à l'escorte. « Que vas-tu faire, maintenant ? demanda-t-elle quand il se tourna vers elle pour lui dire au revoir.

— Je dois rencontrer Belyn dans deux jours sur la frontière entre Tarn et Sarras… à Hérakli.

— Rentre au palais avec moi. Parle à Père. »

Il baissa les yeux. « Je ne peux pas.

— Elle est en train de le tuer, Kian, dit doucement Charis.

— Si c'est ce qu'il veut ! grogna-t-il avec une soudaine férocité. Personne ne t'a dit ce qu'a fait Seithenin ?

— Annubi m'a parlé de la défaite.

— C'était plus qu'une défaite, c'était une boucherie. Quand cela a été fini, Seithenin a ordonné de déshabiller les prisonniers encore vivants et de les attacher aux corps de leurs camarades… face à face !

» Et puis ce fou les a laissés mourir ainsi… ligotés à des cadavres en décomposition ! Nous avons trouvé les survivants trois jours plus tard… trois jours en plein soleil ! La puanteur était atroce, le spectacle encore pire. Avallach a dû rester là comme les autres et entendre hurler ses hommes pendant qu'ils se tordaient sur le sol en cette hideuse danse. » Kian s'interrompit, les muscles de ses mâchoires se crispant en silence pendant un long moment. Puis il reprit : « On a trouvé Guistan sous lui, Charis. Cela lui a fait perdre l'esprit et il ne s'en est pas remis. »

Charis ferma les yeux et se mordit la lèvre pour se retenir de crier.

« Voilà, tu sais », dit-il, puis il ajouta en guise d'excuse : « Je ne voulais pas te le raconter de cette manière.

— Annubi ne m'en a rien dit.

— Annubi ne se souvient que de ce dont il veut bien, ces jours-ci. » Il écarta les mains d'un air impuissant. « Quoi qu'il en soit, il vaut mieux que je ne rentre pas au palais pour le moment… la dernière fois, nous nous sommes battus.

— À cause d'elle ?

— En partie, reconnut-il. Je lui ai dit de se débarrasser d'elle et il m'a lancé un couteau.

— Tu sais qu'il n'en avait pas l'intention. Il ne doit même pas s'en rappeler. » Charis lui prit la main. « Rentre avec moi.

— Si je rentre, cela se reproduira. En outre, je dois rencontrer Belyn. Pour la première fois depuis très longtemps, nous avons repris l'avantage sur Nestor et Seithenin. » Il esquissa un sourire. « De petits détachement de cavalerie, très mobiles, capables de frapper n'importe où dans le royaume… c'est efficace. L'embuscade que tu as déjouée était un dernier effort pour nous empêcher de les mettre en déroute. » Il marqua un temps. « Que vas-tu faire ?

— Je ne sais pas. » Elle sourit tristement et leva la tête. « Adieu, Kian. » La voiture s'ébranla et Charis partit sans regarder en arrière.

VIII

Cormach resta quatre jours à Caer Dyvi. Chaque jour il emmenait Taliesin dans la clairière où ils s'asseyaient ensemble pour parler… ou plutôt, Cormach parlait et Taliesin écoutait. Dans les paroles du vieux druide, il entendait la musique de l'Autre Monde… cadencée, magique, étrange, effrayante, fantastique.

Le dernier jour, Cormach s'installa sur la souche de chêne et regarda un long moment le garçon assis devant lui, fixement, sans un mot. Taliesin commençait à se sentir mal à l'aise sous le regard du vieillard et il se mit à gigoter, arrachant du talon des touffes d'herbe qu'il dispersait sous ses pieds. Enfin, Cormach se décida. « Oui, oui, murmura-t-il, il le faut. » Et il plongea la main sous son manteau d'où il sortit une petite bourse de cuir. Il l'ouvrit et versa dans sa paume cinq petites noix roussies au feu.

« Tu sais ce que c'est, mon garçon ? demanda le druide.

— Des noisettes, Maître, répondit Taliesin.

— Oui, c'en était… avant. Ce sont des Graines de Connaissance, Taliesin, des Semences de Sagesse. Elles sont utiles à leur façon. Veux-tu en goûter une ?

— Si tu le désires.

— Ce n'est pas pour moi, Taliesin », répondit Cormach, qui fit une pause, puis ajouta plus sincèrement : « …enfin, peut-être bien que si. Mais ce n'est pas par vaine curiosité, mon garçon. Jamais… » Il redevint silencieux, le regard fixe. Cette fois, Taliesin sentit qu'il ne le regardait pas, lui, mais qu'il regardait, à travers lui, quelque autre présence… un des Anciens, peut-être.

« …jamais par curiosité, mon garçon, n'oublie pas cela », dit Cormach comme s'il ne s'était pas arrêté de parler. Il baissa les yeux sur ses mains et regarda les noisettes. « Ce sont les dernières dont j'aurais besoin, dit-il en en choisissant une. Prends, Taliesin. Mange-la. »

Le garçon prit la noisette et la mit dans sa bouche. Elle avait un léger goût de brûlé, mais ce n'était pas désagréable. Il mâcha lentement et regarda autour de lui, essayant de déterminer si la noisette en elle-même avait des propriétés particulières. Elle n'en avait aucune, pour autant qu'il puisse dire.

« Maintenant, mon garçon, sais-tu ce qu'est *l'awen* ? demanda le druide.

— Oui, Maître, répondit Taliesin. C'est l'endroit où se rend un barde dans son cœur. Hafgan dit que c'est la porte d'entrée de l'Autre Monde.

— Bien, bien. » Cormach hocha la tête. « Aimerais-tu découvrir cette porte par toi-même, Taliesin ? » Le garçon acquiesça. « Très bien. Ferme les yeux et écoute-moi. » Taliesin ferma les yeux, mais il trouva très difficile d'écouter. Le druide s'était mis à chanter à voix basse et, bien que Taliesin essayât de suivre, son attention ne cessait de vagabonder et il perdit bientôt complètement le fil de la chanson. Les paroles de Cormach ronronnaient à ses oreilles et il tentait de se concentrer, mais la chanson du vieux druide était devenue un fouillis inintelligible de syllabes dépourvues de sens. Car il lui semblait qu'il avait fermé les yeux sur un monde pour les ouvrir sur un autre… un monde parfaitement semblable au monde ordinaire, et pourtant indubitablement différent.

Il y avait les arbres, l'herbe et les buissons familiers du monde naturel, mais le ciel brillait d'une lumineuse couleur bronze, comme si dans ce monde la lumière ne provenait pas de l'orbe incandescent du soleil, mais du ciel lui-même, ou de quelque vaste source inidentifiable située derrière la voûte céleste et dont l'éclat atteignait ce monde étrange légèrement diffus, comme une chandelle à travers la toile d'une tente.

Il regarda mieux et vit que les arbres eux-mêmes, et jusqu'aux brins d'herbe, irradiaient cette mystérieuse lumière. L'air de ce lieu — si l'on pouvait parler d'air, car l'atmosphère était dense et palpable, plus semblable à un brouillard transparent — était aussi légèrement lumineux, si bien que le pays donnait l'impression d'être nimbé d'une brume phosphorescente. L'air vibrait aussi légèrement au son d'une musique étrange, vive et joyeuse comme celle des flûtes de berger, mais plus belle, plus pure et changeante comme l'eau. Elle émanait apparemment des plantes qui poussaient autour de lui, car Taliesin ne pouvait voir nulle créature, humaine ou autre, à proximité.

Au loin, par-delà une vaste plaine vallonnée, se dressaient des montagnes dont le sommet se perdait dans le ciel lumineux. Et il vint à Taliesin l'idée qu'il n'avait qu'à lever le pied et avancer dans leur direction pour être instantanément transporté sur ces lointaines pentes. Il y aurait dans ces montagnes des cavernes au fond desquelles s'ouvraient des passages s'enfonçant vers le ténébreux monde souterrain. Mais Taliesin ne leva pas le pied et ne voyagea pas vers les montagnes ; il se tourna au contraire et vit non loin un ruisseau qui serpentait parmi les arbres vers un lac ombragé.

L'herbe était élastique sous ses pieds, comme si elle résistait à son poids ; il regarda derrière lui et vit que ses pas ne laissaient pas d'empreintes sur le sol, mais qu'un léger miroitement en marquait les contours. Il suivit le ruisseau jusqu'à l'endroit où il se jetait dans le lac et s'agenouilla au bord de l'eau parmi les fougères : il plongea le regard dans les eaux cristallines qui coulaient sur des pierres polies dont l'éclat évoquait l'ambre jaune. Et là, juste sous la surface miroitante, il vit une femme, endormie au milieu des longs filaments ondoyant des algues vertes.

Elle était vêtu d'une robe blanche que le courant faisait chatoyer. Ses cheveux, dorés comme les siens, était longs, avec deux courtes tresses sur les tempes, le reste flottant en un halo doré autour de sa tête, comme s'ils étaient agités par une douce brise, et non par le courant. Sa peau était ivoirine, ses lèvres rouges et légèrement entrouvertes, laissant entrevoir des dents de perle parfaitement régulières. Elle avait les yeux fermés, ses longs cils caressant doucement ses joues et, à en juger par ses orbites lisses, une fois éveillée, ses yeux devaient être grands et, comme ses autres traits, d'une grâce et d'une symétrie exquises, indiciblement beaux.

Ses longues mains délicates croisées sur sa poitrine se refermaient légèrement sur une épée étincelante dont la poignée incrustée de joyaux reposait juste sous son menton. La longue lame effilée était gravée de curieux symboles et d'une étrange inscription que Taliesin ne put déchiffrer. Elle ondulait dans le jeu de l'eau et de la lumière sur sa surface polie, comme vivante.

Taliesin n'était pas étonné de voir cette femme endormie sous la surface ondoyante du lac ; il en était au contraire enchanté, quoique un peu effrayé. Et il était heureux qu'elle dorme, car sinon il n'aurait pu la dévisager avec une telle audace.

En la regardant, il éprouvait un ardent désir de faire la connaissance de cette mystérieuse et belle femme, de se perdre dans sa présence. Une étrange sensation que le jeune homme ne comprenait pas, mais qu'il sentait venir de cette autre et plus ancienne partie de lui-même. Fortement ému par l'intensité de ces sentiments, il se releva et, après avoir laissé ses yeux s'attarder une dernière fois sur la gracieuse silhouette, il se retourna.

Il leva les yeux et regarda de l'autre côté du lac où il vit un homme qui l'observait, debout au milieu des fougères et des roseaux. L'homme portait un capuchon en daim et une pelisse aux longs poils irisés, ce que Taliesin trouva très étrange, puis il se rendit compte que les poils étaient des plumes.

Le capuchon de daim dissimulait le visage de l'homme et les fougères cachaient le bas de son corps, et pourtant Taliesin avait l'impression de le connaître, ou de pouvoir le reconnaître si seulement il voyait son visage. Comme en réponse à cette pensée, l'homme porta une main gantée à son capuchon et le repoussa, dévoilant son visage. Mais Taliesin avait beau le regarder attentivement, il ne parvenait pas à discerner ses traits, car il n'avait pas de visage, seulement une impression de visage où aurait dû se trouver sa figure.

Et là où auraient dû se trouver ses yeux, un ciel nocturne constellé d'étoiles tournant sans fin autour d'une colline couronnée d'un antique cercle de pierres dressées.

Taliesin s'apprêtait à appeler l'homme, à s'en approcher et à s'incliner devant lui, car il s'agissait certainement d'un personnage vénérable. Mais quand il leva la main pour le saluer, l'être au manteau de plumes disparut.

Taliesin suivit le cours du ruisseau pour regagner l'endroit où il s'était réveillé. En émergeant des fourrés, il vit un pommier en plein milieu de la clairière qu'il avait quittée quelques instants plus tôt. Ses branches portaient de grands globes dorés parmi les feuilles vert tendre. Taliesin s'avança et en cueillit un ; il emplissait toute sa main. Il saliva en regardant sa peau irréprochablement lisse, imaginant en dessous la chair blanche acidulée. Il le porta à sa bouche.

À cet instant, il entendit une voix provenant du ciel luminescent.

« Approche, Front Clair ! »

La voix avait en elle le grondement du tonnerre et l'autorité de la tempête. C'était une voix véhémente, et pourtant suave, que Taliesin sentit habituée au commandement et au gouvernement, non seulement des hommes et de leurs actes, mais aussi de leurs plus intimes allégeances. La voix d'un roi ou, encore mieux, d'un empereur, car Taliesin entendait en elle l'essence même de la souveraineté — comme si celui qui avait parlé était quelqu'un dont le moindre désir était exaucé par des domestiques exclusivement dévoués à satisfaire en tout leur maître. Manifestement, il venait l'être interpellé par un des seigneurs de ce lieu étrange, peut-être le Seigneur Suprême en personne.

« Parle, Front Clair ! »

À ces mots, Taliesin lâcha la pomme et se laissa tomber à genoux, levant les yeux vers l'étrange ciel de l'Autre Monde. Il ouvrit la bouche, mais aucun son n'en sortit.

« Très bien, Front Clair, je vais t'enseigner que dire », dit la voix en réponse à son propre ordre. Il y eut un éclair aveuglant et Taliesin tomba face contre terre. Il était conscient d'une présence au-dessus de lui, car elle irradiait une chaleur qu'il pouvait sentir à travers ses vêtements, mais il ne bougeait pas, n'osait pas relever la tête.

Quand Taliesin revint à lui, les bois étaient plongés dans l'ombre et le soleil n'était plus qu'une vague lueur jaune sur l'horizon. Le lourd bourdonnement des insectes saturés d'été emplissait l'atmosphère, comme en écho à celui qui résonnait dans sa tête. Cormach était toujours assis sur la souche de chêne, son bâton de sorbier sur les genoux. Hafgan, debout à côté du vieux druide, paraissait agité et inquiet ; sa bouche bougeait d'une drôle de façon et Taliesin comprit qu'il était en train de parler.

« ...n'était pas prêt... l'envoyer trop tôt... trop jeune... pas encore le moment... », marmonnait Hafgan.

Cormach était assis, les épaules voûtées, étreignant son bâton de ses mains noueuses, les sourcils froncés, mais Taliesin n'aurait su dire si c'était de colère ou d'inquiétude. Ni l'un ni l'autre ne semblait s'être aperçu qu'il était réveillé et pouvait les entendre. Il était sur le point de parler pour leur montrer qu'il avait repris connaissance, quand il se rendit compte que ses yeux étaient toujours fermés. Fermés, et pourtant il y voyait aussi clair que s'ils avaient été grand ouverts.

« Un moment ! dit Cormach, et Hafgan cessa de marmonner. Il est réveillé ! » Il se pencha en avant. « Hé, Taliesin ? »

Taliesin ouvrit les yeux. Il était allongé sur le côté, les genoux ramenés contre la poitrine. Cormach et Hafgan étaient où il les avait vus, mais à présent le soulagement était nettement visible sur le visage d'Hafgan. « Taliesin, je suis... » commença celui-ci. Cormach étendit la main et Hafgan se tut.

« Doucement, mon garçon. Comment te sens-tu ?

— Bien », répondit Taliesin. Il s'assit et croisa les jambes.

« Bien, bien. Peux-tu dire ce qui t'est arrivé ? »

Taliesin décrivit de son mieux l'endroit où il s'était rendu, mais si ses souvenirs restaient toujours aussi vifs, sa langue ne cessait de buter sur l'enrageante insuffisance des mots à exprimer sa pensée. À la fin, il haussa simplement les épaules et dit : « Ce n'était comme aucun autre lieu que j'ai jamais vu. »

Cormach acquiesça d'un air bienveillant. « Je connais cet endroit, Taliesin, et tu le décris bien pour quelqu'un qui ne l'a visité qu'une fois.

— Est-ce l'Autre Monde ? demanda-t-il.

— Oui », affirma le chef druide.

Taliesin réfléchit à la chose. Hafgan s'approcha et étendit la main. « As-tu soif, Taliesin ?

— Ne le touche pas ! » avertit Cormach. Hafgan retira sa main.

« Je vais bien, Hafgan. Vraiment, insista Taliesin.

— Maintenant, Taliesin, je veux que tu réfléchisses à ce que tu as vu dans l'Autre Monde et que tu nous le dises — même si cela n'a aucun sens pour toi maintenant. »

Taliesin obéit et les druides l'écoutèrent attentivement. Il finit en disant : « Et puis le seigneur de l'Autre Monde est venu, m'a appelé par mon nom et a dit qu'il m'enseignerait que dire.

— Et il l'a fait ? » demanda Cormach.

Taliesin hocha la tête d'un air incertain. « Je crois.

— Qu'a-t-il dit ? »

Taliesin fronça les sourcils. « Je n'arrive pas à me le rappeler.

— C'est tout ? demanda alors Hafgan.

— Oui, répondit Taliesin. Je vous ai raconté tout ce dont je me souviens. »

Cormach hocha la tête et Hafgan tendit à nouveau la main pour l'aider à se lever. « Tu t'es bien débrouillé, Taliesin. Très bien, en vérité. »

Tous trois se mirent en route à travers bois pour regagner le caer. « Mais qu'est-ce que cela veut dire ? demanda Taliesin.

— Il est possible que ce message ne soit destiné qu'à toi seul, Taliesin, répondit Hafgan.

— Et le reste — la dame dans le lac, l'épée et tout cela — qu'en est-il ? »

Les deux druides restèrent un moment silencieux, puis Hafgan répondit : « Un druide n'aime pas avouer qu'il y a des choses qui défient son art… surtout quand ces choses sortent de la bouche de quelqu'un d'aussi jeune.

— Tu veux dire que vous ne le savez pas ? demanda le garçon.

— Il essaie de ne *pas* le dire, répondit Cormach, mais cela revient au même. Oui, nous ne savons pas ce que cela signifie. Je te le dirai franchement, mon garçon, nous ne nous attendions pas à ce que ton voyage soit aussi long, ou si complet. » Il fit halte et prit le garçon par les épaules. « Écoute, Taliesin, tu t'es rendu en un lieu que nous n'avons fait qu'entrevoir de loin. Tu as visité un monde dont nous n'avons eu que des aperçus indistincts.

— Comprends-tu ce que dit Cormach, Taliesin ? » demanda Hafgan.

Taliesin hocha la tête. « Je pense que oui.

— Peut-être… soupira Cormach. Tu vois, j'avais espéré de toi un signe, petit. Je pensais que tes jeunes yeux seraient en mesure d'y voir plus clairement… et c'est ce qui s'est passé. Mais ce que tu as vu n'appartient qu'à toi. Il suffit de savoir que tu l'as vu. Mon garçon, tes pieds ont foulé un monde que nous n'avons fait qu'entrevoir confusément et c'est là une chose… une chose que j'emporterai avec moi dans la tombe. »

Il firent le reste du trajet en silence. Cette nuit-là, Taliesin resta éveillé sur sa jonchée auprès du feu pour réfléchir à ce dont il avait fait l'expérience dans l'Autre Monde, se demandant ce que cela signifiait, et s'il pourrait bientôt y retourner — non pas, comme l'avait dit Cormach, par vaine curiosité — mais pour revoir cette femme et l'éveiller, s'il le pouvait, de son sommeil sous les eaux miroitantes.

IX

Bien que le confinement la rendît presque folle de frustration — elle se retrouvait de nouveau immobilisée alors qu'il y avait tant à faire et que le temps manquait — Charis était capable d'apprécier à contrecœur le fait qu'elle était encore en vie, tout compte fait, et que son infirmité lui accordait un changement de statut vis-à-vis de Lile. Celle-ci considérait Charis comme une autre invalide dont elle devait s'occuper personnellement, ce qui donnait à Charis l'occasion d'étudier cette mystérieuse femme de beaucoup plus près qu'elle ne l'aurait pu autrement.

En effet, Charis n'était pas plus tôt rentrée de la tour de guet pour reprendre possession de ses anciens appartements que Lile fit irruption dans sa chambre avec une servante portant un plateau chargé de pots et de flacons de diverses tailles. Annubi venait juste de quitter son chevet après avoir examiné la blessure et prescrit un repos prolongé, lequel était, bien qu'elle répugnât à le reconnaître, le seul remède.

En les voyant approcher, Charis poussa un grognement exaspéré. Elle détourna la tête quand Lile s'installa légèrement sur le bord du lit.

Les premiers mots que prononça l'intrigante désarmèrent quelque peu Charis, bien qu'elle restât sur ses gardes. « Je sais que tu ne me portes aucune affection, princesse Charis. Mais je te considère comme le chef de cette maisonnée, maintenant que tu es revenue, et le devoir m'impose de te servir de mon mieux. »

Charis se retourna, mais elle ne dit rien.

« Bien sûr, poursuivit Lile, si Kian était là, c'est à lui que je m'en remettrais, mais il n'y est pas et tu es la fille du roi.

— Tu es l'épouse du roi, répondit Charis d'un ton un peu plus venimeux qu'elle n'en avait vraiment envie.

— Je le suis, répondit Lile sans fausse modestie, mais je ne suis pas de naissance noble. Je ne pourrai jamais être davantage qu'une concubine et comme tu es de son sang… » Elle leva la main, paume vers le haut. « …je suis également ta servante. » Elle fit un signe à la domestique qui posa le plateau près d'elle et sortit.

Était-ce un piège ? Cette Lile était perfide, Charis n'en doutait pas, mais était-elle subtile au point d'essayer de se concilier une ennemie en affectant l'humilité ?

« Je n'ai besoin de rien, dit Charis. Seulement de me reposer, et tu m'en empêches.

— Je sais ce qu'a dit Annubi, mais on peut faire quelque chose de plus. »

Charis éclata d'un rire sardonique. « J'ai été soignée par les médecins personnels de la Grande Reine et ils n'ont pu que me conseiller de laisser le temps faire son œuvre.

— Nul doute que les éminents mages soient très savants, admit Lile. Mais il y a des façons d'aider à accélérer la guérison.

— Quelles façons ? »

Lile sourit d'un air mystérieux et murmura un mot : « Mithra !

— Comment ?

— Un antique art de la guérison pratiqué par les fidèles d'un dieu de l'orient… Mithra est son nom, ou Isis sous son aspect féminin.

— Comment as-tu eu connaissance de ce dieu et de ses arts médicaux ? » demanda Charis.

Lile pencha la tête sur le côté. « Mon père a autrefois navigué vers l'orient, il y a longtemps. Je ne sais pas exactement comment cela s'est passé — j'ai entendu depuis de nombreux récits différents — mais il a ramené un esclave qu'il avait acheté là-bas sur un marché. Cet esclave était un lettré et mon père espérait qu'il nous enseignerait, à moi et à mes sœurs, à lire et à écrire selon l'ancienne manière…

— Afin que tu puisses devenir assez raffinée pour épouser un membre d'une maison royale, sans aucun doute, dit sèchement Charis. Si c'était possible.

— Sans doute. » Lile plissa les paupières. Elle regarda dans le vague et poursuivit : « Cet esclave — un Phrygien nommé Tothmos — nous a instruit dans la lecture et l'écriture, puis, quand nous avons été assez âgées, il nous a aussi enseigné la vieille religion.

— À laquelle tu as recourue pour soigner mon père.

— Oui.

— Avec des résultats douteux, me semble-t-il. »

Lile la regarda d'un air intrigué. « Qui d'autre aurait pu en faire autant ?

— Tu te vantes. Enfin, n'importe qui aurait pu en faire autant. La blessure du roi n'était pas si grave. C'était simplement… »

Lile l'interrompit. « La blessure du roi était mortelle.

— Que dis-tu ? »

Lile répondit simplement : « Quand on m'a menée près de lui, le roi était froid et prêt pour la tombe. À vrai dire, la blessure qu'il avait reçue n'était pas grave, mais ceux qui l'entouraient ne s'étaient pas bien occupés de lui : sa vie s'échappait pendant son sommeil entre les bandages de ses plaies mal soignées. Ces incapables m'ont fait appeler quand ils n'ont pas réussi à le ranimer, dans l'espoir, je pense, de faire retomber sur moi la responsabilité de sa mort. »

Charis n'avait rien à répondre. Que son père eût été plus gravement blessé qu'on ne le pensait ne lui était pas venu à l'esprit. Elle n'aurait jamais soupçonné qu'il avait failli mourir.

« Bien sûr, quand je l'ai rappelé à la vie, poursuivit Lile, ils ont prétendu que sa blessure était bénigne, tout compte fait. Bénigne ! » Lile éclata d'un rire amer. « Dans ce cas, pourquoi me faire venir ? On n'a jamais vu hommes plus inquiets, plus honteux et désespérés, je te le dis. »

C'en était trop d'un seul coup. S'efforçant de ne pas y penser pour le moment, Charis demanda : « Si tu en avais l'occasion, que ferais-tu pour moi ?

— Ta blessure est interne…

— Ce que chacun sait.

— Tu as là une côte cassée, expliqua Lile en montrant l'endroit sur son propre dos.

— Une côte cassée ?

— C'est très douloureux. Qui plus est, un éclat d'os presse contre le cordon vital qui passe dans la colonne vertébrale et rejoint le cerveau. C'est encore plus douloureux, et aucun repos ne guérira jamais cela.

— Je me suis déjà rétablie grâce au repos.

— Et te voilà, à nouveau blessée.

— Que te proposes-tu de faire avec tes fioles et tes onguents ? demanda Charis.

— L'onguent est destiné à ta joue tuméfiée. Quant au reste, je me propose de retirer l'esquille de façon à ce que tu guérisses complètement.

— La chirurgie ? Je ne le permettrai pas. Je ne suis pas si gravement blessée.

— Pas pour le moment, peut-être, même si c'est douloureux. Mais si tu le laisses en place, il y a toujours un risque pour que l'éclat d'os se déplace et pénètre un organe… les dommages seraient bien plus graves.

— Les mages…

— Les mages refusent d'accepter les idées qui ne viennent pas d'eux. En outre, j'ai des instruments de pierre aussi fins que n'importe quel objet fait de métal. La pierre peut être consacrée de façon à lui accorder une grande vertu curative. »

Charis regarda cette femme peu ordinaire. Lile donnait l'impression d'être petite et noiraude, bien qu'elle fût presque aussi grande que Charis ; son apparence basanée venait de ses grands yeux sombres qui lui mangeaient la figure et de sa longue chevelure noire qui brillait d'un lustre satiné. Bien que sa peau fût blanche comme l'albâtre, il y avait néanmoins la trace de quelque chose de plus sombre sous sa surface délicate — comme si un sang plus riche, plus foncé, coulait dans ses veines. Elle était mince et gracieuse dans ses mouvements, mais cette grâce avait un côté apprêté, comme si tous ses gestes étaient soigneusement étudiés.

« Pourquoi te donner cette peine ? demanda Charis. À mon sujet, j'entends.

— Je te l'ai dit, répondit simplement Lile.

— Par dévotion à Mithra ?

— Oui, et parce que tu es la fille de mon époux et le chef de cette maison tant qu'il est souffrant.

— Je vois. »

Lile la regarda en face de ses grands yeux sombres. « Nous sommes sœurs, Charis. Il ne sert à rien d'être ennemies. Je ne te veux pas de mal et, que tu me croies ou non, je respecte beaucoup ton père. Je recours à mon art pour le soulager et… » Elle hésita, puis dit : « …l'aider à retrouver la santé. »

Charis était certaine qu'elle avait failli dire autre chose. Elle répondit : « Comme tu as parlé sans détours, je vais faire de même. Je ne te fais pas confiance, Lile. Je ne sais pas ce que tu veux, mais de quoi qu'il s'agisse, tu y es parvenue en te faisant épouser par mon père. En attendant d'en savoir davantage sur toi et sur tes ambitions, je resterai sur mes gardes.

— Tu te fais bien comprendre, princesse Charis. » Lile se leva lentement et récupéra son plateau de médicaments. Elle fit halte dans l'encadrement de la porte et dit : « Fais comme tu voudras au sujet de la chirurgie. Si tu changes d'avis, je resterai prête à te servir. »

Le lendemain, Annubi vint voir Charis et elle lui raconta sa conversation avec Lile. Le conseiller du roi l'écouta, fronçant de plus en plus les sourcils à mesure que progressait le récit de Charis, jusqu'à ce qu'il lève les mains d'horreur et s'écrie : « Assez ! Je n'en entendrai pas davantage ! »

La violence de sa réaction la surprit ; elle s'était attendue à de l'inquiétude, mais pas à une colère sans mélange. « Pourquoi, Annubi ? Qu'ai-je dit pour te troubler à ce point ?

— Tout… ce sont des mensonges. Rien que de mensonges !

— Mais il doit y avoir un grain de vérité dans ce qu'elle a dit. Les mages qui soignaient le roi ne l'auraient pas appelée s'il n'en avait pas été besoin. Si elle a sauvé mon père de la tombe, je peux comprendre sa dépendance envers elle.

— Le destin lui a accordé une faveur, cela ne fait pas de doute. Mais elle en a inventé la plus grande partie. Elle a distordu ce malheureux incident à ses propres fins. Cet esclave phrygien… t'a-t-elle dit son nom ? »

Charis réfléchit un instant. « Tothmos… Oui, c'est ça, Tothmos.

— Tu vois ? Son père s'appelait Tothmos. C'était lui, le Phrygien… un marin, sans doute. Sa mère était probablement née dans le ruisseau et a entraîné dans son lit le premier homme qui a bien voulu la regarder.

— Elle n'a jamais parlé de sa mère, dit Charis, songeuse.

— Cette malheureuse catin s'est ouvert les veines à la première occasion, je suppose.

— Mais son art — les onguents, la chirurgie, Mithra ? Elle a l'air de si bien s'y connaître. Elle m'a expliqué ma blessure à la perfection, sans même poser un doigt sur moi.

— Je ne doute pas qu'elle possède quelque talent mineur… avec ses instruments de pierre et le reste. La religion de Mithra et d'Isis est très ancienne, et elle était jadis très puissante.

— Était ?

— Elle a disparu depuis des milliers d'années.

— Dans ce cas, comment… , commença Charis.

— Elle a été ressuscitée… en tant que secte. Elle est actuellement très en vogue dans certaines parties du monde, m'a-t-on dit. Comme son père était marin, il n'est pas difficile d'imaginer qu'il en ait entendu parler au cours d'un de ses voyages.

— Elle semblait tellement s'y connaître dans les arts médicaux », protesta Charis, l'air incertain. Elle avait commencé à froncer les sourcils, elle aussi.

« Je ne nie pas qu'elle ait un don. Mais il y a beaucoup de dieux capables d'accorder un tel don, Charis. Et pas tous pour le bénéfice de l'humanité.

— Ce qui signifie ?

— Si ses talents sont si grands qu'elle le prétend, pourquoi la santé du roi ne s'améliore-t-elle pas ? Cela fait quatre ans !

— J'ai failli être dupe. Elle m'a presque convaincue.

— Ah, oui, cela fait aussi partie de son art. Écoute-la assez longtemps et tu ne sauras plus où est la vérité.

— Annubi, qu'allons-nous faire ? »

Le devin soupira et écarta les mains. « Il n'y a rien que nous puissions faire, Charis. C'est sans espoir. Si Kian était ici, peut-être… »

Charis repoussa ses draps. « Kian ne veut pas venir.

— Allons, rallonge-toi. Que fais-tu ? »

À grand mal, Charis extirpa ses jambes du lit. « Kian m'a dit qu'il doit rencontrer Belyn demain, sur un pont quelque part à la frontière de nos deux pays… à Hérakli, a-t-il dit. Je ne sais pas où c'est, mais je dois y aller. Tu vas m'aider, Annubi.

— Tu ne peux pas voyager.

— Alors tu dois faire en sorte que je le puisse. Corsète-moi fermement et donne-moi quelque chose contre la douleur.

— Remets-toi au lit, Charis. Il n'y a rien que tu puisses faire là-bas. »

Elle se traîna au bord du lit, les traits tordus de souffrance. « Je ne resterai pas un instant de plus dans cette maison de mort et de duplicité, dit-elle en serrant les dents. Ils vont m'écouter ; je les obligerai à m'écouter, cette fois. Tu crois ce que Throm a dit… »

Comme il ne répondait rien, elle demanda : « Nierais-tu ce que tu m'as dit l'autre jour ?

— Je ne nie rien, dit tranquillement Annubi.

— Alors, pourquoi me regardes-tu ainsi ?

— Ta mère, la reine, y croyait, elle aussi. Te souviens-tu du Grand Conseil ? » Elle hocha la tête. « Briseis m'a tenu occupé toute la durée de notre séjour à Poséidonis — à fouiller dans les archives, chercher des signes dans les étoiles, consulter d'autres devins.

— Que cherchais-tu ?

— Des signes, des preuves, des renseignements… n'importe quoi qui puisse prouver que les prédictions de Throm étaient vraies.

— Et tu as trouvé ?

— Non, reconnut Annubi. Je n'ai rien trouvé… parce que j'ai passé tout mon temps à étudier une autre matière.

— Laquelle ?

— La mort de ta mère. »

Charis secoua la tête.

« Pourquoi ?

— Briseis y croyait — en grande partie à cause de la pluie d'étoiles — mais elle l'avait senti longtemps avant cela. Elle avait elle-même certaines dispositions. J'ai donc consulté les mages de sa part. Les signes étaient concluants : une mort royale était imminente. Elle avait deviné qu'elle n'en avait plus pour longtemps à vivre, mais je pense qu'elle n'a jamais vu quelle forme prendrait sa mort. Cela lui aura au moins été épargné. Néanmoins, quand le Grand Roi a été tué, nous avons espéré, brièvement, que le décès royal annoncé était le sien et que Briseis serait sauve. »

Charis réfléchit un long moment. Les événements que lui décrivait Annubi auraient pu avoir lieu des siècles plus tôt, tant les choses avaient changé pour elle depuis la mort de sa mère. Mais, d'un coup, le chagrin de ces jours révolus lui revint avec une intensité qui l'aveugla. Il lui fallut un certain temps avant de pouvoir reparler. « Je ne savais pas, dit-elle.

— Elle n'aurait pas pu y faire face si elle avait pensé que quelqu'un d'autre savait. » Annubi sourit tristement. « Tu viens de me faire penser à elle.

— Tu l'as aidée, à l'époque. M'aideras-tu aujourd'hui ?

— Comment pourrais-je te refuser quoi que ce soit ? »

X

Charis choisit un char pour ne pas perdre un instant, au mépris de tout confort. Les chariots étaient trop lourds et trop lents, et même si chaque cahot des minces roues du char la faisait grimacer de douleur — et faisait sursauter le conducteur à chacun de ses cris — la route défilait rapidement. Même ainsi, ils n'atteignirent pas Hérakli avant la nuit largement tombée.

Les rues pavées de la petite ville étaient désertes, mais une poignée de torches brûlait encore devant certains des plus vastes bâtiments, et de rauques éclats de rire fusaient de l'auberge à la plus haute fenêtre de laquelle brillait une lanterne rouge de marin, bien qu'Hérakli fût loin de la mer.

Le conducteur arrêta le char et Charis, ankylosée de se tenir droite sur le minuscule siège du véhicule, se retourna lentement pour regarder par les étroites fenêtres embuées de l'auberge. « Penses-tu qu'ils pourraient être là ? » demanda-t-elle.

Piros, le conducteur, se gratta la joue. « C'est bien possible, répondit-il. Je vais aller voir. » Il enroula les rênes autour de la barre de maintien et sauta du char pour disparaître dans l'auberge sans un mot de plus ni un regard en arrière.

Il resta si longtemps absent que Charis pensa qu'elle allait devoir aller le chercher, et elle y était presque décidée, quand il réapparut. « Ils ne sont pas là, princesse Charis », dit-il. Il émanait de lui une forte odeur de vin résiné.

« T'es-tu baigné dedans, ou en as-tu juste vidé une amphore ou deux ? »

Piros la regarda en clignant des yeux, ébahi.

« Tu me laisses assise là pendant que tu bois ton poids de ce… » — elle bafouilla, cherchant ses mots — « …cette urine de chèvre qu'ils servent là-dedans ? »

L'homme tomba à genoux au milieu de la rue. « Ma vie est entre tes mains, princesse, si tu es fâchée, dit-il.

— Oh, relève-toi !

— Les renseignements doivent être achetés, mais les aubergistes parlent volontiers à ceux qui ont une chope à la main. Et conduire dans cette poussière… je pensais simplement…

— Relève-toi tout de suite ! ordonna sèchement Charis. Et cesse de geindre. Tu aurais pu m'en rapporter une, au moins. »

Piros se remit debout, tête baissée, les mains pendant le long du corps.

« Eh bien, puisque tu es resté là-dedans assez longtemps pour y prendre racine, qu'as-tu appris ?

— Certains des hommes de Kian sont passés plus tôt dans la journée à Hérakli pour acheter à boire et à manger. Mais ils sont repartis.

— Sont-ils toujours dans la région ?

— Personne ne sait. Mais un homme, un vigneron, je pense, a dit avoir vu un groupe d'hommes sur la route, un peu plus tôt dans la journée… près du pont. Il y a là-bas un bosquet où les gens se retrouvent parfois.

— S'ils sont dans la région, c'est là-bas qu'ils seront, dit Charis. T'a-t-il dit comment y aller ?

— Il a dit qu'il pouvait nous montrer le chemin.

— Alors, va le chercher. »

Piros inclina la tête et partit rapidement. « Tu as déjà sacrifié aux obligations sociales, Piros, lui cria-t-elle. Laisse le vin tranquille. »

Le vigneron était un individu maigre et basané avec un long nez en lame de couteau cramoisi, Charis pouvait le voir même à la lueur tremblotante des torches, par l'amour excessif qu'il portait au produit de son activité. Elle le regarda d'un air sceptique. « Tu dis savoir où l'on peut trouver les hommes que je cherche ? demanda-t-elle.

— Je sais où ils pourraient être, répondit-il avec un sourire finaud.

— Es-tu en état de nous y conduire ?

— Je pourrais être capable de les trouver. Mais je pourrais aussi ne pas l'être. » Il agita une bourse vide. Le conducteur lui donna un coup de coude et lui chuchota à l'oreille ; son sourire s'effaça et l'homme ajouta : « Sois assurée… certainement, je le peux, reine Charis. » Piros lui donna encore un coup dans les côtes.

« Alors, fais-le, ordonna Charis. Nous perdons du temps. »

Piros monta dans le char et détacha les rênes qu'il fit claquer. Les chevaux relevèrent les oreilles. Le vigneron se hissa avec une prudence exagérée dans le véhicule et ils partirent.

Trouver le pont ne posa aucune difficulté, même dans le noir, car la route y menait tout droit. Le vigneron ivre n'eut qu'à indiquer quel embranchement prendre en deux occasions. Le pont n'était pas très loin de la ville et ils y arrivèrent alors que la lune se levait au-dessus des collines environnantes.

Il n'y avait personne près du pont mais, dispersés dans le bosquet non loin de la route, Charis pouvait voir des feux de camp clignoter à travers les arbres. « Nous y sommes, dit-elle. Piros, donne à notre guide le prix d'un pichet et laisse-le repartir. »

Piros plongea dans sa bourse et jeta un pièce au vigneron, qui prit l'air de venir de se faire piquer par une guêpe. « Nous ne te rendons pas un mauvais service, vigneron, dit Charis. Ton aide a été récompensée à son juste prix et l'air frais t'éclaircira les idées. Maintenant, va ; si tu fais vite, tu auras peut-être encore le temps d'un pichet avant que l'aubergiste ne ferme ses volets. »

Le vigneron descendit en titubant du char et, marmonnant entre ses dents, s'éclipsa en vitesse. Piros fouetta son attelage et se dirigea vers le bosquet. À l'entrée de celui-ci, ils furent arrêtés par des sentinelles en armes qui montaient la garde sous les arbres.

« Demi-tour, leur dit une des sentinelles. Il n'y a ici rien qui vous regarde.

— C'est Piros, répondit le conducteur, oubliant tout protocole. Oh, et la princesse Charis, ajouta-t-il hâtivement, venue voir son frère et le roi Belyn de Tairn. »

La sentinelle s'approcha et vit Charis assise, le dos raide, dans le char. Il inclina la tête et courut à l'arrière du véhicule. « Princesse, permets-moi de te conduire à ton frère », dit-il en lui offrant le bras. Piros fit un mouvement pour les accompagner. « Emmène les chevaux à l'attache, lui dit la sentinelle en montrant un endroit sous les arbres. Tu y trouveras de l'eau et du fourrage pour eux. »

Piros tourna son attelage et le mena à travers le bois. La sentinelle guida Charis au centre du bosquet sans un mot. Ils suivirent un sentier obscur bordé de feux de camp autour desquels des visages aux yeux brillants les regardaient passer. Ils s'approchèrent d'un grand feu près duquel trois grandes tentes circulaires avaient été dressées ; les lampes qui brûlaient à l'intérieur les faisaient ressembler à de gros champignons phosphorescents.

« Celle du prince Kian est à gauche, princesse Charis, dit la sentinelle. À droite, c'est celle du roi Belyn, et au centre celle du prince Maildun.

— Merci », répondit-elle, et elle partit vers la tente de Kian. La sentinelle resta en arrière. « Il y a autre chose ? »

L'homme baissa les yeux et, même à la lueur de la lune, Charis vit qu'il était embarrassé. Tout d'abord, elle crut qu'il n'allait rien dire, puis il releva les yeux et dit : « J'étais… à la tour. J'ai vu ce que tu as fait. Nous avons tous vu…

— N'importe qui aurait fait de même. »

La sentinelle hocha la tête, comme pour dire : Oh, oui, et les cochons volent.

« C'est gentil à toi de t'en rappeler. » Elle se retourna vers les tentes. « Celle de gauche, as-tu dit ? »

Il hocha encore la tête et l'y conduisit. Deux autres sentinelles montaient la garde devant la tente. Voyant Charis, elles se mirent au garde-à-vous. « La princesse Charis désire voir le prince Kian », les informa son guide, comme si elles ne l'avaient pas déjà deviné.

Une des sentinelles plongea sous le rabat de la tente et, un instant plus tard, Kian en sortit. « Charis, que viens-tu faire ici ? Entre vite. »

Une fois à l'intérieur, dans la chaleur et la lumière, la fatigue, si longtemps contenue, submergea soudain Charis. Elle s'adossa à un poteau et ferma les yeux.

« …c'était imprudent, disait Kian. Je t'avais dit à la tour que je… » Il se tut en la voyant. « Par les cornes de Cybèle, Charis, tu es pâle comme un linge. Assieds-toi. Par ici… » Il tendit la main pour l'aider à gagner une chaise.

« Non ! » Sa main lâcha le poteau et elle ouvrit les yeux en se redressant lentement. « Je peux y arriver. »

Kian la regarda, une appréhension croissante dans ses yeux sombres. « Tu es souffrante, Charis. Je vais envoyer chercher un mage… » Il fit un pas vers l'entrée de la tente.

« Non… non, merci, Kian. Cela va passer. Annubi m'a donné quelque chose, avant de partir. L'effet s'estompe, mais ça ira. »

Le prince fronça les sourcils. « Ce n'est pas raisonnable. Tu devrais être au lit à la maison.

— À la maison ? Quel choix de mots, Kian. Et où est censée se trouver ma maison ? Dans l'arène ?

— Tu sais ce que je veux dire. » Il était debout, les poings sur les hanches, mais il se radoucit et s'avança vers elle. « Pourquoi es-tu venue ?

— Belyn est encore réveillé ?

— Oui, nous étions encore ensemble il y a quelques minutes. Veux-tu que je le fasse chercher ?

— Nous allons chez lui. »

Appuyée au bras de Kian, Charis parcourut les quelques pas séparant les deux tentes. Kian hocha la tête à l'intention des sentinelles et ils furent aussitôt introduits. Juste à l'entrée de la tente se trouvait un paravent en bois de rose sculpté à travers les innombrables perforations duquel la lueur des chandelles brillait comme autant d'étoiles. Près de celui-ci, de l'encens se consumait dans un brûle-parfum et un nuage de fumée bleutée planait au sommet de la tente.

Charis prit une profonde inspiration et passa derrière le paravent. Belyn était debout devant une petite table, une carafe à la main, en train de se verser une coupe de vin. Il avait l'air hagard d'un homme épuisé au-delà de tout. Il leva la tête à leur entrée. « Ah, Kian, veux-tu… » Ses yeux se posèrent sur Charis.

« Oncle Belyn », dit Charis.

En la reconnaissant, un sourire éclaira son visage. « Charis ! Charis, ma chérie, laisse-moi te regarder. Cela fait si longtemps. La dernière fois que je t'ai vue… mais voyez-moi ça ! » Il reposa sa coupe et fit le tour de la table pour la prendre par les épaules.

Charis grimaça. « Oncle Belyn, dit-elle en serrant les dents, je suis contente de te voir, moi aussi. »

Il s'écarta, inquiet, et jeta un rapide coup d'œil à Kian. « Tu es blessée. Assieds-toi vite. Là… » Il fit glisser une chaise à trois pieds sur le tapis. « Assieds-toi. »

Charis le remercia et prit place. « Un peu de vin, dit Belyn. Va chercher d'autres sièges, Kian. » Il alla à la table servir deux autres coupes. Charis vit qu'une cicatrice courait de sa tempe au sommet de son crâne ; ses cheveux étaient devenus blancs le long de la blessure et il avait une paupière légèrement tombante. Il revint alors que Kian apportait deux autres chaises et il leur tendit les coupes en disant : « Ton frère m'a raconté tes exploits à la tour. Je suis très impressionné… et je ne suis pas le seul.

— Je leur en ai donné pour leur argent », reconnut-elle. Elle but une gorgée de vin, puis plusieurs rasades.

« Effectivement, dit Kian. Charis, sais-tu que, depuis, mes hommes ne parlent de rien d'autre ? Ils croient que tu es une déesse.

— Alors, ils devraient me voir en ce moment », répliqua Charis en levant une main vers son visage défait. Elle but une autre rasade de vin et se carra précautionneusement sur sa chaise. « Une déesse au dos bien abîmé, peut-être.

— Dis ce que tu veux, ce n'en est pas moins vrai, dit Belyn. Le bruit se répand aussi chez mes hommes et ils n'étaient même pas là, tu sais. » Il vida sa coupe et la reposa. « Et maintenant, que viens-tu faire ici alors que tu devrais être au lit ? »

Elle répondit sans détours : « Je veux que vous arrêtiez cette guerre stupide.

— Arrêter ? » Belyn haussa les sourcils et jeta un coup d'œil à Kian. « Mais, grâce à toi, nous venons de reprendre l'avantage pour la première fois depuis qu'Avallach... enfin, depuis longtemps. Pourquoi voudrais-tu que nous capitulions maintenant ?

— Je ne vous demande pas de capituler, dit Charis. Je vous demande de cesser le combat.

— Kian, sais-tu de quoi elle veut parler ?

— J'en ai une vague idée, reconnut-il. Écoute, Charis, penses-tu... »

Elle l'ignora, ne s'adressant qu'à Belyn. « La guerre n'a pas d'importance. Il va très bientôt arriver quelque chose et nous devons être prêts.

— Ah, tu parles de cette prophétie... la catastrophe annoncée ?

— Oui.

— Alors, tu dis des bêtises, Charis, dit-il gentiment. J'entends ces rumeurs absurdes depuis des années.

— Ce n'est pas une rumeur, affirma Charis. Je ne peux pas vous expliquer pourquoi ni comment je le sais, mais je le sais... je sais que cela va arriver. Très bientôt. Il nous reste peu de temps. »

Belyn s'affala sur sa chaise, arborant un mélange de pitié et de regret.

« Mais je ne suis pas venue te demander de me croire, poursuivit-elle. Je ne peux apporter de preuve de ce que j'avance. Je suis venue vous demander... »

À cet instant, on entendit se soulever le rabat de la tente et la silhouette aux larges épaules de Maildun apparut. Il s'arrêta juste à l'entrée, les yeux gonflés par le sommeil. « Charis ! Ma chère sœur, c'est bien toi ! J'étais endormi et j'ai cru entendre...

— Maildun, dit Charis en se levant lentement. Quel plaisir de te voir. »

Il traversa d'un bond la pièce pour la serrer dans ses bras. Elle fit la grimace et retint un cri de douleur.

« Elle est blessée ! » s'écria Kian.

Maildun la lâcha aussitôt. « Alors, ce qu'on raconte est vrai ? » Il la regarda d'un air surpris. « Kian dit que tu les as sauvés. Mais que fais-tu ici ? Tu comptes rester ?

— Si tu veux bien te taire un instant, nous allons apprendre pourquoi elle est venue. Elle était sur le point de nous le dire quand tu es entré comme un sauvage.

— Elle a une demande à nous faire, dit Belyn.

— Une demande ? fit Maildun en s'asseyant par terre. Quel genre de demande ?

— Des navires, dit simplement Charis. Il nous faut des navires.

— Nous n'avons pas de navires à proprement parler, fit remarquer Belyn.

— Peut-être pas, mais Seithenin en a, déclara Maildun. C'est à peu près tout ce qu'il lui reste.

— Alors, prenez-les lui. »

Belyn la regarda et rit. « Les prendre, tout simplement ?

— As-tu la moindre idée de la difficulté que cela présente ? demanda Kian. Il serait plus facile d'entrer dans son palais pour nous emparer de Seithenin en personne.

— Attends un moment, Kian… il y a un moyen. » Maildun se pencha en avant. « Charis, c'est exactement ce que j'essayais de leur expliquer.

— Eh bien, voilà ta chance, dit-elle. Explique-nous.

— Nous envoyons un message — un message urgent de Belyn à Meirchion, disant que nous croyons avoir mis Seithenin en déroute…

— C'est assez vrai », observa Belyn. Kian gonfla les joues en signe d'exaspération. Belyn ne tint pas compte de lui. « Continue.

— Nous disons à Meirchion que nous pensons pouvoir écraser Seithenin une fois pour toutes, mais que nous avons besoin d'hommes… beaucoup d'hommes : il nous faut davantage de soldats pour porter les combats chez lui. Meirchion doit les rassembler et, pendant ce temps-là, nous attendrons avec l'ensemble de nos forces, euh, quelque part à proximité de la frontière… une semaine, pas plus, jusqu'à l'arrivée des hommes de Meirchion. »

Kian avala son vin d'une gorgée et reposa sa coupe, l'air dégoûté. « Laisser Seithenin intercepter un tel message ? Tu n'es pas sérieux. Jamais il… »

Belyn l'arrêta du geste. « Un appât tentant, Maildun. Mais où est le piège ?

— Supposons que Seithenin reçoive également un message urgent de Nestor ?

— Quelle sorte de message ?

— Quelque chose pour dire qu'il a détecté d'importants mouvements de troupes vers où nous sommes censés attendre et qu'il croit avoir une chance de nous couper de nos bases avant que nous ayons pu lancer notre attaque. Faisons dire à Nestor qu'il a amassé quelque part trois mille hommes prêts à se battre, mais…

— Oui ? demanda Charis qui commençait à se prendre au jeu.

— Mais qu'il craint de ne pas arriver à temps.

— Je vois, dit Belyn.

— Pas moi, répondit Kian. Pourquoi Seithenin voudrait-il… »

Belyn lui fit signe de se taire. « C'est la subtilité même, dit-il. Nous lui suggérons simplement le moyen et nous laissons Seithenin se jeter tout seul dans le piège.

— Enverrait-il les navires ? demanda Charis. Les enverrait-il vraiment ?

— C'est possible. Il l'envisagerait très certainement… ce serait une façon très séduisante de sortir de cette situation, répondit Belyn. La guerre a tourné à son désavantage. Après sa récente défaite, il est assis dans son palais à lécher ses blessures et compter ses pertes, se demandant ce que dira Nestor quand il apprendra que leurs meilleures troupes ont été écrasées. Et voilà sa chance de regagner la faveur de Nestor — peut-être de remporter une victoire décisive — en courant très peu de risques.

— Le ferait-il ? demanda Kian, à présent debout, agrippant le dossier de sa chaise.

— Que ferais-tu à sa place ? » Belyn se leva et alla à la table se servir une coupe de vin qu'il avala d'une gorgée. Kian et lui semblaient avoir complètement oublié Charis et Maildun dans leur excitation. « Si j'étais Seithenin, j'enverrais les vaisseaux… et je prierais tous les dieux du ciel et de la terre qu'ils arrivent à temps. Il les enverra et sacrifiera jour et nuit pour obtenir des vents favorables.

— Il sait que nous n'attendrons qu'une semaine. Et il sait que, voyageant par terre, Nestor ne pourra nous atteindre à temps.

— Mais, par mer, il aurait une chance ! s'écria Kian.

— C'est le seul espoir de Seithenin.

— Il le fera.

— Il serait idiot de ne *pas* le faire. »

Ils se turent et échangèrent un regard. « Comment nous emparons-nous des vaisseaux ?

— Oui, et qu'en faisons-nous une fois que nous les avons ? » demanda Belyn. Tous deux se tournèrent vers Charis.

« Vous me les donnez, dit-elle.

— Afin que tu puisses fuir par mer quand arrivera la catastrophe ? la taquina Kian.

— La catastrophe ? lui fit écho Maildun.

— Précisément, acquiesça-t-elle. Tu l'as dit toi-même, Seithenin est en train de perdre. Tout ce qu'il lui reste, c'est sa flotte. Sans elle, il doit accepter le fait qu'il ne peut gagner.

— Mais Nestor…

— Sans Seithenin pour seconder ses projets, Nestor montrera beaucoup plus d'empressement à protéger ses frontières qu'à violer les nôtres.

— Il ne demandera jamais la paix, dit Kian.

— Et alors ? s'emporta Charis. Ce qu'ils font n'a plus aucune importance. Qu'ils partagent entre eux les neuf royaumes, pour le bien que cela leur fera. » Elle lança aux deux hommes un regard sévère. « Si je me trompe, qu'aurons-nous perdu ? Un peu de temps, peut-être. Mais si j'ai raison, que n'aurons-nous pas gagné ! Dans un cas comme dans l'autre, vous aurez les navires de Seithenin, et dans les deux cas, vous aurez remporté une grande victoire… peut-être même mis fin à la guerre. »

Belyn regarda Maildun, puis Charis. « Très bien, nous allons le faire, dit-il en secouant la tête. Mais, par les cornes de Cybèle, tu n'avais pas la moindre idée de ce que tu allais dire quand tu es entrée ici ce soir.

— Tu as peut-être raison, oncle Belyn. Je vous laisse vous occuper des détails, répondit-elle, magnanime. Amenez-moi simplement les navires dès que vous les aurez. » Elle se remit lentement debout, le dos raide. « Je vais rentrer au palais.

— Maintenant ? Cette nuit ? demanda Kian.

— Oui, maintenant. Cette nuit. » Elle refusa son aide d'un geste. « Je veux rentrer au palais.

— Il est tard, Charis. Reste », dit Maildun.

Belyn vint à elle. « Repose-toi au moins quelques heures. Pars demain à l'aube. J'enverrai un garde pour t'accompagner.

— Ce n'est pas la peine.

— J'insiste. Tu peux prendre mon lit… n'importe lequel de nos lits, en fait. » Il posa une main sur l'épaule de chacun des deux hommes. « Tes frères et moi allons travailler toute la nuit. »

XI

La construction du palais de bois d'Elphin progressait rapidement. Moins d'une semaine après le retour de l'armée, la tranquillité du caer au sommet de sa colline n'était plus qu'un souvenir. Tous les matins à l'aube, quand s'ouvraient les portes, des dizaines d'hommes se rendaient en longues files dans la forêt et bientôt le premier des troncs remontait le sentier, traîné par un attelage de chevaux — et leur activité ne s'interrompait qu'au crépuscule. Avec une centaine de paires de bras pour couper les arbres, dégrossir et ramener les rondins de la forêt voisine, tailler entures et adents, les assembler et les fixer aux montants verticaux avec des lanières de cuir, les murs montaient plus haut chaque jour.

Pour les ferronneries, Elphin avait convaincu un forgeron de venir, lui offrant du bétail et un lopin de terre au bord de la rivière pour sa forge. Du petit matin jusque tard dans la soirée, le son de son marteau résonnait dans les bois, répondant au crissement de la scie des bûcherons. Ceux qui n'étaient pas directement impliqués dans la construction du palais travaillaient à l'agrandissement du caer lui-même : creuser une nouvelle section de fossé et combler une portion de l'ancien, de façon à pouvoir étendre la muraille extérieure.

Sur toute cette activité, l'imprégnant comme une vapeur aromatique, planait l'odeur de la viande rôtie et du pain frais que préparaient les femmes pour nourrir les bâtisseurs affamés. Des sacs de pommes, des monceaux de viande, des montagnes de pain et d'entières meules de fromage disparaissaient sitôt posés sur la table, arrosés de flots de bière et d'hydromel.

Dans tout ce bruit et ce remue-ménage, qu'il saupoudrait comme une miroitante rosée ou de brillants éclats de pierre précieuse, résonnait le rire des enfants. L'énormité de l'entreprise fascinait les plus jeunes habitants du caer qui encourageaient les travailleurs de leurs hurlements de plaisir devant les merveilles qui s'exécutaient devant eux. Leur infatigable entrain allégeait le fardeau de leur aînés, et le spectacle d'un artisan debout derrière un enfant, la main posée avec légèreté sur sa petite main pour guider l'outil, était courant dans tout le caer. Bien que le travail fût dur, la joie et la bonne humeur générales donnaient parfois l'impression que les murs s'élevaient par le seul pouvoir des rires, comme par un enchantement enfantin.

Taliesin n'était pas moins sous le charme que les autres. Il était partout : baissant la tête pour éviter les poutres qui se balançaient dans les airs... plongeant les doigts dans le chaudron pour pêcher un morceau de viande... chapardant une pomme dans un sac ou chipant un bout de fromage... se glissant jusqu'à la porte de la hutte noire au bord de la rivière pour écouter la respiration des soufflets et voir le reflet rougeoyant du feu sur le front luisant du forgeron, descendant de Gofannon, dieu de la forge ardente... courant avec les autres garçons le long du sillon creusé par les troncs pour apporter de l'eau et de la bière aux bûcherons assoiffés...

Les journées étaient belles et, malgré les longues heures de travail, c'était une période heureuse pour les habitants de Caer Dyvi. Elphin donnait ses instructions et n'hésitait pas à montrer l'exemple — plus souvent qu'à son tour nu jusqu'à la taille, comme ses hommes, les cheveux noués en une épaisse tresse, à califourchon sur un rondin nouvellement hissé en haut du mur, un marteau à la main, dégoulinant de sueur au soleil. C'est ainsi que le trouva Hafgan un après-midi, plusieurs semaines après la visite de Cormach.

« Salut à toi, Hafgan, Henog de Gwynedd ! » lui cria Elphin. Le soleil d'automne était chaud et brillant, le ciel d'un bleu profond. Il s'interrompit dans son travail pour regarder autour de lui, une lueur de fierté dans l'œil tandis qu'il s'essuyait le front de l'avant-bras. « Qu'en penses-tu, barde ? Le temps se maintiendra-t-il jusqu'à ce que nous ayons monté le toit ?

— Le temps se maintiendra, seigneur, répondit le druide après avoir jeté un coup d'œil sur le ciel.

— Alors, par Lleu, nous aurons un palais avant Samhain.

— Il semblerait. » Hafgan levait le visage vers Elphin, s'abritant les yeux d'une main.

« Autre chose, Hafgan ? demanda le roi.

— Un mot, seigneur Elphin. »

Elphin hocha la tête et posa son marteau. Il descendit l'échelle de bouleau et alla rejoindre Hafgan. « Que se passe-t-il, Hafgan ?

— Cormach est mort. Je dois aller à ses funérailles. »

Elphin hocha lentement la tête. « Je vois. D'accord, vas-y.

— J'aimerais que Taliesin vienne avec moi. »

Elphin tripota sa moustache. « C'est nécessaire ? »

Hafgan haussa les épaules. « Ce serait instructif.

— Serez-vous partis longtemps ?

— Deux ou trois jours.

— Je suppose que cela ne peut pas lui faire de mal », dit songeusement Elphin. Hafgan ne dit rien, laissant le roi se faire son opinion. « Eh bien, il peut partir si tu le désires, dit Elphin en se tournant pour reprendre son travail. Je vais prévenir sa mère.

— Merci, seigneur », répondit Hafgan avec une curieuse petite courbette.

Elphin le vit et se retourna. « Merci à toi, Hafgan.

— Seigneur ?

— Tu m'as montré du respect.

— Ai-je jamais fait preuve d'irrespect à ton égard, seigneur ?

— Tu es l'un des mieux placés pour me connaître… et pourtant tu ne m'as jamais dénigré. De cela, je te remercie. Qui plus est, je sais que tu pourrais emmener Taliesin quand tu le voudrais, et pourtant tu es venu m'en demander la permission. De cela aussi, je te remercie.

— Seigneur Elphin, c'est parce que je te connais bien que je ne t'ai jamais dénigré. Quant au reste… comment pourrais-je jamais prendre une chose qu'il ne m'appartient pas de prendre ? » Il se toucha le front du dos de la main. « Ne crains pas le temps de l'épreuve, car tu as maîtrisé tes forces et tes faiblesses. Tu vivras longtemps, mon roi, et l'on se souviendra à jamais de toi pour la bonté de ton cœur et la sagesse de ton règne.

— De la flatterie ? » Elphin sourit d'un air gêné.

« La vérité », répondit le druide.

Hafgan, Taliesin et Blaise se mirent en route le lendemain. En temps normal, Taliesin aurait accueilli avec joie le voyage mais, comme cela allait lui faire rater la construction du palais, il était malheureux de partir. Il n'émit aucune protestation devant Hafgan et, bien que le druide remarquât l'affaissement des épaules du garçon et son pas traînant, et qu'il sût quel était le problème, il ne dit rien. La déception, si minime fût-elle, était une réalité de la vie dont il fallait s'accommoder, et Taliesin apprenait.

« Quelle est la couleur de l'été ? » demanda Blaise au bout d'un moment. Ils suivaient un chemin forestier en direction du nord-ouest, vers Dolgellau où ils se joindraient aux autres druides pour porter le corps de Cormach jusqu'au cromlech situé sur la colline de Garth Greggyn. Tous trois avançaient le long du sentier, Hafgan avec son nouveau bâton de sorbier, Blaise avec son bâton d'orme et Taliesin avec sa baguette de saule dont il fouettait impatiemment les branches le long du chemin.

« Hein ? » Taliesin se retourna brusquement.

« L'été, répéta Blaise. De quelle couleur est-il ? »

Le garçon réfléchit un moment. « Il est, euh… doré ! déclara-t-il triomphalement.

— Tu veux dire vert, n'est-ce pas, Taliesin ? Je pense que c'est l'automne qui devrait être doré.

— Non, répondit Taliesin. L'automne est gris.

— Gris ? » Blaise secoua la tête, désorienté. « Tu as de drôles d'idées, Taliesin. Qu'en penses-tu, Hafgan ? »

Le druide ne répondit pas. « De quelle couleur est le printemps, Taliesin ?

— Blanc.

— Et l'hiver ? Quelle couleur ?

— L'hiver est noir. »

Blaise rit. « L'été est la seule saison qui ait une couleur, dans ton monde, Taliesin. T'en rends-tu compte ?

— Bien sûr, répondit-il sans hésitation en balançant négligemment sa baguette de saule. C'est pourquoi je serai le Roi de l'Été, et mon royaume sera connu comme le Royaume de l'Été. Tant que je serai roi, il n'y aura pas d'hiver, pas d'automne et pas de printemps.

— Rien que l'été ? » dit Blaise, soudain sérieux. Il avait perçu la note de tristesse dans la voix du garçon et avait cessé de rire.

« Rien que l'été. Il n'y aura pas de ténèbres et pas de mort, et la terre regorgera de toutes sortes de bonnes choses. » Taliesin se tut. Tous trois poursuivirent leur route en silence, écoutant les bruits de la forêt.

Ils atteignirent leur destination vers midi. Dolgellau était situé dans une petite vallée boisée, auprès d'un torrent aux eaux fraîches. Le village ne possédait pas de porte, pas de muraille, pas de fossé, mais se reposait sur son isolement et sur la force de ses voisins pour sa sécurité. Les gens les accueillirent cordialement, car Cormach les avait servis bien et longtemps en tant que barde, conseiller, prophète et médecin. Le chef de *fhain* vit le bâton d'Hafgan et s'empressa de venir le saluer. « Nous lui avons préparé une litière, dit-il. Le barde nous a dit de la tailler dans de la jeune aubépine. »

Hafgan hocha la tête.

« C'était ce qu'il voulait. Nous avons fait tout ce qu'il a demandé, et je regrette de ne pouvoir en faire davantage.

— Je suis sûr que vous avez tout fait à la perfection, lui dit Hafgan. Nous allons maintenant l'emmener. Toi et les tiens pouvez nous accompagner, si vous le désirez.

— Aurez-vous besoin de chevaux ?

— Non, nous le porterons.

— Comme tu voudras. » Ils traversèrent le village sous le regard attentif de ses habitants. Blaise se pencha vers Hafgan et chuchota : « Pourquoi nous regardent-ils ainsi ?

— C'est Taliesin qu'ils regardent », répondit Hafgan. Mais Taliesin avait l'air totalement inconscient de l'attention qu'il attirait. Il marchait la tête haute, les yeux fixés droit devant lui.

Oui, se dit Hafgan, c'est le Roi de l'Été et son règne ne connaîtra ni froidure ni ténèbres. Mais l'été est court dans l'Île des Forts, Taliesin, et l'hiver ne pourra être repoussé à jamais. Chaque chose vient en sa saison. Pourtant, que brille la lumière, mon garçon. Tant qu'elle brûlera, qu'elle illumine la nuit avide comme une pluie d'étoiles filantes.

Ils parvinrent devant une petite hutte de chaume, au bout du village. Trois membres de la Fraternité étaient assis sur le sol, vêtus de leurs manteaux bleus ; la litière vide attendait près d'eux, couverte de rameaux d'if et de sapin. En voyant Hafgan, ils se levèrent.

Hafgan salua chacun par son nom. « Kellan, Ynawc, Selyv, tout est-il en ordre ? »

Selyv répondit : « Tout est en ordre. Le corps a été préparé et j'ai envoyé les autres nous attendre dans le bosquet.

— Bien. » Hafgan baissa la tête et entra dans la hutte. Un instant plus tard, il écarta la peau de daim et fit signe à Blaise et Taliesin de le rejoindre.

Taliesin suivit Blaise et se retrouva dans une habitation d'une seule pièce sans fenêtre, avec juste une ouverture circulaire dans le toit pour laisser entrer la lumière et sortir la fumée du foyer disposé au centre. Étendu sur son lit de joncs gisait le corps de Cormach, les mains croisées sur la poitrine. Deux chandelles de suif — une à sa tête, l'autre à ses pieds — projetaient une pâle lueur jaune sur le mur de terre chaulé.

Taliesin regarda le cadavre et fut frappé par le fait qu'il ne ressemblait plus à Cormach. Il ne faisait pas de doute qu'il avait *été* le chef druide — ses traits et son apparence étaient les mêmes — mais il était clair que Cormach lui-même avait complètement disparu. L'esprit qui avait animé ce corps était parti et son absence faisait paraître l'enveloppe étendue à terre terriblement frêle et dérisoire, un résidu, une simple réminiscence de la personne qu'il avait été.

« Il est parti », murmura Taliesin. Il n'avait pas vu beaucoup de morts et il baissait la voix en présence du cadavre comme dans la chambre d'un malade. « Cormach nous a quittés.

— Oui, acquiesça Hafgan. Son voyage est bien entamé, à présent. » Il toucha le bras de Blaise et alla se placer à la tête du corps ; Blaise prit place à ses pieds.

Hafgan dit quelques mots dans la langue secrète de la Fraternité et posa les mains des deux côtés de la tête de Cormach. Blaise répéta ses paroles et mit les mains autour des pieds froids et raides. Ils répétèrent les mêmes paroles à l'unisson, puis soulevèrent le corps. S'il y avait le moindre effort dans leurs gestes, Taliesin n'en détecta aucun, car on aurait dit que le cadavre s'élevait librement sous la plus légère des caresses.

Les druides se redressèrent et tournèrent le corps de façon qu'il puisse passer par la porte. « Taliesin, écarte la peau de daim, ordonna Hafgan, et n'oublie pas son bâton. »

Le garçon revint à lui en sursautant et se précipita pour ouvrir la portière. Hafgan et Blaise sortirent, portant entre eux le corps de Cormach. Les autres druides tenaient la litière prête et, sans autre effort apparent, le corps du chef druide y fut déposé.

Taliesin retourna dans la hutte, trouva le bâton de Cormach et rejoignit Blaise qui, en compagnie des trois druides, avait commencé à recouvrir le cadavre de rameaux de sapin. Quand le corps fut totalement couvert — à l'exception de la tête, qu'Hafgan tenait toujours entre ses mains — les druides, un à chaque coin de la litière, soulevèrent le reposoir de verdure qui monta aussi légèrement qu'un duvet de pissenlit emporté par le vent.

« Prends son bâton, Taliesin, dit Hafgan. Lève-le devant la hutte. »

Prenant le bâton à deux mains, Taliesin le brandit le plus haut possible. Hafgan prononça une phrase dans la langue secrète, fit une pause et la répéta deux fois. Quelques instants plus tard, des panaches de fumée commencèrent à sortir par le trou dans le toit et sur les côtés de la peau de daim. Taliesin, brandissant toujours le bâton, vit des flammes orange lécher les murs. Le feu attira le *fhain* qui assista en silence à l'embrasement de la hutte et à l'effondrement de son toit de chaume.

Les druides tournèrent alors la litière et repartirent à travers Dolgellau, Taliesin en tête, le bâton de Cormach à la main. Ils franchirent le ruisseau à gué, puis s'engagèrent sur le sentier menant dans les collines à travers bois. Bon nombre des membres du clan les suivirent en procession.

Ils avançaient sans hâte, mais la distance diminua rapidement, de sorte qu'ils atteignirent Garth Greggyn en un rien de temps. Taliesin avait l'impression d'être simplement sorti de la forêt et d'avoir franchi une colline pour se retrouver dans la vallée où jaillissait la source, sous le bosquet sacré. Les druides gravirent la colline vers le bosquet où le reste de la Fraternité s'était rassemblé. Les membres du clan suivaient timidement à distance.

La litière fut portée au centre du bosquet et posée sur deux pierres dressées. Les druides firent cercle, tenant chacun une branche ou un rameau. Hafgan leva les mains, paumes vers l'extérieur, et récita une invocation dans la langue secrète. Puis, baissant les bras, il dit : « Frères, notre chef a commencé son voyage vers l'Autre Monde. Que voulez-vous envoyer avec lui ? »

Le premier druide s'avança, leva sa branche, et dit : « J'apporte l'aulne, Premier en Lignage, symbole d'assurance. » Puis il déposa sa branche contre la litière couverte de verdure et se recula.

« J'apporte le cornouiller, dit le suivant, Puissant Compagnon, symbole de la compassion.

— J'apporte le bouleau, Sublime Rêveur, symbole de l'élévation d'esprit, dit le suivant en déposant sa branche.

— J'apporte le coudrier, Graine de Sagesse, dit un autre, symbole de la connaissance.

— J'apporte l'orme, Grand Dispensateur, symbole de la générosité. » Et il déposa sa branche contre la litière.

« J'apporte le châtaignier, Fier Prince, symbole de royale prestance.

« J'apporte le frêne, Cœur Intrépide, symbole de probité.

— J'apporte le sorbier, Seigneur des Montagnes, symbole de l'impartialité, dit un autre.

— J'apporte le prunellier, Invincible Guerrier, symbole du discernement.

— J'apporte le pommier, Don de Gwydyon, symbole du respect.

— J'apporte le chêne, Puissant Monarque, symbole de la bienveillance. »

Et ainsi de suite autour du cercle, chaque druide nommant son offrande avant de la déposer contre la litière. Taliesin regardait, fasciné, buvant leurs paroles et souhaitant avoir lui aussi un présent à déposer. Il jeta un coup d'œil à la ronde et vit un églantier sur lequel subsistaient quelques fleurs tardives parmi les épines acérées. Posant le bâton à terre, il alla au buisson, saisit une branche près de la racine, où les épines étaient moins serrées, et tira. Au bout de plusieurs tentatives, il y eut un claquement sous la terre et la branche céda.

Il l'apporta à la litière où le dernier Frère déposait son présent. Hafgan ouvrit la bouche, mais avant qu'il n'ait pu parler, Taliesin s'avança avec sa branche et dit : « J'apporte l'églantier, Enchanteur de la Forêt, symbole de l'honneur. » Et il déposa son rameau sur les autres qui formaient à présent une haie de feuillage autour de la litière.

Hafgan sourit et dit : « Frères, libérons le corps de notre ami de son devoir. »

Chacun des druides se baissa, récupéra le rameau qu'il avait offert, le brandit d'une main, empoigna de l'autre la litière et, ensemble, ils portèrent le corps à travers le bosquet en direction du cromlech, au sommet d'une petite colline.

Le cromlech était un petit cercle de pierres dressées entourant un dolmen constitué de trois autres pierres surmontées d'une dalle. La litière d'aubépine fut déposée sur la dalle et les rameaux placés contre elle pour reconstituer une haie autour du corps. Hafgan leva les mains, récita une invocation dans la langue secrète, puis il dit : « Adieu, ami de notre frère, tu es libre d'aller ton chemin. » Il s'agenouilla et appuya les paumes contre terre. « Grande Mère, nous te rendons ton fils. Ne le traite pas durement, car il a bien servi son maître. »

Ce disant, il se releva, tourna le dos et quitta le dolmen, traversant le cercle de pierres. Les autres druides le suivirent, chacun passant entre des pierres différentes du cromlech et s'éloignant en diverses directions à travers bois et collines.

Plus tard, tous trois s'assirent autour d'un feu dans les bois, l'obscurité drapée autour d'eux comme une épaisse couverture de laine. Ils mangèrent la nourriture qui leur avait été offerte par les habitants de Dolgellau tout en bavardant. Quand ils eurent fini de manger, Blaise bailla, s'enroula dans son manteau et s'endormit. Taliesin était loin d'avoir sommeil ; la tête pleine d'images, il regardait danser les flammes et réfléchissait à ce qu'il avait vu durant la journée. Hafgan l'observa longuement, attendant les questions qu'il savait tourner dans cette tête dorée.

Finalement, Taliesin détourna le regard des flammes crépitantes et demanda : « Que va-t-il arriver au corps, maintenant ? »

Hafgan prit une pomme dans un petit tas posé près de lui et la passa au garçon. Il en choisit une pour lui-même, mordit dedans, mâcha d'un air songeur et dit : « Que penses-tu qu'il va lui arriver ?

— La chair va se corrompre, ne laissant que les os.

— Précisément. » Il prit une autre bouchée. « Pourquoi poser la question, si tu sais déjà la réponse ?

— Je voulais dire, répondit Taliesin en mordant dans sa pomme, que va-t-il arriver quand la chair aura disparu ?

— Les ossements seront ramassés et déposés sous terre dans un caveau où ils reposeront avec les ossements de nos frères disparus avant lui.

— Mais les oiseaux et les bêtes sauvages vont déranger le corps. »

Hafgan secoua légèrement la tête. « Non, mon garçon, ils ne s'aventureront pas à l'intérieur de l'anneau sacré. Et de toute façon, la chair n'est que de la chair ; si elle nourrit un compagnon voyageur sur son chemin, elle aura rempli un des desseins pour lesquels elle a été créée. »

Taliesin accepta l'explication, prit une autre bouchée de pomme et jeta le trognon dans le feu. « La litière flottait dans les airs, Hafgan. Quand tu as parlé dans la langue secrète... était-ce un enchantement ? »

Le druide secoua à nouveau la tête. « J'ai simplement appelé les Anciens à porter témoignage des actes de notre Frère et à lui accorder un passage sans encombre sur son chemin. Le corps était léger... » — il leva les paumes vers le haut — « ...parce qu'il n'y avait plus rien pour le rattacher à la terre ou l'alourdir. »

Le garçon contempla le feu, des étincelles dans les yeux. « Le reverrons-nous ?

— Pas en ce monde. Dans l'Autre Monde, peut-être. Une âme vit à jamais... avant la naissance et après la mort, elle est vivante. Elle ne fait qu'un bref séjour dans ce monde, Taliesin, et il est douteux que les hommes en emportent le souvenir quand ils meurent — tout comme nous avons oublié la vie qui a précédé celle-ci.

— Je n'oublierai pas, déclara Taliesin.

— Peut-être », dit Hafgan d'un ton égal, contemplant Taliesin d'un regard acéré à la lueur du feu. Dans la lumière vacillante, le visage du garçon semblait avoir pris un autre aspect. Ce n'était plus celui d'un enfant, mais celui d'un être sans âge, ni jeune ni vieux, le visage d'un dieu juvénile, d'un immortel au-delà des atteintes de l'âge et du temps.

Serrant ses genoux entre ses bras, Taliesin se mit à se balancer. Il regarda dans les flammes et dit : « J'ai connu beaucoup de formes avant de naître : j'ai été la lumière du soleil sur une feuille, j'ai été un rayon d'étoile, j'ai été une lanterne au bout de la houlette d'un berger.

» J'ai été un murmure dans le vent, j'ai été un mot, j'ai été un livre empli de mots.

» J'ai été un pont sur sept rivières. J'ai été un sentier dans la mer. J'ai été un coracle sur l'eau, une barque de cuir au sillage étincelant.

» J'ai été une bulle dans la bière, un fragment de mousse dans la coupe de mon père.

» J'ai été une corde sur la harpe d'un barde pendant neuf fois neuf ans, j'ai été une mélodie sur les lèvres d'une jeune fille.

» J'ai été une étincelle dans le feu, une flamme d'un bûcher de Beltane… une flamme… une flamme… »

Sa voix s'amenuisa, redevenant celle d'un petit garçon. Taliesin voûta les épaules et un frisson le parcourut de la tête aux pieds, bien que la nuit ne fût pas froide. « Ne t'en fais pas, Taliesin, dit doucement Hafgan. Ne brusque pas les choses, laisse-toi aller. L'*awen* vient s'il le veut. Tu ne peux le forcer. »

Taliesin ferma les yeux et posa la tête sur ses genoux. « Je me souvenais presque », dit-il dans un geignement.

Hafgan posa la main sur l'épaule du garçon et le fit étendre près du feu. « Dors, Taliesin. Le monde t'attendra encore un peu. »

XII

Le temps se déroulait pour Charis comme une longue spirale sans fin. Au bout de la deuxième semaine, elle se sentait assez bien pour se débrouiller à nouveau seule. Chaque jour elle attendait des nouvelles de Kian, mais les jours passaient et rien n'arrivait.

Lile venait souvent la voir, et bien qu'elle renouvelât son offre de l'aider, elle n'insistait pas. Pour sa part, Charis supportait ces visites, observant une politesse glaciale envers l'épouse de son père. Lile ne disait rien, mais l'attitude de Charis devait la blesser plus qu'elle ne l'avouait, car un jour vers la fin de sa troisième semaine de convalescence, elle jeta à terre le plateau qu'elle portait et quitta la pièce sans un mot.

Un peu plus tard, Charis la rencontra dans le jardin. Elle commençait à ne plus tenir en place et avait décidé, malgré les avertissements d'Annubi, que de brèves promenades lui feraient plus de bien que des journées entières allongée sur le dos. Tout d'abord elle se contenta d'aller jusqu'au bout du couloir. Mais elle n'eut bientôt de cesse de se retrouver à l'air libre. Un matin, elle se leva, se traîna le long du couloir et descendit l'escalier en colimaçon menant au jardin. Le jardin inférieur s'étendait derrière une haie ornementale et il fallait pour l'atteindre passer sous une arche taillée dans la muraille de verdure. Charis suivit le chemin dallé qui y menait et constata qu'une porte fermait maintenant cette arche.

Elle s'arrêta et s'en étonna, mais la porte était légèrement entrouverte, si bien qu'elle la poussa et entra. Elle n'avait pas mis le pied au jardin depuis son départ pour Poséidonis et fut stupéfaite des changements survenus entre-temps. Disparus, les luxuriants parterres de fleurs odorantes, les rosiers grimpants et les vignes vierges.

Disparus également les buissons ornementaux recouverts de délicates dentelles de fleurs. À leur place, et en plus grandes variétés, poussaient des herbes, des simples, des fougères, des mousses et des champignons — ces derniers décelables à l'odeur plutôt qu'à la vue, car l'entêtant parfum de fleurs de ses souvenirs avait cédé la place à une douceâtre senteur d'humus en putréfaction.

Le jardin était visiblement entretenu, mais on avait laissé les plantes pousser à leur guise. Il en résultait une impression de désordre et d'abandon. Charis resta sur l'allée principale et s'enfonça vers le cœur du jardin au milieu d'un foisonnement de plantes dont, pour la plupart, elle ne connaissait même pas le nom.

Et parmi les branches mortes, sur d'épais tapis de feuilles en décomposition, poussaient des vesses-de-loup obscènes et boursouflées, des satyres puants suintant une poisseuse humeur noire et répandant une odeur fétide, des xylaires et des trompettes des morts en sinistres grappes noires. De ceux-là et d'innombrables autres, invisibles, montait l'odeur de pourriture qui baignait le jardin.

Charis suivit l'allée jusqu'à un boqueteau au milieu duquel s'était autrefois étendue une pelouse entourant un petit étang alimenté par une fontaine qui cascadait sur des degrés de marbre. Mais la fontaine avait disparu et sur les bords de l'étang poussaient de nombreuses plantes aquatiques : joncs, roseaux et cressons de toutes sortes.

Tout autour de la pièce d'eau étaient plantés de petits arbres aux fines branches chargées de pommes parfaitement rondes et pâles. Charis alla au plus proche et tendit la main pour cueillir un des globes mordorés.

« Je pense qu'elle n'est pas encore mûre, princesse Charis. »

Elle retira sa main et se retourna pour voir Lile se diriger vers elle parmi les arbres. « Mais elle sont superbes.

— Oui », répondit Charis, contrariée de ne pas être seule dans le jardin, mais pas excessivement surprise de voir Lile, car elle avait déjà deviné que l'endroit était devenue la retraite de cette femme. « Je n'ai jamais vu de telles pommes.

— Elles sont particulières », répondit Lile en levant la main pour en caresser une de la paume. Elle était vêtue de lin écru, le bas de sa jupe plissée ramené entre ses jambes et glissé par devant dans sa ceinture. Ses pieds étaient nus.

« Tu as pris possession de ce jardin, fit remarquer Charis sans aucune chaleur.

— Il était à l'abandon.

— Dommage que tu n'aies pas réussi à le sauver. »

Lile bondit d'indignation sous le sarcasme. « Je ne sais pas ce qu'a pu te raconter Annubi, mais je vois qu'il t'a montée contre moi. »

Charis la regarda d'un air distrait, mais elle ne dit rien.

« Je le sens dès que je m'approche de toi.

— Alors, pourquoi ne cesses-tu pas de t'imposer quand on ne t'a rien demandé ? » rétorqua fielleusement Charis.

Lile accusa le coup. « Pourquoi tout le monde me déteste-t-il à ce point ? » gémit-elle en se cachant le visage dans les mains. Quand elle releva la tête, ses yeux étaient secs. « Ai-je jamais fait du mal à qui que ce soit ? Pourquoi tout le monde a-t-il peur de moi ?

— Peur de toi ? Tu fais sûrement erreur.

— La peur... ce ne peut être que ça. Quelle autre raison les gens auraient-ils de me traiter ainsi ? Vous vous méfiez de moi parce que vous avez peur. »

Charis secoua vigoureusement la tête. « Je n'ai pas peur de toi, Lile », dit-elle. Mais l'accusation de Lile avait frappé juste.

« Vraiment ? » Lile fronça les sourcils de désespoir. « Annubi a peur que j'usurpe son influence auprès d'Avallach... c'est pourquoi il raconte des mensonges à mon sujet.

— Annubi ne raconte pas de mensonges », répliqua Charis avec une tranquille assurance. De toute sa vie, elle n'avait jamais eu connaissance que le conseiller du roi eût dissimulé une seule fois la vérité, sans parler d'énoncer un mensonge avéré. Toujours était-il qu'il ne lui avait pas dit toute la vérité sur la blessure d'Avallach, et qu'il n'avait absolument pas parlé de la mort de Guistan.

« N'importe qui est capable de mentir quand il se sent suffisamment menacé, affirma Lile avec une égale conviction. Annubi s'est senti menacé par moi, alors il médit sur mon compte. Il t'a sans doute raconté que mon père était un marin phrygien... commença Lile.

— Nommé Tothmos. Oui, et tu as dit que cet homme était un esclave.

— Mon père était Phrygien, c'est vrai. Et oui, il s'appelait Tothmos. Dans sa jeunesse, il était marin... mais il avait son propre bateau, et il a bien acheté un esclave.

— Un esclave qui s'appelait aussi Tothmos ? railla Charis.

— Mon père lui a rendu sa liberté, aussi l'esclave a-t-il adopté son nom. Le cas est assez courant. Pourquoi faut-il qu'Annubi déforme tout ce que je dis ? »

À nouveau, le doute s'insinua dans l'esprit de Charis. Se pouvait-il que ce que disait Lile fût vrai ? Se pouvait-il qu'Annubi détestât

Lile au point de déformer ses propos pour s'en servir contre elle ? Mais pourquoi ? Pourquoi ferait-il une telle chose ?

« Il n'y a qu'une façon de prouver ma bonne foi, dit Lile.

— Et c'est ?

— Mets-moi à l'épreuve et tu verras.

— Quelle épreuve suggères-tu ?

— Celle que tu voudras, princesse Charis. Pour que cela veuille dire quelque chose, c'est toi qui dois choisir..

— Je n'ai aucune envie de te mettre à l'épreuve, Lile, soupira Charis en secouant la tête d'un air las. Tu dis une chose, Annubi en dit une autre. Des mots, des mots, des mots. Je ne sais plus que croire.

— Crois-moi quand je te dis que je ne te veux aucun mal. Crois-moi quand je te dis que ne suis pas ici par appétit de pouvoir. Crois-moi quand je te dis que je veux être ton amie. »

Ces paroles firent honte à Charis. Elle sentait qu'il y avait de la vérité dans ce que disait cette femme, et elle aurait voulu la croire. Et pourtant... et pourtant, il y avait en Lile quelque chose qui ne pouvait, ou ne devait, pas être entièrement cru. Quelque chose de vaguement sinistre, comme les champignons sur leur terreau fétide ou, pire, une créature enchaînée au fond d'une caverne — un monstre grotesque qu'on ne fait que deviner, mais qui guette dans l'ombre. Charis sentait la présence de ce monstre, elle le sentait en train d'observer, attendant son heure. Et cela l'empêchait de faire complètement confiance à Lile.

« J'aimerais te croire, Lile », dit sincèrement Charis.

Lile sourit, mais son sourire s'effaça aussi vite qu'il était apparu. « Mais tu n'y arrives pas.

— Je n'y arrive pas, reconnut Charis. Pas encore. Mais je ne veux pas te mentir. »

À cet instant, elles entendirent une petite voix flûtée qui chantait joyeusement faux. Quelques secondes plus tard, un visage rayonnant apparut tandis qu'une petite fille de quatre ans surgissait en gambadant, pieds nus, de derrière un buisson. L'enfant avait les cheveux blond filasse et était brune comme un pruneau. Elle ne portait qu'une jupe de lin bleu ciel aux plis irrémédiablement froissés. Une marguerite pendait sur son oreille et elle avait autour du cou un collier des mêmes fleurs aux tiges aplaties et maladroitement tressées ensemble. En dehors du collier, son torse était nu. Elle tenait à la main une prune verte à demi mangée dont le jus luisait sur son menton. En voyant Charis, elle s'arrêta net et la regarda avec des yeux aussi verts que le fruit dans sa main, aussi verts que la haie enfermant l'étrange jardin.

« Viens ici, Morgian, je veux te présenter quelqu'un », dit Lile.

La petite fille fit timidement un pas en avant. Ses yeux verts dévisageaient Charis qui se sentit troublée par la franchise de ce regard innocent.

« Morgian, voici Charis. Dis-lui bonjour.

— Bonjour, répéta Morgian. Tu es très jolie.

— Toi aussi, dit Charis.

— Mais tu es grande, dit la petite fille.

— Un jour, toi aussi, tu seras grande, lui répondit Charis. Je vois que tu aimes les prunes. Elle est bonne ? »

Morgian regarda le fruit dans sa main et le laissa tomber d'un air coupable. Sa mère lui lança un coup d'œil sévère et expliqua : « Morgian est supposée ne rien cueillir dans le jardin… n'est-ce pas, Morgian ? »

La petite fille rougit et baissa les yeux. Elle poussa la prune d'un orteil terreux.

« Tu peux t'en aller, Morgian. Dis au revoir.

— Au revoir, princesse Charis, dit Morgian, et elle partit.

— Quelle merveilleuse enfant, dit Charis en la regardant s'éloigner en sautillant.

— C'est un vrai bonheur. Ton père dit qu'elle te ressemble beaucoup à cet âge. »

Charis hocha la tête. « Lile, tu m'as demandé de te mettre à l'épreuve, dit-elle brusquement. J'ai besoin de ton aide. »

Lile pencha la tête sur le côté, comme pour soupeser des réponses contradictoires. Il était impossible de savoir à quoi elle pensait derrière ces yeux noirs au regard dur. Finalement, elle dit : « Que puis-je faire pour toi ?

— Viens, marchons, j'ai quelque chose à te dire. »

Les deux femmes se mirent en route ensemble et Charis entreprit d'expliquer la prophétie de Throm. À la différence de tous ceux à qui Charis avait parlé du cataclysme annoncé, Lile l'écouta sérieusement, acceptant la surprenante déclaration de Charis sans question ni réticence.

« Que puis-je faire ? » demanda Lile. Sa voix était ferme, sans trace de crainte ou d'appréhension.

« Belyn a accepté d'essayer de s'emparer de la flotte de Seithenin. Il a un plan et une petite chance de réussir. Une fois que nous aurons les navires — *si* nous les avons — se posera la question de les approvisionner. »

Lile écarquilla les yeux en regardant autour d'elle. « Cela prendrait des années !

— Nous n'avons pas des années, Lile. Un mois, peut-être deux. Pas davantage. Annubi essaie de savoir combien de temps il nous reste.

— Je vois. » Il y avait une telle résignation dans ces deux mots que Charis fit halte et se tourna vers elle. Lile regardait le palais dont les balcons, les portiques et les terrasses les dominaient. « Nous laissons tout en arrière. Nous redémarrons.

— Oui, nous redémarrons… mais nous emportons avec nous ce qui sera le plus utile pour recommencer une vie. »

Lile inspira profondément, comme si elle projetait de se mettre sur le champ à remplir des coffres de voyage. Quelle femme étonnante, se dit Charis. Mais je suis heureuse de lui avoir parlé. Je n'aurais pu faire cela toute seule.

Comme si elle lisait dans les pensées de Charis, Lile se tourna vers elle et dit : « Tu n'es plus seule, à présent, Charis. Je t'aiderai de toutes mes forces. Par où commençons-nous ?

— J'y ai déjà réfléchi, répondit Charis, et elles se remirent en route vers le palais. Vêtements, outils, nourriture… toutes ces choses sont importantes. Mais je pense que nous allons commencer par la bibliothèque de ma mère. Il y a là des livres qui doivent être sauvés.

— Je suis d'accord. La connaissance nous sera fort utile là où nous allons… » Elle s'interrompit avec un étrange sourire.

« Qu'y a-t-il ?

— Comment pouvons-nous nous préparer au désastre, si nous n'avons aucune idée d'où nous allons ?

— Vers l'ouest, je pense, répondit Charis. Il y a là-bas des terres qui ressemblent beaucoup aux nôtres, ai-je entendu dire, et à peu près inhabitées. Nous pourrons nous y refaire une existence proche de celle que nous connaissons.

— Sinon meilleure, dit Lile, et Charis remarqua la crispation de ses mâchoires en disant cela.

— Dis-moi, demanda Charis, me crois-tu… à propos de la prophétie de Throm ?

— Bien sûr, répondit Lile. Je ne devrais pas ?

— Personne ne me croit.

— Alors, ils méritent leur sort », murmura sombrement Lile. Elle avait eu une expression fugace, mais indubitablement féroce : une haine froide brillait dans les noires profondeurs des yeux de Lile.

Était-ce là le monstre qui guettait dans l'ombre ? se demanda Charis. Ai-je eu tort de lui parler ?

Mais Lile sourit et le monstre, s'il était là, se retira à nouveau dans son antre. « Tu me demandes si je te crois ? Je vais te répondre. Toute ma vie, j'ai su que cela arriverait. J'ai porté cette connaissance en moi… » Elle se posa une main sur le cœur. « Je n'osais espérer le voir, mais je le savais. Je le sentais. Même quand j'étais toute petite, je regardais le monde et je savais qu'il ne pouvait durer. Quand tu m'en as parlé, j'ai su que c'était vrai, car tes paroles ne faisaient que confirmer ce que j'avais déjà deviné.

— Ce sera donc l'épreuve que tu m'avais demandée, dit Charis. Tout ce qui compte pour moi dans la vie, je l'ai placé entre tes mains.

— Non, pas tout. » Lile lui toucha légèrement le flanc. Charis tressaillit. « Fais-moi confiance pour t'aider, Charis. Je peux guérir ta blessure. Tu auras besoin de toutes tes forces dans les jours à venir. Je peux te les rendre beaucoup plus vite. »

Charis hésita, puis elle se laissa fléchir. « Tu dis vrai. Tu peux faire à ton idée.

— Je ne trahirai pas ma promesse, Charis. Tu peux me croire.

— J'essaierai », promit Charis.

La confiance de Charis fut récompensée et Lile se montra fidèle à sa parole comme à son talent, car l'intervention fut une totale réussite et Charis se remit rapidement. Quelques jours après que les bandages lui eurent été retirés, Annubi trouva Charis assise en tailleur au milieu d'une pile de rouleaux de vélin, le menton posé sur la paume, en train d'examiner attentivement le document déroulé devant elle. Il l'observa un moment, puis il entra dans la bibliothèque en désordre. Elle leva les yeux en l'entendant. « Oh, Annubi, quoi de neuf ? Des nouvelles de Belyn ?

— Non, fit-il en secouant la tête.

— À propos des étoiles ?

— Non, encore rien.

— Quoi, alors ?

— Des nouvelles à propos de toi, Charis.

— De moi ?

— Tu as parlé à Lile du cataclysme.

— Oui, je l'ai fait. Pourquoi ? »

Le devin secoua la tête d'un air las et se passa une main sur les yeux. « Je ne vois plus rien. » Cet aveu lui était venu si naturellement que Charis ne prit tout d'abord pas conscience de l'importance de ses paroles.

« En quoi ai-je eu tort ? J'ai pensé qu'il était mieux de… » Elle se tut. Annubi s'assit comme si sa poitrine s'était soudain dégonflée ; ses épaules tombaient et ses longs doigts tressautaient sur ses genoux. « Annubi, que s'est-il passé ?

— Je ne vois plus rien, dit-il, crachant amèrement chaque mot. Le Lia Fail demeure obscur à mes yeux. Il n'y a plus de lumière.

— Tu es surmené, proposa Charis, repoussant le manuscrit. Je t'en ai trop demandé. Tu vas te reposer et cela reviendra.

— Non, grogna-t-il. Je sais que non. » Il se tut, puis il haussa les épaules dans un geste de désespoir. « Mais ce n'est pas pour cela que je suis venu.

— Tu as dit que je n'aurais pas dû parler à Lile. Pourquoi ? Qu'a-t-elle fait ?

— Je l'ai trouvée dans ma chambre… avec le Lia Fail. Je me suis mis en colère. Je l'ai empoignée… j'ai voulu… la tuer… » Il secoua la tête, l'air incrédule. « J'ai fait cela. Moi, Annubi ! Je n'avais jamais levé la main sur un autre être vivant de toute ma vie.

— Qu'a-t-elle fait ?

— Elle s'est moquée de moi, murmura-t-il, les yeux fermés. Elle a ri et m'a dit que j'avais perdu.

— Perdu ? La vision ?

— Non, *toi.* »

L'estomac de Charis se noua. « Et ensuite ?

— Elle est sortie. Je l'entendais rire dans le couloir. » Il porta les mains à sa tête comme pour faire cesser le bruit.

« Oh, Annubi, je suis désolée. Je ne lui aurais jamais parlé, si j'avais su. » Charis avait pitié de son vieil ami, mais même si son cœur allait vers lui dans son malheur, elle ne put s'empêcher de demander : « N'aurais-tu pas pu te tromper ?

— Me tromper ! » Le conseiller du roi se redressa brutalement, renversant sa chaise. « Elle t'a gagnée ! Maudit soit le jour où je l'ai vue !

— Annubi, s'il te plaît, je voulais simplement dire qu'il y a peut-être une autre explication.

— J'ai perdu la vision, et l'esprit tout aussi bien, hein ?

— Non, bien sûr que non. »

Il se raidit, les poings serrés. « Elle a gagné, Charis. D'abord ton père, et maintenant toi. » Il tourna les talons et sortit en trombe de la pièce.

Charis resta où elle était, immobile. Je dois aller la trouver, se dit-elle. Je dois aller la voir tout de suite et… et quoi ? Quoi ? Lui dire qu'Annubi a perdu la vision et pense qu'elle a gagné ? Même si c'est vrai, c'est précisément le genre d'aveu qu'elle attend. Non, je ne peux reconnaître que je suis au courant. Je ne peux lui laisser voir… mais que sais-je exactement ? Que m'a vraiment dit Annubi ? Il pourrait y avoir quand même une autre explication. Lile avait peut-être raison, il ne l'aime pas et il déforme ses propos pour la discréditer. Il y a peut-être une autre raison.

Quoi qu'il en soit, se dit-elle, j'ai dit que je lui ferais confiance. Je ne peux pas aller maintenant la trouver sans trahir ma parole. Pauvre Annubi, il devra souffrir encore un peu. Je ne peux pas l'aider, et nous avons bien d'autres préoccupations.

Elle se remit au travail pour trier les manuscrits utiles ou irremplaçables parmi les milliers de volumes de la collection de sa mère, avant de les enfermer dans des coffrets étanches.

XIII

Pour Taliesin, la fin de l'été fut un enchantement. Il se levait avec le soleil pour saluer de glorieux jours dorés qui s'écoulaient avec une royale sérénité. Quand la construction du palais lui laissait un peu de temps, Elphin l'emmenait chasser dans la forêt, pêcher dans l'estuaire, chercher des coquillages sur la plage, ou bien simplement s'asseoir sur les galets pour regarder les nuages et les vagues.

Ils chevauchaient ensemble pendant des heures et Elphin lui décrivait les monotones patrouilles le long du Mur, ou bien il lui parlait de la nécessité de tenir à distance les Picti et les Irlandais, ainsi que des brefs et violents affrontements qui les opposaient parfois à ceux-ci. Il apprenait à Taliesin la façon de se battre des Romains et, encore plus important, leur façon de gouverner. Il lui rapportait les histoires que ses guerriers racontaient le soir autour du feu, quand ils étaient loin de chez eux. Il parlait à Taliesin des hommes, de leurs désirs et de leurs ambitions ; il lui confiait ses espoirs pour son peuple, les raisons des décisions qu'il avait prises.

Taliesin écoutait tout cela et enfouissait chaque mot dans son cœur, car il savait la valeur du présent qu'essayait de lui offrir son père.

« Tu dois être fort, Taliesin », lui dit un jour Elphin. Ils chevauchaient à travers bois, une lance à sanglier à la main, tandis que les chiens cherchaient la piste de l'animal. « Fort comme l'acier glacé que tient ta main.

— Hafgan dit la même chose. La force et la sagesse constituent l'épée à double tranchant d'un roi.

— Et il a raison. Un roi doit être fort et sage pour son peuple. Mais je crains que n'approche le temps où la sagesse fera défaut et où la force seule devra suffire.

— L'Âge des Ténèbres ?

— L'âge le plus sombre que l'on ait jamais connu, sinon pire. » Il arrêta son cheval et leva les yeux vers le verdoyant lacis des branches. « Écoute, Taliesin. Écoute, mais ne te leurre pas. Cet endroit est paisible et silencieux. Et pourtant il n'a rien de paisible. Le monde ne sait ni ne se soucie de ce qui arrive dans la vie des hommes qui foulent sa surface. Il n'y a pas de paix, Taliesin. Ce n'est qu'une illusion… un aveuglement de l'esprit.

» La seule paix que tu connaîtras jamais sera le repos gagné à la force de ton bras. »

Taliesin fut surpris de l'humeur brusquement morose de son père, mais il ne dit rien. Dans les bois retentit le cri d'un coq de bruyère qui, dans l'atmosphère mélancolique engendrée par les propos d'Elphin, lui parut triste et solitaire.

« Les ténèbres arrivent, Taliesin. Nous ne pouvons les contenir plus longtemps. » Il regarda tristement le garçon chevauchant à son côté. « Je voudrais pouvoir te laisser un monde différent, mon fils. »

Taliesin hocha la tête. « Cormach m'a parlé de l'Âge des Ténèbres. Mais il a dit qu'au milieu de telles ténèbres, la lumière semble briller avec d'autant plus de force. Et qu'il viendra quelqu'un dont l'avènement flamboiera dans le ciel du levant au couchant avec un tel éclat que son image sera à jamais gravée au fer rouge dans la terre. »

Elphin acquiesça. « C'est déjà une consolation. » Il jeta un coup d'œil à la ronde sur la forêt somnolente. « Mais cette journée est à nous, Taliesin. Et écoute ! » Les aboiements de la meute étaient devenus frénétiques. « Les chiens ont trouvé une piste. Allons-y ! »

Elphin fit claquer les rênes sur l'encolure de son cheval et l'animal, excité par les aboiements des chiens, bondit en avant. Taliesin éperonna les flancs de sa monture et s'élança derrière lui. Une poursuite haletante s'engagea alors. Les chiens, les chevaux et trois cochons sauvages — deux jeunes laies et un vieux sanglier gris, énorme — couraient à travers bois, plongeaient dans les broussailles, sautaient par-dessus les troncs abattus, filaient sous les branches basses, parmi les grognements, les piaillements, les aboiements, les hennissements et les rires engendrés par le plaisir de cette course sauvage.

Les sangliers les entraînèrent au plus profond des bois avant de disparaître. Les chiens plongèrent dans un torrent où ils perdirent la piste et les cavaliers arrivèrent quelques instants plus tard pour voir la meute qui geignait au bord de l'eau, pleurant la perte de son gibier. Elphin jeta sa lance qui se planta dans la boue de la berge ; Taliesin fit de même et tous deux se laissèrent glisser de selle pour mener leurs chevaux au ruisseau où les créatures essoufflées burent avidement.

« Une belle chasse ! se félicita Elphin, hors d'haleine. Tu as vu ce vieux mâle ? Il a deux épouses… le Roi de la Forêt !

— Je suis content qu'ils se soient échappés », déclara Taliesin, le visage empourpré par la course et l'excitation. La sueur collait ses cheveux sur son front en petites boucles.

« Moi aussi. Même si la poursuite m'a donné faim et si je peux presque sentir cette bonne viande rôtir sur le feu, je suis content de les avoir perdus. Nous leur redonnerons la chasse, un jour. »

Elphin s'étendit à l'ombre d'un rocher couvert de mousse et ferma les yeux. Taliesin s'installa près de lui. Il venait tout juste de s'allonger, quand il aperçut quelque chose du coin de l'œil.

Un instant plus tard, Elphin entendit un bruit d'éclaboussures et se redressa brusquement. Taliesin était au milieu du torrent et courait vers la rive opposée en criant : « Je le vois ! Vite ! » Les chiens gémissaient, la tête et la queue basses, au bord de l'eau.

« Taliesin ! Attends ! » cria Elphin. Il ramassa son arme et s'élança derrière le garçon. « Attends-moi, mon fils ! » Il atteignit la rive opposée juste à temps pour voir Taliesin disparaître dans un buisson.

« Vite ! » La voix de Taliesin semblait venir de très loin. « Je le vois ! »

Elphin tendit l'oreille. Il entendit le garçon qui s'enfonçait dans les broussailles, puis le silence. Il entreprit alors de suivre péniblement la piste du garçon à travers bois.

Il trouva Taliesin une heure plus tard, assis sur une dalle de pierre couverte de lichen, au milieu d'une clairière circulaire bordée de chênes, l'air inexpressif, les mains mollement posées sur les genoux. « Tu vas bien, mon fils ? » La voix calme d'Elphin se répercuta dans la clairière.

« Je l'ai vu, répondit Taliesin, la voix rauque d'avoir couru. Il m'a conduit ici.

— Qu'as-tu vu ?

— Un cerf. Et il m'a conduit ici.

— Un cerf ? Tu en es sûr ?

— Un cerf blanc, dit Taliesin, ses yeux brillant comme deux étoiles dans la pénombre de la clairière. Aussi blanc que la couronne de Cader Idris… et sa ramure ! Il avait de grands andouillers aussi rouges que ton manteau romain, et sa queue était rouge. » Il regarda son père d'un air indécis. « Tu l'as vu ? »

Elphin secoua lentement la tête. « Non. Tu es allé trop vite pour moi. » Il jeta un coup d'œil sur la clairière. Elle était bordée de tous côtés par de robustes chênes dont les grosses branches noueuses témoignaient d'un âge immémorial. Une légère dépression dans le sol, le long du périmètre, indiquait les restes d'un ancien fossé. La pierre sur laquelle était assis Taliesin s'était jadis dressée au centre du cercle. Et si les branches qui se se rejoignaient au-dessus de leurs têtes laissaient apparaître un cercle de ciel bleu, il pénétrait très peu de lumière dans la clairière. « Le cerf t'a conduit jusqu'ici ? »

Taliesin hocha la tête. « Et c'est là que j'ai vu l'homme, dit-il en montrant une brèche où le fossé circulaire s'ouvrait sur les bois. L'Homme Noir.

— Tu l'as vu ? » Elphin examina attentivement son fils. « À quoi ressemblait-il ?

— Il était grand, très grand, répondit Taliesin en fermant les yeux pour mieux se souvenir, et très musclé. Ses jambes étaient comme des troncs et ses bras comme des branches de chêne. Il était couvert d'une épaisse fourrure noire, avec des feuilles et des brindilles accrochées un peu partout. Son visage était couvert d'argile blanche, sauf autour des yeux qui étaient noirs comme le fond d'un puits. Ses cheveux étaient englués, ramenés en crête et piqués de petites branches, et il portait un bonnet de cuir couronné d'andouillers. Il tenait dans une main un bâton avec des bois de cerf et, de l'autre main, il portait un jeune cochon sous le bras. Et il y avait aussi un loup, énorme, avec des yeux jaunes. Il m'a regardé de derrière le cercle de chênes et n'est pas entré dans la clairière.

— Le Seigneur des Animaux, murmura Elphin. Cernunnos !

— Cernunnos, confirma Taliesin. "Je suis le Cornu", m'a-t-il dit.

— Il a dit autre chose ?

— Il a dit : "Relève ce qui est tombé." C'est tout.

— Relève ce qui est tombé ? Rien d'autre ?

— Qu'est-ce que cela signifie ? » se demanda Taliesin.

Elphin regarda la pierre sur laquelle était assis le garçon. « La pierre dressée est tombée. »

Taliesin passa les mains sur la dalle. « Comment allons-nous la redresser ?

— Ce ne sera pas facile. » Il tira sur sa moustache et fit le tour de la clairière. Il revint un moment plus tard avec une forte branche de frêne qu'il glissa sous la pierre. « Fais rouler ce rocher jusqu'ici », dit-il, et tous deux commencèrent à relever la dalle.

La pierre était lourde, mais en se servant de la branche comme levier et du rocher comme point d'appui, ils parvinrent à progresser régulièrement et, quand elle fut assez haut pour offrir une bonne prise, ils s'y arc-boutèrent, nus jusqu'à la taille. Petit à petit, la pierre se redressa pour finalement basculer sur sa base.

Ils échangèrent un coup d'œil rayonnant et regardèrent la pierre. Couverte de mousse, striée de taches sombres par son long sommeil dans le sol et dégageant une odeur de terre humide, elle était légèrement inclinée, de sorte que le peu de lumière qui filtrait dans la clairière venait frapper sa surface ravinée. Taliesin s'approcha et posa les mains sur les symboles qui y étaient gravés : spirales et volutes entremêlées, semblables à des labyrinthes circulaires, reliées par une bordure de serpents dont les corps entrelacés dessinaient la forme d'un grand œuf.

« C'est vieux ? demanda Taliesin.

— Très », dit Elphin. Il baissa le regard sur l'emplacement dénudé où avait reposé la dalle. « Je vois pourquoi la pierre est tombée. »

Taliesin suivit le regard de son père et vit qu'il foulait presque aux pieds les ossements jaunis d'un homme. La pierre avait écrasé de son poids le crâne et la cage thoracique, mais le reste du squelette était intact. Un reflet doré lui attira l'œil ; il s'agenouilla pour dégager la terre meuble et exhuma une chaîne aux minuscules maillons — une chaîne jadis pendue au cou de l'homme qui gisait sous la pierre. Au bout de la chaîne était accroché un pendentif d'ambre jaune où était enchâssée une mouche.

« Qu'as-tu trouvé, mon fils ? demanda Elphin en s'agenouillant auprès de Taliesin.

— Un pendentif. Et regarde ! » Il désigna le poignet de l'homme. « Un bracelet, aussi. »

Le bracelet était en or, gravé des mêmes motifs spiralés que la pierre dressée, entourant une cornéliane rouge sang. Sur la gemme elle-même était gravée une silhouette impossible à distinguer tant qu'Elphin n'eut pas doucement libéré le bracelet du bras de l'homme qui l'avait si longtemps porté. Il nettoya les fines ciselures de la terre qui s'y était incrustée et tendit le bracelet à Taliesin.

« Le Seigneur de la Forêt ! » s'exclama-t-il. Il prit l'ornement entre ses mains et suivit du doigt les contours d'une tête humaine coiffée d'andouillers.

Entre les genoux du squelette gisaient des fragments de poterie. Sous une de ses omoplates se trouvait une longue pointe de lance en silex et, juste au-dessus du crâne, un poignard dont la lame de bronze était rendue méconnaissable par la corrosion, mais dont le manche de jais, quoique parcouru d'un réseau de minuscules fractures, était encore en bon état.

Taliesin se pencha pour ramasser le poignard. Il se releva lentement et regarda la pierre, mais elle avait changé : ses coins étaient carrés et les dessins de sa surface étaient nets et fraîchement taillés. Le fossé entourant la clairière était net, lui aussi, et plus profond. Une palissade de bois avait été érigée autour de celui-ci et, tous les quatre poteaux, étaient plantées les têtes en décomposition de victimes sacrificielles, humaines ou animales. La plupart étaient ravagées par les intempéries, la chair noircie laissant paraître le blanc de l'os. Il pouvait sentir la puanteur de la mort planer dans l'air.

Il se tourna vers l'ouverture de la palissade et vit, dressés de chaque côté de celle-ci, deux piliers de pierre creusés de niches. Dans chacune reposait un crâne humain barbouillé d'une grossière spirale bleue.

Tandis qu'il regardait, un homme vêtu d'une longue cotte de daim apparut entre les piliers. Il avait des peaux de lapin attachées autour des jambes et des bottes de daim aux pieds. Son visage était peint en bleu et ses cheveux étaient coupés très court, à part une longue tresse nouée sur le haut du crâne qui retombait comme une queue de cheval. Il portait un petit bonnet de cuir auquel étaient fixés des bois de cerf. Dans une main, il tenait un petit récipient de terre cuite aux flancs couverts de coulées de teinture bleue, dans l'autre un tambour de peau.

Le garçon regarda, pétrifié, le chaman s'avancer jusqu'à la pierre dressée et lever une brindille au bout effiloché qu'il avait trempée dans le pot de teinture. Avec ce pinceau rudimentaire, il se mit à peindre les symboles gravés dans la pierre. Alors qu'il finissait, un autre chaman, vêtu et peint comme le premier, entra dans le cercle, une lance à pointe de pierre à la main. Derrière lui s'avançaient deux hommes vêtus de peaux de bêtes et, entre eux, un troisième dont les poignets étaient liés par une large bande de cuir tressé. Le prisonnier était nu, à part le masque de cuir passé sur sa tête et noué autour du cou. Ce masque était orné de volutes en labyrinthe, comme les marques sur la pierre.

Le prisonnier, qui marchait d'un pas raide, fut amené devant le monolithe, où l'homme au bonnet orné de cornes attendait avec son pinceau. Le captif demeura passif tandis que l'homme dessinait des spirales bleues sur sa poitrine, puis il fut placé le dos à la pierre. Une corde de cuir tressé fut passée entre ses poignets, puis lancée par-dessus la pierre. Un des hommes tira sur la corde, hissant les bras du captif à la verticale.

L'homme à la ramure de cerf prit son tambour et se mit à le frapper rythmiquement avec une baguette d'os sculptée — d'abord lentement, puis de plus en plus vite. Il psalmodiait d'une voix sauvage et le prisonnier commença à se tordre dans ses liens. Plus le rythme s'accélérait, plus son chant devenait sauvage. Le deuxième chaman se mit soudain à tourner sur lui-même, une fois, deux fois, brandissant la lance à pointe de silex au-dessus de sa tête où elle demeura un instant en suspens avant de plonger dans le flanc de la victime.

Le sang jaillit de la blessure et l'homme se contorsionna pour déloger la pointe fichée dans sa poitrine. Le sacrificateur l'y replongea aussitôt et la maintint enfoncée tandis que l'homme se tordait de douleur. Quand celui-ci cessa de bouger, la corde fut relâchée ; ses bras retombèrent mollement. Il demeura adossé à la pierre tandis que son fluide vital ruisselait sur le sol.

« Non ! » s'écria Taliesin, horrifié.

Le mourant fit un pas chancelant, puis un autre. Ses jambes cédèrent et il tomba à genoux, se plia en deux, roula sur le côté et tressauta faiblement pendant un moment — tout cela sous le regard intense, extatique, du chaman aux bois de cerf.

La victime tenta une dernière fois de se relever, puis elle s'immobilisa, son sang se figeant déjà au sortir de l'entaille hideuse de son flanc. L'homme n'était pas plus tôt mort que le deuxième chaman bondit sur son cadavre pour lui arracher son masque de cuir. Avec son poignard de bronze, il coupa la tête de la victime qu'il déposa au sommet de la pierre dressée, ses yeux grand ouverts contemplant le ciel d'un regard aveugle.

Les deux chamans échangèrent quelques mots tandis que leurs aides soulevaient le cadavre pour l'allonger devant le monolithe. Cela fait, le premier chaman reprit son tambour et son pot, puis il quitta la clairière.

« Taliesin ! » Le garçon entendit quelqu'un crier son nom et sentit qu'on lui secouait le bras. « Taliesin ! »

Il se retourna et regarda son père. Le visage inquiet d'Elphin redevint progressivement net et les êtres étranges, leur victime sans défense, et enfin la palissade de bois s'estompèrent, se dissolvant dans l'air.

« Qu'as-tu, mon fils ? Tu es gris comme un mort. » Elphin étreignit les épaules du garçon de toutes ses forces.

Taliesin porta une main à sa tête. « Recouche-la, murmura-t-il, puis il sursauta, regardant son père avec des yeux pleins de terreur. Recouche-la ! Recouche la pierre !

— Très bien, dit lentement Elphin. Nous allons la recoucher. » Il se redressa et jeta un coup d'œil aux ossements jaunis dans leur tombe ouverte. « Tout ce que l'on exhume ne doit pas toujours le rester ; certaines choses sont mieux perdues et oubliées. »

Ils entreprirent de recoucher la pierre, ce qui fut à peine moins difficile que de la redresser. Durant tout ce temps, Taliesin sentait l'atmosphère oppressante de ce lieu comme une force obstinée résistant à leurs efforts. Mais ils ne se laissèrent pas décourager et finalement la pierre retomba en place dans un soupir.

Ce ne fut que lorsqu'elle eut réintégré son logement dans la terre que Taliesin put respirer plus librement. « Ce n'était pas la pierre, expliqua-t-il. Le Cornu voulait que je lui renouvelle les sacrifices. » Il frissonna et regarda craintivement son père. « Ce serait mal. »

Elphin hocha la tête et jeta un dernier coup d'œil à la ronde. « C'est un lieu où plane le malheur. Je le sens, moi aussi, et j'en ai vu assez. Rentrons. »

Ils revinrent sur leurs pas jusqu'au torrent. Leurs chevaux somnolaient dans la lumière déclinante et les chiens étaient couchés à leurs pieds, la tête posée sur les pattes. En voyant Elphin et Taliesin traverser le ruisseau, ils se relevèrent et se mirent à aboyer frénétiquement.

« Il va falloir presser les chevaux pour regagner le caer avant la nuit, fit remarquer Elphin en montant en selle. Nous sommes restés dans cette clairière bien plus longtemps qu'il n'a semblé. Prêt ?

— Prêt » répondit Taliesin, résistant à une puissante impulsion de jeter un dernier coup d'œil par-dessus son épaule. Ils firent claquer leurs rênes et partirent au galop.

XIV

Les premières secousses frappèrent Kellios juste avant l'aube. Charis s'était réveillée en pleine nuit en sentant l'atmosphère lourde, étouffante, se muer en une chape de plomb. Incapable de respirer, elle se leva et alla sur le balcon d'où elle contempla le léger scintillement de la ville. Oceanus roulait inlassablement dans son lit ; un semis d'étoiles rougeâtres brillait dans le gris du ciel nocturne et Charis comprit que la fin était venue.

Elle accepta la chose avec le même fatalisme que dans l'arène et jeta un dernier coup d'œil sur la cité endormie.

Loin dans les montagnes, elle entendit le profond roulement de tonnerre d'un orage d'été. C'est donc commencé, se dit-elle. Continue de rêver, Atlantide ; le jour de ta mort est arrivé. Adieu.

Elle tourna les talons et sentit le grondement se transformer en une vibration, légère, insignifiante. En ville, les chiens s'étaient mis à geindre et à hurler. Ils savaient. Bientôt tout le monde saurait.

Elle passa les vêtements qu'elle avait choisis pour ce jour — une simple et robuste tunique de lin avec une large ceinture de cuir et les sandales qu'elle portait dans l'arène. Elle tressa sa chevelure avec dextérité et la noua au moyen de son lacet de cuir blanc, passa à son cou sa chaîne en or préférée et sortit rapidement de sa chambre pour sonner l'alarme — une cloche qu'elle avait fait installer sous le portique, d'où on pouvait l'entendre dans tout le palais. Alors que ses derniers échos vibraient encore dans l'air, Charis gagna en hâte la chambre d'Annubi.

Elle poussa la porte sans frapper et entra. Annubi était là, assis à sa petite table, les yeux rouges et las, le Lia Fail devant lui dans son coffret de bois. « C'est commencé », lui dit Charis.

Il acquiesça et ferma les yeux. « Oui, murmura-t-il.

— Alors, rassemble tes affaires et viens au port avec moi. Nous y attendrons Belyn.

— Belyn ne viendra pas, dit Annubi. Je vais rester ici.

— Non, je veux que tu viennes avec moi. » Son ton était sans appel. Annubi haussa les épaules et se leva, empoignant un baluchon de toile. Il y enfouit le Lia Fail, jeta un dernier coup d'œil à la pièce, puis il se dirigea vers la porte.

La vibration avait cessé, mais l'air était encore lourd et maintenant chargé d'une âcre odeur métallique. À travers tout le palais, le hurlement des chiens résonnait comme une musique surnaturelle.

Dans le grand vestibule, Charis rencontra Lile, nerveuse et tendue, la petite Morgian somnolant dans ses bras. Elle se précipita vers Charis et, lui prenant la main, demanda : « Le moment est venu ?

— Oui, répondit Charis. Où est mon père ?

— Endormi dans son lit.

— Réveille-le et fais ce que tu as à faire. »

Lile hésita. « Donne-moi l'enfant, lui dit Charis en prenant Morgian dans ses bras. Va, maintenant. Et fais vite. »

Lile s'éloigna dans le vestibule. « Prends Morgian », dit Charis en tendant la fillette à Annubi. Le devin eut un mouvement de recul, mais il prit l'enfant qui se mit à appeler sa mère. « Attends près des chariots », lui dit Charis, et Annubi sortit dans la nuit tremblante.

Charis veilla à chacune des dispositions qu'elle avait prises, passant d'une tâche à l'autre avec une froide efficacité. Les dernières semaines avaient été physiquement et mentalement épuisantes — amasser une petite montagne de réserves et d'outils, empaqueter le tout, sceller tout ce qu'elle pouvait contre l'eau de mer, mettre au point avec Lile et répéter les plans d'évacuation de dizaines de fonctionnaires royaux réticents, parfois même méprisants, vendre les trésors du palais afin de se procurer de l'or et de l'argent immédiatement disponibles, acheter et équiper une flottille de bateaux de pêche pour transporter hommes et cargaisons en eaux profondes, superviser le chargement de produits de première nécessité dans les chariots — une tâche monumentale faisant appel à des réserves d'énergie, de tact et de volonté aussi énormes qu'insoupçonnées. Maintenant que le moment redouté était venu, elle pouvait être calme. Le monde pouvait s'écrouler autour d'elle, la fin ne la verrait pas s'abaisser à courir, paniquée, en tous sens. Elle réveilla les domestiques encore endormis et les envoya se charger des tâches qui leur avaient été assignées.

« Ne vous arrêtez pas pour réfléchir, dit-elle aux plus effrayés. Faites exactement ce qui a été prévu, et faites-le rapidement. »

Ainsi, quelques heures plus tard, lorsque les premières secousses ébranlèrent le palais, déclenchant une pluie de tuiles qui vinrent s'écraser bruyamment dans la cour obscure, conducteurs et passagers attendaient déjà dans les chariots alignés quatre par quatre sur dix rangs. Les chevaux se cabrèrent, roulant les yeux de terreur à la lueur des torches. Leurs cochers accoururent les calmer et leur bander les yeux avec des morceaux de tissu.

Charis était debout sur les marches, les mains sur les hanches. « Qu'est-ce qui peut bien retenir Lile ? Dois-je tout faire moi-même ?

— Princesse Charis, fit une voix près d'elle, nous devrions faire sortir les chevaux. Si les portes s'écroulent…

— Je sais, je sais ! Nous attendons le roi. Retourne à ta place. »

L'homme disparut et Charis rentra dans le palais chercher Lile et Avallach. La seconde secousse survint alors qu'elle traversait la longue galerie menant à la chambre du roi. Le dallage de pierre trembla sous ses pieds et elle entendit un lointain crissement… comme si quelqu'un écrasait du grain entre deux monstrueuses meules de pierre.

Elle fit irruption dans la chambre de son père pour trouver Avallach, tout habillé et assis sur une chaise, Lile à ses pieds, en train de le supplier de se lever pour partir avec elle. Il tourna la tête à son entrée. Ignorant Lile, elle dit : « Père, il est temps de partir. Tout le monde t'attend. »

Le roi secoua la tête. « Je dois rester. Ma place est ici.

— Ta place est avec ton peuple.

— Emmène Lile et les autres. Laisse-moi.

— Nous ne partirons pas sans toi, Père, dit-elle d'un ton ferme.

— Partez, sinon vous allez mourir.

— Alors nous mourrons ! s'exclama-t-elle. Mais nous ne partons pas sans toi. »

Avallach se mit lentement debout ; Lile lui tendit sa béquille et le conduisit à la voiture où attendaient déjà Morgian et Annubi. Lile et Avallach montèrent, puis Charis fit signe au cocher de partir. Dès que le chariot du roi eut franchi la porte, les autres voitures se mirent en route, passant l'une après l'autre sous les arches de pierre tandis que le sol tremblait de façon inquiétante sous leurs roues.

Charis attendit que le dernier chariot soit sorti, puis elle monta sur son cheval et se retourna pour regarder une ultime fois sa demeure ancestrale. Le convoi atteignit rapidement Kellios, mais il trouva les rues encombrées de gens qui avaient fui leurs maisons et couraient en tous sens, pris de panique. Leurs cris étaient assourdissants. Charis passa en tête, ouvrant à coups de rênes dans la cohue un passage où s'engouffraient les chariots. Elle conduisit le convoi jusqu'au port et ils firent halte sur le quai de pierre pour attendre les navires que tous espéraient désespérément voir arriver.

L'attente commença tandis qu'une aube livide se levait sur un ciel sulfureux. Du quartier du temple provenaient les beuglements sinistres des taureaux. Un voile de poussière planait, immobile, comme un brouillard sur la ville. Annubi marchait de long en large sur le quai près des chariots alignés. Finalement, il vint auprès de Charis. « Cela semble se calmer, dit-il. Les secousses se font moins fortes et plus espacées. »

Charis baissa les yeux sur son visage blême dans la lumière irréelle. « Alors, nous avons peut-être encore le temps », dit-elle.

Avec le lever du soleil, les secousses cessèrent. La foule terrifiée oublia rapidement sa peur et reprit ses activités normales. Ceux qui attendaient sur le quai — près de cinq cents personnes en tout, l'entière population du palais : maçons, artistes, charpentiers, bergers, fermiers, intendants, domestiques et fonctionnaires de toutes sortes avec leurs familles... tous ceux à qui Charis avait promis une place à bord des navires — commençaient à s'impatienter et regardaient d'un œil morne un monde qui semblait maintenant aussi stable et permanent que jamais.

La résolution de Charis ne fléchit pas et, durant les premières heures du jour, elle garda tout le monde occupé à transférer les cargaisons des chariots dans les barques de pêche. Le soleil se leva dans un ciel voilé, apparaissant par intermittence pour darder ses rayons brûlants sur la terre ; quand son disque flamboyant commença à redescendre vers la mer, toute la cargaison avait été arrimée et il n'y avait toujours pas signe des navires.

Les habitants de la ville se moquaient de la foule rassemblée sur le quai, riant ouvertement, amusés par ce spectacle. Pendant ce temps, les bateaux allaient et venaient dans le port comme d'habitude et toute la ville se comportait comme si ce qui s'était passé quelques heures plus tôt ne sortait en rien de l'ordinaire.

Ce ne fut que lorsque les ombres commencèrent à s'allonger sur le sol que Lile vint trouver Charis et dit : « Les gens sont fatigués, Charis. Nous devrions peut-être rentrer.

— Non, lui répondit Charis. Je suis fatiguée, moi aussi, mais nous ne pouvons pas rentrer.

— Nous pourrions laisser les bateaux, et si… »

Charis se tourna vers elle. « Retourner au palais, Lile, c'est aller à la tombe ! Il n'y a là-bas que la mort. »

Lile retourna monter une veille tourmentée avec les autres et le long après-midi se poursuivit sans incident. Ils mangèrent un repas frugal en écoutant le clapotement nerveux des vagues tandis qu'un crépuscule étouffant tombait sur la baie, s'assombrissant rapidement.

Ils attendaient sur le quai, dans l'atmosphère moite et oppressante, quand ils virent le firmament soudain strié de traînées incandescentes : des étoiles embrasées fondaient des cieux, déchirant le silence surnaturel du terrible hurlement de leur passage, et plongeaient dans l'océan en furie.

L'éblouissante pluie d'étoiles continuait, projetant vers le ciel de tourbillonnantes colonnes de vapeur. Les habitants de la cité convergeaient vers le quai pour assister, bouche bée, au spectacle. Plus personne ne riait, à présent.

Des lointaines montagnes parvint l'écho d'un puissant et sinistre grondement et ils se retournèrent pour voir, horrifiés, des étoiles ardentes pleuvoir à travers la brume de chaleur pour s'écraser sur la terre en une flamboyante et mortelle averse. La retraite coupée par le rideau de feu, les habitants de Kellios s'enfuirent vers la mer, submergeant les quais dans un indescriptible chaos, se battant pour monter à bord des petits bateaux de pêche qui avaient envahi le port, ballottés en tous sens par la houle, avant de s'élancer à l'aveuglette sur les flots obscurs.

« Les navires n'arrivent pas, cria quelqu'un d'une des voitures. Il faut nous en aller.

— Silence ! aboya Charis. Nous attendons.

— Nous allons mourir ! geignit quelqu'un d'autre.

— Alors, nous mourrons comme des êtres humains, et non comme des animaux fous de terreur ! »

Ils attendirent. Des bouffées de vapeur moite arrivaient de la mer, gonflée par une houle huileuse. Kellios frémissait à l'unisson de l'atroce grondement, ébranlant les bâtiments sur leurs fondations, renversant les colonnes de leurs socles. Beaucoup, craignant que le quai ne cède, repartaient, courant et hurlant, vers la ville, bousculant ceux qui ne pouvaient les éviter.

Par la seule force de sa volonté, Charis maintenait l'ordre parmi les siens, les exhortant au courage comme elle l'avait si souvent fait pour ses danseurs dans l'arène. Annubi la trouva en train d'arpenter le quai, criant pour calmer la peur qui montait autour d'elle.

« Si les navires n'arrivent pas bientôt...

— Oui ?

— Nous devrions peut-être aller à leur rencontre.

— Non, dit fermement Charis. Nous les attendrons ici. » Elle se remit à marcher de long en large.

Annubi lui emboîta le pas. « Nous avons encore le temps, Charis. Les bateaux sont prêts.

— Belyn va arriver, dit-elle, obstinée.

— Je n'en doute pas. Mais il ne sera peut-être pas en mesure de nous rejoindre. » Il montra de la main l'atmosphère immobile. « Il n'y a pas de vent pour gonfler leurs voiles. Les navires seront en panne, cette nuit. »

Charis se retourna pour scruter les ténèbres du port où dansaient les barques. « Tu as peut-être raison, concéda-t-elle enfin. Au point où nous en sommes, autant aller jusqu'au bout. »

Elle se retourna et se mit à crier des ordres. Les bateaux, quatre-vingt-dix en tout, avaient été attachés trois par trois — deux chargés de matériel de chaque côté d'un bateau de passagers. Sous la direction des assistants de Charis, les habitants du palais se répartirent à bord de chacun. Et, une à une, à mesure qu'elles avaient fait le plein de passagers, les embarcations sortirent du port.

Une fois dans la baie, ils regardèrent en arrière et virent le ciel nauséeux s'illuminer brusquement à l'ouest d'une grande lueur, d'abord jaune, puis rouge sang.

Le silence descendit sur la terre. La mer se calma.

Les passagers des bateaux retinrent leur souffle, agrippés au bastingage de leurs mains d'où s'était retiré le sang.

Le bruit fut d'abord ressenti avant d'être entendu : un épouvantable grondement surgi des entrailles bouillonnantes de la terre. À l'est, le ciel s'éclaira d'une étrange luminosité tandis que les collines se mettaient à trembler et à s'effondrer. Les bâtiments oscillaient de façon précaire. Charis regarda le palais et vit des flammes papilloter parmi les murs en train de s'écrouler. Et, couvrant le tout, l'atroce et terrible grondement.

Aveuglés par le désespoir, les gens se jetaient dans le port où, dans leur panique, ils se noyaient. Des mères s'avançaient dans les vagues en tenant leurs bébés au-dessus de leurs têtes. Des chevaux, terrorisés, avaient rompu leur harnais et couraient sur le rivage parcouru d'ondulations.

Le sol avait perdu toute solidité. Les montagnes s'écroulaient dans un monstrueux chaos de rocs et de terre. Les arbres vacillaient et basculaient avec de sinistres craquements, le sol s'écoulant comme de l'eau entre leurs racines. Les maisons chancelaient et s'effondraient dans les rues en projetant des gerbes de flammes et de gravats. Les hurlements des malheureux pris au piège d'une terre qui se dérobait montaient, tels les cris d'oiseaux terrifiés, vers les cieux obscurcis de poussière. La mer bouillonnait dans son lit qui s'était mis à tanguer.

Les cieux convulsés se mirent à cracher une pluie de feu sur la ville. Une averse de soufre, grésillante et suffocante, striait l'atmosphère torturée de blocs incandescents, creusant des sillons dans les collines, s'enfonçant dans le sol boursouflé parmi des panaches de fumée grise et des gerbes de flammes aveuglantes. La pierre brûlait ; l'orichalque des toits naguère étincelants fondait. Au-dessus du temple, une colonne de fumée mêlée de suie s'élevait, répandant une odeur de graisse et de chair brûlées.

Tout l'arrière-pays fut bientôt englouti par les flammes. Le feu escaladait le flanc des collines, les volutes de fumée tourbillonnantes montaient à l'assaut des cieux où elles s'étalaient, telle une énorme main masquant la lune qui venait de se lever.

Le quai de pierre s'effondra et glissa dans la mer, entraînant avec lui des foules hurlantes et ballottant les bateaux sur les eaux troublées. Charis regardait tout cela avec un complet détachement, imperméable à tout sentiment.

La destruction se poursuivit toute la nuit tandis que les barques dérivaient dans la baie. Une lune blafarde brillait sinistrement sur la mer et les survivants scrutaient en vain l'horizon pour apercevoir les navires qui devaient les sauver. Charis voyait sur le visage de ceux qui l'entouraient l'espoir acharné céder la place au désespoir à mesure que passaient les heures. « Ils vont venir, se répétait-elle, sachant que plus les bateaux dérivaient loin de la côte, plus s'amenuisaient leurs chances de survie. Ils vont nous trouver. »

Vers minuit, Charis se força à avaler une bouchée de nourriture et un peu d'eau. Elle dormit et se réveilla à l'aube pour voir le continent maudit se tordre dans ses derniers spasmes… et Belyn n'arrivait toujours pas avec ses navires.

L'Atlantide se débattait dans d'atroces convulsions… les montagnes poussaient des soupirs et ondulaient comme des rideaux dans le vent… les vagues se brisaient sur le rivage agité de secousses… Kellios brûlait, et au sud, le long de la côte, la fumée d'autres cités en feu montait haut dans le ciel matinal qu'elle obscurcissait en un crépuscule surnaturel. Pendant tout ce temps, les étoiles s'abattaient dans la pénombre, s'écrasant sur la terre dévastée et plongeant dans la mer.

Lentement, implacablement, inlassablement, la destruction se poursuivait.

Vers midi, bien que le ciel fût aussi sombre que par la plus profonde nuit, les nuages plombés, au-dessus des terres, furent striés d'éclairs orangés. L'air frémit et un vent brûlant aplatit la crête des vagues, puis le bruit leur parvint un moment plus tard : une explosion, si puissante que la mer se souleva en lames prodigieuses. Ils entendirent d'abord un hurlement perçant — l'onde de choc déracinant arbres et rochers — suivi d'un rugissement assourdissant.

Une éruption volcanique venait de décapiter le mont Atlas, séparant sa calotte couronnée de neige de ses profondes racines granitiques pour projeter la masse pulvérisée dans l'atmosphère torturée. Mais avant que les débris n'aient commencé à retomber, une autre explosion éventra la montagne dans une fulgurance violette, crachant cendres, fumée, flammes et roches en fusion de plus en plus haut dans les airs. En un clin d'œil, le mont Atlas se transforma en une turbulente colonne de gaz et de feu.

Assourdis par la prodigieuse explosion, les occupants des bateaux s'accrochaient désespérément les uns aux autres — certains poussant des gémissements incohérents, d'autres frappés de mutisme, tous hébétés et stupéfaits tandis que d'entières chaînes de montagnes s'écroulaient sous leurs yeux.

Puis la roche et la lave en fusion s'abattirent dans la mer, portant celle-ci à ébullition. Un bateau, près de Charis, fut touché par un bloc de magma incandescent et sombra aussitôt. La gerbe d'eau soulevée par sa chute retomba sur les embarcations voisines en une averse fumante.

Charis aperçut un mouvement du coin de l'œil et tourna la tête vers la côte juste à temps pour voir la lame de fond engendrée par l'explosion se précipiter vers eux à une vitesse stupéfiante.

Paralysés, les passagers de la flottille virent s'approcher la muraille liquide ; ils n'eurent le temps ni de crier, ni de détourner les yeux. Charis sentit la barque chavirer sous elle et elle s'agrippa à l'un des épais cordages arrimant la cargaison au moment où la vague déferlait sur le bateau, le soulevant et retournant du même mouvement.

L'univers bascula. Autour de Charis, tout n'était plus que ténèbres humides et suffocantes. Elle sentit la corde lui échapper des mains et elle fut projetée contre le bastingage. Elle serait passée par-dessus bord, mais la vague retomba sur elle, la plaquant au fond du bateau avec une force écrasante.

Cela ne prit qu'un instant. Les embarcations se couchèrent sur l'eau, se redressèrent, et la lame de fond poursuivit son chemin, laissant les survivants à demi noyés reprendre leur souffle. Charis se releva, toussant et crachant de l'eau salée ; elle secoua la tête pour se débarrasser de l'eau qui lui piquait les yeux. Les autres bateaux tournoyaient au milieu des vagues, la plupart gîtant fortement, remplis d'eau. Certains avaient disparu.

Le ciel était un affreux brouet verdâtre de nuages et de fumée, strié de sinistres traînées rouges au-dessus des restes éventrés de l'Atlantide qui se convulsait, secouée de spasmes hideux. Les gens regardaient, hébétés, la mâchoire pendante, l'œil vide.

Les bateaux dérivaient. Le temps restait suspendu entre jour et nuit, dans un affreux crépuscule sous un ciel plombé, et les sinistres échos des convulsions fatales roulaient encore sur les eaux. L'océan se calma peu à peu jusqu'à ce que l'on n'entendît plus que le léger clapotis de l'eau et le heurt occasionnel d'un débris flottant contre le flanc des bateaux.

Charis, relevant de temps en temps la tête, continuait de scruter l'horizon. Mais à mesure que passaient les heures monotones, même sa ténacité fléchissait et ses inspections s'espaçaient de plus en plus. La journée s'écoula, suivie d'une longue et fastidieuse nuit troublée où le sommeil lui vint comme un refuge longtemps attendu, de beaucoup trop bref. Les survivants — il en restait moins de trois cents — se pelotonnaient dans les embarcations à la dérive et contemplaient leur pays torturé tremblant sous son supplice.

L'aube survint sans lever de soleil, juste un léger éclaircissement des cieux d'ardoise, et une interminable journée commença. Les bateaux dérivaient et les survivants attendaient. Charis se demandait s'il n'aurait pas mieux valu attendre simplement au palais et laisser les murs s'effondrer sur elle, sur eux tous.

Ce fut Annubi qui vit en premier la voile. Il était dans la barque voisine de celle de Charis et le courant les avait rapprochées. « Charis, », dit-il doucement. Elle leva la tête, qu'elle avait posée sur ses bras croisés pour se reposer. « Charis, regarde vers le nord et dis-moi ce que tu vois. »

Elle regarda longuement, puis elle se leva. « C'est une voile ? Un navire ? Annubi, c'est bien ça ? »

Ils regardèrent en clignant des yeux le petit carré sur l'horizon, à peine visible dans la pénombre. Le navire auquel appartenait

appartenait la voile se rapprocha lentement. Dans les bateaux voisins, d'autres l'aperçurent à leur tour et se mirent à pousser des cris en agitant des vêtements pour attirer son attention.

« Il n'y en a qu'un ! cria Charis à Annubi quand le navire fut enfin visible. Où sont les autres ? Ils devraient être plus nombreux.

— Un seul, confirma Annubi. Et il n'est pas grand.

— Il vient par ici ! » s'écria quelqu'un, plus loin sur l'eau.

Le navire avait infléchi sa course et se dirigeait à présent vers la flottille de barques à moitié remplies d'eau. Les survivants le regardaient fendre les vagues vers eux et leur joie se changea peu à peu en appréhension, car le vaisseau noir ne donnait aucun signe de les avoir vus, pas plus qu'il n'avait l'air de ralentir, poursuivant sa route droit devant lui, sa grand voile gonflée par le vent.

« Ils ne nous voient pas ! » s'écria un des survivants. Le navire fonçait sur eux, son étrave effilée fendant l'écume grise. Le cri fut repris d'un peu partout. Le navire était maintenant tout près, assez proche pour voir des hommes debout sur le pont, qui les regardaient. Les survivants appelèrent, élevant hystériquement la voix.

Que se passe-t-il ? se demanda Charis, et elle comprit au même instant : Seithenin !

Le vaisseau fondit sur la première des petites embarcations alors même que les rameurs s'efforçaient désespérément de s'écarter de sa trajectoire. Il la heurta par le milieu dans un craquement sonore. La barque vola en éclats, projetant passagers et cargaison dans la mer. Une deuxième barque réussit à glisser le long de l'étrave meurtrière ; une troisième fut sauvée quand un rameur repoussa de son aviron la coque menaçante. Sa manœuvre lui fit perdre l'équilibre et il tomba à l'eau.

Un autre bateau, alourdi par l'eau qu'il avait embarquée et trop lent pour s'éloigner, fut renversé et submergé par le sillage du navire. Il s'enfonça sous l'eau au milieu des hurlements de ses passagers.

Le mortel vaisseau passa près de la barque où était assise Charis, muette de rage, bouillant intérieurement. Le visage de Seithenin apparut brièvement au-dessus du bastingage. En le reconnaissant, Charis cracha et le vit ricaner, à demi fou de haine.

« Seithenin, je te défie ! » La voix était celle d'Avallach. Charis se retourna pour voir son père debout dans son bateau ; trempé, dépenaillé, mais toujours roi. Sa haine l'avait fait se lever pour hurler sa menace impuissante.

Le gouvernail du grand navire pivota, le vaisseau vira de bord et sa voile se dégonfla tandis qu'il revenait vers la flottille.

Des hommes couraient sur le pont ; le bastingage se hérissa de lances. « Ils reviennent ! Ils vont tous nous tuer ! » s'écria une femme dans un bateau voisin.

Mais alors même que le navire virait vers eux, sa voile faseyant inutilement, il parut hésiter. Il se redressa, sa voile se regonfla et il changea de cap. Seithenin apparut à nouveau au-dessus du bastingage et cria : « Je regrette de ne pas t'avoir tué, Avallach ! Océanus va devoir achever mon travail. »

Charis se retourna pour voir ce qu'avait vu le capitaine de Seithenin, ce qui l'avait empêché de finir son œuvre de mort. Trois rapides trirèmes volaient vers eux sur l'eau.

« Belyn et Kian ! Nous sommes sauvés ! »

Personne ne l'entendit. Les autres avaient eux aussi vu les vaisseaux et, éperdus de soulagement, criaient à s'en arracher la gorge.

Charis regarda autour d'elle. Sur les quatre-vingt-dix bateaux qui avaient quitté le port de Kellios, elle calcula qu'il en restait moins de cinquante : certains avaient dérivé au loin dans la nuit, d'autres avaient été frappés par les débris incandescents ou engloutis par la lame de fond, et enfin trois avaient été détruits par Seithenin — même si la plupart des passagers des embarcations éperonnées étaient encore vivants, cramponnés à des morceaux d'épaves.

Les navires affalèrent les voiles et coururent sur leur erre. Les rameurs des barques de pêche rentrèrent avec empressement leurs avirons pour aborder les nefs venues les sauver et les premiers passagers escaladèrent leurs coques à l'aide de filets jetés par-dessus le bastingage. Charis veilla à ce que tous soient en sécurité et la cargaison transbordée avant de se laisser hisser sur le pont.

Belyn se tenait devant elle, épuisé, le visage voilé de tristesse. « Je savais que tu nous trouverais, lui dit Charis alors qu'il la prenait dans ses bras.

— Charis, je suis désolé, murmura-t-il, et elle sentit la chaleur de ses larmes couler sur sa nuque. Nous n'avons pas pu arriver plus tôt. »

Elle s'écarta. « Elaine…?

— Saine et sauve, je pense. Il y a un autre navire », expliqua Belyn. Ses épaules s'affaissèrent. « Kian le commande… ils sont tous entre ses mains, maintenant. »

Il y avait d'autres survivants à bord ; d'autres barques avaient été secourues et les trois navires étaient presque pleins. Charis s'assura qu'Avallach, Lile, Morgian et Annubi étaient en sûreté à bord et que la cargaison qu'elle avait travaillé si dur à préserver était bien arrimée avant de s'effondrer, exténuée, dans un coin.

Belyn cria des ordres qui furent relayés aux autres navires. Les voiles remontèrent le long des mâts, claquèrent au vent et se gonflèrent, puis les trirèmes mirent le cap sur la haute mer.

Ils n'étaient pas allés loin, cependant, quand ils entendirent un mugissement, lointain et menaçant, porté sur l'eau. Ceux qui se trouvaient près du bastingage levèrent la tête et virent les nuages s'amonceler sur l'Atlantide. Un lacis écarlate de lave en fusion recouvrait le continent ébranlé, jaillissant d'innombrables crevasses béantes.

La fumée rampait sur l'eau en tentacules filandreux et l'Atlantide semblait flotter sur de sombres nuées d'orage. L'atmosphère surchauffée sentait le soufre et la pierre brûlée. Une suie cendreuse tombait lentement, telle une neige sale noircissant tout ce qu'elle touchait. Bien que midi fût passé depuis longtemps, il régnait un crépuscule d'encre. Les survivants se pelotonnaient dans les ténèbres sur les ponts, leurs visages tirés illuminés par des éclairs blafards.

Le mugissement devint un monstrueux sifflement qui montait crescendo, issu des entrailles ravagées de l'île pour se répandre sur le monde. Charis ferma les yeux et crut entendre dans ce son terrible l'envol collectif des âmes défuntes partant pour leur voyage dans l'infini. Quelqu'un la secoua par l'épaule et elle leva les yeux. Annubi était penché sur elle, les yeux rougeoyants dans l'obscurité. « Viens voir », dit-il.

Elle se leva et le suivit à la poupe où ils se frayèrent un chemin jusqu'au bastingage. Il ne restait plus de la vaste Atlantide qu'un archipel de sommets épars, le mont Atlas n'était plus qu'une masse informe dans les ténèbres zébrées d'éclairs.

Le sifflement s'intensifia, couvert par un autre son, semblable à celui d'un immense tissu en train de se déchirer de bout en bout, qui grandit pour emplir le monde, submergeant les navires et leurs passagers terrifiés.

Puis, sous leurs yeux, la masse sombre du mont Atlas s'effondra sur elle-même avant de se dilater, puis d'exploser dans un ultime cataclysme qui vomit gaz et poussières vers les cieux. Les débris s'élevèrent en une fulgurante colonne de feu dont le sommet se perdit dans les nuées tumultueuses. Un moment plus tard, ils virent l'onde de choc se précipiter vers eux sur les eaux, aplatissant la crête des vagues.

Elle les frappa comme une main invisible qui leur fit perdre l'équilibre et fit grincer les membrures des navires. Elle était accompagnée d'un vent furieux qui s'engouffra si violemment dans les voiles qu'il courba et fit craquer les mâts. Les trirèmes désemparées furent propulsées sur l'eau, leur pont dressé presque à la verticale. Charis, plaquée contre le plancher rugueux, s'accrochait de toutes ses forces, les ongles plantés dans le bois, fermant les yeux pour les protéger de la brûlure de l'eau salée.

Le vent poursuivit sa course sur la mer. Des débris rocheux en fusion tombaient en sifflant du ciel, suivis d'un sillage de fumée blanche, s'abattaient dans la mer en grésillant et sombraient dans un jet de vapeur. Des projectiles incandescents frappaient les navires, crachant et fusant tandis qu'ils tournoyaient follement, creusant le plancher des ponts auxquels ils mettaient le feu. La grêle mortelle tombait sans discontinuer. Charis entendit un cri et vit une femme passer en courant se mettre à l'abri, un enfant serré dans les bras, le bas de sa tunique bordé d'un ourlet de flammes. Elle la rattrapa, la plaqua contre le pont et étouffa les flammes avec ses mains... puis elle tira sur elles un morceau de voile, dans l'espoir de se protéger de la tempête de feu.

Elles se blottirent sous la grosse toile et Charis s'aperçut que sa compagne était Lile, et l'enfant la petite Morgian, le visage blême sous la couche de suie, les cheveux gris de cendres. Lile la regarda d'un œil hagard sans avoir l'air de la reconnaître. Mon aspect doit lui sembler tout aussi étrange, se dit Charis. Elle ne sait pas qui je suis.

« Lile, dit-elle en tendant la main. C'est Charis, Lile. Nous sommes en vie, et nous allons nous en sortir. Tu m'entends ? Nous allons vivre. » Morgian gémit doucement, mais Lile ne répondit pas ; elle détourna le visage pour contempler l'averse effroyable.

La vague monstrueuse qui suivit l'ultime explosion souleva les légers navires à une hauteur vertigineuse, avant de les précipiter dans un gouffre tumultueux. La vague passa sous leurs quilles et poursuivit son chemin sur le vaste océan, acquérant de plus en plus de puissance et de vitesse. La pensée de ce qu'elle ferait à la première terre qu'elle rencontrerait fit frissonner Charis.

Quand la pluie de feu eut cessé, Charis et Lile écartèrent le morceau de voile et virent tout autour d'elles sur la mer un impénétrable rideau de poussière et de fumée, si épais que l'on ne pouvait apercevoir le plus proche navire.

Durant une interminable nuit, les trirèmes dérivèrent par un calme plat. Les survivants, qui s'étaient effondrés et dormaient sur place, se réveillèrent par une aube fuligineuse. Les voiles pendaient, flasques et inutiles, le long des mâts. Il neigeait toujours de la cendre qui venait recouvrir la mer d'une épaisse couche grisâtre. L'air, dense et lourd, était chargé d'une puanteur sulfureuse.

Pendant trois jours, les navires dérivèrent ainsi. Le quatrième jour, le soleil levant apparut comme un pâle disque gris, brûlant dans un ciel cendreux. Vers midi, une brise irrégulière se mit à souffler du sud, dispersant les derniers lambeaux de fumée et les survivants contemplèrent l'océan. À la place de l'Atlantide ne se trouvait plus qu'une morne étendue d'eau sale. Il n'en restait pas un récif, pas le moindre grain de sable. L'Atlantide avait disparu et seule une vague fumerolle s'élevant au-dessus d'un long chapelet de bulles marquait l'endroit où elle gisait.

L'Atlantide n'était plus.

LIVRE TROISIÈME

LE MERLIN

I

Que puis-je écrire sur ces années terribles, ces années de désespoir, de maladie et de mort… ? Que peut-on en dire, sinon que nous avons lutté, que nous avons eu faim, que nous avons saigné et que nous avons souffert mille maux ?

Tout cela.

Et bien davantage. Nous avons survécu et nous sommes forgé un foyer dans une contrée froide et hostile.

Au bout de quatre interminables mois à bord de nos petites nefs surpeuplées, nous atteignîmes la côte hérissée de récifs d'un pays du nom d'Ynys Prydein, une île perdue dans les nuages et la brume, couverte à l'est et au nord de montagnes et de collines verdoyantes.

Il y avait peu d'habitants sur l'étroite langue de terre où nous avions accosté, mais ceux-ci nous reçurent avec respect, malgré leurs manières soupçonneuses et leurs mœurs arriérées. Frêles et de petite taille, la chevelure et les yeux sombres comme les créatures de la forêt auxquelles ils ressemblaient, ces gens, qui s'appelaient les Cerniui, menaient une vie frustre dans des huttes de terre et de bois. Nous n'avions aucun moyen de communiquer verbalement avec eux. Leur langue était un incompréhensible fatras de sons gutturaux et de sifflantes diverses qui ne ressemblait en rien à un langage articulé. Nous parvînmes néanmoins à leur faire connaître nos désirs et ils s'empressèrent de pourvoir à nos besoins, levant les yeux sur nous comme si nous étions des dieux et des déesses.

Nous restâmes deux saisons avec eux pour attendre le quatrième navire qui, malheureusement, n'est jamais arrivé. Kian, Elaine et tous les autres étaient perdus, et nous les avons pleurés. Puis nous nous enfonçâmes dans les terres, de l'autre côté d'une chaîne de montagnes basses, sacrées aux yeux des Cerniui, vers une région de lacs, de riches forêts et d'agréables clairières où Belyn était allé en reconnaissance et qu'il pensait apte à nous fournir des moyens de subsistance. Le pays était peu peuplé et personne ne s'opposa à nous ; les quelques sauvages que nous rencontrâmes s'enfuirent à notre simple vue, abandonnant demeures et troupeaux, si grande était leur terreur.

Nous appelâmes notre nouveau pays Sarras, en souvenir de notre patrie perdue. Mais, pour nos petits voisins, il devint vite connu sous le nom de Llyn Llyonis — leur approximation d'« Atlantide ». Et nous commençâmes à refaire notre vie dans cette rude et fertile contrée.

Juste au nord de la région que Belyn avait explorée se dressait une grande colline entourée de marécages, au pied de laquelle s'étendait un vaste lac peu profond. Avallach décida d'y construire son palais. Belyn resta au sud et installa ce qu'il restait de sa cour en Llyn Llyonis, sur cette étroite péninsule qui s'avançait dans la mer. Je pense qu'il voulait demeurer près de l'eau afin de voir le navire perdu si jamais il arrivait.

La colline d'Avallach — ou Tor, comme l'appelaient les indigènes — était située dans un paysage étrange et fantastique : des collines arrondies et de larges vallons sillonnés de sombres rivières et de torrents argentés, avec de profondes forêts de châtaigniers, d'ifs, d'ormes et de chênes — si grands qu'un troupeau entier pouvait s'abriter sous les larges branches d'un seul de ces vénérables aïeux de la forêt. C'était un endroit triste et mélancolique, à l'atmosphère et aux ombres paisibles, où les grandes distances paraissaient courtes et les petites choses grandes, un monde aquatique sur la terre ferme.

C'était une contrée antique et secrète, déserte, obsédante, qui n'avait été habitée que sporadiquement au cours de sa longue histoire. Avec le temps, j'en vins à aimer cet endroit, avec sa lumière subtile et changeante, son atmosphère brumeuse, bien qu'il ne perdît jamais pour moi son étrangeté.

Au cœur de ce paysage surnaturel se dressait le Tor. De son sommet, avant même qu'Avallach n'y ait édifié ses hautes tours blanches, la vue s'étendait à l'infini. La colline attirait vers elle les regards de très loin, même si, bizarrement, du haut de certains sommets plus rapprochés, le Tor disparaissait à la vue.

Il y avait de la pierre et du bois de construction en abondance. Les lacs regorgeaient de truites, de perches et de brochets ; les prairies foisonnaient de gibier de toutes sortes. Le bétail prospérait rapidement sur de riches pâturages et le grain poussait presque sans que l'on eût besoin de s'en occuper. On pouvait trouver baies et fruits sauvages dans les vallons boisés, ainsi qu'une grande variété de plantes comestibles.

Quoique moins généreux que notre patrie perdue, le pays n'était pas avare de ressources. Et en quelques brèves années, nous avions bâti une demeure agréable et étions devenus une source de fascination et de spéculations sans fin pour les tribus environnantes, qui ne se lassaient pas de nous observer et de discuter à longueur de journée de nos activités. Nous les observions, nous aussi, apprenant leurs coutumes, finissant même par maîtriser leur langue déroutante.

Le prix de tout cela fut cependant élevé. Le climat, froid et perpétuellement humide, était propice à toutes sortes de maladies que notre sang atlante n'avait jamais rencontrées et ne pouvait supporter. Plus de nuits que je n'aime à m'en souvenir, j'ai regardé, impuissante, de mystérieuses fièvres emporter les miens, amenuisant régulièrement nos rangs.

Mais, année après année, le travail se poursuivait dans le royaume d'Avallach ; ses lacs étaient empoissonnés, ses champs labourés, ses vergers plantés. Lile, plus heureuse que je ne l'avais jamais vue, avait pris en charge l'entretien des jardins et des vergers, et il était rare de la trouver ailleurs que parmi les ombres vertes de ses chers pommiers. La petite Morgian grandissait avec des fleurs et des brindilles dans les cheveux, et de la terre sous les ongles de ses doigts.

Annubi était de moins en moins sociable, vivant presque entièrement seul, enfermé dans sa chambre du palais. On le voyait peu, on l'entendait encore plus rarement ; il n'était plus qu'une ombre qui hantait les passages obscurs et les greniers isolés du palais. Les Dumnoni l'appelaient Annwn et en avaient fait un dieu de l'Autre Monde, du royaume souterrain où leurs morts erraient dans un crépuscule perpétuel. En cela, ils ne se trompaient pas de beaucoup.

Bizarrement, la blessure d'Avallach ne guérit jamais complètement — l'obligeant parfois à garder le lit plusieurs jours d'affilée, durant lesquels il dirigeait les affaires de la cour depuis une litière à baldaquin qu'il avait fait construire spécialement. Mais quand il se sentait mieux, il reprenait ses activités normales — surtout la pêche, qui était devenue une passion. Il passait des heures sans nombre sur le lac, au pied du palais. Il était courant de s'éveiller le matin et de le voir, tel Poséidon, dans la brume dorée de l'aube, immobile à bord de son bateau, brandissant son harpon.

Et moi ? Je me promenais à cheval dans les collines et visitais les lieux secrets du pays — étangs forestiers et clairières isolées où personne ne venait jamais. Ces courses solitaires convenaient à mon âme mélancolique et je passais mes journées à rêver d'un temps et d'un lieu perdus à jamais. Car, ayant amené mon peuple en ce pays, ma tâche était accomplie et il ne me restait plus rien à faire.

Charis mit pied à terre et lâcha les rênes de son cheval gris qui se mit aussitôt à brouter l'herbe haute et tendre. La clairière n'était pas très éloignée du palais, juste derrière la colline qui faisait face à Ynys Witrin, ainsi que les indigènes avaient pris l'habitude d'appeler le Tor, maintenant que s'y dressait le palais d'Avallach : l'Île de Verre. Cette petite colline n'avait pas de nom, pour autant que le sût Charis, pas davantage que la clairière, bien qu'elle eût manifestement été habitée dans le passé.

Car, en lisière de la forêt, s'élevaient les restes d'un petit édifice de bois solidement bâti. Une quelconque habitation, peut-être ; mais beaucoup plus vaste que les huttes des indigènes, et recouverte d'un toit de chaume à la forte pente, à présent crevé en plusieurs endroits. Si elle avait jamais possédé une porte, ce raffinement avait depuis longtemps disparu et la demeure était ouverte à tous les vents.

Charis examina avec intérêt la clairière et sa ruine ; l'endroit, comme tant d'autres de ceux qu'elle avait découverts toute seule, possédait un caractère particulier. Elle était devenue très sensible aux subtiles textures de l'atmosphère exhalée par les lieux secrets, et celui-ci possédait une puissante aura. Quelque chose d'important s'était jadis passé ici et l'air vibrait encore de son souvenir.

Si seulement je pouvais lire ce souvenir, se dit-elle. Que m'apprendrait-il ?

La question lui venait à l'esprit chaque fois qu'elle rendait visite à la ruine, ce qu'elle faisait souvent, car la tranquille solitude de ce lieu apaisait pour un moment le tourment de son âme.

Elle sortit lentement du couvert des arbres, laissant brouter sa monture. La charpente de la ruine était intacte, bien que la plus grande partie du torchis fût tombée des claies en osier fixées entre les solives. Le toit crevé permettait au peu de lumière parvenant dans la clairière d'éclairer l'intérieur envahi de mauvaises herbes. Charis s'avança vers la porte, une fois de plus consciente d'un murmure ténu — la brise, ou l'écho d'une voix du lointain passé.

Quelque chose d'important s'était jadis passé ici. Ou bien un dieu très puissant régnait sur ce lieu qu'il imprégnait de sa présence. Quoi qu'il en soit, Charis pouvait sentir l'intense attraction de ce magnétisme primitif. Elle l'avait déjà senti, mais il était cette fois plus fort que jamais. Debout donc à la porte du bâtiment, elle retenait son souffle et écoutait, imaginant que ce lieu, même dans son état de décrépitude, avait été le site du plus sacré des temples.

« Qui es-tu ? » demanda-t-elle doucement, s'attendant presque à une réponse. Le son de sa voix résonna dans l'air paisible, immobile. Non loin, un coq de bruyère prit bruyamment son envol dans les branches supérieures d'un frêne. Quand le silence fut revenu, Charis écouta le murmure du vent dans les feuilles. Le bourdonnement d'un insecte semblait emplir toute la clairière de son ronron somnolent.

Elle s'avança dans l'édifice en ruines, posant au passage sa longue main fine sur l'encadrement vermoulu de la porte. « Parle-moi, murmura-t-elle. Dis-moi tes secrets. »

L'intérieur du bâtiment était envahi d'orties, de raisins de loup et de fougères dentelées. Il y régnait une forte odeur d'humus et de bois en putréfaction. Elle s'avança au centre de la demeure, baissant la tête pour passer sous une poutre écroulée. Il n'y subsistait aucun mobilier... pas le moindre ustensile ou fragment de poterie. En fait, il n'y avait même pas d'âtre ni de four. Bizarre, se dit-elle. Ceux qui vivaient ici n'avaient-ils aucun besoin de chaleur ou de nourriture ?

Il n'y avait pas non plus de fenêtres. Juste une étroite ouverture dans le mur du fond, trop haute pour servir de fenêtre et trop petite pour laisser entrer beaucoup de lumière. Sa forme aussi était étrange... une longue fente verticale, traversée dans son tiers supérieur par une fente horizontale à peine plus courte.

La lumière qui pénétrait par cette singulière ouverture tombait en un rayon oblique où dansaient insectes et grains de poussière. Elle resta à la regarder un moment, puis elle se tourna pour repartir, mais arrivée à la poutre écroulée, elle s'arrêta. Le calme de cette étrange ruine l'attirait et elle s'assit sur la poutre, dans la lumière tombant de la curieuse fenêtre.

La chaleur du soleil sur son dos était agréable et Charis ferma les yeux. Elle entendait au-dehors le chuchotement de la brise et le tintement des clochettes d'argent tressées dans la crinière de sa monture qui broutait paisiblement...

Mais il y avait aussi autre chose. En écoutant bien, Charis perçut un murmure de voix qui parlaient doucement à proximité. Son cheval gris poussa un hennissement en secouant la tête, faisant retentir ses clochettes en un discret avertissement.

Les voix se turent alors que les étrangers entraient dans la clairière. Ils avaient sans doute aperçu sa monture. Elle ne pouvait voir les visiteurs, mais elle les imaginait, debout au dehors, en train de regarder en silence le cheval et la bâtisse en ruines. Elle entendit le léger bruissement de pas étouffés tandis que quelqu'un s'approchait de l'édifice.

Une silhouette sombre se découpa à l'entrée, celle d'un jeune homme de taille moyenne qui regardait en clignant des yeux. Elle vit son regard parcourir l'intérieur du bâtiment, puis, enfin, se poser sur elle, la prenant d'abord pour un élément de l'édifice et ne se rendant compte qu'ensuite que c'était un être vivant comme lui. La surprise fit sursauter l'homme qui eut un mouvement de recul. Sa réaction dut éveiller l'inquiétude de son compagnon, car une brève exclamation s'éleva à l'extérieur.

L'homme qui se tenait dans l'encadrement de la porte ne répondit pas. Il resta là un long moment sans quitter Charis du regard, puis il fit lentement un pas en avant et tomba à genoux, les mains jointes sur sa poitrine.

Charis fut aussi surprise de son comportement qu'il l'avait été de sa présence. Le compagnon de l'étranger poussa une nouvelle exclamation — Charis perçut la peur dans sa voix — mais ne reçut pas de réponse, car l'homme agenouillé demeurait immobile, les yeux fixés sur elle, une expression d'extase mêlée de crainte sur le visage.

Son compagnon fit alors irruption, jeta un coup d'œil prolongé à son ami et leva les yeux vers l'endroit où était assise Charis, les mains croisées sur les genoux, altière et sereine comme une reine sur son trône. Le deuxième intrus tomba lui aussi à genoux et leva des mains tremblantes en un geste de supplication. « Maria ! dit-il, des larmes de joie ruisselant sur les joues. Ave, Maria ! »

Charis était à la fois déroutée et fascinée. Manifestement, on s'adressait à elle avec révérence, mais dans un langage étrange — totalement différent de la langue locale des Dumnoni. Qui étaient ces hommes — habillés simplement, les cheveux coupés court sur leur tête ronde, à la façon des lettrés, leur jeune visage barbu illuminé de joie et des reflets du soleil — qui pouvaient-ils être ?

Elle se mit debout, mouvement qui fit hoqueter de surprise un des deux hommes. « Qui êtes-vous ? » demanda-t-elle dans la langue des Bretons.

Les hommes la regardèrent, les yeux écarquillés. À sa grande surprise, l'un d'eux lui répondit. « Sainte Marie, mère du Christ, Seigneur des célestes légions ! Aie pitié de nous ! »

Bien que ses paroles fussent étranges, elle les comprit ; l'homme connaissait le dialecte local. « Qui êtes-vous ? demanda-t-elle à nouveau.

— Mais… des disciples de Martin, bafouilla l'homme, décontenancé.

— Ave, ave, Maria, Mater Deo ! » entonna le deuxième étranger, le visage levé vers le trou du toit, l'air béat dans la lumière qui l'inondait.

« Que venez-vous faire ici ?

— Nous étions à la recherche de ce saint lieu… » Il la regarda et le doute s'insinua dans son regard. Charis perçut sa confusion.

« Vous êtes loin de chez vous », dit-elle calmement.

L'homme acquiesça en silence. L'expression de joie s'effaça de son visage, remplacée par l'incertitude.

« Qui est cette Sainte Marie dont vous parlez ?

— La Mère du Dieu Très Haut, Jesu le Christ, Sauveur de l'Humanité, Seigneur du Ciel et de la Terre. » Il rabaissa les mains. « Tu n'es pas la Bienheureuse Dame ? »

Charis sourit. « Je n'ai jamais entendu parler de cette déesse. »

La figure ronde de l'homme s'empourpra. Il se releva brusquement. « Pardonne-moi, gente dame », marmonna-t-il. Son ami ouvrit les yeux et regarda autour de lui. Voyant son compagnon debout, il se releva d'un bond, se précipita en avant, tomba face contre terre aux pieds de Charis et saisit l'ourlet de sa tunique. Il porta le vêtement à ses lèvres et le baisa.

« Collen ! » s'exclama le premier homme, et il ajouta quelque chose dans un flot de paroles incompréhensibles. L'autre tourna la tête, l'air surpris, reporta les yeux sur Charis, lâcha sa tunique et battit en retraite.

« Pardonne-nous, gente dame, dit le premier intrus. Nous pensions… Nous ne savions pas. »

Charis écarta l'excuse du revers de la main et demanda : « C'est votre déesse, cette Marie ?

— Déesse ? » L'homme blêmit, mais il répondit sans détours. « Au nom de Jesu, non ! Nous n'adorons d'autre dieu que le Vrai Dieu. » Il leva une main pour montrer le bâtiment où ils se trouvaient. « Le Dieu qui était jadis vénéré en ce lieu même.

— Le vrai dieu ? » Charis était déconcertée par le sens de ces paroles. « Vénéré ici ? » Cela lui semblait improbable.

Le deuxième homme posa une question au premier, qui lui répondit dans leur langue inconnue. Ils discutèrent pendant quelques instants, puis le premier se tourna vers Charis : « Collen, ici présent, ne manie pas aussi facilement que moi la langue des Bretons. Bien que sa grand-mère fût native de Logres, il vient de Gaule et ne connaît que la langue gauloise et celle de nos frères de Rome. » Il sourit et s'inclina poliment. « Mon nom est Dafyd. Je suis originaire du Dyfed, non loin d'ici.

— Je m'appelle Charis ; je vis près d'ici dans le palais de mon père, Avallach, qui est roi de toutes ces terres. »

Le regard de l'homme s'éclaira. « Avallach ? Le roi du Peuple des Fées, qui réside sur l'Île de Verre ?

— Ynys Witrin, oui ; c'est ainsi qu'est appelé notre palais. »

Dafyd écarquilla les yeux. Son camarade le regarda d'un air inquiet et posa une question inintelligible. Le premier homme leva une main pour le faire taire et secoua la tête sans détourner les yeux de Charis. « Les Faery, chuchota-t-il.

— Quelque chose ne va pas ? demanda Charis.

— Les gens d'ici rapportent d'étranges rumeurs à votre sujet. Nous avons entendu des récits… » Il laissa sa phrase en suspens.

« Des récits troublants », devina Charis au tremblement de sa voix.

Dafyd acquiesça.

« Des histoires d'enchantement et de magie, poursuivit-elle. On prétend que nous changeons d'apparence à volonté : loups, chiens, cerfs ; nous prenons la forme d'oiseaux et nous nous envolons ; nous ne dormons ni ne nous reposons jamais ; et nous n'avons qu'à ordonner pour que le vent nous apporte des nouvelles de n'importe quelle partie de notre royaume, de sorte que le moindre mot ne peut nous être caché… oui, je sais parfaitement ce que l'on dit de nous. » Elle haussa les épaules. « Mais vous semblez être des hommes instruits. Que croirez-vous ?

— Nous croirons, répondit lentement Dafyd, ce que le Dieu Très Saint nous révélera être la vérité en la matière. »

Charis réfléchit un moment à cette réponse, puis elle demanda : « Ce dieu est le même que le Vrai Dieu ?

— C'est le seul et unique, gente dame, répondit Dafyd. Nous l'appelons Seigneur et Roi, Père Tout-Puissant, car c'est le Créateur de toutes choses visibles et invisibles, et nous sommes ses serviteurs.

— Vraiment ? Je n'ai jamais entendu parler de ce dieu. Parle-moi de lui. »

Dafyd eut un sourire ravi. Il adressa quelques mots à Collen qui, avec un dernier coup d'œil en arrière, se dirigea vers la porte et sortit en vitesse. « Je l'ai envoyé s'occuper de nos chevaux, expliqua Dafyd. Il nous attendra dehors. »

Charis se rassit sur la poutre et fit signe au saint homme de prendre place à côté d'elle. Il s'approcha précautionneusement, s'assit à son côté, près, mais en gardant ses distances, comme d'une flamme.

« Cette ruine dont les murs nous entourent était autrefois, nous a-t-on dit, un lieu consacré à l'adoration du Tout-Puissant. Nous sommes partis à sa recherche pour essayer, si possible, de restaurer cette chapelle afin que la vérité de notre Dieu puisse être à nouveau proclamée dans cette région.

— Tu parles souvent de vérité, fit remarquer Charis. Ton dieu s'intéresse-t-il donc tant à la vérité ?

— À la vérité, certes ; mais à l'amour tout aussi bien.

— À l'amour ?

— Oh, oui. À l'amour par-dessus tout.

— C'est là un dieu bien étrange. Et souvent déçu, je suppose.

— Cela ne m'étonne pas qu'il te paraisse étrange. Car c'est ce qu'il m'a semblé la première fois que j'en ai entendu parler. Mais j'ai longuement étudié la question et, avec le temps, j'ai fini par être convaincu. En fait, j'ai découvert la vérité par moi-même et il serait désormais impossible de me persuader d'autre chose... quoi que l'on puisse me faire subir. » Il regarda Charis en face et dit : « Quel est le dieu que tu adores ou à qui tu sacrifies ?

— Aucun », rétorqua Charis avec une soudaine véhémence. Elle fut effrayée par le son de sa propre voix et ajouta plus doucement : « Jadis, je croyais en Bel, le dieu suprême de notre peuple. Mais il s'est révélé un faux dieu, et méprisable, car il a permis à la destruction de s'abattre sur notre race, de sorte que je ne vénère désormais plus aucun dieu.

— Bien parlé ! Je me trouvais moi-même dans ce cas... jusqu'à ce que Jesu me trouve. » Charis pouvait presque sentir l'ardeur et l'enthousiasme bouillonner en cet étrange prêtre, si différent des hiérophantes blasés de Bel. « Il est ainsi ! Il tend la main ; il attire les hommes à lui. Il est le Bon Pasteur qui cherche dans le désert ses brebis égarées et n'a de repos tant qu'il ne les a pas toutes ramenées au bercail. »

Ils discutèrent encore quelques temps, puis Charis se leva et dit : « Je dois maintenant m'en aller. Si vous avez l'intention de demeurer à cet endroit, il faut en demander la permission à mon père.

— Nous ferons tout ce qui sera nécessaire », répondit Dafyd.

Charis partit vers la porte, puis elle hésita, se disant qu'elle avait peut-être congédié le prêtre trop brusquement. « Venez dîner avec nous ce soir, vous pourrez lui demander la permission à ce moment-là. »

Dafyd tendit les mains en signe de protestation. « Je t'en prie, nous ne cherchons pas les honneurs. Permets-nous plutôt de rester ici manger les provisions que nous avons apportées.

—Vous ne pouvez rester ici tant que vous n'en avez pas la permission du roi, et mon père sera fort contrarié d'apprendre que je ne vous ai pas offert l'hospitalité de sa maison. Si tu refuses mon invitation, il pourrait même venir vous chercher en personne. »

Le saint homme se rendit à ces arguments. « Ce serait inconvenant ! Nous sommes les serviteurs des rois comme des mendiants. Il en sera comme tu dis.

— Alors, suivez-moi, dit Charis. Je vous y conduis. »

Le palais d'Avallach ne ressemblait à rien de ce que les saints hommes avaient jamais vu : extérieurement, il était d'une taille imposante, à l'intérieur tout n'était que pierre polie comme un miroir... des colonnes élancées soutenaient de délicates arcades et de hauts plafonds voûtés, des planchers au dallage élaboré incrusté de mosaïques et des murs richement décorés dépeignaient de fabuleuses scènes d'un paradis aquatique d'un autre monde. Et partout où ils regardaient, ils voyaient des êtres gracieux de haute taille, hommes et femmes d'une beauté sans égale.

Collen jeta un coup d'œil aux palefreniers qui emmenaient leurs chevaux et chuchota à Dafyd : « En vérité, ce sont les Faery ! Il ne peut y avoir de doute.

— Non, frère, ce sont des mortels comme nous. »

Collen roula des yeux. « Mortels, peut-être, mais ils ne sont pas comme nous. » Il inclina la tête en direction du jeune homme qui guidait leurs montures. « Enfin, regarde, le plus humble palefrenier est plus richement vêtu qu'aucun roi de Gaule ! »

Charis les fit conduire à l'intérieur où, malgré tous leurs efforts, ils regardaient tout en écarquillant les yeux et ne pouvaient s'empêcher de commenter ce qu'ils voyaient. Elle les introduisit dans une vaste salle au milieu de laquelle était installée, sous un dais, la litière de brocard écarlate où était étendu Avallach.

« Père, dit Charis en s'approchant, je t'ai amené des visiteurs. »

Le roi se dressa sur un coude et regarda avec intérêt ses deux hôtes. Ils virent un homme de belle prestance qui, malgré la mortelle pâleur de son teint, paraissait en pleine possession de ses moyens. Une luxuriante chevelure noire tombait sur ses épaules et sa barbe s'étalait sur sa poitrine en boucles parfumées. Il était vêtu d'une tunique immaculée par-dessus un pantalon blanc avec une large ceinture faite de plaques d'argent, chacune de la taille d'une assiette et sertie de coûteux lapis-lazuli. Sa chasuble vert émeraude était brodée de fils d'or qui dessinaient les plus surprenants motifs.

Quand il parla, sa voix était riche et profonde, telle celle d'un dieu de la mer. « Bienvenue, mes amis, qui que vous soyez. »

Les deux hommes s'inclinèrent humblement. La mâchoire de Collen pendait légèrement.

Dafyd reprit ses esprits et répondit : « Salut à toi au nom de notre Seigneur et Maître.

— Qui est ce maître ? demanda Avallach.

— C'est Jesu, que l'on nomme le Christ.

— Rappelez-moi au souvenir de votre Christ quand vous rentrerez dans son royaume.

— Son royaume est très vaste, seigneur, répondit Dafyd. Ceux qui le connaissent l'appellent le Roi des rois. »

Avallach hocha la tête, fronçant les sourcils. Charis prit la parole. « Ce Jesu est un dieu, Père. Et ces hommes sont ses prêtres.

— Des prêtres ! » Avallach rit. « Bienvenue, prêtres. Je suppose que votre dieu ne vous interdit pas la viande et la boisson ?

— Non, seigneur, répondit Dafyd. Il ne nous les interdit pas.

— Dans ce cas, permettez à mes sénéchaux de vous trouver des chambres où vous pourrez vous rafraîchir. Venez me rejoindre à ma table quand vous serez prêts. » Il leva une main et un domestique apparut. Les deux hommes s'inclinèrent. Ils emboîtèrent le pas à leur guide et sortirent de la pièce.

« Où les as-tu trouvés ? demanda Avallach alors que les portes se refermaient sur eux.

— Ce sont eux qui m'ont trouvée, Père, répondit Charis. Dans la ruine où je me rends parfois. Ces hommes étaient à sa recherche, disant que c'était un sanctuaire de leur dieu. Ils m'ont prise pour une déesse, ajouta-t-elle en riant.

—Voilà qui est parfait. » Avallach haussa les sourcils. « J'avais besoin de distraction.

— Souffres-tu ? » Charis se pencha sur lui et lui posa une main sur la flanc.

Il lui tapota la main. « C'est supportable, dit-il. Non, je me sens mieux. Je serai de nouveau sur pied dans un jour ou deux. À présent, fais savoir aux cuisines que nous avons des invités. Il serait inconvenant de ne pas traiter avec tous les égards de si importants émissaires. »

II

L'hiver avait été rude, le printemps froid et pluvieux. L'été n'apporta guère d'amélioration ; les récoltes furent maigres, bien les pâturages fussent verdoyants et que le bétail engraissât. À l'approche de l'automne, les vents se firent plus mordants, annonçant un hiver rigoureux pour la deuxième année consécutive, car dans le nord glacial s'amassait une tempête que peu avaient prévue dans les contrées du sud.

Elphin rentra tôt du Mur, inquiet et mal à l'aise. Taliesin n'était pas venu avec lui cette année. À la place, il avait passé l'été avec Blaise afin d'aider Hafgan à instruire un petit groupe de fils de nobles des alentours. Quand la cohorte, maintenant forte de près de trois cents des meilleurs guerriers de tout le Gwynedd, entra en ferraillant dans Caer Dyvi, Taliesin et ses élèves l'attendaient sur la route devant les portes avec le reste du village.

Taliesin n'eut qu'à jeter un coup d'œil au sourire crispé de son père et à sa façon de se tenir en selle pour savoir que quelque chose n'allait pas — mais avec la fête traditionnelle pour célébrer le retour des guerriers, il lui fallut un certain temps pour découvrir ce qui préoccupait le roi.

« Qu'y a-t-il ? » demanda-t-il quand il eut enfin pu entraîner Elphin à l'écart. Il prit un pichet sur la table, remplit deux cornes de doux hydromel et en tendit une à son père.

Elphin eut un pâle sourire. « Suis-je donc si transparent pour tout le monde ?

— Pas pour tout le monde, sans doute, mais certainement pour moi. » Taliesin leva sa corne. « À ta bonne santé, Père. » Ils burent longuement et s'essuyèrent les moustaches du dos de la main. « Que s'est-il passé là-haut cet été ? demanda Taliesin.

— Pas grand chose. Nous n'avons aperçu que trois bandes errantes de tout l'été. » Le roi haussa les épaules et replongea le nez dans sa corne à boire.

« Et pourtant ? »

Par la porte ouverte, des rires leur parvinrent de l'endroit où le festin venait juste de commencer. « Et pourtant, j'ai sur le cœur un poids que les sages paroles de mes conseillers ne peuvent ni raisonner, ni alléger.

— Qu'est-ce qui te tracasse ? »

Le roi se mit la main sur le cœur. « Mon intime conviction me dit que le mal rôde. Oh, tout est calme au nord du Mur, personne ne nous a causé d'ennuis. Mais je pense que c'est parce qu'ils attendent et qu'ils nous évitent.

— En as-tu parlé à Maximus ?

— J'ai essayé. Nous sommes passés par Caer Seiont au retour, mais il était reparti pour Londinium. Ces Romains ! Si seulement ils voulaient combattre les Picti et les Attacotti avec autant d'entrain qu'ils s'entretuent. » Elphin soupira. « Mais cela n'a pas d'importance. Il reste assez peu de légionnaires... cinq cents à Londinium, pas beaucoup plus à Eboracum et Deva. C'est Fullofaudes qui commande le Mur, à présent, et il est vigilant, il faut le lui accorder. Mais il fait trop confiance à ses éclaireurs. Des éclaireurs, ai-je dit ? Ces brigands ne valent guère mieux que la vermine qu'ils sont censés surveiller.

— Tu pourrais aller à Londinium, suggéra Taliesin. J'irais avec toi, et quelques-uns de tes chefs. Nous pourrions parler au légat.

— Je remonterais sur le champ sur cette maudite selle si je pensais que cela puisse servir à quelque chose. Le légat pense que le sud est plus vulnérable. Il a mis au travail les quelques hommes dont il dispose pour construire des forts le long de la côte méridionale, tout cela pour se défendre contre quelques barques de pêche pleines de Saecsens... même après ce carnage dans le nord.

— C'était il y a sept ans, Père », lui rappela Taliesin.

Elphin réfléchit. Il ébaucha un sourire et secoua la tête. « C'est vrai. Mais cela se reproduira. Ce sera peut-être même pire. Cela commence, Taliesin... l'Âge des Ténèbres. On dirait que j'ai attendu la moitié de mon existence, mais je jure que je n'ai jamais vu d'époque plus sombre que celle-ci. Je crois que Maximus en est conscient, lui aussi, et que c'est pour cela qu'il est allé à Londinium... pour essayer de les obliger à écouter. Ils ne peuvent pas nous saigner à blanc ici et compter sur nous pour assurer la protection du sud.

— Que vas-tu faire ?

— Qu'y a-t-il à faire, sinon veiller à notre propre défense ? »

Taliesin demeura silencieux. Il avait rarement vu son père si profondément troublé — en colère, oui, écumant de rage devant l'aveuglement stupide de l'empereur, des gouverneurs et des commandants de légions, particulièrement après le terrible massacre survenu sept étés plus tôt. Mais aujourd'hui Elphin, le plus loyal et le plus fidèle des sujets, avait pratiquement tourné le dos aux autorités romaines. C'était nouveau, et cela inquiétait Taliesin.

Il avait vu la chose se faire petit à petit, chaque année qui passait accroissant la distance entre les Cymry et leurs protecteurs romains. Les gens retournaient peu à peu aux vieilles coutumes, celles de leurs ancêtres bretons.

« Les Celtes vont revivre, dit Taliesin.

— Hein ?

— C'est juste une chose qu'a dite Hafgan. Une prophétie qui est en train de s'accomplir, je le crains.

— Oui, ce n'est que trop vrai. Je voudrais que Gwyddno soit là, dit sombrement Elphin. Il me manque. » Il leva sa corne. « Que nos bras soient forts, notre acier tranchant et nos chevaux rapides ! » Il avala l'hydromel d'une gorgée. « À présent, allons nous joindre à la fête. Nous savons tous deux que cela pourrait bien être la dernière que nous verrons d'ici très longtemps. Et apporte ta harpe, mon fils. Tes chants m'ont manqué, ces derniers mois. »

Rhonwyn entra alors dans la maison et vint les rejoindre. « Ton peuple te réclame, mon époux.

— Qu'il continue à réclamer, dit Elphin en étreignant sa femme. Je te veux d'abord.

— De la tenue, mon mari ! » s'exclama Rhonwyn en se débattant. Mais pas avec suffisamment d'énergie, remarqua Taliesin, pour se dégager. « Nous aurons bien le temps de faire l'amour. »

Elphin sourit largement. « C'est là que tu te trompes, femme. On n'a jamais assez de temps pour faire l'amour. Il faut le prendre quand on le peut. » Il lui posa sur les lèvres un baiser sonore qu'elle lui rendit avec passion.

« Ah, Taliesin, mon garçon, trouve-toi une épouse ardente et tu seras le plus heureux des hommes.

— Sage précepte, fit en riant Taliesin.

— Contente-toi de l'aimer le plus fort possible, dit Rhonwyn en entraînant Elphin vers la porte, son bras toujours autour de la taille, et tu ne manqueras jamais d'une demeure heureuse. »

Ils allèrent se joindre au festin, qui dura deux jours. En cela, Elphin s'était montré prophète, car ce fut le dernier de l'année, et de plusieurs années à venir. Et, pour beaucoup trop, le dernier auquel ils devaient jamais participer.

Les jours dorés de l'automne s'effeuillaient un à un et la nature se préparait pour l'hiver. Hafgan, aussi droit et solide que jamais, ses yeux gris toujours aussi perçants que ceux d'un faucon — bien que sa longue chevelure tirât à présent davantage sur l'argent que sur le brun — regardait, assis devant sa hutte, un long ruban de fumée monter dans le ciel d'azur. Il observa un long moment le panache qui se tordait dans le vent. Finalement, il ramena son manteau bleu autour de lui et se rendit en hâte au palais d'Elphin.

« Va chercher ton seigneur », dit-il à un jeune guerrier qui paressait devant la porte.

Le jeune homme tira sur sa moustache, si bien que Hafgan recula légèrement et lui décocha un coup de pied dans le tibia. Le guerrier faillit en perdre l'équilibre. « Et fais vite », dit le druide.

Un moment plus tard, Elphin se tenait devant son conseiller, clignant des yeux dans la lumière. « Un peu tôt pour flanquer des coups de pied aux soldats, non, Hafgan ?

— Trop tard, plutôt.

— Qu'y a-t-il donc ? Qu'as-tu vu ?

— Ils arrivent.

— Les Picti ?

— À dater d'aujourd'hui, nous ne parlerons plus de Pictes irlandais ou de Saecsens, mais de barbares.

— Tu veux dire qu'ils arrivent *tous* ?

— Pourquoi as-tu l'air si surpris ? N'as-tu pas souvent toi-même parlé des ténèbres qui approchent ?

— J'avais espéré encore quelques années de répit, avoua Elphin.

— Une année ou l'autre, une saison de plus ou de moins, où est la différence ? Prends le jour comme il vient, Elphin.

— Vois-tu la victoire pour nous ?

— Tu ferais mieux de demander à ton fils. Il voit bien mieux ces choses que moi.

— Cela fait trois jours que je n'ai pas vu Taliesin ! Où est-il quand j'ai besoin de lui ?

— Il sera là où il est le plus utile. »

Un peu plus tard, alors que l'armée s'apprêtait à se mettre en route, ils entendirent retentir l'alarme au chêne du conseil.

Elphin et ses plus proches conseillers — Cuall, Redynvar et Heridd — coururent vers l'arbre, où Taliesin attendait, la baguette de fer à la main. « Je serais venu vous trouver, mais il n'y a pas de temps à perdre, expliqua le jeune homme. On a aperçu des navires irlandais qui cherchaient un endroit où aborder, en-dessous de Môn. Des bandes de pillards ont poussé au sud jusqu'à Dubr Duiu. Diganhwy est assiégé. »

Taliesin s'attendait à demi à ce que son père réagisse à la façon des seigneurs celtes d'antan — par une prompte colère. Mais le roi demeura froid et décidé. « Combien de navires ? demanda-t-il.

— Au moins trente. Peut-être plus. Ceux qui ont accosté étaient peints de la couleur de la mer — coque, voiles et mât — pour mieux se dissimuler au milieu des vagues. Il était difficile de les compter.

— Cela fait facilement mille hommes ! » s'exclama Heridd.

Cuall, déjà en train de lacer sa cuirasse, fit sèchement remarquer : « Leur mille contre nos trois cents... il ne leur en manque que deux mille pour que le combat soit équitable !

— Les attendrons-nous sur le rivage, ou les laisserons-nous venir à nous ? demanda Redynvar.

— S'ils ont l'intention de conquérir ce pays, qu'ils viennent nous le prendre, répondit Heridd.

— Non, répondit Elphin d'un ton ferme. Cela nous arrangerait peut-être, mais il y a beaucoup de petits villages qui comptent sur nous pour leur protection. Nous les attendrons à l'endroit où ils mettront pied à terre. Nous partons immédiatement. » Il n'eut pas besoin d'en dire plus. Ses hommes étaient si bien rompus à la discipline militaire qu'un mot de leur chef mettait un terme à toute discussion.

Hafgan arriva alors que les commandants partaient en hâte rassembler leurs hommes. Elphin s'attarda avec les bardes. « Vois-tu la victoire pour nous, mon fils ? »

Taliesin fronça les sourcils. « Je vois beaucoup de morts et de souffrances des deux côtés. La victoire ? Père, en vérité, l'homme n'est pas né qui verra la fin de ce combat, sans parler de qui le gagnera. »

Elphin serra sa ceinture. « Dans ce cas, il importe de bien le commencer pour donner à ceux qui viendront après un exemple qu'ils n'oublieront jamais. Viendras-tu avec nous ?

— Je serais venu avec vous même si tu ne me l'avais pas demandé, répondit Taliesin.

— Mais pas moi, intervint Hafgan. Je suis trop vieux. Permets-moi de venir en aide à mon seigneur en lançant des imprécations contre l'ennemi.

— À ta guise, dit Elphin avec un sourire malicieux. Et que cette meute puante sauve sa peau si elle le peut. »

Il y eut des adieux précipités dans tout le caer et la cohorte se mit en route. Ils galopèrent vers le nord, divisés en trois colonnes le long de la côte, cherchant à apercevoir des navires à l'horizon ou déjà échoués sur le rivage. Ils n'en virent pas avant la fin de l'après-midi, alors que le soleil était déjà bas. Un des éclaireurs d'Elphin revint vers la colonne de tête et annonça : « Des navires, seigneur, vingt en tout. Encore loin. Ils ne paraissent pas s'approcher de la côte.

— Il est tard. Ils attendent sans doute de se glisser sous le couvert de la nuit, dit Cuall.

— Où est le meilleur endroit pour accoster ? demanda Elphin.

— Une anse sablonneuse à moins de deux milles au nord d'ici. Je pense qu'ils pourraient s'y diriger.

— Je connais l'endroit. Nous les y attendrons donc. Prends deux hommes avec toi et va à Caer Seiont. Dis au tribun que nous allons livrer bataille ici et que nous rejoindrons la légion dès que possible. »

L'éclaireur fit le salut romain, et un moment plus tard trois hommes s'éloignaient au galop. Les trois colonnes partirent se poster sur des positions stratégiques autour de l'anse pour attendre la tombée de la nuit et le débarquement de l'ennemi.

Les premières heures de la nuit s'écoulèrent sans incident. La cohorte d'Elphin guettait tranquillement. Les hommes mangèrent des rations froides et s'endormirent dans leur cuirasse, les armes à portée de main. Sur la mer, il n'y avait aucun mouvement, mais quand la lune se leva, tard dans la nuit, elle révéla que les pillards étaient encore au large.

« Qu'est-ce qu'ils attendent ? » se demanda Cuall. Elphin et lui étaient pelotonnés côte à côte sur un escarpement rocheux surplombant la mer. Minuit était largement passé et les navires n'avaient toujours pas bougé.

« Regardez vers le nord, fit une voix derrière eux.

— Ah, Taliesin, viens avec nous, dit Cuall. Au nord, dis-tu ? Qu'y a-t-il, au nord ? Je ne vois rien.

— Ce banc de nuages… on peut en voir le bord inférieur comme une fine ligne au clair de lune. Là, juste au-dessus de l'eau. Ils attendent que l'obscurité soit totale.

— Par Lleu, ils sont bien circonspects ! grogna Elphin. Qui leur a appris de tels tours ?

— Toi, Père. Toi et les Romains. Ils savent que l'alerte est donnée et qu'ils sont probablement attendus. Alors ils vont patienter et ménager leurs forces.

— Qu'ils fassent ce qu'ils peuvent, grogna Cuall.

— Nous pouvons aussi bien dormir, suggéra Taliesin. Les nuages avancent lentement ; les navires n'approcheront pas du rivage. »

Elphin posta une sentinelle sur l'escarpement et alla dormir. Il fut réveillé alors qu'il faisait encore nuit par un chuchotement rauque à son oreille. « Une lumière, seigneur Elphin. Je pense que c'était un signal. Les navires pourraient faire mouvement. »

Le roi était debout avant la fin du message. « Préviens les commandants. Dis-leur de venir me retrouver ici. »

Ils se réunirent : Cuall, Heridd, Toringad, Redynvar, Nerth, Mabon — tous les commandants d'Elphin, chacun à la tête d'un contingent de cinquante hommes, système qu'ils avaient emprunté aux Romains. « Les navires approchent, leur dit-il. Il sera difficile d'y voir, au début, mais laissons les pillards débarquer et s'enfoncer un peu dans les terres. Puis brûlons leurs navires. Qu'ils ne puissent pas s'échapper. Je ne veux pas qu'ils aillent accoster ailleurs avec l'aube. » Il regarda ses hommes, tous guerriers endurcis au combat qui avaient maintes fois prouvé leur valeur. « Puisse Lleu raffermir votre bras et guider votre lance, dit-il.

— Mort à nos ennemis ! » répondirent-ils, et ils partirent rassembler leurs compagnies.

Douze navires de pillards accostèrent sur la plage ; dix autres se dirigèrent vers l'estuaire de la Tremadawc, un peu plus au nord. « Cuall ! » cria Elphin en voyant ce qui se passait. Son second arriva en courant, les mâchoires serrées et le regard brillant. « Il y en a dix qui remontent la rivière. Toi, Redynvar et Heridd, allez vous occuper d'eux. »

Cuall frappa son plastron du plat de la main et tourna les talons. Un instant plus tard, cent cinquante hommes s'éloignaient silencieusement à travers les dunes.

Elphin attendit que les pillards aient tiré leurs navires sur la plage et qu'ils se soient un peu enfoncés dans les terres. Il frappa avant qu'ils n'aient pu rassembler leurs forces. Les dunes qui se découpaient jusque là contre le ciel nocturne, sombres et tranquilles, retentirent soudain de cris à glacer le sang. Des flèches enflammées zébrèrent les ténèbres. Quand les envahisseurs se dispersèrent le long de la plage, d'invisibles cavaliers fondirent sur eux de toutes parts. Et quand ils s'enfuirent vers leurs navires, ce fut pour trouver coques et voiles transformées en brasier.

Le combat fut bref et atroce. Elphin tuait l'ennemi avec une froide efficacité et, quand il fut certain que tous avaient eu leur compte — soit morts, soit blessés — il rassembla ses troupes et chevaucha vers la rivière pour aider ses commandants à s'occuper des autres.

Ils atteignirent la rivière aux premières lueurs de l'aube. La fumée dérivait en serpents gris parmi les arbres et ils entendirent des cris farouches et un fracas d'armes. Ils s'élancèrent à travers les sous-bois vers le lieu de la bataille. Mais le temps qu'ils y parviennent, tout était étrangement silencieux. La pâle lumière de l'aurore révéla une rangée de vaisseaux irlandais en train de brûler tranquillement sur l'eau. Si nombreux qu'un homme aurait passer d'une rive à l'autre sans se mouiller les pieds. La berge était jonchée de cadavres, certains transpercés de flèches, d'autres de lances. Seul un petit nombre d'entre eux portait l'armement des Cymry.

« Où sont-ils passés ? se demanda Elphin.

— Écoute ! » chuchota Taliesin.

Un instant plus tard, Elphin entendit le bruit d'hommes en train de se frayer un chemin à travers bois. Elphin donna un bref signal silencieux et ses guerriers disparurent. Ils attendirent. Quelques instants plus tard, les hommes de Cuall apparurent, leur chef en tête, le visage tordu par une grimace de dépit.

« Que s'est-il passé ? demanda Elphin en sortant de sa cachette.

— Ces chiens nous ont échappé », répondit Cuall comme si les mots lui brûlaient la bouche.

Le roi compta les cadavres gisant autour de lui. « Ils sont peu à s'être échappés, à ce qu'il semblerait.

— Oh, oui ! Mais ils étaient plus nombreux que nous nous y attendions. Au moins cinquante par navire ! Nous les avons attaqués alors qu'ils débarquaient. »

Taliesin s'émerveilla de la tranquille férocité des guerriers. Il connaissait bien leur talent et leur courage ; il avait suffisamment eu l'occasion de les chanter. Cela l'impressionnait malgré tout de les voir à l'œuvre : cent cinquante contre trois fois leur nombre, et ils se plaignaient que certains leur eussent échappé… sans se soucier d'avoir été largement inférieurs en nombre au départ.

« Nous les avons poursuivis, ajouta Cuall, mais nous les avons perdus dans les bois.

— Laissons-les. Nous allons à Caer Seiont. »

Ils se mirent en route et atteignirent la forteresse romaine vers midi. Elphin envoya des éclaireurs en reconnaissance. « Je n'aime pas du tout ça », marmonna Cuall alors qu'ils attendaient, profitant de ce répit pour manger quelques bouchées de nourriture et abreuver leurs chevaux au gué. La colline sur laquelle était construit le fort n'était pas loin de la rivière et ils pouvaient voir de noires volutes de fumée s'élever au-dessus des arbres et entendre les échos d'une farouche bataille.

« Maximus a des ennuis, répondit Elphin. Mais cela ne l'aiderait en rien que nous nous précipitions sans avoir une idée précise de la façon dont se présentent les choses. »

Quand les éclaireurs furent de retour, le roi convoqua ses commandants pour écouter leur rapport. « Le fort est complètement assiégé, mais le plus gros des combats a lieu devant les portes, qui sont en feu, dit un des éclaireurs.

— Combien sont les ennemis ? demanda Elphin.

— Un millier, répondit le deuxième éclaireur. Peut-être plus. Mais ils n'ont personne en réserve.

— Mille hommes, fit songeusement Redynvar. D'où peuvent-ils venir ?

— Cela n'a que peu d'importance, lui dit Cuall. Ils sont là ! C'est tout ce qui compte.

— Nous allons attaquer le gros de leurs forces, à la porte principale, dit Elphin. Une colonne partira en avant, avec un soutien des deux côtés. Heridd et Nerth, vous resterez protéger nos arrières. Nous aurons peut-être besoin de réserves fraîches, plus tard. » Les plans de bataille établis, il fit remonter ses hommes à cheval et ils repartirent vers le fort.

La situation était telle que l'avaient décrite les éclaireurs : au moins cinq cents barbares étaient massés devant la porte principale et cinq ou six cents autres, déployés autour des fortifications de pierre et de bois, donnaient fort à faire à la garnison pour défendre les murailles. Pierres et flèches pleuvaient dru, résonant contre les longs boucliers étroits des pillards.

« Regardez-les », murmura Elphin, stupéfait. Il n'avait jamais vu un fort romain attaqué. Des Scotti irlandais s'élançaient vers les remparts pour projeter leurs longs javelots sur les défenseurs du fort ; tout autour, des Picti et des Cruithne nus, la peau teinte en bleu à la guède, allaient et venaient, décochant leurs courtes flèches acérées ; des Attacotti, dont le corps mince et sombre luisait au soleil, se lançaient contre les portes, simplement armés de haches de fer.

« Ces grands-là… » dit Cuall en montrant une arrière-garde constituée d'individus robustes aux longues tresses blondes vêtus de cuir et de peaux de bêtes.

« Des Saecsens, dit Taliesin. Comme je l'ai dit, ils sont tous là.

— Et bientôt ils regretteront d'être venus ! » Le roi se tourna sur sa selle. « Colonne, parée à l'attaque ! » cria-t-il. Un frémissement parcourut les rangs tandis que les lances s'abaissaient pour la charge.

« Invoque pour nous la victoire, Taliesin, dit Elphin en éperonnant son cheval.

— Je te soutiendrai », répondit Taliesin.

La colonne dévala la colline en ligne droite, se déployant au dernier instant pour former un V. Elle galopa droit vers la porte où la mêlée était la plus compacte. Les ennemis entendirent trop tard le tonnerre des sabots, la mort s'abattait déjà sur eux. Ils se retournèrent pour affronter la charge, uniquement pour être balayés par elle et cloués contre les portes en feu et la muraille du fort qu'ils essayaient de détruire.

Les lances des Cymry frappaient à coups redoublés dans la mêlée. Çà et là, des hommes désarçonnés disparaissaient sous une houle de lames rouges de sang et de massues. Les cavaliers de la première ligne rompirent l'engagement pour permettre à leurs camarades, qui s'étaient regroupés, de charger à nouveau dans la masse.

Taliesin, avec Nerth, Heridd et leurs escadrons, observait le combat en attendant le signal d'Elphin. Les chevaux chargeaient sans relâche. Les lances frappaient, les sabots étincelaient et l'ennemi tombait par dizaines. Mais pour chacun de ceux qui tombaient, trois venaient prendre sa place. Finalement, la fatigue contraignit la compagnie d'Elphin à se retirer pour laisser des troupes fraîches investir le terrain.

« Chevauchez deux par deux ! cria le roi en revenant vers l'arrière. Retenez vos montures ! Chaque homme protège son voisin ! » En sueur et hors d'haleine, il fit signe aux troupes de réserve d'entrer dans la mêlée.

« C'est pire que je ne m'y attendais », dit-il à Taliesin quand ils furent partis, essuyant le sang et la poussière de son front. Tout autour d'eux, les hommes haletaient de leur mortel exercice. Le roi parlait à voix basse, afin de ne pas être entendu de ceux qui se trouvaient à proximité. « Ils sont décidés à mourir aujourd'hui et cela les emplit d'un courage désespéré. Ils se battent comme s'ils étaient devenus fous. » Il secoua la tête. « Et ils sont si nombreux. »

Sans un mot, Taliesin tourna bride et s'enfonça sous les arbres, retraversa la rivière et monta au sommet de la colline qui faisait face à celle sur laquelle était construit le fort. Il fit halte sur les hauteurs dénudées surplombant le champ de bataille. Il descendit de cheval et tira son bâton de chêne de sous son manteau bleu. Il rejeta ce dernier sur ses épaules, s'éloigna de quelques pas du cheval et planta fermement le bâton dans le sol.

Puis il entreprit de ramasser des pierres de belle taille dont il fit un petit tas à l'endroit où il avait planté son bâton. Avec d'autres pierres, il délimita un large cercle en disposant une pierre tous les trois pas. Puis il prit son bâton et, le brandissant, ferma les yeux et prononça une incantation.

À mesure qu'il formait les mots, le soleil, déjà voilé, parut rétrécir tandis que la fumée s'épaississait et étendait ses ténèbres sur tout le ciel. Le bruit de la bataille — brutal fracas des armes, hennissements terrifiés des chevaux, jurons et hurlements des blessés — lui parvenait de l'autre côté de la petite vallée.

Taliesin ouvrit les yeux et vit l'armée de son père entourée par l'ennemi, bloquée dans sa tentative de se forcer un chemin en direction des portes enflammées, Elphin en personne à sa tête, frappant de droite et de gauche avec son épée à courte lame.

Deux fois, Taliesin répéta son invocation et, quand il regarda à nouveau, les ennemis se pressaient autour des forces d'Elphin sur six rangées, et il en arrivait encore de chaque côté du fort, leurs haches menaçantes projetant des éclats rougeâtres au-dessus de leurs casques ornés de cornes.

Les barbares, par leur seul nombre, avaient bloqué la charge du roi et repoussaient son armée. Taliesin chercha désespérément autour de lui. Son regard se posa sur son cheval noir. Il courut à lui, saisit les rênes, entraîna sa monture au centre du grossier cercle de pierres et sauta en selle.

Puis, brandissant son bâton de chêne, il répéta l'incantation. Cette fois, il sentit son *awen* descendre sur lui comme un manteau rayonnant ; l'air miroitait autour de lui. Il sentait le pouvoir de ses mots prendre forme sur le vent. Ce n'étaient plus de simples mots, c'était le vent, avec toute sa puissance. Les mots volaient sur ses lèvres, arrachés à sa langue par la force de leur seule volonté. Un souffle glacé s'amassa autour de lui en une spirale tourbillonnante, prenant de plus en plus de force, avant de dévaler la colline. Cette étrange et soudaine tornade franchit la vallée vers l'endroit où la bataille faisait rage.

Les hommes du roi Elphin sentirent le vent glacial cingler leur visage et levèrent les yeux. Là, sur la colline opposée, ils virent la mince silhouette d'un homme de haute taille dressé sur un cheval noir, un long bâton brandi au-dessus de sa tête. « Taliesin ! s'écria quelqu'un. Notre druide envoie le vent à notre secours ! »

Les ennemis sentirent le vent glacé et virent le ciel obscur. Ils tournèrent de grands yeux stupéfaits vers la mystérieuse silhouette sur la colline et marquèrent un temps d'arrêt.

C'était tout ce dont avait besoin la cohorte. Enhardies par l'hésitation des Saecsens à la longue chevelure et de leurs acolytes, les troupes d'Elphin firent volte-face et chargèrent la masse mouvante. Le vent glacé hurlait au-dessus du champ de bataille ensanglanté et, quelques instants plus tard, l'ennemi fuyait chercher un abri dans les bois. Un hurlement féroce jaillit de la gorge des légionnaires défendant le fort. Les portes s'ouvrirent et les soldats s'élancèrent à la poursuite de l'ennemi.

Peu après, Elphin se retrouva à l'intérieur de la forteresse, face à un Magnus Maximus épuisé, le visage couvert de sueur et de suie. « Je n'aurais jamais pensé voir le jour où une légion romaine aurait besoin de l'aide d'une *ala* pour conjurer la défaite. » Il marqua un temps et ajouta : « Mais, comme toujours, je te suis reconnaissant de ton aide, roi Elphin.

— Nous avons envoyé les équipages d'une vingtaine de navires rejoindre leurs ancêtres ce matin, sinon nous aurions pu arriver plus tôt. »

Un domestique accourut avec une coupe et une carafe pour le tribun. Maximus tendit la coupe à Elphin et lui versa du vin en disant : « Une mauvaise journée sur tous les plans, et elle est loin d'être terminée. Mais la première coupe est pour toi, c'est toi qui as travaillé le plus dur. »

Elphin avala un peu de vin rouge pur. « D'où viennent-ils donc ? demanda-t-il en rendant la coupe à Maximus. Je n'en ai jamais vu autant au même endroit, et jamais tous ensemble.

— Des fils de chiennes, tous autant qu'ils sont ! » Maximus se rinça la bouche avec du vin qu'il recracha par terre. « Attaquer un fort ! Ils doivent être ensorcelés ! »

Ils étaient toujours en train de parler quand un cavalier apparut sur un cheval trébuchant ; la bête était couverte d'écume et presque boiteuse. « Que… », commença Maximus qui jeta un coup d'œil à l'emblème sur le harnais du cheval et s'écria : « Par César ! Luguvallium ! »

Le cavalier exténué bascula en avant sur sa selle et roula à terre, rattrapé par deux palefreniers. Maximus et Elphin coururent auprès de lui. Maximus versa le reste du vin dans la coupe et porta celle-ci aux lèvres de l'homme. « Bois », ordonna-t-il.

Le cavalier but et s'étrangla, recrachant sur lui le vin. « Tribun, articula-t-il péniblement, et il leva la main en un salut approximatif. Je suis envoyé par… par…

— Par Fullofaudes, dit impatiemment Maximus. Oui. Parle, soldat.

— Le Mur, râla l'autre. Le Mur a été pris d'assaut. Luguvallium est tombé. »

Maximus se releva lentement. « Luguvallium, tombé.

— Nous venons avec toi, dit Elphin en se relevant à son tour. Après avoir mangé et nous être reposés, nous serons prêts à remonter en selle. »

Le tribun regarda Elphin et secoua la tête. « Vous avez déjà livré deux batailles aujourd'hui.

— Tu vas avoir besoin de nous, insista Elphin.

— Ton peuple aura davantage besoin de toi. Rentre défendre les tiens, mon ami. »

Elphin était sur le point de protester à nouveau, quand Taliesin arriva. Il se laissa glisser de son cheval et vint vers eux, d'un pas rapide et léger, bien qu'il parût épuisé. Apercevant le cavalier à terre et les visages soucieux d'Elphin et de Maximus, il dit : « De mauvaises nouvelles du nord, n'est-ce pas ?

— Oui, répondit Elphin. Luguvallium est tombé et le Mur a été pris d'assaut.

— Alors nous devons rentrer à Caer Dyvi, dit simplement Taliesin. Tant qu'il en est encore temps.

— Exactement ce que j'étais en train de dire », répondit Maximus.

Taliesin tourna les talons et remonta à cheval. Elphin lui emboîta le pas, se retourna, adressa un impeccable salut romain à Maximus et se remit en selle. De trois brefs appels de sa corne de chasse, le roi rassembla sa cohorte au fond de la vallée. Une fois que tous eurent répondu à l'appel et que les blessés eurent été pansés, ils ramassèrent leurs morts et repartirent chez eux.

III

Les pèlerins restèrent quelques jours chez le roi Avallach, puis ils regagnèrent le sanctuaire en ruine. Quelques jours plus tard, voyant qu'ils étaient sérieux dans leur projet de restaurer l'édifice, Avallach leur envoya des provisions, car sa curiosité avait été piquée par les bons frères et leur dieu inhabituel.

Cela convenait à Charis. Elle aimait bien Collen, qui la contemplait d'un œil hébété, mais plein d'une respectueuse admiration, et qui faisait des efforts méritoires pour maîtriser la langue bretonne. Et elle appréciait beaucoup Dafyd, un homme aux manières douces et à la vive intelligence, dont l'enthousiasme sincère pour le Dieu d'amour et de lumière transparaissait dans tout ce qu'il faisait. Elle était heureuse de les avoir pour voisins, et si relever les ruines signifiait qu'ils resteraient d'autant plus longtemps, tant mieux.

L'hiver fut humide et interrompit les travaux pour la saison. Mais avec l'arrivée du printemps, le travail reprit. Charis rendait souvent visite aux prêtres pour constater les progrès de la reconstruction. Elle leur apportait parfois nourriture et boisson, et ils s'asseyaient pour manger ensemble tandis que Dafyd narrait des épisodes de la vie du fils du Grand Dieu — qui, si la moitié de ce que disait Dafyd était exacte, devait sûrement avoir été l'homme le plus remarquable qui eût jamais vécu.

Charis ne se souciait guère de savoir si ce que racontait Dafyd était vrai ; sa foi était suffisante pour trois. Elle appréciait simplement sa compagnie et, plus encore, elle faisait grand cas de l'effet bénéfique qu'il avait sur son père. Elle avait remarqué dès le premier soir qu'Avallach paraissait aller mieux en présence de Dafyd. Un jour ou deux plus tard, le roi lui-même avait déclaré que ses douleurs le tourmentaient moins quand le saint homme était là. Ce seul fait aurait été plus que suffisant pour le rendre cher à Charis.

Elle ne fut donc absolument pas surprise quand Avallach demanda à Dafyd de lui enseigner la religion du nouveau dieu. Charis trouvait qu'il s'agissait d'une occupation plutôt inoffensive, mais Lile — toujours en train de rôder, toujours invisible et toujours à proximité — n'aimait pas les pèlerins et répétait sans cesse que rien de bon ne pouvait venir de la fréquentation de dieux étrangers.

« Que se passera-t-il quand ils partiront ? » demanda-t-elle un jour à Charis. Dafyd venait d'arriver pour un de ses entretiens avec le roi et Charis allait les rejoindre. Elle était tombée sur Lile qui traînait du côté de la salle d'audience.

« Quand partira qui ?

— Les saints hommes, les prêtres, les pèlerins ou je ne sais quoi… que se passera-t-il quand ils s'en iront ?

— Ont-ils dit qu'ils allaient partir ? demanda Charis.

— Non, mais c'est l'évidence même. Quand ils auront soutiré assez d'argent à Avallach et que la réparation de leur temple sera achevée, ils partiront.

— Cela devrait te réjouir. De quoi t'inquiètes-tu ?

— Je ne m'inquiète pas… pas pour moi. Je pensais uniquement à Avallach.

— Bien sûr.

— Tu crois que je n'ai rien remarqué ? Je sais qu'Avallach va mieux quand le prêtre est avec lui. » Lile agrippa la manche de Charis d'un geste maladroit et désespéré.

Charis la regarda plus attentivement. Certainement, quelque chose tourmentait Lile ; son expression oscillait entre colère et désespoir. Sa voix était à la fois impétueuse et suppliante. « Qu'est-ce qui ne va pas, Lile ?

— Chez moi, rien. Je ne veux pas voir souffrir mon époux.

— Tu penses que le départ de Dafyd le fera souffrir, c'est ça ? »

Lile hésita. « C'est possible. »

Charis sourit. « Alors, nous devons demander à Dafyd de rester.

— Non ! » s'écria Lile.

Le désespoir de Lile était si tangible que Charis redevint sérieuse. « Lile, dit-elle doucement, ne refuse pas à Avallach la paix qu'il trouve dans les paroles de Dafyd. Le roi ne t'en aimera pas moins d'aimer davantage ce nouveau dieu. »

Bien que ces mots fussent sortis de sa propre bouche, Charis se figea. Son père aimait-il le nouveau dieu et son fils faiseur de miracles ? Et elle ?

Était-ce là ce qui l'avait attirée vers le sanctuaire en ruines ? Était-ce l'amour qui faisait battre son cœur quand Dafyd parlait ? Était-ce l'amour, cette troublante sensation qu'elle éprouvait quand elle murmurait le nom de Jesu ?

« Moi, je la lui refuse ? disait Lile.

— Hein ? fit Charis, reprenant ses esprits.

— Tu as dit que je refusais la paix à Avallach. Ce n'est pas vrai ! » Puis elle geignit lamentablement : « Oh, il aurait mieux valu qu'ils ne viennent jamais !

— Les pèlerins ne nous veulent que du bien... commença Charis.

— Et maintenant ils ont amené toute une tribu de Bretons avec eux. » Elle fit un geste en direction de la porte. « Ils sont tous là-dedans avec Avallach. Qui sait ce qu'ils complotent ? »

À cet instant, la porte s'ouvrit et un sénéchal apparut. Il inclina la tête et s'adressa à toutes deux. « S'il vous plaît, le roi réclame votre présence. » Il s'écarta et leur tint la porte ouverte.

« Maintenant nous allons voir ce qu'ils manigancent », chuchota Charis en entrant dans la salle avec Lile.

Charis s'approcha de la litière du roi et jeta un coup d'œil à la délégation — au moins quatre-vingt personnes, estima-t-elle — réunie devant lui. Son regard parcourut l'étrange assemblée pour se poser sur la mince silhouette élancée d'un jeune homme aux cheveux blonds. Elle faillit trébucher. Elle baissa les yeux et poursuivit son chemin pour venir se placer à la gauche d'Avallach tandis que Lile prenait place à sa droite.

Les yeux des étrangers braqués sur elle la mettaient bizarrement mal à l'aise ; son cœur battait la chamade et ses mains tremblaient. Elle prit une profonde inspiration et se força à reprendre son sang-froid.

« ...ma fille, la princesse Charis », disait le roi, et elle prit conscience qu'il venait de la présenter. Elle esquissa un sourire et hocha la tête en direction de l'assemblée.

Dafyd s'avança et désigna le groupe qui se tenait derrière lui. « Roi Avallach, je t'ai amené le roi Elphin ap Gwyddno, de Gwynedd, et, euh... son peuple. » Le prêtre ne semblait pas trop savoir qui ils étaient, mais il se mit tout de même à les présenter.

Charis profita de l'occasion pour examiner les étrangers. Ils étaient habillés comme les Bretons, mais de façon bien plus colorée qu'aucun des Dumnoni ou des Cerniui qu'elle avait jamais rencontrés. Le roi, ainsi que plusieurs de ses compagnons, portait autour du cou un lourd ornement appelé torque. Ils étaient vêtus de manteaux aux couleurs éclatantes — rouge, bleu, orange, vert, jaune — rejetés sur les épaules et attachés par d'énormes broches d'argent ou de cuivre émaillé aux motifs élaborés. Les hommes portaient la moustache, mais pas la barbe ; leur longue chevelure sombre était attachée sur la nuque par des liens de cuir. Ils portaient de larges pantalons à grosses rayures ou à carreaux, les jambes serrées jusqu'à mi-cuisse par de longues bandes entrecroisées de tissu vivement coloré. Beaucoup avaient aux poignets de lourds bracelets de cuivre ou de bronze incrustés d'or martelé. Certains étaient armés de lances à pointe de fer, d'autres d'épées à double tranchant.

Les femmes portaient des capes et de longues tuniques colorées, serrées à la taille par de larges ceintures de tissu chamarré ; les poignets, le col et l'ourlet en étaient ornés de riches broderies. Leurs cheveux étaient méticuleusement coiffés en tresses enroulées et fixées à l'aide d'épingles décoratives serties d'ambre, de grenat et de perles. Colliers, chaînes et bracelets d'or, d'argent, de bronze et de cuivre scintillaient à leurs cous et à leurs poignets, et des anneaux pendaient à leurs oreilles. L'une d'entre elles, une superbe femme rousse à la noble prestance, portait un mince torque en argent et une grande broche d'argent en spirale avec un rubis étincelant en son centre.

Dans l'ensemble, ils avaient une allure royale rassurante, mais curieusement étrangère. Et Charis comprit qu'elle était en présence d'une noblesse très proche de la sienne — de haute naissance, farouchement fière et aristocratique — mais d'un ordre très différent, plus primitif.

Tandis qu'elle les examinait, elle se sentit observée. Le jeune homme blond qu'elle avait vu en entrant ne la quittait pas des yeux. Leurs regards se croisèrent.

En ce bref instant, Charis se sentit une parenté avec ces étrangers… comme lorsque l'on retrouve des compatriotes après une longue absence. Cette sensation passa comme un frisson dans l'obscurité et disparut. Elle détourna les yeux.

Le roi étranger, ayant été présenté dans les règles, s'avança lentement. « Je suis Elphin, dit-il avec simplicité, seigneur et chef de guerre du peuple de Gwynedd. Je suis venu présenter mes respects au seigneur des terres que nous traversons. »

Avallach inclina la tête pour remercier de l'honneur qui lui était rendu. « Les voyageurs sont toujours les bienvenus entre ces murs, répondit-il. Veuillez rester avec nous, si cela vous est possible, et accepter l'hospitalité de ma table. »

Sans hésitation, Elphin tira un couteau de sa ceinture et le présenta à Avallach, disant : « Ton offre est fort généreuse. Accepte ce gage en signe de notre gratitude. » Il tendit le couteau à Avallach. Charis le regarda tandis que son père le tournait entre ses mains. La lame était d'acier à double tranchant, la poignée de jais poli incrusté de nacre selon les mêmes motifs élaborés qui décoraient les vêtements et les bijoux des visiteurs. C'était une pièce magnifique, mais manifestement pas une arme de cérémonie destinée à être offerte en présent. Le couteau avait servi ; c'était l'arme personnelle d'Elphin.

Pourquoi ce gage ? se demanda Charis. À moins que l'homme n'eût rien d'autre à offrir. Oui, c'était cela. Il avait donné son seul objet de valeur, peut-être le dernier trésor qui lui restait… en dehors de son torque. Et pourtant ce présent avait été offert spontanément, et Charis savait que la signification de ce geste n'avait pas échappé à son père.

« Tu me fais grand honneur, seigneur Elphin, répondit Avallach en glissant le couteau dans sa ceinture. J'espère que ton séjour sera bénéfique pour nous deux. Nous en reparlerons plus tard. Mais maintenant, puisque c'est l'heure habituelle de mon rafraîchissement, je vous invite, toi et ton peuple, à vous joindre à moi. »

Sur un signe d'Avallach, le sénéchal sortit et, un moment plus tard, les portes de la salle s'ouvrirent pour laisser entrer une demi-douzaine de serviteurs portant des plateaux chargés de boissons. Les domestiques circulèrent parmi les visiteurs, puis, quand chacun eut reçu une coupe, Elphin leva haut la sienne et proclama d'une voix forte : « À ta santé, seigneur Avallach, Roi Pêcheur d'Ynys Witrin. Et à la santé des ennemis de tes ennemis ! »

À ces paroles, Avallach rejeta la tête en arrière et éclata d'un rire qui se réverbéra dans la salle, éveillant les échos des poutres de bois. Il se leva lentement de sa litière et, se tenant à un des poteaux du dais, leva sa coupe. « Buvez, mes amis ! dit-il. Votre présence m'a grandement réjoui. »

Charis attendit un moment, puis, tandis que tous étaient occupés à boire et à bavarder, elle se glissa hors de la pièce, faisant signe à Dafyd de la suivre. Il la retrouva dans le couloir. « Tu désires me parler, princesse ?

— Qui sont-ils ? demanda-t-elle en entraînant le prêtre plus loin dans le couloir.

— Ils sont ce qu'ils disent, répondit-il. Un roi et son peuple. Je crois qu'ils ont été chassés de leurs terres — le Gwynedd est le pays cymrique du nord.

— Chassés ? Comment cela ?

— Par la guerre, princesse Charis. Par les combats qui font continuellement rage là-bas. Leur pays a été envahi par des hordes barbares. Ils n'ont pu sauver que leurs vies. » Le prêtre marqua un temps et ajouta : « Et si ce que j'ai entendu dire est vrai, nous sentirons nous aussi bientôt le souffle brûlant de la guerre dans le sud.

— Merci, Dafyd, dit Charis en regardant par la porte ouverte de la salle. Merci… » Elle s'éloigna lentement, perdue dans ses pensées.

Ce soir-là, Avallach fit aux Cymry les honneurs de sa table, Lile à son côté. Charis se fit excuser et mangea dans sa chambre. Assise seule dans ses appartements, elle écoutait les échos du banquet dans la grande salle. À un moment, un silence complet se fit. Elle tendit l'oreille, mais n'entendit rien. Que pouvait-il bien se passer ?

Poussée par la curiosité, elle alla ouvrir sa porte et se pencha au-dehors, l'oreille aux aguets… Le silence.

Finalement, elle ne put plus y tenir et se glissa jusqu'à la porte de la grande salle. Celle-ci était ouverte et, alors qu'elle s'approchait silencieusement dans l'ombre, Charis entendit résonner les notes claires d'une harpe. Puis, un instant plus tard, la voix sonore et mélodieuse d'un chanteur. Les Cymry — certains assis sur des bancs, d'autres en tailleur sur le sol — entouraient un des leurs, debout dans la lumière mouvante des torches : le jeune homme aux cheveux d'or.

Bien que nombre de mots lui fussent peu familiers, Charis comprit que son chant parlait d'une magnifique vallée et de tous les arbres, les fleurs et les animaux que l'on y trouvait. C'était une mélodie simple, puissamment évocatrice, et Charis en fut émue. Elle franchit le seuil et entra dans la salle, à demi cachée derrière une colonne.

Le jeune homme se tenait bien droit, grand et mince, la tête haute, les yeux fermés, la harpe nichée contre son épaule, les mains volant prestement sur les cordes, tirant chaque note argentine de l'âme de l'instrument. Sa bouche formait les mots, mais la musique venait de plus loin ; il n'était qu'un conduit à travers lequel elle devait passer dans le monde des hommes, jaillissant comme une fontaine des profondeurs cachées de son âme pour se répandre en ondes miroitantes autour de lui. Charis l'écoutait, osant à peine respirer, de crainte de troubler la singulière beauté de cet instant.

C'était une chanson triste et déchirante, fière et sauvage, une chanson qui parlait d'une vallée perdue, d'un pays perdu, de toutes les pertes dont le cœur humain peut se souvenir. Tandis que la chanson se poursuivait, Charis s'abandonna entièrement à son envoûtement, laissant déborder la douleur de ce qu'elle avait elle-même perdu en un doux et sombre flot. Lorsque les dernières notes de la chanson s'éteignirent en tremblant, elle vit des gouttelettes scintillantes sur les joues du jeune homme.

Nous sommes semblables, toi et moi, se dit-elle ; des voyageurs perdus dans un monde qui n'est pas le nôtre.

Les cordes de la harpe résonnèrent à nouveau et le jeune homme commença une autre chanson. Charis ne resta pas à l'écouter, elle s'arracha à la colonne et sortit en hâte tandis que les premières notes de cette voix à la douceur de miel prenaient leur essor.

IV

Ils dormirent cette nuit-là dans la grande salle du Roi Pêcheur. Une vive flambée brûlait dans l'immense cheminée et les Cymry s'étaient étendus, enroulés dans leurs manteaux, la tête pleine de rêves de leur patrie perdue.

À leur retour, Elphin et sa cohorte avaient trouvé Caer Dyvi assiégé. Les envahisseurs qui avaient échappé à Cuall étaient partis vers le sud, marchant toute la journée le long de la côte pour atteindre le caer à la tombée de la nuit. Les défenses du village fortifié avaient tenu à distance les pillards pendant la nuit. Mais avec l'aube, l'ennemi vit que la forteresse n'était pratiquement pas gardée ; seule une force symbolique, constituée de vieillards et de garçons trop jeunes pour porter les armes sur le champ de bataille, avait été laissée en arrière pour assurer sa défense.

Mais si les envahisseurs pensaient que cela faisait de Caer Dyvi une proie facile, ils eurent bientôt la preuve du contraire. Car les défenseurs réussirent à repousser leurs assauts, non pas une, mais trois fois, à la grande frustration des agresseurs.

Quand Elphin atteignit le caer, les barbares avaient lancé un quatrième assaut et étaient sur le point d'enfoncer les portes. Femmes et enfants se tenaient épaule contre épaule avec les hommes sur les remparts, jetant sur la tête des pillards pierres et charbons ardents, leurs flèches étant épuisées depuis longtemps. Quelques minutes plus tard, la cohorte n'aurait retrouvé qu'un bûcher funéraire.

Elphin et ses guerriers s'élancèrent sus à l'ennemi sur les pentes montant vers le fort. Les pillards, furieux de se retrouver soudain confrontés à plusieurs centaines de cavaliers bien entraînés, se défendirent farouchement avant de se disperser dans les bois le long de la rivière. Cuall se lança à leur poursuite avec la moitié des hommes. Elphin entra dans le village pour trouver une destruction presque totale : maisons éventrées et bâtiments extérieurs réduits en ruines calcinées ; le grenier n'était plus qu'un monticule de bois noirci et de grain carbonisé au milieu duquel les cochons piétinaient en grognant, le palais avait perdu son toit de chaume. Les pertes en vies humaines étaient également lourdes ; beaucoup de braves gens étaient morts, une flèche picte dans la gorge ou une lance irlandaise dans la poitrine.

La cohorte entra dans le caer au milieu des cris de bienvenue et de soulagement. Les survivants, épuisés et couverts de sang, étreignaient encore leurs armes avec une détermination farouche. Rhonwyn, armée d'une lance et d'un bouclier de fantassin romain, se tenait au premier rang des défenseurs quand entra son époux. Son visage était couvert de suie et ses cheveux gris de cendres, mais une flamme brillait dans ses yeux. « Salut à toi, seigneur, dit-elle en appuyant la joue contre sa lance. Comme toujours, ton retour est bienvenu.

— Es-tu blessée ? demanda-t-il en sautant de selle.

— Je n'ai pas de mal, répondit-elle en levant une main pour repousser les cheveux de sa figure. Mais ton palais va avoir besoin d'un nouveau toit. »

Elphin la prit dans ses bras. Ils restèrent un long moment enlacés, puis ils firent le tour du caer en ruines.

Caer Dyvi subit trois autres attaques au cours des deux jours suivants. Les Cymry les repoussèrent, mais leurs rangs étaient à chaque fois moins nombreux et, quel que fût le nombre d'ennemis qu'ils tuaient, il en venait davantage la fois suivante. Il était clair qu'ils avaient identifié Caer Dyvi comme une forteresse importante et qu'ils étaient déterminés à la prendre ou à la détruire, à n'importe quel prix.

Et ce prix était élevé : les corps nus peints en bleu des Picti, des Scotti et des Attacotti s'entassaient autour des murailles, la route montant vers les portes était imbibée de sang, les lances hérissaient les flancs de la colline comme une forêt de jeunes arbres poussant parmi des buissons de flèches. L'air bruissait du bourdonnement des mouches et était chargé de la puanteur de la mort. Au-dessus du caer, les cieux étaient noirs des volées de corbeaux venus se joindre au macabre festin.

Et les envahisseurs ne se retiraient toujours pas.

À la fin, Elphin n'eut plus le choix. Soit il abandonnait le caer et sauvait ceux qui pouvaient encore l'être, soit il restait et les voyait se faire massacrer les uns après les autres. Ce n'était pas une décision facile : la plupart de ses parents préféraient mourir transpercés par une flèche plutôt que de renoncer à leurs terres et à leurs maisons.

Hafgan et Taliesin, qui avaient travaillé sans relâche à soutenir les guerriers par leurs encouragements et leurs incantations, vinrent exposer la triste vérité à Elphin. « Nous ne pouvons pas gagner, Père, dit doucement Taliesin. Ils sont trop nombreux. Nous ne pouvons pas les tuer tous. »

Assis le dos voûté devant les dernières braises rougeoyantes d'un feu, le roi Elphin, complètement épuisé, se contenta de hocher la tête. Il n'avait pas la force de répondre.

« Nous devons partir d'ici », dit Hafgan. Les mots lui brûlaient la langue comme des piqûres de guêpes.

Elphin releva la tête ; le défi vibrait dans les profondeurs de son regard. « Jamais !

— Père, dit Taliesin encore plus doucement. Écoute-moi. » Il se mit à genoux auprès du roi. « Il le faut. Nous livrerons d'autres batailles, d'autres guerres. Mais pas ici. Je l'ai vu.

— Écoute celui que tu appelles ton fils, Elphin, intervint Hafgan. Il y a déjà eu trop de morts. Si nous devons vivre, ce sera ailleurs.

— Partez, dans ce cas, grommela Elphin. Emmenez tous ceux qui voudront partir avec vous. J'ai l'intention de rester.

— Non, dit simplement Taliesin. Tu es le roi ; ton peuple ne suivra que toi. Nous aurons besoin d'un chef respecté dans notre nouvelle patrie. »

Elphin se passa une main lasse sur le visage et secoua la tête. « Lleu me vienne en aide, je ne peux pas, dit-il d'une voix rauque. Le déshonneur...

— Il n'y a pas de dignité dans la mort », répondit Taliesin. Il se releva lentement et tendit la main. Elphin la regarda, les yeux brillant de larmes contenues. « Viens. »

Le roi prit la main de son fils et se mit debout. Le lendemain matin, à l'heure où l'aube emperlait les cieux, le clan quitta Caer Dyvi pour toujours. De la fière cohorte d'Elphin, il restait moins de cent guerriers, et à peine plus de cent membres du clan.

Ils partirent, emportant les provisions et les biens qu'ils pouvaient transporter dans trois chariots, poussant devant eux leurs vaches et leurs cochons. Quand le dernier de ses parents eut franchi les portes, Elphin ordonna de mettre le feu au caer. Au milieu des tourbillons de fumée et du crépitement des flammes, le roi suivit son peuple au bas de la colline, ce qu'il restait de sa cohorte chevauchant sombrement derrière lui.

Ils allèrent vers le sud, par un automne triste et pluvieux, laissant derrière eux le Gwynedd, et finirent par atteindre et traverser le Powys. Tout le long du chemin ils virent des choses dont la plupart n'avaient jusque-là fait qu'entendre parler : riches villas romaines ornées de statues colorées, de fontaines et de mosaïques... larges routes pavées... arcs de triomphe... un stade magnifique destiné aux courses de chevaux et, creusé à flanc de colline aux abords d'une cité prospère, un amphithéâtre où pouvaient prendre place plusieurs milliers de spectateurs. Ils hivernèrent en Dyfed, près de Brecheniauc, où la mère d'Elphin, Medhir, avait eu autrefois un parent et où le nom de Gwyddno Garanhir était respecté. Le froid en emporta beaucoup, que les blessures et les rigueurs du long voyage avaient trop affaiblis.

Le printemps venu, ils traversèrent l'estuaire de Mor Hafren pour passer en Dumnonia où ils entendirent des rumeurs au sujet d'une étrange peuplade — les Faery, ou Peuple des Fées — qui était arrivée dans la région avec son monarque, Avallach, le Roi Pêcheur.

Ces gens, disait-on, étaient très grands et d'un aspect enchanteur : les hommes étaient robustes et bien bâtis, les femmes d'une incomparable beauté. De plus, talentueux dans tous les arts et doué de toutes les grâces, le Peuple des Fées possédait nombre de pouvoirs extraordinaires leur permettant d'amasser sans efforts de vastes richesses, de sorte que le plus humble d'entre eux vivait dans un luxe plus grand que l'Empereur de Rome en personne. Bref, on ne pouvait imaginer plus noble race.

Elphin et les siens écoutèrent ces histoires et décidèrent d'aller trouver cet Avallach afin de constater par eux-mêmes ce qu'elles avaient de vrai. Elphin convoqua un conseil et annonça : « Si ce que l'on dit de ce Roi Pêcheur est exact, il se pourrait qu'il nous reçoive et nous aide à trouver des terres. »

Hafgan avait lui aussi entendu ces rumeurs et il s'interrogeait. Il se souvenait de la pluie d'étoiles qui avait illuminé les cieux bien des années plus tôt et se demanda si cet Avallach était celui dont la venue avait été annoncée cette nuit-là. Il se demandait aussi d'où venait ce Peuple des Fées. De Sarras, disaient certains, de Llyn Llyonis disaient d'autres ; de plus loin encore, prétendaient d'autres : des terres du Couchant, par-delà les mers, de l'Île des Immortels. Les hypothèses étaient nombreuses, mais personne ne semblait rien savoir avec certitude.

« Oui, répondit Hafgan, c'est une bonne idée. Puisque les Romains de cette région ne peuvent nous offrir aucune aide, nous devons en chercher où nous le pouvons. Tu pourrais avoir raison. »

Taliesin fut aussi d'accord. Il avait ses propres raisons de vouloir rencontrer les Faery. Depuis qu'il avait entendu parler du Roi Pêcheur et de son peuple, son cœur brûlait dans sa poitrine. Il était entré dans son *awen* et avait essayé de suivre les sentiers ramifiés de l'avenir, mais un dense brouillard miroitant lui avait barré la voie et il avait été contraint de revenir sur ses pas, de crainte de perdre son chemin dans l'Autre Monde. Mais avant que la brume scintillante ne lui ait obscurci la vue, il avait aperçu un écheveau d'étroites sentes qui se rejoignaient un peu plus loin et il en avait conclu que cela signifiait que, pour le meilleur ou pour le pire, le destin de son peuple et celui d'Avallach étaient liés d'une façon ou d'une autre.

« De toute manière, dit Elphin, la bienséance commande de présenter nos respects au roi dont nous espérons traverser pacifiquement les terres. »

Il fut donc décidé de chercher cet Avallach et d'aller le voir. La nuit-même, Taliesin se rendit dans un bosquet isolé et, mâchant une poignée de noisettes préparées pour l'occasion, il entra dans son *awen* pour tenter une nouvelle fois de scruter l'avenir de son peuple.

Fermant les yeux, il se mit à chantonner doucement et il ne tarda pas à sentir la plongée en avant dans le noir et le soudain silence lui indiquant qu'il était passé dans l'Autre Monde. Ouvrant les yeux, il vit une nouvelle fois le monde des ombres qui, avec le temps, lui était devenu aussi familier que celui des hommes.

Il voyait le ciel luminescent et entendait l'obsédante musique éthérée. Il sentait le doux et entêtant parfum de la terre, il voyait au loin les montagnes. Bien qu'il en eût maintes fois exploré les pentes, ce n'était pas vers elles qu'il se tournait. Il regardait au contraire un petit torrent qui serpentait sous les arbres pour se jeter un peu plus loin dans un lac.

Taliesin suivit le ruisseau parmi les arbres scintillants jusqu'au lac, se fraya un chemin dans les fougères qui poussaient sur ses berges et se demanda si elle serait toujours là… la dame qu'il avait vue si longtemps auparavant. S'agenouillant, il regarda dans les eaux cristallines, retenant son souffle…

Elle n'y était plus. L'eau coulait toujours, les longues algues ondulaient au milieu des pierres polies couleur d'ambre. Mais la femme n'était pas là.

Il se releva lentement et revint sur ses pas le long du ruisseau, vers l'endroit où convergeaient les chemins. Choisissant celui qu'il avait déjà suivi, il s'y engagea. Comme l'autre fois, il n'était pas allé très loin quand l'étrange brume chatoyante commença à s'enrouler autour de ses chevilles. En quelques instants, le brouillard s'était épaissi au point qu'il ne voyait plus le chemin devant ses pieds. Il fit encore quelques pas et s'arrêta.

À contrecœur, Taliesin décida de faire demi-tour, mais il s'aperçut que le brouillard l'encerclait à présent totalement. Tout autour de lui, la dense vapeur s'enroulait en volutes et en festons sur d'invisibles courants. Taliesin connaissait le danger qu'il y avait à errer au hasard dans l'Autre Monde ; il fit halte et se laissa tomber à genoux. Il parcourut encore quelques pas à quatre pattes avant de s'installer pour attendre que la brume se dissipe.

Il attendit longtemps, mais elle ne se levait pas. Au contraire, le ciel lumineux — qui apparaissait à travers le brouillard comme un toit brûlant d'une flamme ténébreuse — s'obscurcit et la brume se fit plus épaisse. Taliesin n'avait jamais été effrayé au cours de ses visites à l'Autre Monde, mais là il commençait à avoir peur.

Il attendit, les genoux serrés entre ses bras et se balançant d'arrière en avant tandis que le ciel s'assombrissait et que l'Autre Monde s'enfonçait dans une de ses rares et interminables nuits. Pour se donner du courage, il se mit à chanter, d'abord doucement, puis de plus en plus fort afin de repousser la peur par l'envoûtante beauté de sa poésie.

Alors qu'il était assis là, drapé dans son manteau, chantant ses plus puissantes chansons, il entendit des pas derrière lui sur le sentier invisible. Il cessa de chanter. Un doux rayonnement perçait à travers le brouillard tourbillonnant et il sentit la présence d'un être de l'Autre Monde qui approchait : un Ancien.

Celui-ci s'arrêta près de lui, mais pas assez près pour qu'il le vît nettement — c'était juste une forme lumineuse dans la brume. Il attendit, n'osant prendre la liberté d'adresser la parole à l'être, mais lui permettant de parler le premier s'il le désirait.

« Ainsi te revoilà, Front Clair », dit l'Ancien au bout d'un moment. Sa voix semblait provenir de très loin au-dessus de sa tête.

Taliesin reconnût aussitôt l'être qu'il avait rencontré lors de sa première visite dans l'Autre Monde quand il était enfant, des années plus tôt. « Je suis là, dit-il simplement.

— Pourquoi as-tu suivi ce chemin, sachant que c'est interdit ?

— J'espérais voir… commença-t-il, puis il hésita.

— Tu espérais voir, répondit l'Ancien d'un ton légèrement moqueur. Et qu'as-tu vu ?

— Rien, seigneur, répondit Taliesin.

— Tu fais bien de m'appeler seigneur, déclara l'être. Cela montre que tu as appris quelque chose avec les années. Qu'as-tu appris d'autre ?

— Je… j'ai appris à chanter à la façon des bardes », répondit Taliesin. La fierté l'enhardit. « J'ai appris les secrets des mots et les éléments obéissent à ma voix. J'ai appris les façons des bois et des vaux, de l'eau, de l'air, du feu et de la terre, et de tous les êtres vivants.

— Tu es assurément très savant, Ô Sage parmi les Hommes, se moqua gentiment l'être. Réponds-moi donc, si tu le peux : pourquoi une nuit est-elle illuminée par la lune, et une autre si noire que tu ne peux y voir ton bouclier ou la lance que tient ta main ? »

Taliesin réfléchit à la question, mais ne put trouver de réponse satisfaisante.

« Pourquoi une pierre est-elle si lourde ? demanda l'Ancien. Pourquoi une épine est-elle si pointue ? Dis-moi, si tu le sais : qui est mieux dans la mort… le jeune aux membres déliés, ou le vieillard à la tête chenue ? »

Taliesin garda le silence.

« Sais-tu, ou peux-tu même deviner, ce que tu es quand tu dors… un corps, une âme, un esprit ? Où la nuit attend-elle le jour ? Qui soutient à perpétuité les fondations de la Terre ? Qui a mis dans le sol l'or dont est fait ton torque ? Que reste-t-il d'un homme quand ses ossements sont poussière ? Savant barde, pourquoi ne me réponds-tu pas ? »

Taliesin avait l'impression de ne plus savoir parler. Sa bouche refusait d'articuler une réponse. L'ignorance l'enveloppait comme un manteau et la honte lui mettait le feu aux joues.

« N'as-tu rien à dire, Ô Mot en Lettres ? demanda l'Ancien. Non ? En cela, au moins, tu fais preuve de sagesse, Front Clair. Beaucoup bavardent inutilement alors qu'ils devraient écouter. Écoutes-tu ? »

Taliesin hocha la tête.

« Bien. Je t'ai dit que je t'enseignerais que dire, t'en souviens-tu ? »

Taliesin s'en souvenait. Il hocha à nouveau la tête.

« Au jour de ta délivrance, ta langue se déliera et les mots que je te donne viendront. Tu seras mon barde, mon héraut, proclamant mon règne dans le monde des hommes. Ils entendront ta voix et sauront qui parle. Ils t'entendront et ils croiront.

» Durant l'Âge des Ténèbres, les tiens se tourneront vers toi, et vers celui qui te succédera, pour trouver la lumière. Tu la leur donneras, comme je te la donne. Comprends-tu, Front Clair ? »

Taliesin ne fit pas un geste, si bien que l'être dit : « Parle, Fils de Poussière. Comprends-tu ?

— Je comprends.

— Ainsi soit-il, dit l'Ancien. Sais-tu qui te parle ?

— Non, seigneur.

— Alors lève les yeux vers moi, Front Clair. Vois ! »

Taliesin leva les yeux et une forte brise se mit soudain à souffler, dispersant la brume surnaturelle. Il entrevit l'Ancien à travers un dernier voile de brouillard gris, puis celui-ci se dissipa et devant lui apparut la silhouette d'un homme gigantesque — au moins deux fois plus grand qu'aucun mortel — vêtu d'une éblouissante robe blanche. La lumière dansait en arcs-en-ciel scintillants autour de l'homme et Taliesin sentait la chaleur de sa présence comme une flamme qui venait lui lécher les mains et la figure, et lui brûlait la peau à travers ses vêtements.

Le visage de l'être brillait comme le soleil, avec tel éclat qu'on ne pouvait discerner ses traits. Il tendit une main vers Taliesin, la lumière jaillit et l'Autre Monde devint une ombre vague et indistincte.

« Sais-tu maintenant qui je suis, Front Clair ? »

Taliesin tomba à genoux et leva les mains en un geste de supplication. « Tu es l'Esprit Suprême, dit-il, le Seigneur de l'Autre Monde.

— De *tous* les mondes, le reprit l'Ancien, de celui-ci et du suivant, et de celui qui vient derrière. Je suis le Roi Longtemps Attendu, dont l'avènement a été prédit de longue date, qui fus, suis et serai. Je suis le Dispensateur de Vie, connu depuis avant la fondation du monde, des mains de qui la Terre et le Ciel ont reçu leur forme. Je suis connu sous bien des noms, mais le temps est proche où tous les hommes m'appelleront Seigneur. »

Taliesin tremblait de crainte et de respect tandis que les paroles de l'Esprit Suprême s'insinuaient en brûlant dans son âme.

« Je suis celui que tu cherchais, Taliesin, au plus profond de ton cœur. Je suis la lumière qui combat les ténèbres. Je suis la connaissance, la vérité et la vie. Désormais, tu n'auras d'autre dieu que moi. Comprends-tu ?

— Oui, seigneur, dit Taliesin d'un petite voix incertaine. Je comprends.

— Je t'ai élevé et placé à part pour une tâche particulière. Demeure en moi, Front Clair, et tu deviendras une bénédiction pour ton peuple. Car, à travers toi, les nations encore à naître en viendront à me connaître et mon règne s'étendra jusqu'aux extrémités de la Terre. Crois-tu en mes paroles ?

— Oui, seigneur. J'y ai toujours cru.

— Bien parlé, Front Clair. Va, maintenant, et ne crains rien, car je serai plus proche de toi que ton prochain souffle, plus proche que le battement de ton cœur. Les ténèbres peuvent se dresser contre toi et te submerger, je serai toujours avec toi. Tu es mien, Front Clair, maintenant et à jamais. »

Taliesin releva la tête. « S'il te plaît, seigneur, donne-moi un signe par lequel je puisse te reconnaître.

— Tu demandes un signe, Front Clair, et je vais t'en donner un. Reconnais-moi à ceci ! » Taliesin sentit la chaleur de la présence de l'être sur son corps et, tremblant de crainte et d'excitation, la lumière fulgurant tout autour de lui, transperçant ses paupières closes. Il sentit le contact d'une couronne sur sa tête, presque imperceptible, mais c'était comme si un tison enflammé avait fait sauter le haut de son crâne pour exposer les sombres tissus délicats de son cerveau à l'éclat embrasé de la lumière.

Et dans son esprit se bousculait un tourbillonnant défilé d'images : armées en marche, bergers rassemblant leurs troupeaux, sombres cellules de prisons et infects lazarets, cités actives aux bruyantes places de marché, calmes villages à flanc de collines solitaires, rivières miroitantes, forêts profondes, sommets enneigés, déserts brûlants, étendues glacées, cours royales et paillasses de mendiants, plaines désolées et champs aux riches moissons, marchands exerçant leur commerce, amants enlacés, mères baignant leurs enfants, personnages en train de parler, de se battre, de travailler, de bâtir… et beaucoup, beaucoup d'autres. Hommes et femmes de différentes époques, de différentes races, de différents mondes, luttant, vivant, naissant et mourant.

Taliesin voyait toutes ces choses, mais il les voyait à travers les yeux du Seigneur Étincelant qui se dressait devant lui, qui avait implanté en lui une minuscule graine de compréhension, et il sut qui était celui qu'il avait juré de suivre. « Mon Seigneur ! Mon Dieu ! » s'écria-t-il alors que continuaient à tournoyer les images.

Quand Hafgan le trouva dans le bosquet, quelques heures plus tard, il crut que Taliesin était mort. Le jeune homme gisait sur le sol, immobile. Hafgan s'approcha et vit que Taliesin était profondément endormi et qu'il était impossible de le réveiller. Le druide le recouvrit de son manteau et s'accroupit pour attendre.

Quand Taliesin finit par s'éveiller, il était incapable de parler.

Bien des jours plus tard, ils arrivèrent à Ynys Witrin. Elphin installa son peuple devant le Tor et partit en éclaireur avec Cuall, Hafgan et Taliesin pour déterminer comment ils pouvaient se présenter au Roi Pêcheur. Alors qu'ils contemplaient le Tor, entouré de lacs et de marécages, ils virent arriver deux hommes simplement vêtus qui descendaient l'étroit et tortueux sentier venant du palais.

En les apercevant, la langue de Taliesin se délia et il se mit à crier de joie. « Voyez ! Les serviteurs de mon Seigneur s'approchent ! Je dois aller les saluer. » Et il courut se jeter à leurs pieds.

Les deux hommes échangèrent un regard stupéfait. « Remets-toi debout, dit l'un d'eux, car nous sommes des hommes d'humble naissance. Mon nom est Dafyd, et voici mon ami Collen. » Il regarda les vêtements de Taliesin, vit le torque d'or autour de son cou et sut qu'il s'adressait à un seigneur breton. « Qui es-tu ?

— Je suis barde auprès du Roi Elphin de Gwynedd, répondit Taliesin, le visage rayonnant.

— Quel est ton nom ? demanda Dafyd. Te connaissons-nous ? »

Elphin et ses compagnons arrivèrent et, tandis qu'ils faisaient cercle, Taliesin s'exclama :

« J'étais avec mon Seigneur
dans les cieux
Quand Lucifer fut précipité
dans les profondeurs de l'Enfer ;
J'ai porté une bannière
devant Alexandre en Égypte ;
Je sais le nom des étoiles
du Nord à l'Autan ;
J'ai été chef des architectes
de la tour de Nemrod ;
J'étais à Babylone
dans le Tétragramme ;
J'ai été patriarche
près d'Élie et d'Énoch ;
J'étais au sommet de la croix
du Fils de Dieu miséricordieux ;
J'ai été trois fois
dans la prison d'Arianrhod ;
J'étais dans l'Arche
avec Noé et Alpha ;
J'ai assisté à la destruction
de Sodome et Gomorrhe ;
J'ai soutenu Moïse
dans sa traversée de la mer ;
J'étais à la cour de Don
avant la naissance de Gwydion ;
Et j'étais avec mon Seigneur

dans la crèche des bœufs et des ânes.
J'ai été transporté à travers l'univers
par la main du Très-Haut ;
J'ai reçu mon *awen*
du Chaudron de Ceridwen ;
Les gens m'appellent poète et barde,
désormais je serai connu comme Prophète !
Je suis Taliesin, et mon nom
demeurera jusqu'au Jugement. »

Aucun d'entre eux n'avait jamais entendu un tel discours. Dafyd tendit les mains vers Taliesin et dit : « Comment se fait-il que tu connaisses et révères le Seigneur ? »

Taliesin répondit : « Je l'ai rencontré ! Le Seigneur m'est apparu, de sorte que je puisse l'adorer et proclamer son nom à mon peuple. »

Elphin et Hafgan ne comprenaient pas grand chose à ce que disait Taliesin, mais ils ne doutaient pas qu'il eût effectivement vu quelque chose d'extraordinaire.

Elphin parla alors à Dafyd de la défaite de Caer Dyvi et de la fuite de son peuple. Il termina en disant : « Nous sommes venus trouver ce Roi Pêcheur pour voir s'il peut nous aider.

— Dans ce cas, je vous emmènerai volontiers à lui et vous permettrai d'éprouver par vous-même sa générosité. Je sais qu'il désirera vous rencontrer, car il est lui-même devenu récemment un disciple du Christ. »

Ainsi, Elphin et son peuple furent conduits au palais où ils furent courtoisement accueillis. Et ce fut là que Taliesin vit pour la première fois la fille du roi Avallach, Charis aux cheveux d'or.

V

« Quelque chose ne va pas ? » demanda Lile. Elle avait trouvé Charis assise dans le verger parmi les pommiers en fleurs. « Je t'ai observée, et tu n'as pas mis les pieds dans la salle ou dans la cour depuis l'arrivée des étrangers. »

Charis haussa les épaules. « Je n'ai aucun désir de m'ingérer dans les affaires de mon père.

— Les affaires d'Avallach ? Il parle d'inviter les étrangers à s'installer sur nos terres, de joindre les destinées de nos races, de s'adapter à leurs coutumes, de tout abandonner pour suivre ce nouveau dieu, le Christ… et tu dis que ces affaires ne regardent que le roi ? » Lile renifla dédaigneusement. « Rien de tout cela ne te tracasse ?

— Cela le devrait-il ? répondit Charis d'un air absent.

— Te parler, c'est comme parler à un nuage. Qu'est-ce qui ne va pas ?

— Rien. Je désire simplement rester seule avec mes pensées.

— J'ai vu la façon dont tu le regardais. Il est vrai qu'il est moins repoussant que les autres, mais je n'arrive pas à croire que tu puisses perdre un instant à songer à lui. »

Charis s'ébroua et se tourna vers Lile. « Qui ? » demanda-t-elle, sincèrement étonnée.

« Le chanteur, voyons ! Tu n'as pas écouté un mot de ce que j'ai dit.

— Le chanteur, dit Charis en détournant la tête.

— Nous ne connaissons pas ces gens. Ils se prétendent rois, mais où est leur royaume ? Ils sont venus demander audience à Avallach, mais où sont leurs présents ? Ils attendent de nous que nous les prenions au sérieux, mais ils s'habillent de la plus bizarre des façons, ils dorment par terre et mangent avec les doigts.

— Leur pays a été envahi, je crois, avança Charis.
— C'est ce qu'ils disent. Avallach est beaucoup trop crédule. Il suffit que cette fouine aux yeux brillants de Dafyd lui chuchote un mot à l'oreille et il donne la moitié de ses biens !
— L'as-tu entendu ? demanda Charis à brûle-pourpoint.
— Dafyd ?
— Le chanteur, répondit Charis, exaspérée. Si simple, si pur…
— Avec cette lyre désaccordée ?
— Si beau.
— Et cette langue qu'ils baragouinent ! Tu appelles cela chanter ? On aurait cru un animal blessé en train de glapir pour qu'on mette fin à ses souffrances. » Lile secoua la tête avec mépris. « Tu as dû rester trop longtemps au soleil. »
La journée était chaude, le soleil dardait ses rayons sur la terre et une brume de chaleur miroitait à l'horizon. Lile se leva et prit dans sa main une petite branche, examinant les fleurs délicates qui donneraient chacune, la saison venue, une belle pomme dorée. Elle remarqua une fleur abîmée et l'arracha en fronçant les sourcils avant de la jeter. « Tu es sûre que tout va bien ?
— J'ai envie d'aller me promener à cheval.
— Tu devrais aller t'étendre. Le soleil est trop chaud pour toi.
— Je n'ai pas envie d'aller au lit, j'ai envie de monter à cheval. » Sur ce, Charis se leva et quitta en hâte le verger. Lile la regarda partir en secouant la tête et en marmonnant.
Charis passa l'après-midi à se promener dans les collines et à visiter les lieux secrets qu'elle avait négligés depuis l'arrivée des prêtres pérégrins. Elle chevaucha à travers bois et collines, le long de ruisseaux murmurants et de lacs silencieux. Et, tout en chevauchant, elle songeait au tour inattendu qu'avait pris sa vie.
Avec l'arrivée de tous ces étrangers — d'abord Dafyd et Collen, et maintenant les Cymry — elle avait le sentiment qu'un dessein était à l'œuvre. Elle en faisait partie, bien qu'elle ne vît pas comment. Mais elle en sentait les liens se nouer autour d'elle comme les fils de soie d'une dentelle.
Le motif n'en était cependant pas assez avancé pour qu'elle le discerne.
Elle était pourtant sûre que sa vie d'inconsolable mélancolie touchait à son terme. Il allait se produire quelque chose de nouveau. Il y avait une fermentation autour d'elle, peut-être aussi en elle, dans l'atmosphère même — elle pouvait la sentir à chacune de ses respirations. Il était indéniable qu'elle n'avait jamais été aussi entourée par les dieux et les hommes — pas même quand elle

dansait dans l'arène. Elle pouvait à peine faire un pas sans tomber sur les uns ou les autres.

Ce n'était pas une sensation désagréable. Au contraire, il y avait là une impression de sécurité qui lui plaisait. Irrationnellement, peut-être, car elle avait depuis longtemps appris que rien dans la vie n'était sûr.

Elle chevauchait, laissant tourner librement ces pensées dans sa tête — comme des oiseaux planant au-dessus des arbres sans s'y poser. Elle déboucha dans une clairière ombragée. Au centre de celle-ci s'étendait un lac alimenté par un ruisseau aux eaux limpides. Charis mena son cheval jusqu'à la berge et s'arrêta pour contempler la surface où se miraient les nuages.

L'eau était bordée de joncs et de roseaux. Elle était déjà venue une ou deux fois près de ce lac, car il n'était pas loin du palais, et elle se rappelait s'être dit que c'était un bon endroit pour se baigner. L'idée lui en vint à nouveau. Elle mit pied à terre, attacha sa monture et s'avança au bord du lac où elle retira ses bottes, détacha ses cheveux et entra dans l'eau.

Une alouette qui passait dans le ciel lança sa chanson qui descendit sur la clairière comme une pluie d'or liquide. Le soleil brillait et les nuages glissaient à la surface de l'eau. Charis, glissant maintenant avec eux, s'enfonça en eau plus profonde. Quand elle en eut jusqu'à la taille, elle plia les genoux et se coucha en arrière dans l'onde fraîche.

Elle nagea, prenant plaisir à regarder les lentes ondulations de sa chevelure et de ses vêtements et les gouttelettes adamantines qui scintillaient sur sa peau et ruisselaient de ses doigts. Elle ferma les yeux et flotta, immobile, laissant partir au fil de l'eau toute pensée, tout souci, puis, gagnée par l'atmosphère propice à la rêverie, elle se mit à chantonner doucement pour elle-même la mélodie qu'elle avait entendue la nuit précédente dans le palais de son père.

Taliesin avait vu le cheval gris quitter la cour au petit galop. Il regarda l'animal et sa cavalière aux cheveux d'or descendre le sentier du Tor et s'éloigner sur la chaussée franchissant les marais. Puis il la suivit ; il n'avait pas d'idée précise en tête, nul désir de la rattraper, uniquement de ne pas la perdre de vue. Elle l'intriguait, l'envoûtait. Si royale et altière, si gracieuse et élégante, elle ressemblait à une habitante de l'Autre Monde, un être dont le regard ou le simple contact était capable de guérir ou de tuer, selon son caprice.

Il chevauchait derrière elle et prenait garde de ne pas être vu, car il ne voulait pas être importun. Elle montait bien, remarqua-t-il, dirigeant sa monture de main de maître ; mais il devint bientôt évident que, si elle avait une destination en tête, elle n'était pas pressée de l'atteindre. Elle semblait au contraire vagabonder, et pourtant elle ne se promenait pas au hasard.

La princesse, finit par décider Taliesin, ne se rendait pas plus dans un lieu déterminé qu'elle n'errait sans but ; elle visitait des endroits qu'elle connaissait bien — si bien qu'elle n'avait pas besoin de chercher les chemins cachés — décrivant un circuit qu'elle avait suivi d'innombrables fois.

Les lieux que visitait Charis lui étaient peut-être familiers, mais ils ne l'étaient pas pour Taliesin et il la perdit bientôt. Elle était entrée dans un petit bois de bouleaux au sommet d'une colline. Taliesin l'avait suivie, mais quand il parvint au boqueteau, Charis avait disparu.

Il essaya de retrouver sa trace, mais en vain. Finalement il y renonça et repartit vers le palais. Le Tor était en vue, quand il entendit quelqu'un chanter. La musique flottait dans l'air, portée sur d'invisibles courants, l'invitant à se détourner de son chemin.

Suivant la voix, il quitta le sentier et pénétra dans un petit bois. Il rencontra presque aussitôt un ruisseau qui s'enfonçait sous les arbres. Il le longea et arriva près de l'endroit d'où venait la voix. Il s'arrêta et mit pied à terre, le cœur battant. Il n'y avait pas d'erreur possible : c'était une de ses propres mélodies et la voix était féminine.

Mais au moment où il descendait de cheval, la chanson s'arrêta.

Il suivit en silence le torrent et déboucha dans une clairière ensoleillée. Au milieu de celle-ci se trouvait un petit lac d'où semblait émaner la mélodie, car l'air vibrait encore de ses échos. Il s'approcha et s'accroupit derrière un gros orme pour regarder.

La lumière du soleil teintait les eaux d'or pâle. Il vit une onde naître au milieu de l'étang et entendit un bruit d'éclaboussure… et un autre. Puis un bras surgit lentement, ruisselant de gouttelettes qui étincelaient comme des joyaux. Le bras replongea sous l'eau et la surface du petit lac redevint calme.

Il attendit, le cœur battant.

Puis elle se dressa au milieu du lac, la tête rejetée en arrière pour écarter ses cheveux de ses yeux, la fille du Roi Pêcheur, miroitante au soleil, l'eau cascadant le long de son corps en ruisselets d'or, ses vêtements d'un blanc éblouissant diffractant autour d'elle la lumière comme des éclats de verre.

Il en eut le souffle coupé. Il la reconnaissait maintenant : la mystérieuse dame de l'Autre Monde qui dormait sous les eaux du lac, les mains serrées sur la garde d'une épée.

Elle demeura un moment immobile, regardant dans sa direction, et il crut qu'elle l'avait vu ; mais elle pencha la tête sur le côté et se mit à essorer l'eau de ses longues tresses. À nouveau sa voix s'éleva pour emplir la clairière de la mélodie de Taliesin. Il fit tout ce qu'il put pour se retenir de joindre sa voix à la sienne, car chaque fibre de son être chantait déjà avec elle.

Je savais que je te trouverais, se dit-il, exultant de savoir qu'elle était là, en chair et en os — et que ce n'était pas une vision ou un esprit, ou bien une Sidhe qui ne vivait que dans l'Autre Monde.

Il se leva et sortit de sa cachette.

Tout d'abord, Charis ne le vit pas. Elle continua d'essorer ses cheveux, puis elle se dirigea vers la rive. Elle fit quelques pas et s'arrêta. Ses mains tombèrent le long de son corps. Elle leva les yeux vers l'orme qui poussait au bord du lac, sachant ce qu'elle allait voir.

Il était là, exactement comme elle l'avait pressenti : grand et mince, son torque d'or scintillant au soleil, ses longs cheveux blonds attachés sur la nuque, il la buvait des yeux.

Était-il vraiment là, ou bien avait-elle simplement conjuré son apparence par son chant ?

Pendant un long moment, ni l'un ni l'autre ne firent un mouvement. Le ruissellement de l'eau de ses vêtements emplissait le silence comme sa chanson avait empli la clairière. Puis le barde s'avança vers elle, entrant dans l'eau.

« Dame du Lac, dit-il doucement en lui tendant la main. Je te salue. »

Elle prit la main qu'il lui offrait et ils se dirigèrent ensemble vers la berge moussue.

« Tu es la fille du Roi Pêcheur, dit-il en l'aidant à sortir de l'eau.

— Oui, répondit-elle. Et tu es le chanteur. » Elle le regarda avec calme, beaucoup plus de calme qu'elle n'en éprouvait, et demanda : « As-tu un nom ?

— Taliesin, répondit-il.

— Taliesin… » Elle articula son nom comme si c'était la réponse à une question qui la tourmentait depuis des années, puis elle tourna le dos et se dirigea vers son cheval.

« Cela veut dire Front Clair dans la langue de mon peuple, expliqua Taliesin en lui emboîtant le pas. Et toi, as-tu un nom ? Ou bien les hommes prononcent-ils simplement le mot le plus beau qu'ils connaissent ?

— Charis », répondit-elle d'un air réservé.

Il sourit. « Un nom qui doit signifier " beauté " dans la langue de ta race. »

Elle ne répondit pas, se contentant de détacher son cheval et de tortiller la bride de cuir tressé entre ses mains. Taliesin se pencha et lui fit la courte échelle pour monter en selle. En levant le pied, elle s'aperçut que celui-ci était nu. Ils le regardèrent tous deux fixement — encore mouillé de son bain, avec les morceaux de feuilles et de terre qui y restaient collés — et Taliesin éclata d'un rire clair et sonore.

Pour Charis, ce fut comme si on venait de renverser une amphore et qu'il s'en était écoulé, au lieu de vin ou d'huile d'olive, une joie sans mélange qui se répandait dans la clairière comme du vif-argent. Elle se mit aussi à rire et leurs voix prirent leur essor tels deux oiseaux parmi les arbres.

Toujours riant, Taliesin retourna sur la berge ramasser les bottes de Charis et le lacet avec lequel elle nouait ses cheveux. Quand il se retourna, elle était partie. Il entendit le tintement d'un harnais et regarda dans la direction d'où venait le bruit pour la voir disparaître dans la forêt. Son premier réflexe fut de sauter en selle pour la rattraper. Mais il resta sur place et la regarda s'éloigner sous les arbres, puis il remonta sur son cheval et repartit vers le Tor, serrant les affaires de Charis sur son cœur.

Avallach était assis, le menton appuyé sur la main, sourcils froncés. Derrière lui se dressait Annubi, tel une idole de granit, sombre et menaçant. Elphin et Cuall étaient assis en face de lui sur un banc, l'air triste et farouche. Hafgan, drapé dans son manteau bleu, son bâton de sorbier à la main, se tenait près de la porte, la tête penchée, les yeux mi-clos, totalement concentré.

« Quels terribles événements, dit Avallach au bout d'un moment. Votre histoire m'afflige beaucoup.

— La raconter ne nous procure aucun plaisir, répondit Elphin. Mais c'est la vérité.

— Jusqu'au dernier mot, ajouta amèrement Cuall. Sur ma vie, tout est vrai !

— Pensez-vous que ces Hommes Peints, ces barbares dont vous parlez, descendront si loin au sud ?

— C'est possible, répondit Elphin. Quoique nous ayons entendu, en Dyfed, que l'Empereur retirait deux légions de Gaule pour les envoyer sur le Mur.

— Vous pourrez peut-être rentrer chez vous, dit Avallach.

— Non. » Elphin secoua tristement la tête. « À moins que l'Empereur ne soit prêt à renvoyer suffisamment d'hommes bien entraînés en garnison le long du Mur, il ne peut y avoir de paix durable dans le nord.

— La paix s'est retirée du monde », murmura sombrement Annubi.

Elphin hocha la tête à l'intention du conseiller du roi. « C'est ce que dit aussi Hafgan. Il n'y aura pas de paix durant l'Âge des Ténèbres… uniquement la guerre, et encore la guerre. » Il soupira. « Non, nous ne rentrerons pas chez nous. Si notre peuple doit survivre, ce sera dans le sud. Nous devons trouver des terres et nous enraciner si profondément que, quand l'ennemi viendra, il ne pourra pas nous en arracher. »

Avallach fronça les sourcils et dit : « Laissez-moi réfléchir au problème. Mon frère et mon fils ont leurs terres plus au sud. Ils doivent bientôt venir ici. Restez avec moi en attendant que je leur ai parlé. Il se pourrait que je sois en mesure de vous aider. »

Elphin hocha la tête. « Nous ferons comme tu le demandes, roi Avallach, bien que ta générosité nous fasse honte, car nous n'avons rien à t'offrir en retour. »

Avallach se leva de son siège. La douleur le fit grimacer. Il sourit et dit : « Ne te sens pas mon obligé, seigneur Elphin. Car je suis moi aussi étranger dans ce pays. Mais si cela peut rendre ton séjour plus facile à supporter, nous trouverons un moyen pour te décharger de la dette dont tu sembles te sentir redevable. »

Ils se dirigèrent vers la porte et, en l'atteignant, Avallach se tourna vers Elphin et dit : « Le chanteur…

— Mon fils, Taliesin. Oui ?

— Pourrait-on le convaincre de chanter pour nous ce soir ?

— Cela ne demandera que peu de persuasion, répondit Elphin. Je lui ferai part de ton vœu. »

Avallach sourit chaleureusement et donna une claque sur l'épaule d'Elphin. « Cela me réjouit de l'entendre chanter… même si je comprends à peine les paroles. Je crois que ses chansons sont les plus extraordinaires que j'ai jamais entendues.

— C'est un *derwydd*, un barde, expliqua Elphin tandis qu'ils passaient dans le couloir. Chez les miens, le talent d'un barde est un motif de fierté pour son clan et pour son roi. Et Taliesin est un barde particulièrement talentueux.

— Plus talentueux que beaucoup, confirma Hafgan. Il possède un don des plus rares.

— Et cela vient du chef druide en personne, dit fièrement Elphin.

— Tu dis que tu as tout perdu, répondit Avallach. Et pourtant tu as, non pas un, mais deux bardes de cette qualité dans ta suite. En vérité, tu es un homme très fortuné. »

VI

Taliesin ne vit pas Charis ce soir-là pendant qu'il chantait une nouvelle fois devant Avallach. Pas plus qu'il ne la vit le lendemain matin, ni de toute la journée. Tard dans l'après-midi, il sella son cheval et partit se promener, dans l'espoir de l'apercevoir alors qu'elle chevauchait dans les collines.

Au lieu de cela, il tomba sur le camp que Dafyd et Collen avaient dressé près du sanctuaire.

« Salut à toi, Taliesin ! » cria Dafyd en venant à sa rencontre. Collen, qui préparait à manger près du feu, sourit et agita la main.

« Salut à toi, saint homme », dit Taliesin en entrant dans le camp. Il attacha les rênes de son cheval à un buisson de houx et se tourna vers le petit sanctuaire en torchis au sommet de la colline. « C'est ici qu'est vénéré le Dieu Bon ?

— Ici, oui, et partout ailleurs son nom est connu, répondit Dafyd.

— La création entière est… euh… son temple », avança Collen. Le jeune homme rougit et demanda : « L'ai-je bien dit ?

— Fort bien ! fit en riant Dafyd. La création entière est son temple, oui. » Il montra la chapelle. « Mais ceci… ceci est un endroit particulier.

— Comment cela ? demanda Taliesin. La colline est-elle sacrée ? Ou la source qui en jaillit ? »

Dafyd secoua la tête. « Ni la colline, ni la source, Taliesin. Si cet endroit est sacré, c'est parce que c'est le premier où le nom de Jesu a été glorifié dans ce pays. »

Taliesin regarda autour de lui. « Drôle d'endroit. Pourquoi ici ?

—Viens t'asseoir. Nous étions sur le point de prendre notre repas. Partage-le avec nous et je te parlerai de cet endroit. » Il remarqua le bref coup d'œil de Taliesin à la marmite. « N'aies pas d'inquiétude, il y en a assez. Et Collen est bon cuisinier. Les Gaulois s'y connaissent en nourriture, tu sais. »

Taliesin s'assit, accepta un bol de terre cuite et une cuiller de bois, puis, après une courte prière de Dafyd, tous trois se mirent à manger. Après le ragoût, ils burent du vin chaud épicé dans des gobelets en regardant le crépuscule descendre sur la terre. Les premières étoiles apparaissaient dans le ciel quand Dafyd posa son gobelet et dit : « Il y a bien longtemps, une tribu vivait dans cette région. Ses membres habitaient des maisons sur pilotis au pied du Tor. Ils avaient un chef et un druide, et ils pêchaient dans les eaux des alentours et élevaient des moutons sur le Tor.

» Sur cette colline, ils enterraient leurs morts, car ils y avaient dressé une idole de pierre sans tête — ils gardaient cette dernière dans une petite caverne près de la source et la sortaient de temps en temps pour présider à leurs cérémonies. Ils vivaient selon les coutumes de leur peuple, attirant peu l'attention du monde qui s'étend au-delà des frontières de ce pays.

» Mais un jour ils virent arriver des hommes du Levant, des Juifs, dont le chef était un certain Joseph — le même Joseph dont il est écrit qu'il eut pitié de notre Seigneur à l'heure de sa mort et qu'il donna le tombeau qu'il venait de se faire creuser pour y inhumer Jesu. C'est ce Joseph, en compagnie d'un certain Nicodemus, qui réclama le corps de Jesu au gouverneur Pilate et qui veilla à ce qu'il soit dûment enterré.

» Or, ce Joseph était un homme riche, dont la fortune venait du commerce de l'étain, comme son père avant lui. Dans sa jeunesse, à Arimathie, Joseph accompagnait son père dans ses voyages vers les diverses mines autour du monde. Une fois, ou peut-être plus, ils vinrent ici, dans l'Île des Forts, commercer avec les Bretons.

» Joseph devait avoir gardé un bon souvenir de la région, car après que notre Seigneur eut été enlevé au Ciel, Joseph y revint avec d'autres disciples du Christ. Ils apportèrent aussi avec eux le Saint Calice, la coupe du dernier Repas du Seigneur, dont il s'était servi le soir précédant sa mort.

» C'est ce même Joseph qui fit édifier le sanctuaire sur cette colline.

— Ce sanctuaire-ci ? s'étonna Taliesin.

— Non, je ne pense pas. Il y a certainement dû y avoir plusieurs sanctuaires depuis cette époque. Mais Joseph, sa famille et ses compagnons ont vécu ici plusieurs années, consacrant ce lieu par leurs prières, vivant en paix avec tous et gagnant de nombreux croyants au Royaume Éternel… mais non, je crois, le chef du Peuple du Lac, qui ne devint jamais croyant. Et pourtant, le vieux chef dut être impressionné par ces visiteurs, car il leur donna des terres pour la valeur de douze peaux de vache. Finalement, Joseph et les siens moururent, et le pays les oublia.

— Mais le… euh, le sanctuaire… est resté, avança Collen.

— Oh, oui, le sanctuaire est resté. Et il a été plusieurs fois reconstruit. Certains disent que l'apôtre Philippe est venu y jeûner et prier, ainsi que d'autres saints.

— Pourquoi êtes-vous venus ? » demanda Taliesin.

Dafyd sourit. « Pour faire renaître le culte du Vrai Dieu chez les habitants de cette contrée. En fait, beaucoup de mes frères agissent de même. Notre Seigneur parcourt le monde et se fait connaître des hommes. Il marche devant nous pour montrer le chemin et nous le suivons. » Le prêtre haussa timidement les épaules. « Nous avons le privilège de prendre part à son œuvre. »

Taliesin réfléchit. « Comme tu le sais, dit-il, j'ai rencontré le Vrai Dieu… dans l'Autre Monde. » Il remarqua la grimace de Collen et demanda : « Cela vous choque ?

— À vrai dire, reconnut Dafyd, ce n'est pas la façon habituelle dont notre Dieu se révèle aux humains. Mais, ajouta-t-il avec un geste généreux de la main, tu n'es pas un homme ordinaire. Notre Seigneur se fait connaître comme il lui plaît, à qui il le veut, de la façon qui sert le mieux ses desseins. » Dafyd se tut et sourit. « Nous avons tendance à oublier que nous sommes ses serviteurs. Ce n'est pas le rôle du serviteur de faire reproche au maître. Si rien ne te l'interdit, parle-moi de cette révélation, je te prie. J'aimerais en entendre le récit.

— Rien ne me l'interdit, répondit Taliesin, et je te la raconterai volontiers. » Il se mit à décrire l'Autre Monde et le brouillard qui s'était élevé quand il avait essayé de discerner l'avenir de son peuple. « La brume s'est épaissie et je me suis égaré. Il est venu à moi sous l'apparence d'un Ancien à la robe éblouissante. Il m'a retrouvé et s'est révélé à moi… il m'a montré les secrets des temps… » Taliesin se tut, revivant ces merveilles.

Dafyd respecta son silence et, quelques instants plus tard, Taliesin poursuivit : « Pendant des jours, à la suite de cela, je n'ai pu ni manger ni parler. Mon esprit était plein de la gloire de ce que j'avais vu et entendu, mais je ne pouvais l'exprimer. C'est pourquoi, quand je vous ai aperçus, j'ai poussé un cri… ma langue s'est soudain déliée et j'ai prononcé les paroles qui brûlaient dans mon cœur.

— Tes paroles étaient un hymne, Taliesin, répondit Dafyd. Je m'en souviendrai toujours.

— Tu as eu… euh, de la chance de tomber sur nous, risqua Collen. Qui d'autre aurait compris ce que tu disais ?

— De la chance, en vérité. C'était providentiel ! dit Dafyd. Mais tu es druide, Taliesin, et ton peuple adore de multiples dieux. Comment pourrais-tu renoncer à tous les autres pour choisir de suivre ce Dieu-là ?

— Je le fais sur son ordre. De toute façon, chez nous chacun est libre de suivre le dieu qu'il désire — parfois l'un, parfois un autre, ou aucun — selon son destin. Nous connaissons beaucoup de dieux et de déesses, et nous les adorons tous également. Il y en a même un qui n'a pas de nom et n'est connu qu'en tant que Dieu Bon.

» Chez les Initiés, cependant, il est connu que tous les dieux ne sont que des aspects d'une même divinité, de sorte qu'un druide peut adorer n'importe quel dieu acceptable pour son peuple et savoir dans son cœur qu'en adorer un est les adorer tous.

— Je ne comprends toujours pas comment tu as su que c'était le Vrai Dieu qui t'avait appelé. »

Taliesin eut un large sourire. « Ce n'est pas un mystère. La vérité est vivante, n'est-ce pas ? Toute ma vie j'ai cherché la vérité des choses ; comment aurais-je pu ne pas la reconnaître quand elle m'a été révélée ?

» En outre, ce n'était pas la première fois que je le rencontrais, poursuivit Taliesin. Jadis, quand j'étais enfant et que je visitais pour la première fois l'Autre Monde, il m'est apparu et m'a dit qu'il serait mon guide et m'enseignerait que dire. Mais je ne l'ai pas revu avant d'arriver dans ce pays.

— Et ici, il t'a révélé qui il était ?

— Oui. Mais il ne m'a pas permis de parler de ce que j'avais vu. Il a lié ma langue jusqu'à ce que je vous rencontre. Il m'a répété qu'il m'enseignerait que dire. » Taliesin se pencha en avant et prit Dafyd par le bras. « J'ai beaucoup réfléchi et je crois que cela signifie que tu dois être l'instrument à travers lequel me parviendra cet enseignement. »

Dafyd repoussa l'idée d'un revers de main. « Tu me fais grand honneur, seigneur Taliesin. Ce serait plutôt à moi de m'asseoir à tes pieds pour recevoir ton enseignement. Assurément, un homme qui a parlé face à face avec le Christ a beaucoup à nous apprendre. »

Taliesin fut surpris. « Tu ne l'as jamais vu ?

— Jamais, répondit en souriant Dafyd. Que cela ne te surprenne pas. Peu de ses disciples ont eu ce privilège. Très peu, en fait.

— Je suis surpris que tu le suives, dans ce cas. Un seigneur que tu n'as jamais vu.

— Il est écrit : "Parce que vous m'avez vu, vous avez cru ; bénis sont ceux qui ne m'ont pas vu et qui pourtant ont cru." Notre Seigneur connaissait la difficulté et a répandu sa bénédiction sur la foi de ceux à qui il n'a pas été donné de le voir. Nous nous en contentons. Je suppose que c'est comme ton Autre Monde : beaucoup y croient, bien que peu de mortels aient jamais foulé ses sentiers.

— C'est vrai, reconnut Taliesin. Pourtant, les gens croiraient plus facilement si le Dieu Unique se manifestait plus ostensiblement, non ?

— Peut-être, dit Dafyd. Jadis, il est venu sur terre sous les traits d'un homme et, si beaucoup ont cru, un grand nombre a refusé de le faire. La croyance ne naît pas toujours du témoignage des sens. Par conséquent, c'est la tâche du Sauveur d'apporter la foi en ce monde. C'est la foi qui nous fait croire, et c'est la foi qui nous sauve du péché et de la mort. Quel genre de foi serait-ce de croire uniquement ce que l'on peut voir de ses yeux ou toucher de ses mains ?

— La foi a donc une telle importance ?

— Oh, oui. Une importance capitale. Il n'y a pas d'autre façon de venir au Vrai Dieu qu'au travers de la foi. »

Taliesin réfléchit longuement et finit par demander : « Pourquoi m'avoir choisi ? Et pourquoi avoir choisi cet endroit pour se révéler ? »

Collen, qui avait suivi de son mieux la conversation, intervint. « Il réunit tout à son heure, dit-il avec un sourire triomphant. Tu es ici. Nous sommes ici. Nous sommes réunis.

— Bien parlé, Collen », le félicita Dafyd. Collen sourit timidement et se pencha pour attiser le feu avec un bâton. « C'est vrai. » Le prêtre se tourna vers Taliesin, les traits exaltés à la lueur des flammes. « Nous avons été réunis dans ce dessein. Très bien, je vais t'enseigner, Taliesin. Et ensemble nous élèverons une forteresse… une forteresse de foi que les ténèbres ne pourront renverser ! »

Ils parlèrent tard dans la nuit. Comme s'y attendait Dafyd, Taliesin se révéla un fort bon élève. La vivacité de son esprit n'avait d'égales que l'acuité de son intuition et sa remarquable mémoire.

Dafyd parla jusqu'à en être enroué. Il décrivit le pays d'Israël et les antiques prophéties annonçant le Messie ; il parla de la naissance de Jesu, de sa vie et des miracles qu'il avait accomplis ; il expliqua la signification de la cruelle crucifixion et de la résurrection miraculeuse, quand Jesu était sorti triomphant du tombeau, et il aurait continué à parler — car Taliesin aurait continué à écouter — si le feu ne s'était éteint et que la fraîcheur de la nuit ne s'était abattue sur eux. Mais Dafyd se frotta les yeux et regarda les cendres fumantes, puis frère Collen qui dormait, enroulé dans son manteau. Un profond silence régnait sur la colline et la nuit était sombre, car la lune s'était couchée depuis quelque temps.

« J'ai suffisamment parlé pour ce soir, dit Dafyd d'une voix lasse. Ah, soupira-t-il. Écoute… les bruits du monde en paix.

— La nuit elle-même apporte une trêve aux luttes du monde en l'honneur du Seigneur de Paix, répondit Taliesin.

— Ainsi soit-il, répondit Dafyd en baillant. Jouissons de ce calme tant que nous le pouvons. »

Taliesin passa quatre jours avec Dafyd et Collen. À la fin, Dafyd secoua la tête d'un air las et s'exclama : « Je t'ai dit tout ce que je sais ! Seuls les Saints Frères de Tours pourraient t'en raconter davantage. » Il releva brusquement les yeux. « Mais tu devrais aller là-bas, Taliesin. T'asseoir à leurs pieds… les vider de leur savoir, comme tu m'as vidé. Au moins le leur ne s'épuiserait pas aussi vite.

— Tu as beaucoup fait, frère Dafyd. Plus que tu ne crois, dit Taliesin. Et je t'en remercie. Je te récompenserais, si j'avais quelque chose de valeur à donner. Mais si je possède une chose que tu désires, tu n'as qu'à la nommer.

— Librement tu as reçu, Taliesin, à présent donne librement. Nous ne sommes pas hommes à mettre un prix à notre savoir, ni à faire de la connaissance un mur entre nous et les gens. De plus, ne te sens pas redevable envers un ami pour une si petite chose. »

Taliesin prit le prêtre dans ses bras. « Mon ami, dit-il, puis il alla seller son cheval.

— Va à Tours, Taliesin. Tu y trouveras Martin… un homme vraiment remarquable. Il peut t'enseigner davantage que je ne puis. C'est un lettré, très au fait des choses de la foi. Il accueillera volontiers un élève tel que toi.

— J'y réfléchirai, promit Taliesin, mais je dois d'abord rentrer au palais d'Avallach. Je reviendrai dès que possible. En attendant, adieu !

— Adieu ! »

Taliesin suivit la petite vallée séparant les deux collines, puis il contourna les marais et le lac. Il atteignit la chaussée qui rattachait le Tor à la terre ferme et poursuivit jusqu'au palais. Hafgan l'attendait quand il entra dans la cour.

« Quatre jours, Taliesin, lui dit Hafgan. Ton père t'a fait chercher… ainsi que le roi Avallach.

— Quatre jours, vraiment ? Cela ne m'a semblé qu'un instant. »

Ils entrèrent au palais. « Où étais-tu ?

— Avec le prêtre Dafyd. J'étais occupé à apprendre la doctrine du Vrai Dieu.

— Et à te rouler dans la boue, apparemment.

— Nous travaillions tout en parlant. Nous n'avons pas vu le temps passer. » Il fit halte et se tourna vers le chef druide, le prenant par le bras. « C'est l'Unique, Hafgan, j'en suis certain. Le Très-Haut. Il a vécu en homme parmi les hommes, là-bas au Levant. Jesu était son nom, mais il se faisait appeler la Voie, la Vérité et la Vie. Réfléchis-y, Hafgan !

— Euh, oui, répondit Hafgan. Je me souviens que Cormach m'a parlé de ce Jesu. Les signes qui ont accompagné son avènement étaient très puissants, m'a-t-il dit. Mais il y a beaucoup de dieux. Ne vaudrait-il pas mieux adorer celui-là en même temps que les autres ?

— Il est l'Amour et la Lumière. Et il doit être adoré en toute Vérité. Les autres dieux sont comme des brins d'herbe devant lui et ne doivent pas être adorés en plus de lui. Ce serait malséant. De plus, pourquoi honorer la créature quand le Créateur est présent ?

— Il y a du vrai dans ce que tu dis, concéda Hafgan. Mais aucun autre dieu ne réclame une telle allégeance. Beaucoup ne se plieront pas à une telle exigence.

— La vérité est une, Hafgan. C'est toi qui me l'as appris. Il ne peut y avoir en elle le moindre grain de fausseté, ou ce n'est pas la vérité. J'ai découvert la source de toute vérité ; comment puis-je renier ce que je sais ?

— Ne le renie pas, Taliesin. Je ne te demanderai jamais cela. » Il s'apprêta à repartir, mais Taliesin le retint. « Les dieux de notre peuple : Gofannon, le Forgeron, Clota, déesse de la Mort, Taranis, dieu du Tonnerre, Epona, vierge aux Chevaux, Mabon, le Jeune Homme blond, Brighid au Fuseau d'Argent, Cernunnos, Seigneur de la Forêt… jusqu'à Lleu à la Longue Main lui-même — tous ramènent à l'Unique, le Dieu Bon qui n'a pas de nom. Tu sais cela, Hafgan. C'est celui que les *derwydd* ont toujours cherché. Il est la raison pour laquelle les Initiés ont parcouru les sentiers de l'Autre Monde depuis des temps immémoriaux. C'était le Christ qu'ils cherchaient, Hafgan. Et maintenant il nous est révélé. »

Le chef druide médita cela un long moment. Finalement, regardant Taliesin dans les yeux et voyant l'éclat qui y brûlait, il dit : « Je veux bien qu'il en soit comme tu le dis, Taliesin. Mais nous détourner des dieux de nos pères…

— Ne considère pas cela comme t'en détourner, Hafgan. Vois-le comme se tourner de l'image vers l'objet, passer de l'ombre à la lumière, échanger l'esclavage contre la liberté. »

Hafgan sourit. « Tu es un adversaire redoutable, Taliesin. Déjà tes mots sont des armes pour la cause du Dieu Bon.

— Tout guerrier jure de porter les armes et de combattre pour son seigneur. L'ennemi se rassemble autour de nous, Hafgan. L'alerte a été sonnée ; l'adversaire est à nos portes ; nous devons aller à la bataille.

— Oh, oui, mais ne t'attends pas à ce que tous te suivent dans ce combat. »

Ils entrèrent dans le palais et se rendirent dans la grande salle. Le soleil, par les fenêtres, déversait sa lumière dorée sur les murs de pierre polie. Taliesin jeta un coup d'œil autour de lui. « Où sont-ils tous passés ?

— Ils ne tenaient plus en place dans le palais, alors Cuall les a emmenés dresser un camp non loin d'ici. Mais ton père et le roi Avallach t'attendent dans sa chambre. »

Ils traversèrent la vaste salle ensoleillée, leur reflet dansant à la surface du dallage poli comme un miroir, tels des hommes marchant sur l'eau, avant d'arriver devant le rideau qui en masquait le fond. À leur approche, un sénéchal écarta le tissu qu'ils franchirent.

À leur entrée dans la chambre, Avallach était en train de dire : « ...une alliance entre nos deux peuples serait très avantageuse pour tous les deux. Mon frère et moi en avons longuement discuté et nous sommes tombés d'accord... »

De chaque côté du Roi Pêcheur étaient assis deux hommes qui lui ressemblaient fortement : longue chevelure brune tombant en boucles sur les épaules, épaisse barbe noire, riches vêtements, poignards incrustés de pierreries passés dans de larges ceintures de cuir doré. Ils possédaient la même stature imposante et la même grâce virile ; on ne pouvait douter qu'il s'agît de Faery et de parents d'Avallach.

Tous les yeux se tournèrent vers Taliesin à son entrée dans la pièce. « Ah, voici Taliesin, dit Elphin en se levant pour l'accueillir. Nous t'attendions.

— Je vous demande pardon, seigneurs, dit-il, s'adressant à la fois à Avallach et à son père. J'étais occupé ailleurs et je viens de rentrer.

— C'est celui dont je vous ai parlé, murmura Avallach à l'homme assis à sa droite. Le chanteur. » Il se tourna vers Taliesin. « Mon frère, Belyn, dit-il, et mon fils, Maildun. » Aux deux hommes, il dit : « Le prince Taliesin, fils du roi Elphin.

— Le roi Avallach a suggéré une alliance entre nos peuples, l'informa Elphin. Nous étions sur le point d'en discuter.

— Mais qu'y a-t-il à discuter ? s'étonna Taliesin. Assurément, ce ne peut être une mauvaise chose pour nous d'avoir des alliés aussi puissants qu'Avallach… mais je me demande quel avantage Avallach retirera d'une alliance avec nous. »

Avallach hocha la tête d'un air appréciateur. « Ton fils désarme et défie tout à la fois dans la même phrase, Elphin. Un don subtil et précieux pour un roi, c'est sûr. Mais la question est là : que gagnerons-nous à une alliance ? »

Belyn prit la parole. « Comme l'a dit Avallach, nous sommes comme vous des étrangers dans ce pays. Mais, contrairement à vous, nous ne pourrons jamais retourner chez nous. Tairn, Sarras, l'Atlantide tout entière est détruite et gît au fond de la mer. Nous avons survécu et sommes venus refaire ici notre vie, mais c'est plus difficile que vous ne pouvez l'imaginer.

— Vous avez l'air bien installés, fit remarquer Elphin avec un geste qui englobait l'ensemble du magnifique palais.

— Ce n'est pas vantardise de dire que ce que tu vois ici n'est qu'une ombre, une pâle approximation, vile et méprisable comparée à ce que nous avons perdu. Il ne sert néanmoins à rien de pleurer un monde à jamais disparu. Nous n'avons d'autre choix que de nous accommoder de celui où nous avons échoué.

— À nos yeux, répondit Elphin, il semblerait que vous vous en accommodiez admirablement.

— Et pourtant, dit Avallach avec de la tristesse dans la voix, tout n'est pas ce qu'il paraît. Si nous voulons avoir ici un avenir, il faut y apporter des changements.

— Oui ?

— Nous manquons de certaines choses, répondit le Roi Pêcheur. Pour être franc, nous manquons de beaucoup de choses qui pourraient assurer notre survie dans cette rude contrée… plus que vous ne pourriez nous fournir.

— Bien sûr, nous serions disposés à vous aider dans la mesure de nos possibilités, répondit Elphin. Mais nous n'avons rien qui nous appartienne, comme tu le sais. Et certainement rien que tu ne possèdes déjà.

— Je ne pensais pas à des biens matériels, roi Elphin, dit Avallach.

— Que possédons-nous d'autre qui puisse être utile à votre survie ?

— Vous êtes une race de guerriers, répondit Belyn. Vous êtes endurcis au combat. La guerre nous répugne, et pourtant il est évident qu'elle est nécessaire dans ce monde si nous voulons y tenir notre place.

— Devons-nous comprendre que tu désires que nous combattions pour toi ? demanda Elphin, incrédule.

— En échange de terres, oui », répondit Avallach.

Hafgan poussa un grognement guttural. Le visage d'Elphin se durcit. « Garde tes terres ! Les Cymry ne sont les esclaves de personne ! »

Le prince Maildun se leva avec une grimace hautaine. « Il semblerait que vous n'ayez guère le choix. Vous avez besoin de terres, nous avons besoin de guerriers. C'est aussi simple que cela. Rien d'autre ne peut nous intéresser chez vous. »

Elphin s'empourpra de colère et il ouvrit la bouche pour répondre vivement. Mais avant qu'il n'ait rien pu dire, Taliesin fit un pas pour s'interposer entre son père et Avallach. « Permets-nous de nous retirer, roi Avallach. Afin que nous puissions discuter entre nous de ton offre.

— Nous ne… », commença Elphin, hors de lui.

Taliesin se tourna vers lui. « Partons sur le champ », dit-il doucement.

Sur ce, Elphin tourna le dos et sortit à grandes enjambées. Hafgan et Taliesin le suivirent. Personne ne dit un mot avant d'être arrivé dans la cour.

« Cuall l'aurait tué, dit sombrement Elphin tandis que les palefreniers accouraient avec leurs chevaux.

« Il a parlé par ignorance, dit Taliesin.

— Des hommes se sont fait couper la gorge pour moins que cela.

— Il s'est réellement mépris, avança Hafgan.

— Et si j'avais eu mon poignard à portée de main, son fils serait réellement mort !

— C'est la colère qui te fait parler, dit Taliesin. Je refuse d'écouter. »

Les chevaux attendaient. Elphin saisit les rênes du sien et monta en selle. « Tu viens ?

— Non, dit Taliesin. Je vais rester encore un peu pour parler à Avallach, si je le peux.

— Ne t'occupe pas de lui. Nous quittons cet endroit.

— Laisse-moi d'abord lui parler. Il se peut qu'il regrette déjà sa méprise.

— Très bien, parle-lui, rétorqua Elphin. Et pendant que tu parleras, nous nous préparerons au départ. Il est clair que nous ne sommes plus les bienvenus ici. »

Les chevaux sortirent de la cour et Taliesin repartit vers la grande salle. Il entra dans le couloir qui y menait et entrevit un mouvement dans l'ombre derrière lui. Il s'arrêta et appela : « Montre-toi, l'ami, et parlons face à face. »

Un instant plus tard, la longue silhouette d'Annubi s'avança. Taliesin avait déjà vu le conseiller d'Avallach, mais très brièvement et de loin. Maintenant qu'il était près de lui, Taliesin fut frappé par l'étrangeté de cet homme : la mortelle pâleur de sa peau, sa bouche molle, ses yeux gris inexpressifs et ses mèches de cheveux éparses. Le devin s'avança vers lui et les ombres parurent s'épaissir et se déplacer avec lui, comme s'il avançait environné de ténèbres.

« Un mot, seigneur », fit Annubi dans un soupir. Il était maintenant tout près et Taliesin sentait l'odeur fétide de son haleine.

« Tu es le conseiller d'Avallach, dit Taliesin.

— Je l'étais… autrefois. Mais plus maintenant. » Le devin le regarda de ses yeux morts. « J'ai perdu le don de prophétie, et ma voix par la même occasion. »

Taliesin se sentait mal à l'aise sous ce regard sinistre. « En quoi puis-je te servir ?

— Laisse-nous, siffla Annubi. Ton père a raison, vous n'êtes plus les bienvenus ici. Partez et ne revenez pas.

— Pourquoi ? Pourquoi veux-tu que nous partions ?

— Avallach parle d'alliances et d'avenir… bah ! Rêves ! Illusions ! Il n'y a pas d'avenir pour nous. Nous appartenons à un monde à jamais disparu.

— Peut-être, dit Taliesin. Les temps changent, le monde change. C'est ainsi. Mais, » — il montra le palais du geste — « vous ne vous en sortez pas si mal.

— Ce que tu vois autour de toi n'est qu'illusion. Ce n'est rien… C'est moins que rien ! » Il étreignit l'épaule de Taliesin de ses longs doigts. « Nous sommes l'écho d'une voix depuis longtemps morte. Et bientôt, même cet écho s'éteindra. »

Taliesin leva le bras pour repousser la main du devin et sentit ses os sous la peau jaunâtre de son poignet. « Mais il ne s'est pas éteint. Et il ne s'éteindra pas tant qu'il y aura des gens pour entendre. » Il se remit en marche.

Annubi ne le suivit pas et se renfonça dans l'ombre. « Nous sommes mourants, geignit-il, et les ténèbres du couloir geignirent avec lui. Partez et laissez-nous mourir en paix ! »

Le sénéchal introduisit Taliesin dans la chambre. Belyn était parti, mais Maildun et Avallach étaient toujours là. Tous deux se tournèrent à l'entrée de Taliesin ; Maildun fronça ouvertement les sourcils, mais Avallach se força à sourire. « Ah, Taliesin. Partageras-tu un peu de vin avec nous ? » Il servit une coupe qu'il lui tendit.

« Mon père m'a parlé de tes prouesses en tant que chanteur, dit Maildun. Quel dommage que je sois condamné à ne jamais t'entendre. » La grimace hautaine était revenue sur son visage.

« Vous devriez être bien placés pour comprendre, dit Taliesin. Mon père serait un piètre roi s'il ignorait les insultes envers lui et les siens.

— Ainsi, une alliance avec nous est une insulte ? » s'emporta Maildun. Avallach plissa les paupières.

« Vous voyez comment le sens des mots peut facilement se perdre ? dit Taliesin.

— J'ai parfaitement compris ! s'exclama Maildun.

— Vraiment ? » Taliesin se tourna vers lui. « Alors j'ai eu tort de revenir ici.

— Attends ! » Avallach fit un pas en avant. « Je crois que je comprends... ou que je commence à comprendre. Reste, Taliesin, nous allons parler.

— Pourquoi persistes-tu à discuter avec ces gens ? s'écria rageusement Maildun. Tout le monde est contre nous, Père. Si nous devons survivre, ce sera par l'épée. Comprends-le bien !

— Laisse-nous, Maildun, dit doucement Avallach. Je veux parler à Taliesin. »

Le prince reposa brutalement sa coupe ; le vin gicla à ses pieds sur le dallage, rouge et sombre comme du sang. Avallach remplit sa coupe et fit signe à Taliesin de s'asseoir tandis que Maildun sortait. « Mon fils a le sang vif, dit Avallach. J'étais comme lui, autrefois. Il désire ce qu'il ne peut avoir, et il a ce qu'il ne désire pas. C'est difficile. » Le Roi Pêcheur s'avança vers une chaise et s'assit avec précaution. « Assieds-toi, Taliesin. »

Le barde prit le siège le plus proche. « Ta blessure te fait souffrir, seigneur Avallach ?

— Hélas, oui, cela recommence, soupira Avallach. Cela va et cela vient.

— Une maladie fort inhabituelle, compatit Taliesin.

— Effectivement, reconnut Avallach. Et le seul remède qui me soulage est la présence du prêtre Dafyd.

— J'ai senti moi aussi le pouvoir de ce prêtre... ou plus précisément, le pouvoir du Dieu qu'il sert. Peut-être que si tu jurais allégeance au Seigneur Suprême, le Christ... », suggéra Taliesin, un éclat dans l'œil.

« Oh, mais je l'ai fait, dit Avallach. Je lui ai prêté allégeance, et j'ai reçu le Baptême de l'Eau dans mon propre lac. Pour moi comme pour ma maisonnée. C'est la coutume de notre race. Pourtant, le Très-Haut n'a pas jugé bon de me soulager de mon affliction. Peut-être, comme le suggère Dafyd, est-ce pour m'enseigner l'humilité. Je reconnais qu'il y a beaucoup de choses que j'ignore au sujet de ce nouveau Dieu. »

Avallach dégusta son vin d'un air songeur, puis il releva les yeux en souriant joyeusement. « Curieux, n'est-ce pas ? — des étrangers originaires de mondes différents unis par la croyance en un même Dieu. Mettons donc de côté nos malentendus. » Il repoussa sa coupe comme si elle était la source de leurs ennuis.

« Bien parlé, seigneur Avallach, répondit Taliesin. Je suis sûr que tu n'avais pas l'intention de nous faire affront. Mais il faut savoir que ton offre, aussi généreuse soit-elle, fait de nous des esclaves. Car, pour notre race, la terre appartient au roi, et le roi à la terre ; ils sont liés l'un à l'autre depuis les temps les plus anciens. Le clan se repose sur le juste gouvernement du roi pour apporter prospérité et harmonie à la terre. Si le roi prospère, la terre prospère de même.

— C'est un peu la même chose pour nous, commenta Avallach.

— C'est au roi de servir et de protéger la terre. Il l'accorde à son peuple en échange de sa loyauté et du service des armes en temps de troubles.

— Merci de m'en avoir informé, répondit Avallach au bout d'un moment. Je vois maintenant en quoi mes paroles vous ont offensés et je regrette d'avoir parlé sans savoir.

— Je ne t'en tiens pas grief, seigneur Avallach.

— Dis-moi donc, Taliesin, comment puis-je défaire ce que j'ai fait ?

— Ce ne sera pas facile, répondit Taliesin.

— Dis simplement ce que je dois faire.

— Très bien. Voici comment tu vas retrouver la confiance de mon père. » Et Taliesin élabora un plan qu'il exposa à Avallach ; et tous deux tombèrent d'accord.

VII

Quand elle sentait venir la mélancolie, Charis partait se promener à cheval et le soleil et le vent, ou, tout aussi probablement, la pluie et les brumes des vallons apaisaient son tourment. Dans les collines désertes, sa solitude se perdait dans une plus vaste solitude. Elle rentrait de ses promenades calmée, sinon heureuse, son esprit inquiet dompté pour un moment.

Mais cela ne suffisait plus. Elle chevauchait, et juste au moment où la magie du soleil et des collines semblait sur le point faire son œuvre, elle regardait par-dessus son épaule pour voir s'il la suivait. Et chaque fois son cœur battait plus vite dans sa poitrine et sa gorge se serrait.

Elle se disait qu'il ne serait pas là, qu'elle ne voulait pas le voir, mais elle regardait tout de même. Et quand elle ne le voyait pas, une vague de déception venait gâcher tout plaisir qu'elle avait pu retirer de sa chevauchée. Durant cinq jours, elle parcourut les collines sauvages, revenant chaque soir malheureuse et épuisée.

Le soir, le palais était vide et silencieux — beaucoup plus vide et silencieux qu'avant l'arrivée des Cymry. Même Belyn, Maildun et leurs suites ne comblaient pas ce vide ni ne dissipaient ce silence comme l'avaient fait les Cymry avec leurs chants et leurs récits.

Elle mangeait dans la grande salle avec les autres, mais les repas étaient mornes, à la limite de la torpeur : conversations et distractions étaient insipides comme un bouillon clair réchauffé. Curieusement, les Cymry, avec leur flamme et leur exubérance — si importuns qu'ils aient pu sembler sur le moment — avaient communiqué à l'atmosphère même du palais une bruyante vitalité. Bien qu'ils ne fussent resté que peu de temps, leur présence avait imprégné la vie du palais du Roi Pêcheur, faisant maintenant paraître anormale leur absence, comme si une branche avait été coupée à un arbre vigoureux.

Charis regarda autour d'elle. Le palais, qui avait toujours semblé élégant, quoique austère selon les critères atlantes, paraissait à présent triste et ordinaire : un enclos à bétail ouvert à tous vents sur un pic cerné de marécages. Elle ne pouvait imaginer supporter une journée de plus en ce lieu, encore moins une vie entière. Mais elle le supportait et elle était malheureuse.

Le cinquième jour, en revenant de sa promenade, elle vit un cheval noir dans la cour. Elle s'arrêta auprès de lui et mit pied à terre. « Est-ce la monture de l'étranger ? demanda-t-elle au palefrenier qui tenait l'animal par la bride.

— Oui, princesse Charis », répondit celui-ci alors qu'elle lui tendait les rênes.

Elle regarda un moment l'entrée du palais, se demandant si elle allait y pénétrer ou non. Puis elle se mit en marche et se dirigea lentement vers l'escalier. Elle s'arrêta après avoir fait quelques pas à l'intérieur. Quelqu'un s'avançait vers elle de l'autre côté du vestibule. Peut-être ne l'avait-on pas encore vue. Elle tourna les talons pour ressortir.

« Attends ! » cria-t-on dans son dos. Au son de cette voix, elle sentit picoter son cuir chevelu et le bout de ses doigts. Elle hésita.

Taliesin s'avança dans le carré de lumière provenant de la porte ouverte. Charis était comme prête à fuir, sur la pointe des pieds, les mains tendues, partagée entre l'attente et la surprise.

« Reste, Dame du Lac », dit-il doucement. Un manteau bleu était jeté sur son épaule, attaché par une broche d'argent représentant deux têtes de cerfs face à face, les bois entremêlés, aux yeux d'émeraude scintillants. Charis regarda la broche pour éviter les yeux du chanteur.

« Je pensais te trouver pieds nus, dit-il en montrant ses sandales. Mais je vois que tes bottes ne t'ont pas manquées.

— Un vrai prince me les aurait rendues », dit-elle d'une voix qui lui écorcha les oreilles et la fit grimacer.

« Permets-moi de me racheter », répondit-il d'un ton léger, et il sortit pour aller à son cheval. Il revint un moment plus tard, portant les bottes qu'elle avait abandonnées. « Je te les avais gardées. »

Elle ne fit pas un geste pour les prendre.

« Ce sont les tiennes, princesse Charis, n'est-ce pas ? »

Le son de son nom sur ses lèvres était comme un coup de tonnerre dans un ciel sans nuages. Elle sentit son visage s'empourprer. « Oui, chuchota-t-elle comme pour avouer un coupable secret.

— Mets-les », dit Taliesin en s'agenouillant devant elle.

Elle leva le pied, posant une main légère sur son épaule pour garder l'équilibre. Elle le sentit dénouer son lacet et retirer la sandale de son pied. Il lui enfila sans difficulté sa botte et elle leva l'autre pied, regardant la lumière danser dans la chevelure dorée de Taliesin tandis qu'il dénouait l'autre sandale. La chaleur de sa main sur sa peau la fit frissonner. Elle eut un hoquet de surprise.

« Je t'ai attendue », dit-il en se relevant. Ses yeux clairs étaient du vert soutenu des forêts.

Des mots se formèrent et se bloquèrent sur sa langue. Elle avait oublié comment parler. « Je... je me promenais à cheval, réussit-elle à articuler.

—Viens te promener avec moi maintenant, dit-il d'un ton pressant. Montre-moi où tu vas. »

Charis le regarda, lui et non plus sa broche ; son regard parcourut les contours de son visage. Sans un mot, elle se tourna vers la porte, sortit dans la cour et monta en selle. Taliesin enfourcha son cheval et la suivit le long du sentier qui descendait en serpentant du Tor, puis sur la chaussée surélevée qui franchissait les marais.

En atteignant la terre ferme, au bout de la chaussée, Charis éperonna sa monture et le cheval gris s'élança sur la pente, effarouchant une famille de lièvres qui s'enfuit en bondissant. Elle franchit la crête et redescendit sur l'autre versant, précédant Taliesin. Ils chevauchèrent ainsi à travers les collines en une course haletante sous le ciel lumineux pommelé de nuages. Le vert tendre de l'herbe printanière, constellée de milliers de boutons d'or, s'étendait à perte de vue.

Charis le conduisit au fond de la vallée et suivit un torrent impétueux. La vallée se rétrécit et ils arrivèrent devant une haie d'aubépine qui la fermait comme un mur. Là, Charis entra dans l'eau pour traverser les buissons à l'endroit où ils s'éclaircissaient pour laisser passer la rivière.

La forêt de bouleaux qui poussait au-delà des aubépines était sombre et fraîche, bruissante d'une armée d'écureuils, de grives et de merles. Le sol était humide et spongieux de feuilles en décomposition, recouvert d'un tapis de campanules et de muguet ; le chèvrefeuille recouvrait les buissons de draperies, répandant dans l'air son parfum entêtant. Quatre cerfs dressèrent la tête à l'approche des cavaliers. Ils regardèrent un instant les intrus, puis ils se tournèrent d'un seul mouvement et disparurent en bondissant dans les ombres vertes.

Charis et Taliesin s'enfoncèrent lentement à travers bois, serpentant en silence entre les troncs élancés. De temps et temps, Charis sentait sur elle les yeux de Taliesin, mais elle n'osait pas tourner la tête pour lui rendre son regard.

Ils parvinrent enfin en un lieu où une énorme pierre noire surgissait du sol. Dans un lointain passé, deux autres pierres s'étaient appuyées contre elle, surmontées d'une grande dalle. Le mégalithe se dressait au milieu des bois, ses faces rectangulaires couvertes de lichens gris et jaune qui le faisaient paraître plus végétal que minéral, énorme champignon dominant la forêt de son inquiétante présence.

Charis arrêta son cheval et sauta légèrement à terre ; elle laissa pendre les rênes et, s'approchant du monolithe, posa les mains sur la pierre rugueuse.

« J'aime à imaginer que c'est un cénotaphe, dit-elle au bout d'un moment. Qu'il y a très longtemps, en ce lieu, un très grand événement, ou un événement très tragique, est arrivé. » Elle tourna les yeux vers Taliesin, qui la regardait, penché sur le pommeau de sa selle. « Ne me détrompe pas, même si tu sais la vérité.

— Sans doute, répondit Taliesin en mettant pied à terre. Le monde est fait d'événements grands ou tragiques. Certains surviennent devant témoins et restent dans les mémoires, mais d'autres… d'autres se passent loin des yeux du monde et demeurent à jamais inconnus. Mais dis-moi, qu'imagines-tu qu'il soit arrivé ici ? » Il s'approcha d'elle.

Charis colla son oreille à la pierre et ferma les yeux. « Chut, murmura-t-elle. Écoute. »

Taliesin tendit l'oreille aux bruits de la forêt, au bourdonnement des insectes, au chant des oiseaux, au bruissement des feuilles dans le vent. Il regarda la femme qui se tenait devant lui, envoûté par ce spectacle. Elle était blonde comme un jour d'été, avec des yeux aussi clairs, profonds et changeants que la mer ; fine et royale, chacun de ses mouvements était empreint de grâce. Elle portait un simple vêtement blanc serré à la taille par une ceinture verte et or, mais c'était la parure d'une déesse. Il n'avait jamais vu plus belle femme — le seul fait de poser les yeux sur elle était comme contempler un mystère. Il aurait avec joie donné sa vie pour continuer à la regarder ainsi, sachant qu'il ne percerait jamais ce mystère.

« Qu'entends-tu ? » demanda Taliesin.

Elle ouvrit les yeux et dit : « Il y avait une femme… » Elle fit le tour du monolithe et poursuivit : « …qui était venue en ce pays d'un royaume par-delà les mers. Sa vie était difficile, car le pays était rude, et elle ne pouvait s'empêcher de penser à ce qu'elle avait perdu. Elle languissait de retourner dans son pays, mais il avait été détruit dans un grand tumulte de feu. Elle se sentait seule, et pour lutter contre la solitude, elle se promenait à cheval dans les collines, à la recherche de quelque chose… elle ne savait quoi.

» Un jour, elle rencontra un homme ; elle l'entendit chanter dans la forêt. Il chanta pour elle et il ravit son cœur aussi aisément qu'un oiseleur capture un oiseau dans ses rets arachnéens. Elle se débattit pour se libérer, mais en vain. Elle était trop bien piégée.

» Elle aurait pu être heureuse avec cet homme ; elle aurait donné tout ce qu'elle avait pour rester avec lui… mais c'était impossible.

— Pourquoi cela ?

— Ils étaient de races différentes, expliqua tristement Charis, et Taliesin entendit dans sa voix la résignation d'un être abandonné à son sort. De plus, la femme était d'une noble maison dont la dynastie remontait aux dieux eux-mêmes.

— Et l'homme ? N'était-il pas lui aussi d'une noble maison ?

— Il l'était… » répondit-elle en s'écartant de lui. Elle tourna lentement autour du mégalithe, caressant de la main la froide surface de la pierre dressée, comme pour retrouver les symboles qui y avaient été autrefois gravés, maintenant effacés par le temps.

« Mais ?

— Mais son peuple était fruste et primitif — comme l'était leur pays. C'était une race de guerriers, adonnés à la violence et à la passion. Ils étaient tout ce que n'était pas la race de la femme, et il y avait donc des choses qu'il ne comprendrait jamais chez elle.

» Et s'il était vrai que le cœur de la femme était prisonnier de l'homme, il était aussi vrai qu'ils ne pourraient jamais être… » Elle se tut.

« Heureux ? suggéra-t-il.

— Réunis. Cette certitude plongeait la femme dans une grande détresse, et une encore plus grande tristesse. Cela rendait son exil d'autant plus amer.

— Et la pierre dressée? demanda Taliesin.

— L'homme repartit, dit simplement Charis. Il retourna dans son lointain royaume, emportant avec lui le cœur de la femme. Elle ne pouvait vivre sans son cœur, aussi commença-t-elle à dépérir. Chaque jour elle mourait un peu plus, et finalement vint le jour où elle ne se réveilla pas. Les siens la pleurèrent et emportèrent son corps à l'endroit où elle avait rencontré l'homme. Ils l'y inhumèrent et dressèrent ce cénotaphe de pierre sur sa tombe. »

Taliesin fit le tour de la dalle. « En vérité, c'est une bien tragique histoire, dit-il au bout d'un moment. Assurément, si l'homme avait davantage aimé la femme, il aurait trouvé un moyen de la sauver. Il aurait pu l'emmener avec lui, ou bien ils auraient pu partir ensemble dans un nouveau pays…

— Peut-être, dit Charis, mais tous deux avaient des responsabilités qui les liaient pour toujours à leurs peuples et à leurs pays. Leurs mondes étaient trop éloignés.

— Ah », soupira Taliesin en se laissant glisser à terre, adossé au mégalithe, et il ferma les yeux.

Charis le regarda d'un air intrigué.

Puis il rouvrit les yeux et dit : « Étant morte et enterrée, la femme n'aurait jamais pu savoir ce qu'il était advenu de l'homme.

— Je suppose qu'il en a trouvé une autre pour la remplacer. Une de sa propre race, sans aucun doute », répondit Charis.

Taliesin secoua gravement la tête. « Pas du tout. Il vécut quelques temps misérablement, à demi fou de douleur. Mais il reprit un jour ses esprits et revint vers la femme. À son arrivée, il apprit qu'elle était morte, alors il se rendit sur sa tombe et, là, il prit son couteau et s'ouvrit la poitrine. Il s'en arracha le cœur et l'enterra près de la femme, puis il s'étendit… » Taliesin se tut.

« Que lui est-il arrivé ?

— Rien, répondit tristement Taliesin. Il attend toujours. »

Charis vit l'éclat malicieux de son regard et le sourire qu'esquissaient ses lèvres. Elle se mit à rire. L'atmosphère de tristesse engendrée par son histoire vola en éclats.

« Il ne sert à rien d'essayer de le réconforter, déclara Taliesin. Son cœur gît avec sa dame et il ne pourra plus jamais éprouver ni plaisir ni douleur. »

Charis s'agenouilla près de Taliesin. Il lui tendit la main et elle la prit dans la sienne. Il tira celle-ci à lui et la porta à ses lèvres. Elle le regarda embrasser sa main. Elle ferma les yeux et, un instant plus tard, sentit ses lèvres sur les siennes.

C'était un baiser plein de douceur : chaste et délicieux. Mais il y avait en lui de la passion, une ardeur qui éveilla en elle une faim jusque là endormie.

Taliesin ne disait rien, mais elle entendait sa respiration. Il était tout près d'elle. Elle sentait la chaleur de son corps contre sa peau.

« Plus jamais ni plaisir ni douleur », murmura-t-elle, et elle posa la tête sur sa poitrine. La prenant dans ses bras, il se mit à chanter tout doucement.

Les ombres de la forêt s'étaient épaissies. Les rayons du soleil qui filtraient à travers le feuillage s'étaient inclinés et les nuages gris étaient frangés de roux. Les chevaux s'étaient éloignés sous les arbres et attendaient, la tête basse.

Taliesin porta une main à la joue de Charis. « Charis, mon âme, murmura-t-il doucement. Si j'ai fait prisonnier ton cœur, c'est au prix du mien. »

Charis fit un geste pour se lever, mais il la prit par la main pour la retenir. « Non, dit-elle. Je… je ne peux pas… »

Elle se dégagea, se leva et fit quelques pas, s'arrêta et le regarda, les yeux aussi durs que la pierre du mégalithe. « C'est impossible ! » dit-elle d'une voix qui coupa le silence de la forêt comme un coup de couteau.

Taliesin se releva lentement. « Je t'aime, Charis.

— L'amour n'est pas suffisant.

— Il est plus que suffisant », dit-il d'une voix douce.

Elle se tourna vers lui. « Plus que suffisant ? Il n'empêche pas la souffrance, la tristesse, la mort ! Il ne ramène pas ce qui est perdu !

— Non, reconnut Taliesin. Toute vie est ancrée dans la souffrance. Nul ne peut y échapper, mais l'amour la rend supportable.

— Je ne veux pas la supporter indéfiniment. Je veux en être enfin délivrée. Je veux oublier. L'amour me fera-t-il oublier ?

— L'amour, Charis… » Taliesin s'approcha d'elle ; il lui posa les mains sur les épaules et en sentit la tension. « L'amour n'oublie jamais, dit-il doucement. Il ne cesse jamais d'espérer, de croire ou de supporter. La souffrance et la mort peuvent s'acharner contre lui, l'amour demeure à jamais inébranlable.

— De belles paroles, Taliesin, répondit Charis d'une voix ténue qui se perdait dans la forêt, mais rien de plus que des paroles. Je ne crois pas qu'un tel amour existe.

— Alors crois en moi, Charis, et laisse-moi te montrer cet amour. »

Alors qu'elle se détournait de lui, il vit sur son visage les années de cruelle solitude, et quelque chose de plus : une souffrance profondément ancrée, une blessure ouverte dans son âme. Là se trouvait la source de sa colère, et aussi de sa fierté.

« Je te montrerai », dit-il tendrement.

Un instant, elle parut s'adoucir ; elle se tourna à moitié vers lui. Mais la douleur était trop grande. Elle se raidit et partit vers son cheval.

Il ne tenta pas de la retenir, se contentant de la regarder s'éloigner sous les arbres. Quelques instants plus tard, il entendit un bruit d'éclaboussures quand sa monture entra dans l'eau à l'orée du bois. Puis il sauta en selle et repartit par où il était venu.

Il atteignit la haie d'aubépine et n'était pas plus tôt entré dans le ruisseau qu'il entendit un bref cri de surprise un peu plus loin dans la vallée. Puis il entendit son nom : « Taliesin ! »

Il arrêta son cheval et écouta. N'entendant rien, il fit claquer les rênes sur l'encolure de sa monture et s'élança au galop. Les épines déchirèrent sa chair et ses vêtements, essayant de le retenir. Sans y prêter attention, il franchit la haie et se retrouva dans le vallon.

Tout d'abord, il ne vit qu'une masse grise qui se tordait sur le sol. C'était le cheval de Charis en train de se débattre pour se relever, trois hommes accrochés à sa tête et à son cou. Quatre autres hommes, penchés en avant, tiraient quelque chose sur le sol. Un éclat de tissu blanc… Charis !

Taliesin se précipita vers le lieu du combat. Alors que son cheval se rapprochait, il vit Charis échapper à ses assaillants et s'éloigner à reculons. Les hommes avaient des javelots et tous quatre avancèrent sur elles, brandissant leurs armes. Taliesin était encore trop loin ; il ne l'atteindrait jamais à temps. Galopant à son secours, il vit avec horreur un des homme charger et lancer son mortel javelot sur Charis.

Alors que l'arme volait vers elle, Charis disparut… un instant plus tard elle tournoyait dans les airs par-dessus la tête de son agresseur, roulée en boule, la tresse volant au vent. Déséquilibré, l'homme tomba tête la première et s'étala dans l'herbe.

Charis passa en courant derrière les autres, pétrifiés de surprise. Un de ceux qui tenaient le cheval le lâcha et plongea sur elle. Ses bras se refermèrent sur le vide et il tomba de tout son long.

Les agresseurs se ruèrent sur elle, la pointe de fer de leurs lances étincelant dans le vallon ombragé. L'un d'eux leva son arme et, avec une rapidité aveuglante, la projeta sur elle.

Mais Charis avait de nouveau disparu et la lance se planta en vibrant dans le sol.

L'homme se précipita sur son arme, mais Charis était déjà là, roulant pour s'en emparer et la tourner vers lui alors qu'il arrivait en courant. Il s'arrêta net, se raidit et recula en titubant. Il se tourna vers ses camarades, hurlant, les deux mains agrippées au fût de la lance plantée dans son ventre.

Au moment où il tombait, un autre sauta par-dessus son corps et saisit par derrière Charis qui essayait de l'esquiver. Il la tint par les bras et se tourna vers ses compagnons dont le premier accourait, brandissant son arme pour la transpercer.

La lance fila dans les airs vers l'endroit où s'était trouvée Charis et s'enfonça profondément dans la poitrine de son ravisseur tandis qu'elle bondissait en arrière par-dessus la tête de celui-ci.

Taliesin était maintenant assez près pour voir la terreur sur le visage des agresseurs. Pensant tuer facilement leur victime pour s'emparer de son cheval et des autres objets de valeur qu'elle pouvait posséder, ils ne s'étaient pas attendus à tomber sur une démone qui pouvait apparaître et disparaître à volonté.

Avec deux des leurs mortellement blessés, les pillards renoncèrent à leur funeste projet. L'un d'eux jeta sa lance et s'écarta de Charis, dans l'espoir de s'enfuir dans la forêt. Il entendit trop tard le tonnerre des sabots qui arrivaient sur lui. Taliesin entrevit le visage du misérable — le tour des yeux blanc de peur, la bouche béante de terreur — alors qu'il disparaissait sous les sabots de son cheval.

Les autres pillards se dispersèrent, cherchant leur salut dans la fuite. Leurs cris de terreur retentirent dans la vallée longtemps après qu'ils eurent disparu.

Taliesin sauta de son cheval et courut auprès de Charis. Elle était secouée ; ses vêtements étaient sales et déchirés, et elle avait des marques sur les bras à l'endroit où le pillard l'avait empoignée, mais sinon elle semblait indemne. Il tendit les mains pour la prendre dans ses bras, mais son geste s'arrêta à mi-chemin.

« Je ne suis pas blessée, lui dit-elle, tournant les yeux en direction des cadavres. Qui étaient-ce ?

— Des pillards irlandais. Ils ont dû remonter Mor Hafren la nuit dernière en quête d'un butin facile. » Taliesin regarda les corps étendus à terre. « Je pense qu'ils en ont suffisamment vu et qu'ils vont maintenant rentrer chez eux.

— Cela s'est passé si vite, dit Charis, le souffle court. Combien étaient-ils ?

— Sept, répondit Taliesin. Ils étaient sept, et à présent ils sont quatre. » La femme qui se tenait devant lui paraissait soudain indiciblement étrangère, issue d'un monde très éloigné du sien.

« Si tu m'avais vue dans l'arène, tu ne me regarderais pas ainsi, dit-elle avec un faible sourire. Je dansais avec les taureaux sacrés dans le Temple du Soleil. » Elle haussa les épaules. « Il y a des choses qu'on n'oublie jamais.

— Nous devrions rentrer, à présent. Je crois qu'ils sont partis, mais il pourrait y en avoir d'autres dans les environs. » Il la conduisit à sa monture.

« Taliesin, étaient-ce les mêmes… les mêmes que ceux qui ont attaqué ton pays ?

— Non, répondit-il en secouant lentement la tête. Ceux-là venaient du sud de l'Hibernie, des pillards côtiers en quête d'un butin rapide. Mais ils s'enfoncent rarement aussi loin dans les terres ; la plupart se contentent de voler du bétail et de l'or, quand ils peuvent en trouver, dans les villages de la côte. »

Elle monta sur son cheval, le dos un peu raide, et baissa les yeux sur Taliesin. « Tu vas bientôt partir.

— Pourquoi dis-tu cela ? »

Elle releva la tête et regarda la lumière qui mourait au couchant. « Nous ne sommes pas destinés à vivre ensemble, Taliesin. Ma vie a pris fin là-bas… » Elle indiqua le crépuscule orangé.

« Mais ici… ici elle recommence, répondit Taliesin.

— Il ne nous est accordé à chacun qu'une vie, chanteur. » Sur ces mots, Charis tourna bride et repartit vers le palais.

VIII

« Nous pouvons assurer nous-mêmes notre protection. Nous avons des armes, nous pouvons lever une armée, si besoin est », disait Belyn en arpentant de long en large la chambre d'Avallach.

Maildun se rangea aux côtés de Belyn. « Écoute-le, Père. Nous pouvons nous défendre tout seuls. En outre, ici, au sud, les troubles ne sont pas aussi graves que dans le nord, et il se pourrait qu'ils ne le deviennent jamais. Il n'y a aucune raison de donner des terres à ces… ces barbares de Cymry. »

Avallach se redressa sur sa litière, secouant la tête d'un air las. «Vous ne comprenez toujours pas. Je donne ces terres par simple bonté, pas par peur ni par intérêt.

— C'est toujours par intérêt, fit remarquer Belyn.

— Oui, reconnut Avallach. Ce l'était… au début. Et c'était une erreur.

— Ce chanteur t'a tourné la tête. » L'accusation de Maildun fit bondir Avallach.

« Il m'a convaincu, dit-il en s'accrochant au montant du dais. Quoi que vous puissiez penser de ces gens, ce sont des êtres intelligents et ils ont le sens de l'honneur.

— Ils ne valent guère mieux que les voleurs de bétail et les rôdeurs qui infestent les collines autour de nous, railla Belyn.

— Crois-moi, Père. Le seul honneur qu'ils comprennent, c'est un poignard sur la gorge ou une lance dans le dos. » Maildun croisa les bras sur sa poitrine ; son sourire méprisant défiait quiconque de le contredire.

« Notre avenir, si nous devons avoir un avenir, avertit Avallach d'une voix où grondait un tonnerre contenu, réside dans le fait d'apprendre à vivre en paix avec eux.

— Ta décision est prise ?

— Oui.

— Alors il ne sert à rien de discuter davantage. Donne tes terres à qui tu veux. Donne tout ce que tu possèdes à ton espèce de prêtre marmonnant, pour ce que cela peut me faire. Mais, par Cybèle, je ne veux rien avoir à faire là-dedans ! Ils n'obtiendront pas même un caillou de moi.

— Belyn, répondit doucement Avallach, ne parle pas du prêtre avec irrespect. C'est un saint homme et je suis devenu un disciple du Vrai Dieu.

— Et quoi d'autre ? s'exclama Maildun, incrédule.

— Cela explique en partie les choses, je suppose, se moqua Belyn. Tous ces discours sur la générosité, la bonté et la paix. Mais je ne comprends toujours pas dans quel dessein tu fais cela.

— Dieu a ses propres desseins. Quoi qu'il en soit, je ne te demande pas de comprendre.

— Dans ce cas, agis comme tu l'entends, Avallach. Pourquoi prendre la peine de nous demander notre avis ?

— Je souhaite l'harmonie entre nous, dit simplement le Roi Pêcheur.

— C'est une chose que tu n'auras pas tant que tu persisteras dans cette attitude », rétorqua Belyn. Il fit signe à Maildun, qui regardait son père avec un froncement de sourcils méprisant. « Viens, Maildun, nous en avons terminé ici. Il n'y a plus rien à ajouter. » Ils se dirigèrent vers la tenture.

À cet instant, Charis entra, Taliesin à son côté. Avallach jeta un coup d'œil aux vêtements sales et déchirés de sa fille. « Que s'est-il passé, Charis ?

— Ce n'est rien, répondit-elle en remarquant l'expression courroucée de son oncle et de son frère. J'ai été attaquée alors que je me promenais à cheval.

— Tu vois ! beugla Maildun. Et tu veux toujours donner des terres à ces gens ? Mieux vaudrait tendre la main à une vipère… tu recevrais plus de gratitude pour ta peine.

— Il ne peut y avoir de paix entre nous », déclara sombrement Belyn. Il toisa Taliesin sans dissimuler son mépris. « Pendant que tu songes à la paix, ils complotent contre toi. »

Charis se tourna vers Belyn. « Qu'est-ce que tu dis ?

— Je dis que ce ne serait jamais arrivé si Avallach ne leur avait pas enflammé l'esprit avec ses histoires de terres, répondit Belyn. J'ai eu tort de lui donner mon accord au début.

— Penses-tu que mon peuple était mêlé à cette attaque ? » Taliesin fit un pas en direction de Belyn.

« C'est ce que tu penses ? demanda Charis. C'est ça ?

— C'est évident, ma chère sœur, dit Maildun d'une voix douce. Tu es encore secouée et tu as l'esprit confus, sinon tu le verrais toi aussi.

— C'est toi qui as l'esprit confus, mon cher frère ! » Charis se tourna vers lui, le regard furibond. « J'ai essayé de m'échapper, mais ils étaient trop nombreux. Si Taliesin n'était pas venu à mon secours, je me serais fait tuer ou enlever. Il m'a sauvé la vie.

— Ils étaient sept : des pillards irlandais, dit Taliesin.

— Irlandais, Cymry... quelle différence ? Ces tribus se ressemblent toutes, répliqua Maildun, des barbares assoiffés de sang. Si cela se trouve, il l'a attaquée lui-même !

— Menteur ! siffla Charis.

— Seul un imbécile ne reconnaît pas son ami de son ennemi, dit Taliesin d'un ton froid.

— Un imbécile, moi ? » Maildun bondit vers Taliesin, mâchoires et poings serrés.

« Assez, Maildun ! Tu t'es fait remettre à ta place. Le barde t'a fait la réponse que tu mérites. » Avallach inclina la tête vers Taliesin. « Tu seras récompensé pour avoir sauvé la vie de ma fille.

— Je ne réclame pas de récompense, seigneur. Et je n'en accepterai aucune. » Il s'inclina avec raideur devant Charis. « Maintenant que ta fille est rentrée saine et sauve, je vais me retirer. » Il tourna le dos et se dirigea vers la tenture.

« Attends-moi dehors, lui cria Avallach. Je te rejoins.

— Après ce qui s'est passé, tu persistes dans ton projet insensé ? grommela Maildun quand Taliesin fut parti.

— Ce qui s'est passé ne fait que me conforter dans ma résolution, répliqua Avallach.

— Es-tu si impatient de faire don de ton royaume ? dit Belyn. Il se fait tard, la nuit sera bientôt là. Attends au moins jusqu'à demain. Il sera bien temps d'agir comme tu l'entends.

— Ayant résolu d'accomplir une bonne action, répondit Avallach en se dirigeant vers la tenture, je m'en voudrais de la retarder d'un seul instant. Non, j'y vais tout de suite. Qui plus est, je veux que vous m'accompagniez. » Maildun et Belyn le regardèrent bouche bée, incrédules. « Oui, nous y allons, poursuivit Avallach. Quoi que vous pensiez au sujet des terres, nous avons un affront à racheter, et des remerciements à exprimer. »

Ainsi donc, le Roi Pêcheur et Taliesin, accompagnés de Charis, Maildun et Belyn, chevauchèrent dans le crépuscule vers l'endroit où Cuall avait établi le camp — sur une petite prairie en bordure d'une rivière, au pied d'une colline.

À leur approche, les cavaliers furent accueillis près de la rivière par des sentinelles. « Salut, Taliesin ! Tu es enfin de retour. Ton père t'attend », dit un des guerriers d'Elphin.

Un énorme feu brûlait haut, ses flammes orange repoussant l'obscurité croissante, et des chaudrons grésillants disposés sur les charbons ardents parvenaient des odeurs de bouillon aux herbes et de viande en ragoût. De grossiers abris, construits à la hâte avec des branchages et des peaux tannées, entouraient le feu. Elphin et Rhonwyn sortirent de l'un d'eux au moment où les cavaliers mettaient pied à terre.

« Seigneur Avallach, dit Elphin, surpris. Nous ne pensions pas te revoir.

— Seigneur Elphin, dame Rhonwyn, répondit courtoisement Avallach, il n'est pas dans nos intentions d'imposer notre présence si elle n'est pas désirée. Mais certains événements m'ont amené à reconsidérer ma position depuis notre dernière rencontre. Je désire te parler, si tu veux bien m'écouter. »

Elphin se tourna vers sa femme. « Va nous chercher une corne de bière, s'il en reste. » À ses hôtes, il dit : « Il est encore tôt. Avez-vous mangé ?

— Nous arrivons tout droit du palais, répondit Taliesin. Nous partagerons notre repas.

— Ton invitation est fort courtoise », dit Avallach. Il inspira profondément l'air vif de la nuit. « Ah, ! La promenade m'a fait du bien, dirait-on. Alors qu'il y a peu j'étais encore cloué au lit par ma blessure, je me sens maintenant gaillard comme jamais.

— Soyez donc les bienvenus », dit Elphin, et il ordonna d'apporter des torches pour les disposer autour de sa hutte de cuir. Rhonwyn arriva avec une corne de bière pour les invités et une pour les Cymry.

« Seigneurs, dit-elle, prenez place et discutez de vos affaires. Je vous apporterai la nourriture quand elle sera prête. » Elle retourna auprès du feu où s'activaient les autres femmes. Les Cymry rassemblés aux alentours les observaient discrètement ; sans avoir l'air de leur prêter la moindre attention, ils savaient néanmoins tout ce qui se passait et presque tout ce qui se disait.

Comme ils s'asseyaient en cercle, Cuall et Hafgan arrivèrent. Elphin leur fit de la place et passa la corne. « Joignez-vous à nous, dit-il. Le seigneur Avallach est venu nous parler et j'ai promis de l'écouter jusqu'au bout.

— C'est à toi de décider », marmonna Cuall, sous-entendant que, roi ou pas, Avallach ne devait de rester en vie qu'à l'extrême générosité d'Elphin. Hafgan se contenta de rassembler les plis de son manteau, accepta la corne et but.

« Nous t'attendons depuis des heures, dit Elphin à Taliesin. En voyant que tu ne nous rejoignais pas au camp, j'ai commencé à m'inquiéter. »

Taliesin allait répondre, mais Avallach dit promptement : « Ma fille a été attaquée cet après-midi par des pillards irlandais alors qu'elle se promenait à cheval — je crois qu'ils étaient sept, as-tu dit ? » Charis confirma d'un hochement de tête. « Je ne sais pas exactement comment cela s'est passé, mais ton fils est venu à son secours et lui a sauvé la vie.

— C'est exact, Taliesin ? demanda Elphin.

— Oui. Trois sont morts et les autres se sont enfuis à pied.

— Ils doivent être à mi-chemin de chez eux, à présent, grogna Cuall.

— J'en suis évidemment reconnaissant, poursuivit Avallach, mais ce n'est pas pour cela que je suis venu. » Il marqua un temps, conscient des regards soupçonneux de ceux qui l'entouraient. « C'est à propos des terres.

— Tu as dit que certains événements t'avaient fait changer d'avis, dit Elphin. Cette attaque a-t-elle quelque chose à voir avec cela ?

— En partie. Taliesin n'a demandé aucune récompense et il a dit qu'il n'en accepterait aucune. Très bien, c'est lui que cela regarde. En vérité, j'avais déjà pris ma décision avant d'entendre parler de cette attaque. » Avallach leva sa corne et but. Les autres le regardaient — les Cymry circonspects, les Atlantes indignés. « Délicieux, dit Avallach en rabaissant la corne. Je n'ai jamais rien goûté de tel.

— Nous ne sommes pas sans usages… aussi frustes que nous soyons », grogna Cuall.

D'un geste impatient, Elphin fit taire son second qui s'enferma dans un silence hostile. « Si j'en avais un tonneau, il serait à toi, dit-il à Avallach. Mais comme tant d'autres choses, nous n'avons plus de bière. » Il regarda Avallach dans les yeux et demanda : « Pourquoi es-tu venu ? »

Le Roi Pêcheur tira le couteau d'Elphin de sa large ceinture. « Je suis venu te rendre ton couteau.

— C'était un présent à un ami.

— Et c'est pourquoi je dois maintenant te le rendre. La façon dont je me suis comporté tout à l'heure n'était pas celle d'un ami. »

Elphin regarda le couteau, mais ne fit pas un geste pour le prendre. « Ce présent a été librement donné, et je ne le regrette pas. Un présent doit être honoré. »

Avallach posa le couteau entre eux. Cuall tendit le bras vers lui, mais Taliesin lui saisit le poignet. « Laisse-le ! murmura-t-il.

— Pourquoi ne pas accepter le couteau ? demanda Avallach. Ne puis-je le donner ?

— Fais ce que tu veux ; je n'ai aucun droit sur lui.

— Mais c'était ton couteau », insista Avallach.

Elphin jeta un coup d'œil à Hafgan, qui demeura impassible. « Il ne m'appartient plus, dit-il avec circonspection. Mon cadeau n'imposait aucune obligation. »

Avallach sourit, l'air mystérieux à la lueur des torches. « Un présent doit être honoré, as-tu dit. J'accepte ton cadeau, et je te demande d'accepter de même celui que je t'offre maintenant. »

Cette déclaration prit Taliesin par surprise. « Comme l'a dit mon père, tu n'as aucune obligation...

— Je l'ai bien compris, sinon je ne serais jamais venu ce soir. » Reprenant le couteau, Avallach dit : « Honoreras-tu le présent que je te fais ? »

Elphin chercha leur accord sur le visage de ses conseillers, mais ceux-ci ne lui furent d'aucun secours ; nul ne devinait les intentions d'Avallach. « Un présent doit être offert avant de pouvoir être accepté. Mais je ne vois aucun mal à accepter tout gage que tu désires me donner.

— Bien parlé, roi Elphin ! » répondit Avallach, criant presque de triomphe.

Les Cymry échangèrent des regards surpris. Belyn et Maildun froncèrent les sourcils.

« Alors, quel est ce gage ? demanda Cuall, incapable de se contenir plus longtemps.

— Non loin d'ici, une forteresse se dresse sur une colline... en ruines et abandonnée, m'a-t-on dit. Autour, les terres sont désertiques, les gens qui y vivaient ayant été depuis longtemps chassés par une tribu ou une autre... la tribu romaine, me suis-je laissé dire. Ce sont de bonnes terres, mais inutiles sans quelqu'un pour les cultiver. Je vous les donne... la forteresse et les terres qui l'entourent. »

Cuall fit mine de se lever, mais Taliesin le prit par le bras pour le forcer à se rasseoir. « Quel jeu est-ce là ? demanda Elphin, les yeux plissés, les traits tendus.

— Je t'en prie, l'apaisa Avallach, il n'est pas dans mon intention de t'insulter davantage, c'est pourquoi je n'assortis mon présent d'aucune condition. » Il sourit joyeusement. « Ton acceptation ne t'impose aucune obligation.

— Mais un tel présent, fit remarquer Hafgan. On ne peut accepter un cadeau d'une telle valeur sans obligation en contrepartie, directement ou non.

— Et pourquoi pas ? Quelle importance peut bien avoir la taille du cadeau ? Cela ne représente pas le dixième de ce que je possède… et même s'il s'agissait de la moitié de mon royaume, je n'agirais pas autrement. Je désire simplement vous les offrir.

— Pourquoi ? demanda Cuall. Afin que nous nous battions pour toi quand les hommes du nord descendront en hurlant des terres pictes ? »

Avallach se retourna brusquement vers lui. « C'est autant une insulte à mon égard que mon offre irréfléchie l'a été pour vous. Néanmoins, je dois reconnaître qu'une alliance entre nos deux peuples serait avantageuse, et je la chercherai ardemment. Mais pas par la ruse, ni par des cadeaux. »

Elphin regarda autour de lui et croisa le regard de Taliesin qui hocha la tête en silence. « Il n'est pas aisé de mettre de côté les coutumes d'un clan depuis cent générations, et guère moins difficile d'oublier la fierté d'un roi, répondit Elphin d'un ton égal. En un autre temps, en un autre lieu, je n'accepterais pas ton présent, car il me couvrirait de honte. Mais un roi sans terres n'est pas un roi ; donc, pour le bien de mon peuple, j'accepterai ton présent, roi Avallach. »

Cuall secoua la tête de stupéfaction. Sa bouche s'ouvrit une fois, deux fois, puis se referma sans qu'il n'en sorte aucun son.

Hafgan observa ceux qui l'entouraient, les yeux mi-clos, et se permit un sourire. Avallach se donna une claque sur les genoux et s'écria : « Voilà qui est parfait, seigneur Elphin ! Avec ou sans terres, tu es un roi, et l'égal de tous ceux que j'ai pu rencontrer. Je te souhaite la bienvenue comme voisin et comme ami. »

Les membres du clan, qui avaient suivi discrètement cet échange compliqué, poussèrent des acclamations pour saluer leur bonne fortune inattendue et l'honneur rendu à leur roi. Le camp résonna soudain de rires et de cris de joie. On sortit une harpe que l'on jeta dans les mains de Taliesin. Il se leva d'un bond et se mit à chanter, rejoint par d'autres voix à travers tout le camp.

Avallach rugit de rire, la tête rejetée en arrière, ses dents blanches étincelant dans sa barbe noire tandis que ses larges épaules étaient secouées de plaisir. Même Belyn et Maildun esquissèrent un sourire en regardant commencer la fête.

Durant une pause entre les chansons, pendant que l'on servait la nourriture des chaudrons fumants, Taliesin trouva un moment pour prendre son père à part. « Quelle bonne fortune, hein, Taliesin ? C'est moins une surprise pour toi, je suppose, que pour le reste d'entre nous. »

Taliesin secoua la tête. « Le présent d'Avallach venait de lui seul. Je n'ai rien à y voir.

— Et rien à voir avec le sauvetage de sa fille ? demanda Elphin avec un regard entendu.

— Elle n'a guère eu besoin de mon aide. Je suis arrivé à temps pour disperser les pillards, rien de plus. Ils n'étaient que trop heureux de sauver leur peau quand je leur suis tombé dessus.

— Remarquable », dit Elphin. Il tourna la tête pour regarder Charis, de l'autre côté du feu où, en compagnie de Rhonwyn et de quelques femmes, elle aidait à remplir les bols. « Une femme dotée de beauté et d'esprit... un trésor, Taliesin. » Il regarda son fils, remarqua l'étincelle dans ses yeux limpides et sourit largement. « Une digne épouse pour un seigneur cymry. Désires-tu que je parle à son père ?

— Oui, répondit Taliesin d'une voix étranglée. Je n'ai pu penser à rien d'autre depuis que je l'ai vue.

— Alors pourquoi perdre du temps ? Je vais aller lui parler tout de suite.

— Tout de suite ?

— Pourrait-on rêver meilleur moment ? Renforçons l'alliance entre nos peuples par un mariage ! »

Sur ces paroles, Elphin s'éloigna. Taliesin regarda son père faire le tour du feu pour rejoindre Avallach, qui était en train de discuter avec Cuall et Hafgan. Il vit Elphin se joindre au groupe, dire quelques mots et faire un geste en sa direction. Il vit Avallach redresser la tête et se tourner vers lui. Il vit bouger les lèvres de son père et lut d'abord la surprise, puis l'indignation sur le visage du Roi Pêcheur. Son sourire se transforma directement en grimace courroucée.

Il vit Avallach tourner la tête pour dire quelque chose à son père et le large sourire d'Elphin se muer en un air de désarroi. Puis le Roi Pêcheur se tourna, le dos raide, et disparut dans les ténèbres. Un moment plus tard retentit l'ordre d'amener le cheval du roi. Maildun apparut près de Charis et la prit par le bras. Il vit le regard désespéré de Charis par-dessus son épaule alors qu'on l'entraînait.

Taliesin vit tout cela comme dans un rêve... le moindre détail clair et précis, et d'une atroce irrévocabilité. Puis il se mit à courir et contourna le feu. Il rattrapa Charis alors qu'on la faisait monter en selle. À la lueur du feu, son visage trahissait l'inquiétude et la confusion. « Que s'est-il passé ? demanda-t-elle dans un murmura rauque. Avallach est furieux.

— Nous devons parler, dit Taliesin d'un ton pressant pendant que Maildun se dirigeait vers sa propre monture.

— Charis ! cria Maildun du haut de son cheval. En route.

— Nous devons parler, Charis ! insista Taliesin.
— Retrouve-moi dans le verger, murmura-t-elle en suivant les autres. Au lever du soleil. »

IX

Le lendemain, Taliesin se leva juste avant l'aube et chevaucha jusqu'à l'Île de Verre pour retrouver Charis. La nuit avait été fraîche et des brumes nocturnes planaient encore sur les marécages, s'élevant au-dessus des étroits ruisseaux d'eau libre pour dériver en vagues ondulantes à travers les terres avant que les premiers rayons du soleil matinal ne les dissolvent sous leur caresse.

En arrivant au verger, Taliesin mit pied à terre, attacha son cheval à une branche et s'avança au milieu des pommiers en fleurs. La rosée du matin scintillait sur les feuilles et les fleurs comme de petites étoiles attardées dans le ciel. Les hautes herbes étaient humides, l'eau ruisselait le long des sombres troncs lisses et s'égouttait des branches en une lente pluie incessante pour disparaître dans le sol vert tendre. L'air, quoique frais, était déjà chargé du parfum des fleurs.

Tandis que Taliesin se promenait le long des larges allées du verger, il prit peu à peu conscience d'un son qui se propageait entre les arbres, ténu mais nettement audible : sur les fils d'une fluide mélodie, une chanson sans paroles se tissait entre branches et troncs — partie aussi intégrante du bosquet que les fleurs rose pâle elles-mêmes. Il s'avança vers la source du son, espérant découvrir la chanteuse, pensant que peut-être Charis était venue à sa rencontre et était entrée dans le verger par un autre chemin.

Mais la source de la chanson se dérobait et il lui fallut un certain temps pour la localiser. Finalement, en se glissant sous une branche basse, il vit une tonnelle de hêtre récemment confectionnée au centre du verger et, devant celle-ci, une jeune fille à la chevelure semblable à la lumière du petit matin, toute vêtue de vert, assise sur un tabouret devant un trépied. Un chaudron y était suspendu au-dessus d'un petit feu qui brûlait sans dégager de fumée. Le chaudron était fait d'un métal étrange à l'éclat rouge sombre et ses flancs étaient gravés de silhouettes d'animaux fantastiques.

La jeune fille chantait à mi-voix en dispersant les fumerolles qui s'élevaient du chaudron à l'aide d'un éventail en plumes de corbeau. De temps en temps, elle plongeait la main dans un bol posé à ses pieds pour y prendre une feuille ou deux qu'elle déposait délicatement dans la mixture en ébullition. Taliesin l'observa un moment avant qu'elle ne tourne la tête pour le regarder, sans la moindre trace de surprise dans ses yeux verts, ni dans sa voix de miel quand elle dit : « Salutations, ami ! Tu te promènes de bien bon matin dans ce verger. Qu'est-ce qui t'y amène ? »

Taliesin souleva la branche et s'avança. « Je devais rencontrer quelqu'un.

— Et c'est fait. » La jeune fille sourit, mais il n'aurait su dire si c'était de satisfaction ou d'une pensée amusante qui lui avait traversé l'esprit. « Approche, chanteur, dit-elle en lâchant une autre feuille dans le chaudron. Parlons ensemble. »

La jeune fille présentait une ressemblance troublante avec Charis et était tout aussi belle — bien que sa beauté évoquât quelque chose de froid et d'inhumain : la dentelle de givre d'une gelée automnale sur une rose d'été, peut-être, ou l'élégance glacée d'une chute de neige printanière. « Je n'avais aucune intention de te déranger, dit-il.

— Et pourtant, maintenant que c'est fait, aurais-tu l'intention de te racheter en refusant mon invitation à t'asseoir un moment ? » Elle ne le regardait pas en parlant, ne quittant pas des yeux le chaudron.

Taliesin remarqua qu'il n'y avait aucun endroit où s'asseoir, sinon sur le sol humide de rosée. « Je resterai debout, gente dame », dit-il, avant d'ajouter : « Cela ajouterait-il beaucoup à mon affront de demander ton nom ?

— Tu peux demander », répondit la jeune fille. Elle sourit de nouveau et, cette fois, Taliesin vit qu'elle se moquait de lui.

« Je n'en ferai rien, lui dit-il. Je préfère que tu me juges grossier.

— Oh ? Peux-tu savoir ce que je pense ? » demanda-t-elle en l'observant sous ses longs cils. Taliesin remarqua que son pouls s'accélérait à la base de son cou. « Tu dois avoir l'esprit très pénétrant. Car, si tu peux lire dans mes pensées, mon nom ne présentera pour toi aucun obstacle.

— En vérité, je peux penser à différents noms à te donner, répondit Taliesin. Mais lequel te conviendrait le mieux, je me le demande ? »

Elle donna un rapide coup d'éventail qui fit s'envoler un tourbillonnant panache de vapeur et Taliesin eut soudain l'impression que cette jeune fille créait brumes et brouillard avec son chaudron bouillonnant et son éventail de plumes. « Appelle-moi comme tu le veux, répondit-elle. Un nom n'est qu'un son dans l'air, après tout.

— Ah, mais les sons ont un sens, dit Taliesin. Les noms ont une signification.

— Laquelle me donnerais-tu ? » demanda-t-elle, presque timidement. Alors qu'elle disait cela, quelque chose changea en elle — une subtile modification de son attitude, de sa façon de se tenir devant lui — et Taliesin sentit qu'il s'adressait à une personne totalement différente. « Alors ? N'as-tu pas de nom à me donner ? »

Elle n'attendit pas sa réponse et enchaîna en hâte : « Tu vois ? Il n'est pas si simple de découvrir la signification des choses. Mieux vaut un son dans l'air, me semble-t-il, que la vaine poursuite d'un but impossible.

— Quelle extraordinaire créature tu fais, s'esclaffa Taliesin. Tu poses une question et tu y réponds toi-même. Ce n'est pas très loyal. »

À ces paroles, la jeune fille s'empourpra comme au contact d'une flamme. Elle se tourna vers lui avec vivacité, un éclat féroce dans les profondeurs de ses yeux verts. Durant un instant, ce fut une créature sauvage prête à s'enfuir dans le sombre refuge de son antre au fond de la forêt. Taliesin perçut la chaleur de sa colère à travers l'espace qui les séparait. « Ai-je dit quelque chose pour te contrarier, gente dame ? Je n'en avais nulle intention. »

Son expression de colère disparut aussi vite qu'elle était apparue et la jeune fille sourit d'un air réservé. « Des bruits dans l'air, dit-elle. Où est le mal ? »

Elle reporta son attention sur le chaudron, tendit la main et prit une poignée de feuilles qu'elle jeta une à une dans l'eau bouillante. « Je m'appelle Morgian. »

Morgian…

Il la regarda, son nom résonnant à ses oreilles comme un écho. Des ténèbres insidieuses se glissèrent autour de lui comme les vapeurs du chaudron et son esprit fut saisi et ballotté comme un frêle esquif que l'océan pousse vers les récifs. Le simple effort de se tenir debout le faisait vaciller.

C'était une force primitive qui venait de l'effleurer, brutale et irraisonnée comme le vent qui pousse les vagues vers le rivage. Il l'avait déjà rencontrée — une fois, il y avait bien longtemps — en la personne de Cernunnos, le Seigneur de la Forêt. Elle l'avait également ébranlé, alors. Et il s'était enfui devant elle.

Il était maintenant plus âgé, et il avait beaucoup appris sur le pouvoir des anciens dieux. C'était une force naturelle, élémentaire et tellurique ; liée aux arbres, aux collines, aux rocs, aux étoiles, au soleil et à la lune. Elle comportait une bonne part de ténèbres, mais elle n'était pas totalement vouée au mal. Elle n'était par conséquent pas tant à redouter ou à fuir qu'à respecter — de la même façon qu'il faut respecter une vipère quand elle dresse sa tête écailleuse en découvrant ses crochets.

Cette fois-ci, Taliesin ne s'enfuit pas. Il n'avait jamais cherché la puissance de la terre, bien que beaucoup de druides le fissent. Hafgan avait toujours dit que c'était inutile, qu'une telle recherche était dangereuse, que personne ne pouvait espérer domestiquer cette force, ni découvrir la façon dont elle était autrefois utilisée, et que ceux qui essayaient le regrettaient amèrement... s'ils y survivaient.

Morgian le regardait d'un air intrigué. « Encore une faute, dit-elle en soupirant légèrement. Il est poli de dire à une jeune fille que son nom est ravissant, que le prononcer est comme une musique sur les lèvres. » Elle se leva de son tabouret et s'avança vers lui. « Suis-je donc si repoussante ?

— Pardonne-moi, gente dame, répondit Taliesin. Je semble condamné aux maladresses.

— Je ne te pardonnerai pas, chanteur, dit Morgian en se rapprochant, tandis qu'un sourire madré, séducteur, se dessinait sur ses lèvres. J'obtiendrai satisfaction. »

Taliesin fit un pas en arrière. Elle tendit la main et le retint par le bras. « Où vas-tu, Taliesin ? Reste avec moi, Seigneur de l'Été.

— Pourquoi m'appelles-tu ainsi ? » La voix de Taliesin était crissante comme du gravier sous les sabots d'un cheval. « Où as-tu entendu ce nom ? »

Le sourire de Morgian s'élargit. « Avallach ne t'a-t-il pas donné des terres ?

— Si, répondit Taliesin d'un ton mal assuré, hier soir. »

Morgian approcha son visage de celui de Taliesin. « C'est le Pays de l'Été, répondit-elle avec une feinte innocence. Et toi, tu es le Seigneur de l'Été. » Elle porta la main à son visage et lui donna un baiser.

Le contact de sa peau était comme la caresse d'une flamme, ou de la glace. À nouveau, Taliesin sentit son esprit attiré vers elle. Une partie de lui-même désirait rester avec elle, lui faire l'amour comme elle l'y invitait.

La partie rationnelle de son être recula sous son baiser comme sous une gifle. Le ciel s'obscurcit et la terre bascula sous ses pieds. Il s'arracha à son étreinte et s'enfuit en courant, trébucha, tomba à quatre pattes, se releva et se remit à courir.

« Reviens, Taliesin », cria dans son dos Morgian d'un ton bizarrement chantant. Il jeta un coup d'œil en arrière et la vit qui lui faisait signe, l'exultation illuminant son visage. « Tu reviendras… Taliesin, tu me reviendras… »

En arrivant dans le verger, Charis vit Taliesin qui sortait du bosquet. Elle attacha son cheval à côté du sien et se hâta de le rejoindre. « Qu'est-ce qui ne va pas ? demanda-t-elle tandis que s'effaçait son sourire de bienvenue. Il s'est passé quelque chose ? »

Il la serra contre lui et la chaleur de son corps l'apaisa. « Ce n'est rien, dit-il. Il ne s'est rien passé. »

Elle s'écarta et le maintint à bout de bras. « Tu en es sûr ? Tu avais l'air si effrayé. J'ai cru…

— Chut… c'est sans importance. Il ne s'est rien passé. » Taliesin posa un doigt sur les lèvres de Charis. « Tu es là, maintenant. C'est tout ce qui compte.

— Mais je n'aurais pas dû venir », dit-elle sévèrement. Puis elle se radoucit et dit : « Oh, Taliesin, c'est impossible. Mon père est très en colère. Il ne nous laissera pas nous marier.

— Pourquoi ? » demanda-t-il d'une voix douce en la serrant contre lui.

Elle le repoussa. « Je l'ai rarement vu aussi furieux. Il a refusé de m'en parler, hier soir.

— Mais Avallach nous a donné des terres. Si nos peuples doivent vivre en voisins, je ne vois pas pourquoi nous ne pouvons pas vivre comme mari et femme.

— Ce n'est pas si simple, et tu le sais, Taliesin. » Elle lui tourna le dos. « Je te l'avais dit : nous ne sommes pas faits pour vivre ensemble.

— Charis, dit-il d'un ton ferme, regarde-moi. »

Charis lui refit face, les sourcils froncés. « Tu sais que je te veux… veux-tu de moi ?

— Ce que je veux n'a aucune importance.

— Pourquoi ? Pourquoi te sacrifier ainsi ? N'es-tu pas digne d'aimer et d'être aimée ?

— L'amour ? » Charis secoua tristement la tête. « Ne me parle pas d'amour, Taliesin.

— Alors, dis-moi ce qu'il faut dire pour te gagner, et je le dirai. Je dirai aux étoiles du ciel de tresser une couronne sur ta tête ; je dirai aux fleurs des champs de te draper d'un manteau ; je dirai au torrent impétueux de composer une mélodie pour tes oreilles et à la voix de mille alouettes de la chanter ; je dirai à la douceur de la nuit de te faire un lit et à la chaleur de l'été de te tisser une couverture ; je dirai à l'éclat de la flamme d'éclairer ton chemin et à l'éclat de l'or de briller dans ton sourire ; je parlerai jusqu'à ce qu'en toi fonde la dureté et que ton cœur retrouve la liberté.

— Belles paroles, chanteur. Peut-être les mettras-tu dans une de tes chansons. » La voix venait des arbres dans leur dos.

Charis fit volte-face. « Morgian ! » Elle scruta les arbres et les allées du bosquet, mais ne vit personne. « Morgian, où es-tu ? Sors de là, et vite ! »

Il y eut un long silence, puis le bruissement d'une branche, et Morgian sortit, un sourire espiègle aux lèvres. « Serais-tu jalouse, ma sœur ? Oh, ne te mets pas en colère. Ce n'était qu'un jeu ; une simple curiosité, si tu préfères. Je n'avais aucune mauvaise intention.

— Qu'est-ce que tu fais là ? demanda Charis, rouge d'indignation.

— Je l'ai rencontrée un peu plus tôt, expliqua Taliesin pour tenter de faire retomber la tension. Nous avons bavardé un moment pendant que j'attendais. Je ne savais pas que c'était ta sœur.

— N'as-tu pas parlé de moi à Taliesin ? demanda innocemment Morgian. Pourquoi donc ? Avais-tu peur que je te le vole ?

— Laisse-nous ! » Mains sur les hanches, Charis avait l'air inflexible.

« Tu ne me feras pas partir ! » Morgian s'avança d'un air menaçant. Ses yeux brillaient d'un éclat dur au soleil, tels des morceaux de granit vert ; sa voix était un serpent lové sur lui-même. « Je ne m'en irai pas. »

Taliesin s'interposa entre les deux femmes. Il dit à Morgian : « Tu as obtenu satisfaction. Va-t'en, maintenant, séparons-nous bons amis. »

Les yeux de Morgian passèrent de Charis à Taliesin ; l'expression de son visage, son attitude, tout son être s'adoucirent instantanément. « Bons amis, oui, et beaucoup plus que cela, murmura-t-elle.

— Morgian ! siffla Charis. Je n'ai pas peur de toi ou de tes tours de sorcière. Laisse-nous ! Et ne viens plus jamais te mêler de nos affaires.

— Je m'en vais, répondit Morgian d'un ton léger. Mais ne t'imagines pas que vous ne me reverrez plus. »

X

Dafyd écoutait, le front barré d'un pli. Mais quand Taliesin eut fini de lui raconter ce qui s'était passé dans le verger, le prêtre sourit d'un air rassurant et dit : « Tu as raison de te sentir inquiet, Taliesin. Mais tu ne cours aucun danger tant que tu demeures ferme dans ta foi. La jeune Morgian possède peut-être un pouvoir… c'est même probable ; je ne doute pas que ce que tu dis soit vrai. Mais le pouvoir de notre Sauveur est encore plus fort. Dieu n'abandonnera pas ceux qu'il a appelés, pas plus qu'il ne se les laissera arracher par le Malin. »

Taliesin se sentit encouragé. « Dis-nous, bon frère, comment le Sauveur reconnaît-il les siens ?

— Eh bien, par la foi qu'ils ont en lui. Et tous les croyants proclament sa mort et sa résurrection par le baptême… le baptême de l'eau que le Seigneur a lui-même reçu de Jean. C'est une cérémonie simple, mais très sacrée. En fait, j'ai baptisé le roi Avallach il y a quelques jours.

— Peux-tu le faire pour nous aussi ? demanda Taliesin en prenant Charis par la main.

— Certainement, répondit Dafyd dont le visage plein de bonté s'éclaira d'un large sourire. Veux-tu que je le fasse maintenant ? On ne peut rêver meilleur moment.

— D'accord, dit Taliesin. Allons-y tout de suite.

— Collen, cria Dafyd en direction de la chapelle, pose tes outils et viens nous rejoindre ! Nous allons au lac faire de nos amis des chrétiens. »

Ils partirent donc tous quatre vers le lac, les prêtres chantant des hymnes en latin, Taliesin et Charis les suivant en silence d'un pas lent et résolu. Arrivés au lac, Dafyd entra dans l'eau, puis il se retourna et leur tendit les mains, sa robe et son manteau tourbillonnant autour de lui. « Venez à moi, mes amis, le royaume de Dieu est proche. »

Charis et Taliesin descendirent dans l'eau et allèrent rejoindre Dafyd tandis que Collen ne cessait de chanter de sa puissante voix de ténor. Dafyd les disposa de chaque côté de lui et les tourna face à face. « C'est une chose merveilleuse pour un être humain de renaître. Je veux que vous assistiez tous les deux à ce spectacle et que vous vous en souveniez à jamais. »

Sur ce, il étendit les bras, leva le visage vers le ciel et se mit à prier, disant : « Père Céleste, nous te remercions pour le don de l'eau en signe de notre purification et de notre renaissance : nous te remercions d'avoir ramené ton Fils des eaux profondes de la mort pour l'élever à une nouvelle vie et le nommer Roi des Cieux. Bénis cette eau et tes serviteurs qui en seront lavés de tout péché et réunis avec notre Seigneur, dans la mort et dans leur nouvelle vie. Souviens-toi d'eux, Père Céleste, et accorde-leur la paix, l'espoir et la vie éternelle. Amen. »

Collen répéta « Amen » et Dafyd poursuivit : « Nous qui avons été conçus par des parents terrestres avons besoin de naître à nouveau. Car dans les textes sacrés, la bonne nouvelle de Jesu nous dit que, à moins de renaître, un homme ne peut voir le royaume de Dieu. Par conséquent Dieu, dans son infinie sagesse, nous donne le moyen de renaître par l'eau et par son Esprit. Ce baptême représente notre seconde naissance. »

Puis, se tournant vers Taliesin, il demanda : « Désires-tu recevoir le sacrement de l'eau ?

— Oui, répondit Taliesin.

— Alors, à genoux, Taliesin », dit Dafyd. Quand le barde se fut exécuté, le prêtre demanda : « Crois-tu que Jesu est le Christ, fils unique du Dieu Vivant ?

— Je le crois, répondit Taliesin.

— Te repends-tu de tes péchés ?

— Je me repends de mes péchés.

— Renonces-tu au mal ?

— Je renonce au mal.

— Jures-tu fidélité à Jesu comme Seigneur et Roi, et promets-tu de l'aimer, de le suivre et de le servir tous les jours de ton existence ?

— De tout mon cœur, je le jure. »

Dafyd se pencha pour prendre de l'eau dans ses mains. « Alors, au nom de ton nouveau Roi, Jesu le Christ, ami et Sauveur des hommes, et au nom du Vrai Dieu et de son Esprit, je te baptise. » Ce disant, le prêtre leva les mains et déversa l'eau sur la tête courbée de Taliesin.

Puis, posant une main dans le dos de Taliesin et l'autre sur sa tête, il le fit basculer en arrière. « De la même façon que Jesu est mort pour que vivent les hommes, tu meurs à ton ancienne vie. » Il maintint un moment le barde sous l'eau, puis il le releva avec ces mots : « Ouvre les yeux, Taliesin ap Elphin ! Éveille-toi à ta nouvelle vie d'enfant du Seul Vrai Dieu. »

Taliesin jaillit de l'eau avec un grand cri, le visage rayonnant, le corps tremblant et projetant de l'eau tout autour de lui. « Je viens de renaître ! » s'écria-t-il en se précipitant vers Dafyd pour le prendre dans ses bras.

« Doucement, Taliesin ! Retiens-toi ! J'ai déjà été baptisé ! » bafouilla le prêtre. Collen entonna un nouvel hymne et chanta avec vigueur.

Dafyd baptisa ensuite Charis et, quand il eut terminé, il plaça les mains au-dessus de leurs têtes et pria : « Dieu Tout-puissant, dans ton amour infini tu nous as appelés à te connaître, tu nous as amenés à nous remettre entre tes mains et tu as lié ta vie aux nôtres. Entoure ces deux êtres, tes enfants, de ton amour et protège-les du mal, afin qu'ils puissent s'avancer sur la voie du Seigneur et grandir en grâce et en foi. Amen. »

Se tournant d'abord vers Taliesin, puis vers Charis, il fit un geste dans les airs en disant : « Je vous place sous le signe de la croix, le signe du Christ. N'ayez pas honte de confesser votre foi, mes amis. Vivez dans la lumière et combattez vaillamment contre le Diable et le péché tous les jours de votre vie. »

Ils regagnèrent la rive et, en sortant de l'eau, Taliesin se tourna vers Charis. « Nous venons de renaître ensemble, lui dit-il. Rien ne peut désormais nous séparer.

— Ce n'était pas un mariage, fit remarquer Dafyd, dégoulinant d'eau. Mais je peux également procéder à cette cérémonie.

— Et tu vas le faire, dit Taliesin, très bientôt. »

Ils revinrent près de la chapelle où Collen leur donna des robes qu'ils revêtirent en attendant que le soleil ait séché leurs vêtements. Ils mangèrent du poisson fumé et du pain bis près du feu, et Taliesin parla de la visite d'Avallach, la veille au soir, et des terres qu'il leur avait données.

« Quel grand et généreux présent, commenta Dafyd. J'en suis heureux, car cela veut dire que vous resterez auprès de nous. » Il jeta un coup d'œil à Charis, qui avait gardé le silence pendant leur discussion. « N'est-ce pas une bonne nouvelle, Charis ? » lui demanda-t-il.

Elle sursauta en entendant son nom et dit : « Comment ? Oh… oui, c'est une bonne nouvelle.

— Et dès que nous serons installés, poursuivit Taliesin, Charis et moi nous marierons. »

Dafyd hocha la tête d'un air approbateur. « Vous ferez un couple bien assorti ! »

Charis ne dit rien et, au bout d'un moment, Collen arriva avec leurs vêtements sur le bras. Elle les quitta pour aller se changer.

« Elle a été seule, dit le prêtre. Elle a beaucoup perdu au cours de sa vie et craint sans doute de perdre davantage. Il n'est pas facile d'aimer ce que l'on peut perdre. Je me dis parfois que c'est ce qu'il y a de plus difficile au monde. » Dafyd marqua un temps et dit : « Tu sais, Hafgan est venu me voir il y a quelques jours. »

Surpris, Taliesin haussa les sourcils. « Vraiment ? Il ne m'en a rien dit.

— Il voulait entendre parler du Seigneur. "Parle-moi de ce dieu", a-t-il dit. "Ce Jesu, qu'on appelle le Christ." Nous avons parlé plusieurs heures et il m'a rapporté la plus remarquable des choses : il a dit que le signe de la naissance du Christ avait été observé dans le ciel, et que les druides d'antan savaient qu'un roi à nul autre pareil était né. Tu te rends compte ! Ils savaient !

— Je n'avais jamais entendu cette histoire, mais j'en ai entendu assez souvent une autre… à propos d'une pluie d'étoiles filantes il y a bien des années.

— Il n'en a pas parlé.

— Hafgan et bien d'autres l'ont vue. Il a dit que ce signe annonçait lui aussi une naissance merveilleuse, une naissance royale : le roi qui nous conduirait à travers l'Âge des Ténèbres.

— L'Âge des Ténèbres ? Tu veux parler de l'attaque qui a repoussé ton peuple vers le sud ?

— Ce n'est que le commencement. » Taliesin se fit très grave. « Mais cela se rapproche… des ténèbres profondes comme la nuit la plus noire s'abattront sur l'Île des Forts.

— Ce roi… tu dis qu'il est déjà né ? » demanda le prêtre.

Taliesin secoua la tête. « Peut-être, nul ne le sait. Mais son avènement ne peut être très éloigné, car les ténèbres se font chaque jour plus puissantes. Il va falloir qu'il vienne vite si l'on veut qu'il reste quoi que ce soit à sauver.

— Je crois que c'est vrai », intervint Collen, tout excité. Il avait suivi la conversation de son mieux. « Des bergers qui passaient ce matin ont dit que l'on avait aperçu des pillards dans la région… là où on n'avait pas vu d'Irlandais depuis de nombreuses années.

— Charis est tombée sur eux hier dans la vallée. Si je n'avais pas été là, il aurait pu lui arriver le pire… » Il s'interrompit, la revoyant en train de tenir tête à des guerriers entraînés. « Ah, mais vous auriez dû la voir. Même maintenant, je ne suis pas sûr que mon aide était nécessaire.

— J'imagine facilement, dit Dafyd en se caressant le menton d'un air songeur, qu'elle doit être un adversaire formidable. Elle possède une vigueur peu commune. Je me suis souvent demandé d'où cela venait.

— Allez-vous bientôt partir ? demanda Collen.

— Aujourd'hui, répondit Taliesin. Mais j'ai l'intention de vous rendre souvent visite, et je vous invite à faire de même.

— C'est promis, répondit Dafyd. Je dois veiller sur mes nouveaux convertis. Et en faire d'autres. Je pense que nous allons souvent nous revoir. »

Charis les rejoignit, puis elle et Taliesin prirent à regret congé. Les prêtres leur dirent au revoir avant de se remettre à la reconstruction de la chapelle.

Ils se dirigèrent vers le Tor et, parvenu au bout de la chaussée, Taliesin fit halte au pied du chemin qui montait en lacets vers le palais. Charis arrêta aussi son cheval et ils restèrent un moment à se regarder. « Tu pars, dit-elle simplement.

— Pour un petit moment. Mais quand je reviendrai, nous ne serons plus jamais séparés. » Il rapprocha sa monture et lui prit la main. « Tu empliras mes pensées à tout instant jusqu'à mon retour. » Il se pencha pour l'embrasser avec douceur.

Charis se raidit, serrant les rênes dans ses poings. « Tu dis que nous venons de renaître, répondit-elle amèrement. Tu dis que nous allons nous marier et que nous ne serons jamais séparés. Tu dis que tu m'aimes.

— Oui, Charis. De tout mon être, je t'aime.

— Cela ne suffit pas ! » s'écria-t-elle en faisant claquer les rênes sur l'encolure de son cheval tout en enfonçant les talons dans ses flancs. « Cela… ne… suffit… pas… »

Le cheval gris s'élança comme une flèche vers le sommet du Tor.

Le désespoir s'abattit sur le cœur de Charis avec les froides journées pluvieuses qui s'étaient installées sur le pays. Elle arpentait les couloirs du palais, nerveuse et inquiète, et elle s'en voulait de se sentir dans cet état, ce qui ne faisait qu'empirer les choses.

Son tourment n'avait pas de centre. Comme un vent qui vous assaille de tous côtés, il semblait la frapper où qu'elle se tournât, et aux moments les plus inattendus. Pourquoi ? ne cessait-elle de se demander. Pourquoi ? Pourquoi ? Pourquoi ?

Pourquoi faut-il qu'il en soit ainsi ? Pourquoi la pensée d'aimer Taliesin m'emplit-elle d'une telle appréhension ? De quoi ai-je si peur ?

Elle pensait à Taliesin… mais plus comme à une présence abstraite, une force à affronter ou une contradiction à surmonter, que comme à un être de chair et de sang qui l'aimait et la désirait. C'était une énigme sans visage, un symbole qu'elle ne parvenait pas à interpréter.

Pourquoi, se demandait-elle, penser à lui ne m'apporte-t-il aucune joie ?

Encore et encore, elle se posait la question, et chaque fois elle butait sur la même et troublante conclusion : Je ne l'aime pas.

Ce doit être cela, décida-t-elle. Aussi pénible cela soit-il, ce doit être la réponse. Je ne l'aime pas. Je n'ai peut-être jamais aimé personne…

Non, ce n'est pas vrai, j'aimais ma mère, se dit-elle. Mais c'était il y a longtemps et elle est morte depuis bien des années. Peut-être tout amour est-il aussi mort en moi quand Briseis a été tuée. C'est étrange, de m'en apercevoir seulement maintenant. Il y a si longtemps que je n'ai aimé rien ni personne, à part moi… non, pas même moi. Ce que m'a dit la Grande Reine ce jour-là était vrai : je voulais mourir, c'était pourquoi je dansais avec les taureaux.

L'amour…

Pourquoi l'amour devrait-il être si important ? À part quelques brèves années quand j'étais enfant, je m'en suis passée. Pourquoi en irait-il soudain autrement ? Pourquoi maintenant ?

Et qu'était-il arrivé à cette agréable sensation de calme qu'elle avait éprouvée à peine quelques jours plus tôt — cette sensation de sécurité et d'équité, l'impression de faire partie d'un plan caché qui se met méticuleusement en place… où était-elle passée ?

C'était vrai, se souvint-elle. Il y avait tout juste quelques jours, elle était certaine d'être amoureuse de Taliesin. Il y avait tout juste quelques jours, elle avait le sentiment que la vie avait repris tout son sens. Il y avait tout juste quelques jours… et maintenant ?

Les choses avaient-elles tant changé ? Ou bien ces sentiments n'avaient-ils été que de fugaces sensations, plus proches du rêve que de la réalité ? Ces derniers jours avaient assurément possédé une qualité onirique. C'était comme si elle venait de se réveiller d'un rêve agréable pour se trouver replongée dans l'austère réalité.

Était-ce un rêve ? Avait-elle tout imaginé, poussée par la solitude et la mélancolie ?

Taliesin était bien réel. Charis entendait encore son nom sur ses lèvres, sentait ses doigts sur sa peau, la chaleur de ses bras autour de son corps. C'était réel, mais était-ce l'amour ?

Si ce l'était, cela ne suffisait pas.

Ses derniers mots, lors de leur séparation, lui revenaient, cuisants dans leur désespoir. Cela ne suffit pas ! L'amour n'avait jamais suffi. Il n'avait pas empêché sa mère de mourir ; il n'avait pas empêché cette guerre atroce qui avait emporté Eoinn et Guistan ; il n'avait pas sauvé l'Atlantide de la destruction... Pour autant qu'elle le sache, l'amour n'avait jamais sauvé quiconque de l'angoisse de vivre, même pour un instant.

Et maintenant ce prêtre chrétien, Dafyd, prétendait que la force qui gouvernait le monde — tous les mondes, en fait, présents, passés et à venir — était l'amour. Cette émotion faible et inconstante. Impuissante et, de par sa nature même, vulnérable. Une chose plus à mépriser qu'à porter aux nues.

Qui était ce dieu qui exigeait l'amour de ses serviteurs, qui se faisait appeler amour et insistait pour être adoré dans l'amour ? Qui faisait de l'amour la plus haute expression de son pouvoir et prétendait se tenir au-dessus de tous les autres dieux, être le seul créateur de la terre et des cieux, être le seul digne d'honneur, de révérence et de gloire ?

Un dieu étrange et pervers que ce Dieu d'Amour, se dit Charis. Absolument pas comme les autres dieux que j'ai connus. Si différent de Bel qui, sous ses deux aspects de constance et de changement, n'exigeait qu'une vénération de pure forme — et pas même cela si l'on n'y était pas enclin. S'il se souciait peu de son peuple et ne l'aidait guère, au moins ne prétendait-il pas non plus l'aimer. Il ignorait tous les hommes à égalité, mages ou mendiants.

Mais ce Dieu Très-Haut prétendait aimer ses adeptes et attendait — non, *exigeait* — d'eux qu'ils le reconnussent pour seule autorité et arbitre suprême. Pourtant il pouvait être aussi froid, silencieux, distant et capricieux que l'avait jamais été Cybèle.

Même ainsi, Charis avait promis de le suivre, s'était fait baptiser dans la foi chrétienne. Pourquoi ?

Était-ce parce qu'elle était tourmentée, et lasse de son tourment, lasse de chercher, lasse de cette sensation de vide et de solitude, du sentiment que sa vie n'avait plus de sens ? Était-ce cela ?

Comme un oiseau enfermé dans une étable qui se jette aveuglément contre les murs, Charis se débattait pour comprendre la pitoyable confusion de ses pensées et de ses émotions, mais elle ne faisait que se heurter au silence et à l'indifférence. Ses questions demeuraient sans réponse.

Très bien, elle avait été attirée vers ce nouveau dieu à travers son fils, Jesu, qui avait vécu en homme parmi les hommes, enseignant la doctrine d'amour et montrant le chemin d'un royaume de paix et de félicité sans fin. Cela, au moins, valait la peine d'être cru. Mais à quelle fin ?

Bel ne proposait rien d'aussi impossible, ne faisait pas de vaines promesses. Pour lui, la vie et la mort ne faisaient aucune différence. Mais pas pour ce Jesu. Si Charis avait bien compris Dafyd, Jesu, qui était lui-même vraiment Dieu, s'était sacrifié afin que tous puissent renaître pour vivre dans son royaume — un royaume pour elle aussi insubstantiel et lointain que l'amour qu'il promettait de partager avec ceux qui croyaient en lui.

« Il suffit de croire, lui avait dit Dafyd. Il ne nous demande pas de le comprendre, seulement de croire en lui. Comme il est écrit : "Car Dieu a tant aimé le monde qu'il a donné son Fils unique afin que quiconque croit en lui ne meure jamais mais ait la vie éternelle." »

Il suffit de croire ! Il suffit de faire ressurgir l'Atlantide des profondeurs — ce serait plus facile, se dit Charis au comble du désespoir. Comment puis-je croire en un dieu qui n'a pas de visage, et pourtant revendique l'entière création pour royaume ; qui exige une dévotion totale et sans réserve, et pourtant refuse de parler ; qui se fait appeler Père, et pourtant n'a pas daigné épargner son fils unique.

Mieux valait croire en Bel, Lleu, Œster, la Déesse Mère ou n'importe laquelle de la multitude de divinités qu'ont adorées les hommes à travers les siècles. Mieux valait ne croire en rien ni personne… conclusion qui avait tout le réconfort du tombeau.

« Dieu ! s'écria-t-elle, désespérée, sa voix se perdant dans le vent et la pluie qui venaient battre le Tor. Dieu ! »

XI

Les rafales de pluie glaciale des derniers jours étaient passées durant la nuit et le printemps était revenu. Charis s'attarda quelques instants au lit, le corps et l'esprit légers, et elle se souvint qu'elle n'avait rien mangé la veille ni l'avant-veille. Elle était affamée, mais elle se sentait aussi soulagée d'un fardeau, comme si le poids du désespoir s'était dissipé au cours de la nuit à la façon des nuées d'orage. Bien qu'absolument rien n'eût changé.

Elle n'était toujours pas sûre de son amour pour Taliesin, toujours pas sûre de sa foi dans le nouveau dieu, et elle se sentait toujours très seule et tourmentée. Sa première idée fut de se lever, de seller aussitôt son cheval et de partir se promener dans les collines — de chevaucher sans trêve et de se perdre dans la splendeur infinie de la terre verdoyante et des cieux insondables.

Elle s'arrêta en route pour manger un morceau de pain et de fromage et avaler une gorgée de vin, puis elle se hâta vers les écuries et, dans la cour, croisa Morgian, maussade et frémissante de menaces informulées. « Je n'ai rien contre toi, Morgian, lui dit Charis. Mais entendons-nous bien.

— Nous entendre ? Comment cela, ma sœur ? répondit-elle d'un air madré.

— Au sujet de Taliesin. Il m'a déclaré son amour et il désire m'épouser. En toute franchise, je dois te dire que je ne sais pas si je l'aime. Je crois que non. Fort vraisemblablement, nous ne nous marierons jamais... »

Le sourire de Morgian avait tout du chat dont les griffes viennent de se refermer sur une souris. « Ainsi, tu rec...

— Mais, la coupa Charis, que je l'épouse ou non, je t'interdis de t'immiscer dans nos affaires.

— Si tu ne l'aimes pas, qu'est-ce que cela peut te faire ? » demanda Morgian.

Sur le moment, Charis esquiva la question. Mais plus tard, après avoir lâché les rênes à son cheval sur le sentier bordé de genêts, elle se surprit à se la reposer : Qu'est-ce que cela peut me faire ?

Elle retournait la question dans sa tête en écoutant le bruit des sabots de son cheval sur la terre détrempée. Si je m'en fais, c'est que je tiens à lui. Et tenir à lui, n'est-ce pas déjà de l'amour ?

Perdue dans ses pensées, elle franchit la crête de la colline et redescendit sur l'autre versant, passant devant un épais buisson de prunellier. Un cri perçant la tira en sursaut de sa rêverie. Elle arrêta son cheval et tendit l'oreille. Un léger bruit de feuilles s'éleva dans le buisson juste devant elle.

Charis mit pied à terre et s'approcha du buisson. Elle s'agenouilla et regarda à travers les branches entrelacées. Il y faisait trop noir pour voir grand chose, mais il y avait quelque chose dans l'ombre. Précautionneusement, elle écarta la première couche de feuillage. Un cri perçant déchira le silence et le prunellier s'agita furieusement. Charis lâcha la branche, mais elle avait vu ce qui se trouvait derrière : un petit faucon merlin pris au piège dans les épines.

Elle écarta de nouveau le feuillage et, tout doucement, avança la main. L'oiseau se débattait, secouant la tête et les pattes, mais ses ailes restaient prisonnières des épines.

« Là, mon tout beau, fit Charis d'un ton apaisant en avançant sa main libre vers le faucon. Tiens-toi tranquille, je ne te ferai pas de mal. »

L'oiseau chercha à lui lacérer les doigts de son bec et de ses serres. Elle retira sa main. « Chut, du calme. Je suis ton amie. » Le faucon poussa un cri et frappa du bec dans sa direction, ses yeux bordés de rouge luisant d'un éclat farouche. Charis n'avait pas d'autre solution que d'attendre, accroupie sur les talons, que sa rage se soit calmée.

Quand il se fut apaisé, Charis avança de nouveau la main vers lui. Lentement, doucement, elle rapprocha ses doigts. Le faucon attendit qu'ils lui effleurent les plumes, puis il frappa de son bec acéré. « Aïe ! » Le bec lui avait égratigné le majeur.

Ce jeu du chat et de la souris se poursuivit quelques temps, l'oiseau repoussant chaque tentative de Charis. Mais elle insista… Elle lui parlait pour l'apaiser, cherchait à lui faire comprendre qu'elle voulait l'aider.

« Qu'est-ce que je vais faire de toi ? Je ne peux pas te laisser ainsi, tu mourrais », dit-elle au faucon. L'oiseau lui répondit par un cri, mais moins fort qu'auparavant, et Charis remarqua qu'il se débattait aussi plus faiblement.

« Comme ça, lui dit-elle, tu es là depuis un certain temps. C'est bien ce que je pensais. Une rafale t'a jeté dans ce buisson et te voilà… tu ne peux pas te libérer et tu as besoin d'aide. Maintenant, reste tranquille et laisse-moi t'aider. » L'oiseau la contempla de son œil rond, mais cette fois il ne se débattit pas ; il demeura tranquille et laissa sa main se refermer sur son corps.

Délicatement, elle dégagea ses ailes et sortit le faucon de sa prison. Ses rémiges et son dos étaient gris clair, son ventre d'un beige tirant sur le rouge ; sa poitrine, son dos, ses ailes et sa tête étaient parsemés de pointes sombres qui faisaient comme de petites dagues ; il avait une large bande noire en travers de la queue et à l'extrémité de chaque aile.

« Là, tu vois ? lui dit-elle d'un ton apaisant en le serrant contre elle et en le caressant. Tu es libre. Maintenant, je vais te laisser partir. »

Charis s'éloigna de quelques pas du buisson, se tourna face au vent et leva l'oiseau sur ses paumes étendues. Le faucon s'élança, se débattit dans les airs et tomba, une aile battant furieusement, l'autre à demi repliée. Il s'abattit quelques pas plus loin. Elle courut vers lui.

« Je suis désolée, mon tout beau ! Tu es blessé. Fais-moi voir. » Elle se pencha pour le ramasser et le faucon lui planta le bec dans la partie charnue de sa main, entre le pouce et l'index. « Aïe ! » La blessure était nette et le sang en jaillit aussitôt.

« Tu n'es pas un oiseau très reconnaissant, n'est-ce pas ? dit-elle en portant sa main blessée à sa bouche. Comment puis-je t'aider si tu ne me laisses pas faire ? »

Le faucon poussa un cri perçant et s'enfuit en sautillant à travers les hautes herbes, traînant derrière lui son aile blessée.

« Où comptes-tu aller ? lui cria Charis. Regarde-toi. Tu es blessé et tu meurs de faim. Tu ne peux pas chasser pour te nourrir ; tu ne peux même pas voler. Personne d'autre ne peut te sauver. C'est la mort qui t'attend là-bas, mon tout beau. »

Il courut le plus loin possible, mais l'effort l'eut bientôt épuisé et il s'arrêta, la tête basse, haletant, le bec ouvert.

Charis courut le rejoindre et se tint debout au-dessus de lui. « Vas-tu me laisser t'aider ? » L'oiseau, à bout de forces, baissa la tête et s'affala dans l'herbe. Charis le ramassa délicatement et le faucon, trop faible pour se débattre, se laissa prendre. Il ferma les yeux et se blottit au creux de son bras.

De retour au palais, Charis emmena le faucon directement dans sa chambre et le posa sur le lit. Elle partit chercher Lile qu'elle trouva à quatre pattes dans le jardin, en train de planter des graines dans une bordure de terre humide.

« Lile, dit Charis, j'ai recueilli un oiseau blessé. Veux-tu venir le voir, s'il te plaît ?

— Un oiseau blessé ? » Lile s'essuya le front avec la manche. « On ne peut pas soigner les oiseaux. Tu aurais dû le laisser où il était, dit-elle, et elle se remit à creuser.

— Il serait mort, expliqua Charis.

— Oui, c'est ce qui arrive. La plupart des bêtes sauvages ne peuvent pas être soignées, les oiseaux en particulier. Ils meurent.

— Ce n'est pas ce genre d'oiseau, répondit Charis. C'est un faucon. Je crois qu'il a une aile cassée ; il ne peut pas voler.

— Un faucon ? » Lile eut l'air intéressé, puis elle haussa les épaules. « Je ne peux rien pour lui.

— Oh, viens au moins le voir, insista Charis. Je ne crois pas qu'il soit gravement blessé… juste son aile. Et il est presque mort de faim. »

Lile s'essuya les mains sur son manteau jaune et se leva. « D'accord, je viens voir ton faucon. Mais il faut me promettre que, s'il n'y a rien à faire, tu le feras tuer tout de suite. Ce n'est pas bien de laisser une créature souffrir inutilement.

— C'est promis, répondit Charis. Viens, il est dans ma chambre. » Et elles partirent ensemble.

Lile s'assit au bord du lit et examina soigneusement le faucon. Il ne bougea pas quand elle tendit la main vers lui et il la laissa même manipuler son aile abîmée sans résister. « Son aile est cassée, dit-elle. Ce petit merlin a volé pour la dernière fois, je le crains.

— Non ! s'écria Charis. Tu peux sûrement le soigner. S'il te plaît, Lile, tu dois essayer. »

Lile soupira et regarda le tas de plumes grises en fronçant les sourcils d'un air sceptique. « Bien, je vais faire ce que je peux. Mais je n'ai pas grand espoir pour lui. Même si tu réussis à le maintenir en vie, il ne volera vraisemblablement plus jamais… ce qui n'est guère un service à lui rendre. » Elle sortit de la pièce en disant : « Je vais chercher mon matériel. En attendant, va demander aux garçons d'écurie d'attraper une souris ou deux, mais sans les tuer. À partir de maintenant, nous aurons besoin d'autant de rats et de souris vivants qu'ils pourront en prendre. Et apporte une cuvette d'eau claire. »

Charis fit ce qui lui avait été demandé ; quand elle revint, Lile bandait l'aile avec des lanières de tissu. Il y avait des rognures de plumes éparpillées sur le lit et la tête du faucon était enveloppée dans une bande d'étoffe. « Que lui as-tu fait ? » demanda Charis.

Sans relever les yeux, Lile expliqua : « Je lui ai couvert les yeux pour qu'il ne se débatte pas et je lui ai rogné les ailes pour qu'il n'essaie pas de voler tant qu'il ne sera pas guéri. J'ai réduit de mon mieux la fracture et je lui ai bandé l'aile. À présent, si nous pouvons le nourrir et le faire se tenir tranquille, nous arriverons peut-être à le sauver. » Elle se redressa et regarda son œuvre. « C'est tout ce qu'on peut faire. Le reste ne tient qu'à lui. »

Charis s'assit et se mit à caresser la tête du faucon. « Merci, Lile. Il va guérir, dit-elle avec conviction. J'y veillerai.

— Peut-être », dit Lile, dubitative. Elle ramassa ses bandages et ses ustensiles. « Nous verrons. »

Quelques jours plus tard, Taliesin revint à Ynys Witrin. Il contourna le Tor et se rendit directement à la chapelle. Dafyd vint le saluer près de la source où il attachait son cheval et remonta avec lui la colline. « Cela fait plaisir de te revoir, Taliesin. Mangeras-tu avec nous ? Nous étions sur le point de rompre le pain. »

Ils s'assirent et Collen apporta des bols de lapin bouilli avec des oignons et du pain frais. Ils prièrent et mangèrent tandis que Taliesin racontait leur arrivée sur les terres qu'Avallach leur avait données. « Il y a un caer en ruines au sommet d'une colline d'où l'on peut surveiller les environs. C'est une excellente forteresse au milieu de belles forêts et de champs fertiles. N'importe quel roi se considérerait fortuné de la posséder, mais elle est inhabitée depuis des années et il y a beaucoup à faire — des abris à relever, des champs à défricher, et un millier d'autres dispositions à prendre pour renforcer notre sécurité. »

Dafyd remarqua que les yeux du jeune homme ne cessaient de s'égarer vers le Tor, si bien qu'il essaya de lui changer les idées en lui décrivant à quoi ressemblerait la chapelle quand elle serait terminée et comment les cérémonies y débuteraient bientôt.

Taliesin n'écoutait pas un mot, aussi finit-il par dire : « Mais tu n'es pas venu m'entendre parler du sanctuaire. Si tu veux des nouvelles de Charis, tu vas devoir aller lui en demander toi-même. Nous ne l'avons pas vue. »

Taliesin secoua tristement la tête et raconta à Dafyd ce qui s'était passé le soir où Avallach était venu rendre visite au camp des Cymry. « Comme tu peux le voir, conclut-il, rien n'est réglé entre nous et je ne suis pas le bienvenu au palais du Roi Pêcheur, sinon je m'y rendrais moi-même.

— Oui, je vois, dit Dafyd. Cela te rendrait-il service que je lui porte un message ?

— Exactement ce à quoi je pensais. »

Dafyd plongea la main dans la corbeille pour prendre un autre pain et le rompit. « Très bien, donc, finissons de manger et j'irai. »

Taliesin se leva d'un bond et tira le prêtre par le bras. « Tu mangeras à ton retour.

— Bon, d'accord. J'y vais. Prête-moi ton cheval, je n'en serai que plus tôt revenu. »

Ils descendirent au pied de la colline et Dafyd monta en selle, disant : « Quel message dois-je lui apporter ?

— Dis-lui que je l'attendrai dans le verger au pied du Tor. Qu'elle m'y retrouve. »

Dafyd gagna le Tor par la chaussée de terre et gravit le chemin en lacets jusqu'à la porte du palais. Il fut accueilli sans cérémonie et entra dans la cour où il mit pied à terre et regarda autour de lui. Encore une fois, il était impressionné par la splendeur de ce qui l'entourait — si différente de tout ce qu'il avait jamais vu, même à Constantinople.

Il voyait parfaitement pourquoi les voisins bretons d'Avallach et des siens les appelaient le Peuple des Fées : autour d'eux, tout était étrange et splendide… comme s'ils venaient effectivement d'un autre monde. La légende disant qu'ils venaient des terres du Couchant était peut-être vraie ; Avallach était peut-être bien, comme le murmuraient les habitants des collines, le Roi des Faery de l'Île des Immortels…

De plus étranges choses étaient possibles.

Ce n'était pas la première fois que Dafyd caressait ces pensées. Mais la sensation qui les faisait naître — l'impression qu'en posant le pied sur le Tor il pénétrait dans un autre monde — cette sensation était aujourd'hui plus forte que jamais.

Il en faudrait peu, se dit-il en contemplant l'élégante architecture du palais, pour se convaincre qu'il y avait une puissante magie derrière tout ce qu'il voyait.

Et pourtant il connaissait Avallach, et il savait que c'était un homme comme les autres — il s'était lié d'amitié avec lui, il avait partagé le pain et le vin avec lui, il avait dormi sous son toit, il l'avait baptisé dans le lac qui baignait le pied du Tor. Et si Collen et lui avaient un moment pris Charis pour une vision de Sainte Marie — ce souvenir le fit sourire — c'était une erreur parfaitement logique, que n'importe qui aurait pu commettre en ces circonstances : ils étaient affamés et épuisés par leur long voyage, susceptibles de voir n'importe quoi ; de plus, il était rare de rencontrer pareille beauté dans le monde. Ils ne s'attendaient certainement pas à trouver qui que ce fût, encore moins une si belle créature, en train de veiller sur le sanctuaire. Leur méprise était fort naturelle.

En atteignant le portique, il sentit un regard posé sur lui. Il s'arrêta et attendit. La jeune Morgian sortit de l'ombre, les mains croisées devant elle, un sourire modeste sur les lèvres. Il lui rendit son sourire, mais se sentit parcouru d'un frisson glacé.

« Tu es venu voir Charis, dit Morgian, toujours souriante.

— Oui. Dis-moi, sais-tu si elle est dans sa chambre ?

— Oui. Elle t'a attendu toute la journée. »

Dafyd haussa les sourcils, surpris. « Comment cela ? Il y a moins d'une heure, je ne savais pas moi-même que j'allais venir. »

Morgian pencha légèrement la tête, comme pour écouter quelqu'un auprès d'elle. « C'est ce que tu dis.

— Veux-tu me conduire à elle ? » Dafyd indiqua les énormes portes d'airain grand ouvertes. Morgian regarda dans leur direction mais ne bougea pas.

« Tu es venu de la part de Taliesin.

— C'est exact. »

Le visage de Morgian s'assombrit et elle s'avança lentement vers le prêtre. Une mince vrille de peur s'insinua dans le cœur de Dafyd. « Elle n'aime pas Taliesin, lui dit Morgian, d'une voix basse et menaçante.

— Elle te l'a dit ? » Dafyd éprouvait une brusque et inexplicable envie de s'enfuir.

« Elle l'a dit à tout le monde... même au chanteur en personne, mais il n'a pas voulu écouter. Elle lui a dit qu'elle ne viendrait pas. Il attend en vain.

— J'aimerais voir Charis, maintenant. »

Morgian hocha gravement la tête. « Alors, suis-moi. » Elle se dirigea vers la porte, fit quelques pas, puis elle hésita. « Peut-être puis-je aider le chanteur.

— Peut-être, répondit Dafyd, mais je veux d'abord parler à Charis. Nous verrons ensuite. »

XII

« Pensais-tu partir avec lui sans me le dire ? » Avallach venait d'apparaître à la porte de la chambre de Charis. Elle lâcha la botte qu'elle s'apprêtait à enfiler, se redressa et lui fit face.

« Comment l'as-tu su ?

— Morgian est venue m'avertir, dit-il, la colère et le dépit durcissant sa voix. Elle a dit que Dafyd était venu apporter un message. Tu le nies ? »

Comment Morgian l'a-t-elle appris ? se demanda-t-elle. « Dafyd vient tout juste de partir. J'allais te prévenir.

— Quand ?

— Dès que j'aurais été sûre. » Elle regarda son père droit dans les yeux. Avallach se tenait un peu en avant de la porte, une main pressée contre son flanc, comme si savoir que sa fille avait l'intention de le quitter l'avait transpercé de douleur. La pâleur de son teint contrastait avec la noirceur de sa barbe. « Je ne sais pas si je l'aime, Père, mais je sais que je veux essayer.

— Non, dit-il en secouant lentement la tête. Je ne puis le permettre. Nous sommes de noble race. »

Charis fit le tour de la table et posa les mains sur le bras d'Avallach. « Comment en es-tu arrivé là ? demanda-t-elle avec douceur. Ce ne peut être à cause de Taliesin. » Avallach détourna la tête. « Qui a parlé d'unir les destinées de nos races, de nous adapter à leurs coutumes… qui a dit cela, sinon toi ? Tu leur as donné des terres ; tu leur as donné un foyer. »

Avallach se raidit. « Je ne leur ai pas donné ma fille.

— Non, répondit doucement Charis. Cela vient de moi.

— Je ne peux l'accepter, dit-il entre ses dents. Je refuse ! Notre sang est pur. Tu ne peux pas mélanger le sang royal de l'Atlantide avec ces… ces…

— Ces barbares cymry ? » Charis s'écarta de lui. « C'est toi qui as dit que notre avenir était auprès d'eux. Et tu avais raison. Nous sommes chaque année moins nombreux. Nous étions près de deux mille en tout, avec Belyn, quand nous avons abordé ces rivages. Nous ne sommes plus que mille. Six enfants sont nés l'année dernière…

— Six ! Tu vois…

— Aucun n'a passé l'hiver ! Nous sommes en train de mourir, Père. Si nous devons survivre, ce doit être avec eux, sinon nous mourrons seuls.

— Je ne voulais pas dire… », commença-t-il, puis il s'arrêta, regardant Charis d'un air impuissant. « Ce n'était pas de cette façon que je l'avais envisagé.

— Il n'y en a pas d'autre, répliqua Charis d'un ton ferme. Notre sang royal de l'Atlantide ne veut plus rien dire ici, Père. Tu le sais ; tu l'as dit toi-même. Taliesin m'aime, il veut m'épouser. Il est revenu me voir et je vais lui parler.

— Si tu veux te marier, je te trouverai quelqu'un… un des nôtres. Ils sont nombreux, dans la maison de Belyn, ceux qui seraient prêts à t'épouser.

— Quel tact, Père, dit Charis en grimaçant. Je ne pourrais t'être plus reconnaissante si j'étais une de tes juments poulinières.

— Mieux vaut cela qu'un mariage avec… avec un Breton ! Je te l'interdis, gronda-t-il en brandissant le poing. Tu entends ? Je te l'interdis ! »

Charis vint s'agenouiller à ses pieds. Elle lui prit les mains dans les siennes. « Je le veux, Père. Je désire le rendre heureux. » Le dire à son père rendit la chose réelle à ses yeux et elle sut que c'était vrai. Son cœur avait parlé. « Je l'aime. »

Avallach leva une main tremblante vers la tête de sa fille. Elle posa la joue contre son genou et il lui caressa les cheveux. « Tu m'as chassée, autrefois, Père, dit-elle. T'en souviens-tu ?

— Oui, répondit le roi d'une voix étranglée, et ce souvenir m'est douloureux.

— S'il te plaît, s'il te plaît, ne me chasse pas une nouvelle fois. Laisse-moi le rejoindre librement, afin que je puisse revenir librement. Ne dresse pas un mur entre nous.

— Charis, tu ne me laisses pas le choix. »

Elle leva la tête. Les lèvres d'Avallach étaient fermement serrées, mais sa main était douce sur sa tête. « On a toujours le choix, Père… si on le veut. »

Il détourna les yeux. « C'est plus amer pour moi que la mort.

— Non, dit sèchement Charis. Tu n'es pas sincère. Tu ne peux pas me retenir près de toi par un sentiment fallacieux.

— Il n'y a rien de fallacieux en moi ! s'écria-t-il. Notre lignée est restée pure durant mille générations.

— L'Atlantide n'est plus ; elle est engloutie à jamais. Mais je suis vivante, Père. Vivante ! Et je ne peux pas vivre dans un monde mort. Notre illustre lignée va s'éteindre ici… est-ce là ce que tu veux ?

— Il y en a d'autres… de notre peuple.

— Où sont-ils ? Qu'ils viennent se déclarer comme l'a fait Taliesin. » Elle lui étreignit les mains de toutes ses forces, comme pour l'obliger à comprendre. « Il n'y a personne, Père.

— Attends un peu. Tu changeras peut-être d'avis.

— Combien de temps voudrais-tu que j'attende ? Combien de saisons sont passées depuis que nous sommes arrivés en Ynys Prydein ? Combien doivent encore passer ?

— Ta place est ici, parmi les tiens, insista Avallach.

— Je meurs, ici. » Charis leva la main et la posa sur la joue de son père. Il la regarda d'un air buté. « Chaque jour, je meurs un peu plus, Père. Si je reste, je vais devenir comme Annubi… c'est pire que la mort. Je plains Annubi, mais je ne veux pas devenir comme lui. »

Avallach se redressa. « Et moi, je dis que tu ne partiras pas. Sur ma vie, je jure que tu ne partiras pas ! » Il sortit brusquement de la pièce.

Charis écouta s'éloigner le bruit de ses pas. Et maintenant ? se demanda-t-elle. Je ne peux pas m'en aller ainsi. Je ne le veux pas. Je dois trouver un moyen de fléchir le cœur d'Avallach. Taliesin comprendra. Oh, mais il m'attend… je dois le prévenir.

Elle se rendit aussitôt aux écuries où un palefrenier l'accueillit à la porte. « Nous n'avons attrapé qu'un petit rat, aujourd'hui, princesse Charis. Comment va le merlin ?

— Bien, mais je ne suis pas venue pour lui.

— Ah ?

— J'ai besoin d'un cheval. »

Le sourire du palefrenier s'effaça. « Ne me demande pas cela, princesse Charis. Je ne peux pas te donner de cheval.

— Le roi ?

— Il a dit que tu ne peux pas prendre le gris, ni aucune autre monture.

— Je vois, dit Charis en jetant un rapide coup d'œil autour d'elle. Pour qui est-on en train de seller ce cheval ?

— C'est le mien, princesse. Je dois aller m'occuper d'une jument qui va mettre bas dans la prairie, de l'autre côté du marais.

— Alors, tu pourras porter un message de ma part.

— À ton service, princesse.
— Bien. Ce message est pour Taliesin.
— Le harpiste barbare ?
— Le barde breton, répliqua Charis. Dis-lui… dis-lui que je suis empêchée d'aller le retrouver. Explique-lui que je dois amadouer Avallach. Dis-lui de retourner chez les siens et que je le ferai prévenir. Tu as compris ?
— J'ai compris, princesse. Où trouverai-je le barde ?
— Il attend dans le verger. Cela ne te fera pas un grand détour. »
Le palefrenier hocha la tête et se hâta d'aller finir de seller son cheval.

Morgian attendit que le palefrenier ait atteint les portes, puis elle sortit de l'ombre et lui fit signe. « Holà ! cria-t-elle en courant derrière lui. Attends ! »
Le jeune homme arrêta son cheval. « Princesse Morgian.
— Charis a changé d'avis, expliqua-t-elle. C'est moi qui vais porter son message. »
Le palefrenier regarda vers le palais. « Mais…
— Elle a eu une meilleure idée, enchaîna précipitamment Morgian, et elle m'a demandé de me charger du message. » Elle sourit et enfonça ses doigts dans la crinière du cheval. « Pour certaines choses, il vaut mieux que ce soit une femme qui s'en charge.
— C'est vrai, reconnut le palefrenier. Je devrais peut-être…
— Donne-moi ton cheval. La princesse Charis ne veut pas que son message soit retardé d'un seul instant. » Morgian sourit de nouveau et tendit la main pour prendre les rênes.
Le jeune homme sauta à terre et aida Morgian à monter. « Tu peux retourner à ton travail, lui dit-elle. Je reviendrai trouver Charis dès que j'aurais fait ce qu'elle a demandé. » Elle fit claquer les rênes et partit sur le chemin.

Assis sous un pommier, Taliesin entendit le pas d'un cheval qui approchait. Il se leva et se dirigea vers l'entrée du verger pour accueillir le cavalier.
« Morgian ! » s'exclama-t-il en cherchant derrière elle celle qu'il espérait voir.
Morgian remarqua son regard et dit : « Elle ne viendra pas, Taliesin. Elle m'envoie te le dire. »
Taliesin se dirigea lentement vers elle. « Que t'a-t-elle dit ? » La jeune femme détourna les yeux. « Elle doit t'avoir dit quelque chose. Qu'a-t-elle dit ?

— Elle ne viendra pas…

— Dis-le moi ! » La voix de Taliesin retentit dans le bosquet silencieux. « Dis-le moi », répéta-t-il plus doucement.

Le visage de Morgian se crispa de dégoût, comme si les paroles qu'elle s'apprêtait à prononcer étaient amères dans sa bouche. « Charis a dit : "Va le trouver, Morgian, moi j'en suis incapable. Je ne l'aime pas, mais il refuse de m'écouter. Il m'obligerait à venir avec lui. Je suis faible et je partirais… et je me le reprocherais. Nous ne sommes pas faits pour vivre ensemble. Ma place est auprès de mon père. Dis-lui que je ne viendrai pas." » Morgian se tut et regarda Taliesin dans les yeux, comme pour le défier de ne pas la croire. « C'est ce qu'elle a dit, et le répéter ne me procure aucun plaisir.

— Je vois », répondit Taliesin. Il examina attentivement la jeune femme. Il n'y avait aucun moyen de savoir si ce qu'elle disait était vrai. Ces mots ressemblaient à ce qu'aurait pu dire Charis. Mais les entendre de la bouche de Morgian…

« As-tu une réponse à lui transmettre ? demanda Morgian.

— Oui, dis-lui que je ne partirai pas tant qu'elle ne sera pas venue me le dire elle-même. Je ne la forcerai pas à venir avec moi — si c'est ce qu'elle craint — mais je veux l'entendre de sa propre bouche.

— Elle ne viendra pas.

— Contente-toi de lui transmettre le message. J'attendrai au sanctuaire du Dieu Sauveur.

— Très bien. » Morgian hocha la tête, tourna bride et partit. Au bout de quelques pas, elle cria par-dessus son épaule : « Combien de temps attendras-tu, Taliesin ?

— J'attendrai jusqu'à ce qu'elle vienne me le dire en personne. » Il tourna brusquement le dos et rejoignit son cheval. Il ne vit pas le sourire froid de Morgian quand elle le regarda monter en selle et s'éloigner.

Il faisait presque nuit quand Morgian se glissa sans être vue dans le palais. Les torches et les chandelles n'avaient pas encore été allumées et les couloirs étaient obscurs. Elle se hâta, ses sandales claquant sur le dallage de pierre, son manteau à liseré rouge flottant dans son dos lorsqu'elle gravit quatre à quatre l'escalier menant à une petite pièce des étages supérieurs. Arrivée à la porte, elle tendit la main vers la poignée et une voix dit à l'intérieur : « Tu peux entrer, Morgian. » Avec un bref coup d'œil derrière elle, elle se glissa dans la pièce.

Celle-ci était plongée dans la pénombre et il y régnait une odeur d'encens refroidi. Les objets étaient des ombres indistinctes et dépourvues de substance entassées les unes sur les autres — une simple chandelle allumée aurait pu toutes les dissiper pour révéler une chambre vide.

« Où es-tu allée ?

— Je me suis promenée un moment dans le verger. Je voulais voir, pour les pommes.

— Tu as fait ce que je t'avais dit ?

— Bien sûr. » Les doigts de Morgian tâtonnèrent sur la table devant elle. « Laisse-moi faire de la lumière… il fait si noir.

— Qu'a-t-il dit ?

— Il a dit qu'il attendrait, répondit Morgian avec impatience. S'il te plaît, il fait noir. Laisse-moi allumer.

— Dans un instant, mon enfant. Quand tu m'auras tout raconté. »

Elle soupira et s'assit sur une chaise près de la table. « Je suis allée au sanctuaire et je l'ai rencontré près du ruisseau. Tu aurais dû voir la déception voiler son regard quand il a compris que Charis ne viendrait pas. Mais je n'ai rien laissé échapper. Je lui ai dit que Charis ne l'aimait pas, qu'elle avait peur qu'il ne l'oblige à partir avec lui et qu'elle désirait rester au palais.

— Et ensuite ?

— Ensuite, le chanteur a dit qu'il attendrait que Charis vienne le lui dire elle-même. Je lui ai répété qu'elle ne viendrait pas, mais il a dit qu'il attendrait. Il m'a demandé de le lui faire savoir. »

Il y eut un long silence. Morgian s'impatienta. Elle se pencha en avant et tendit les mains vers l'ombre assise devant elle. « Je t'ai tout dit. Laisse-moi faire de la lumière. »

Le corps bougea dans l'obscurité, sa chaise craqua. « Pas encore. Que faisais-tu dans le verger ?

— Je te l'ai dit. Je voulais voir, pour les pommes.

— Bah ! Je suis au courant pour les pommes. Quoi d'autre ?

— Rien.

— Ne me mens pas, Morgian. Je te connais trop bien.

— Annubi, laisse-moi allumer !

— Quoi d'autre ? »

Morgian marqua un temps. « Je suis allée au chaudron.

— Et ?

— Et rien. » Morgian poussa un soupir. « Il n'y avait rien.

— Rien que des flammes, de la fumée et de la vapeur… et des *formes*. Quelles formes, Morgian ?

— Je n'ai rien vu, aujourd'hui. Il n'y avait pas de formes.

— Tu aurais dû venir me trouver, petite fille. Je t'aurais montré ce que tu es si désireuse de voir. Je t'aurais laissé toucher le Lia Fail.

— Je préfère le chaudron, marmonna Morgian, renfrognée.

— Tu sais, poursuivit Annubi, Charis avait le don. Autrefois. Petite fille, elle s'est souvent servie de la pierre — la pierre de vision, comme elle l'appelait. Parfois, quand elle pensait que je ne m'en apercevrais pas, elle venait dans ma chambre. Je ne me suis jamais donné la peine de la lui cacher. Elle s'en servait… » Le devin retomba dans le silence. Morgian bougea sur sa chaise et il sursauta. « Tu devrais me faire davantage confiance, mon enfant.

— Je te fais confiance, Annubi, dit-elle doucement. As-tu faim ? Je vais aller aux cuisines chercher à manger…

— Non », dit Annubi. Il y eut un bruissement de tissu lorsque le devin se leva. « Ce soir, je dîne avec le roi. Viens, Morgian, descendons ensemble. »

XIII

Le printemps céda petit à petit la place à l'été. Le vert des collines où paissaient vaches et moutons devenait plus foncé ; au fond des vallées, le blé avait germé et les tiges grandissaient. Tout autour du Tor, les marais résonnaient du chant des alouettes et des merles. Dans les bois de bouleaux et d'aubépines couraient les daims aux cornes de velours ; le renard à pattes noires chassait cailles et faisans dans les halliers ; les cochons sauvages conduisaient furtivement leurs petits le long des pistes broussailleuses ; la truite mouchetée bondissait dans les torrents et la perche nageait dans le lac bordé de roseaux.

Taliesin attendait au sanctuaire du Dieu Sauveur que Charis vienne le rejoindre.

Pour s'occuper, il travaillait avec les prêtres pèlerins à la reconstruction de la chapelle. La plupart des solives avaient été remplacées, ainsi que le clayonnage d'osier qui avait été tapissé d'un mélange de paille et de boue, puis badigeonné de chaux. Dafyd et Taliesin s'occupaient à présent du toit — ils pataugeaient dans les marécages pour couper les roseaux secs de l'année précédente qu'ils liaient en bottes.

Le travail n'était pas trop fatigant et permettait à Taliesin de laisser librement vagabonder ses pensées, soit pour réfléchir à certains points de la philosophie de Dafyd, soit pour composer des poèmes qu'il chantait à haute voix aux prêtres ravis. Mais toujours ses pensées revenaient à son peuple qui prenait possession de ses nouvelles terres. Et chaque jour, ne voyant pas venir Charis, son espoir s'amenuisait, se dissipant peu à peu comme la rosée argentée qui sèche goutte après goutte à la chaleur du jour.

« En vérité, dit-il un matin à Dafyd, je ne pensais pas attendre si longtemps. Mon peuple a besoin de moi. Je lui ai dit que j'attendrai, mais… je ne peux pas rester plus longtemps. » Il regarda, au sommet du Tor drapé de brumes dans la lumière matinale, le palais dont les tours et les murailles se découpaient contre le ciel radieux. « Elle sait que j'attends, pourquoi ne vient-elle pas ?

— Peut-être en est-il comme elle l'a dit », suggéra le prêtre d'une voix douce ; il avait remarqué l'inquiétude croissante de Taliesin. « Ou peut-être y a-t-il une autre raison.

— Morgian, murmura sombrement Taliesin.

— Non, je me disais qu'elle pouvait être empêchée de venir.

— J'ai eu tort de lui faire confiance. J'aurais dû y aller en personne. Eh bien, c'est une erreur qui sera vite réparée. » Taliesin se leva brusquement.

Dafyd le força à se rasseoir. « Du calme, Taliesin. Nous ne savons pas à quoi nous en tenir. Laisse-moi aller au Tor voir par moi-même. J'aurai tôt fait de découvrir la vérité… »

Taliesin hésita. « Nous irons ensemble.

— …et je reviendrai te dire ce que j'aurai vu. »

Taliesin hésita encore. « Je n'ai pas l'intention de te la ravir, druide écervelé ! »

Taliesin s'empourpra. « Très bien. J'ai attendu jusqu'à maintenant, je peux attendre encore un peu. »

Taliesin sella son cheval et le prêtre se hissa sur la monture en disant : « Je reviens le plus tôt possible. » Et il partit.

Debout à sa fenêtre, près du perchoir du merlin, Charis caressait l'oiseau, quand elle vit un cavalier se diriger vers le Tor sur la chaussée franchissant les marais. Son cœur se mit à battre plus vite. Elle regarda le cheval noir jusqu'à ce qu'il disparaisse à sa vue sur le sentier en lacets, et elle sut que Taliesin était venu la retrouver.

Avallach ne doit pas le voir ! se dit-elle en se précipitant hors de la chambre pour l'intercepter dans la cour avant qu'il n'entre au palais. Mais ce n'était pas Taliesin qui montait le fringant cheval noir. « Dafyd, dit-elle en courant vers lui. Comment se fait-il que tu montes le cheval de Taliesin ? Je lui ai dit que je le préviendrais. Pourquoi est-il revenu ?

— Il n'est jamais parti, gente dame ! répondit le prêtre, surpris.

— Que veux-tu dire ? J'ai envoyé Ranen, le palefrenier, lui porter mon message. Je lui ai dit… »

Dafyd secoua doucement la tête. « Tu as peut-être envoyé Ranen, mais c'est Morgian qui a délivré le message.

— Encore Morgian ! Qu'a-t-elle fait ?

— Elle a dit à Taliesin que tu ne viendrais pas. Il n'a pu accepter cela de sa bouche et il attend de tes nouvelles au sanctuaire.

— Mais je suis retenue prisonnière au palais, expliqua-t-elle précipitamment. Avallach est opposé à notre union et il m'empêche de sortir. Je croyais pouvoir l'amadouer, mais… » Elle regarda le prêtre d'un air suppliant. « Il est très découragé ?

— Non, la rassura Dafyd. Tu le connais.

— Je dois aller le voir tout de suite.

— Comment ? S'il faut apaiser Avallach, je peux aller lui parler en ton nom. »

Charis secoua la tête. « Il ne se laissera pas persuader ; je le sais maintenant.

— Ton père t'aime, Charis. Je vais tout faire pour vous réconcilier.

— L'amour me garderait-il prisonnière ? » Elle vit à l'expression du prêtre qu'elle avait raison. « Je ne pense pas. Morgian et lui ont conspiré contre moi dans cette affaire ; ils ne se soucient pas de moi ni de mon bonheur.

» Avec le temps, poursuivit-elle, Avallach finira peut-être par en venir à de meilleurs sentiments, mais il n'est pas juste que je sois enfermée contre ma volonté.

— Je comprends.

— M'aideras-tu ?

— Bien volontiers, Charis, mais ouvertement et sans tromperie.

— C'est tout ce que je demande. Va le trouver et parle-lui — de n'importe quoi — afin de me laisser un peu de temps pour rassembler mes affaires.

— Tu as l'intention de partir sur le champ ?

— Je sais qu'il faut que je parte tout de suite, sinon je ne le ferai jamais. Lorsque tu en auras fini, retourne au sanctuaire comme tu es venu. Je t'attendrai sur le chemin. Ne crains rien, personne ne te verra partir avec moi. »

Le prêtre acquiesça et entra au palais. Charis se rendit directement à sa chambre, prit un petit coffre en bois de myrte, le posa sur son lit et l'ouvrit dans l'intention d'y ranger ses affaires. Puis elle contempla le coffre vide. Non, se dit-elle, si j'emporte quelque chose, Avallach croira que je compte ne jamais revenir. Je ne dois pas lui faire perdre tout espoir ni lui donner de raison de me haïr.

Elle regarda de l'autre côté de la pièce le merlin sur son perchoir, près de la fenêtre. « Viens, mon tout beau, toi, au moins, tu vas m'accompagner. » Elle enroula une bande de cuir souple autour de son avant-bras, y posa le faucon et sortit en hâte.

Taliesin les vit venir de loin et courut à leur rencontre, traversant le ruisseau pour aider Charis à descendre de cheval. Il la serra dans ses bras et se mit à tourner sur lui-même, éclaboussant tout autour de lui. Et quand il s'arrêta de tourner, il lui donna un baiser. Elle blottit son visage contre son épaule. « Oh, Taliesin, je suis si désolée. Morgian…

— Je sais, dit-il en l'embrassant encore. Mais c'était de ma faute… enfin, cela n'a plus d'importance. Nous sommes réunis ! »

Charis s'écarta. « Je suis venue seule, Taliesin. Si je pars avec toi, je pars seule.

— Avallach est donc toujours contre nous ? »

Charis hocha la tête. « Il demeure inflexible. Avec le temps, il changera peut-être, mais je ne puis attendre si longtemps. J'ai pris ma décision, Taliesin. Je suis tienne si tu veux toujours de moi. »

Taliesin la serra longuement dans ses bras, puis il la prit par la main et l'entraîna vers le camp. « Il ne faut pas rester ici, lui dit-il. Quand on s'apercevra de ton départ, on viendra te chercher. Et nous ne devons pas retourner chez les miens… ce sera le premier endroit où ils viendront voir.

— Où irons-nous ? »

Dafyd, qui avait mis pied à terre et les observait, prit la parole : « Si vous voulez, je peux sans doute vous aider.

— S'il te plaît, Dafyd, connais-tu un endroit où nous serons en sécurité ? demanda Charis.

— Je crois, dit le prêtre. Comme vous le savez, je suis originaire du Dyfed, de l'autre côté de Mor Hafren.

— Nous sommes passés par le Dyfed en venant, déclara Taliesin. Je m'en souviens.

— Oui, bien sûr. Eh bien, au nord-ouest de la vieille forteresse d'Isca se trouve un petit village… une ancienne garnison dépendant de Caer Legionis.

— Et le village ?

— Maridunum, répondit Dafyd. Il y a bien des années que la garnison a été abandonnée, mais les murs sont toujours debout. Et si le village est moins peuplé qu'autrefois, c'est toujours un marché prospère, à cause de la route, et les gens y sont accueillants et larges d'esprit. J'y ai des parents.

— Je connais l'endroit », dit Taliesin. Il se tourna vers Charis. « Je ne t'emmènerai nulle part où tu ne veuilles aller. Mais, si tu le veux bien, nous irons à Maridunum et nous y resterons jusqu'à ce qu'Avallach consente à notre mariage. »

Charis répondit : « J'ai déjà dit que je partais avec toi. Par conséquent, où tu te trouves, je suis chez moi.

— Alors nous partons. » Taliesin se tourna vers Dafyd. « Veux-tu célébrer nos noces ? Nous serons mariés avant la fin de ce jour.

— Pourquoi pas ? Je vais vous donner les sacrements et je ferai plus tard tout ce que je peux pour amadouer Avallach.

— Merci, frère, dit Taliesin avec un large sourire. Nous sommes maintenant des exilés, mon âme, mais quand nous reviendrons, il y aura des festins et des réjouissances ! C'est la promesse que je te fais pour nos noces.

— Nous connaîtrons suffisamment de festins, Taliesin. Je suis heureuse. »

Le prêtre Dafyd les maria donc dans le sanctuaire en ruines du Dieu Sauveur selon le rite chrétien. Et ils quittèrent Ynys Witrin le jour-même, n'emmenant avec eux que le cheval de Taliesin, le faucon de Charis et une lettre de Dafyd destinée à un de ses cousins qui était seigneur de Maridunum.

« Où passerez-vous la nuit ? demanda Dafyd alors qu'ils s'apprêtaient à quitter la chapelle.

— Dans un palais splendide qui n'a ni murs ni toit, répondit Taliesin, dans un lit aussi vaste et profond que notre amour.

— Allez en paix, mes amis, dit le prêtre en faisant sur eux le signe de la croix. Sachez que je n'aurai pas de repos tant que l'harmonie ne sera pas restaurée entre Avallach et vous ; j'irai le trouver dès que vous serez loin d'ici. J'irai aussi avertir le seigneur Elphin afin que tes cousins ne s'inquiètent pas pour toi. »

Charis se pencha pour embrasser le prêtre sur la joue. « Merci, mon bon ami. J'espère te revoir bientôt. »

Taliesin monta en selle et tendit la main pour hisser Charis en croupe. « Adieu, frère », dit-il, et il engagea son cheval sur le chemin. Collen arriva en courant et offrit au couple un paquet soigneusement ficelé qu'il tendit à Charis.

« Un cadeau, expliqua-t-il pendant qu'elle le prenait. Vous aurez faim au cours de votre voyage, mais vous pourriez oublier de penser à manger. »

Charis rit. « Merci, Collen. Nous sommes maintenant sûrs d'être bien nourris.

— Adieu, dirent les prêtres. Que Jesu veille sur vous jusqu'à notre prochaine rencontre. »

Ils descendirent la colline, traversèrent le ruisseau, puis tournèrent vers le nord pour suivre un sentier à travers bois le long de la Briw jusqu'aux rives de Mor Hafren. Heureux, ils chevauchaient, pleins de joie de vivre et d'amour partagé. Le crépuscule les trouva dans un renfoncement caché au bord de la rivière, tapissé d'herbe tendre et entouré d'une forteresse de chênes séculaires dont les grands troncs noueux formaient de robustes murailles contre le monde extérieur.

Taliesin dessella son cheval et l'attacha, puis il partit chercher du bois pour le feu. Charis étala leurs manteaux sur le sol avant d'aller remplir l'outre à la rivière. Puis elle s'assit sur un rocher moussu pour regarder son époux faire le feu. Quand il brûla avec de hautes flammes, Taliesin sortit sa harpe et se mit à chanter, sa voix résonnant dans leur retraite et prenant son essor vers les cieux.

Il chantait et le crépuscule progressait dans le ciel, se répandant sur le paysage comme s'étale une tache. Et il semblait à Charis que sa musique n'était née de rien sur terre, mais qu'elle provenait de la source la plus pure que le monde eût jamais connu. Quand Taliesin chantait, c'était comme si sa chanson vivante, telle une rare créature encagée, était enfin délivrée pour regagner sa place légitime, un royaume au-delà du monde humain, plus haut et plus beau que tout ce que pouvaient imaginer les hommes. Car il y avait, se dit-elle, une subtile tristesse dans sa musique, une très légère trace de frustration, une note de souffrance si délicate qu'elle se mêlait à la joie pour l'approfondir sans la colorer ni l'atténuer — comme si l'acte de délivrer la chanson de sa prison terrestre apportait chagrin aussi bien que bonheur. Cela ne faisait que renforcer la beauté de sa musique.

Les premières étoiles brillaient déjà dans le ciel quand la chanson de Taliesin se dissipa dans la brise nocturne. Un rossignol reprit la mélodie de sa voix liquide. Taliesin étouffa les dernières résonances des cordes et posa sa harpe en disant : « Pour toi, ma Dame du Lac.

— Je ne pourrais demander plus beau cadeau, répondit Charis, rêveuse, que le droit de t'écouter à jamais.

— Alors je chanterai pour toi à jamais, dit-il en se penchant pour l'embrasser. Ton baiser sera pour toujours mon *awen.* » Il la prit dans ses bras et la serra contre con cœur.

Posant un doigt sur ses lèvres, Charis dit : « Reste, mon amour, je reviens tout de suite. » Elle se leva et alla à la rivière, juste derrière l'anneau de chênes. Taliesin attisa le feu et s'étendit sur son manteau pour regarder la lune se lever et les étoiles apparaître dans les profonds replis de la nuit. Au bout d'un moment, il entendit fredonner Charis et il releva la tête.

Elle vint alors à lui, sa simple tunique transformée par la pénombre en une robe magnifique et sa chevelure, lâchée sur ses épaules, luisant dans les rayons argentés de la lune. Elle s'avança silencieusement sur l'herbe et s'arrêta devant lui. « Le seul présent que j'aie à t'offrir, mon amour, c'est moi », dit-elle.

Taliesin tendit la main et sourit. « Charis, mon âme, en toi mon bonheur est complet. Je n'ai besoin de rien d'autre. » Puis il la prit dans ses bras et ils s'allongèrent côte à côte sur leurs manteaux auprès du feu, sous un ciel illuminé d'étoiles et de la lune qui brillait d'une lumière claire et pure.

Ils s'aimèrent alors, s'abandonnant totalement à l'acte d'amour, consommant leur mariage dans la joie du plaisir partagé ; lui, donnant sa chaleur et sa tendresse ; elle, sa force et son intensité ; ensemble, allumant une passion qui brûlait comme un feu sacré.

Quand, dans les arbres, les rossignols entonnèrent leur hymne au monde nocturne, ils s'enroulèrent dans leurs manteaux et le sommeil les emporta, enlacés dans les bras l'un de l'autre.

XIV

Charis et Taliesin suivirent la rivière jusqu'à l'endroit où elle se jetait dans le vaste estuaire de Mor Hafren. Dans un petit village de pêcheurs, ils marchandèrent le prix du passage vers Caer Dydd, de l'autre côté du large bras de mer, et il fut conclu que, contre une soirée de contes et de chansons, Charis et Taliesin se verraient offrir nourriture et logement en plus de la traversée du lendemain matin.

À Caer Dydd, Taliesin chanta encore pour le vivre et le couvert, et ainsi de suite tout le long du chemin — recevant parfois un peu d'or ou d'argent, ou une poignée de pièces en plus du repas et d'une jonchée au coin du feu. Dans la journée, ils chevauchaient vers le nord-ouest en suivant la voie romaine d'Isca à Maridunum, et chaque nuit ils trouvaient un abri en échange de ce que Taliesin était heureux de fournir.

Ils voyagèrent ainsi à travers les collines sauvages et les étroites vallées verdoyantes du Dyfed, le cœur léger et joyeux, baignés dans la chaleur du début de l'été et de l'amour partagé. Taliesin chantait le long du chemin, marchant avec son bâton à côté du cheval, faisant résonner les collines de l'écho de sa voix. Il composait des hymnes à la terre et au ciel, et au Dieu Créateur qui lui avait donné la vie. Il apprenait à Charis paroles et mélodies, et ils chantaient ensemble sous le vaste ciel bleu.

Ils arrivèrent enfin à Maridunum un jour de marché où les rues pavées de pierre étaient noires de monde : certains venus vendre poules, moutons, bœufs, cochons, veaux et chevaux — tous piaillant et renâclant en signe de protestation contre le traitement qui leur était infligé — d'autres venus proposer du blé, du vin, du cuir, des vêtements, des objets d'or, de bronze et d'argent, ou bien des lingots de fer destinés à confectionner armes et outils.

Taliesin et Charis se frayèrent un chemin dans le bruit et les odeurs âcres pour se rendre au domaine du seigneur de Maridunum, qui vivait dans une villa à l'écart de la ville, sur une colline au bord de la Towy. Sa demeure était composée d'un immense corps de bâtiment précédé d'un portique et flanqué de grandes ailes délimitant, d'un côté une cour, de l'autre des bains autour desquels étaient aménagés les cuisines, les ateliers et les logements.

Un peu plus loin, au sommet d'un tertre, se dressait un petit temple carré, une simple *cella* entourée d'une colonnade. De la fumée noire sortait du trou pratiqué dans son dôme.

La villa était très vieille et il y avait plusieurs générations que les descendants du premier propriétaire vivaient dans ses murs de pierre, mais l'endroit était bien entretenu. Même si bon nombre des tuiles d'argile rouge avaient été remplacées par des ardoises et si une des longues ailes n'était plus qu'un amoncellement de poutres et de pierres, les cours étaient tenues propres et le long plan incliné menant à l'entrée était garni d'une balustrade neuve.

« L'homme qui habite ici aime l'ordre », fit remarquer Taliesin dans la cour en inspectant la vaste demeure. Il adressa un clin d'œil à Charis et ajouta : « Voyons s'il aime aussi les chansons.

— Tu n'as qu'à chanter, mon amour, et les portes s'ouvrent devant toi, les pièces d'argent se déversent des bourses jusque-là vides et l'or tombe en pluie dans tes mains. Pourquoi te demander si le seigneur de ces lieux aime les chansons ? Personne ne peut résister à ta harpe, et tu le sais bien. »

Taliesin rit. Il attacha le cheval à un buisson et ils se dirigèrent vers l'entrée où ils furent accueillis par un homme aux traits émaciés, aux épaules étroites et aux cheveux gris coupés court. Il était habillé à la romaine, d'une longue toge serrée à la taille par une ceinture, mais il portait autour du cou un torque de bronze. Il se tenait campé au milieu de la rampe d'accès et observait les étrangers d'un œil suspicieux. « Que faites-vous ici ? demanda-t-il d'un ton rogue.

— Je m'appelle Taliesin ap Elphin et je suis barde. Voici mon épouse, Charis. Nous venons de chez nous, dans le sud, porter au seigneur de ces lieux les salutations d'un de ses cousins. »

Les petits yeux de l'homme scrutèrent le visage de Taliesin comme s'il doutait de la véracité de ses dires ; puis il haussa les épaules et déclara : « Vous êtes libres d'entrer et d'attendre. Notre seigneur est absent pour le moment. Il inspecte ses champs et ne rentrera pas avant le coucher du soleil.

— Montre-nous donc où abreuver notre cheval, l'ami, dit Taliesin, et où nous laver de la poussière du chemin.

— Il y a là-bas un abreuvoir », répondit-il en montrant la rivière. Puis, par égard pour Charis, il ajouta : « Nous avons aussi des bains. Vous pouvez les utiliser. » Il tourna les talons et rentra dans la demeure.

Après avoir abreuvé et dessellé le cheval, Charis et Taliesin entrèrent dans la maison. Ils ne virent personne mais trouvèrent facilement le chemin des bains. Dans la salle rectangulaire, l'atmosphère était moite et les carreaux colorés humides.

Le bassin était carré, entouré de hautes colonnes. Sur le sol, une grande mosaïque rouge et blanche représentait les quatre saisons sous l'apparence de vestales, une à chaque coin. Taliesin se dévêtit aussitôt et descendit dans l'eau chaude. « Ah ! soupira-t-il. Quand je serai roi, la première chose que je ferai installer dans mon palais, ce sera des bains.

— Tu as déjà dit la même chose pour le lit », répliqua Charis. Elle ôta sa tunique, mais garda la courte chemise qu'elle portait dessous, et se glissa dans l'eau du côté opposé du bassin, puis elle nagea vers Taliesin. Il la rejoignit au centre et l'embrassa ; ils flottèrent paresseusement, laissant la chaleur de l'eau dissiper les fatigues du voyage, bavardant tranquillement, leurs voix se répercutant dans la salle voûtée.

Quand ils eurent terminé, ils sortirent dans la cour adjacente et s'étendirent sur les larges bancs de pierre pour somnoler en se séchant au soleil. Taliesin fut réveillé par le contact de la main de Charis sur sa peau. Il se retourna et leva les yeux vers elle.

« Mon beau barde, dit-elle en lui caressant la poitrine du bout des doigts. Ces derniers jours ont été un rêve… un rêve d'un tel bonheur que je crains de me réveiller. Ne me quitte jamais, Taliesin.

— Jamais, ma Dame du Lac », dit-il en lui prenant le visage au creux de la main. Ils restèrent longtemps assis dans la cour silencieuse, parlant à voix basse et riant doucement.

Au coucher du soleil, le seigneur de Maridunum revint avec quatre de ses chefs. Ils pénétrèrent dans la grande salle, venant des écuries, à l'instant même où Charis et Taliesin arrivaient de la cour et, sans qu'aucun signe eût été donné, la maison s'anima instantanément. Des domestiques apparurent comme par magie, courant de pièce en pièce d'un air affairé, un feu fut allumé dans la grande cheminée et des cornes de vin furent servies. Des jeunes filles aux longues tresses noires accoururent avec des cuvettes d'eau pour laver les pieds et les mains du roi et de ses chefs, dont deux étaient ses fils.

Au milieu de cette agitation, l'intendant qui avait accueilli Charis et Taliesin apparut, suivi de deux serviteurs qui portaient un énorme fauteuil sculpté laqué de rouge. Ils déposèrent celui-ci au centre de la salle et le seigneur s'y installa majestueusement. D'autres sièges, de moindre facture, furent disposés un peu en retrait pour ses compagnons et des jeunes filles commencèrent à leur laver les pieds.

Un homme à l'air sévère dont le ventre évoquait un sac de farine traversa la pièce, accompagné d'un jeune homme au teint brouillé portant un long bâton à bout ferré. Il marchait avec une dignité tellement outrancière que, n'eût été sa robe brune tachée de graisse, on aurait pu le prendre pour le seigneur de la maison. « Le prêtre païen du temple au sommet du tertre et son mignon », murmura Taliesin. Charis remarqua le regard franchement désapprobateur que leur lança le prêtre au passage.

Puis l'intendant à cheveux gris s'approcha et, s'inclinant profondément, dit quelque chose à voix basse au seigneur dont le regard parcourut la salle avant de se poser sur les nouveaux venus. Le seigneur répondit à son intendant qui vint trouver Taliesin pour lui dire : « Le seigneur Pendaran désire t'entendre chanter. Si tu refuses, tu peux partir.

— Ce n'est que justice, répondit Taliesin. Puis-je lui parler, maintenant ?

— Comme tu voudras. » L'intendant tourna le dos pour se retirer.

« S'il te plaît, l'ami, dit Taliesin en le retenant par la manche, veux-tu avoir l'amabilité de m'annoncer à ton seigneur. »

Prenant Charis par le bras, Taliesin suivit l'intendant jusqu'au siège où était assis le seigneur, ses pieds nus reposant sur les genoux d'une jeune fille qui versait dessus de l'eau. « Le barde Taliesin désire être annoncé », dit l'intendant.

Pendaran Gleddyvrudd, roi des Demetæ, un homme aux épaules voûtées et à la figure allongée, était assis sur son fauteuil sculpté, son épée en travers des genoux, les sourcils froncés. Il regarda Taliesin d'un air contrarié, et Charis d'un air à peine moins revêche, accepta du vin d'un des jeunes gens qui portait une cruche, et poussa un grognement.

Taliesin inclina la tête vers Pendaran et dit : « Je suis Taliesin, chef barde d'Elphin ap Gwyddno de Gwynedd. » L'échanson versa une coupe pour Taliesin et la lui tendit. Taliesin remercia le jeune homme et porta la coupe à ses lèvres, mais à cet instant Pendaran Gleddyvrudd se leva et fit tomber la coupe des mains de Taliesin. Elle roula sur le sol et le vin se répandit à ses pieds sur le carrelage, tachant ses bottes et son pantalon.

« Chante d'abord », grogna Pendaran et, derrière, ses quatre compagnons éclatèrent de rire en se claquant les cuisses et en montrant grossièrement du doigt le chanteur. Un frisson de terreur parcourut Charis.

« Peut-être, dit doucement Taliesin d'une voix dure et égale, le nom d'Elphin n'évoque-t-il rien pour les Demetæ, mais j'ai vu bien des étrangers accueillis sous son toit et se faire offrir la meilleure place à sa table par simple respect. »

Pendaran fronça davantage les sourcils. « Si notre hospitalité n'est pas à ton goût, gueux, va exercer ailleurs ton commerce. »

Plongeant la main sous son justaucorps, Taliesin sortit la lettre que lui avait confiée Dafyd. « J'irais volontiers ailleurs, dit-il en tendant le morceau de parchemin, mais j'ai promis de te remettre ceci. »

Le roi regarda la lettre comme si elle allait se transformer en serpent et le mordre s'il y touchait. Il adressa un signe de tête à son intendant qui vint prendre la lettre des mains de Taliesin, l'ouvrit et se mit à lire en latin à haute voix.

« Dafyd est un imbécile, déclara le seigneur Pendaran quand son intendant eut terminé sa lecture.

— Il a dit beaucoup de bien de toi », répondit Taliesin.

Pendaran à la Rouge Épée renifla d'un air méprisant. « Si tu ne veux pas chanter, tu ferais mieux de partir sur le champ. Tu commences à abuser de ma générosité.

— Une fort cruelle épreuve, en vérité, pour quelqu'un qui en a manifestement si peu de reste », répondit calmement Taliesin.

Derrière le roi, les quatre chefs hoquetèrent et firent le silence. L'un d'eux jaillit de son siège. Pendaran leva la main et l'homme se rassit. « Chante, gueux, dit-il. Fais de ton mieux, sinon ce sera sûrement la dernière fois. »

Taliesin se tourna vers Charis et tendit la main pour qu'elle lui passe sa harpe. « Partons, chuchota-t-elle d'un ton pressant. S'il te plaît, il y a d'autres demeures où nous serons les bienvenus.

— Il m'a été demandé de chanter, dit-il. Je me sens capable de faire s'ouvrir en grand les portes et pleuvoir sur nous l'or. »

Prenant la harpe, il gagna le centre de la salle et se mit à jouer. Les premières notes cristallines se perdirent dans le brouhaha, mais il continua de jouer. Pendaran gardait les sourcils sévèrement froncés et, derrière lui, ses compagnons buvaient bruyamment.

Quand Taliesin ouvrit la bouche pour chanter, le prêtre fit un pas en avant et frappa le sol de sa canne. « Seigneur Pendaran, s'écria-t-il, cet homme se prétend barde. Je connais bien ces soi-disant saints hommes de *derwydd*. N'importe qui peut jouer de la harpe et se faire appeler barde. Permets-moi de le mettre à l'épreuve avant qu'il ne chante. »

Le prêtre païen s'avança avec un sourire cauteleux. Pendaran Gleddyvrudd sourit malicieusement et lança un coup d'œil à Taliesin. « Un point à considérer, Calpurnius, dit le seigneur en riant sous cape. D'accord, qu'il prouve ce dont il est capable. Qui sait ? Il gagnera peut-être des coups de fouet pour son impertinence. D'une façon comme de l'autre, cela nous distraira. »

Le prêtre Calpurnius se campa devant Taliesin. Ceux qui se trouvaient dans la salle avaient interrompu leurs occupations pour assister à la confrontation et d'autres accouraient pour voir ce qui allait se passer. Charis, les mains pressées l'une contre l'autre et les lèvres serrées, examina rapidement la salle, en quête d'une issue dégagée s'ils devaient battre en retraite. Elle vit que les portes étaient maintenant bloquées par des hommes armés d'épées et d'épieux à sanglier. « Sois prudent, Taliesin, chuchota-t-elle. S'il te plaît, sois prudent. »

Il lui adressa un petit sourire et répondit : « Ces hommes souffrent du manque de la courtoisie la plus ordinaire. Ne t'inquiète pas, si le remède est désagréable, il est rarement fatal. » Sur ce, il tourna le dos et alla retrouver le prêtre devant le fauteuil du seigneur Pendaran.

Avec un sourire nonchalant, le prêtre demanda : « Dis-nous, si tu le peux, les qualités des neuf humeurs corporelles.

— Tu prends un avantage déloyal, l'ami, répondit Taliesin. La sagesse des druides ne s'attarde pas sur ce genre d'idées fausses. »

Le prêtre païen ricana. « Un homme déclare faux ce qu'il ne connaît pas. Je vois que tu es ignorant. Mais peu importe, dis-nous quel est le sacrifice approprié pour restaurer la virilité chez le mâle et la fécondité chez la femelle, et à quel dieu il faut le faire.

— Il n'y a qu'un seul Dieu, et un vrai barde ne procède pas à des sacrifices pour guérir ce qu'il peut soigner avec de simples herbes.

— Des herbes ! » s'esclaffa le prêtre. Son compagnon au teint brouillé gloussa hystériquement. « Allons donc. Tu peux faire mieux que cela. Un vrai barde trouverait sans doute plus facile de *chanter* pour chasser la maladie.

— Et toi, rétorqua froidement Taliesin, tu ferais peut-être bien de te retenir de proférer des absurdités en présence de quelqu'un devant qui tu devrais t'incliner en toute humilité. »

Calpurnius se tint la panse et éclata de rire. « Prétends-toi barde, prétends-toi ce que tu veux, tu n'es jamais qu'un menteur. » Il se tourna vers son maître. « Seigneur Pendaran, dit-il, l'hilarité forcée s'effaçant de sa voix. Cet homme est un menteur, et la chose est déjà assez grave. Pire, c'est un blasphémateur ! » Il pointa un doigt accusateur sur Taliesin, qui attendait, l'air indifférent. « Chasse-le ! »

Pendaran Gleddyvrudd empoigna son épée sur ses genoux et ses yeux brillèrent d'un éclat mauvais. « Ainsi, tu es démasqué. Tu seras fouetté avant d'être chassé. » Il jeta un coup d'œil à Charis et se passa la langue sur les lèvres. « Mais ton épouse restera.

— Si un homme peut être chassé de ta cour à coups de fouet pour avoir dit la vérité, répondit Taliesin, alors je pense que tu as écouté assez longtemps ce faux prêtre. »

Calpurnius se redressa de toute sa taille et frappa le sol de son bâton. « Tu oses m'insulter ? » Il fit signe à un des hommes qui se tenaient derrière Pendaran. Celui-ci se leva, tirant sa dague de son fourreau. « J'aurais ta langue, gueux !

— Pas avant que je n'aie eu la tienne, fils des mensonges. » Ce disant, Taliesin regarda le prêtre droit dans les yeux et, posant un doigt contre ses lèvres, il produisit un dérisoire bruit enfantin. « Blub, blub, blub. » L'assemblée éclata de rire.

« Silence ! » hurla Pendaran.

Calpurnius, le visage livide, tendit la main. Souriant à Taliesin d'un air vicieux, l'homme qui s'était levé posa sa dague sur la paume tendue du prêtre. Ce dernier fit un pas vers Taliesin et ouvrit la bouche pour ordonner que l'on se saisisse du barde. « Hleed ramo feslk ! »

Les spectateurs échangèrent des regards stupéfaits. « Hleed ramo feslk ! hurla de nouveau le prêtre. Mlur, rekka norimst. Enob feslk ! Enob feslk ! »

Pendaran le regarda d'un air surpris. Le giton du prêtre gloussait tout haut et d'autres se cachaient derrière leur main pour rire. « Que se passe-t-il ? demanda le seigneur Pendaran. Qu'est-ce que tu racontes ?

— Norl ? Blet dhurmb, emas veamm oglo moop », répondit le prêtre qui commençait à transpirer. Il regarda Taliesin et ouvrit de grands yeux. « Hleed, enob. Felsk enob. »

Les spectateurs hurlèrent de rire. Le prêtre lâcha la dague et porta la main à sa bouche, terrorisé. « Tu vas peut-être devoir réapprendre à parler comme un homme, lui dit Taliesin. Mais du moins te reste-t-il une langue à cet usage, ce qui est plus que tu ne m'aurais laissé. »

Calpurnius poussa un cri aigu et s'enfuit en courant, traînant son acolyte derrière lui. Pendaran les regarda partir, puis il se tourna vers Taliesin qu'il contempla avec un respect tout neuf. « Cet imbécile de prêtre a peut-être oublié ce qui nous occupait, mais pas moi. Chante, gueux, si tu tiens à ta langue. »

Taliesin effleura les cordes de sa harpe et tous les yeux se portèrent sur lui. Sa voix sembla tout d'abord se perdre dans les profondeurs caverneuses de la salle. Mais elle s'enfla pour emplir l'espace de sa sonorité vivante.

Il chanta l'histoire d'un roi dont les trois fils avaient été transformés en chevaux à la suite d'une malédiction lancée contre lui par un roi rival dont il avait volé la femme. Au fur et à mesure qu'avançait l'histoire, vers après vers, ses auditeurs étaient captivés par la magie du conte plein de traîtrise et de fatalité que chantait Taliesin.

Ses doigts couraient sur les cordes de la harpe, entrelaçant les mélodies, tandis que sa voix résonnait d'une musique à la si poignante beauté que nombreux étaient ceux qui ne pouvaient que le contempler, stupéfaits, comme s'ils se trouvaient soudain en présence d'un visiteur de l'Autre Monde. Charis vit l'orgueil et l'hostilité se dissoudre devant l'art sans égal de Taliesin.

Quand il eut terminé, on n'entendait pas un bruit ; nul ne disait mot, et même à l'extérieur de la salle tout était calme et silencieux. Le seigneur Pendaran Gleddyvrudd était assis sur son fauteuil laqué, étreignant son épée, les yeux écarquillés comme devant une vision qui risquait de disparaître au moindre tressaillement de ses muscles.

Puis, lentement, il se leva et s'avança vers Taliesin. Sans un mot, il porta une main à son bras, retira un de ses bracelets — d'or martelé orné d'une tête de sanglier aux défenses d'argent recourbées — et, prenant Taliesin par le bras, il y glissa le lourd bijou. Puis il en retira un autre et le mit également au bras du chanteur. Enfin, il porta les mains à son cou, ôta son torque d'or et l'offrit à Taliesin.

Taliesin, le visage brillant de fièvre devant cet hommage, prit le torque dans ses mains, l'éleva devant lui et le replaça autour du cou du roi. « Je suis ton serviteur, seigneur Pendaran. »

Le vieux Pendaran secoua la tête. « Non, non, dit-il d'une voix vibrante de respect, tu es le maître de tout homme à portée du son de ta voix. Je me tiens honteux et indigne devant toi, mais je suis ton serviteur et heureux de l'être aussi longtemps que tu voudras rester. »

Le roi des Demetæ montra alors sa vraie noblesse en emplissant sa propre corne de vin et en la donnant à Taliesin. Il la leva devant le chanteur et dit d'une voix forte : « Sachez par ceci que j'estime Taliesin plus que tout homme dans cette salle. Il résidera ici comme mon barde personnel et vous le recevrez et l'honorerez comme votre maître, car c'est ce qu'il est. »

Il retira une de ses lourdes bagues d'or et la passa au doigt de Taliesin, puis il l'embrassa ainsi qu'un père embrasse son fils. Ses chefs s'approchèrent alors et tous se défirent de bracelets d'or ou d'argent qu'ils passèrent aux bras de Taliesin. Un jeune homme, le fils aîné de

Pendaran, lui mit autour du cou une chaîne en or et s'agenouilla devant lui.

Taliesin posa une main sur la tête du jeune homme et dit : « Relève-toi, Maelwys, je te reconnais. »

Le jeune homme se redressa lentement. « Tu me flattes, seigneur, mais mon nom n'est pas Maelwys… c'est Eiddon Vawr Vrylic.

— Tu es peut-être aujourd'hui Eiddon le Généreux, répondit Taliesin, mais un jour tous te nommeront Maelwys, le Très Noble. »

Le jeune homme inclina la tête et s'enfuit en courant avant que quiconque ne puisse remarquer le rouge qui lui montait aux joues. Puis Pendaran ordonna d'apporter les tréteaux pour dresser la table. Un fauteuil d'honneur fut installé pour Taliesin, et un autre pour Charis, puis ils prirent place pour un munificent dîner.

Plus tard, quand ils se retrouvèrent seuls dans la chambre que Pendaran leur avait fournie pour leur seul usage — un appartement au-dessus de la grande salle, petit, mais richement meublé — Charis dit à Taliesin sa frayeur quand il avait affronté Calpurnius. « Tu as pris un risque énorme, mon amour. Il aurait pu te faire couper la langue. »

Taliesin se contenta de sourire et dit : « Comment cela ? Notre Dieu Vivant n'est-il pas plus grand que son idole de pierre privée de parole ? »

Charis s'étonna de la foi de Taliesin dans le Dieu Sauveur et elle aurait aimé continuer à discuter avec lui, mais Taliesin bailla et s'étendit de tout son long sur le grand lit. Ses yeux se fermèrent et il tomba bientôt endormi. Charis tira sur lui une couverture de laine et resta un moment assise à le regarder dormir avant de s'allonger à son côté. « Dors bien, dit-elle en lui effleurant la tempe des lèvres, et puisse notre Dieu nous accorder la paix dans cette demeure. »

XV

Maridunum reposait au cœur d'un pays de hautes collines et de vallées fertiles parcourues de sinueuses rivières et de clairs torrents. Charis trouva que le Dyfed ressemblait beaucoup à Ynys Witrin, en moins sauvage, car la région était peuplée et cultivée depuis de nombreuses générations. La plupart des propriétaires terriens parlaient un mauvais latin, en plus du breton, et se considéraient comme Romains de culture et de civilisation.

Tout autour de Maridunum s'étendaient des champs de blé, d'orge, d'avoine et de seigle, et il y paissait de vastes troupeaux de bétail qui, avec l'apport des produits de la mer toute proche, gardaient bien approvisionnés les lardoirs du seigneur comme de l'homme-lige.

Pendaran Gleddyvrudd se révéla bientôt un hôte aimable et généreux, fort anxieux de plaire à ses invités — d'autant plus qu'il se sentait gêné de s'être conduit indignement et d'avoir attiré le déshonneur sur son nom par son arrogance et sa grossièreté. « Je suis un homme brutal qui vit dans une époque brutale, dit-il à Charis et Taliesin le lendemain de leur première rencontre. J'ai beaucoup oublié de ce qui me tenait autrefois à cœur. Veuillez pardonner à un homme stupide et inconscient.

— Il n'est pas stupide et inconscient, celui qui voit de quoi il souffre et cherche à y porter remède, répondit Taliesin.

— Je ferai davantage. Puissent fortune et santé me déserter si, à dater de ce jour, je me présente les mains vides devant un étranger sous mon toit. » Il regarda Taliesin et secoua tristement la tête. « Dire que je me complaisais à me laisser berner par ce gros sac de Calpurnius. Il devait m'avoir obscurci l'esprit, sinon je t'aurais reconnu, Taliesin. Mais quand je t'ai entendu chanter… » Pendaran laissa sa phrase en suspens.

Puis le roi des Demetæ se reprit et dit : « Quoi qu'il en soit, j'ai abandonné ce prêtre fielleux à la générosité de son dieu.

— Tu ne l'as pas tué… protesta Charis.

— Pis que cela ! s'esclaffa Pendaran. Oh, bien pis… je l'ai renvoyé. Il devra désormais vivre des seules ressources de son esprit, ce qui lui promet une fort triste existence ! » Son sourire s'effaça et il secoua lentement la tête. « Je ne vois pas comment j'ai pu être si aveugle. Mais, ajouta-t-il en carrant les épaules, je ferai amende honorable ; je réparerai au décuple les effets de ma mesquinerie et de ma négligence. »

À compter de ce jour, Pendaran à la Rouge Épée demeura fidèle à sa parole et son palais devint une demeure fort agréable. Si agréable, en fait, que Charis se sentait légèrement coupable qu'Ynys Witrin et les siens ne lui manquent pas davantage. Mais en vérité, grâce à Taliesin, elle commençait à entrevoir un monde jusque-là inconnu, un monde empli d'une stupéfiante beauté jusque dans ses recoins les moins prometteurs, un monde plus vaste, plus beau et plus noble qu'elle ne l'avait connu et peuplé de créatures merveilleuses.

C'était en partie à cause de son amour croissant pour Taliesin qu'elle voyait les choses de cette façon, et en partie parce que le simple fait de se trouver près de lui la rendait capable de voir par ses yeux. Charis savait qu'elle n'avait jamais été vraiment vivante avant de venir à Maridunum avec lui ; tout son passé paraissait futile et irréel — des lambeaux de rêve, des images imparfaites à demi oubliées — presque comme si c'était arrivé à une autre Charis, une Charis qui avait vécu dans un univers désolé peuplé d'ombres grises.

À chaque instant de la journée, elle désirait être avec Taliesin, et ce désir était exaucé. Ils chevauchaient sous le ciel bleu de l'été, ils nageaient dans les lacs, ils visitaient les villages et les anciennes cités romaines du voisinage, ils chantaient, riaient et faisaient l'amour. Les jours passaient un à un, perles parfaites sur un fil d'or tressé.

Trois semaines après leur arrivée à Maridunum, Charis eut la vision qu'elle portait un fils. Le ciel était encore sombre quand elle lui vint, bien que les oiseaux se fussent déjà assemblés dans les arbres sous sa fenêtre et qu'ils eussent commencé à gazouiller dans l'attente de l'aube. Elle avait entendu dans son sommeil un petit cri, comme aurait pu en pousser un bébé. Elle se réveilla pour voir une femme debout près de son lit, un nouveau-né dans les bras. Elle pensa d'abord qu'une des servantes était entrée par erreur, mais comme elle ouvrait la bouche pour lui parler, la femme releva la tête et elle vit que c'était elle-même, et que le bébé était le sien. La vision disparut alors et elle resta étendue près de Taliesin, grisée par cette connaissance. Il y a une vie en moi, se dit-elle, étourdie par ce mystère.

Mais quand ils se levèrent, Charis commença à douter. Ce n'avait peut-être été qu'un rêve sans importance, tout compte fait. Elle ne dit donc rien tandis qu'ils déjeunaient de pain et de vin ; elle ne parla pas de son secret quand ils emmenèrent le merlin au sommet d'une colline proche pour lui réapprendre à voler, ni plus tard quand ils prirent ensemble un bain à la villa.

Mais ce soir-là, après qu'il eut fini de chanter dans la grande salle et qu'ils se retirèrent dans leur chambre, Taliesin la prit par les épaules et dit : « Tu peux aussi bien me dire ce que tu m'as caché toute la journée, car je ne dormirai pas tant que tu ne l'auras pas fait.

— Comment cela, mon époux ? Me croirais-tu capable de te dissimuler quoi que ce soit ? »

Il l'attira dans ses bras et lui donna un baiser, puis il répondit : « Le cœur féminin est un monde à part, incompréhensible aux hommes. Pourtant je sens que tu étais préoccupée aujourd'hui : pensive, lointaine, hésitante. Et tu as passé la plus grande partie de la journée à m'observer, comme si tu pensais que je pouvais suivre ton merlin dans le ciel pour ne jamais revenir. »

Charis fronça les sourcils. « Ainsi, tu te sens pris au piège, mon amour. Es-tu déjà lassé de moi ?

— Un homme pourrait-il jamais se lasser du paradis ? demanda-t-il d'un ton léger.

— Peut-être, répondit Charis, si le paradis n'était pas à son goût.

— Mon épouse, tu parles par énigmes. Mais il y a néanmoins un secret derrière tes propos. Lequel, je me le demande.

— Suis-je si facile à percer à jour ? » Elle se tourna et échappa à son étreinte.

« Il y a donc bien un secret.

— Peut-être. »

Il se rapprocha d'elle. « Dis-le moi, ma Dame du Lac, partage ton secret.

— Ce n'est peut-être rien, dit-elle.

— Alors il n'en sera pas diminué d'être partagé. » Il s'affala sur le lit.

« Je crois que je porte un enfant », dit Charis, et elle lui raconta son rêve de la nuit précédente.

Et, dans les semaines qui suivirent, son corps confirma ce que sa vision avait révélé.

L'été raffermit son emprise sur la terre ; la pluie et le soleil faisaient leur œuvre et les récoltes poussaient hautes et droites dans les champs. À chaque jour qui passait, Charis sentait la présence de la vie en elle et les changements dans son corps qui se préparait à la naissance du futur enfant. Son ventre et ses seins commençaient à s'arrondir ; elle pensait souvent à sa mère et aurait voulu que Briseis soit là pour l'aider dans les mois à venir.

C'était la seule ombre à son bonheur et elle était légère — le reste de son existence baignait dans une intense satisfaction. Dans la demeure du seigneur Pendaran, dont la dernière épouse était morte cinq ans plus tôt, elle en était venue à prendre la place de la reine aux yeux des membres de la maisonnée, qui la tenaient tous en haute estime, se querellant souvent entre eux pour l'honneur de la servir.

Le jour, Taliesin et elle chevauchaient, emmenant souvent avec eux le merlin pour l'habituer à son perchoir de selle. Ou ils restaient assis dans la cour, ou bien ils allaient au sommet d'une colline, et bavardaient. Le soir, elle prenait place dans la grande salle à la droite de Pendaran pour écouter chanter Taliesin. Ces jours heureux étaient les plus beaux qu'eût jamais connus Charis et elle en savourait chacun comme une goutte d'un vin rare et précieux.

Un matin, après plusieurs jours de pluie et de vent, Charis dit : « S'il te plaît, Taliesin, allons nous promener à cheval aujourd'hui. Nous avons passé les derniers jours enfermés dans la villa et j'ai besoin de bouger. »

Il s'apprêtait à élever une objection, mais elle dit : « Ce sera la dernière fois pour bien des mois, je pense. » Elle posa une main sur son ventre. « Le merlin aussi a besoin d'exercice. Maintenant que son aile a repris des forces, il est impatient de voler.

— Très bien, acquiesça Taliesin, profitons de cette belle journée. Nous allons emmener le merlin sur la lande et commencer à lui apprendre à chasser. »

Après avoir déjeuné, ils traversèrent Maridunum pour s'enfoncer dans les collines aux flancs couverts de fougères. Ils montèrent au sommet d'un tertre et mirent pied à terre pour contempler, au sud, la scintillante balafre argentée de Mor Hafren qui se perdait au loin dans les brumes et, au nord, les sombres ondulations des Montagnes Noires.

« Derrière ces montagnes, dit Taliesin en tournant les yeux vers leurs pentes lointaines plantées de pins, se trouve ma terre natale.

— Je ne t'avais jamais entendu parler de ton ancienne patrie.

— Pas plus que je ne t'ai entendue parler de la tienne.

— La première fois que je t'ai entendu chanter, j'ai su que nous étions semblables.

— Comment cela ?

— Nous sommes tous deux des exilés. Nous vivons dans un monde qui n'est pas le nôtre. »

Le sourire de Taliesin fut bref, mais aussi triste. « C'est à nous d'en faire le nôtre », dit-il d'un ton léger, mais il se tourna vers les montagnes et les regarda un long moment sans rien dire.

Quand il reprit la parole, sa voix semblait lointaine. « J'ai vu un pays rayonnant de bonté, où chaque homme protège la dignité de son frère avec autant d'empressement que la sienne propre, d'où la guerre et le besoin ont disparu et où toutes les races vivent sous la même loi d'amour et d'honneur.

» J'ai vu un pays irradiant de vérité, où la parole d'un homme est son gage, d'où le mensonge est banni, où les enfants dorment en sécurité dans les bras de leur mère et ne connaissent jamais la peur ni la souffrance. J'ai vu un pays où les rois étendent leurs mains pour rendre la justice plutôt que pour tirer leur épée, où la pitié, la douceur et la compassion ruissellent comme de l'eau sur la terre, où les hommes révèrent la vertu, la vérité et la beauté plus que le confort, le plaisir ou le profit égoïste. Un pays où la paix règne dans le cœur des hommes, où la foi rayonne comme un phare du haut de chaque colline, et l'amour comme un feu dans chaque foyer, où le Vrai Dieu est vénéré et sa doctrine proclamée par tous.

» J'ai vu ce pays, Charis, dit-il en se frappant la poitrine. Je l'ai vu et mon cœur brûle de le connaître. »

Il avait le visage rayonnant et Charis fut saisie par la force de sa vision — quoique un peu effrayée. Elle lui prit la main et la serra dans la sienne. « Un merveilleux rêve, mon amour », dit-elle. Il avait la main glacée.

« Pas uniquement un rêve, dit-il en secouant la tête. C'est un monde réel.

— Mais ce n'est pas le nôtre.

— Non », reconnut-il, puis il ajouta : « Mais c'est notre monde tel qu'il devrait être, et tel qu'il sera. C'est possible, Charis. Le vois-tu ? Le comprends-tu ?

— Je comprends, Taliesin. Tu m'as déjà parlé du Royaume de l'Été…

— Le Royaume de l'Été n'en est qu'un pâle reflet ! répondit-il avec véhémence, puis il s'apaisa. Ah, mais le Royaume de l'Été se trouve où nous l'instaurons. Quand je serai roi, Charis, mon règne flamboiera comme le soleil, afin que chacun puisse voir à quoi le monde devrait ressembler. »

Taliesin lui posa une main sur le ventre et sourit. « Tu dois répéter à mon fils tout ce que je t'ai dit. Il sera roi après moi et il devra être fort, car les ténèbres ne lui feront pas de quartier. Il devra être un homme parmi les hommes, un roi sage et puissant. Par-dessus tout, il devra aimer et servir la vérité. »

Charis pressa sa main plus fermement contre son ventre. « C'est *toi* qui devras le lui dire. Un garçon — si c'est un garçon — doit apprendre ces choses de son père. »

Il sourit encore et l'embrassa. « Oui », dit-il doucement.

Le merlin poussa alors un cri et Taliesin le laissa prendre son essor, tournant de plus en plus haut dans le ciel piqué de nuages. Ils le regardèrent s'envoler, écoutant son cri perçant quand il sentit le vent familier sous ses ailes, libre et sauvage à nouveau.

Quand son vol entraîna le faucon plus loin dans les collines, ils remontèrent à cheval et le suivirent jusqu'à l'entrée d'un défilé entre deux parois abruptes. Taliesin arrêta sa monture et cria à Charis derrière lui : « Nous devrions peut-être faire demi-tour. »

Charis leva les yeux vers le faucon qui tournait dans les airs. « Nous allons le perdre. S'il te plaît, allons un peu plus loin. Son aile va bientôt se fatiguer et il reviendra. »

Taliesin acquiesça et s'engagea dans la gorge étroite et escarpée au sol recouvert d'éboulis. Quand il eut atteint le fond, il regarda en arrière et secoua la tête. « Descendre est une chose, remonter en est une autre. Il nous faudra trouver une autre issue. »

Puis ils s'engagèrent dans un vallon qui allait en s'élargissant et rattrapèrent le merlin un peu plus tard, perché sur la carcasse d'un lièvre qu'il venait de tuer. Ils le laissèrent terminer son repas avant de le remettre sur son perchoir, puis ils tournèrent bride et repartirent vers Maridunum, contournant les collines rocheuses et leurs sentes traîtresses.

Taliesin chevauchait un peu en avant, chantant un hymne au jour, pour choisir un chemin plus facile vers la villa. Parvenu à un torrent, il s'arrêta et cria à Charis : « Nous allons laisser boire les chevaux. Et nous pourrons… » Il lui jeta un coup d'œil et sauta de sa selle. « Charis ! »

Elle tourna lentement la tête et le regarda d'un air étrange, l'œil terne, le visage drainé de toute couleur. « Je suis fatiguée, Taliesin, murmura-t-elle d'une voix pâteuse. J'ai la bouche sèche.

— Je vais t'aider à descendre, dit Taliesin, le visage soucieux. Nous allons nous reposer un moment. » La prenant sur son épaule, il l'aida à descendre de selle.

Il ne vit tout d'abord pas le sang. Mais alors qu'il se tournait pour la conduire vers un rocher au bord du torrent où elle pourrait s'asseoir, la tache humide et poisseuse sur la selle attira son regard. « Charis, tu saignes ! »

Elle regarda la selle, puis la traînée rouge sombre qui maculait ses vêtements. Elle releva les yeux, hébétée, sourit faiblement et dit : « Je pense que… nous devrions… rentrer. »

Taliesin l'aida à remonter en selle et chevaucha à côté d'elle, un bras autour de sa taille pour la soutenir, tandis qu'ils revenaient lentement et prudemment vers la villa. Quand ils arrivèrent, Charis était à peine consciente. Elle dodelinait de la tête et sa peau, pâle comme la mort, était glacée. Elle tomba mollement dans les bras de Taliesin quand ils s'arrêtèrent et il la porta à l'intérieur, criant qu'on vienne l'aider.

Henwas, l'intendant aux cheveux gris, accourut. « Qu'y a-t-il, Maître ? Que s'est-il passé ? » Il vit le sang qui coulait sous la main de Taliesin et dit : « Je vais appeler Heilyn. »

Charis geignit quand Taliesin la déposa doucement sur le lit. Il s'agenouilla à son chevet, tentant frénétiquement de se rappeler un remède à lui administrer et envisageant de recourir à ses pouvoirs de druide pour essayer de la guérir. Au cours de ces secondes de désespoir, il envisagea bien des choses, mais ce qu'il finit par faire fut simplement de prier pour elle. Il le fit pour exprimer sa foi dans le Dieu Sauveur, pensant que s'il abandonnait le Vrai Dieu pour se tourner vers les anciennes pratiques au premier signe de danger, sa foi se révélerait une chose bien faible et chétive.

Il pria donc le Dieu Vivant qui prenait plaisir aux prières des hommes et y répondait. Il n'avait aucun doute que ses prières seraient entendues. La prière était encore sur ses lèvres quand la porte s'ouvrit et Heilyn, la grassouillette cuisinière du seigneur Pendaran, fit irruption dans la chambre, sa figure ronde empourprée par l'effort. « Voyons, voyons, dit-elle comme si Taliesin avait été un petit garçon qui s'était mal conduit, qu'est-ce qui ne va pas chez la jeune fille ?

— Nous nous promenions à cheval, expliqua-t-il, et elle s'est mise à saigner.

— Allonge-toi », dit Heilyn en posant une paume tiède sur le front de Charis. Charis frissonnait sur le lit, les yeux clos, le souffle court — pourtant la femme lui parlait comme si elle était éveillée et pleinement consciente. « Là, là… Laisse Heilyn te regarder. » La femme, qui avait fait office de sage-femme pour la naissance de chacun des fils de Pendaran et de presque tous les autres enfants nés à Maridunum au cours des vingt dernières années, se pencha sur Charis, tout en disant à Taliesin : « Va chercher Rhuna, et dis-lui d'apporter des linges propres et de l'eau. Allez, va, fais ce que je te dis. »

Taliesin ne bougea pas. « Tu ne lui es d'aucun secours, planté là comme un tas de pierres, lui dit Heilyn. Va chercher Rhuna. »

Il trouva la jeune fille et la ramena dans la chambre, puis il resta à regarder, impuissant, jusqu'à ce que Heilyn le chasse en disant : « Sors de là et va traîner ailleurs, ou bien rends-toi utile et demande à Henwas de préparer un brasero qu'il apportera ici quand j'aurai fini. »

Taliesin fit ce qu'on lui avait demandé, puis il revint attendre devant la porte. Au bout d'un moment, celle-ci s'ouvrit et Rhuna passa la tête dans le couloir et dit : « Maître, ton épouse te réclame. »

Taliesin entra et s'accroupit près du lit. « Le pire est passé, dit Heilyn, mais va coucher ailleurs cette nuit, veux-tu, car la perte de sang l'a affaiblie. » Heilyn poussa Rhuna hors de la pièce, puis elle fit halte à la porte et ajouta : « Je viendrai la voir au matin. »

Elle sortit alors et Taliesin prit la main de Charis dans les siennes. Elle cligna des paupières et ouvrit les yeux. « Taliesin ? » Sa voix était un murmure. « J'ai peur.

— Chut, repose-toi, maintenant. Je vais veiller sur toi. » Elle referma les yeux et sombra dans le sommeil. Taliesin resta assis toute la nuit auprès d'elle, mais elle ne bougea qu'une fois.

Quand l'aube envahit le ciel, Charis se réveilla et poussa un cri. Taliesin, qui somnolait sur une chaise près du lit, se réveilla et se pencha sur elle. « Tout va bien, mon âme, je suis là. »

Elle scruta les pâles ombres bleutées de la pièce, derrière lui, comme pour s'assurer que tout demeurait inchangé. « Taliesin, j'ai fait un rêve très inquiétant, dit-elle d'une voix faible.

— Repose-toi, lui dit-il. Nous pourrons parler plus tard.

— Dans ce rêve… j'ai vu une grande bête aux yeux de nuit venir vers moi… puis un homme est arrivé… un homme avec une épée, Taliesin, une splendide épée étincelante… et le sourire aux lèvres… un sourire engageant… mais j'avais peur de lui…

— Oui, l'apaisa-t-il. Tout va bien.

— …il a souri et il m'a dit : “Reconnais-moi à ceci, Dame du Lac”, et il a brandi l'épée… puis il est parti tuer la bête et… un terrible combat s'est engagé… il n'est pas revenu… je crains qu'il ne soit mort.

— Un mauvais rêve, dit doucement Taliesin. Mais repose-toi, maintenant, nous parlerons plus tard. » Il posa une main sur son front et elle se rendormit.

XVI

« J'ai déjà vu cela, dit Heilyn, l'air grave. Et ce n'est jamais bon. L'enfant va mourir et t'entraîner avec lui, à moins que tu ne fasses ce que je te dis… et même ainsi, rien n'est sûr. »

Charis étreignit la main de Taliesin, mais sa mâchoire ne tremblait pas et son regard était fort. « N'y a-t-il vraiment aucun espoir ?

— Il n'y en a guère, mon enfant. Le seul qu'on puisse avoir repose sur toi.

— Sur moi ? Comment cela ? Parle, et je ferai tout pour voir naître mon enfant en vie.

— Il n'y a aucun espoir pour l'enfant, déclara carrément Heilyn. Ce que nous faisons, nous le faisons pour sauver la mère.

— Mais si je puis être sauvée, ne peut-on sauver aussi mon enfant ?»

La sage-femme secoua lentement la tête. « Je n'ai jamais vu une telle chose. Et assez souvent le mari finit par creuser deux tombes.

— Dis-nous ce qu'il faut faire, dit Taliesin.

— Garde le lit jusqu'à ce que tu ressentes les premières douleurs. » Elle se tut et haussa les épaules. « C'est tout.

— N'y a-t-il pas de remède ? demanda Charis, se disant que quatre mois représentaient un long moment à passer au lit.

— Le remède, c'est le repos, répliqua Heilyn. Le repos… et la guérison n'est pas assurée. Les saignements ont cessé, et c'est bon signe, mais il ne fait aucun doute qu'ils reprendront si tu bouges de cette pièce.

— Très bien, je ferai comme tu dis. Mais même ainsi, je ne perdrai pas espoir pour mon enfant.

— C'est sur ta vie que nous devons veiller désormais. » Elle inclina légèrement la tête et se tourna pour quitter la pièce. « Je te ferai porter de la nourriture et il faudra tout manger. C'est le meilleur moyen de reprendre des forces. »

Quand elle fut sortie, Charis dit : « Je vais faire comme elle dit, mais je ne perdrai pas espoir.

— Et je resterai assis chaque jour près de toi. Nous prierons, nous bavarderons, nous chanterons, et nous ne verrons pas passer le temps.

— Je supporterai le confinement, dit Charis d'un ton ferme. J'ai enduré de bien pires épreuves à des fins moins méritoires. »

Ainsi donc Charis devint prisonnière de la chambre au-dessus de la grande salle et le bruit se répandit dans la villa et toute la campagne environnante que l'épouse du barde portait un enfant et restait recluse dans le palais du seigneur Pendaran. On murmurait qu'elle périrait en mettant au monde un bébé mort-né et malformé — tel était le châtiment de ceux qui se détournaient des anciens dieux pour suivre le dieu des chrétiens.

Taliesin savait ce qui se disait d'eux à Maridunum et dans les collines des environs, mais il ne le dit jamais à Charis. Il demeura ferme dans son vœu de rester à son côté et il aurait passé chaque minute de la journée à son chevet si Charis n'avait pas fini par l'en chasser.

« Je ne peux pas supporter de te voir assis là toute la journée à me regarder ! lui dit-elle un jour. C'est déjà assez dur sans avoir le sentiment que je retiens *deux* personnes captives. Va chevaucher avec Eiddon ! Va à la chasse ! Va où tu veux, mais sors d'ici ! »

Taliesin accepta cela sans discuter et se leva pour partir. « Encore une chose, dit-elle. Tu n'as pas chanté dans la grande salle depuis que j'ai dû garder le lit. Je veux que tu te remettes à chanter… cela nous fera à tous deux plus de bien que de rester assis ici.

— Que feras-tu toute seule, mon âme ?

— J'ai mes pensées pour me tenir compagnie, répondit Charis. Et j'ai songé à mettre certaines choses par écrit afin de les conserver si je… les conserver pour plus tard.

— Oui, acquiesça Taliesin. Je vais envoyer Henwas voir s'il peut trouver de quoi écrire pour que tu puisses commencer tout de suite. »

Quelques jours plus tard, l'intendant fit irruption dans la chambre de Charis avec un épais rouleau de parchemin sous le bras et un flacon d'encre à la main. « Gente dame… » Il s'inclina profondément en entrant. « Pardonne mon intrusion. Je reviens à l'instant du marché. Regarde ce que je t'ai rapporté ! »

Charis prit le parchemin et en déroula une longueur entre ses mains. « Oh, Henwas, il est très beau. Où l'as-tu trouvé ?

— Je l'ai fait demander à Caer Legionis, me disant que le tribun en aurait peut-être dans ses magasins. Je ne me trompais pas et, comme il doit beaucoup à mon seigneur pour services rendus, il a été heureux de l'offrir.

— Mais c'est si précieux ! Je ne peux pas l'accepter, Henwas. » Elle fit un geste pour le lui rendre.

« Il est à toi, gente dame. » Il posa le flacon d'encre sur la table qui avait été disposée auprès du lit.

« Que dira ton seigneur ?

— Le seigneur Pendaran se repose sur moi pour tout ce qui concerne sa maison. Il serait d'accord, de toute façon. En fait, il est sans doute en train de se reprocher en ce moment même de n'avoir pas anticipé ce simple besoin. »

Charis rit. « Merci, Henwas. Je suis sûre que le seigneur Pendaran n'aura jamais besoin de rien se reprocher tant que tu veilleras sur ses affaires.

— Te servir est un plaisir, gente dame. »

Quand Taliesin la rejoignit un peu plus tard, elle lui montra le parchemin et lui dit ce qu'elle comptait faire. « C'est une histoire digne d'être narrée, dit-il. Me la raconteras-tu à mesure ?

— Non, répondit-elle. Je ne possède pas l'art d'un barde. Mais raconte-moi ta vie, afin que je puisse la mettre aussi dans mon livre. »

L'idée de coucher par écrit ce qui n'avait été jusqu'alors confié qu'à la seule parole ne plaisait pas trop à Taliesin ; Charis obtint néanmoins gain de cause et il commença à lui raconter sa vie, dont une grande partie de ce que lui avaient rapporté Rhonwyn et Hafgan. Elle se mit au travail dès le lendemain avec une plume que lui prépara Taliesin, trouvant dans l'écriture un dérivatif à la pesante monotonie de sa captivité.

Elle instaura une routine qui devait se poursuivre à travers les longs mois de sa réclusion : au réveil, elle déjeunait, puis écrivait toute la matinée ; Heilyn apportait le dîner qu'elle mangeait en parlant avec Taliesin — parfois de sa vie, parfois de sa vision du Royaume de l'Été — lui décrivant les détails intimes de ses pensées, de sorte qu'elle en vint à le connaître aussi bien qu'elle-même. Charis se reposait durant l'après-midi, faisant parfois déplacer son lit au soleil, le merlin auprès d'elle sur son perchoir. Le souper la trouvait encore à l'intérieur et quand étaient allumées lampes et chandelles pour la nuit, on ouvrait les portes afin que la voix de Taliesin lui parvienne de la grande salle. Taliesin la rejoignait pour la nuit quand il avait fini de chanter et ils terminaient la journée comme ils l'avaient commencée — endormis dans les bras l'un de l'autre.

Les jours passaient et chacun voyait s'allonger le texte sur le parchemin — tout au long de l'automne et jusqu'aux frimas de l'hiver. Parfois, Charis s'éveillait au milieu de la nuit et reprenait la plume pour repousser la peur qui toujours lui rongeait le cœur. Taliesin se levait aux premières lueurs de l'aube pour la trouver drapée dans un duveteux molleton blanc, penchée sur le rouleau de parchemin, les doigts tachés d'encre, en train de griffonner fébrilement.

« Tu devrais dormir », lui disait-il.

Elle souriait tristement et répondait : « Le sommeil ne m'apporte aucun réconfort, mon amour. »

Elle écrivait au long des trop courtes heures de pâle clarté du jour, mais plus souvent à la lumière des chandelles, entourée de braseros emplis de charbons ardents. Elle écrivait durant les longues soirées d'hiver, prenant la plume à l'instant où Taliesin prenait sa harpe dans la salle. Elle écrivait pendant que son chant montait vers elle comme une musique d'un autre monde et le temps s'écoulait lentement.

Un jour, alors qu'approchait la fonte des neiges, Charis sentit les premières douleurs de l'enfantement. Taliesin, assis dans le fauteuil auprès du lit, vit l'aile de la peur effleurer ses traits. « Qu'y a-t-il, mon âme ? »

Elle posa la tête contre le montant de bois du lit, plaçant les mains sur son ventre rond. « Je crois qu'Heilyn devrait venir sans tarder. »

La vieille sage-femme jeta un coup d'œil sur Charis et, lui palpant le ventre, dit : « Prie ton dieu, ma fille, l'heure de l'enfantement est venue. »

Charis prit la main de Taliesin et la serra très fort. « J'ai peur. »

Il s'agenouilla près d'elle et lui caressa les cheveux. « Chut, souviens-toi de ta vision… qui était la femme qui portait l'enfant, si ce n'était toi ?

— Je ne veux pas d'homme dans mes pieds, les interrompit Heilyn. Va attendre ailleurs… le plus loin sera le mieux. Et appelle Rhuna au passage. Ce sera plus utile pour ton épouse que tout ce que tu pourras inventer. »

Taliesin ne bougea pas, mais Charis dit : « Fais ce qu'elle dit… mais reste à proximité, de façon à pouvoir entendre le premier cri de ton enfant.

— Va, maintenant, et appelle Rhuna », dit Heilyn en le poussant vers la porte.

Les spasmes douloureux avaient pris un rythme régulier, les muscles de son ventre distendu se contractant et se détendant un moment, pour recommencer aussitôt à se contracter. Cela dura toute la matinée,

Taliesin rôdant devant la porte jusqu'à ce que Rhuna finisse par appeler Eiddon pour qu'il emmène le barde.

« Ces choses prennent du temps, lui dit Eiddon. Allons à la chasse. Cela nous fera du bien à tous les deux de sentir la fraîcheur du vent sur nos visages. » Taliesin regarda d'un air indécis la porte de la chambre qui lui avait été fermée au nez. « Viens, nous serons de retour avant qu'il ne se soit rien passé. »

Taliesin accepta à contrecœur et ils laissèrent les femmes s'occuper de la naissance. Couverts de fourrures contre le froid, ils s'enfoncèrent dans les collines. La chasse fut un lugubre simulacre ; Taliesin ne parvenait pas à s'y adonner et chevauchait sans la moindre précaution, effarouchant le gibier avant qu'ils n'aient pu s'en approcher. Eiddon lui faisait des reproches, mais il se souciait peu de prendre quoi que ce fût, du moment que cela maintenait Taliesin occupé. Ils chevauchèrent longuement, mais Eiddon veillait à ce qu'ils ne perdissent jamais de vue la colline sur laquelle s'élevait la villa.

Finalement, malgré tout, Taliesin arrêta sa monture et dit : « Je pense qu'il est temps de rentrer. »

Eiddon posa une main sur l'épaule du barde. « Tu n'as jamais quitté le palais, mon ami.

— J'ai été déplaisant ?

— Pas déplaisant, non, mais j'ai chevauché en compagnie de chiens qui faisaient de plus joyeux compagnons. »

Taliesin tourna à nouveau les yeux vers la colline. « Nous irons chasser ensemble un autre jour, Maelwys Vawr. Mon enfant va naître aujourd'hui et je dois être là… même si Heilyn nourrit peu d'espoir.

— C'est parce qu'elle en a beaucoup vu, Taliesin, répondit Eiddon. Mais nous allons rentrer si tu le désires. » »

Ils regagnèrent la villa et Taliesin se rendit directement à la chambre au-dessus de la grande salle. Le seigneur Pendaran et Henwas se tenaient à l'extérieur, discutant calmement entre eux. Taliesin s'approcha et prit les mains du roi. « Il n'y a toujours pas de nouvelles, dit Pendaran en réponse à la question muette qu'il lut dans ses yeux. Mais c'est dans la nature de ces choses.

— J'ai fait préparer tout ce qui pouvait l'être, dit Henwas. Il n'y a rien d'autre à faire qu'à attendre. »

Le soir vint et le feu fut allumé dans les cheminées. On apporta des candélabres dans la chambre. Quand la porte s'ouvrit, Taliesin entrevit son épouse allongée sur le lit et Heilyn à son chevet qui lui tenait les mains. Il alla pour entrer mais, à cet instant, le visage de Charis se tordit de douleur. Elle poussa un cri en jetant la tête d'un côté et de l'autre. Rhuna sortit de la pièce, les bras chargés de linges tachés de sang, et la porte se referma aussitôt.

« Bois un peu de vin, proposa Pendaran. Cela te calmera. »

Taliesin accepta la coupe, mais il ne la porta pas à ses lèvres. Charis cria encore et Taliesin grimaça. « Je ne peux rien faire ici, dit-il en reposant la coupe. Il me faut un endroit tranquille pour prier.

— Le temple est vide depuis des mois, suggéra Henwas. Ton dieu ne verra peut-être pas d'objection à ce que tu ailles l'y retrouver. »

Une fois dehors, Taliesin fit le tour de la villa et gravit le petit tertre jusqu'au temple. Le bâtiment carré était sombre dans la nuit tombante, sa masse dressée sur la butte telle une couronne de pierre. Le ciel était vert pâle et le froid vif. Le jour gris avait cédé la place à une nuit claire et dans le ciel un courlis lançait son cri solitaire.

L'intérieur du temple était jonché de feuilles mortes qui craquèrent sous les pieds de Taliesin. Au fond s'élevait un autel, sinon le bâtiment était vide. Taliesin s'approcha de l'autel et, au bout d'un moment, le renversa. Il y eut un choc sourd quand il heurta le mur, suivi d'un nuage de poussière — le résidu des prières sans réponse accumulées comme les feuilles en décomposition sous ses pieds.

Taliesin s'assit sur une des pierres de l'autel, croisa les jambes et posa les coudes sur ses genoux, le menton posé sur ses mains jointes. Il pouvait sentir la présence résiduelle d'autres divinités — l'écho de leur voix crissant comme les feuilles sèches sur le sol.

« Dieu le Père, dit-il à haute voix, toi qui es plus grand que tous les autres dieux adorés ici auparavant, sanctifie ce lieu de ta présence et entends ma prière. Je prie pour celle que tu m'as donnée, qu'elle soit délivrée sans mal de l'enfant maintenant que l'heure de son épreuve est venue. Donne-lui force et courage, Père, comme tu les accordes à tous ceux qui se tournent vers toi dans le besoin. »

Il resta dans le temple pour honorer le dieu, regardant par les fenêtres la nuit étendre ses voiles sur la terre. Un semis d'étoiles brillaient telles des pointes de glace dans le ciel quand il finit par ressortir. Il se tint un moment sur le seuil du temple, sa respiration suspendue dans l'air au-dessus de lui, légèrement phosphorescente à la lueur de la lune montante.

Au loin, au sommet des collines, brillaient des feux qui tressaient un collier de flammes étincelantes autour de Maridunum. À leur vue, Taliesin se rappela quel jour ils étaient : Imbolc, le premier jour du printemps.

Au sommet de ces collines, les gens observaient un rite beaucoup plus ancien que les cercles de pierre au milieu desquels flambaient leurs bûchers. Le roi Hiver, Seigneur de la Mort, était vaincu et chassé de la face de la terre, forcé par la déesse Dagda de regagner son trône souterrain, laissant la terre prête à recevoir la semence d'une nouvelle vie.

Il se souvint des fois où il s'était tenu au sommet des collines pour regarder les mêmes feux qui maintenant brûlaient dans les ténèbres glaciales. Il y avait eu un temps, pas si éloigné, où il aurait allumé lui-même ces bûchers. « Ne me tentez pas, murmura-t-il, j'honore désormais un dieu vivant. » Il regarda encore un moment, puis il se hâta de retourner à la villa.

À l'heure entre les heures, quand le monde reste suspendu entre ténèbres et lumière, à l'heure où toutes les forces demeurent pour un bref instant en équilibre, l'enfant naquit.

À la fin, Charis laissa échapper un cri de douleur et poussa, le ventre maintenu par les mains assurées de la sage-femme, le cou et le front gonflés de veines écarlates, la sueur ruisselant sur les draps trempés, un épais morceau de cuir serré entre les dents. « Plus fort ! l'encouragea Heilyn. Je le vois ! Pousse, ma fille ! Allez, expulse-le ! »

Charis poussa plus fort et le bébé vint au monde.

Heilyn, le visage grave, enveloppa le petit corps bleu dans un morceau de tissu et tourna le dos. À travers une brume de fatigue et de souffrance, Charis vit son geste et s'écria : « Mon enfant ! Où est mon enfant ?

— Chut, dit Heilyn. Repose-toi, maintenant. C'est fini.

— Mon enfant !

— Le bébé est mort, dame Charis, chuchota Rhuna. La membrane ne s'est pas déchirée et il s'est étouffé.

— Non ! hurla Charis dont la voix résonna le long des couloirs silencieux de la villa. Taliesin ! »

Taliesin fut aussitôt dans la pièce. Charis, blême d'épuisement, se redressa, tendant la main vers lui. « Mon bébé ! Mon enfant !

— Où est l'enfant ? » demanda-t-il.

Rhuna fit un signe de la tête en direction d'Heilyn qui se retourna avec son ballot dont elle souleva un coin. Taliesin vit la petite chose bleue dans son sac membraneux et son cœur sombra dans sa poitrine. Il prit le ballot à Heilyn et le serra contre lui, tombant à genoux. Il posa le bébé à terre devant lui et, prenant la membrane entre ses mains, il la déchira pour libérer l'enfant. Le petit corps gisait, inerte, gris-bleu dans la pénombre de la chambre. Charis regardait, horrifiée, la petite créature morte, la bouche ouverte sur un chagrin muet. L'enfant qui avait bougé dans son ventre ne pouvait être si immobile et silencieux…

Taliesin étendit les mains sur l'enfant et ferma les yeux. Un son sortit de sa gorge, une simple note hésitante. Ceux qui l'entendirent crurent que c'était le début d'un gémissement de douleur. Mais la note s'enfla pour emplir la pièce, vibrante et sonore. Derrière lui, la porte s'ouvrit et Pendaran, Henwas et Eiddon firent leur entrée ; le reste de la maisonnée se pressait derrière eux.

La note se transforma en une mélodie simple, linéaire, tandis que Taliesin, inconscient de tout ce qui l'entourait, se mettait à chanter. Effleurant du bout de ses doigts le front et la poitrine du bébé mort-né, il se pencha sur l'enfant, lui insufflant sa propre vie au moyen de son chant.

Ceux qui l'observaient furent témoin d'une chose étrange, car on aurait dit que, alors que Taliesin se penchait, une ombre s'amassait au-dessus de lui — mais pas une ombre ordinaire, une ombre engendrée par la présence de lumière plutôt que par son absence. L'ombre miroitante demeura un instant en suspens au-dessus du père et de l'enfant, puis elle fondit brusquement sur le bébé avec la précision d'un coup de poignard, passant au travers des mains étendues de Taliesin.

Le bébé frissonna, respira et se mit à pleurer.

Comme le nouveau-né poussait son premier cri, la hideuse couleur violacée de la mort s'estompa. Bientôt sa peau prit une chaude coloration rosée et il agita ses petits poings serrés, la bouche grand ouverte sur un cri sonore. Heilyn se pencha pour le prendre dans ses bras et l'enroula dans une couverture neuve.

Taliesin s'assit sur les talons et releva lentement la tête, comme s'il émergeait d'un long sommeil. Heilyn, après avoir noué le cordon, se retourna et déposa doucement le bébé près de Charis qui passa un bras autour de lui et le tint contre sa poitrine.

Eiddon fut le premier à sortir de la transe où ils étaient tous plongés. Il courut vers Taliesin, le releva et le conduisit près du lit où le barde retomba à genoux avec un faible sourire et posa une main sur la tête de l'enfant. Charis prit son autre main dans les siennes et la porta à ses lèvres.

« C'est un garçon superbe, dit Heilyn. Un des plus beaux bébés que j'ai jamais vu de mes yeux.

— Ton fils », murmura Charis.

Pendant les heures qui suivirent, la chambre fut l'endroit le plus animé de la villa. Chacun voulait voir l'enfant miraculé et, malgré les menaces et les protestations d'Heilyn, les curieux s'attroupaient les uns après les autres dans la pièce pour regarder le bébé et faisaient résonner murs et couloirs du récit de sa naissance.

Charis — affaiblie, secouée, épuisée, à demi folle — se plaignit du bruit et Heilyn entra en action, les chassant aussitôt de la pièce et postant Henwas devant la porte avec pour ordre strict de faire fouetter quiconque se permettrait de souffler un mot en direction de la chambre. Taliesin était assis dans le fauteuil auprès du lit, la tête penchée sur la poitrine. Charis, le bébé au sein, somnolait, caressant tendrement du bout des doigts la douce chevelure noire de l'enfant.

Elle dormit la plus grande partie du lendemain, ne se réveillant que pour allaiter le bébé et bavarder d'un ton somnolent avec Taliesin quand il vint les voir. « Comment appellerons-nous notre fils ? » demanda-t-il en s'installant sur le fauteuil.

Jetant un coup d'œil à l'enfant niché au creux de son bras, elle vit sa chevelure noire et ses petits traits finement ciselés, puis elle songea à l'oiseau farouchement indépendant qui s'était débattu avec tant de vigueur pour se libérer. « Merlin, murmura-t-elle d'une voix ensommeillée, mon petit faucon. »

Taliesin avait déjà choisi un autre nom. Mais il regarda l'enfant, sourit et dit : « Ce sera donc Merlin. »

On frappa à la porte et Henwas entra. « Il y a ici des hommes, Maître, dit-il à voix basse. Ils te demandent.

— Quels hommes ?

— Des druides, à leur aspect. Je ne les avais jamais vus. Veux-tu les recevoir ou dois-je les renvoyer ?

— Je vais aller les voir. »

Quatre hommes encapuchonnés attendaient dans l'avant-cour de la villa, appuyés sur leurs bâtons, dans la bruine glacée qui tombait d'un ciel bas et plombé. Quand Taliesin s'approcha, ils se tournèrent en silence vers lui. « Frères Initiés, dit Taliesin, je suis celui que vous cherchez. En quoi puis-je vous servir ? »

Les druides ne firent pas un geste ni un bruit. Puis l'un d'entre eux s'avança et rejeta la capuche qui lui cachait le visage. « Tu es bien loin de chez toi, mon frère, dit-il.

— Blaise ! s'écria Taliesin en prenant son vieil ami dans ses bras. Comme je suis content de te voir. Oh, mais qu'est-ce que cela ? Un bâton de sorbier ? »

Le druide sourit. « On ne peut pas rester à jamais un *filidh*. »

Taliesin salua les autres. « Que faites-vous ici ?

— Nous sommes venus te parler.

— Comment m'avez-vous trouvé ?

— Pour cela, nous n'avons eu qu'à remonter la rivière de rumeurs jusqu'à cette porte. Partout où tu es passé, Taliesin, les hommes se comportent comme s'ils avaient vu Pwyll, Prince d'Annwfn, et Rhiannon en personne. Donc, quand les habitants de la région nous ont confié qu'il y avait un dieu vivant dans la demeure du seigneur Pendaran, nous nous sommes dit : " Ce ne peut être que Taliesin ." » Il sourit de nouveau et écarta les mains. « Qui plus est, Hafgan nous a indiqué où nous pourrions te trouver. »

Taliesin l'embrassa de nouveau, puis le froid le fit frissonner. « Ne restez pas dehors à vous geler. Il y a du feu dans la cheminée et de quoi vous restaurer. Entrez et vous pourrez me dire ce qui vous amène. »

Prenant Blaise par le bras, Taliesin le conduisit dans la grande salle. On apporta des sièges que l'on installa devant le feu tandis que les druides ôtaient leurs manteaux trempés et se frottaient les mains pour les réchauffer. « Nous devons rendre honneur au seigneur de cette maison, dit Blaise en buvant à petites gorgées le vin chaud qui lui avait été servi.

— Chantez pour lui ce soir, répondit Taliesin. Vous constaterez que c'est un hôte généreux. »

Blaise sourit à Taliesin par-dessus sa coupe. « Il n'est guère surprenant que les gens te considèrent comme un dieu. Sur ma vie, tu ressembles vraiment à Lleu à la Longue Main, Taliesin. Je ne m'étais pas rendu compte jusqu'à cet instant à quel point tu m'avais manqué toutes ces années.

— J'ai l'impression que nous n'avons jamais été séparés. Mais je veux entendre tout ce qui s'est passé depuis que tu as quitté Caer Dyvi.

— Il n'y a pas grand chose à raconter. J'ai servi à Cors Baddon pendant plusieurs années, puis à Cors Glanum en Gaule. Je me suis rendu à Rome et en Grèce et ne suis rentré dans l'Île des Forts que l'été dernier, quand Theodosius est revenu avec ses troupes pour écraser la coalition barbare. »

Taliesin hocha tristement la tête. « Caer Dyvi est tombé entre leurs mains. Il n'y a rien eu à faire. » Puis son visage s'éclaira. « Tu as vu nos nouvelles terres dans le sud ?

— Un bel endroit... bien qu'Elphin dise qu'il ne sait pas ce que ses fermiers feront avec une terre qui donne plus de grain que de pierres.

— Comment va mon père ?

— Il va bien et t'envoie ses salutations… ta mère aussi. »

Ils gardèrent le silence, se souvenant d'un temps et d'un lieu à présent lointains. Finalement Taliesin se secoua et dit : « Mais tu n'es pas venu m'apporter les salutations d'un parent.

— Non, même si cela eût été une raison suffisante pour moi, répondit Blaise. Mais non, il y en a une autre. Hafgan a été très excité ces derniers mois. Il est persuadé que le Champion de la Lumière, comme il l'appelle, est né, ou qu'il naîtra bientôt. » Blaise haussa les épaules. « Nous n'avons vu aucun signe, mais nul n'a jamais eu connaissance qu'Hafgan se soit trompé une seule fois. Il nous a donc envoyés te trouver…

— Afin que je parcoure les sentiers de l'Autre Monde pour essayer de découvrir si ce Champion a pris sa place parmi les vivants ?

— Uniquement pour savoir si tu avais vu quelque chose qui puisse le conforter dans sa conviction… » Blaise regarda Taliesin, plein d'espoir. « Sa présence serait connue dans l'Autre Monde, n'est-ce pas ?

— Sans aucun doute », reconnut Taliesin, puis il ajouta d'un ton ferme : « Mais je sers désormais le Dieu Sauveur, que l'on nomme aussi le Dieu d'Amour et de Vérité…

— C'est ce que m'a dit Hafgan, mais il n'a pas dit qu'il t'était interdit de voyager dans l'Autre Monde.

— Personne ne m'a interdit de m'y rendre. C'est uniquement par respect pour mon Dieu que je m'en tiens aux chemins des mortels.

— Je vois. » Blaise tourna les yeux vers le feu. « La nuit dernière, nous avons vu un signe qui pourrait revêtir une grande signification : il y avait un anneau de lumière autour de la lune, et à l'intérieur de cet anneau, une étoile unique. Cette étoile est apparue et a brillé d'un vif éclat juste après le lever de la lune, puis elle s'est assombrie. Quand il n'est plus resté qu'une faible étincelle, l'anneau de lumière s'est obscurci et a disparu… comme pour donner sa lumière à celle de l'étoile mourante. C'est alors que l'étoile s'est mise à briller d'un éclat stable. » Il regarda Taliesin. « En as-tu été témoin ?

— Je te crois, répondit Taliesin, même si je n'ai rien vu, car je veillais pour la naissance de mon fils.

— Ton fils ?

— Mon fils, oui… est-ce si surprenant ? Ma femme lui a donné naissance la nuit dernière. »

Les autres druides se rapprochèrent, murmurant entre eux avec excitation. L'un d'eux tendit la main et pointa le doigt sur Taliesin. « Cet enfant est sûrement le Grand Emrys, l'Immortel, qui sera roi de ce pays et dont le règne durera jusqu'à l'âge suivant.

— Que veux-tu dire ? demanda doucement Taliesin.

— En vérité, c'est exactement ce que nous a dit Hafgan, dit un des druides. Le Champion est né.

— Mon fils ? » Taliesin se leva et se mit à marcher de long en large devant la cheminée.

Blaise lui répondit de la voix d'un prophète : « La lumière est la vie. L'anneau d'argent est la vie éternelle… l'anneau de la naissance du Champion et sa couronne. L'étoile au milieu de l'anneau est la vie de celui qui est né pour porter cette couronne.

— Mais tu as dit que l'anneau s'était obscurci et avait disparu.

— Oui.

— Une vie s'est donc éteinte pour donner vie au Champion.

— Oui, c'est ce qu'il semblerait », répondit Blaise. Les autres marmonnèrent leur accord.

« Alors vous devez chercher ailleurs, dit Taliesin. Ma femme se porte bien et l'enfant est en bonne santé. Il n'y a eu aucun décès sous ce toit la nuit dernière. »

Blaise écarta les mains. « Tout ce que je sais, c'est ce que j'ai vu dans le ciel. »

Taliesin cessa de marcher et se pencha sur son ami. « Alors, il doit y avoir une autre interprétation.

— Tu me surprends, Taliesin. Qu'ai-je dit pour te troubler à ce point ? »

Le barde écarta la question. « C'était une naissance difficile et personne n'a beaucoup dormi dans cette maison la nuit dernière. »

Blaise examina attentivement Taliesin. « Eh bien, peut-être devrions-nous chercher autre part, tout compte fait.

— Vous allez rester ici et vous reposer de votre voyage. Tu as beaucoup de choses à me raconter sur le monde au-delà de ces rivages et je veux tout entendre avant que tu ne repartes.

— Et tu l'entendras, mon ami, devrais-je parler toute la nuit. Mais d'abord, je voudrais voir l'enfant, si c'est possible.

— Plus tard, dit Taliesin avec un geste désinvolte de la main. Nous aurons bien le temps plus tard. »

Les druides s'étonnèrent de ces paroles, mais ils ne dirent rien. Quand ils se retrouvèrent un moment seuls avec Blaise, ils dirent : « Qu'a donc Taliesin ? Cache-t-il l'enfant ? Ne nous sera-t-il même pas permis de le voir ?

— Taliesin doit avoir ses raisons. Nous n'insisterons pas pour le moment, mais nous observerons et nous attendrons en espérant que tout finira par nous être expliqué. »

Le seigneur Pendaran fut ravi d'avoir autant de bardes sous son toit et décréta un festin en l'honneur du nouveau-né ; il devait durer cinq jours et cinq nuits au cours desquels chacun des cinq bardes chanterait. Blaise accepta courtoisement et sollicita l'honneur de chanter le dernier soir.

Le premier soir du festin, la salle se remplit de nobles et de notables des villages et villas du voisinage, car Pendaran à la Rouge Épée était un roi craint et respecté ; ses obligés étaient nombreux et soucieux de ne pas l'offenser. De sorte que la compagnie qui se rassembla dans la salle affichait une allégresse de façade, à défaut d'une franche exubérance — la plupart s'attendait à ce que les festivités se révèlent une occasion beaucoup plus solennelle.

Ils furent donc stupéfaits de voir les changements survenus chez leur seigneur. Pendaran avait l'air heureux… jovial, même. Il passait parmi eux, leur mettant des présents dans les mains et leur tapant sur l'épaule, riant, plaisantant, versant de l'hydromel de sa propre corne dans leurs coupes.

« Que se passe-t-il ? se demandaient-ils. Notre roi aurait-il retrouvé une seconde jeunesse ?

— C'est un piège, murmuraient certains. Il va augmenter les impôts.

— Non, il est victime d'un enchantement, disaient d'autres. N'avez-vous pas entendu parler du barde qu'il a accueilli ? Le vieux Pendaran est sous un charme. »

Le festin commença et les chefs s'assirent avec leur seigneur à la haute table pour boire et pour manger, mais sans cesser pour autant de l'observer avec circonspection. Pendaran supporta leurs sourires forcés et leurs coups d'œil furtifs le plus longtemps qu'il le put, puis, repoussant son fauteuil, il frappa sur la table avec le manche de son couteau. Quand le silence se fut fait dans la salle, il se leva et dit d'une voix forte : « Pourrait-on croire que vous soyez invités à une fête ? Regardez vos figures allongées… mon hospitalité serait-elle si déplaisante ? » Ils l'assurèrent avec empressement du contraire. « Dans ce cas, où est donc le problème ? »

Un de ses chefs, un homme robuste et chenu du nom de Drusus, qui portait les cheveux coupés court à la mode des Romains, se mit debout. « Si un homme devait parler librement, Rouge Épée, il te répéterait ce qui s'est dit dans cette salle.

— Dis-le moi donc, si tu le sais, car je suis prêt à écouter.

— Pour être bref, nous nous étonnons des changements survenus chez toi et avons du mal à nous les expliquer. Es-tu victime d'un enchantement ? Ou bien aurais-tu l'intention de nous poignarder pendant que nous levons nos coupes à ta santé ? »

Pendaran Gleddyvrudd dévisagea l'homme avec colère et ceux qui étaient assis près de lui s'écartèrent. Le roi lança son couteau sur la table où il se planta en vibrant. La main de Drusus se porta vers la dague qu'il portait à la ceinture ; mais le froncement de sourcils de Pendaran fit place à un large sourire et ses épaules se mirent à trembler de rire. « Oui, c'est ça ! Je suis enchanté ! Et c'est un très remarquable enchantement, comme vous allez le voir. »

Drusus expira entre ses dents serrées. « Ris-tu donc de nous ?

— Je ris parce que je suis heureux, vieux rabat-joie. Je suis heureux car, au bout de beaucoup trop d'années, un enfant est né sous ce toit et je désire fêter cet événement avec mes amis. » Il montra les convives rassemblés autour de lui. « Si vous n'êtes pas mes amis, vous feriez bien de partir afin que je puisse remplir cette salle de gens qui savent jouir de la vie qui leur a été donnée.

— Tu reconnais que tu es enchanté ? demanda quelqu'un près de Drusus.

— Je le reconnais sans fard ! Et pourquoi pas ? Où est le mal ? Vous devriez tous être pareillement enchantés. »

Les murmures redoublèrent dans la salle. Pendaran se tourna et montra l'endroit où Taliesin se tenait avec Blaise, près de la cheminée. « Voilà, dit-il en tendant la main, quelle est la source de mon enchantement. Viens ici, Taliesin. »

Taliesin s'approcha de la haute table et Pendaran posa la main sur l'épaule du chanteur. « Cet homme que vous voyez devant vous n'est pas un homme comme les autres… sa voix est l'enchantement même et tous ceux qui l'entendent tombent sous son charme. Mais je vous le dirai en toute vérité, mes amis : vous voyez devant vous un homme plus heureux que vous l'avez jamais connu. La vie m'est redevenue agréable. »

Drusus posa un œil dur sur le barde et dit : « Quiconque peut apporter un changement tel que nous le voyons chez notre roi est un chef parmi les enchanteurs. Mais, je te le demande sans ambages, veux-tu du mal ou du bien à notre seigneur ? » D'autres voix se joignirent à lui pour réclamer une réponse.

Taliesin éleva la voix pour se faire entendre jusqu'au fond de la salle. « Êtes-vous devenus si insensibles à la bonté, si fermés à la joie que vous ne les reconnaissiez pas quand vous les voyez ? Vos yeux sont-ils devenus aveugles et vos oreilles sourdes au bonheur qui vous entoure ? Goûtez-vous le vin et dites-vous : "Ma coupe est pleine de poussière", ou bien dites-vous : "Le doux est devenu amer et l'amer doux" ?

» Avez-vous oublié les naissances de vos fils et de vos filles, que vous ne vous rappeliez plus la façon dont vos cœurs battaient de bonheur ? N'avez-vous jamais rassemblé parents et amis autour de votre foyer afin de joindre vos voix dans des chansons pour le simple plaisir de chanter ? Chacun de vous vit-il dans une telle détresse que vous deviez refuser le son du rire ? Êtes-vous devenus si durs que le contact de la main d'un ami sur votre épaule n'est rien de plus que celui du vent sur la pierre ? »

La salle était silencieuse, chacun regardant le barde dont le visage était illuminé d'un feu surnaturel, en même temps que ses paroles leur brûlaient les oreilles. Chacun, humble ou puissant sans distinction, se recroquevilla de honte.

Charis qui, accompagnée de Rhuna, était venue se joindre à la fête, se tenait au pied de l'escalier, le petit Merlin dans les bras. Taliesin l'aperçut et tendit la main vers elle. Tandis qu'elle s'approchait, il dit : « Regardez ! Voici mon fils, et il sera plus grand qu'aucun homme en vie à ce jour ! » Il alla rejoindre Charis et elle lui plaça l'enfant dans les mains.

Taliesin éleva le bébé au-dessus de sa tête. « Levez les yeux sur lui, seigneurs de Dyfed ; voici votre roi ! L'Âge des Ténèbres approche, mes amis, mais je tiens devant vous la lumière. Regardez bien et souvenez-vous, de sorte que, lorsque les ténèbres seront là et que vous vous pelotonnerez, terrifiés, au fond de vos misérables terriers, vous puissiez dire aux vôtres : "Oui, c'est un âge sombre et maléfique, mais un jour j'ai vu la lumière." »

Les gens regardaient Taliesin, décontenancés. Jamais ils n'avaient entendu personne parler ainsi. Charis aussi regardait son mari, car elle voyait dans ses yeux une ardente et terrible flamme qui ne pouvait que consumer tout ce qu'elle touchait. Elle tendit les mains vers l'enfant et Taliesin remit le petit Merlin dans les bras de sa mère. Puis Charis et Taliesin sortirent de la salle.

Blaise, voyant cela, sut qu'Hafgan avait dit vrai. Levant les mains, il s'avança et dit : « Écoutez et souvenez-vous, seigneurs de Dyfed ! Un roi vient d'être proclamé en votre présence. Un jour ce roi reviendra chercher sa couronne. Quiconque la lui refusera le fera à ses risques et périls ! »

Le brouhaha d'excitation qui suivit cette déclaration était semblable à celui d'une ruche qu'on aurait dérangée. Blaise se tourna vers ses compagnons druides et dit : « Avez-vous vu, frères ?»

L'un d'eux répondit : « Nous avons vu le futur roi de Dyfed. »

Mais Blaise hocha la tête et dit : « Oui, et davantage. Vous avez vu le plus grand d'entre nous se courber bien bas devant le Grand Seigneur de Lumière. À dater de ce jour, quiconque ose assumer la royauté sur les hommes doit faire de même. En ce moment se choisissent les camps, car bientôt va se livrer la bataille. Heureux l'homme qui vit en cet âge turbulent. »

Les druides réfléchirent à cela et l'un d'entre eux demanda : « Comment un homme peut-il être heureux de vivre dans les ténèbres, frère ?

— Pourquoi t'en étonner ? demanda Blaise. Seul celui qui a vécu dans les ténèbres connaît et apprécie vraiment la lumière. »

XVII

Quand le festin en l'honneur de la naissance de Merlin fut terminé, les seigneurs et les chefs repartirent, rapportant avec eux dans les lointaines collines et vallées de Dyfed la nouvelle de la naissance de l'enfant-roi. Blaise et les autres druides s'attardèrent une journée de plus pour préparer leur retour dans le sud, où Hafgan les attendait.

Le matin de leur départ, Charis vint trouver Blaise et dit : « S'il te plaît, cela ne te dérangerait-il pas de porter un message à mon père, le roi Avallach, à Ynys Witrin ?

— C'est le moins que je puisse faire, répondit Blaise. Que veux-tu que je lui dise ?

— Dis à mon père que je lui ai mis au monde un héritier. Dis-lui que je… que *nous* désirons rentrer à la maison et que nous attendrons ici un signe de sa bénédiction.

— Je le lui dirai, gente dame », promit Blaise.

Taliesin les rejoignit alors et ils sortirent dans la cour où attendaient les autres. « Adieu, Blaise, mon frère, dit Taliesin en l'embrassant chaleureusement. Salue pour moi mon père et ma mère. Dis-leur que leur petit-fils se porte bien et qu'il sera bientôt à la maison. »

Charis réfléchit aux paroles de son époux. Qu'en savait-il ?

« Tu reverras bientôt ton père, lui dit Taliesin tandis que s'éloignaient les druides. Et tu connaîtras la joie de déposer ton enfant dans les bras de celui qui t'a portée enfant. »

Les semaines passèrent et le printemps se répandit sur la terre. Les douces pluies vinrent et les collines reverdirent ; les plantes germèrent et sortirent de terre, les branches bourgeonnèrent, les torrents grossirent et débordèrent de leur lit. Charis consacrait tout son temps à allaiter son enfant et à reprendre des forces. Taliesin et elle passaient de longues heures à converser et, bien qu'elle brûlât de lui demander la signification de ce qui s'était passé dans le palais de Pendaran le premier soir du festin, quelque chose l'en empêchait — quelque chose dans les paroles qu'il avait prononcées et dans la façon dont il avait présenté leur enfant, comme une offrande, un sacrifice…

Au long des journées de vent et de pluie, et des journées de ciel bleu et de soleil radieux, Charis attendait des nouvelles de son père, de plus en plus impatiente. Mais Taliesin avait l'air de ne se soucier de rien ; il continuait de chanter pour le seigneur Pendaran. Il chantait aussi en ville, où beaucoup de gens du peuple pouvaient l'entendre. Et il se murmurait que le Seigneur à la Rouge Épée entretenait dans sa demeure un roi et une reine du Peuple des Fées, et que ces êtres avaient promis de grandes richesses à tous ceux de Maridunum et de ses environs.

Le printemps avançait vers l'été et Charis, encore et toujours, tournait les yeux vers la route montant à la villa, dans l'espoir de voir un messager de son père. Un jour, alors qu'elle promenait Merlin dans la cour, Henwas vint la trouver. « Dame Charis, dit-il, un homme te demande. »

Elle se tourna en hâte. « De la part de mon père ? »

Henwas haussa les épaules. « Il ne l'a pas dit. »

Elle se précipita dans la grande salle où attendait un homme drapé de la tête aux pieds dans un manteau. Il se tenait le dos tourné à la porte. « On me dit que tu me cherches, dit-elle. Tu m'as trouvée. »

L'homme se retourna et son cœur sombra dans sa poitrine, car elle pensait qu'elle connaîtrait l'homme, mais le messager était un étranger. « Tu es Charis ? demanda-t-il.

— Je le suis.

— Je t'apporte ceci. » Il plongea la main dans une sacoche de cuir sous son manteau et en retira une plume noire.

Regardant la plume, Charis dit : « C'est tout ? Rien d'autre ?

— Rien d'autre ne m'a été confié, répondit l'homme en lui tendant la plume.

— C'est le roi Avallach en personne qui t'a donné ceci ? » Charis prit la plume.

« Le roi en personne, confirma le messager.

— Qui es-tu ? demanda Charis. Je ne te connais pas.

— Il n'y aucune raison que tu me connaisses, dit l'homme. Je viens de l'est, de Logres, mais j'ai beaucoup voyagé ces derniers temps. J'ai passé deux nuits à Ynys Witrin et, quand le roi a appris que j'allais vers le nord, il m'a confié cette plume en disant : “Donne ceci à ma fille, Charis, qui se trouve à Maridunum." » Il haussa les épaules. « Des affaires m'appelaient à Caer Gwent et Caer Legionis, sinon je serais venu plus tôt.

— Comment était le roi quand tu l'as vu ?

— Je ne suis pas resté longtemps chez lui, mais il m'a reçu courtoisement... bien que sa blessure le fît souffrir et qu'il dût rester tout le temps couché. »

Charis hocha la tête et tourna la plume entre ses doigts. « Merci, dit-elle. Je te suis reconnaissante et j'aimerais savoir comment rétribuer tes services.

— J'ai déjà été payé, répondit le messager en inclinant la tête. S'il n'y a rien de plus, je vais te laisser. » Sur ce, il tourna le dos et sortit rapidement.

Charis ne parvenait pas à comprendre la signification de la plume noire. Quand Taliesin rentra de chevaucher avec le seigneur Pendaran et ses fils, elle lui parla du messager et de ce qu'il lui avait donné. « La voici, dit-elle en lui tendant la plume. Tout comme il me l'a donnée. »

Taliesin fit la grimace en la voyant et, quand il releva les yeux, son sourire était crispé. « Tu vois ? Voici le signe que tu attendais.

— Une plume noire ?

— Une plume de corbeau. On raconte, chez les miens, qu'un homme sait qu'il doit mourir quand il entend croasser un corbeau à l'extérieur de sa maison par une nuit sans lune. La plume de corbeau est un symbole de deuil. »

Charis frissonna. « Comment peux-tu dire que c'est ce que j'attendais ?

— Il se peut qu'Avallach te dise qu'il est triste. Tu lui manques et il s'afflige de ton absence. Le temps, et frère Dafyd, ont fait leur œuvre ; Avallach a accepté l'idée de notre mariage. Il regrette et veut que tu reviennes.

— Si c'est vrai, pourquoi a-t-il envoyé un étranger ? Pourquoi pas l'un des nôtres ?

— Cela, il faudra le lui demander quand nous le verrons, répondit Taliesin. Un jour qui n'est pas si lointain. »

Charis était si distraite par la plume que le sens des paroles de Taliesin ne lui apparut qu'alors. « Nous pouvons donc rentrer ?

— Oui, nous partirons dès que nous aurons fait préparer des provisions.

— Demain, alors ! s'exclama Charis. Nous partons demain ! » Elle lui étreignit la main et appela Rhuna, puis toutes deux s'attelèrent aux préparatifs du départ.

Le seigneur Pendaran eut l'air chagriné quand Taliesin lui parla du message du roi Avallach. Son sourire s'effaça et son regard s'obscurcit. « Je savais depuis longtemps que viendrait ce jour, dit-il en hochant lentement la tête. Mais cela ne le rend pas moins pénible. Je suis triste de te voir partir, mon ami, bien que je sache que tu le dois.

— Telle n'était pas ton attitude lors de notre première rencontre », lui rappela Taliesin.

Pendaran sourit tristement et il écarta la réflexion du geste. « C'était un autre Gleddyvrudd, je t'assure, que celui qui se tient devant toi aujourd'hui.

— Je sais, répondit Taliesin en posant une main sur l'épaule de Pendaran, mais il est bon de se voir rappeler le passé de temps à autre, pour ne pas devenir vaniteux.

— Ah, tu vois ? Tu es le fidèle guide de mon âme, Taliesin.

— La Lumière, dit celui-ci. Tourne-toi vers la Lumière et sers-la, seigneur Pendaran, elle sera pour toi un meilleur guide qu'aucun mortel. »

Pendaran secoua tristement la tête. « C'est le cœur lourd que je vous vois me quitter.

— Nous ne sommes pas encore partis.

— Non, mais cela ne saurait tarder. Pourtant, je ne te laisserai pas t'en aller tant que je n'aurai pas ta promesse de revenir un jour sous ce toit.

— C'est promis », répondit Taliesin.

Le reste de la journée, pendant que Rhuna et Heilyn rassemblaient des provisions pour le voyage, Charis emballa leurs quelques possessions. Elle s'affairait aux préparatifs d'un cœur plus léger que depuis bien des mois, se répétant sans cesse : je rentre chez moi… chez moi…

De temps en temps, elle allait près du berceau d'osier où était couché le petit Merlin. « Nous rentrons chez nous, Merlin », lui disait-elle en ébouriffant la chevelure duveteuse du bébé qui dormait, son petit poing serré contre sa joue.

L'idée de rentrer chez elle la fit songer à sa mère et elle souhaita que Briseis fût là pour voir son enfant. Il y avait tant de choses qu'elle aurait voulu demander à sa mère, partager avec elle, mais c'était impossible. Elle prit le bébé endormi et le serra contre elle, murmurant doucement et songeant à la lointaine époque où Briseis était en vie et où le soleil brillait sur l'Atlantide.

Eiddon entra alors et annonça qu'il venait avec eux. « Ainsi vous ne manquerez pas de compagnie en chemin », lui dit-il. Il pensait surtout qu'une deuxième lance et une deuxième épée ne seraient pas de trop.

Vers le soir, ils étaient prêts. Charis dîna dans la grande salle, assise au côté du roi, tandis que Taliesin chantait une dernière fois pour la maisonnée de Pendaran. Le lendemain à l'aube, en sortant dans la cour, ils trouvèrent Eiddon et le plus jeune des fils du roi, Salach, qui conduisait le cheval de bât sur lequel avait été fixé le perchoir du faucon. Trois autres chevaux attendaient, tout harnachés, et le seigneur Pendaran bavardait avec ses fils. Il se tourna à l'approche de Taliesin et de Charis, qui portait Merlin chaudement enveloppé de laine et de peaux de lapin.

« Ce sera une belle journée pour voyager, dit Pendaran. Vous couvrirez une bonne distance avant la tombée de la nuit. »

Taliesin regarda les selles vides et dit : « Nous emmenons la moitié de tes écuries, semblerait-il.

— Balivernes, répondit le roi. Je viendrais aussi avec vous si mes devoirs ne me retenaient ici. Mais j'envoie mes fils à ma place ; et Rhuna a imploré la faveur de servir sa dame et le bébé pendant le voyage. J'y ai consenti avec joie. »

Charis embrassa chaleureusement le seigneur. « Merci, seigneur Pendaran. Je ne serais pas la digne fille de mon père si je n'étendais l'hospitalité de la maison d'Avallach à toi et aux tiens. Si jamais tu viens à Ynys Witrin, saches que les portes te sont ouvertes et qu'une place d'honneur t'est réservée.

— J'ai assez peu fait pour la mériter, répondit Pendaran. Mais si cela signifie que nous nous reverrons, j'accepte avec gratitude.

— Adieu, Rouge Épée, dit Taliesin en étreignant les mains de Pendaran. Je n'oublierai pas ma promesse. Mon cœur attendra le jour où nous nous reverrons. »

Le roi serra Taliesin dans ses bras et lui tapa dans le dos, disant : « Va, maintenant, que ce jour n'en vienne que plus vite. »

Henwas et Heilyn apparurent avec Rhuna et firent leurs adieux. Rhuna monta en selle et Eiddon dit au revoir à son père, puis ils partirent pour Maridunum, encore plongée dans l'ombre de la vallée sous un halo de fumée bleutée. Quand ils longèrent les rues pavées de pierre, les gens sortirent la tête et regardèrent en silence passer les cavaliers, ou bien se murmurèrent les uns aux autres d'un air entendu en contemplant la belle femme qui portait l'enfant : « La reine du Peuple des Fées ! Vous voyez ? Et voici l'enfant-roi ! »

Ils se dirigèrent vers le vaste Mor Hafren, au sud, puis ils suivirent la voie romaine qui longeait la côte en direction de Caer Legionis et de Caer Gwent et se poursuivait vers l'est en direction de Glevum et des autres cités romaines du sud, jusqu'à Londinium et au-delà. Contournant les hautes collines par le nord, ils traversèrent les ruines de l'antique Lencarum — jadis petite cité portuaire dans une baie abritée, désormais désordre de pierres grises en train de glisser dans l'oubli — et atteignirent la Cité de la Légion le soir du troisième jour. Le tribun connaissait bien Eiddon et accueillit les voyageurs dans sa maison, construite, comme celle de beaucoup d'officiers, en dehors des murailles de la forteresse.

« Il n'y a pas de souci à se faire », confia le tribun Valens à Eiddon. Ils étaient assis dans la petite cuisine devant une table de bois, une cruche de bière entre eux. « On n'a pas vu de pillards dans la région ce printemps. Et la campagne du comte Theodosius dans le nord-est a été couronnée d'un grand succès. Tous les chiens arrivés avec la coalition barbare ont été écrasés et renvoyés la queue entre les jambes dans leurs terriers de bâtards. »

Eiddon se caressa le menton. « Un peu de vigilance ne peut pas faire de mal.

— Je te dis que c'est comme dans le temps, insista Valens. On relève les forteresses au nord et, au sud, le rivage a été doté d'une ligne de tours de guet de façon à ce que nous ne soyons plus pris au dépourvu. En Gaule, les guerres se présentent bien et je ne serais pas surpris de voir bientôt revenir des troupes. Souviens-toi de mes paroles, Eiddon Vawr, les légions auront retrouvé toutes leurs forces dans quelques années et je me retirerai dans ma ferme des collines pour m'engraisser de ma viande et de mon fromage.

— Puisse-t-il en être comme tu le dis, répondit Eiddon, peu convaincu.

— Mais dis-moi, qui sont tes amis ? Que Nodens m'arrache les yeux si j'ai jamais vu plus belle femme. » Il se pencha en avant avec un sourire salace. « Avec elle sous la main, je ne vois pas de quoi tu t'inquiètes. N'importe quel prince Saecsen digne de ce nom donnerait un bon poids d'or pour une telle beauté, hein ? »

Eiddon se raidit.

« Tu prends offense ? demanda innocemment le tribun.

— Par égard pour notre amitié, je ne retiendrai pas cette remarque contre toi. Si tu savais qui tu accueilles ce soir sous ton toit, tu n'aurais jamais dit une chose aussi stupide.

— Éclaire-moi donc, Ô Âme de Sagesse et d'Honneur. Qui dort ce soir sous mon toit ?

— N'as-tu jamais entendu parler du barde Taliesin ?

— J'aurais dû ?

— C'est certainement le plus grand barde qui ait jamais vécu. Et Charis est son épouse, une princesse de Llyonesse, paraît-il, bien qu'elle refuse elle-même d'en parler. Son père est le roi Avallach d'Ynys Witrin. »

Les yeux du soldat s'arrondirent. « Vraiment ? Lui, j'en ai entendu parler. Comment se fait-il que tu voyages en si haute compagnie ?

— Ils ont vécu avec nous à Maridunum l'année qui vient de s'écouler, et maintenant ils rentrent chez eux.

— Je n'y connais rien aux poètes et aux conteurs, dit songeusement Valens, mais si une rime et une chanson peuvent capturer des créatures moitié aussi belles que cette princesse, je vais me procurer une harpe et la gratter de tout mon cœur. »

Eiddon éclata de rire. « Et faire fuir le bétail des collines par tes braillements ! » Il secoua la tête. « Crois-moi, je n'ai jamais entendu personne chanter comme cet homme. D'un seul mot, il a chassé de chez nous ce prêtre méprisable et levé la malédiction qui accablait mon père depuis tant d'années.

— Comment va Rouge Épée ?

— Il est transformé. Tu ne le reconnaîtrais pas si tu le voyais... et c'est l'œuvre de Taliesin.

— Un faiseur de prodiges, hein ?

— Je vais te raconter un prodige, dit Eiddon avec le plus grand sérieux. Il a couvert de honte une pleine salle de rois, et pas un n'a levé un doigt contre lui.

— Je suis impressionné, dit Valens. Penses-tu qu'il chanterait pour moi ?

— Il est tard, mon ami, et nous avons voyagé tout le jour. Je n'oserais le lui demander. »

Mais à l'instant où Eiddon disait ces mots, les premières notes de la harpe s'élevèrent dans la pièce voisine. Ils se levèrent et passèrent en silence à côté pour voir Taliesin assis près de la cheminée et Charis en face de lui, le bébé dans les bras. Salach, le frère cadet d'Eiddon, était allongé, enroulé dans son manteau, aux pieds du chanteur, et Rhuna était assise par terre près de Charis. L'esclave de Valens, une jeune Thrace qui tenait sa maison, était debout dans un coin, ses yeux noirs étincelant à la lueur du feu. Taliesin leva les yeux à l'entrée des deux hommes. Ils tirèrent des sièges près de l'âtre et prirent place pour écouter.

La voix de Taliesin emplit la pièce de son flot doré, tel un rare nectar au parfum de miel. Dans ses mains, la harpe devenait un instrument magique — le métier à tisser des dieux d'où naissait une beauté incompréhensible aux yeux des mortels, mais dont l'harmonie parlait à leurs oreilles. Il chanta ce soir-là le pays dont il avait eu la vision, le royaume de paix et de lumière, le Royaume de l'Été. Ses mots l'évoquaient dans sa splendeur et les notes de sa chanson lui donnaient vie dans l'esprit de ceux qui l'écoutaient.

Charis l'avait bien des fois entendu parler de sa vision, mais aujourd'hui il la chantait et, pour la première fois, décrivait le roi qui résiderait dans ce très saint royaume : un roi né pour régner, non pas pour le pouvoir ou la royauté, mais pour l'amour de la justice et du droit ; un roi né pour servir l'honneur et la vérité, pour guider son peuple dans l'humilité et pour défendre ce pays au nom du Dieu Sauveur.

Il semblait à Charis que tout ce qu'avait jamais dit ou pensé Taliesin au sujet de son royaume imaginaire se rassemblait dans sa chanson, les idées se condensant en sons palpables, les mots prenant forme à mesure qu'ils étaient prononcés, la chair se rassemblant autour des os de la philosophie.

Le Royaume de l'Été a pris chair ce soir, se dit-elle, tout comme est né le bébé que je tiens dans mes bras. Tous deux sont faits l'un pour l'autre ; ils ne sont qu'un.

Elle baissa les yeux sur l'enfant qui tétait son sein. « Tu entends, Merlin ? murmura-t-elle doucement. Ton destin t'appelle à travers les années. Écoute, mon fils. Ce soir, ton père a donné au monde une nouvelle forme par son chant. Écoute et souviens-toi. »

Ils partirent tôt le lendemain, se dirigeant vers le sud en direction du vaste bras de mer le long de l'Usk. À l'embouchure de celle-ci, le port était encombré de navires marchands et de petits bateaux de pêche ; Eiddon alla se renseigner pour savoir si quelqu'un pouvait les faire traverser. « Nous devons attendre, dit-il à son retour. Il n'y a qu'un navire qui puisse nous prendre et il attend que sa cargaison arrive de Caer Gwent. Le nautonier viendra nous chercher quand il seront prêts à hisser la voile. Je crains qu'il ne soit tard quand nous débarquerons.

— Dans ce cas, mangeons quelque chose en attendant, suggéra Taliesin, et laissons les chevaux se reposer. »

Ils mirent pied à terre et étalèrent leurs manteaux sur le talus qui courait le long de la jetée de bois, puis ils s'installèrent pour attendre. Salach se rendit au village, un peu en amont, et revint avec du vin pour accompagner le pain et le fromage qu'ils avaient apportés, ainsi qu'un poulet rôti enveloppé dans un morceau de tissu. « J'ai senti le poulet, expliqua-t-il en le découpant avec sa dague, et j'ai demandé à la veuve de me le vendre. Elle a accepté avec joie mon argent.

— Bien joué, Salach ! dit Taliesin. Un compagnon plein de ressource est le bienvenu en voyage. Chevauche avec moi quand tu le voudras, mon ami. »

Le jeune homme rougit sous le compliment et détourna la tête pour cacher un sourire timide. Ils mangèrent et attendirent. Le soleil monta dans le ciel et des nuages bas arrivèrent de la mer, tels de longs doigts gris s'étirant vers la terre. Bientôt ils cachèrent le soleil et un vent glacé souffla de la mer. C'est alors qu'apparut le nautonier. « Si vous voulez venir avec nous, venez maintenant, les appela-t-il. Nous partons tout de suite. »

Rassemblant leurs affaires, ils le suivirent vers le navire qui flottait bas sur l'eau. « Embarquez en vitesse, cria le propriétaire du bateau, appuyé au bastingage. Le vent va tourner ! »

Pendant que l'on attachait les chevaux en ligne au milieu du pont, Charis se trouva une place, pour elle et le bébé, juste en-dessous du poste de pilotage. Elle rassembla autour d'elle son manteau bordé de fourrure et serra le bébé contre elle. Rhuna s'assit en face d'eux pour les abriter du vent. Quelques instants plus tard, le navire s'éloigna du quai et s'engagea dans le courant.

Peu après que le navire fut arrivé en eau profonde, une forte brise se leva, poussant devant elle d'épais bancs de brouillard. Le vaisseau se retrouva bientôt pris dans une brume humide qui se condensait sur leurs manteaux et leurs cheveux, s'infiltrant lentement dans les plis de leurs vêtements. Le propriétaire, braillant des jurons à l'intention d'une douzaine de divinités différentes et maudissant d'un même souffle le nautonier, courait d'un bord à l'autre, scrutant en vain la purée de pois pour essayer d'y voir quelques pouces plus loin dans les ténèbres.

La traversée fut humide mais dépourvue d'incident et ils débarquèrent sur une petite jetée en aval du village d'Abonæ, sur la route d'Aquæ Sulis. C'était beaucoup plus au nord qu'ils n'avaient espéré toucher terre, mais ils n'avaient pas pu convaincre le propriétaire, qui prétendait que la marée basse rendrait impossible tout autre accostage, de les emmener plus au sud. Les voyageurs n'avaient pas plus tôt posé le pied sur la jetée que le navire repartait.

« C'est peut-être tout aussi bien, dit Eiddon en remontant en selle. De cette façon, nous pouvons suivre la route et, avec un peu de chance, atteindre Aquæ Sulis avant la nuit.

— Un lit bien sec serait le bienvenu, ce soir », dit Taliesin en aidant Charis à monter sur son cheval. Il remarqua son air distrait. « Tu vas bien, mon amour ? »

Charis sursauta et reprit ses esprits. « Je rêvais, répondit-elle en secouant la tête. C'est à cause du brouillard.

— Nous pouvons nous reposer un moment, suggéra Eiddon.

— Non, dit-elle avec un sourire forcé. Je suis juste un peu somnolente. Ce n'est rien. Cela va passer.

— Je vais prendre le bébé, dame Charis, si tu veux bien », proposa Rhuna. Charis lui tendit l'enfant et ils se mirent en route à la queue leu leu. Et, bien que Charis s'efforçât de rester alerte, elle retomba bientôt dans la même rêverie — un sommeil éveillé où son esprit dérivait paresseusement comme un navire à pleine charge sur les eaux gonflées d'un fleuve lugubre. Ses yeux se fermèrent tandis que la sinistre brume grise s'amassait autour d'elle.

Il semblait qu'il ne s'était passé qu'un moment, mais quand elle rouvrit les yeux, la brume était plus sombre et plus épaisse. La route était silencieuse et mouillée, le seul son provenant des grosses gouttes qui tombaient des branches des arbres et de la haie épineuse qui formait une muraille impénétrable sur le bas-côté. À l'instant où elle leva les yeux, Charis sentit le danger.

Le silence n'était pas naturel. Elle jeta un rapide coup d'œil à la ronde. Rhuna chevauchait juste derrière elle, suivie de Taliesin. Un peu en avant, Eiddon, les épaules droites et la tête penchée sur le côté, tendait l'oreille, la main sur la poignée de son épée. Devant Eiddon, Salach, la lance à la main, était tout juste visible, fantomatique silhouette grise dans la brume.

« Que se passe-t-il ? » demanda-t-elle. Sa voix se perdit dans l'air immobile, aussitôt étouffée.

Elle vit Salach s'arrêter et se dresser sur sa selle. Eiddon le rejoignit et ils penchèrent la tête l'un vers l'autre. Puis Eiddon tourna bride et vint vers elle. Elle vit son visage tendu dans la pénombre. Il avait l'épée à la main.

Merlin ! Où était son bébé ? Elle pivota sur sa selle pour regarder en arrière.

Au même instant, elle entendit un bruit étrange et terrifiant, tel le bourdonnement d'une guêpe en furie ou le sifflement des ailes d'un aigle fendant l'air. Il fut interrompu par un choc sourd.

Le cheval d'Eiddon passa près d'elle au galop tandis que Rhuna venait la rejoindre. « Donne-moi Merlin ! » chuchota-t-elle d'un ton sec.

À l'instant où la jeune fille sortait l'enfant de son manteau, le cheval de Taliesin s'approcha rapidement. Charis se retourna pour lui demander ce qui se passait, mais les mots restèrent coincés dans sa gorge.

Elle tendit la main vers lui.

Puis elle vit la flèche profondément plantée dans sa poitrine.

Sa tête était tournée vers elle, mais son regard se perdait dans le lointain, fixé sur autre chose, le visage radieux de sa vision : le Royaume de l'Été. Cela ne dura que le plus bref des instants, puis la lueur s'éteignit dans son regard. Taliesin tomba en avant, les rênes toujours entre les mains.

La cri qui déchira le silence de la forêt était le sien. Les mouvements autour d'elle étaient confus ; des formes surgirent du brouillard et elle se retrouva à terre, penchée sur le corps de Taliesin, la flèche entre les mains. Elle gémissait et essayait d'arracher l'objet maléfique du cœur de son époux.

Elle sentit des mains se refermer sur les siennes et vit Eiddon s'agenouiller à côté d'elle. Taliesin regardait vers le ciel, les yeux sombres et vides, tandis que la chaleur de la vie s'écoulait lentement de son corps.

XVIII

« Gente dame, nous ne pouvons rester ici plus longtemps. » La voix caverneuse était celle d'Eiddon et sa main la soutenait par le coude. « Ils peuvent revenir à tout moment. »

Charis leva les yeux et vit le visage terreux de son ami. Non loin, le bébé pleurait doucement dans les bras de Rhuna. La lumière était faible et le crépuscule tombait rapidement. Le brouillard s'était transformé en une bruine lugubre qui détrempait la route grossièrement empierrée où gisait Taliesin. Elle regarda ses mains, les traînées rougeâtres qu'y avait laissées la flèche, et elle eut l'impression d'être restée une vie entière sur cette route.

« Charis, dit doucement Eiddon, tu viens ? »

Elle hocha la tête en silence et essaya de se relever, mais ses jambes refusèrent de la soutenir. Elle tomba en travers du corps de Taliesin. Elle s'accrocha à lui, écarta ses cheveux mouillés de son visage, puis posa la joue sur sa poitrine immobile.

« Dors bien, mon amour. » Elle baisa ses lèvres glacées et Eiddon l'aida à se remettre debout.

Salach était agenouillé quelques pas plus loin, les bras ballants, des larmes ruisselant silencieusement sur ses joues. Charis s'approcha de lui et posa la main sur sa tête. Il leva vers elle un regard désespéré et s'écria : « Pardonne-moi, dame Charis, gémit-il. Si j'avais été plus prompt à donner l'alerte… si seulement je les avais entendus… j'aurais pu… Oh, s'il te plaît, si je les avais entendus, il serait encore vivant… » Sa tête retomba et son cœur se brisa de nouveau.

« Tu ne pouvais rien faire, lui dit Charis. Personne n'aurait rien pu faire. Il n'y a pas de faute à pardonner. Comment aurais-tu pu savoir ? » Elle lui tendit la main. « Relève-toi, maintenant, Salach, j'ai besoin de ta force. Nous avons encore une longue route. »

Le jeune homme se passa la manche sur le visage et se releva. Charis le serra dans ses bras, puis elle le conduisit à l'endroit où gisait Taliesin. « Il faut aider Eiddon à remettre Taliesin sur son cheval. Je ne le laisserai pas ici. »

Salach hésita, mais Eiddon hocha la tête et tous deux hissèrent le corps de Taliesin sur sa selle.

Il faisait depuis longtemps noir quand ils atteignirent enfin un petit village près d'un gué sur la Byd. Il ne consistait qu'en une poignée de maisons circulaires de terre et de bois entourées d'un fossé et d'une palissade. Les portes étaient fermées, mais un feu brûlait au centre du hameau.

Eiddon s'approcha du fossé et cria en direction des silhouettes debout autour des flammes. Les gens s'éloignèrent aussitôt du feu pour disparaître dans l'ombre. Eiddon appela encore d'une voix forte et claire en breton, afin qu'on ne les prenne pas pour des pillards. Quelques instants plus tard, une torche apparut au-dessus de la porte.

« Ces portes sont fermées pour la nuit. Nous ne les ouvrons à personne, cria une voix invisible.

— Nous avons été attaqués sur la route. Nous avons besoin d'aide », dit Eiddon. Seul un long silence lui répondit. « Nous avons de l'argent pour payer le logement pour la nuit », ajouta-t-il.

Presque aussitôt, les portes de bois s'ouvrirent et un grossier pont de planches fut jeté sur le fossé. Les chevaux le franchirent et pénétrèrent dans le cercle protecteur de la palissade où les habitants du gué de la Byd se rassemblèrent en silence autour du corps affalé sur son cheval.

Le doyen du village s'approcha précautionneusement d'Eiddon. « On dirait que ton homme est blessé », lui dit-il prudemment en regardant la broche d'or sur son épaule et le torque d'argent autour de son cou.

« C'est mon ami et il est mort, répondit doucement Eiddon. Nous le ramenons chez lui. »

Le vieillard hocha la tête et dévisagea les voyageurs à la lueur du feu. « Vous avez donc été attaqués. » Derrière lui, les villageois murmurèrent. « Vous avez faim, je suppose.

— Nous accepterions avec plaisir quelque chose à manger », répondit Eiddon. Il se tourna vers Charis et la conduisit près du feu, étala son manteau sur le sol et l'aida à s'asseoir. Puis Salach et lui menèrent le cheval de Taliesin à l'écart où, avec la plus grande tendresse, ils déposèrent le corps à terre. Salach étala sur lui son manteau et l'y laissa pour la nuit.

Les voyageurs se réchauffèrent autour du feu et mangèrent quelques bouchées de nourriture dont ils ne sentirent pas le goût, puis ils s'étendirent pour dormir. Sans faire de manières, le vieillard posta un garde à la porte pour le reste de la nuit, disant : « Vous dormirez mieux si quelqu'un veille. » Une des femmes du hameau s'approcha de Charis et dit : « Il fait froid pour le petit. Entrez toutes les deux, toi et la jeune fille. »

Charis se leva et la suivit dans une des huttes ; Rhuna l'accompagna avec Merlin et on leur donna le seul lit — une litière de paille recouverte de laine dans un coin sec. Épuisée, Charis ferma les yeux dès que sa tête toucha la litière et elle s'endormit.

La nuit fut un miséricordieux néant et Charis s'éveilla aux premières lueurs du jour. Merlin s'agita à côté d'elle et se mit à pleurer. Elle l'allaita et, allongée, pensa à la longue journée solitaire qui l'attendait ; puis elle songea aux mois et aux années à venir. Où trouverai-je la force de continuer ? se demanda-t-elle, et elle décida qu'il était impossible de penser à l'avenir. Elle se contenterait de vivre le moment présent. De cette façon, heure après heure, elle pourrait accomplir ce qu'elle avait à faire.

Quand tous furent prêts à partir, le doyen du village vint trouver Eiddon et dit : « Il n'est pas convenable de faire chevaucher un homme vers sa tombe. » Il se retourna et fit signe à deux hommes qui arrivèrent en poussant une charrette grinçante à deux roues. « Ton ami voyagera plus à son aise là-dedans. Prends-la.

— S'il savait les égards que tu as eus pour lui, dit Eiddon, il te récompenserait généreusement. » Le prince plongea la main dans la bourse à sa ceinture et en sortit une poignée de pièces d'argent qu'il mit dans les mains du vieillard.

Celui-ci soupesa les pièces. « C'était donc un roi ?

— Oui », répondit Eiddon.

Ils attelèrent la charrette au cheval de bât et y déposèrent délicatement Taliesin. Puis ils quittèrent le village, franchirent le gué, retrouvèrent la route de l'autre côté, poursuivirent vers Aquæ Sulis et firent leur entrée en milieu de matinée dans les rues animées de la ville. Ils déjeunèrent puis, espérant arriver à Ynys Witrin avant la tombée de la nuit, ils se remirent en route et prirent vers le sud au carrefour, laissant derrière eux les colonnades et les hautes maisons aux toits de tuiles de la bruyante cité de briques.

Charis ne tarda pas à sentir qu'ils avaient retrouvé des régions familières. Il lui semblait reconnaître chaque colline et chaque vallée, bien qu'elle sût ne les avoir jamais vues. Cela ne l'en réconforta pas moins.

De temps à autre, Charis se retournait sur sa selle pour regarder en arrière, s'attendant à y voir Taliesin, un sourire aux lèvres, les yeux brillants, lui adresser un signe de la main.

Mais elle ne voyait que la rustique charrette qui se balançait sur ses roues grinçantes.

Les heures passaient tandis que le soleil poursuivait son lent périple dans un ciel maussade. Charis ne garda aucun souvenir du reste du voyage, sinon la profonde douleur qu'elle avait toujours ressentie et le mortel silence qui accueillait les cris désespérés de son cœur. Elle se déplaçait comme dans un rêve, avec une douloureuse lenteur, écrasée sous le poids d'un chagrin accablant.

En fin d'après-midi, ils atteignirent la Briw et quittèrent la route pour s'engager sur la piste menant à l'Île de Verre. Le soleil n'était plus qu'une lueur orangée à l'horizon quand Charis leva les yeux et vit le palais d'Avallach sur sa colline, comme suspendu au-dessus du lac bordé de roseaux.

Cette vue ne lui apporta aucune joie. Elle songea au contraire tristement aux retrouvailles qui auraient pu avoir lieu, mais étaient désormais impossibles.

Les sabots des chevaux foulèrent bientôt la chaussée qui franchissait les marécages. Le sentier en lacets les conduisit jusqu'au palais. Les portes étaient ouvertes, car on les avait vus arriver de loin. Dès que la charrette transportant Taliesin s'immobilisa, Avallach apparut dans la cour avec Lile.

Il écarta les bras en signe de bienvenue tandis qu'Eiddon aidait Charis à mettre pied à terre, mais son sourire s'effaça quand il vit le visage de sa fille. « Charis ? demanda-t-il en remarquant les étrangers de sa suite. Où est Taliesin ? »

Charis montra la bière improvisée, mais ne réussit pas à articuler un mot. Eiddon vint se placer près d'elle. Inclinant respectueusement la tête devant Avallach, il dit : « Taliesin est mort, seigneur Avallach… frappé sur la route par une flèche cruithne. »

Les larges épaules d'Avallach s'affaissèrent. Il tendit la main et attira Charis à lui pour la serrer dans ses bras. Lile, sans un mot, s'approcha de la charrette et écarta le manteau qui recouvrait le corps. Elle contempla un moment le visage naguère rayonnant, puis elle effleura de la main la flèche cruelle toujours plantée dans la poitrine de Taliesin. Elle remit le manteau en place et se dirigea d'un pas vif vers les écuries, puis elle revint. Quelques instants plus tard, un cavalier quittait les écuries.

« Il faut prévenir les siens, dit-elle à Salach qui l'observait en silence. Je leur ai fait dire de venir tout de suite. »

Salach acquiesça sombrement et baissa à nouveau les yeux.

Finalement Avallach releva la tête et fit signe à Rhuna d'approcher. Elle lui présenta l'enfant, rabattant la couverture de laine afin qu'il puisse voir le bébé. « Ah, l'enfant ! dit-il. L'enfant… si beau… »

Charis reprit ses esprits. « Il s'appelle Merlin, dit-elle en le lui mettant dans les bras.

— Bienvenue, petit Merlin, dit Avallach en passant l'index sur le front et la joue de l'enfant. Et bienvenue, ma fille. » Il marqua un temps et regarda vers la charrette funéraire. « Pardonne-moi, Charis. Je porterai cette mort dans mon cœur jusqu'à la tombe. Que Dieu me juge sévèrement pour le mal que je t'ai fait.

— Te pardonner, Père ?

— Je t'ai chassée et, par là, je suis cause de cette tragédie. »

Charis secoua fermement la tête. « Est-ce toi qui as bandé l'arc, Père ? As-tu encoché la flèche sur la corde et l'as-tu lâchée au hasard dans la brume ? Non, il n'y a rien à pardonner. »

Lile vint près d'eux et dit : « Emmène Charis à l'intérieur. Je m'occupe du corps. » Avallach rendit le bébé à Rhuna et conduisit Charis dans le palais, Rhuna sur les talons.

Quand Charis et le bébé eurent été conduits dans leur chambre, Avallach ressortit dans la cour. « Je ne te connais pas, dit-il à Eiddon, mais tu m'as rendu un grand service en ramenant ma fille saine et sauve, et je t'en remercie. »

Eiddon secoua tristement la tête. « Tu ne me dois aucun remerciement, car je prendrais avec joie la place de Taliesin à l'instant même.

— Tu étais son ami ?

— Je le suis toujours, répondit Eiddon. Je m'appelle… » Il hésita. « …je m'appelle Maelwys et je te salue au nom de mon père, Pendaran Gleddyvrudd, seigneur de Dyfed.

— Ah, oui, le druide qui nous a rapporté des nouvelles m'a parlé de ton père. Ton frère et toi êtes les bienvenus dans ma demeure. »

Ils allèrent à la charrette et Avallach contempla longuement et tristement le corps. Lile revint avec des hommes qui portaient une litière et, tandis qu'ils se préparaient à transférer le corps à l'intérieur, Dafyd et Collen arrivèrent en courant, hors d'haleine, le visage sombre et fermé, leurs manteaux flottant derrière eux dans leur hâte.

Dafyd s'approcha du corps et resta un moment immobile, comme indécis, puis, sortant une fiole d'un pli de son manteau, il plongea un doigt dans l'huile et traça le signe de la croix sur le front glacé de Taliesin. Les deux prêtres s'agenouillèrent alors et prièrent pour l'âme de leur ami.

Quand ils eurent fini, Lile prit le corps en charge ; Dafyd se leva et vint vers Avallach. « Ton homme nous a trouvés sur la route et nous a racontés ce qui était arrivé. Nous sommes venus aussitôt. Où est Charis ?

— On l'a emmenée dans sa chambre. Ils ont fait une longue route aujourd'hui.

— Je vais quand même aller la voir, répondit Dafyd. Ne serait-ce qu'un moment. »

Les prêtres entrèrent dans le palais et trouvèrent les femmes rassemblées dans une chambre des étages supérieurs ; Charis se leva en voyant entrer Dafyd et vint l'accueillir. Le prêtre l'embrassa, la prit par la main et la reconduisit jusqu'au lit où ils restèrent longuement assis sans un mot. Au bout d'un moment, Lile vint annoncer que le corps avait été installé dans la grande salle. « As-tu vu le… as-tu vu Taliesin ? demanda Charis à Dafyd.

— J'ai apporté l'huile et j'ai prié pour lui.

— Quel bien peuvent maintenant faire tes prières, prêtre ? » demanda Lile d'une voix basse mais cinglante.

Dafyd ignora le sarcasme. « En quoi puis-je t'être utile, Charis ?

— Laisse-la tranquille. Toi et ton dieu en avez déjà assez fait pour elle.

— S'il te plaît, Lile, dit doucement Charis, je voudrais parler à mon ami. Va chercher un panier pour Merlin. »

Lile se retira, lançant au passage un coup d'œil incendiaire à Dafyd. Rhuna, le bébé sur les genoux, était assise sur une chaise près du lit, les traits pâles et tirés, mais les yeux luisants dans la lumière déclinante.

Charis, tenant toujours le prêtre par la main, regarda le ciel écarlate par la fenêtre. « Il n'y a pas eu d'avertissement, dit Charis avec un profond soupir. Nous chevauchions dans un épais brouillard. Il faisait sombre et humide. J'ai entendu un bruit étrange, j'ai regardé en arrière et Taliesin était touché. Il n'a pas eu un mot ni un cri. Il était… il était simplement mort. » Elle se tourna vers Dafyd, secouant la tête avec lassitude. « Je l'aimais tant, et maintenant il n'est plus. »

Dafyd resta assis près d'elle tandis que le crépuscule ensanglantait le ciel. Il n'y avait pas de mots qu'il puisse dire pour guérir sa blessure ou soulager le chagrin qui la dévorait.

Finalement, Charis se leva et alla à la fenêtre. « Je ne peux pas le supporter, dit-elle. Que vais-je faire ?

— Je ne peux pas te le dire, répondit-il doucement en la rejoignant à la fenêtre. Pas plus que je ne peux alléger ta peine, Charis. »

Elle se tourna vers lui, le regard farouche. « Ne me parle pas de ce qu'on ne peut pas faire, dit-elle amèrement. Je le sais assez bien. Taliesin croyait en ton dieu… il l'appelait la Grande Lumière et le Dieu d'Amour. Où sont maintenant l'amour et la lumière, Dafyd ? J'en aurais cruellement besoin ! »

Le prêtre secoua simplement la tête.

Ils restèrent debout à la fenêtre tandis que le soir tombait lentement, tirant un voile sombre sur le ciel et plongeant la chambre dans l'obscurité. Merlin remua sur les genoux de Rhuna et se mit à pleurer. La voix du bébé déchirait le silence avec vigueur.

« Il a faim, dit-elle en se dirigeant vers Rhuna. Je vais le nourrir.

— Et moi je vais descendre dans la grande salle, dit le prêtre. Collen et moi resterons cette nuit au palais pour veiller le corps de Taliesin. Nous ne serons pas loin si tu as besoin de nous. »

Le pâle croissant de la lune était haut dans le ciel, derrière un voile de nuages bas, quand les Cymry, forts d'une soixantaine, entrèrent dans l'avant-cour du palais. Les torches brûlaient sur leurs supports près des portes qui, bien que gardées, avaient été laissées ouvertes à leur intention. Comme il l'avait fait plus tôt dans la journée, Avallach accueillit les voyageurs dans la cour. Le chagrin creusait son visage et la blessure de son flanc le fit pratiquement plier en deux quand il descendit les marches de pierre pour recevoir ses invités.

Elphin sauta de selle, aida Rhonwyn à descendre, puis se retourna pour embrasser Avallach. « Je suis désolé, lui dit Avallach. Je suis profondément navré…

— Où est-il ? demanda Rhonwyn.

— J'ai fait exposer son corps dans la grande salle. Vous l'y trouverez avec les prêtres.

— Nous y allons tout de suite », répondit Elphin. Sa voix était âpre.

Les Cymry suivirent leur seigneur dans le palais où ils trouvèrent une table dressée sur des tréteaux au centre de la vaste salle, des torches à chaque coin, et les deux prêtres agenouillés près de la bière. Dafyd et Collen se levèrent à l'entrée des Cymry et se retirèrent silencieusement dans un coin de la pièce.

Elphin poussa un grand cri de désespoir, se précipita sur la bière et se jeta en travers du corps de son fils. Rhonwyn s'avança plus lentement, les yeux ruisselants de larmes. Elle prit une des mains de Taliesin dans les siennes et tomba à genoux. Les Cymry se rassemblèrent autour de leur roi et de leur reine et élevèrent la voix en une lamentation funèbre, s'abandonnant à leur chagrin.

Hafgan entra derrière eux et resta un moment les yeux fermés, écoutant le chant funèbre. Rouvrant les yeux, il s'approcha de la bière et se tint au-dessus de la forme sans vie de celui qu'il avait aimé comme un fils. « Adieu, Front Clair, murmura-t-il pour lui-même. Adieu, Bouche d'Or. »

Saisissant son manteau à deux mains, il tira de toutes ses forces et le vêtement se déchira. « Aaaaah ! s'écria-t-il d'une voix qui couvrit toutes les autres. Regarde, mon peuple ! » Il étendit les mains au-dessus du corps de Taliesin. « Le fils de nos joies gît dans l'étreinte glacée de la mort ! Pleurez et lamentez-vous à pleine voix ! Que Lleu à la Longue Main entende votre plainte ! Que le Dieu Bon sache notre peine. Notre barde, notre fils, notre Bouche d'Or, a été terrassé. Que tous les hommes courbent la tête et pleurent. Versez une rivière de larmes pour emporter son âme ! Pleure, ô mon peuple, car nous ne reverrons plus jamais parmi nous son semblable… plus jamais… »

Les Cymry pleurèrent et se lamentèrent, leurs voix s'élevant et retombant comme les flots d'un océan d'affliction. Quand une voix se taisait, une autre reprenait son cri, de sorte que le chant funèbre se dévidait comme le fil d'un écheveau.

Dans sa chambre, Charis fut réveillée par les lamentations et elle descendit dans la grande salle. Elle vit Rhonwyn à genoux près de son fils, serrant contre sa joue sa main glacée, en train de se balancer d'arrière en avant dans sa douleur. Charis fit un pas pour la rejoindre, hésita et se détourna, indécise, incapable de se résoudre à franchir ces quelques pas.

En se retournant, elle aperçut Hafgan du coin de l'œil. Le druide l'avait vue et lui tendait la main. Charis s'arrêta, confuse. Hafgan, la main toujours tendue, vint à elle. Hésitante, déchirée, elle regarda les Cymry en deuil. Comme Hafgan ne retirait pas sa main, elle lui tendit la sienne et il la conduisit à la bière.

Une sensation de brûlure dans la gorge et la poitrine, Charis avait un goût de bile dans la bouche. Hafgan l'entraîna dans le cercle entourant le corps et les Cymry s'écartèrent.

Rhonwyn leva les yeux sur Charis quand elle arriva près d'elle. Charis vit son visage en larmes et tomba à genoux à côté de la mère de Taliesin. Rhonwyn posa la tête sur la poitrine de Charis et pleura, et Charis pleura enfin à son tour, sentant les murs de pierre de son cœur céder sous le brusque déferlement de chagrin.

Elle s'accrocha à Rhonwyn, partageant avec elle le profond et indicible tourment des femmes en deuil. Charis s'abandonna à ses larmes et sentit son chagrin couler de son cœur blessé comme un déluge sur la terre aride et desséchée de son âme. Elle pleura sur la difficulté de la vie, sur la cruauté de la mort, sur le chagrin et la pitié, sur la solitude désolée et l'amour déchirant, sur Briseis seule dans son tombeau et sur elle-même — sur toutes les fois où elle avait retenu ses larmes, endurcissant son cœur et méprisant tout à la fois la dureté qui l'empêchait d'éprouver du chagrin. Elle pleura pour l'enfant qui n'entendrait jamais la voix de son père s'élever dans une chanson, qui ne connaîtrait jamais le contact rassurant de sa main ferme. Elle pleura sur ses frères morts et sur tous les enfants de l'Atlantide à présent endormis sous les vagues incessantes d'Oceanus. Et il lui sembla qu'elle ne cesserait jamais de pleurer.

Les Cymry se pressaient autour d'elle, leurs voix multiples fluides comme les larmes qui ruisselaient de leurs yeux, leurs visages superbes dans le chagrin. Et Charis les aimait tous, elle les aimait pour l'intense ferveur de leurs émotions, pour l'honnête simplicité de leurs âmes. Généreux dans la peine comme dans la joie, prodigues dans l'épanchement de leur cœur, les Cymry, exaltés dans leur lamentation par la pure noblesse de leur esprit, étaient rassemblés autour de Charis et leurs larmes coulaient sur elle comme une douce pluie apaisante.

À l'aube, le chant funèbre se tut. Les torches furent éteintes et, pendant que les Cymry s'enroulaient dans leurs manteaux pour quelques heures de sommeil, Hafgan, Elphin, Rhonwyn et Charis restèrent seuls autour de la bière. « Il faut l'inhumer aujourd'hui, dit Hafgan, la voix rauque d'avoir pleuré. C'est le troisième jour depuis sa mort et son corps doit commencer le voyage du retour vers l'endroit d'où il est venu.

— Où que cela puisse être », ajouta tranquillement Elphin. Il posa ses yeux rougis sur celui qu'il avait appelé son fils. « J'y ai souvent songé. »

Charis le regarda, surprise. « Pourquoi parles-tu ainsi ? » Elle se tourna vers Rhonwyn. « N'était-il pas ton fils ?

— Je l'ai élevé comme mon fils, répondit Rhonwyn. Elphin l'avait trouvé dans le combre…

— *Trouvé* ? » Charis secoua lentement la tête. « Je ne comprends pas. Il m'a tout raconté, et pourtant il ne m'en a jamais rien dit.

— Il n'en aurait jamais parlé, répondit Hafgan.

— J'étais sa femme !

— Oui, oui, dit Hafgan d'un ton apaisant. Mais c'était le plus profond mystère de sa vie et cela le troublait. Taliesin savait qu'il n'était pas comme les autres hommes : ses dons étaient plus grands, l'exigence de son talent plus haute, sa connaissance plus complète. En des temps plus anciens, nous aurions dit que, comme Gwion Bach, il avait goûté au chaudron de Ceridwen et était devenu un dieu.

— Gwyddno m'avait donné la prise de son combre, expliqua Elphin. Je m'y suis rendu la veille de Beltane trouver ma fortune. » Il sourit à ce souvenir. « Je n'ai pas pris un seul saumon, ce jour-là, et Lleu sait que jamais homme n'avait eu plus besoin de poisson. Il avait neigé la veille, les saumons étaient en retard et il n'y avait pas la moindre nageoire ni la moindre écaille en vue.

» J'avais beau savoir que je ne trouverais rien, je suis allé regarder dans tous les filets et, du dernier, j'ai retiré un sac en peau de phoque… je l'ai ramené à terre et je l'ai ouvert. À l'intérieur se trouvait un enfant, un superbe enfant. »

Charis n'avait jamais entendu rien de tel. « Un sac en peau de phoque ?

— Nous avons cru qu'il était mort, mais il vivait et j'ai eu besoin d'une nourrice, répondit Elphin en désignant Rhonwyn du menton.

— Elphin m'a trouvé dans la maison de ma mère à Diganhwy. Mon propre bébé était mort-né quelques jours plus tôt et l'opprobe était sur moi. Elphin m'a prise pour femme. J'ai nourri Taliesin, j'ai veillé sur lui, je l'ai élevé, je l'ai aimé comme mon propre fils. Nous l'avons tous deux aimé comme notre propre fils. Mais il ne l'était pas. »

Ils lui dirent encore bien des choses sur Taliesin et, quand ils eurent fini, Charis se tourna vers le corps de son époux. « Il était né de la mer, dit-elle en regardant l'homme qu'elle avait connu, mais qu'il lui semblait à présent ne pas connaître. Il doit retourner à la mer. »

Hafgan leva les mains, paumes vers le haut, et proclama : « Ainsi sera-t-il fait. »

La procession funéraire atteignit l'estuaire de la Briw au coucher du soleil. Menée par Dafyd et Hafgan côte à côte, la petite barque avait été attachée à des perches et portée sur les épaules des Cymry. À l'intérieur de la barque reposait le corps de Taliesin, lavé et préparé pour son dernier voyage, ses vêtements changés, ses cheveux peignés et noués. Charis, Avallach, Elphin, Rhonwyn et Rhuna chevauchaient derrière, suivis de Maelwys, Salach et du reste des Cymry. Les nuages gris épars étaient frangés d'or par le couchant et le chant d'une alouette emplissait les cieux.

Arrivés à l'embouchure de la rivière, ils déposèrent la barque en eau peu profonde et, une à une, les possessions de Taliesin et les offrandes mortuaires furent disposées autour de lui : sur sa poitrine, Rhonwyn plaça le sac en peau de phoque dans lequel il avait été trouvé ; à ses pieds, Elphin déposa sa selle, en souvenir du petit garçon impatient d'aller patrouiller le long du Mur avec son père ; Hafgan plaça son bâton de chêne sous sa main gauche ; Dafyd avait apporté une croix de bois sculptée que Collen et lui placèrent sous sa main droite ; Maelwys et Salach lui mirent son torque d'argent autour du cou ; Avallach étala sur son corps son manteau, puis il disposa par-dessus une couverture de fourrure précieuse ; Cuall, qui était venu avec une lance neuve à la pointe de fer étincelant et au fût de frêne, s'approcha de la barque et fixa la lance à la proue.

Finalement, Charis posa la harpe de Taliesin près de lui, de façon à ce que le vent puisse jouer dans ses cordes. Elle se pencha pour lui donner un baiser d'adieu, puis la barque fut tournée vers Mor Hafren. Huit Cymry poussèrent l'embarcation vers l'estuaire où la marée descendante pourrait l'entraîner. Charis appela Rhuna, qui apporta Merlin et le mit dans les bras de sa mère.

Debout dans l'eau, illuminée par les rayons rouge sang du soleil couchant, Charis tint Merlin devant elle de façon à ce qu'il puisse voir la barque descendre le courant et s'engager dans le vaste bras de mer. L'esquif tourna une fois sur lui-même avant d'être entraîné par la marée descendante, le long des falaises, vers la mer du couchant où les vagues le porteraient vers une destination inconnue.

Dafyd monta sur un éperon rocheux et, les bras levés en signe de bénédiction, se mit à prier à haute voix, tandis que les Cymry, rassemblés dans l'eau ou à flanc de colline, entonnaient un chant d'adieu, envoyant de cette façon leur parent et ami vers son repos.

Ainsi, à l'heure entre les heures, alors que l'eau rougeoyait comme une braise ardente et que le chant celtique tombait comme une pluie mélodieuse des cieux embrasés, Taliesin partit pour son dernier voyage.

Nous le regardâmes, la prière et le chant se poursuivant jusqu'à ce que la barque se perde à l'horizon et qu'il fasse trop sombre pour y voir. Puis nous remontâmes à cheval et prîmes le chemin du retour au clair de lune. Je fis halte au sommet d'une colline pour contempler la vaste balafre argentée de Mor Hafren, scintillant sous la lune comme une lame incrustée de joyaux.

Adieu, Taliesin ! Adieu, mon âme.

Quand je regagnai le chemin, les Cymry s'étaient remis à chanter. Et j'entendis parmi eux la voix de Taliesin, exactement comme elle aurait sonné, haute et claire. Je me mis à chanter, moi aussi, et mon cœur me sembla plus léger.

Dans la nuit, incroyablement claire et dégagée, l'air nocturne doux comme de la soie, les hautes herbes bruissant du chant des criquets et les arbres soupirant dans la brise, les étoiles tournoyant dans les vastes cieux et la lune suivant sa course, je chevauchai, mon bébé serré contre ma poitrine, consciente — comme j'étais consciente de tout le reste — d'une paix immense qui m'enveloppait, d'un amour calme et profond… et à jamais présent.

Il était là dans l'humble offrande de jade d'une amie inconnue ; il était là dans l'arène le jour où le Taureau du Soleil aurait dû m'ôter la vie ; et il était là avec le merlin, à la fois parabole et doux reproche pour mon manque de confiance.

Cette paix avait toujours été avec moi si j'avais voulu la voir. Je le compris alors et mon cœur battit plus vite. L'amour s'éveilla vraiment en moi par cette nuit de pleine lune alors que nous revenions vers Ynys Witrin sur les ailes d'une chanson.

Ce ne fut que plusieurs jours plus tard que je me rendis compte de l'absence de Morgian et d'Annubi. Je ne me rappelais pas les avoir vus depuis mon retour et, quand je posai la question à mon père, il hocha la tête et dit : « Oui, c'est bizarre. Mais ils sont partis dans la nuit… la veille de ton retour.

— La nuit où Taliesin a été tué, dis-je, et un frisson me transperça jusqu'à l'os.

— Ce doit être cela. C'est très curieux. Ils n'ont rien dit ; ils n'ont pas eu un mot d'adieu.

— Père, dis-je d'une voix tremblante, est-ce toi qui as envoyé la plume ? La plume de corbeau ?

— Une plume de corbeau ? Pourquoi ?

— L'homme qui l'a apportée — un voyageur — a dit qu'elle venait de toi. Il m'a donné une plume noire en prétendant qu'il s'agissait d'un message de ta part. J'ai trouvé cela étrange, mais Taliesin a dit que c'était ta façon de me faire savoir que tu voulais que je revienne. »

Avallach secoua gravement la tête. « J'ai envoyé l'un des nôtres le jour même où ton message est arrivé. Il n'y a jamais eu de voyageur, Charis. Et pas de plume. »

Ainsi Morgian a disparu, et Annubi avec elle. Je m'étonne de la haine qui a conçu un tel plan, comme je m'étonne de la puissance qui se cache derrière elle. Et je me demande si la flèche qui a emporté Taliesin ne m'était pas destinée.

Oh, Morgian, qu'as-tu fait ? Ta vie était-elle si misérable, et l'amour si insaisissable, que tu te sois retournée contre tous les deux ?

Écoute-moi, Morgian : j'ai suivi le chemin que tu as choisi. J'ai connu les ténèbres et le désespoir de la mort vivante, et j'ai connu la joie de renaître à la lumière. Je ne te rejoindrai pas sur ce chemin, Morgian ; je ne redescendrai plus cette route.

Dafyd a fini de restaurer son sanctuaire et il y enseigne désormais. Je m'y rends pour l'écouter et pour prier. Je sens que Taliesin y est plus proche de moi que partout ailleurs.

Et souvent je le revois en train de me dire : « Je ne te quitterai jamais, Charis », et je sais que c'est vrai. Il est avec moi maintenant et à jamais, et tant que je vivrai je l'aimerai et il vivra dans mon amour. Qui plus est, je suis sûre que nous serons réunis un jour.

En attendant ce jour, je suis heureuse : j'ai un fils à élever — un fils que beaucoup, y compris Hafgan et Blaise, pensent promis à un encore plus grand destin que son père.

Pour ma part, je n'en sais rien. Les rumeurs se répandent comme la mauvaise herbe quand meurt un grand homme. Je ne nie pas que Taliesin ait été exceptionnel — et nombreuses sont les nuits où je me demande qui il était — mais je sais une chose, et je la sais pour l'avoir découverte moi-même : en lui Dieu a trouvé de quoi nourrir l'étincelle qu'il place en chacun de nous. Taliesin était un homme pleinement vivant et éveillé ; il brûlait de la vision d'un monde qu'il comptait créer.

Cette vision ne doit pas s'éteindre.

Moi, Charis, princesse de l'Atlantide Engloutie, Dame du Lac, je la garderai vivante.